Sabine Haupt
Der blaue Faden. Pariser Dunkelziffern

verlag die brotsuppe

Mai 2018

Für Fabian

mit ganz herzlichem
Dank für die
liebe Unterstützung
und allerliebsten
Wünschen!

Sabine

Sabine Haupt

Der blaue Faden.
Pariser Dunkelziffern

Roman

verlag die brotsuppe

Die Autorin dankt der UBS-Kulturstiftung und dem Kulturfonds des Bundesamts für Kultur für ihre Unterstützung.

Wir danken allen, die uns bei den Herstellungskosten geholfen haben.

Personen und Handlung des Romans sind frei erfunden. Ähnlichkeiten mit lebenden Privatpersonen wären rein zufällig.

Die einzelnen Kapitel tragen nach Ort und Kategorie geordnete Symbole, die den Lacanschen »Mathemen« nachempfunden sind.

www.diebrotsuppe.ch

ISBN 978-3-03867-008-7

Der verlag die brotsuppe wird vom Bundesamt für Kultur mit einer Förderprämie für die Jahre 2016–2018 unterstützt.

Alle Rechte vorbehalten
© 2018, verlag die brotsuppe, Biel/Bienne
Gestaltung, Satz, Umschlagbild und Matheme:
Ursi Anna Aeschbacher, Biel/Bienne
Druck: www.cpibooks.de

Paris, Passage des Postes, September 2003

Erst in der Nacht kam Bewegung in den Raum. Unsichtbare Stimmen stiegen an den Mauern empor, ich hörte leises Sirren, darüber dunkle Vokale und die Zischlaute brennender Insekten. Tief in den Steinen pochte eine feindliche Hitze, die in krampfartigen Schüben nach und nach ins Zimmer drang. Ich spürte ihren Druck, sah, wie die Luft durch die Dachluke strömte, um sich draußen mit den Gerüchen der Nacht zu einem beißenden Fluidum zu verbinden, das sich auf den umliegenden Dächern ablagerte und von dort langsam in die Häuser zurücksickerte. Ich ahnte, dass ich Teil dieses Kreislaufs war.

Im Abglanz der Stadt sah ich eine Schar dunkler Vögel, deren Umrisse sich vergrößert auf den Hauswänden abzeichneten. Ich sah die geöffneten Fenster der Dachstuben und die Schornsteine, die eng zusammenstehend den bleigrauen Himmel befingerten. Im Haus war alles still. Abgemagerte Hunde schlüpften aus Kellern und legten sich leise neben die Bettler am Hauseingang, andere verloren sich stumm im Dunkel der Straßen. Sie hatten es aufgegeben, sich gegen das Ungeziefer zu wehren, das sich tagsüber im Fell und auf der Haut zu schaffen machte und auch nachts sein Krabbeln und Saugen nicht einstellte.

Aus der Dachrinne tropften die Überreste des Tages. Man konnte sie riechen, sogar schmecken, wenn man den Mund öffnete. Irgendetwas lauerte hier, etwas Schwüles, Klebriges, Säuerliches, etwas, das kommen würde, aber noch unentschlossen war, welche Form es annehmen und in welche

Richtung es sich fortbewegen würde. Auch die Hunde schienen zu zögern, wenn sie mit finsteren Augen um die Türen strichen, bevor sie um die nächste Ecke bogen oder hinter dunklen Toren verschwanden, unschlüssig, ob es sich lohnte, an anderen Stellen der Stadt weiterzusuchen oder ob sie sich hier schon zur Ruhe legen sollten, unschlüssig, ob Ruhe überhaupt dasjenige war, nach dem ihnen verlangte.

Ein Wind fegte durch die Gasse. Von einem Baum im Nachbargarten, dessen Zweige über die Mauer wuchsen, fielen angefaulte Granatäpfel auf den heißen, von kleinen Teertümpeln aufgeweichten Asphalt. Manche blieben darin stecken, andere rollten weiter, durch die eitrig gelben Lichtkegel der Straßenlampen, über Betonfugen und die schwarz verschorften Bordsteine des Trottoirs, verloren sich schließlich in der Dunkelheit. Es roch süßlich nach erbrochenem Fleisch und den Ausdünstungen der Betten.

Am Eingang des Nachbarhauses standen zwei Männer. Sie flüsterten, wahrscheinlich um die Schlafenden nicht zu stören. Wussten sie denn nicht, dass in diesen Nächten ohnehin niemand mehr schlief? Einen dritten Mann sah ich im faden Schein der Laterne vor seinem Auto stehen. Er hatte die Motorhaube aufgeklappt, beugte sich vor und wieder zurück und horchte auf die Geräusche des Motors. Eine Art Surren oder Schwirren war zu hören, das an große Kühlschränke oder Windräder erinnerte, aber nicht an ein Auto. Der Mann zögerte, sah sich um, als suchte er etwas, horchte auf, als einer der Hunde zu winseln begann, blickte auf die gegenüberliegende Fassade und schien zu überlegen. Sein Blick blieb an meinem Fenster hängen. Offenbar hatte er den Schatten hinter der Scheibe bemerkt. Jetzt dachte er vielleicht, dass ich auf jemanden wartete, auf einen, der bald in der Straße erscheinen, die schwere, dunkle Haustüre öffnen und das enge Treppenhaus hinaufsteigen würde. Dabei wartete ich schon lange auf niemanden mehr. Auf wen sollte ich hier auch warten?

Diese Stadt kennt nur Passanten, Leute, die vorübergehen, ohne sich umzudrehen.

Anfang Juli war das noch nicht so gewesen. Ich war hergekommen, um zu warten, genauer: um über das Warten nachzudenken und zu schreiben. Das Warten wäre auch jetzt noch gut und richtig gewesen, wenn ich gewusst hätte, worauf ich wartete. Und wenn das, worauf ich wartete oder dachte zu warten, dann auch tatsächlich eingetroffen wäre. Doch ich täuschte das Warten nur noch vor, wie eine alte, sinnlos gewordene Gewohnheit, die man aus irgendeinem vergessenen Grund angenommen hatte, jetzt aber durch nichts Neues ersetzen konnte, weil, so wurde mir täglich klarer, es gar nichts Neues gab. In Wirklichkeit würde gar nichts mehr kommen. Jedenfalls nicht hier in Paris, nicht in der Mitte der Nacht. Daran war nicht zu zweifeln. Trotzdem wartete ich. Auch daran war nicht zu zweifeln.

Es war täglich, zuletzt stündlich, heißer geworden. Nicht einmal das alte Quecksilber-Thermometer am Küchenfenster schien den Temperaturen gewachsen. Die rote Säule hatte beim Hochklettern versucht, die Glasröhre zu durchbrechen, war dann aber zwei Zentimeter oberhalb des Maximalwerts stehen geblieben, unbeweglich, stillgelegt im weißen Niemandsland jenseits meteorologischer Grenzwerte. Vielleicht wussten die Nachbarn, wie heiß es inzwischen war. Ich wusste es nicht. Das Wort »Jahrtausendsommer« machte inzwischen die Runde, im Radio und bald auch auf der Straße, anfangs noch abgeschwächt durch den ironischen Hinweis auf die Jugend des neuen Jahrtausends, dann mit immer größerem Ernst und wachsender Besorgnis. Kein Meteorologe schien bisher in der Lage, das Phänomen erklären zu können. Und noch immer gab es Stimmen, die den ungewöhnlichen Temperaturanstieg für eine Medienerfindung hielten. Im Sommerloch müsse die Hitzewelle – rein informationstechnisch gesehen – Regierungskrisen, Kriege und Attentate ersetzen.

Blieben alle Politiker, Journalisten und Verbrecher für immer in den Ferien, gäbe es außer dem Wetter keine weiteren Vorkommnisse. Normalerweise überhörte ich solche Stimmen. Im Augenblick aber hatten sie fast etwas Tröstliches.
    Der Mann schaute noch immer nach meinem Fenster. Ob auch er etwas erwartete? Eine leise Bewegung, irgendein Zeichen von mir, darauf, dass ich ihn in mein Zimmer ließ? Stille.

Ich atme wie im Schlaf, gleichmäßig und langsam, bewege mich nicht. Irgendwann wird er aufgeben und denken, dass er sich getäuscht hat, dass da gar niemand ist, nicht einmal ein Schatten, dass nur die Hitze auf den Fensterscheiben vibriert, nächtliche Spiegelungen und die Stimmen nur ein Zischen in den alten Kaminen. Die Luft steht mir bis zum Hals. Innen und außen sind nicht mehr zu unterscheiden. Man könnte aus sich heraustreten, aus der eigenen Haut ins Freie, es würde keinen Unterschied machen. Es ist, als zitterte die Stadt im Fieber, als spräche sie mit mir, ein Flüstern und Röcheln, dem ich nichts als meinen gleichförmigen Atem entgegenzusetzen habe. Ich verlangsame die Luftzüge, verlangsame den Pulsschlag, verlangsame den Lidschlag, schließe die Augen, schlucke den Dunst des Zimmers.
    Ich denke an die Dreharbeiten, die demnächst in der Straße stattfinden sollen. Noch vorgestern sah ich vom Küchenfenster aus das Schild an der Ecke, und auf der anderen Seite, neben der Passage, ein zweites. Man dürfe hier ab nächster Woche nicht mehr parken, heißt es. Sie wollen die gesamte Straße sperren. Es soll alles werden wie früher. Von einer Paris-Kulisse aus den Siebziger Jahren war anfangs die Rede. Eigentlich bloß aus den Achtzigern, meinte neulich der Nachbar aus dem dritten Stock. Man müsse den Müll dann in einen anderen Hinterhof bringen, dort würden die Säcke gestapelt und später abgeholt. Das hätte das Filmteam jeden-

falls versprochen, sagte der Nachbar und lachte höhnisch. Er kenne diese Typen. Wahrscheinlich würden sie sich erst darum kümmern, wenn der Schleim schon aus den Säcken rinne und das ganze Viertel verpeste. »Zu schade, dass Gerüche beim Film keine Rolle spielen«, hatte er noch gerufen und dabei seine Wohnungstür ins Schloss geworfen. Doch jetzt, seit dem letzten Stromausfall, ist mit solchen Problemen wohl nicht mehr zu rechnen. Der Drehbeginn wurde inzwischen zweimal verschoben.

Der Mann unter meinem Fenster ist gegangen. Sein Auto steht noch da. Vielleicht holt er jetzt Hilfe. Vielleicht geht er erst einmal schlafen. Mir fällt der erregende Traum ein, den ich gestern Morgen beim Aufwachen hatte. Ich lag noch einmal mit Adrian im Bett – ja, es muss Adrian gewesen sein oder einer, der sich so anfühlte, als wäre er Adrian. Plötzlich steht ein Fremder neben dem Bett. Ich weiß nicht, was er hier will und wie er hereingekommen ist. Adrian rührt sich nicht. Er scheint fest zu schlafen. Ich hebe die Bettdecke, strecke die Hand aus und hole den zweiten Mann ins Bett. Während er von der Seite in mich eindringt, küsse ich den schlafenden Adrian und fasse in sein Haar. Es fühlt sich ungewöhnlich klebrig an, der Schleim brennt in meiner Hand. Etwas knistert, dann ist alles still. Er hat den anderen nicht bemerkt. Er weiß von nichts.

Jetzt hätte ich das Fenster öffnen können. Alles schien ruhig, auf der Straße wie auch am Himmel. Keine dunklen Gestalten, keine schwarzen Sonnen, keine blutigen Monde. Noch klebten die Sterne am Firmament. Dramatische Verdunkelungen waren nicht zu erwarten, keine kosmischen Katastrophen, besonderen Vorkommnisse, die Nacht blieb teilnahmslos, traumlos unbeirrt in konsequenter Gleichgültigkeit, der Himmel leer und transparent, allenfalls gefüllt mit unsichtbarem Äther. Auch das nur eine Vermutung, die sich später als falsch erweisen sollte. Doch, so fiel mir ein, war nicht eben dieser Stoff das Medium für all die verschollenen Botschaften gewesen, die seit Jahrhunderten an außerirdische Wesen geschickt wurden? Vielleicht waren diese Botschaften gar nicht verloren gegangen. Vielleicht waren sie längst angekommen, nur hatten die Wesen sich nicht dafür interessiert, weil sie nichts zu erwidern wussten, weil die menschlichen Botschaften seltsam uninspiriert waren oder banal oder vollkommen nichtssagend oder überfrachtet mit Einzelheiten, deren Zusammenhang für einen Fremden nicht zu erkennen war. Außerirdische Intelligenzen interessierten sich womöglich gar nicht für Primzahlen und mathematische Formeln, für Zahlenzauber, Symbole, menschliche Regeln, Strukturen und Baupläne. Vielleicht nicht einmal für Physik und Realität. Stattdessen hatten sie, ja, das war sehr viel wahrscheinlicher, einen speziellen Sinn für Schönheit, liebten den Wildwuchs der Wörter und das freie Zusammenspiel der Ideen. Vielleicht mochten sie auch die menschliche Phantasie und hätten wie zutrauliche Tiere von unseren Gedanken geäst, wenn wir sie damit gefüttert hätten, von unseren Gräsern und Kräutern, aber auch von unseren Sprachen, vielleicht sogar von unseren Wünschen. Ja, das alles war gut möglich, man sollte den Kosmos nicht den Mathematikern überlassen! Genauso wenig wie den Theologen. Niemand wusste, wie diese andere Schöpfungsgeschichte verlaufen war, welche Geschöpfe auf fernen Planeten erschaffen wurden und lebten.

Ich hatte keine Zeit zu verlieren. Solange sich der nächtliche Himmel von der dunklen Silhouette der Dächer abhob, konnte er noch Dinge in sich aufnehmen und reflektieren, Botschaften empfangen und an ferne Galaxien weiterleiten – mit oder ohne Äther. Ich holte den großen Spiegel aus dem Badezimmer und stellte ihn hinter die Fensterscheibe. In der Nachttischschublade gab es eine Taschenlampe. Auf die

Akustik des Weltalls war kein Verlass, das wusste ich, Sphärenklänge oder Schreie bei offenem Fenster wären die falsche Methode gewesen. Entscheidend beim Versenden von Lichtzeichen sind die Pausen, die Intervalle zwischen den Blitzen. Man sollte die Lampe immer wieder ausschalten. Erst die Dunkelheit zwischen den Signalen bildet den Rhythmus, mit dem ich den Außerirdischen beweisen kann, dass ich existiere. Denn davon werde ich sie überzeugen. Weil meine Zeichen nicht willkürlich sind. Das muss auch ein Außerirdischer erkennen. Weil ich lange genug warte, bevor ich die Taschenlampe ein weiteres Mal anschalte und wieder auf den Spiegel richte. Weil ich Geduld habe. Weil ich sehr lange auf eine Antwort warten kann.

Als Spiegel, Taschenlampe und Fensterscheibe endlich so installiert waren, dass alles im passenden Winkel zueinander stand und erste Signale gesendet werden konnten, ging die Sonne auf.

Von Genf nach Paris, Juli 2003

Bei der Hinfahrt war alles so hell gewesen, so farbig, fröhlich und strahlend. Auch die anderen Fahrgäste freuten sich auf ihre Reise, das war den Gesichtern im Abteil anzusehen gewesen. Während der gesamten Fahrt hatte mir eine Frau mit grauer Hochsteckfrisur und dunkler, rauchiger Stimme gegenüber gesessen. Mir waren ihre sehr gepflegten, unlackierten Fingernägel aufgefallen, ihre großen Ohrstecker aus schwarzem, vielleicht afrikanischem Holz und das etwas zu enge, orangefarbene T-Shirt, das, wie ich erst nach einer Weile bemerkte, genau denselben Farbton besaß wie die Klapptische des TGV. Sie las in einer Illustrierten, seufzte, wenn sie mit dem Kreuzworträtsel nicht zurecht kam, und schien ansonsten ihren Gedanken nachzuhängen. Manchmal huschte der Anflug eines Lächelns über ihr Gesicht. Kurz nachdem ich in Genf zugestiegen war, hatte sie plötzlich aufgeschaut, um sich geblickt und laut gesagt: »Formidable! Heute sind ja kaum Leute unterwegs. Und alles nur Frauen! Wir sind hier wohl in einem reinen Frauenabteil?« Sie lachte, blickte mich an und schien auf eine Antwort zu warten. Ich gab ihr Recht, das sei ja auch, pourquoi-pas?, eigentlich ganz in Ordnung so, warum sollte eine beliebige Menge Menschen nicht auch mal nur aus Frauen bestehen? Kein Problem! Jedenfalls solange niemand uns eine solche Geschlechtertrennung aufzwinge. Sie nickte, schien aber weiter keine Lust zu haben, das Thema zu vertiefen, was ich mit Erleichterung registrierte, denn im Grunde ist es eine dumme und zwanghafte Angewohnheit, immer irgendetwas Intelligentes sagen zu wollen. Ich erfuhr, dass sie auf dem Rückweg nach Paris war. Sie hatte in Morges ihre Tochter besucht, schwärmte vom Genfersee und wirkte ganz besonders vergnügt, wenn sie von ihren Enkelkindern erzählte. Ich schaute sie genauer an, bemerkte, dass Mund und Nase und die gesamte Augenpartie von winzigen Lachfältchen umspielt wurden und spürte, während ich zuhörte und mich dabei in ihr Gesicht vertiefte, wie sich ihre Unbeschwertheit nach und nach auf mich übertrug. Zum ersten Mal seit langer Zeit kam so etwas wie Vorfreude auf.

Ich hatte im Zug zu arbeiten versucht, konnte mich aber nicht konzentrieren. Vielleicht, weil sich erst jetzt, hier neben der fremden Frau, eine gewisse Ruhe einstellte, sich ganz allmählich einzelne Gefühle von anderen unterscheiden ließen. Was monatelang im ganzen Körper als panisch überhitzter, niemals innehaltender Schrecken verteilt gewesen war, was sich angefühlt hatte wie ein brodelnder Brei, der überzukochen und nach draußen zu schwappen drohte, beruhigte sich jetzt beim Sitzen, Zuhören, Fahren und Schauen, kühlte allmählich ab und erlaubte endlich auch erste genauere Blicke auf seine Bestandteile. Was war das bloß für ein seltsamer Sud, der sich da im Laufe der Jahre und Monate in mir zusammengebraut hatte? Es fiel mir schwer, geordnet darüber nachzudenken. Sofort zu erkennen war die Wut. Sie hockte da wie eine fette Kröte, unbeweglich und plump, irgendwo dicht unter dem Kinn, vibrierte theatralisch und versuchte, alles um sie herum mit ihrem hässlichen Quaken zu übertönen. Doch so sehr sie sich auch anstrengte, nie saß sie so tief und so fest wie die Angst, die sich zwischen Zwerchfell und Magen breit gemacht hatte und auf die Gedärme drückte. Und dann gab es noch ein drittes, rätselhaftes, doch fast ebenso vertrautes Gefühl, für das ich keinen Namen hatte, das mir aber auch schon in anderen Situationen begegnet war. Es kam etwas später als die anderen. Meist stellte es sich ein, sobald die Wut stiller wurde, resignierte, ihr Wollen und Rasen und Toben allmählich aufgab und die ganze Verzweiflung in eine Art gefriergetrocknete Abstraktion überführte. Man wusste, dass man verzweifelt war, wenigstens im Prinzip, man wusste auch, dass diese verzweifelte Wut jederzeit aufgebrüht und wieder angeheizt werden konnte, doch momentan spürte man sie nicht, so sehr man sich auch darauf konzentrierte. Die Frau mit dem orangenen T-Shirt hätte vielleicht einfach gesagt, sie sei nicht mehr wütend. Ja, so hätte man das auch sagen können. Doch bei mir war das anders. Meine Gefühle zogen irgendwann vom Körper hinauf ins Gehirn und begannen dort ein phantastisches Eigenleben zu führen.

Dieses Dritte war, so lautete meine Diagnose auf der Fahrt nach Paris, eine paradoxe Mischung aus Selbstverlust und Triumph, dem Triumph, endlich doch noch entronnen zu sein, sich selbst gerettet, wenn auch in die Verlorenheit gerettet zu haben, und nun, entronnen und gerettet, mit zweihundert Stundenkilometern durch eine grüne Sommerlandschaft zu flitzen, mit fröhlichen, fremden Menschen zu plaudern, Kaffee zu trinken, als wäre nie etwas gewesen, im Kopfhörer Flamencogesang, die Musik der Nomaden, Oud und Gitarre, Tabla und Cajón, arabische und spanische Lieder, dunkle, dramatische, kraftvolle oder brüchige Stimmen, in denen die Trauer und die Träume der Völker weiterschwingen, Oum Kalthoum, Paco di Lucía und Juana la del Relvelvo – arouh lameen wa aqoul – yatoul baadak, wa aeesh baadak, las flores no valen nada, lo que vale son tus brazos cuando de noche me abrazan. Der Hall dieser Lieder war gewaltig, Höhe, Weite, Tiefe, man wurde beim Zuhören leise und klein, ich sah breite Avenidas, Kathedralen und Moscheen, sah Hochhäuser, Flughäfen und Wartehallen, spürte die klimatisierte, freundliche Kühle von Hotelzimmern, in denen sich manchmal dieses anonyme Wohlgefühl einstellt, ein Schweben und Nicht-mehr-Dasein, das zum Teppichboden und zur Stille einer zwölften, sechzehnten oder vierundzwanzigsten Etage gehört, das mich weich und selbstverschwenderisch werden lässt, als wäre ich schon vor Jahren gestorben.

Die Frau hatte aufgehört zu sprechen, war nun wieder in ihre Kreuzworträtsel und Sudoku-Seiten vertieft, ich leerte meinen Kaffeebecher, aß Nüsse und getrocknete Aprikosen, holte ein neues, noch in Wien gekauftes Buch aus dem Koffer, in dem es um Skandale im Gesundheitswesen ging, um Organhandel und die Manipulation von Wartelisten, blätterte lustlos darin herum, legte es schließlich zur Seite, weil ich merkte, dass mein innerer Rede- und Gedankenfluss stärker war als die Probleme der Welt.

Säße er mir jetzt gegenüber, mit seinem typischen, immer leicht verkniffenen Blick, säuerlich irritiert, stets auf der Lauer, parat, imaginäre Angriffe abzuwehren – jetzt bloß keine falsche Bemerkung! Keine Frage oder falsche Bewegung! Diese Vorsicht hatte ich mir über Jahre antrainiert. Doch anstelle von Adrian saß da jetzt nur die grauhaarige Frau mit den hölzernen Ohrringen, lächelte und seufzte und schien mit allem zufrieden. Und weil er da jetzt nicht saß, gar nicht sitzen konnte, weil ich ja allein unterwegs war, sah ich plötzlich auch die goldenen Ballen auf den ersten abgeernteten Weizenfeldern, sah da draußen helle Punkte, die beim Vorüberfahren eine Art Stoffmuster ergaben, einen Kissenbezug oder eine Ostertischdecke, fröhliche gelbe Kreise auf grünem Grund, vereinzelt auch dicke hellbraune und schwarzweiße Kleckse. Das waren, wie ich in Sekundenbruchteilen begriff, Kühe, die träge und satt wie Felsen im eigenen Kot lagen. Und ich sah den durch die Zugscheiben steingrau getönten Himmel, ein sattes Grau, das ins Unwirkliche changierte, ein Kinogefühl, einzelne Wolken im Spiegel des gegenüberliegenden Zugfensters, von rechts nach links ziehende Himmel, Weite, unfassbare Leere, im Kopfhörer Töne, die vom Kinn hinunter ins Zwerchfell flossen und von dort aus den Magen erreichten: Alles geht vorüber, alles zieht vorbei und vorüber, Stück für Stück höre ich die Lieder der Gitanos, Tango und kubanische Rumbas, französische Chansons und kanadische Balladen, die vom Entkommen erzählen: You've travelled this long / you just have to go on / don't even look back to see / how far you've come / there is nowhere to stop / anywhere on this road / this is the end / you get carried away / and turned around / over and over.

Das aber hätte er verstanden, gewiss: over and over! Adrian hatte immer ein feines Gespür für das Ende der Dinge gehabt, ein Ende, das er manchmal schon ahnte, bevor die Dinge überhaupt begonnen hatten.

Es war unmöglich, an diese Dinge zu denken, an all die plötzlich endenden und nie wirklich begonnenen Dinge, ohne die Wut zu spüren, oder wenigstens das Ziehen und Würgen unter dem Kinn. Sobald ich an Adrian dachte, erfasste mich eine Art Übelkeit. »Ich finde dich zum Kotzen, ja Adrian Santner, du bist einfach zum Kotzen!«, ich könnte mich übergeben, wenn ich an ihn denke, eine besondere Form der Hingabe vielleicht. Alles herauszukotzen, leer zu werden. Ja, over and over, solchen Hass hätte er verstanden. Das war seine Welt. Darauf hätte er reagiert. Und sich sofort wieder ins Bett zurückgezogen, stundenlang, nicht ansprechbar, kalt und stumm wie ein Stein. Ich aber hätte wieder vor der verschlossenen Tür gestanden, hätte gerufen, beschwichtigt, gebettelt, bis zur Ohnmacht gelähmt und von allem entfernt, auch von mir selbst, was auch immer das zu bedeuten hatte. Von sich selbst entfernt sein. Wie ist so etwas überhaupt möglich? Over and over, ja, das Ende hatte er immer verstanden. Nicht aber das Glück des Aufbruchs und der Flucht, das dritte Gefühl. I was caught in a storm / things were flying around / doors were slamming / I got turnend around / turned over and over.

Wir fuhren langsamer. Am Zugfenster erschien eine Eule. Ich war erstaunt, es war ja noch Tag, die Dämmerung hatte noch nicht begonnen. Mit ruhigem Flügelschlag durchschnitt sie den Himmel, der sogleich klarer und heller wurde. Abendlicher Scheibenwischer am Firmament, freie Sicht auf den Horizont. Die Eule entfernte sich so schnell, wie sie gekommen war. Zuletzt erschien sie als winziger schwarzer Punkt am oberen Bildrand. Abblende.

Es soll Menschen geben, für die Paris ein Schönheitstraum ist, ein Traum von Totalität und Vollendung, vielleicht auch nur der Traum, endlich angekommen zu sein, angekommen an einem Ort, der weit genug vom eigenen Ursprung entfernt ist, weit genug, um frei atmen zu können, weil sich erst hier ein Rhythmus ergibt, mit dem man endlich und für immer Luft schöpfen kann, sich und alles Stickige aus- und hinwegatmet, aus der Enge und der Ohnmacht ins Offene stürzt, so wie ich hier und heute auf meiner Fahrt nach Paris. Und mir ist, als fließe das Blut der Stadt auf mich zu, als müsse mein Herz sich kaum anstrengen, es im eigenen Kreislauf aufzunehmen und im ganzen Körper zu verteilen. The whole world spinning within you / when you're walking into town. Man kann Paris erträumen und beschreiben, wahrscheinlich sogar berechnen. Wer sich Paris annähert, misst jeden einzelnen Kilometer, oder die Jahre, Wochen und Tage seines Aufenthalts, vielleicht auch die Körpertemperaturen der Reisenden, das Fieber der Stadt und die Dichte der Wolken.

Doch die Schönheit von Paris war nur ein Vorwand gewesen. Frau Trinkl-Gahleitner sollte glauben, es gehe mir um Sightseeing, um Attraktionen, spezielle Atmosphären, Spuren der Weltgeschichte und den Puls der Zeit. Paris würde mich inspirieren, hatte ich ihr gesagt. Solche Sätze muss man zum Glück nicht weiter erklären. Dass Paris eine Quelle der Inspiration ist, davon geht eine Verlegerin wie Leonie Trinkl-Gahleitner ganz selbstverständlich aus. In Wirklichkeit ging es darum, einen Ort zu finden, der möglichst weit von Wien und nicht allzu weit von Genf entfernt war. Und es ging um Dimiter. Ich hatte ihn im deutschen Fernsehen gesehen. Er war Paris-Korrespondent des Westdeutschen Rundfunks. Zum ersten Mal aufgefallen war er mir, als er vor drei Jahren in den Abendnachrichten über den Absturz der französischen Concorde berichtete. So etwas war damals, im Juli des Jahres 2000, noch eine wirklich große Katastrophe gewesen. Heute würde man so einem Unglück wahrscheinlich mit mehr Gelassenheit begegnen. Man gewöhnte sich an so vieles. Wahrscheinlich war auch der Weltuntergang letztlich Gewöhnungssache. Die Öffentlichkeit konnte nicht jeden Tag mit neuen Katastrophenmeldungen aufgeschreckt werden, sie mussten dosiert werden, eine alte journalistische Grundregel, die auch ich noch lernen musste, obwohl ich nie in der Tagesberichterstattung gearbeitet hatte.

Es war in der Abendschau gewesen, die Adrian und ich manchmal in Wien sahen, wenn wir für einmal einen harmonischen Tag gehabt hatten, und ich von ihm dafür mit Nachtisch und Champagner belohnt wurde. Den durfte ich dann im frisch gemachten Bett trinken, dabei Nachrichten und Fernsehkrimis schauen, die Adrian aus einer illustrierten Programmzeitschrift auswählte. Wenn wir uns stritten, blieb der Fernseher ausgeschaltet. Doch auch zuhause, im Genfer Kabelangebot, gab es deutsche Fernsehsender, und seit Dimiter ab und zu in den Nachrichten auftauchte, schaute ich wieder gelegentlich fern. Man sah ihm an, dass er bei den Aufnahmen Lampenfieber hatte, dass er Mühe hatte, sich vor der Kamera im Griff zu behalten, ein leiser Kampf mit der Angst, den vielleicht nur ich sah. Denn Adrian blickte ungerührt in Dimiters schwankendes Bildschirm-Gesicht, ging zwischendurch in die Küche, um sich ein Bier zu holen, hörte weiter zu und meinte schließlich, das mit der Concorde sei eigentlich nicht mal das Schlechteste, die ewige Schludrigkeit der Franzosen gehöre endlich mal ordnungsgemäß abgewatscht: »Diese Franzosn! Da geht sich doch goa nix aus! Was die so zsamm hudln! Ba dena flickn die Inschenöre ja noch die Reifen an da Eisnbahn.« Er lachte grimmig, ich sagte nichts. Ich konzentrierte mich auf Dimiter und seinen flatternden Blick. Er versuchte, der Kamera standzuhalten, nicht wegzuschauen. Vielleicht kämpfte er mit den Tränen. Dimiter war ein Schreiber, kein Sprecher, das war unverkennbar, ein Journalist, der etwas zu sagen, aber Mühe mit der Vorstellung hatte, beim Denken und Sprechen gesehen zu werden. Er sagte viele kluge und richtige Dinge, nannte die Anzahl der Toten, berichtete über die Unfallursache: Es habe gleich zu Beginn des Flugs, infolge einer Kollision mit einem auf der Startbahn herumliegenden Metallstück, einen geplatzten Reifen gegeben. Der Flugkapitän des verunglückten Überschallflugzeugs sei ein besonders tollkühner Pilot gewesen, der in den Achtziger Jahren als erster Franzose den Atlantik auf einem Surfbrett überquert habe. All diese wichtigen Details erfuhr man, wenn man sich auf Dimiters Text konzentrierte. Ich aber achtete vor allem auf den kleinen Kampf in seinen Augen, den scheuen, doch tapfer nach vorn gerichteten Blick, das winzige Zittern der Lippen, das kindlich erleichterte Lächeln, als das letzte Wort seinen Einsatz glücklich beendete. Er konnte nicht verlieren, dafür war er zu gut. Doch wenn ich ihn von nun an am Bildschirm sah, hielt ich ihm innerlich die Daumen.

Im letzten Winter sah ich ihn mit einer Kurzreportage über Paris und den Tod eines Clochards, dem er in den Monaten zuvor offenbar mehrmals begegnet war. Was mich besonders beeindruckte, war die Art, wie Dimiter erzählte und die Dinge dabei mit wenigen markanten Fakten auf den Punkt brachte. Er konnte zum Beispiel den Tagesablauf von Obdachlosen so beschreiben, dass man begriff, wie diese Menschen ihr Leben aushielten. Dass die meisten in Gruppen oder Clans lebten, die an festen Plätzen zuhause waren, dass sie ihr Essen und ihre Kleidung teilten. Dass sie kaum schliefen, Alkohol tranken, um die Nacht zu überstehen, tagsüber ihre Zeit dann vor allem mit Warten verbrachten. Das genau war mein Stichwort, ans Warten konnte ich anknüpfen. Ich fragte mich, ob sie dabei etwas Bestimmtes erwarteten oder einfach nur die Zeit verstreichen ließen. Dimiter berichtete auch, dass die Obdachlosen, die »SDF«, Stadtnomaden »ohne festen Wohnsitz«, wie sie in Frankreich euphemistisch hießen, immer froren, sogar im Sommer. Oder dass sie sich in den Straßen wie in Zeitlupe bewegten, damit die Zeit langsamer floss und die Tage kürzer wurden. All das hatte ich nicht gewusst. Nun gab es endlich einen Vorwand, Dimiter zu schreiben. Dimiter Minkoff, verehrter Kollege! Ich würde Ihnen gern ein paar Fragen stellen, die in Zusammenhang mit meinem aktuellen Projekt stehen. Ich schreibe an einem Buch über das Warten. Wären Sie so liebenswürdig, sich mit mir in Paris zu treffen?

Adrian hatte sich über mich lustig gemacht, als er meine Schwärmerei bemerkte. Diese Te-Vau-Vollkoffer hätten doch, kaum sei die Kamera abgeschaltet, gar keinen Text mehr, keinen Diskurs, wie das heute hieß, diese Schwatztüten würden doch in sich zusammenfallen, sobald die heiße Luft aus dem Arsch sei. Alles nur Getue, fades Gewäsch. Außerdem hätten sie in Paris wohl noch andere Sorgen, als romantischen Blunzn beim Strohsternbasteln beizuspringen. Für fade Nockn wie mich gäb's im Cabaret der Madame Babylon ganz gewiss keinen Bedarf, Pariserinnen seien sexy, keine Trampeln wie unsereins. Er schaute mich herausfordernd von der Seite an. Seine dicken Brillengläser verengten die Augen, doch an den Lachfältchen war zu erkennen, dass er mich aufzog.

Zu meiner Überraschung antwortete Dimiter sofort. Er gab mir seine Pariser Telefonnummer. Ich solle mich melden, wenn ich mal wieder in der Stadt sei. Er würde mich gern treffen, um über das Warten der Clochards zu reden, das sei ein ganz spezielles Thema, das ihn sehr beschäftige, auch ganz persönlich. Fünf Monate später war ich unterwegs nach Paris, zu Dimiter. Seine Augen hatte ich in meinem Anschreiben nicht erwähnt. Auch nicht die kleine Bestürzung, die sich jedes Mal einstellte, wenn ich seine Stimme am Bildschirm hörte.

Noch fünfzehn Minuten bis Paris. Ich wartete auf die ersten Zeichen der Stadt. Inzwischen hatte das dunkle Kino-Grau sich überall draußen ausgebreitet, eine Stimmung wie vor einem Hollywood-Gewitter, man sah kleine Dörfer, hohe Überlandleitungen, riesige Kornfelder. Hatte die Französische Revolution nicht wegen mangelndem Weizen begonnen? Wegen Unwettern, Missernten, steigenden Brotpreisen, Hungersnöten, die dazu geführt hatten, dass die Getreide-Frachtschiffe auf der Seine geplündert, Zollhäuser, Händler und Bauern überfallen wurden? Philippe hatte das einmal erwähnt und davon erzählt, wie im Herbst 1789 Tausende verzweifelte Frauen zum Schloss des Königs nach Versailles marschierten, um gegen die hohen Brotpreise zu protestieren. Als sie zwei Tage später nach Paris zurückkehrten, hatten sie, außer dem gefangenen König, fünfzig Wagen mit Korn und Mehl erobert. Ich muss Philippe nochmals danach fragen, wenn ich ankomme und wir in seiner Wohnung sind. Eines aber steht fest, das ist schon hier vom Zugfenster aus zu erkennen: Frankreich wird nie wieder hungern. Das sieht man an solchen Kornfeldern, riesige Flächen, nur getrennt durch winzig kleine Wäldchen, die man, soweit ich mich erinnere, »bosquets« nennt, also eigentlich »Hain« oder »Gehölz«, also kein ernst zu nehmender Wald im deutschen Sinne. Frankreich nutzt seine Erdoberfläche, hier draußen auf dem Land genauso wie in Paris, das viel dichter besiedelt ist als andere Großstädte. Es soll hier mehr als zwanzigtausend Menschen pro Quadratkilometer geben. Ich hatte mich früher immer gewundert, dass man Paris in einem Tag durchwandern konnte. In Berlin oder in Wien wäre das unmöglich gewesen.

Bald schon verschwand der Zug in einer Art Kanal: auf beiden Seiten hohe Bahndämme, dann wieder Fläche und Weite. Frankreich ist ein sogenannter Flächenstaat, und das anscheinend bis kurz vor Paris. Doch auch sein Zentrum ist eigentlich eine Fläche und kein geometrischer Punkt, ein ganzes Netz von kleinen Flächen, ein Réseau von gleichgestellten, gleich wichtigen und gleich unwichtigen Dingen, Menschen, Institutionen, Plätzen, Straßen, Steinen und Spuren.

Ich fahre, fahre weiter und immer weiter. Und ganz allmählich beginnen die Dinge, all die unklaren und unfassbaren Dinge, die sich wie lästiges Geschmeiß auf meinem Alltag niedergelassen, mich bis zur Verzweiflung gereizt und gestört hatten, weil ich seit dem Abschied von Adrian nichts mehr davon begreifen und benennen konnte und nur noch wie ein gehetztes Tier tagaus, tagein, doch vergeblich versuchte, die Erinnerung an all die Plagen, die Lügen und den falschen Verdacht, das Misstrauen, die Gängelei, das Kranke und Böse wenigstens stundenweise abzuschütteln –, beginnen all diese namenlosen Dinge sich im Raum zu verteilen, von mir wegzurücken, jedes auf seinen Platz. Hier, im Zug nach Paris, vor der Kulisse der schiefergrauen Abendlandschaft, fangen sie an sich zu ordnen.

Mit jedem Kilometer, den ich nach Westen vorrückte, wurde das, was mich so lange in Wien festgehalten und gebannt hatte, klarer und übersichtlicher. Der Blick zurück war in diesem Moment wie der Blick durch ein umgekehrtes Fernrohr. Was im Osten lag, wurde kleiner und kleiner. Alles war jahrelang zu nah gewesen. Ich hätte das Fernrohr früher umdrehen und nach Westen schauen sollen. Ich war viel zu nah an den Dingen gewesen. Zu nah an Adrian, zu nah an Wien, zu nah an dem, was zwischen Kinn und Magen pulsierte. Jetzt aber, hier kurz vor Paris, ordnete sich plötzlich alles wie von selbst: Ach so, ich verstehe, das hier, dieses seltsame Ding, ist ja das Echo von dem! Ja natürlich! Nur die Folge und nicht die Ursache. Und hier, so schau doch, hier zeigt sich ein Kontrast, dort eine Wiederholung, und hier – es ist fast zum Lachen – verwandelt sich etwas in sein Gegenteil, wie seltsam, aber es ist kein Rätsel mehr, es ist, als hielte man in all dem Gewirr plötzlich einen Faden, nein mehrere Fäden in der Hand, der eine, der weiße, führt nach Wien, der blaue nach Paris, der rote zurück nach Genf, und alles ergibt plötzlich einen Zusammenhang, ein wirkliches, in sich verknüpftes, zusammenhängendes Ganzes, ich kann es fast körperlich spüren, als dehnte sich der Atem mit jedem Gedanken weiter aus, bis weit in die Finger- und Zehenspitzen hinein, die jetzt kaum noch stillhalten können und nach Bewegung suchen, an den Fäden spielen, das Ganze hin und her ziehen, in alle möglichen Richtungen: weiß, blau, rot – blau, weiß, rot.

Noch muss ich sitzen und warten. Ein paar Minuten noch. Draußen fliegen die Bausteine der Landschaft vorbei. Beim Vorbeirasen bekommen die Dinge Striche wie auf einer Comic-Zeichnung. Was von Weitem wie ein kleines Dorf aussieht, ist in Wirklichkeit ein einziger, riesiger, frei stehender Bauernhof mit vielen Stallungen und Nebengebäuden. Wie lang mögen die Transportwege bis Paris sein? Ob es hier auch Viehhaltung und Schlachthöfe gibt? Die Striche hinter den Dingen wischen alles weg. – Dann wieder Büsche, links und rechts hohe Dämme, keine Sicht, der Zug schwimmt im Kanal, beim Auftauchen plötzlich ein Gewirr aus Gleisen, das Schienennetz verdichtet sich, erste Industrieanlagen, dann Dunkelheit, jetzt sind wir im Tunnel.

Als wir wieder ans Tageslicht gelangen, ist ringsherum Stadt. Das also war die Schwelle! Ich wundere mich über meine Naivität. Hatte ich doch tatsächlich geglaubt, aus dem Zugfenster das Eindringen in eine langsam aus der Landschaft herauswachsende Stadt beobachten zu können, die allmähliche Zunahme der Häuser, das Anwachsen der Straßen und Menschen, das schleichende Vordringen der Steine. Doch nichts dergleichen. Plötzlich ist alles einfach da. Plötzlich ist man einfach mitten drin. Gleisanlagen, Autobahnen, Betonmauern, ein urbanistisches Chaos, hellgraues Irgendwo rings um Paris. Ich schaue auf die Uhr. Noch tausend Meter. Und dann fahren wir auch schon in den Gare de Lyon ein.

Paris, Passage des Postes, Juli 2003

Ich solle die Eingangstür beim Betreten und Verlassen der Wohnung ganz vorsichtig schließen, hatte Philippe bei meiner Ankunft gesagt. Der Knauf, an dem man die Tür festhalten könne, sei leider vor Monaten abgebrochen, und wenn die schwere Wohnungstür – in Paris seien die Wohnungstüren nun mal so schwer wegen der vielen Verriegelungen – zu schnell ins Schloss fiele, bekäme ich Ärger mit dem Nachbarn. Der nämlich sei verrückt, so verrückt wie viele Menschen hier in Paris: »Eine Form von urbaner Tollwut. Sie beißen aus Einsamkeit um sich, weil sie glauben, dass es die anderen eigentlich gar nicht gibt oder gar nicht geben sollte.« Ich hatte Philippes Erklärung keine Beachtung geschenkt, ich wusste ja, dass er bei solchen Geschichten gern ein wenig übertrieb, vom universalen Dichtestress der Metropolen sprach, von territorialen Kämpfen und enthemmter Anonymität, dabei auch gern Experimente mit Ratten und Mäusen erwähnte, vermutlich weil ihm die Sache mit den Menschen immer ein wenig zu fremd, zu kompliziert, ja wissenschaftlich suspekt erschien. Dabei kannte Philippe sich mit Sachen wirklich gut aus, nur diese eine Sache, die mit den Menschen, egal ob Nachbarn, Freunde oder Familie, blieb ihm stets ein Rätsel. Neurotische Nachbarn seien schlimmer als jede Naturkatastrophe, meinte er und drückte die Tür vorsichtig zurück ins Schloss. Zum Glück werde man das »Rätsel Mensch« aber schon bald in den Griff bekommen, schließlich sei der genetische Code seit April vollständig entschlüsselt. »Endlich hat die menschliche

DNA ihre Geheimnisse preisgegeben. Schon bald werden wir ganz genau wissen, in welcher A-T-G-C-Kombination der Wahnsinn von Paris eigentlich steckt.«

Seine Wohnung im fünften Arrondissement war mir vertraut, ich war zwanzig Jahre zuvor schon einmal dort gewesen, war fast einen Monat lang geblieben, damals, als ich noch dachte, dass wir ein Paar werden könnten. Doch schon bei meinem ersten Besuch hatte ich mich über vieles gewundert, über die Stapel von ungewaschenem Geschirr vor den akkurat aufgehängten Küchenutensilien, über das staubige, doch wie im Hotel gemachte Bett und seine beschrifteten Schubladen: »Chaussettes« stand auf der obersten Lade der Schlafzimmerkommode, es waren säuberlich mit Schreibmaschinenschrift versehene Etiketten gewesen. Auf den unteren Schubladen hatte »sous-vêtements« und »ceintures« gestanden, auch die Körbchen im Badezimmerregal waren beschriftet und millimetergenau aufgereiht gewesen, ein starker Kontrast zum Schmutz in der Küche und zu den Papierstößen am Eingang.

Die Etiketten waren inzwischen verblasst, die Wohnung war geputzt und aufgeräumt, sie diente heute als Ferienwohnung. Philippe lebte seit drei Jahren mit einer jungen vietnamesischen Krankenschwester im neunzehnten Arrondissement. Ansonsten hatte sich hier in der Passages des Postes, in dem alten Gebäude mit dem schmalen Treppenhaus, fast nichts verändert. Ich war froh, dass ich hier wohnen durfte, ein Hotel wäre für einen längeren Aufenthalt viel zu teuer geworden. Auch wusste ich bei der Ankunft noch gar nicht, wie lange ich bleiben würde. Es gab keine Zeitpläne mehr, ich wusste aber, dass ich auf keinen Fall in Genf bleiben oder zurück nach Wien fahren konnte.

Vielleicht war die Sache mit Paris nur so eine fixe Idee gewesen, eine Art kulturelle Gewohnheit. Man denkt, man sei hier gerettet. Das haben ja schon so viele vor mir gedacht. Hier sei der Geist der Freiheit lebendig, hier liege die Selbstwerdung quasi auf der Straße, hieß es. Ein pathetischer Reflex, dem auch ich erliege. [Einspruch! Thema verfehlt. Wir hatten keinen Paris-Roman vereinbart. Im Verlagsvertrag vom 23. Mai 2002 steht: »Gegenstand des Vertrags: Manuskript mit dem Arbeitstitel ›Der Schneewittchenkomplex. Zur Kulturgeschichte des Wartens‹ abzugeben am 24. Mai 2003. Das im Exposé angekündigte Kapitel ›Warteraum Paris‹ bezieht sich auf die Pariser Exil-Szene. gez. trkl-ga]

Philippe war gegangen, hatte aber versprochen, am nächsten Tag wiederzukommen. Ich solle inzwischen mal überprüfen, ob ich mich nach zwanzig Jahren in Paris überhaupt noch zurechtfände. Ich beschloss, gleich nebenan die Rue Mouffetard hochzulaufen, ganz hinauf bis zum Panthéon, dann über den Boulevard Saint-Germain und wieder hinunter bis zum Ufer der Seine. Ich bemerkte, dass viele Läden ihre Besitzer gewechselt hatten, auch an das kleine Programmkino und den ägyptischen Bäcker im Nachbarhaus konnte ich mich nicht erinnern.

Als ich aus dem Haus trat, schlug mir die Hitze entgegen, die die Stadt tagsüber in sich angestaut hatte. Philippe hatte mich gewarnt. Es sei besser, am frühen Morgen aus dem Haus zu gehen. In letzter Zeit hätte es in der Stadt ein paar unerklärliche Veränderungen gegeben. Es roch nach heißem Teer, fauligem Obst und Urin. Der Gestank bohrte sich in den Magen, würgte und erstickte mich, infizierte alles, was ich sah und hörte. Ich schloss den Mund und versuchte, so flach wie möglich zu atmen. Die heißen Straßen zitterten unter den Schuhsohlen, die Hauswände glühten von der Sonne des Tages, die jungen, den Straßenrand säumenden Platanen waren fast kahl, ihre vertrockneten Blätter bedeckten die kleinen, vergitterten Beete zu ihren Füßen, in den Springbrunnen schwamm eine dunkle Grütze.

Das Flussufer war breiter als in meiner Erinnerung. Hier wehten noch Reste von Wind. Die kleinen, schmutziggelben Grasflächen waren übersät mit Unrat und Menschen, die glasigen Blicks durch mich hindurchsahen, als ich an ihnen vorbeiging. Nach einigen hundert Metern öffnete sich die Strandpromenade, man hörte ferne Musik, es gab kleine Parkanlagen und betonierte Rotonden, auf denen tanzende Paare sich im Zwielicht der Dämmerung langsam und konzentriert aneinander vorbeischoben. Auf dem Boden stand ein großer, altmodischer Ghettoblaster, übersteuertes Dröhnen und dumpfe Schläge, dazwischen Akkordeonklänge, Tango argentino, helle, quäkige Männerstimmen und dunkler weiblicher Gesang, dessen Vibrato sich mit dem Wummern der Bässe zu einem tranceartigen Rauschen vermischte. Einzelne schrille Töne spritzten wie kleine Salven aus dem Gerät, bei Tageslicht hätten sie gewiss bunte Flecken auf Kleidern und Hemden hinterlassen, blanco – rojo – negro, schleifende Schritte, Schweiß, Gelächter, dazwischen leises Stöhnen, wieder Akkordeon und wieder Gesang. Ich verstand einzelne Wörter: mujer – hombre – perfum. Ich blieb stehen. Wind und Musik legten sich wie Schleier auf die Haut.

Ganz plötzlich ist dieses Verlangen da. Ich weiß nicht, wie es in mich hineingekommen ist. Vielleicht war es die Musik. Ich sehne mich nach einem Mann. Doch ich sehne mich, wie ich sogleich ganz sicher weiß, nach keinem von denen, die hier mit feuchten Augen die Touristinnen anstarren. Als ich mich zum Gehen wende, spricht mich ein kleiner, älterer Herr an. Madame, sagt er schmeichelnd und sehr leise, voulez-vous danser avec moi? Er trägt trotz der Hitze eine Krawatte und ein Einstecktüchlein. Beide sind rot. Wahrscheinlich ist das Seine-Ufer sein Jagdrevier. Er ist älter als die anderen Tänzer, aber er hat Charme und gewiss auch Erfolg bei den Damen, zumindest bei denjenigen, die gerne Tango tanzen. Vielleicht ist er hier so etwas wie der Eintänzer. Vielleicht arbeitet er für den Pariser Fremdenverkehr. Doch Vorsicht, man sollte nicht zu viele Vermutungen anstellen, wenn man nach langer Zeit in eine Stadt zurückkehrt. Die wirklich bedeutsamen Veränderungen offenbaren sich erst nach Tagen und Wochen. Ich muss hier nicht alles verstehen. Jetzt noch nicht.

Ich bedankte mich für die Einladung und fragte, ob es nicht doch etwas zu heiß zum Tanzen sei? Er lächelte säuerlich, grüßte übertrieben höflich und ließ mich stehen. Ich stellte mir vor, wie er täglich hierherkam, Abend für Abend diesen kleinen, improvisierten Tanzpavillon mit seiner Anwesenheit und seinem Kennerblick beehrte, sich umschaute und darauf wartete, endlich eine geeignete Tänzerin zu entdecken, um mit dieser, nach Jahrzehnten des unfreiwilligen Stillstands, alsdann die virtuosesten Tangoschritte auszuführen. Wie er es den Zuschauern auf dem schmierigen Rasen, den gammeligen Typen am Ghettoblaster und überhaupt dieser ganzen aufgeblasenen Jugend mal so richtig zeigen würde! Zeigen, wie man argentinischen Tango tanzt. Streng und konzentriert, unnachgiebig, mit feurigem Ernst und nach uralten Gesetzen. Er näherte sich einer Gruppe halbnackter Mädchen, die am Rande des Platzes saßen und sich mit Wasser aus großen Plastikflaschen bespritzten. Er machte einen Bogen um die kreischende Schar. Seine ausgestellten Hosenbeine waren einen Zentimeter zu lang, sie berührten den Boden, vielleicht wäre er beim Tanzen darüber gestürzt. Von hinten sah man, dass er beim Gehen ganz leicht mit dem Kopf wackelte, doch seine langen, dunkelgrauen Locken wippten in vertikaler Richtung, sodass das leise Schwanken des Kopfes kaum auffiel. Aus der Ferne und im Lichtkegel der Uferbeleuchtung erinnerte er mich an Pablo Verón, einen großartigen argentinischen Tänzer aus einem berühmten Tango-Film, den ich vor ein paar Jahren mit Adrian in Wien gesehen hatte. Adrian hatte sich damals über das »Gschissti-Gschassti« mokiert, das diese »Gschniegelten« mit ihren Tanzmanieren veranstalteten. Ihr pathetisches Geziere sei ja noch alberner und aufgeblasener als der ganze Zirkus beim Wiener Opernball. Eleganz war Adrian immer suspekt gewesen. Hinter Stil und Charisma, küss-die-Hand! und allem Höflichkeits-Schmäh witterte er die Manipulationsversuche der Oberschicht.

Mir dagegen war vor allem unklar geblieben, wie man sich beim Tango mit seinem Partner verständigte, woher man wusste, welcher Schritt und welcher Schwung als Nächstes auszuführen waren, in welche Richtung man sich drehen und wie lange man ausharren und auf die nächste Figur warten musste. Es hatte wohl etwas mit Telepathie zu tun. »Blödsinn«, sagte Adrian, »der Mann führt. Ganz einfach. Er hat die absolute Macht. Die Frau ist ihm ganz ergeben und geht vor Leidenschaft fast drauf.« Dieser Satz hatte mich gereizt, ja regelrecht getriggert, mit einem Auslöser, der zwischen Empörung, Lust und Zwang liegen musste. Wieso begriff Adrian, der Nicht-Tänzer, Vegetarier und überzeugte Pazifist, solche Dinge soviel besser und schneller als ich?

Auf dem Rückweg ins fünfte Arrondissement kam ich an einer Gruppe schlafender Bettler vorbei. Sie lagen in Schlafsäcken und trugen bunte Kapuzenjacken. Wahrscheinlich war es zu gefährlich, sich auszuziehen, wenn man keinen Kleiderschrank besaß. Diese Regel konnte wohl nicht einmal die große Hitze außer Kraft setzen. Einer der Bettler richtete sich auf, als ich an ihm vorbeilief. Er trug einen langen, schwarzen Vollbart und eine mit Klebeband reparierte Brille. Sein Gesicht erinnerte mich an jemanden. – Ich ließ mir Zeit, ging kleine Umwege, bis zum Filmbeginn um dreiundzwanzig Uhr war es noch eine gute halbe Stunde. Ich hatte beim Verlassen der Passages des Postes einen Blick in den Schaukasten des kleinen Programmkinos im Nachbarhaus geworfen und beschlossen, mir am Abend den dort angekündigten Film anzuschauen. Vielleicht gab es im Kinosaal eine Klimaanlage. Ich ging weiter durch die Straßen, betrachtete Häuser und Menschen, las Plakate und Verkehrsschilder. An diesem Abend, bei meinem ersten Gang durch Paris, kamen mir alle Gesichter irgendwie bekannt vor, sie ähnelten anderen Gesichtern von anderen Leuten in anderen Städten, die ich kannte oder schon einmal gesehen hatte.

Als ich um kurz vor elf wieder vor dem Kino stand, hieß es, ich müsse mich leider noch gedulden. Die Vorführung beginne etwas später, sagte der junge Mann an der Kasse, es gäbe irgendeinen technischen Defekt, den er zuvor noch beheben müsse. Vermutlich sei die Stromzufuhr mal wieder aus dem Lot. So ein Filmprojektor reagiere sehr sensibel auf Spannungsschwankungen – noch viel sensibler als das Publikum. Wir lachten und sahen uns an. Ich zahlte und trat zur Seite. Nun sprach er mit einer älteren Frau, die hinter mir gewartet hatte. Erst jetzt bemerkte ich seine schöne, ungewöhnlich tiefe Stimme. »Vous êtes adorable!«, sagte er zu der Frau, die sich ausführlich über das Programm informierte und gleich ein Jahresabonnement löste. Die Frau lächelte ihn an. Ich ging hinüber in den Saal.

Die Spannungsschwankungen des von mir ausgewählten Films mussten ziemlich beträchtlich sein. Denn zu dem Zeitpunkt, an dem die Vorführung beginnen sollte, warteten im Kinosaal außer mir nur zwei Personen, und das trotz tadellos rotierender Deckenventilation. Ich saß in der dritten Reihe, hinter mir eine Schlafende unbestimmten Alters sowie einer jener Irrsinnigen von Paris, vor denen Philippe mich gewarnt hatte. Der Mann, der im Gang neben den Sitzen unablässig auf und ab lief, war dick und ungekämmt. Er musterte mich mit diesem typischen, überheblichen Grinsen, mit dem Wahnsinnige ihr geheimes Wissen signalisieren und versuchen, auf sich aufmerksam zu machen. Offenbar lauerte er nur darauf, angesprochen zu werden, um sogleich hemmungslos und wie auf Knopfdruck seine Sicht der Dinge abzuspulen, irgendeine kitschige Verschwörungstheorie, dass die Amerikaner in Wirklichkeit nie auf dem Mond gelandet seien, dass Aids ein Lügenmärchen des CIA sei oder die Klimaerwärmung eine propagandistische Erfindung der Chinesen, um unsere westliche Kultur zu zerstören. Ich kannte dieses Gerede, Wien war voll mit solchen Typen, und seit es Internet gab, war es noch schlimmer mit ihnen geworden. Das lieferte den Wichtigtuern täglich frischen Stoff, mit dem sie ihre paranoiden Synapsen befeuerten.

Ich bemühte mich, stur nach vorn und auf die leere Leinwand zu starren. Keinerlei Beachtung schenken, nicht einmal ignorieren, wie man in Wien sagt. Der Wahnsinnige trug knallrote Hosenträger auf seinem unförmigen Leib und leuchtend blondes Haar über einem runden, wie von der eigenen Neugier platt gedrückten Gesicht. Als er bemerkte, dass ich ihn absichtlich nicht beachtete, kam er direkt auf mich zu und entschuldigte sich theatralisch dafür, mich angestarrt zu haben. »Anstarren« heißt auf Französisch »dévisager«, ein Vorgang, der vermutlich mit dem bösen Blick zu tun hat. Indem er mich unablässig ansieht, entwendet der Fremde mir mein Gesicht.

Der Mann mit den roten Hosenträgern ist ein Vampir, einer, der sich seine Energie aus fremden Gesichtern stiehlt. Noch läuft kein Film, noch herrschen Stille und Licht. Ich beginne, mich zu fürchten. Ob ich ihm nochmals verzeihen könne, will der Mann von mir wissen. Ich stehe auf und gehe in den Vorraum. Vielleicht finde ich dort ja den hübschen Kassierer mit dem lachenden und ganz leicht brennenden Blick. Wahrscheinlich bilde ich mir das nur ein, das mit dem Blick und dem Brennen. Aber es tut gut, sich solche Sachen einzubilden. Der Vorraum ist leer, ich schaue mich bei der Kasse um, dann klopfe ich an die Tür des Projektorraums. Der Kassierer, der offensichtlich auch der Filmvorführer ist, öffnet sofort die Tür, lächelt, als er mich sieht und meint, es ginge gleich los, er habe den Spannungsregler jetzt gefunden und den Filmprojektor daran angeschlossen. Ich sage ihm, es sei unheimlich, neben einer Toten und einem Wahnsinnigen die einzige Zuschauerin im Kino zu sein, noch dazu in einer Millionenstadt wie Paris. Die beiden seien Stammgäste, erklärt der Filmvorführer. Ich solle mir keine Sorgen machen. Er sei froh, überhaupt noch ein Publikum für seine Filme zu finden. Tote und Wahnsinnige seien übrigens nicht die schlechtesten Zuschauer.

Ich bin wie verzaubert. Die Stimme. Das Lachen. Die Haare. Lange, schwarze Dreadlocks. Anfang bis Mitte dreißig, schlank, dunkle Haut. Ich solle nun zurück in den Saal gehen, er werde gleich das Licht löschen und den Projektor einschalten. Der Film, für den der Spannungsregler besorgt werden musste, ist »La Silhouette sinon l'ombre« des chinesischen Autors Gao Xingjian, der in dieser Woche zum ersten Mal in Paris gezeigt wird. Man sieht, wie Gao durch die Straßen von Marseille wandelt, sich an Dinge erinnert, die man nur erinnern und nicht sehen kann. Eine cineastische Herausforderung, wie aus der ausführlichen Filmbeschreibung im Kino-Schaukasten hervorgeht. Anstelle der Erinnerungen des Regisseurs, die nicht gezeigt werden können, weil sie, so heißt es in den Erklärungen, ja unsichtbar seien, sieht man phantastische Tuschezeichnungen, die im Zuschauer Assoziationen hervorrufen sollen, zum Beispiel Bilder von apokalyptischen Landschaften oder die Kulisse einer zerstörten Stadt, längst vergessene Theaterszenen. Gezeigt werden auch Ausschnitte aus einer unbekannten Oper mit dem Titel »Schnee im August« des chinesischen Komponisten Xu Shuya, für die der Regisseur das Libretto geschrieben hat. Mich fasziniert der Rhythmus der Bewegungen, das Zusammenspiel von Kontrast und Überblendung, auch der Gesang, der ganz entfernt an den Sprechgesang der alten Peking-Oper erinnert.

Ich staune, wie abstrakt Erinnerungen sein können. Formen ohne Inhalt. Was bleibt, ist eine Art verlängertes Gefühl, gedankenlose Bilder, fremde Emotionen, die den eigenen Körper überschwemmen und erweitern. Wie immer, wenn im Kino die Lichter wieder angehen. Ich bin allein im Saal.

Ob mich die Toten und Wahnsinnigen noch sehr gestört hätten, wollte der Filmvorführer wissen, als er nach dem Ende der Vorstellung zum Aufräumen in den Saal kam. Ich erzählte ihm, dass die Frau im Dunkeln sofort aufgewacht sei und dann andauernd gelacht habe, allerdings immer an den falschen Stellen. In dem Film von Gao Xingjian gab es nämlich gar keine Stellen zum Lachen. Der Filmvorführer schmunzelte. Ich wusste nicht, ob sein Lächeln Zustimmung bedeutete oder nicht. Der Mann mit den roten Hosenträgern hingegen sei sehr still geworden, erzählte ich weiter, schließlich sei er aufgestanden und gegangen. Das mache er immer so, antwortete der Filmvorführer, er habe in seinem Kino wohl noch nie einen Film bis zu Ende geschaut. Solange er den vollen Eintritt bezahle, sei ihm das aber egal. Ich solle nun aber gehen, er müsse jetzt das Kino schließen. Ob ich vielleicht morgen wieder kommen wolle, da hätte er einen Film im Programm, den er persönlich noch viel spannender fände. Vielleicht hätte ich schon davon gehört, es sei »Borry Bana, le destin fatal de Norbert Zongo«, ein brandneuer Dokumentarfilm aus Burkina Faso über die Ermordung des Journalisten Norbert Zongo, der 1998 umgebracht wurde, weil er das korrupte Regime von Blaise Compaoré kritisiert und für den Tod von Thomas Sankara verantwortlich gemacht hatte.

Der Filmvorführer lehnte im Türrahmen, mit dem Rücken hielt er die Saaltür halb geöffnet, aus der ein angenehm frischer Wind des noch immer eingeschalteten Ventilators strömte. Es sei ein sehr wichtiger Film, erklärte er und reichte mir einen kleinen Flyer, den er aus der Hosentasche holte. »Nach dem Attentat auf Sankara schwang Compaoré sich zum Staatspräsidenten auf. Vermutlich wäre die gesamte afrikanische Geschichte, und nicht nur die von Burkina Faso, anders verlaufen, wenn Sankara seine Sozialreformen hätte verwirklichen können.« Jetzt war das Brennen in seinen Augen ganz deutlich zu sehen, keine Einbildung, da war ich mir sicher. »Borry Bana« sei übrigens ein besonders schöner Titel, eine Redewendung in Baramba-Sprache. Sie bedeute soviel wie: Die Flucht ist vorbei. »Ein ungewöhnlich poetischer Titel für einen Dokumentarfilm, finden Sie nicht?«, fragte er. »Ich frage mich bloß, ob eine Flucht überhaupt jemals vorbei sein kann? Darauf habe ich noch keine Antwort gefunden.« Er sah mir direkt in die Augen, schien etwas darin zu suchen. Auch ich wusste keine Antwort.

Wir verließen den Saal, blieben aber im Vorraum stehen. Er spürte, dass ich mich nicht entschließen konnte zu gehen. »Wo wohnen Sie?«, fragte er. Ich berührte seinen linken Arm, fuhr mit dem Daumen über die Fingerknöchel seiner leicht gekrümmten Hand, in der er die Schlüssel hielt. Er schien nicht einmal erstaunt. »Komm!«, sagte er. Er umfasste mein Handgelenk, zog mich dicht vor seinen Mund und hielt inne. Ich wollte, dass er mich küsste. Jetzt erst wurde mir klar, wie sehr ich mir gewünscht hatte, dass er mich küsste. In seinem rechten Mundwinkel glänzte ein kleines Fieberbläschen. Vielleicht zögerte er, weil seine Lippen schmerzten. Seine Hand fuhr in meinen Nacken, von dort hinauf ins Haar. Dabei zog er meinen Kopf ganz leicht nach hinten. Er war nicht sehr groß, doch groß genug, mir die Stirn zu küssen. Der Kuss war wie ein Pakt, etwas brannte in meinem Mund, etwas, das mir unbekannt war oder das ich vergessen hatte. Sein Name sei Ravo, sagte er. Das müsse ich wohl noch wissen.

Er verschloss die Eingangstür, zog das Ladengitter herunter und verriegelte es im Boden. Wir bogen in die kleine Passage ein, betraten den engen Hauseingang, stiegen die Wendeltreppe hinauf und waren nach wenigen Sekunden in Philippes Wohnung. Wenn man die Fenster geschlossen hielt, kühlten die Räume über Nacht ein wenig ab, weil sich die Hitze in den großen, alten Steinen der Hauswände verteilte. Das hatte Philippe behauptet. Doch an diesem Abend war es hier oben genauso heiß wie auf den Straßen.

Ravo wollte kein Bier, auch keine Schokolade, nur ein Glas Wasser. Er trank, verlangte ein zweites Glas, ging damit durch die Wohnung und wunderte sich über die beschrifteten Schubladen im Schlafzimmer. Wir legten uns aufs Bett und betrachteten schweigend die gegenüberliegenden Dächer. Unvermittelt begann er zu sprechen, leise zuerst, ohne mich anzuschauen, dann etwas lauter. Als Kind habe er sich in Paris gefürchtet. Immerzu hätte es irgendwo geblitzt und gedonnert. Seine Familie sei aus Madagaskar geflüchtet. Es habe damals ein Attentat gegeben, seine Eltern hätten sehr plötzlich das Land verlassen müssen. Er holte ein drittes Glas Wasser und legte sich wieder zu mir. Seine Hand lag zwischen meinen Beinen, drückte sanft und wie beiläufig gegen die Haut, während er von seiner Ankunft in Frankreich erzählte. Ich streichelte seine Brust, wartete auf das Ende seiner Sätze. Plötzlich sprang er wieder auf, zog sich vollständig aus, lachte über meinen erstaunten Blick und fragte herausfordernd, wann wir denn nun endlich mit dem Sex beginnen würden. Er habe nicht vor, seine Lebensbeichte bei mir zu deponieren. »Ravo« bedeutet »glücklich«, und er gebe sich Mühe, seinem Namen gerecht zu werden.

Bevor wir uns küssten und liebten und dabei so taten, als hätten wir das schon viele Male getan, öffnete er noch das Fenster und löschte das Licht. Dann erst wurde er ruhig, sehr ruhig und sehr konzentriert. Er bewegte sich kaum, doch ich spürte jede noch so kleine Regung seines Körpers, jedes Zögern und Zucken, jedes Anhalten und Abwarten, jeden Stoß. Alles, was er tat, vermehrte sich in mir, wurde groß und drängte Dinge nach außen, die ich schon viel zu lange für mich behalten hatte. Wahrscheinlich war ich zu laut, stöhnte, schwitzte, lachte, lärmte, schrie zuletzt hemmungslos, vielleicht tat ich ihm sogar weh, ohne es zu merken, denn die Welle war viel zu groß, um darin gesonderte Dinge wahrzunehmen.

Ravo hielt den Mund weit geöffnet, die Augen geschlossen und blieb sehr lange ganz still. Dann erfasste ihn ein großes Zittern. Es begann irgendwo im Nacken und setzte sich über den gesamten Oberkörper bis in Arme und Fingerspitzen fort. Er hob die Hände in die Luft, bewegte die Arme, als wären sie Flügel. Zugleich brach ein gewaltiges Schreien und Keuchen aus ihm heraus. Es brasselte wie Feuer, sekundenlang, ich dachte an einen großen Waldbrand. Dann wurde es wieder still. Ravo öffnete die Augen, lächelte mich an, drehte sich zur Seite, fasste unters Bett, tastete auf dem Teppich herum, um ein Feuerzeug aus seiner Hose zu angeln, fragte, ob er hier rauchen dürfe und zündete sich, ohne eine Antwort abzuwarten, eine Zigarette an. Es war mir recht, ich hätte es ihm ohnehin nicht verboten. Ich legte meine Hand auf seinen Bauch und spürte seinen Atem, das Inhalieren, das Ausstoßen des Rauchs, sein schweres, intensives Ein- und Ausatmen.

Wahrscheinlich hätte ich jetzt etwas sagen oder fragen müssen, schließlich war ich die Ältere. Nicht, wie's gewesen war oder wie's hätte sein sollen und schon gar nicht, wie's jetzt weitergehe, sondern irgendetwas Leichtes, Nettes, Unbeschwertes oder ganz Besonderes, etwas, das meinem momentanen Gefühl entsprach, ohne ihn zu belästigen oder zu erschrecken. Mir fiel nichts ein. Ich wartete auf das Ende seiner Zigarette. »Brauchst du einen Aschenbecher?«, fragte ich. Er antwortete nicht, schien zu überlegen und zog an seiner Zigarette. Ob ich an Seelenwanderung glaube, wollte er wissen. Als ich verneinte, meinte er, das sei sehr bedauerlich, denn dann könne ich ja gar nicht begreifen, was in ihm vorgehe. Die Asche seiner Zigarette fiel auf den Teppich. Es war, wie ich erleichtert feststellte, keine Glut darunter.

Er selbst könne seine verschiedenen Leben, seine Seelenavatare, wie er sie nannte, bis ins alte Ägypten zurückverfolgen und sich an viele Einzelheiten erinnern. Er sei ein nubischer Sklave bei der Errichtung der großen Pyramiden gewesen, ein Falke im Dienste eines arabischen Scheichs, eine Zigeunerin, die im 15. Jahrhundert nach Andalusien kam, ein Beduine in einer kleinen Oase in Mauretanien, er könne sich sogar ganz verschwommen an eine Existenz als Ziegenbock erinnern, das müsse unmittelbar im Anschluss an sein Leben in der Sahara gewesen sein, ein anstrengendes Leben übrigens: Es habe sehr viele Weibchen gegeben, aber leider nichts zu essen! Im frühen Mittelalter habe er als einer der letzten Drachen Europas in einer Grotte in den Alpen gehaust, vermutlich mehrere Jahrhunderte lang, bis ein rot gekleideter Ritter gekommen sei und ihm den Speer durch den feuerspeienden Schlund gejagt habe. Später sei er Matrose und Diamantenhändler gewesen, Polarforscher, Nachtclubsängerin, Revolutionär auf Kuba und Botschafter in Paris, er könne sich nur nicht mehr erinnern, für welches Land. Die Schweiz sei es jedenfalls nicht gewesen. Er sah mich lachend von der Seite an. Sein letztes Leben habe er als Albatros in Feuerland verbracht. Dort sei er einem im Wasser treibenden Angelhaken zum Opfer gefallen. Seitdem habe er wieder so ein komisches Gefühl im Oberkiefer, das ihn auch an seinen Tod als Drachen erinnere. Der Angelhaken im Pazifik habe nämlich die Verletzung durch den Speer reaktiviert. Es sei nicht auszuschließen, dass er in seinem jetzigen Leben diese archaischen Wunden heilen müsse.

In der Offenbarung des Johannes verkörpere der Drache zwar den Satan, das sei ihm durchaus bekannt, für ihn als Afrikaner, und das sei er irgendwie wohl immer gewesen, auch damals in seiner Alpenhöhle, gelte jedoch ein anderer Drachenmythos. In Asien und in Afrika seien Drachen Götter und keine Monster. Das habe sogar der rote Ritter verstanden, der nach dem Kampf seinen Mantel über ihn ausgebreitet habe. – Er schwieg. Ich traute mich nicht zu lachen. Ob ich gemerkt hätte, dass er sich bei der Liebe, genauer gesagt beim Orgasmus, in einen geflügelten Drachen zurückverwandle? Ich lächelte und verneinte.

Er stand auf, rauchte im Stehen weiter und schnippte die Kippe durchs offene Fenster. Er werde demnächst nach Indien gehen, nur so könne er wenigstens seine Seele retten, wenn der universelle Hitzetod, der nun immer näher rücke, uns alle dahinraffe. Er riet mir, mich etwas intensiver mit spirituellen Dingen zu befassen, bevor es zu spät sei. Ich schwieg. Ob er mal das Bad benutzen dürfe, fragte er und ging aus dem Raum. Ich lag noch immer auf dem Bett, bot ihm aber an, einen Kaffee zu machen. Das sei nicht nötig, antwortete er durch die geöffnete Badezimmertür hindurch. Er stand vor der Toilette. Die Geräusche übertönten seine Begründung. Wahrscheinlich würde er gleich wieder zurück ins Bett kommen und sofort einschlafen. Ich wartete, hörte, wie er nach etwas zu suchen schien. Schließlich drückte er auf die Spülung, steckte seinen Kopf durch die Schlafzimmertür, verabschiedete sich mit einem undefinierbaren Lächeln und ließ die Wohnungstür ins Schloss fallen. Ich dachte an die Nachbarn.

Dann stand ich auf, schloss das Fenster, weil ich das Gefühl hatte, dass es da draußen noch heißer war als bei mir im Zimmer, und ging ins Bad. Die Schränke und der Wäschekorb waren geschlossen. Ich hatte keine Vorstellung, wonach er gesucht haben könnte. Auf dem Rand der Toilette lag ein fremdes Haar, dunkles Gekräusel, schwarz auf weiß hatte er mir seine Unterschrift hinterlassen, eine Art Abschiedsbrief. Nur konnte ich ihn nicht lesen.

Es musste noch weitere Spuren geben. Hier im Bad oder drüben im Bett. Ich suchte die Kacheln ab, kroch über den Gang zurück ins Schlafzimmer, kratzte die Asche vom Teppich, entfernte einzelne Spinnweben, die unter dem Bett klebten. In den Fugen der Holzdielen leuchteten winzige Fusseln, blaugrauer Staub, dazwischen Krümel, Reste von toten Insekten, Kerzenwachs. Einen Hinweis auf den Besuch fand ich nicht. Auch der Teppich blieb stumm. Die Stille zwischen den Fäden war eindeutig.

Man kann solche Dinge trainieren, dachte ich. Genauso, wie man lernen kann, sich besser zu konzentrieren, sich an seine Träume zu erinnern, auf einen Anruf zu warten oder morgens früher aufzustehen. Alles eine Frage der mentalen Technik. Auch das Verlassenwerden lässt sich trainieren. Ich hatte ja schon recht viel Übung. Wichtig dabei ist vor allem, sofort zu wissen, was als Nächstes kommt oder kommen könnte. Auch wenn es noch so abwegig und verrückt ist. Es muss immer einen Fluchtpunkt geben, einen Notausgang, sonst ist man verloren.

Als Guido damals mitten in der Nacht das Zelt verließ und mit dem Auto wegfuhr, mich in einem französischen Wald bei Nanterre zurückließ, ohne zu sagen, was los war, wann und ob er überhaupt wieder zurückkäme, und ich im Morgengrauen beschloss, meinen Rucksack zu packen, die Eltern lieber nicht anzurufen und stattdessen auf eigene Faust weiter zu trampen, da war auch damals Paris schon wie eine Zuflucht gewesen. Nicht, weil ich der Stadt, die ich nicht kannte, irgendetwas Besonderes abgewinnen konnte, sondern nur, weil die Wegweiser am Straßenrand und auch die dicken roten Linien auf meiner Landkarte, die ich zum Glück nicht in Guidos Auto gelassen hatte, nach Paris führten. Wenn jemand anhielt und fragte, wohin ich denn wolle, war es leicht zu antworten: »À Paris!« Das verstand jeder. Und in Paris würde sich schon

Hilfe finden lassen, auch wenn man erst sechzehn war, kein Geld hatte und zu stolz war, einfach nach Hause zu fahren und dem Vater und der Stiefmutter zu gestehen, dass die erste Liebe gar keine gewesen war.

Und auch beim zweiten Mal, als ich endlich begriff, dass auch Philippe kein Mann für die Liebe und erst recht nicht fürs Leben war, als ich seine Wohnung in der kleinen Seitenstraße der Rue Mouffetard verließ und stundenlang ziellos mit dem Koffer durch die Straßen irrte, war das unbekannte Paris so etwas wie eine Rettung gewesen. Über die Gründe habe ich oft nachgedacht, doch nie eine wirklich befriedigende Antwort gefunden. Vielleicht lag es daran, dass man hier sehr schnell lernte, wie es ist, einsam, aber nie allein zu sein. Die Stadt war einfach zu groß dafür. Es musste hier unendlich viele Möglichkeiten geben. Schon an der nächsten Straßenecke, im nächsten Café oder hinter der nächsten Eingangstür wartete vielleicht jemand auf mich, zog seinen Hut, verneigte sich und sagte höflich »Madame«. Und ich würde ihn anlächeln, mich wundern, warum ich ihm nicht schon früher begegnet war, ihm meinen Arm reichen, und dann würden wir – als wär's eine Szene aus einem Roman von Balzac oder Proust – über den Platz stolzieren, den nahe gelegenen Boulevard St.-Michel überqueren und durch die Parkanlagen des Jardin du Luxembourg flanieren, dabei eifrig parlieren und ein wenig poussieren. [Einspruch, werte Frau v. Manteuffel! Sie wollen uns hier doch nicht etwa durch die Stadt führen und dabei die Stationen des klassischen Parisromans abklappern, oder? Noch dazu als Reiseroman, ich bitte Sie! Paris als multiple Metapher? Paris, die Stadt der Liebe! Paris, die Stadt der Dekadenz! Uns weis machen, man müsse nur herkommen, damit etwas passiert. Überhaupt, all diese Orte: Der Eiffelturm, Notre-Dame, Montmartre, der Arc de Triomphe, die Champs-Elysées, das Moulin Rouge usw. blabla! Der ganze Tourismus *ist doch nichts als eine Erfindung schöngeistiger Literaten, die ihr hübsch möbliertes Interieur ungeniert auf die Landschaft projizieren! Berichte über Berge, Städte, Inseln usw. letztlich nichts als ein müdes Echo aus schlecht gelüfteten Schlafkammern? Schnarchorgien, wenn Sie mich fragen. Aufgwärmt is nua a Gulasch guat, wie man bei uns in Bad Ischl sagt. [gez. trkl-ga]*

Es war ein eigenartiges, überraschend ernüchterndes Gefühl gewesen, nach zwanzig Jahren in die Wohnung in der Passage des Postes zurückzukehren, sie jetzt ohne Philippe zu bewohnen, als Gast und reguläre Touristin. Eine Kurtaxe gab es, so hatte Philippe versichert, jedoch nicht zu entrichten. Er hatte den dicken Schlüsselbund neben den alten Kamin gelegt, auf eine kleine steinerne Ablage, die breit genug war. Es mochten auch Schlüssel zu Räumen dabei sein, die es gar nicht mehr gab. Philippe machte sich jedenfalls nicht die Mühe, mir die Verwendung jedes einzelnen zu erklären. Nur die Schlüssel für die massiven Eingangsschlösser waren beschriftet. Falls etwas nicht in Ordnung sei mit der Haustür, dem Stiegenhaus oder dem Müll, solle ich einfach die Concierge benachrichtigen. Die sei zwar etwas eigenartig und viel unterwegs, auch, weil sie noch für andere Häuser in der Straße zuständig sei, doch wenn ich um die Mittagszeit an ihre Türe im zweiten Stock klopfte, würde ich schon bald eine dunkle Frauenstimme hören, die von innen fragte, wer sie denn so früh schon störe. Davon solle ich mich nicht abhalten lassen. Das Codewort für die Nachbarn sei übrigens »Neige«. Ein, so fügte er an, perfektes Wort für einen Sommer wie diesen. Denn mit Schnee würde jetzt wohl niemand rechnen, das könne kein Fremder erraten. Wenn ich den Geheimcode zwei- oder dreimal laut wiederholte, würde sie ihre Türe öffnen und nach meinem Anliegen fragen. Doch vielleicht würde ich ihr nicht einmal begegnen. Es sei momentan ja alles in Ordnung.

Ich war überrascht, dass es mir nichts ausmachte. Es machte mir tatsächlich nichts aus, hier zu sein, mich wieder an den Geruch der Zimmer zu erinnern, an den Blick aus dem Fenster, die gegenüberliegenden Dächer und Schornsteine, an den dunstigen Himmel über Paris. In meiner Erinnerung war alles düsterer gewesen, ich hatte mich eingeengt gefühlt, bedrückt von einer Ordnung, die ich nicht verstand. Philippe hatte schon damals ein System für alles gehabt. Seine kleine Wohnung war von unsichtbaren Koordinaten durchzogen, Linien, die nicht überschritten, Territorien, die nicht betreten werden durften, deren Grenzen jedoch, so schien es mir, willkürlich und nur von seinen eigenen, undurchsichtigen Regeln festgelegt waren. Er verlangte, dass die Lampen in einer bestimmten Reihenfolge angezündet und gelöscht wurden, dass man das Bad nur mit nackten und gewaschenen Füßen betrat, ein Gebot, das gar nicht so leicht zu befolgen war, weil das Waschbecken in der Küche, in dem man sich den Staub der Straße abzuspülen hatte, für Menschen mit einer Körpergröße von 1 Meter 62 für Fußwaschungen nur mit einem Schemel zu erreichen war.

Beim Frühstück forderte er strikteste Ruhe, beim Abendessen hörten wir Gustav Mahler, Philippe fand, das fördere die Verdauung. Überhaupt interessierte er sich für alles, was mit Verdauung zusammenhing. Dafür hatte er eine eigene Rubrik in seinem Tagesprotokoll, das immer aufgeschlagen neben dem Bett lag. Dort wurden Gewicht und Blutdruck vermerkt, die Anzahl der morgendlichen Liegestützen und Klimmzüge, gewisse Uhrzeiten, vor allem die des Essens, Stuhlgangs, Aufstehens und Zubettgehens sowie die jeweiligen sexuellen Verrichtungen, »M« stand für Masturbation, »C« für Coitus, wobei er zwischen »Cc« und »Ci« unterschied, mir aber die Auskunft darüber verweigerte, was diese Kürzel zu bedeuten hatten.

Außerdem verlangte er, dass ich mich bei der Ernährung anpasste und seinen Diätplan respektierte. Er aß damals ausschließlich Vollkornreis mit Karotten, manchmal am Nachmittag noch ein Stück Käse, aber nur, wenn es nicht regnete, damit die Luftfeuchtigkeit den Milchsäuregehalt nicht beeinträchtigte. Und er verlangte, dass ich seine kleinen sexuellen Eigenheiten respektierte, dass ich Verständnis dafür hatte, wenn er gewisse Gerüche nicht ertrug, sich vor bestimmten Körperteilen fürchtete oder ekelte, an manchen Stellen des Körpers, vor allem am Brustbein und im Gesicht, nicht berührt werden durfte, dass er beim Liebemachen keinen anderen als seinen eigenen Rhythmus befolgen konnte – er sprach über dieses »Faire l'amour« prinzipiell nur mit distanziertem Unterton, meinte einmal sogar, das »Machen« der Liebe beinhalte für ihn notwendig einen technischen Aspekt – und dass er sehr schnell aus der Fassung geriet, wenn irgendetwas seinen Erwartungen oder der gewohnten Abfolge der sexuellen Handlungen nicht entsprach. Für unsere seltenen Zusammenkünfte in seinem schmalen Bett unter dem Mansardenfenster gab es ein strikt geregeltes Ritual, zu dem auch die zehnminütige Wartezeit gehörte, die auf der Packungsbeilage für das Verhütungszäpfen gefordert wurde. Während dieser Zeit lag er meistens auf dem Rücken, schaute an die Decke und erörterte naturwissenschaftliche und erkenntnistheoretische Probleme. Ich war zwanzig Jahre alt und fand seine Theorien faszinierend. Es war immer faszinierend gewesen, mit Philippe zu sprechen, ihm dabei zuzuhören, wie er sich selbst und allen, die zufällig neben ihm lagen, die Welt erklärte. Zärtlichkeit zum Beispiel sei im Grunde ja nichts weiter als die Belastung seines Brustkorbs mit einem Frauenkopf, es wundere ihn, wie viele Menschen so etwas als angenehm empfanden, schließlich wiege so ein Kopf, je nach Haarmenge, satte sechseinhalb Kilo. Doch er erklärte nicht nur die Welt. Er erklärte auch den Kosmos, wusste, wieso es bei Neumond am Atlantik zu Springfluten kam, warum die Erde und alle angegliederten Raumstationen eines Tages von Robotern bewohnt sein würden. »Die menschliche Intelligenz kommt in den nächsten Jahrzehnten an ihr Limit«, meinte er, »maschinelles Leben wird viel effizienter sein.« Er konnte auch erklären, wie man die Teilungsraten bei Karzinomen und bei Bienenvölkern berechnete, wie sich die jährliche Strahlenbelastung von Röntgenassistentinnen messen ließ oder die Blauverschiebung des Andromedanebels, und er wusste sogar, wie lange Schneewittchen bei herabgesetzter Pulsfrequenz im Sarg liegen konnte, ohne zu ersticken, eine Frage, die ich mir als Achtjährige, kurz nach dem Tod meiner Mutter, immer wieder gestellt hatte.

Es war, als er meine Postkarte aus Wien und später die Nachricht aus Genf bekam, für Philippe keine Frage gewesen, mich für unbestimmte Zeit in seiner Ferienwohnung zu beherbergen. Er hatte sofort zurückgerufen, bei meiner Ankunft keine Fragen gestellt, mir die Schlüssel anvertraut, ein paar Dinge in den Kühlschrank geräumt, mir erklärt, wie der Boiler und die Kaffeemaschine funktionierten und wo der Müll zu deponieren sei. Dann war er gegangen, hatte mir vorher aber noch einen Zettel auf den Tisch gelegt, auf dem vermerkt war, zu welchen Tageszeiten ich ihn anrufen dürfe, falls es irgendwelche Probleme gäbe.

Schon am Morgen nach meiner Ankunft wählte ich die Nummer, die Dimiter mir gegeben hatte. Ich freute mich darauf, ihn zu treffen, hoffte, meine Schwärmerei würde sich auf ihn übertragen, ansteckend oder wenigstens nicht lächerlich wirken. Doch unser Gespräch verlief anders, als ich es mir vorgestellt hatte. Zuerst wusste er nicht mehr, wer ich überhaupt war, erinnerte sich nicht, mir seine Nummer gegeben zu haben. Er sprach kurz und knapp, geradezu ruppig. Am Telefon klang seine Stimme ganz anders als am Bildschirm. Ich war verwirrt. Doch als ich ihn an seine Reportage über den toten Clochard erinnerte und nochmals erwähnte, wie sehr mich seine Darstellung des obdachlosen Wartens beeindruckt hatte, fiel ihm unsere Korrespondenz wieder ein. Er entschuldigte sich für seine Vergesslichkeit, sprach aber sofort weiter, ohne in eine weniger förmliche Tonlage zu wechseln. Ja tatsächlich, mein Interesse berühre sich mit seinem neuen Projekt. Er plane eine Reportage über die verschiedenen Kategorien der hier lebenden »SDFs«, der so genannten »Sans-domicile-fixe«. Es gäbe unter den hiesigen Obdachlosen – tja, wie solle er sie nennen? – »sesshafte Clochards«, das heißt Leute, die eine öffentliche Parkbank in Beschlag genommen hatten oder zu einem Clan gehörten, der über eine Straßenecke, einen kleinen Platz, ein Abbruchhaus oder einen Hinterhof verfügte, aber auch richtige Vagabunden, Bettler und Umherziehende aller Art, oft Drogenabhängige und psychisch Kranke, aber auch illegale Flüchtlinge, sogenannte »Papierlose«, die als »Personen ohne festen Wohnsitz«, wie man alle SDFs bürokratisch korrekt bezeichnete, untergetaucht, und das hieß: irgendwo in der Stadt gestrandet waren, wo sie unsichtbar blieben oder wenigstens glaubten, es zu sein.

Ob ich vielleicht mitkommen, ihn beim nächsten Recherchegang begleiten wolle? Er kenne im 15. Arrondissement ein interessantes Brachland, die »petite ceinture«, den »kleinen Gürtel«, wie der Volksmund das Gelände nenne, ein stillgelegtes Eisenbahnareal im Südwesten der Stadt, das er demnächst wieder besuchen werde. Schon vor Jahren habe man die Gegend vollständig abgesperrt und offiziell unzugänglich gemacht, doch es gäbe noch immer ein paar Tunnel, Schlupflöcher und Zugänge, deren genaue geographische Koordinaten unter den Obdachlosen wie geheime Botschaften oder Losungen kursierten.

Vom Tunnel von Vaugirard führe auch ein Verbindungsgang zu den Katakomben, die im 15. Arrondissement auf selber Höhe lägen wie die alten Gleise. In einem der Gänge lebe übrigens die größte Fledermauskolonie Frankreichs. Auf der

Höhe der Rue de Dantzig befände sich immer noch eine gute Einstiegsmöglichkeit in die unteren Etagen der Katakomben. Er vermute, dass die Bewohner der Petite Ceinture sich auch dort unten eingerichtet hätten.

Der von Dimiter benutzte Zugang lag versteckt am Ende eines Parks, hinter einem Gebüsch. Ihm war zwar noch ein zweiter Eintrittsort bekannt, doch er selbst sei dort noch nicht gewesen, wisse nur, dass man über einen Zaun klettern müsse und dann durch einen etwa zwanzig Meter langen, stockdunklen Tunnel unter dem alten Bahndamm zu einer rostigen Eisentür gelange, die nur angelehnt sei. Dahinter beginne das Land der Bettler.

Die SDF lebten in kleinen, aus Brettern, Ästen und Backsteinen gezimmerten Nischen, schliefen auf zerrissenen Wolldecken oder aufgetrennten Kartons, verbargen sich hinter großen Plastikfolien und alten Stoffplanen. Nur wenige besäßen eine Art Ausrüstung, Gerätschaften wie Taschenlampen, Gaskocher, Rucksäcke, Matratzen oder Schlafsäcke. Im Sommer sei es fast gemütlich hier, es gäbe viele Vögel und ein paar wunderbare, bunte Graffitis, erzählte Dimiter. Er lachte zum ersten Mal. Ich war überrascht. Es klang seltsam gezwungen, kurzatmig, beinahe gehetzt. Am Bildschirm hatte er nie gelacht. Wahrscheinlich hatte ich ihn mit meinem Anruf bei etwas Wichtigem gestört. Im Winter dagegen gehe es den Leuten schlecht, fuhr er fort. Denn der »kleine Gürtel«, wie man die »petite ceinture« auch wörtlich übersetzen könne, sei in Wirklichkeit eine Art Graben, deutlich tiefer gelegen als die angrenzenden Straßen, deshalb gäbe es hier in den Wintermonaten wegen der Winde und Verwehungen auch mehr Schnee als in der Umgebung. Viele SDFs verließen dann ihr Sommerquartier und versuchten, in der Innenstadt zu überleben. Im März kämen sie wieder zurück, dann gäbe es erst einmal Streit um die besten Plätze, oft auch um die zurückgelassenen Gegenstände. Solidarität unter Obdachlosen sei eher selten. Im Allgemeinen sei auch hier jeder sich selbst der Nächste. Diese ganze Clochard- und Bohème-Romantik, die noch immer in unseren Köpfen herumspuke, sei ein Hirngespinst der Literatur. Er selbst hätte, als er nach Paris gekommen sei, nie vermutet, dass es hier so etwas gäbe: »Es ist nicht mehr zu leugnen: Die Metropolen verelenden. Immer mehr Menschen geraten an den Rand. Seit Richard Nixon in der Sommerhitze 1971, ich glaube, ich kann mich sogar an das Datum erinnern, es muss der 13. oder 15. August gewesen sein, die Wechselkurse freigab, spielen die Finanzmärkte verrückt, Reagan und Clinton haben danach den Job vollendet. Und das hier sind jetzt die Konsequenzen: Eine Art Bidonville, ein Slum, mitten in einer europäischen Stadt!« Er bekam einen kleinen Hustenanfall. »Stellen Sie sich das doch mal vor, oder besser: Kommen Sie mit und sehen Sie es sich an!«

Ich freute mich über seine Einladung, gab aber zu bedenken, dass ein solcher Ausflug bei den derzeitigen Temperaturen vielleicht etwas strapaziös sein könnte. »Wir gehen natürlich in der Nacht«, sagte Dimiter, »aber ich will gar nicht versuchen, Sie zu überzeugen. Wenn Sie lieber im klimatisierten Louvre herumlaufen, kann ich Ihnen das nicht verübeln.« Ich fühlte mich ertappt, dankte ihm nochmals für die Einladung und wechselte das Thema.

Mich interessierte seine Arbeitsweise, sein journalistisches Selbstverständnis. Wie er es schaffe, aus einer Fülle von oft doch recht undurchsichtigen Phänomenen eine Nachrichtenmeldung herauszufiltern. Denn er müsse ja wohl immer sehr schnell neue Informationen präsentieren, noch bevor er die Zusammenhänge wirklich durchschaue. Bei meinen eigenen Recherchen sei das zum Glück ganz anders, ich hätte viel mehr Zeit, mich mit einem Thema auseinanderzusetzen, auch wenn meine Wiener Verlegerin diesbezüglich anderer Meinung sei. [Allerdings! gez. Hel-ga] Er unterbrach mich und meinte, es sei zwar gewiss schwierig, sich immer so schnell ein Urteil bilden zu müssen, doch sei das letztlich alles eine Frage der Professionalität. »Wenn ich nicht sicher bin, formuliere ich vorsichtig. Und wenn ich sicher bin, bin ich sicher. Da täusche ich mich nicht.« Er machte eine kurze Pause und überlegte. »Na klar, so einfach ist das!«, bekräftigte er, wie um sich selbst zu überzeugen. Wieder hörte ich sein nervöses, kurzatmiges Lachen. »Um nur ein aktuelles Beispiel zu nennen: Warum helfen momentan amerikanische UNO-Beamte der französischen Regierung bei ihrer Stellungnahme gegen den Irakkrieg? Das habe ich gestern von einem Informanten aus dem Élysée erfahren. Was macht das für einen Sinn? Werden diese Fakten überhaupt je bekannt, werde ich das jemals verwenden dürfen? Noch habe ich keine Ahnung, was dahinter stecken könnte, und ich werde einen Teufel tun, darüber in der Abendschau zu sprechen! Ich habe nicht einmal die Redaktion informiert.«

Ja, es sei manchmal schon sehr schwierig, Fakt und Fake zu unterscheiden. Auch er als seriöser und engagierter Journalist – ja so etwas gäbe es noch! Durchaus! – könne sich oft nur auf sein Gefühl verlassen, naja, sagen wir: seine Intuition und Erfahrung, das klinge besser, weil es etwas mit realen Ereignissen zu tun habe. Er sei schließlich kein Relativist oder gar Konstruktivist. »Wahrheit und Lüge lassen sich unterscheiden. Das ist immer noch die Grundregel, die Voraussetzung für alles. Da bin ich knallhart, konservativ, wenn Sie so wollen. Die Privatisierer und neoliberalen Wertabschöpfer haben zwar die unabhängige Presse fast schon kaputt gemacht. Emotionen und Sensationen sind leider billiger als seriöse Recherchen. Doch wahr und falsch lassen sich auch heute noch unterscheiden, sie müssen sich einfach unterscheiden lassen! Verstehen Sie?« Er brüllte fast ins Telefon. »Sonst wäre ja alles ganz sinnlos!« Ich gab ihm Recht, konnte jedoch nicht ausschließen, dass auch diese letzte Konsequenz immerhin zu erwägen sei. Doch er hatte schon weiter gesprochen und schien ziemlich erregt. Vermutlich stritt er öfters über dieses Thema und hatte dabei eine gewisse Routine.

Ganz schwierig sei es, wenn er Fakten nicht nur überprüfen, sondern auch noch auswählen und gewichten müsse. Denn aus lauter wahren Fakten könne man völlig unterschiedliche, ja sogar falsche Geschichten zusammenstellen, vor allem natürlich, wenn man nur dreißig Sekunden Sendezeit zur Verfügung habe. Die Aufgabe sei ja immer dieselbe: Wie ließ sich ein Vorfall, der irgendwann einmal historisch werden würde, so erzählen, dass die Zuschauer sofort die richtigen Schlüsse daraus zogen? Die richtigen Fragen stellten? Die richtigen Zusammenhänge sahen? Manchmal musste man aus Zeitgründen Dinge zusammenfassen, die gar nicht zusammengehörten. Oder falsche Überleitungen und Anschlüsse erfinden, damit die Zuschauer nicht merkten, dass etwas fehlte. Das aber waren Ausnahmen, generell könne er sich morgens beim Rasieren guten Gewissens ins Gesicht schauen. Ja gewiss, das könne er. Er lachte trocken.

Er kenne übrigens einen Pariser Schriftsteller – bitte fragen Sie mich nicht nach seinem Namen, es gibt hier einfach zu viele! –, der behaupte, die Wahrheit einer Geschichte läge nicht in der Übereinstimmung mit der Realität, sondern sei allein eine Frage der Moralität, worunter er wohl so etwas wie eine Lebenslehre verstehe, was immer das auch sein möge. Lächerlich! Das sei doch wirklich nur lächerlich! Wo kämen wir denn da hin? Wenn er bei seinen Recherchen hier in Paris auch noch anfangen müsste, nach moralischen Zusammenhängen zu fragen, könne er ja gleich einpacken und wieder als Lokalreporter für die Westfalenpost über Beziehungsmorde und Verkehrstote schreiben wie damals während des Studiums in den Siebziger Jahren! Da habe er natürlich immer ein bisschen auf die Moraltube drücken müssen, damit die Hausfrauen im Sauerland und in der Eifel nicht vor Empörung vorzeitig dahinwelkten. Doch hier in Paris? »Ich bitte Sie! Hier sind die Fakten schon kompliziert genug. Auch ganz ohne Moral!«

Ich fühlte, dass es besser war, ihm wieder Recht zu geben, auch wenn ich nicht davon ausging, dass der namenlose Pariser Schriftsteller seinen Satz über die Wahrheit der Literatur tatsächlich so gemeint hatte, wie Dimiter ihn interpretierte. Ich bekräftigte seinen journalistischen Anspruch auf unparteiische Objektivität und fragte, ob wir über dieses gewiss sehr anspruchsvolle und komplexe Thema vielleicht heute Abend bei einem Glas Rotwein weitersprechen könnten? Wir hätten ja nun fast eine Stunde lang telefoniert, das sei doch gewiss ein gutes Omen für eine Fortsetzung unseres Gesprächs.

Er schien zu zögern. Ich überlegte. Eigentlich war ich enttäuscht. Dimiter war nicht so, wie ich ihn mir vorgestellt hatte. Trotzdem wollte ich ihn treffen. Es konnte doch nicht sein, dass er vor der Kamera so ganz anders wirkte, zögerlicher, zurückhaltender, ja weicher als jetzt am Telefon. Ich war nach Paris gekommen, um seinen trotzig-sensiblen Blick zu spüren, den verletzlichen Ausdruck, den ich aus dem Fernsehen so gut kannte, ich wollte seine Augen ganz aus der Nähe betrachten, diese Augen, die mich immer wieder gefesselt und nach der Trennung von Adrian schließlich nach Paris gezogen hatten. Vor dem Bildschirm hatte sich eine Sehnsucht aufgebaut, die ich jetzt nicht einfach ad acta legen konnte, weil mir sein Lachen nicht gefiel oder weil ich seine Auffassung von Literatur nicht teilte. Andere Frauen verlieben sich in Filmschauspieler oder Popstars, die sie von der Leinwand oder vom Bildschirm her kennen, bei mir war es nur ein Kollege, der zufällig beim Fernsehen arbeitete und einen besonderen Blick hatte. Außerdem hatten wir ein gemeinsames Thema oder wenigstens Interessen, aus denen wir ein gemeinsames Thema hätten erfinden können. Nach dem schrecklichen Abschied von Adrian in Wien, der seltsam unterkühlten Begrüßung von Philippe hier in Paris, der verwirrenden Begegnung mit Ravo, könnte sich mit einem, der einen solchen Blick und eine solche Stimme hatte, doch wirklich eine neue Geschichte ergeben. Es muss immer einen Fluchtpunkt geben, sonst ist man verloren.

Dimiter räusperte sich. Er würde gern weiter mit mir plaudern, doch in den kommenden Tagen sei gar nicht daran zu denken, da müsse er abends im Studio arbeiten und mit dem Techniker bis Mitternacht am Video-Schnittplatz herumhängen. Immer wieder kämen unvorhergesehene neue Aufträge herein, manchmal Dringendes, manchmal aber auch Sachen, die schon monate-, wenn nicht jahrelang von der Paris-Redaktion immer wieder aufgeschoben wurden und jetzt ganz plötzlich erledigt werden sollten. Erst gestern zum Beispiel sei der Auftrag gekommen, er möge jetzt im Sommer sehr dringend ein paar neue Nachrufe in die Vorrats-Pipeline legen: Oberste Priorität habe der Nachruf auf Jacques Chirac. Den habe man nämlich noch immer nicht »konserviert«, wie sie das bei ihnen nannten. Dabei sei das jetzt schon seine zweite Amtsperiode als Président de la République und er sei ja inzwischen auch schon siebzig Jahre alt, für Präsidenten ein überaus kritisches Alter, denn entweder stürben sie an Stress und Überlastung, und da wäre siebzig der letztmögliche Zeitpunkt, oder aber sie gehörten zu jener wirklich qualifizierten Politspezies der Nichtraucher, Nichtschläfer, Nichtesser, blutdruckneutrale Politmaschinen, die alle Konflikte aussäßen und uralt würden.

Für den Nachruf auf Chirac müsse er jetzt unbedingt noch weiter recherchieren, zusätzliches Material aus dem Archiv besorgen, auch wenn die Arbeit bei dieser Affenhitze natürlich mühsam sei. Zum Glück seien die Räume, in denen die Filme aus den Sechziger Jahren lagerten, klimatisiert. Doch in ein paar Tagen habe er bestimmt mal Zeit für mich. Ich werde ja gewiss nicht sofort wieder abreisen, oder?

Ich ließ den Zettel mit seiner Telefonnummer neben der Eingangstür liegen. Es war viel zu früh für Entscheidungen. Auch Philippe hatte ich ja nicht sagen können, wie lange ich in Paris bleiben würde. Auch ihm war es egal gewesen, wie lange ich blieb. Seine Wohnung stand ohnehin meistens leer, wahrscheinlich weil es ihm einfach zu mühsam war, nach Feriengästen Ausschau zu halten. Vielleicht sollte ich mir Dimiter zum Vorbild nehmen, das Manuskript schnell und ohne weitere Umstände abschließen? Dann hätte wenigstens Frau Trinkl-Gahleitner endlich Ruhe gegeben.

Paris, Passage des Postes, Juli 2003

Schon in der zweiten Woche vergaß ich, die Wohnungstür beim Schließen festzuhalten. Ich hatte ein paar Besorgungen gemacht, war das enge Treppenhaus hinaufgestiegen, hatte mich gewundert, dass die Temperatur von Stockwerk zu Stockwerk anzusteigen schien und mich gefragt, wie heiß es jetzt wohl in den kleinen Zimmern unter dem Dach sein würde. Dann ging alles sehr schnell. Kaum hatte ich schwitzend und außer Atem die Einkaufstüten neben dem Sofa abgestellt, mich geärgert, dass mir jetzt doch die Tür aus der Hand gerutscht war, das Badezimmer betreten, um kurz auf die Toilette zu gehen, als es auch schon an die Tür klopfte. Es klopfte und hämmerte und gleich darauf läutete es auch. Es klingelte Sturm und hörte gar nicht mehr auf. Ich trocknete die Hände, rief, so laut ich konnte: »Un instant, s'il vous plaît!«, und überlegte, mit welchen Worten ich mich bei dem verrückten Nachbarn entschuldigen sollte. Doch dazu gab es keine Gelegenheit. Vor mir stand ein etwa vierzigjähriger, sehr blasser, halbnackter Mann. Rein statistisch gesehen ist einundvierzig, so hatte ich kürzlich gelesen, nicht nur das ideale durchschnittliche Alter für junge Väter, sondern auch für Mörder. Er heiße Serge, Serge Irgendwas, seine Stimme überschlug sich, ich konnte seinen Nachnamen nicht verstehen. Ob ich mir eigentlich darüber im Klaren sei, dass es auch Menschen gebe, die keinen kleinbürgerlichen Tagesablauf hätten, schrie er mich an, als ich die Tür öffnete. Er sei erst vor drei Stunden nach Hause gekommen und müsse jetzt unbedingt schlafen, wie ich denn so unverschämt sein könne, darauf keine Rücksicht zu nehmen? Es war Mittag und ich wollte ihm sagen, dass ich ihn verstehe, dass auch ich früher oft bis in den Nachmittag hinein im Bett geblieben sei, sogar manchmal noch mit Adrian, dass es schön gewesen sei, so in den Tag hineinzudämmern, und dass gerade Paris gewiss der passende Ort für solche Zeitverschiebungen war. Doch ich kam nicht zu Wort. Er habe die Nase oder Schnauze beziehungsweise auf Französisch sogar den Arsch gestrichen voll von all den Touristen, die den ganzen Tag in der Stadt herumliefen, morgens schon ins Museum gingen und dann mittags die Treppe hinauftrampelten. Er hingegen müsse nachts arbeiten – was genau, sei ja wohl egal, das ginge mich einen Scheißdreck an! Es war noch immer unmöglich, zu Wort zu kommen. Und als ich zurückbrüllte, auch ich wolle jetzt mal etwas sagen (noch dachte ich dabei an eine Entschuldigung …), schnitt er mir das gebrüllte Wort ab und schrie, was ich zu sagen hätte, sei ihm ebenfalls scheißegal, seinetwegen könne ich unten bei den Pennern im Hausflur schlafen, wenn ich es wagen sollte, noch einmal die Wohnungstür ins Schloss fallen zu lassen. Ich solle gefälligst zuhören, was er mir zu sagen hätte.

Mein Nachbar trat noch einen Schritt auf mich zu. Ich sah seine vom Schlaf geröteten Augen und einen silbrig glänzenden Speichelfaden an der Unterlippe. Eilig schloss ich die Tür, ohne auf das Geräusch zu achten. Wieder fiel sie zurück ins Schloss. Es knallte. Pariser Türen sind schwerer als andere Türen. Gleich darauf knallte es ein zweites Mal. Das war die Faust des Nachbarn. Er schlug an die Tür und klingelte, genauso schrill und lang wie schon Minuten zuvor. Als er merkte, dass ich nicht öffnen würde, begann er von Neuem zu brüllen. Er werde jetzt eine Axt holen und die Tür einschlagen. Ich stand hinter der Verriegelung, wartete und überlegte. Pariser Türen sind schwerer als andere. Und das ist gut so.

Schließlich drohte er mit der Polizei, wechselte dann aber doch rasch wieder zur Selbstjustiz. Er werde jetzt, rief er durch die Tür, solange vor meiner Wohnung warten, bis ich wieder herauskäme. Und dann werde man schon sehen, ob ich ihm endlich zuhören würde oder nicht. Ich überlegte kurz, ob ich ihn vielleicht überraschen, die Tür aufreißen und ihm einen Kübel Wasser ins Gesicht kippen sollte. Doch meine Phantasie hörte an dieser Stelle ja nicht auf. Es würde danach wohl weitergehen müssen. Der Begossene würde wahrscheinlich blitzschnell aufstehen, mit der einen Hand in mein Haar und mit der anderen an meine Kehle greifen, mich würgen und dabei immer weiter in Richtung Treppengeländer drängen. Wir befanden uns im fünften Stock, das Treppenhaus war tief und sehr eng. Vielleicht hätte er es geschafft, mich über das Geländer zu ziehen oder zu drücken. Ich wäre gestürzt, dann beim Fallen an den Wänden angeschlagen und hätte mir beim Aufprall Schädel oder Genick gebrochen. Man sah solche Szenen in alten Hollywoodfilmen oder schlechten Fernsehkrimis. Ähnliches musste also auch in der Realität vorkommen. Ich verzichtete auf den Gegenangriff, verschanzte mich in der Wohnung, atemlos, lauerte, so leise wie möglich, hinter der Tür und hoffte, bald seine Schritte auf der Treppe oder das Einschnappen seiner eigenen Wohnungstür zu hören. Während zwei bis drei Minuten blieb alles still, dann hämmerte er wieder gegen die Tür, schrie irgendeinen Fluch ins Treppenhaus. Doch als sich von unten Stimmen bemerkbar machten, ging er zurück in seine Wohnung. Vielleicht hatte die Concierge ihm geraten, sich zu beruhigen.

Ich blieb an diesem Tag im Schlafzimmer und wagte, trotz der weiter steigenden Hitze, nicht, die Fenster zu öffnen. Ich hoffte, jemand, vielleicht die Concierge, würde zu mir heraufkommen, leise an meine Türe pochen, »Neige, neige« oder sonst ein magisches Wort flüstern und mir versichern, dass ich mich nicht zu fürchten brauchte. Doch es blieb alles still. Und so harrte ich aus, stundenlang, fast ohne mich zu rühren. In diesen Stunden hörte ich die unsichtbaren Stimmen zum ersten Mal, sie waren in meinem Körper, eine Art mechanisches Seufzen, ich lernte damals kennen, was ich heute meine »Tiefenflüsterer im Maschinen-Körper« nenne.

Wenn man bei sehr großer Hitze sehr lange stillhält, dasitzt wie abgestellt, bis der Schweiß vollständig aufgebraucht ist und die Organe allmählich zu kochen beginnen, hört man ihr Flüstern und Seufzen, auf einmal hört man es, spürt, wie sie sich in der Not aneinander reiben, sich unter ihren feinen Innenhäuten immer mehr erregen, sich dicht an dicht schmiegen, sich gegenseitig mit Blut und elektrischen Schwingungen versorgen und dabei ganz leise an die Außenwände pochen. »Wach auf«, rufen sie, »öffne das Fenster, wir ersticken.«

Später versuchte ich Philippe anzurufen, doch er war nicht zu erreichen, und wahrscheinlich hätte er sowieso nur gesagt, er habe mich ja gewarnt und könne da leider gar nichts für mich tun. Ansonsten habe er ja vorgesorgt, eingekauft und alles so nett hergerichtet. Das stimmte. Vor meiner Ankunft hatte er ein Fladenbrot, geröstete Sesamstangen, Äpfel und ein paar Flaschen Mineralwasser besorgt, auch der Kaffee würde für ein paar Tage reichen. Es war also vorerst gar nicht nötig, aus dem Haus zu gehen. Wegen der ungewöhnlichen Hitze hatte er außerdem einen ganz speziellen Sonnenschutz unter dem Dachfenster befestigt. Dabei handelte es sich um ein altes, ungerahmtes und fast vollständig verblasstes Ölgemälde, das eine Art umgekehrte Pietà darstellte: Ein weinender Ritter hielt eine tote Nonne im Arm. Sein Gesicht war ausgewaschen und nicht mehr zu erkennen. Auf seinem Mantel saß eine dicke, schwarzblaue Spinne, die in den Fensterrahmen verschwand, als Philippe das Bild bewegte. Die

Nonne hielt ihre Augen geschlossen und schien sehr bleich. Es war unmöglich zu entscheiden, ob ihre Blässe auf den Tod oder auf das Ausbleichen der Ölfarben zurückzuführen war. Das Bild passte perfekt in den Rahmen des Dachfensters und schütze mich tagsüber vor der brennenden Sonne. Am Abend nahm ich das Bild herunter, entfernte die Spinnweben und lehnte es an einen Stuhl.

Hier oben, hier in der kleinen Wohnung knapp unter dem Dach, war sichtbar, was in den engen Straßen zwischen den Häuserschluchten fast vollständig verschwand: der randlos weite Himmel, makellos blau, wolkenlos leer, nicht einmal durchzogen von lautlos aufflockenden Kondensstreifen.

Im Wohnzimmer stand ein neuer Computer, den Philippe demnächst noch abholen wollte. Der Hersteller habe eine Rückrufaktion lanciert, hatte er beiläufig erwähnt. Offenbar gäbe es Probleme mit dem Akku. Er habe allerdings momentan keine Zeit, sich darum zu kümmern. Solange könne ich das Gerät mitbenutzen, es gäbe sogar Internetanschluss, nur solle ich mit der Belüftung aufpassen und das Ding nicht auf ein Kissen legen. Doch ich hatte gar kein Bedürfnis, mich jetzt auch noch mit technischem Kram auseinanderzusetzen. Ich wusste ja aus Erfahrung, dass das nur wieder Zeit und Nerven kosten würde, weil diese Dinge einfach nie so funktionierten, wie sie eigentlich sollten und wie Leute wie Philippe stets behaupteten. Er selbst konnte programmieren und Fehler beheben, hatte immer die neueste Software zur Verfügung, konnte sich also gar nicht vorstellen, dass Menschen wie ich an solche Maschinen mit sehr viel weniger Elan herangingen. Philippe hatte schon vor zwanzig Jahren behauptet, das digitale Zeitalter stünde vor der Tür, man solle sich gefälligst mal darauf einstellen. Lesen, Schreiben und Rechnen hätten wir ja auch irgendwann mal gelernt. Wahrscheinlich hatte er sogar Recht mit diesem Vergleich, der Kanon der Kulturtechniken musste wohl demnächst mal erweitert werden, auch bei mir. Man sollte offen sein, gewiss, ganz prinzipiell und für alles Mögliche, das war auch meine Grundeinstellung. Man sollte sein Misstrauen und seine Technikphobie überwinden, sich hinsetzen und sich für diese Dinge interessieren, für die ich mich eigentlich nicht interessierte. Denn natürlich würde alles ja irgendwie weitergehen, egal, ob man das nun Fortschritt nannte oder nicht. Das war wie ein Naturgesetz, das nichts mit Natur zu tun hatte. So etwas musste auch ein Gehirn wie meines einsehen und sich entsprechend umstellen. Es musste neue Wege beschreiten, wie es so schön hieß, neue Verbindungen, pardon: neue Schaltkreise zulassen, wie Philippe dazu wohl gesagt hätte, ohne dabei zu lachen, weil es für ihn zwischen Mensch und Maschine sowieso keine klare Trennung mehr gab. Das hatte er Adrian und mir bei seinem Besuch in Wien klar gemacht.

Doch momentan fühlte ich mich nicht imstande, innerlich umzuschalten. Ich war überhaupt zu träge, diesen Schalter, den ich in mir hätte umlegen müssen, auch nur zu suchen. Keine Ahnung, welche Denkmuster und inneren Programme ich hätte aktivieren müssen. An Tagen wie diesem konnte ich die Verklebungen und Verkrustungen in den Hirnzellen regelrecht spüren, es fühlte sich an wie Schmutz unter den Fingernägeln oder wie Ablagerungen zwischen den Zähnen. So etwas kann man spüren. Philippe hätte das geleugnet. So wie er wahrscheinlich auch geleugnet hätte, dass ich den Nachbarn durch die Türe hindurch riechen konnte, als er im Treppenhaus stand und seine Drohungen ausstieß. Auch das hätte Philippe mir nicht geglaubt.

Doch ich konnte, während ich auf Philippes Rückruf wartete, das Radio anschalten, mir anhören, was es in Paris für Neuigkeiten gab. In den »Nouvelles du jour« wurde über den heute Morgen ins Weltall gefunkten »Cosmic Call« berichtet. Die von einem gigantischen Radio-Teleskop in der Ukraine gefunkte Botschaft erging an HD 10307, einen Stern im Andromeda-Nebel, und würde, so hieß es, dort im September 2044 eintreffen. Falls es auf diesem Stern tatsächlich technisch adäquat ausgerüstete Wesen gäbe, sei eine Antwort frühestens an Heiligabend des Jahres 2085 zu erwarten. Der Wetterbericht dauerte länger als gewöhnlich. Sie sprachen von einer besonders stabilen Hochdruckzone, deren Hitzeausläufer zentralafrikanische Luft nach Spanien und Portugal führten und demnächst auch Frankreich erreichen würden.

Nach den Nachrichten kamen Werbespots, französische Chansons, schließlich aufgeregte, sehr schnell sprechende, sich gegenseitig unterbrechende Stimmen, verteilt auf mehrere Polit-Sendungen, zwischen denen ich hin und her schaltete. Vielleicht hatte mein Nachbar einfach zu oft Radio gehört und sich daran gewöhnt, dass alle Sprecher einander immerzu das Wort abschnitten, sodass niemand je mehr als zwei Sätze sagen konnte, ohne unterbrochen zu werden. Die Gesprächspartner waren schnell, sie wussten natürlich sofort, was der andere sagen würde, vielleicht weil sie es selbst schon einmal gedacht hatten, oder auch nur, weil alle sowieso immer dasselbe dachten und sagten. Deswegen wurden sie vermutlich auch eingeladen. Nur so konnte die Redaktion sicherstellen, dass auch wirklich alle Positionen vertreten und gleichmäßig verteilt waren.

Es war mühsam, solchen Diskussionen zu folgen. Egal, ob es um den Erfolg von Jean-Marie Le Pen bei den letzten Präsidentschaftswahlen ging, um das Schicksal der französischen Linken oder um die europäische Verfassung: Schon nach wenigen Sätzen wurden die Stimmen im Radio laut und schrill, manche dröhnten, andere japsten und überschlugen sich, meist sprachen drei oder vier Diskussionsteilnehmer gleichzeitig. Es war kaum möglich, sich in dem Stimmengewirr zurechtzufinden.

Nur die Menschen, die über Telefon zugeschaltet waren, durften ausreden. Offenbar war das eine ungeschriebene, aber ganz wesentliche Regel: Wer im Studio saß, wurde unterbrochen, wer von draußen anrief, durfte ausreden. Vermutlich, weil er zuvor stundenlang in der Leitung gewartet hatte. Ich kannte das von zuhause. »Bitte warten – Sie werden sogleich verbunden – bitte warten – Sie sind jetzt an siebenunddreißigster Stelle – bitte warten – Ihre Wartezeit beträgt vierundsiebzig Minuten – bitte warten – wir erheben keine Wartegebühren – warten bitte, bitte warten, warten bitte, warten, warten, bitte!« Schon oft habe ich festgestellt, dass es der menschlichen Stimme schadet, wenn sie ihre Worte wiederholt. [Einspruch! Ihre spekulativen, feuilletonistischen Impressionen haben nichts mit ernsthafter Kulturkritik zu tun. Bitte an dieser Stelle sauberer argumentieren. gez. trkl-ga] Die Sendungen mit den Telefonanrufen waren, trotz der oftmals schlechten Akustik, eindeutig die angenehmeren. Deswegen hörte ich in den folgenden Tagen, während ich darauf wartete, dass Philippe endlich zurückrief, fast nur noch Telefonsendungen, »La ligne du coeur«, »Tout va bien«, »Femmes fatales«, »Âmes en dialogue« oder »Les ondes du plaisir«. Meistens ging es dabei um eine Form von moderner Seelsorge. Verzweifelte Ehefrauen, pädophile Priester, Mörder und Selbstmörder riefen im Studio an, erzählten, was ihnen »das Herz erdrückte« oder »die Seele auffraß«, was man ihnen angetan hatte, warum sie sich selbst verachteten oder an anderen rächen mussten und dass das Leben sowieso keinen Sinn mehr für sie hatte. Sie alle durften aussprechen. Nie wurden die Anrufer von Radio-Psychologen unterbrochen, deren Kommentar erst anschließend folgte. Die meisten dieser Sendungen dauerten weit über eine Stunde.

Nach und nach kam ich zu der Überzeugung, dass die französische Seele zwar sehr ähnlich zusammengesetzt sein musste wie die schweizerische oder die österreichische, dass es hier in Paris aber spezielle Wellenlängen oder Schwingungen gab – Philippe hätte wahrscheinlich von Interferenzen und

Superpositionen gesprochen, ohne zu erklären, worin genau der Unterschied bestand –, die die anrufenden Seelen zuerst in Aufruhr, dann aber schon bald in einen Zustand urbaner Löslichkeit versetzten, einen Zustand, in dem das Ich, oder was die Anrufer dafür hielten, sich wie Instant-Kaffee oder Suppenpulver rasend schnell verdünnte, mehr und mehr mit allem vermischte, schließlich verdunstete und verflog. Am Ende war immer alles irgendwie gut. Und dann kam schon die nächste Seele an die Reihe. Bereits beim dritten Anrufer erinnerte man sich nicht mehr an den ersten.

Doch wer weiß? Vielleicht verflüchtigten die Seelen sich absichtlich im Radio, vielleicht war es ja ganz angenehm, ein bisschen aufgelöst zu werden und gar nichts dafür zu können? Einfach nur verfliegen, ohne besondere Rückstände. Ja, das konnte ich mir gut vorstellen. Dass so ein kompakter Ich-Kloß zu krümeln begann, sobald man ihn mal so richtig ausblubbern ließ, ihm vielleicht hie und da ein Wort abschnitt oder eines in den Mund legte oder auch nur, indem man ihn so lange in der Leitung warten ließ, bis er die eigenen Seelenqualen schon halb vergessen hatte. Wenn hier ein Wort fiel und wieder verschwand und dort vielleicht ein Haar, morgens ein bisschen was von der Seele, abends ein Stück aus der Kindheit, nachts ein paar Träume. Das alles konnte sich peu à peu auflösen, ja gewiss.

Philippe hatte gelacht, als ich ihn einmal fragte, ob die französische Seele genauso tief sei wie die deutsche oder die russische. Eigentlich hatte er nicht einmal wirklich gelacht, nur den Mund verzogen und seine Brille geputzt. Seele, das war für einen strikten Materialisten wie ihn eine mehr als suspekte, im Grunde reaktionäre Kategorie. Das Tor der Seelenwanderung, das »Sha'ar Ha'Gilgulim«, wie es in unserem Kulturkreis korrekt heißen müsse, sei geschlossen. Für immer. Basta. Daran sollten wir uns gewöhnen, ein für allemal. Schluss mit den kabbalistischen Märchen. Der Mensch sei ein moderner Golem und brauche keine Seele. In meiner Erinnerung hörte ich ihn bei diesem Satz lachen. Doch eigentlich konnte das gar nicht sein. Denn Philippe war nie ironisch gewesen. Seine Gedanken hatten keinen doppelten Boden, sie hatten nämlich gar keinen Boden.

Im französischen Radio kamen aber nicht nur Depressive und Perverse, Mörder und Selbstmörder zu Wort. Am zweiten oder dritten Nachmittag hörte ich auf einem Kurzwellen-Programm eine Afrika-Sondersendung mit Anrufern aus Frankreich, Mali und dem Senegal. Es ging um sexuelle Probleme in afrikanischen Ländern, um Polygamie, Exzision und Inzest zwischen Geschwistern, also um Dinge, von denen die Radiobetreiber offenbar meinten, sie beträfen hauptsächlich Afrikaner. Es riefen sehr viele Hörer an, und es war erstaunlich, wie offen die Anruferinnen und Anrufer über ihre Sexualität sprachen. Eine Frau mit einer ungewöhnlich tiefen und etwas schleppenden Stimme vertrat die These, sexuelle Lust entstehe ausschließlich im Kopf. Deswegen sei die ganze Kritik an der Exzision wohl reichlich übertrieben. Sie selbst sei im Alter von acht Jahren beschnitten worden, habe also keine »direkte Erfahrung«, wie sie sagte, aber es gäbe in der weiblichen Anatomie ja auch noch andere Zonen, und das Ganze spiele sich, wie gesagt, sowieso nur im Kopf ab. Die Radiopsychologin beglückwünschte die Hörerin zu ihrer positiven Sichtweise. Ein männlicher Anrufer meinte, er könne diesen alten Brauch nun wirklich gar nicht verstehen, es sei doch viel lustvoller, mit einer unbeschnittenen Frau zu schlafen als mit einer beschnittenen. Die Lust der Frau sei schließlich auch seine Lust. Auch ihn beglückwünschte die Psychologin.

Nach einem kurzen Intermezzo über die Frage, ob es legitim sei, mehrere Frauen zu heiraten, wenn man gar nicht sicher war, sie auch alle ernähren zu können, ging es weiter mit dem Thema Exzision. Zwei junge Frauen riefen aus

Bamako an, erzählten, dass sie im Alter von fünf und sechs Jahren beschnitten worden seien, die eine von der eigenen Großmutter, die andere von der Hebamme des Dorfes. »Je vais orner ton corps!«, hätte die Großmutter gesagt, bevor sie zum Messer griff. Bis heute habe sie nicht verstanden, wieso diese Operation sie schmücke oder verschönere. Bei ihrem Bericht sprachen die beiden nur von »la chose«, einer unsagbaren, namenlosen Sache, die mit ihnen gemacht wurde. In Bamako sei es verpönt, offen über den Eingriff zu reden. Beide erzählten von Juckreiz, Schmerzen beim Geschlechtsverkehr, oft auch beim Urinieren und wollten wissen, ob bei der Geburt ihrer Kinder spezielle Risiken zu befürchten seien. Die Moderatorin riet ihnen, sich gynäkologisch untersuchen zu lassen.

Erst jetzt schaltete sich der ebenfalls im Studio anwesende Arzt ein. Er habe schon Frauen untersucht, die mit stumpfen Messern, Deckeln von rostigen Konservendosen oder Glasscherben beschnitten worden seien. Oft würden dabei ja nicht nur die Klitoris, sondern gleich auch Teile der inneren und äußeren Schamlippen mit entfernt. Die frische Schnittwunde würde oft nicht einmal desinfiziert und gleich nach dem Eingriff mit Ledernadeln oder Akaziendornen zugenäht. Bei einer besonders extremen Form der Exzision, der sogenannten Infibulation oder Pharaonen-Beschneidung, würden Vulva und Vagina komplett zugenäht und nur zwei winzige Löcher zum Urinieren und Menstruieren gelassen. Erst bei der Hochzeit werde die Naht gelockert oder für die Geburt vollständig aufgetrennt. Entsprechend schmerzhaft seien Geschlechtsverkehr und Geburt, meist werde irgendwann eine zweite oder dritte Operation nötig. Es gäbe Regionen in Afrika, besonders in Ägypten, im Sudan und in Äthiopien, in denen die niedrige Lebenserwartung der Frauen unmittelbar mit dieser Praxis in Zusammenhang stünde. Nach der Geburt werde dann, auf Wunsch des Ehemannes, eine neue

Infibulation vorgenommen. Viele Männer behaupteten, die künstliche Verengung steigere ihr Lustempfinden. Doch das könne nicht der einzige Grund für den Eingriff sein, denn auch Witwen oder alleinstehenden Frauen würden Vulva und Vagina zugenäht. Etwas seltener sei der Gebrauch ätzender Substanzen, die in die Vagina eingeführt würden, um dort Vernarbungen entstehen zu lassen, die diese verengen sollten.

Der Arzt erzählte diese Dinge in einem ruhigen, unaufgeregten Ton, seiner Stimme war anzuhören, wie viel Trauer und wie viel Müdigkeit hinter seiner Erzählung steckten. Den nächsten Anruf nahm ebenfalls er entgegen. Ein Mann aus Dakar schlug vor, die Beschneidung am besten gleich im Krankenhaus vornehmen zu lassen. So könne alles sauber und schmerzlos vor sich gehen. Auf die Zwischenfrage der Moderatorin, warum man dann nicht gleich ganz darauf verzichten könne, entgegnete der Anrufer, das sei in seinem Dorf einfach nicht durchzusetzen, eine nichtbeschnittene Frau habe es schwer, sie werde sozial geächtet. Der Arzt bestätigte das, ergänzte aber, es sei nicht die Aufgabe von Ärzten, Frauenkörper zu verstümmeln.

Anschließend ergriff die Moderatorin wieder das Wort. Sie ergänzte, es gäbe weltweit circa hundert Millionen Frauen mit Genitalverstümmelung. Auch in Frankreich, insbesondere in Paris, seien geschätzte fünfzigtausend Frauen und Mädchen davon betroffen, die Dunkelziffer aber sei vermutlich noch viel höher. Man beginne erst jetzt, das ganze Ausmaß der Katastrophe zu erkennen, auch weil es in den letzten Jahren ein paar mutige Afrikanerinnen gegeben habe, darunter Frauen aus Somalia, dem Senegal und der Elfenbeinküste, die mit ihrer Biografie an die Öffentlichkeit gegangen seien. Der erste afrikanische Staatschef, der eine Kampagne gegen die Exzision geführt habe, sei der 1987 in Ouagadougou ermordete Thomas Sankara gewesen. Sein Engagement habe auch in den Nachbarländern Kamerun und Senegal positive

Auswirkungen gehabt. Ich erinnerte mich an das, was Ravo über den in seinem Kino angekündigten Dokumentarfilm gesagt hatte. Daran, dass die afrikanische Geschichte ganz anders verlaufen wäre, hätte Sankara seine Reformen durchsetzen können.

Warum Frauen sich überhaupt an solchen Übergriffen beteiligten, wollte die Moderatorin von verschiedenen Anruferinnen wissen, die Beschneiderinnen müssten doch aus eigener Erfahrung wissen, welche Schmerzen sie ihren Töchtern und Enkelinnen damit zufügten. Die Angesprochenen reagierten mit Ratlosigkeit, manche sprachen von »Reinheit« und »Unschuld«, einige schienen die Frage nicht zu verstehen. Ob die älteren Frauen, so fragte sie weiter, womöglich ihr eigenes Leiden an die jüngeren weitergaben, um es auf diese Weise für sie selbst erträglicher zu machen? Denn wenn etwas als »normal« erschiene, könne es leichter akzeptiert werden. Sie ergänzte noch, diese »Tradition« sei vielleicht vergleichbar mit der Spirale der Gewalt, in die misshandelte Kinder gerieten, die dann selbst als Erwachsene wiederum ihre eigenen Kinder misshandelten. An dieser Stelle wurde sie von der Psychologin mit der Bemerkung unterbrochen, traumatische Kindheitserfahrungen von Afrikanerinnen seien mit europäischen kaum zu vergleichen. Die Journalistin verstummte.

Eine französische Anruferin pflichtete der Psychologin bei. Diese ganze Kampagne gegen die Exzision sei ja wohl nichts anderes als verkappter Kolonialismus. Hier in Frankreich würden täglich unzählige teure und schmerzhafte Schönheitsoperationen durchgeführt, das sei gesellschaftlich längst akzeptiert, aber wenn Afrikaner ihre jahrtausendealten Rituale weiter pflegen, dann sei das Geschrei groß. Wir Westler sollten uns einmal Gedanken darüber machen, dass Fruchtbarkeit, Sexualität und Religion wie bei vielen Initiationsriten auch mit Schmerzen verbunden sein könnten, ja mehr noch, dass der Schmerz selbst eine wichtige individuelle und soziale Funktion habe. Man müsse da nicht gleich an den Marquis de Sade oder an Georges Bataille denken, es genüge, sich daran zu erinnern, dass es auch in Frankreich im 19. Jahrhundert völlig legale Formen der Exzision gegeben habe, hier allerdings, um die pubertäre Masturbation zu unterbinden. Daraufhin meldete sich ein Altphilologe aus Bordeaux. Er sei Griechischlehrer an einem Gymnasium und erlaube sich, daran zu erinnern, dass schon in der Antike nur der männliche Körper als schön und vollkommen gepriesen worden sei. Er könne da Stellen bei Aristoteles und Hesiod zitieren. Die Schönheit der Frau hingegen sei nur Schein, nicht Sein, schöner, gefährlicher Schein, Täuschung des Mannes. Pandora sei ein aus Lehm geschaffenes Simulacrum mit dem Herzen einer Hündin. Nur der Mann sei von Natur aus schön, die Frau nicht, deswegen müsse sie durch künstliche Eingriffe verbessert und verschönert werden. Mode und Kosmetik seien im Grund moderne Reflexe dieser uralten abendländischen, doch wie die Beispiele aus dem Orient und aus Afrika zeigten, vermutlich universellen Tradition. Dagegen empörte sich eine Anruferin aus Marseille. »Afrikanische Männer! Schlimmer als die biblischen Plagen!«, sie schrie fast ins Telefon. »Wenn sie nicht durch die Gegend fahren, Menschen kidnappen oder totschießen, sitzen sie unter dem Palaverbaum und trinken Schnaps oder sie spazieren mit quäkenden Transistorradios durchs Dorf und halten Ausschau nach halbwüchsigen Mädchen, die sie dann schwängern. Währenddessen arbeiten ihre Frauen und kümmern sich um alles.«

Bei den nun folgenden Reaktionen und Kommentaren unterbrachen sich die Psychologin und die Moderatorin gegenseitig, sodass nicht auszumachen war, ob solche Aspekte bedenkenswert oder einfach nur absurd waren.

Ich stellte das Radio aus und horchte an der Tür. Im Treppenhaus war alles still. Später versuchte ich noch einmal, Philippe zu erreichen. Auf seinem Anrufbeantworter – Ici le répondeur de Philippe Horowitz, was er »Oro-vice« aussprach – war, außer ein paar Piepstönen, nach der kurzen Ansage nichts zu hören. Ich hinterließ trotzdem eine weitere Nachricht und überlegte kurz, ob ich vielleicht Dimiter um Hilfe bitten sollte. Wir kannten uns zwar noch nicht, aber vielleicht hätte er trotzdem etwas für mich tun können. Doch wahrscheinlich hätte er mich nur wieder vertröstet, von seiner Arbeit erzählt, davon, dass es im Studio viel zu heiß zum Arbeiten sei, dass er aber trotzdem noch zwei Beiträge für die Abendschau schneiden müsse und deswegen auch heute leiderleider gar keine Zeit habe, mich zu treffen, geschweige denn, sich mit meinem Pariser Nachbarn auseinanderzusetzen.

Notizen für:
Traktat über das Warten. Aus:
»Der Schneewittchenkomplex«.
Persönliches Vorwort.

– Warte nicht. Denn wenn du wartest, übersehen dich die Dinge. Und dann stirbst du. Ja, du stirbst. Du stirbst dann einfach so weg, leise und ohne Spuren zu hinterlassen. So wie das junge Mädchen auf der Parkbank. Ich sehe sie vor mir: Es dämmert schon, er hatte gesagt, er käme gleich wieder zurück. Nein, es waren keine Zigaretten, die er holen wollte, es war etwas anderes, eine Zeitung vielleicht oder etwas zu essen. Das war am frühen Morgen gewesen. Sie hatten im Park übernachtet, nebenan im Gebüsch, damit der Parkwächter sie nicht finden würde. Ihren Rucksack hatte sie an einen Baum gelehnt, an eine jener dicken, harthäutigen alten Zedern, deren Samen einst ein reicher Geschäftsmann oder ein junger Botaniker aus dem Libanon mitgebracht und hier gesät hatte. Der, der diese Samen hier vor mehr als hundert Jahren gesät hatte, wusste, als er sie säte, dass er es nicht mehr erleben würde, wie der Baum größer und größer, immer höher hinaufwachsen, sich hier im Park, der damals vielleicht noch gar kein Park gewesen war, ausbreiten, seine Äste bis an die Mauern der alten Scheune, über das Dach hinaus und auf die Straße erstrecken würde. Er hatte die Samen trotzdem gesät. Und nicht gewartet. Wahrscheinlich war er gleich darauf zurück in den Libanon gefahren oder nach Ägypten oder nach Mexiko, hatte dort neue Samen geholt, und so weiter und so fort.

Nein, warte nicht. Die Abenddämmerung bringt endlich Klarheit. Er wird nicht mehr kommen. Warum aber hatte sie ihm versprechen müssen, hier auf ihn zu warten? Hatte er befürchtet, sie würde ihm folgen? Wenn man stundenlang auf einer Bank sitzt und wartet, dabei ein paar Menschen mit Hunden, manchmal auch ohne Hunde, vorüberziehen sieht – die Hunde rochen an ihren Schuhen, die Menschen beachteten sie nicht –, wenn dann allmählich ein neues Licht hinter der Scheune zu glimmen beginnt und du plötzlich verstehst, es ist der Mond, dann weißt du, dass jetzt eigentlich Zeit wäre. Doch du traust dich nicht, dich umzudrehen, dem Mond ins Gesicht zu schauen. Denn er könnte ja kommen, genau in dieser Sekunde, nach dir rufen, während du den Kopf wegdrehst und in die falsche Richtung schaust und lauschst. – Lachhaft. Du denkst ja gar nichts, du denkst gar nichts mehr. Du wartest ja nur noch, wirst zu einer leeren Stelle. Zu einem hohlen, dummen Nichts, in dem der Geliebte sich gar nicht ausdehnen und erstrecken kann, weil es in Wirklichkeit gar kein Ort für ihn ist, weil er nicht zurückkommt, nicht zurückkommen kann. Denn er ist ja im Krieg. Wie konntest du das nur vergessen? Wie konntest du nur vergessen, dass er jetzt irgendwo da draußen an der Front steht, obwohl es so etwas wie eine Front eigentlich gar nicht mehr gibt, und dort an dieser Front, die es nicht gibt, in jenem Graben, in dem alles nass und schlammig ist, nach Blut und nach Kot riecht, jetzt selber wartet, auf den nächsten Morgen, den es auch nicht gibt, wartet, auf die Kälte, auf den nächsten Schuss, den Donner davor oder danach, auf den Regen. Wahrscheinlich hat er Durst. Ja, Regen wäre jetzt wohl noch das Beste gewesen, auf das man warten könnte.

Auf dich wartet er nicht. Denn es lohnt sich nicht zu warten, wenn man stirbt. Das Ende kommt sowieso. Der Krieg ist vorbei. Das Warten nicht. Jetzt gibt es den Anruf, auf den man warten kann. Nicht hier unter dieser Zeder. Denn wir sind im Jahr 1989 oder 1990, noch ganz ohne Handy. Immobil, unbeweglich auf einer Bank, während um uns herum der Zedernwald wächst und die Front sich schließt. Schon seit hundert Jahren. Du schläfst vielleicht ein bisschen. Im Sitzen und mit den Händen tief in den Manteltaschen. Du hörst nicht, wenn es hinter dir knistert, wenn er ganz leise aus deinem Traum hinausläuft, zurück in den Schützengraben oder nach Ägypten oder dahin, wo der Pfeffer wächst. [Einspruch! Ein Traktat ist doch keine écriture automatique! Schreiben Sie ruhig von Parkbänken, auf denen man wartet, auf ein Rendezvous, meinetwegen auch auf den Tod, Sie können auch vom Warten in den Schützengräben schreiben. Das muss ja grässlich gewesen sein. Doch eine »Kulturgeschichte des Wartens« hat notwendig etwas mit Kultur zu tun, nicht mit Bänken und Schützengräben. Also schreiben Sie in Gottes Namen endlich wie vereinbart über Caroline v. Humboldt, die auf Gustav von Schlabrendorf wartet oder umgekehrt. So hatten Sie Ihr Projekt doch angekündigt! Oder von Marguerite Duras, die darauf wartet, dass Robert Antelme aus Dachau zurückkehrt. Oder von Ingeborg Bachmann, die mit Celan verabredet ist. Oder umgekehrt, er wartete doch auf sie, nicht wahr? Ist ja egal bei Ihrem Thema. Das alles fand in Paris statt, die ganze Warterei, das jedenfalls steht fest, denn so stand es in Ihrem Exposé!!! Bringen Sie bitte Ordnung in Ihre Papiere, ja? gez. trkl-ga]

Wonach suchen wir, wenn wir warten? Es wäre ein schlimmer Irrtum zu glauben, dass es beim Warten nur um Geduld, um das Bravsein an Weihnachten geht, wenn die Kinder es vor Aufregung kaum noch aushalten, vor dem verschlossenen Wohnzimmer zu warten, in dem der Tannenbaum kurz vor der Bescherung geschmückt wird. Mitleidige Erwachsene versetzen sie daher gern in den Schlaf, wie ehemals Dornröschen und Schneewittchen, bevor der Prinz kam. Nur dass sie heute vor den Fernseher oder die Kinder-DVD gesetzt werden, bevor Jesuskind und Weihnachtsmann kommen. Dann schlafen die Kinder und träumen, um nicht warten zu müssen. Auch damit sie nicht anfangen, auf eigene Faust zu suchen, dabei vielleicht in den Keller geraten oder nachts in den Garten und dabei Schritt für Schritt in ein anderes, viel zu gefährliches fremdes Leben. So ein Warten käme den Erwachsenen teuer zu stehen, teurer als das ganze Weihnachtsfest. Wir suchen etwas, das es außen so – noch – nicht gibt. Wir suchen in der Zeit, in dem, was in uns dauert, auch wenn es noch nicht stattgefunden hat, wir beschwören das Abwesende mit der Stille unseres Körpers. Schau, wie still und wie brav ich hier hocke/stehe/liege/sitze/laufe, wie demütig ich mich sehne, langweile und dabei wohl schon fürs Sterben trainiere.

Eine Kulturgeschichte des Wartens nimmt die Wartenden in Sippenhaft, verteilt die Akzente und Fußnoten gleichmäßig auf ein »wir«, das es so gar nicht gibt. Wir Menschen, oder noch großspuriger im pompösen Kollektivsingular: »der Mensch«. Ihn gibt es nicht, uns gibt es nicht. Für die urbanen Mitglieder des so genannten »individualisierten Milieus« gilt das in verschärftem Maße. »Wir« haben nicht die Mitte verloren, weil wir uns in der Moderne verlaufen haben, wie ein Herr Sedlmayr kurz nach dem Zweiten Weltkrieg behauptete, um dann jahrzehntelang emsig zitiert zu werden. Wohin die Fixierung auf das schwarze Loch in der Mitte, das ständige Kreisen um ein hypnotisches Zentrum kurz zuvor geführt hatte, blendete er aus. Wie brav sie alle gewartet hatten! Auf das Tausendjährige Reich, auf die Essensausgabe, auf den Fliegeralarm. Während die einen brav warten, kommen die anderen ganz plötzlich um. Oder sie kommen an die Macht. – Nein, es ist Unsinn, beim Warten die Mitte zu suchen. Das Reich der Mitte ist genauso totalitär auf »den« Menschen fixiert wie die geistesgeschichtlichen Bedenklichkeiten des Herrn Sedlmayr. Unharmonisch. Da fließt gar nichts. Dagegen hilft auch keine Achtsamkeitsmeditation. Auch im Mittereich wird gewartet, auf Plätzen und in Gefängnissen. – Warte nicht. Es gibt keine Mitte für dich. Du bist nirgendwo zuhause.

Und doch warte ich auf etwas. Ich erwische mich immer wieder dabei. Hätte Sedlmayr sein kulturpessimistisches Traktat »Der Verlust der Tiefe« genannt, hätte ich es vielleicht sogar gelesen. Beim Stichwort »Tiefe« hätte ich an den Keller meiner Kindheit gedacht, daran, dass man beim Erwachsenwerden vergisst, wie gefährlich es dort unten ist, wie dunkel und wie kalt. Dass man dort unten gar nicht warten konnte, weil jeden Augenblick alle möglichen Plötzlichkeiten über einen hereinbrachen. Im Keller gab es keine Langeweile wie oben im vergitterten Kinderbett. Im Keller lauerte etwas, das uns Kinder heiß und fiebrig machte. Etwas, auf das wir nicht warten mussten. Auch wenn es »uns« gar nicht gab. – Eine Grundregel, die man nicht oft genug zitieren kann: Das echte Warten beginnt, wenn nichts mehr zu erwarten ist, nicht einmal sein Ende, das Ende des Wartens. Das Warten wartet auf nichts. Es hat weder Anfang noch Ende. [Nochmals Einspruch! Ein Traktat ist auch kein Besinnungsaufsatz. Bitte etwas mehr Substanz. Kennen Sie eigentlich die Bemerkung des Mathematikers Ludwig Boltzmann: «Der unwiderstehliche Drang zum Philosophieren ist wie der Brechreiz bei Migräne, der etwas auswürgen will, wo nichts ist«. gez. trkl-ga]

# Paris, Passages des Postes, Juli 2003

Es muss in der elften oder zwölften Nacht gewesen sein, als es leise an meine Türe klopfte. Ich hatte schon geschlafen, wie immer bei geschlossenem Fenster. Es fiel mir nicht leicht, mich im Halbschlaf durch die dunkle Wohnung zum Ausgang zu tasten. Ich durfte, falls der da draußen mein Nachbar war, mein tollwütiger Nachbar, der von der Spätschicht zurückkam, aus dem Krankenhaus oder dem Gefängnis, in dem er arbeitete, oder aus dem Hotel, an dem er an der Bar, vielleicht auch nur in der Küche stand, oder aus dem Metro-Depot, wo er nachts die leeren Wagons putzte oder was auch immer er tat, um täglich seine Wut aufzuladen und diese dann um Mitternacht mit nach Hause zu bringen, ja, ich durfte, falls er es war, kein Licht machen, und kein Geräusch. Er sollte glauben, dass ich abgereist und gar nicht mehr da war. Ich schlich zur Tür und lauschte. Es klopfte zum dritten Mal. Eine Frauenstimme fragte, ob sie kurz hereinkommen könne. Es sei etwas passiert. Ich wusste nicht, was ich von diesem Satz halten sollte. Es war schon so vieles passiert. Warum sollte ich deswegen die Tür öffnen? Etwas mit dem Wasser sei passiert, sagte die Stimme, etwas Schlimmes. Dann fiel mir ein, dass es vielleicht die Concierge sein könnte, die endlich kam, um mich vor meinem Nachbarn zu beschützen oder mir eine Botschaft von Philippe zu überbringen. Ich klopfte von innen an die Tür und rief: »Neige, neige?« Überraschte Stille. Dann lachte die Stimme. »Oui, oui, neige, neige«, sie bringe mir allerdings keinen Schnee, sondern müsse sich nur um das Wasser kümmern. Ja, sie sei Solange Trouillard, kurz: Solange, die Concierge. Sie wolle mich nicht lange stören, doch es sei dringend, ich solle bitte aufmachen. Ich entriegelte vorsichtig die Tür. Im Treppenhaus stand eine große, schlanke Frau mit langen, dunklen Haaren. Ihre Gesichtszüge waren nicht zu erkennen. Sie machte einen Schritt auf mich zu, lächelte, schob mich mit einer sanften, aber entschiedenen Handbewegung zurück in meine Wohnung, knipste dabei mit gezieltem Griff den Lichtschalter neben dem Eingang an und trat ein. Sie war ungewöhnlich blass, ihre Haut erinnerte an einen japanischen Lampenschirm, hell und ein bisschen transparent, und wenn man genauer hinschaute, sah man viele winzige Fältchen, die sich von den Schläfen über die Stirn zogen und im Ansatz ihres pechschwarzen Haars verloren. Wahrscheinlich gefärbt, dachte ich. In ihrem Alter. Die Frau musste weit über fünfzig sein, auch wenn sie sich bewegte wie ein junges Mädchen. Sie drehte sich zu mir um und leuchtete. Ja, mir wäre auch damals spontan nur dieses Wort eingefallen, wenn ich den ersten Eindruck von ihrem Gesicht sofort hätte beschreiben müssen. Leuchtend. Die Frau hatte ein leuchtendes Gesicht. Glänzendes schwarzes Haar, dunkelrot geschminkte Lippen und Ohrringe, deren Perlmuttschimmer sich auf den Wangen widerspiegelte. Sie achtete nicht auf meinen erstaunten Blick und begann sofort zu sprechen. Man habe in den unteren Etagen des Hauses ein Problem mit den Wasserleitungen. Sie sei erst vor einer halben Stunde nach Hause gekommen und habe in ihrer und in zwei Nachbarwohnungen im ersten und zweiten Stock festgestellt, dass aus den Wasserhähnen eine gelbliche Brühe komme. Das sei ja wohl nicht normal. Ob sie mal bitte die beiden Wasserstellen im Bad und in meiner Küche überprüfen könne. Es täte ihr leid, dass sie mich vielleicht geweckt habe, Touristen gingen ja immer so früh schon zu Bett, doch sie müsse das jetzt sofort kontrollieren, damit der Klempner, den sie heute Nacht noch bestellen wolle, morgen wisse, an welchen Leitungen er nach dem Leck zu suchen habe. Denn um ein solches müsse es sich zwangsläufig handeln. Oder um einen Riss im Fundament des Hauses, der Lehmboden trockne langsam aus und dann täten sich plötzlich Spalten und kleine Krater auf. Vor zehn Tagen sei schon einmal etwas Ähnliches passiert. Die allgemeine Wasserknappheit führe dazu, dass sich allerlei Unrat ins absinkende Grundwasser mische. Wie das genau passiere, habe sie nie richtig verstanden, doch das Ganze sei natürlich eine ernste Gefahr für die Gesundheit. Mein Etagennachbar sei noch nicht zuhause, deswegen habe sie zuerst bei mir geklingelt.

Sie ging mit leichten Schritten durch die Wohnung, öffnete dabei die Fenster, ohne mich um Erlaubnis zu bitten und überprüfte das Leitungswasser am Waschbecken und im Spülkasten der Toilette. Das Wasser, das in dünnen Fäden aus der Leitung kam, schien ganz normal. Ich solle mir keine Sorgen machen, falls auch bei mir morgen diese Brühe aus dem Hahn käme. Einfach abdrehen und Mineralwasser trinken. Falls sich kein Klempner auftreiben ließe, was wahrscheinlich war, weil ähnliche Probleme momentan überall in Paris gemeldet würden, werde sich vielleicht einer ihrer aktuellen Liebhaber erbarmen, kurz mal im Haus nach dem Rechten zu schauen. Sie habe momentan zwar keinen wirklichen Fachmann zur Hand, aber die anderen hätten wohl auch ein wenig Ahnung und könnten gewiss das eine oder andere provisorisch beheben. Es sei ja doch recht erstaunlich, wie geschickt viele Männer in solchen Dingen seien. Sie lachte kurz auf und schaute mich an. Ich reagierte nicht. Sie drehte sich um und ging in die Küche. »Mal schauen«, sagte sie, »wen ich heute Nacht noch erreichen kann.« Der Lokführer, mit dem sie sich heute getroffen habe, schlafe schon, er müsse morgen früh pünktlich am Bahnhof Saint Lazare sein und sei dann zwei Tage lang in Belgien und Holland unterwegs. Das sei bedauerlich, denn Frédéric sei eindeutig der Geschickteste von allen. Sie müsse mal überlegen, welcher der anderen noch in Frage käme. Einer sei Spengler, der andere Automechaniker. »Mit Leitungen und dem ganzen Röhrenkram kennen auch die sich aus«, meinte sie. Dann gäbe es zwar noch einen Elektriker und einen Dachdecker, doch diese beiden seien momentan nicht ausreichend motiviert. Sie seufzte. Ob sie sich kurz mal setzen könne, das sei ja bei mir hier oben noch heißer als unten im Haus. Wie ich das denn nur aushielte. Ob sie sich auch einen Kaffee machen dürfe, in dieser Nacht käme sie ohnehin nicht mehr zum Schlafen. Ich zog mir ein frisches T-Shirt an und kümmerte mich um ihren Kaffee, während sie in meinem Wohnzimmer telefonierte. Offenbar musste sie lange warten, bis sich jemand meldete, dann sprach sie in langen, etwas abgehackten Sätzen. Wahrscheinlich hatte sie nur den Anrufbeantworter erreicht. Nach wenigen Minuten kam sie zurück in die Küche, nahm wortlos die Tasse mit dem frischen Kaffee entgegen und setzte sich an den Tisch. Sie wirkte plötzlich ein wenig ratlos. »Wissen Sie Charlotte«, sagte sie, nachdem sie nach meinem Vornamen gefragt hatte, »dieser Job ist wirklich mühsam. Ständig ist man auf irgendwelche Leute angewiesen. Leute, die man fast anflehen muss, damit sie einem helfen: Klempner, Heizöllieferanten, Dachdecker, Schlosser, Elektriker, Müllfahrer, neuerdings auch Kanalarbeiter. Ich kann doch nicht mit allen ins Bett gehen, damit das Haus halbwegs in Schuss bleibt.« Sie grinste und zwinkerte mir zu. Ich wusste nicht, was ich davon halten sollte, hoffte, dass sie nicht die Absicht hatte, mich als Verstärkung für ihre Handwerkerriege zu rekrutieren. »Jetzt sitze ich hier oben bei Ihnen und warte auf den Rückruf. Doch der Kerl ist wahrscheinlich einfach im Bett und hat sein Telefon ausgeschaltet. Ich hasse das. Diese ewige Warterei macht mich wahnsinnig.« Sie stand auf und sah aus dem Fenster. Mein Ausblick über die Dächer sei schöner als der bei ihr unten. Die gegenüberliegende Hauswand sei zwar bemalt, doch das Bild leider immer dasselbe. »Es gibt viel zu wenig Abwechslung im Leben«, meinte sie und stöhnte auf. Doch es klang weder traurig noch resigniert. Was ich denn hier in Paris so mache, den ganzen langen Tag, wollte sie wissen, es sei doch viel zu heiß, um diese Sehenswürdigkeiten abzuklappern. Ob ich hier vielleicht Freunde hätte, mein Genfer Akzent sei übrigens sehr charmant, und ob ich schon erfahren hätte, dass demnächst ein Kinofilm in der Straße gedreht würde. Das sei doch sehr aufregend, n'est-ce pas? Nur wisse man wegen der Hitze leider immer noch nicht, wann nun endlich Drehbeginn sei. Immer müsse sie sich um alles kümmern, niemand informiere sie rechtzeitig. Meine Antworten schienen sie nicht sonderlich zu interessieren. Ich machte ihr einen zweiten Kaffee und hörte zu. Als klar war, dass sie meine Wohnung so bald nicht verlassen würde, trank auch ich eine Tasse und holte eine Packung Mandelkroketten aus Philippes Vorratskammer. Er hatte mir zwar nicht ausdrücklich erlaubt, mich dort zu bedienen, es aber auch nicht verboten. Solange mochte das Gebäck. Sie mochte auch die Wohnung, und eine Zuhörerin wie mich hatte sie wahrscheinlich schon lange nicht mehr getroffen.

»Dieses Haus hat eine lange Geschichte«, sagte sie, »ich bin hier aufgewachsen. Schon meine Mutter war Concierge in diesem Haus, sie wohnte mit mir und meinem kleinen Bruder im ersten Stock. Damals gab es unten auch noch eine Loge, wo Hausbesucher sich anmelden mussten. Verrückt, wie die Zeiten sich ändern. Meine Mutter saß den ganzen Tag dort unten am Eingang, sprach mit allen, die kamen und gingen, erzählte Geschichten, von denen sie selbst bald nicht mehr wusste, ob sie stimmten oder nicht. Sie behauptete zum Beispiel, die Tochter von Jules und Catherine aus Truffauts berühmten Film ›Jules et Jim‹ zu sein oder erzählte, dass sie als Kind von Banditen in den Katakomben von Paris zur Welt gekommen sei.« Solange schüttelte den Kopf und lachte mich erwartungsvoll an. Wahrscheinlich hätte ich etwas dazu sagen sollen. Doch ich war viel zu müde. Sie sei dann lange im Ausland gewesen, habe ihr Geld als Tänzerin verdient und dabei sogar für die ägyptische Filmindustrie gearbeitet. Denn in den 60er Jahren habe man in den Kairoer Misr-Studios viele amerikanische und französische Bauchtänzerinnen engagiert. Die jungen Effendis seien nach dem Zweiten Weltkrieg ganz verrückt nach hellhäutigen Frauen gewesen, die halbnackt zu arabischer Musik tanzten. Auch habe man diese Filme sehr gut nach Europa und Amerika verkaufen können. Sie habe dann vor fünfzehn Jahren eine Bauchtanzschule in Paris eröffnet, eine der ersten überhaupt. Doch es habe leider sehr schnell zuviel Konkurrenz gegeben, und als ihre Mutter starb, habe sie hier im Haus deren Job als Concierge übernommen, damit aber nicht nur die Wohnung, sondern auch den ganzen Ärger mit Wasserleitungen, verdreckten Stiegenhäusern und all den Beschwerden geerbt. Besonders die Beschwerden hätten in letzter Zeit stark zugenommen. »Die Leute sind so nervös«, sagte sie, »man weiß gar nicht mehr, wie man sie noch beruhigen soll.« Mein Nachbar sei da ein ganz spezieller Fall. Ständig klingele er an ihrer Tür, um sich über irgendetwas zu beschweren. »Auch wegen Ihnen ist er schon gekommen, gestern oder vorgestern. Er hat sich fürchterlich über Sie aufgeregt. Passen Sie bitte auf sich auf, Charlotte! Diese Männer, man weiß ja nie. Erst vor Kurzem wurde eine berühmte Schauspielerin, die die Tochter eines noch viel berühmteren Schauspielers ist, von ihrem Mann, einem berühmten Popmusiker, erschlagen. Sie war ungefähr so alt wie Sie.« Solange sah traurig aus, als sie das erzählte. Doch dann lachte sie grimmig auf und warf ihre schwarzen Haare in den Nacken, dass die Ohrringe nur so klingelten.

»Zum Glück konnte ich ihn dann besänftigen, aber es war harte Arbeit. Serge ist ein schlimmer Typ. Unglaublich! Mein

Handgelenk ist noch immer leicht angeschwollen.« Sie streckte mir lächelnd ihren Arm entgegen. Ich konnte nichts Auffälliges an ihrer Hand erkennen, und als sie merkte, dass ich nicht verstand, was sie meinte, erzählte sie, halb lachend, halb verschämt oder auch nur mit ihrer Scham kokettierend – ich hatte Mühe, ihre Mimik zu deuten – dass sie irgendwann mal darauf gekommen war, dass Serge, so heiße mein Nachbar, sich sehr schnell beruhige, wenn man ihn verprügle. Sie sei zwar Tänzerin und keine Prostituierte, erst recht keine Domina, aber als Concierge sei ihr der Hausfrieden wichtiger als ihr Ruf. Und wenn dann so ein morbider Typ ständig bei ihr klingele und Randale mache, einmal sogar ihrer Katze einen Tritt verpasste, da habe sie einfach die Geduld verloren, wissen Sie, man muss sich dann entscheiden, ob man tierlieb oder menschenlieb ist, und wenn man sich dann gar nicht mehr zu helfen weiß, dann holt man eben aus, dann holt man das Ding aus dem Schrank, genau wie damals in den Bars und Casinos in Kairo, wenn die Zuschauer schon während der Vorstellung lästig wurden und die Aufführung störten, dort hatte sie gelernt, den angetrunkenen Effendis mit allerhöchster Erlaubnis des Chefs auf die vorwitzigen Finger zu schlagen. Es gab dafür hinter der Bühne einen speziellen Rohrstock aus biegsamem Holz, den der Kabarettmanager seinen »gelben Onkel« nannte. Die Effendis kannten solche Rohrstöcke aus ihrer Schulzeit. Davor hatten sie Respekt, mehr als vor halbnackten Tänzerinnen. »So einen Rohrstock habe ich noch heute in meinem Schrank mit den Glitzerkostümen. Manchmal hole ich ihn heraus, um Serge zu beruhigen. Er zahlt mir 50 Euro dafür, schläft eine Stunde in meinem Bett und geht dann wieder hinauf in seine Wohnung. Danach ist Ruhe, mindestens für eine Woche. Doch seit die Hitze so groß ist, lässt er sich kaum noch blicken. Nur, wenn jemand ihn provoziert, so wie Sie neulich, Charlotte.«

Ich fragte mich, warum sie mir das alles erzählte. Mein Nachbar wurde mir dadurch nicht sympathischer. Ich war nun hellwach, saß an meinem Küchentisch und wusste nicht, ob ich mich wundern oder ärgern sollte. »Den gelben Onkel verwende ich heute nur noch selten, es ist mir einfach zu aufwendig, das Ding zu wässern und nachher zu putzen. Meine Hände sind kräftig genug. Serge reagiert sowieso immer empfindlicher, wenn ich ihn ohrfeige. Manchmal tut er mir richtig leid.« Doch solche Sentimentalitäten seien völlig fehl am Platz. Ohne eine ordentliche Tracht Prügel sei er einfach nur ein wildes und ängstliches Tier. In Kairo habe sie gelernt, dass körperliche Züchtigungen durchaus einen zivilisatorischen Nutzen hätten. Sie sage das mit vollem Ernst. Mit wirklichem Respekt habe diese Form der gestrengen Erziehung zwar nichts zu tun, denn sobald die Kinder unbeaufsichtigt seien, begännen sie herumzutoben. Doch in einem Polizeistaat wie Ägypten funktioniere so etwas ganz prima. Darauf könne man sich verlassen.

Ich schaute sie an, versuchte, die verschiedenen Signale ihres Gesichts miteinander in Einklang zu bringen, das Leuchten und das Grinsen, die schnellen, geschmeidigen Gesten, das Sprunghafte, das Wegwerfende. Und ich fragte mich, ob sie selbst nicht auch ein wenig Spaß an diesen Strafaktionen hatte. Dass alles tatsächlich aus purer Opferbereitschaft geschehe, wie sie behauptete, konnte ich mir kaum vorstellen. Doch eine solche Frage wäre indiskret gewesen, und da ich ohnehin kaum zu Wort kam, was nicht nur mit meiner Müdigkeit zusammenhing, bemühte ich mich erst gar nicht, mir eine höfliche Formulierung auszudenken. Plötzlich schaute sie auf die Uhr und stöhnte laut, etwas schien sie zu quälen. Sie schwieg und stand auf. Ich dachte, dass sie sich jetzt verabschieden würde. Doch sie stand nur unschlüssig im Raum, setzte sich dann wieder, blickte abermals auf die Uhr und schwieg.

»Warum fällt Ihnen das Warten so schwer?«, fragte ich, ohne genau zu wissen, ob mich das überhaupt interessierte. Sie blickte mich überrascht an. Etwas flimmerte in ihrem Blick. Vielleicht ein Reflex der Pupillen. Sie schloss die Augen, gab keine Antwort. Ich erzählte ihr von meinem Projekt. Von meinem Buch über das Warten, über die Zeit und die Sehnsucht, über die Langeweile, den Leerlauf, die Routine und die Melancholie. Sie schien zuzuhören, hielt die Augen dabei noch immer geschlossen. Einmal lachte sie kurz auf, als ich ihr den Titel des Manuskripts nannte. Schneewittchen! Das sei in Kairo ihr Spitzname gewesen. Weil sie auch damals schon so blass gewesen sei, so weiß, so schwarz und so rot. So blass, dass man sie einfärben musste. Einmal sei sie mit einer Truppe von ägyptischen Tänzerinnen aufgetreten, da habe man ihre Haut dunkel geschminkt, damit ihr Gesicht nicht so sehr aus der Gruppe herausstrahlte. Doch, doch, Schneewittchen sei eigentlich ein schöner Name, ganz gewiss. »Aber Sie werden verstehen, Charlotte, dass ›Blanche Neige‹ kein passender Name für eine Bauchtänzerin ist. Ich habe ihn damals gehasst.« Man hätte den Namen auch gar nicht richtig ins Arabische übersetzen können, denn eigentlich hätte Schneewittchen ja »eththalaj abyadh« heißen müssen und nicht »byad althlj«, wie die ägyptische Filmbranche den Walt Disney-Streifen übersetzt hatte. Deswegen habe sie den Namen, den die anderen ihr gaben, schließlich abgelehnt. Obwohl sie die Figur, also das Schneewittchen im Märchen, eigentlich mochte.

Ich fragte mich, wie lange sie wohl in Kairo geblieben war, um so gut Arabisch zu lernen, wie sie es offenbar konnte. Doch ich wagte nicht, sie zu unterbrechen, betrachtete nur ihr im Abglanz der Deckenlampe leuchtendes Gesicht, das lange schwarze Haar, das ihr wie ein großer, dunkler Federschmuck auf die Schultern fiel, ihre zarten, zugleich fast majestätischen Gesten, der rote Mund, der beim Sprechen das blasse Gesicht wie eine Leinwand benutzte. Ihre Lippen hüpften, wenn sie sprach. Ein roter Kobold im Schnee, dachte ich. Nur für die dunklen, glänzenden Federn auf ihren Schultern hatte ich keine Verwendung bei meiner Vision. Ich würde darüber nachdenken, es musste ein Tier geben, zu dem diese Federn passten. Vielleicht auch nur ein Fabeltier oder etwas Ähnliches.

Ab 1967 sei ihr Künstlername dann Zenobia gewesen. »Zenobia« wiederholte sie und lachte leise. Ein syrischer Kameramann habe sie als Erster so genannt. Der Mann habe eine rote Samtweste getragen und Baudelaire auf Französisch rezitiert. Dessen »Spleen de Paris« habe er auswendig gekonnt. Und beim Drehen habe er das freie Auge mit einer schwarzen Sehklappe verdeckt. Er habe so eine seltsame Art gehabt, die Klappe nach oben zu schieben, um sie anzuzwinkern. Erst viel später habe sie erfahren, dass Zenobia der Name einer berühmten orientalischen Königin gewesen sei, der Herrscherin der alten Karawanenstadt Palmyra. Ihre Truppen hätten Ägypten erobert, das im dritten Jahrhundert Teil des Römischen Reichs war. Vielleicht habe der Syrer damals etwas in ihr gesehen, von dem sie selbst gar nichts wusste. Er war es auch gewesen, der gegen ihre Einfärbung protestierte. Er habe sich deswegen sogar mit den Frauen von der Maske gestritten. Doch er habe sich nicht durchsetzen können. Und dann sei sie eben mit dunklem Bühnen-Make-up aufgetreten und auch so gefilmt worden.

»Man gewöhnt sich an so vieles«, sagte Solange, »vor allem, wenn man so wenig von dem begreift, was rings um einen geschieht. Kein Mensch ahnte damals zum Beispiel, dass das syrische Regime nur wenige Jahre später, ausgerechnet im märchenhaften Palmyra die schlimmste Folterkammer des Orients einrichten würde. Hier starben Tausende Gefangene, vor allem Angehörige der Muslimbruderschaft.« Sie habe sich damals nur für den orientalischen Tanz interessiert, für seine geschmeidigen und doch so genauen Bewegungen. Was sonst noch in der arabischen Welt geschah, das sei an ihr vorbeigegangen.

Beim Bauchtanz, dem so genannten Raks Sharki, werde der Körper in rhythmische Einheiten unterteilt, die unabhängig voneinander agierten. Schwierig sei das gewesen. Und alles so fremd. Aber wunderschön, genau wie die Musik. Dieser tieftraurigen und tieflebendigen arabischen Musik habe sie sich ganz anvertrauen können. Den Menschen nicht. Der Kameramann habe in ihr vielleicht eine strahlende junge Königin gesehen, sie selbst aber sei damals sehr einsam gewesen, habe von den mondänen Clubs und all den Partys nicht viel mitbekommen. Als Frau habe man gar nicht dazu gehört. Man habe sich entscheiden müssen, ob man einsam in seinem Zimmer bleiben oder das Risiko eingehen wollte, als Prostituierte zu gelten, wovor sie die französische Agentur, die sie nach Kairo geschickt hatte, ausdrücklich gewarnt hätte. »Eigentlich war ich damals wie verloren, ich saß tagsüber in meinem kleinen Zimmer gegenüber vom Stadttor Bab Zuweila, an der alten Stadtmauer, und wartete auf den Auftritt am Abend, oder, wenn wir Dreharbeiten hatten, auf den Sonnenuntergang, weil dann das Licht am schönsten war. Ich bewohnte ein Kellerzimmer in einer alten Schule. Es war dunkel und stickig in diesem Raum. Mein Wasser holte ich mir im Waschraum der Schule. Im Sommer waren die Kinder in den Ferien, dann war es ruhig. Doch wenn mich unser Fahrer nachts vor dem Seiteneingang der Schule absetzte und ich schon wusste, dass es am Morgen wieder dieses Geschrei vor meinem Fenster geben würde, dass es im Treppenhaus und auf dem Hof den ganzen Tag über lärmen würde, konnte ich oft gar nicht erst einschlafen.« Heute sei ihr unbegreiflich, warum sie damals nicht nach einem anderen Zimmer gesucht habe. Es habe Pensionen und Wohnheime gegeben, unerklärlich, warum sie so lange in diesem Kellerzimmer geblieben sei. »Im Grunde fühlte ich mich in meiner ägyptischen Kammer ein bisschen wie ein stummer, blinder Tiefseefisch. Sie wissen schon: Diese seltsamen grauen oder durchsichtigen Fische, wie es sie auch ganz unten im Roten Meer gibt. Ganz in der Tiefe, da, wo die bunten Fische, die wir beim Schnorcheln sehen, gar nie hinkommen.« Ja, so ein Fisch sei sie damals gewesen. »Du schwimmst und schwimmst, lässt dich von der Strömung treiben, es ist dunkel und du kannst nichts erkennen, und das eigentliche Leben, das der anderen, spielt sich irgendwo anders ab, weit oben, in der Höhe, da, wo die Sonne hinkommt und die Wärme. Andersens kleiner Seejungfrau ging es genauso, bevor sie den Prinzen traf und ihre Stimme verlor. Das Märchen kennen Sie doch, oder? Das müssen Sie einfach kennen, wenn Sie ein Buch über das Warten schreiben! Andersens Meerjungfrau hielt es einfach nicht mehr aus, da unten in der Dunkelheit. Diese ewige Warterei auf das Glück. Was habe ich dieses Märchen geliebt und gefürchtet! Viel mehr als ›Blanche Neige‹ oder ›La belle et la bête‹. Vor Monstern und Hexen fürchte ich mich nicht, nur vor der eigenen Sehnsucht. Die kann einen wirklich kaputt machen.«

Beim Stichwort »Tiefseefisch« musste ich unwillkürlich an etwas denken, das ich erst am Nachmittag im Radio gehört hatte, bei einer dieser Sendungen, die vermutlich schon vor ein paar Monaten aufgezeichnet worden waren, und nun im Sommerloch und in der Sommerhitze wieder ausgestrahlt wurden. Vielleicht ging es dem französischen Staatssender auch darum, die Bevölkerung mit Tiersendungen zu beruhigen. Einen Fernseher hatte Philippe nicht. Das war schon vor zwanzig Jahren so gewesen, als ich in der ersten Zeit zu ihm in die Wohnung kam. Jetzt sei endgültig Schluss mit dieser Glotzerei, hatte er mir damals erklärt. Erst privatisieren sie das Fernsehen, dann womöglich den Strom, die Metro und das Grundwasser. »Die wissen gar nicht mehr, wohin mit all ihren Milliarden! Wieso privatisieren sie nicht auch das Wetter? Für jeden Blick in den Pariser Nieselregen ein Centime! Das wäre doch ein passendes Geschäftsmodell für diese Halsabschneider. Und ich werde Aktionär, kaufe mir Anteile an einer Pariser Wolke!«

Hätte es in Philippes Wohnung einen Fernseher gegeben, hätte ich tagsüber vielleicht Dokumentarfilme über träge Wandervögel angeschaut, über Störche, die in Frankreich überwintern, weil es dort inzwischen warm genug war und sie sich die Reise nach Marokko sparen konnten. Oder über Heuschrecken, die an den von der Sonne verkohlten Blättern starben, über Forellen, die aus kochenden Bächen sprangen und Eisbären, die unter zerbrechenden Schollen ertranken. Nein, solche Tierfilme hätten sie natürlich nicht gezeigt. Eher etwas mit niedlichen Waschbären oder mit Zebras, denen es gelang, einem Löwenrudel zu entkommen. Ja, solche Dinge hätte ich hier sehen können. Zu meiner Beruhigung.

Dann doch lieber Radio. In der Sendung am Nachmittag war es um die Fragwürdigkeit von Naturvergleichen gegangen. Allzu oft werde zum Beispiel die Dominanz des Mannes mit Beispielen aus der Natur belegt, hatte der interviewte Soziologe gesagt. Dabei gäbe es in der Natur die kuriosesten Gegenbeispiele, nicht nur die immer wieder bemühte und als Symbol der Femme fatale verklärte Gottesanbeterin. Die Natur sei wie die Bibel oder der Koran, man fände immer die gerade passende Stelle, irgendetwas, das sich gut zitieren ließ und in den jeweiligen Kram passte. Und dann erklärte er eines dieser Gegenbeispiele. Er erzählte und beschrieb dabei in allen Einzelheiten das Paarungsverhalten der Tiefsee-Anglerfische, einer Unterklasse der Seeteufel. Das seien plumpe, runde Knochenfische, die auf dem Meeresgrund lebten. Die Weibchen besäßen ein Leuchtorgan, mit dem sie die Beute anlockten, außerdem sendeten sie Lockstoffe an die Männchen aus. Vielleicht, so überlegte ich, hatte auch Solange so ein Leuchtorgan, mit dem sie all ihre Handwerker ins Haus lockte. Vielleicht hatte sogar ich ihr Leuchtorgan gesehen, als sie meine Wohnung betrat. Ja, das war gut möglich. Das mochte auch der Grund sein, warum sie noch immer hier war, in meiner Küche saß und Kaffee trank, um halb zwei in der Früh, der Grund, warum ich es nicht schaffte, sie loszuwerden.

Was der Soziologe im Radio erzählt hatte, klang wie ein zoologischer Krimi: Vor etwa achtzig Jahren habe man zum ersten Mal zufällig ein Weibchen an die Oberfläche geholt. Es starb natürlich recht schnell im seichten Wasser, doch die Forscher bemerkten, dass sie offenbar gerade im Begriff gewesen war, ein Junges zu gebären, das aber nicht, wie sonst üblich bei lebend gebärenden Fischen, aus der Kloake kam, sondern irgendwo am Körper befestigt oder darin integriert zu sein schien. Zum großen Erstaunen der Forscher entpuppte sich das vermeintliche Neugeborene jedoch als das dazugehörige Männchen, das nur circa fünf Prozent der Körpergröße des Weibchens erreicht. Schließlich reimten sich die Zoologen ungefähr zusammen, wie es bei den Tiefseeanglerinnen und ihren Zwergmännchen zugehen musste: Im dunklen Wasser treiben die Männchen solange ziellos umher, bis sie zufällig auf ein Weibchen stoßen, dann haften sie sich an deren Unterseite fest, kriechen mit Kopf, Augen und Maul ganz in die Riesin hinein. Die eigenen Sinnesorgane bilden sich anschließend zurück, bis das Männchen vollständig in den Stoffwechselkreislauf des Weibchens integriert ist und nur mehr als eine Art Spermasäckchen überlebt. Sobald die Eier reif sind, gibt es dieses Sperma ab und stirbt. Das Anglerpärchen laicht zusammen und stirbt zusammen, gewissermaßen in vollendeter Fusion. So etwas nenne man »Sexualparasitismus«, ergänzte der Soziologe, weil das Männchen über keinen eigenen Blutkreislauf mehr verfüge.

Zuerst hatte ich eher zerstreut zugehört, doch dann unterbrach ich die Lektüre der Internetseite, auf die ich zufällig geraten war, rückte das Radio näher an den Schreibtisch. Solche männlichen Zwergparasiten gäbe es insbesondere bei der Gattung der Traumfische, hörte ich, zum Beispiel bei den

»Spikehead dreamers« aus dem Pazifik oder den »Nightmare dreamers« in den Tiefen des Nordatlantiks. Womöglich war das Gefühl, das Solange aus ihrer ägyptischen Zeit beschrieb, genau das jener zwergenhaften Anglermännchen, die ziellos in der stockdunklen Tiefsee umhertreiben, ohne zu wissen, ob sie je auf ein Weibchen stoßen werden. Eine unendliche Fahrt, unendliches Warten.

In der Ferne ertönten Sirenen. Solange hatte aufgehört zu sprechen und schaute mich an. Vielleicht erwartete sie, dass ich etwas sagen würde. Mir fiel nichts ein. Ich hätte ihr natürlich erklären können, dass uns beim Warten der Zeitverlauf schmerzlich bewusst wird. Evolution, Weltgeschichte, das sind viel größere Zeiträume, doch sie sind mit Ereignissen gefüllt. Deswegen kann man diese Zeit messen, aber nicht spüren. Nur die ereignislose Wartezeit macht den puren Zeitverlauf spürbar, körperlich erfahrbar. So wie man die Fliehkraft spürt, wenn man auf einer Schaukel sitzt, oder die Schwerkraft, wenn man sich von einem Sprungturm stürzt, oder aus dem Fenster, oder von einem Felsen. Doch ich bezweifelte, dass Solange solche Dinge interessierten. Vielleicht zu Unrecht. Frauen haben ja oft die Tendenz, andere Frauen zu unterschätzen. Stellvertretend für sich selbst. Nach einer Pause sagte ich: »Ja, die eigene Sehnsucht. Das ist wirklich eine große Gefahr. Ich verstehe, was Sie meinen.« Sie lächelte und antwortete: »Wenn es denn wenigstens wirklich die eigene Sehnsucht wäre. Doch nicht einmal da bin ich mir sicher. Ich habe in meinem Leben viel zu viele fremde Träume geträumt. Man wird so leicht beeinflusst: Das ganze Gerede überall, die Märchen und die Zeitungsberichte, die Hitze und die Kälte auf den Straßen, und dann die Ausdünstungen der Bäume, die Pheromone der Nachbarn. Wie soll man da wissen, worauf man tatsächlich wartet.«

Plötzlich spüre ich eine große Traurigkeit. Ich weiß nicht, ob es meine eigene ist oder die Traurigkeit dieser fremden Frau. Leider ist in diesen Nächten der Mond noch zu schwach, um direkt in der Mitte der Dachluke zu erscheinen und über Schneewittchens Haar zu streichen, wenn ich sie jetzt so anschaue und mir vorstelle, wie es wäre, in ihrem Innern statt in meinem eigenen zu sein. Es wäre anders, ganz anders, gewiss. Ich stelle mir vor, ich sitze in einer fremden Küche, der Mond scheint durch die Dachluke auf mein dunkles Haar. Ich warte, ohne zu wissen, worauf. Dazu passend: satte Gitarrenklänge. »Worauf haben Sie denn früher gewartet? Erinnern Sie sich noch?«, frage ich weiter. Solange schweigt und überlegt. »Ich würde Ihnen gerne etwas zeigen,« antwortet sie, »wollen wir nicht zu mir hinunter gehen? Es ist gerade so schön ruhig. Da kann man gut reden.« Ich gehe ins Bad und kämme mich, ziehe meine Leinenschuhe an und folge ihr nach unten. Jetzt ist die Forscherin in mir erwacht.

Genf, Sentier du Promeneur Solitaire, 1963ff.

Ein Stab. Noch ein Stab. Und noch einer. Viele Stäbe. Alle gleich. Hart und glatt. Daneben etwas Weiches. Dann das Licht. In dünnen Streifen. Der Rollladen. Die Tür. Die Dunkelheit. Die Stimmen. Zuerst waren die Dinge, eine Flut von einzelnen Dingen, Formen, Geräuschen, Farben, glatt, weich, glatt, hart, glatt, weich. Manchmal wurde es plötzlich dunkel, dann plötzlich hell und ebenso plötzlich wieder dunkel. Etwas wiederholte sich, wurde nach und nach vertraut. Absehbar, was zusammengehörte und was nicht. Niemand weiß, woher er kommt, und wie das alles, das mit den Dingen, das Helle und das Dunkle, das Laute und das Leise, das Warme, das Kalte, das Fremde und das, was sich wiederholt, zu begreifen ist. Das Händchen ausstrecken, anstoßen, ein Ding, ein glattes, hartes, helles Ding berühren, es umfassen, daran ziehen, rütteln, wieder loslassen. Es macht ein Geräusch. Das Ding quietscht. Dann wird es hell. Man wird in die Höhe gehoben. Ein großes Gesicht schwebt durch die Luft, steigt bis hoch unter die Decke. Es ist ein Lachen, ein weiches, großes Lachen. Das Lachen hat Augen. Dann zerfließt das Gesicht, das Lachen läuft aus und hinterlässt eine helle, leere Fläche. Zurück an den Ort, von dem aus all das andere zu sehen und zu begreifen ist. Die glatte Oberfläche der Gitterstäbe, das weiche, fleckige Tuch neben dem Kissen, es riecht nach Schlaf und geronnener Milch.

Später kommt die Schwester ins Bild. Sie ist schon ein bisschen groß und kann Dinge, die ich noch nicht kann. Mittagsschlaf. Wir halten Mittagsschlaf. Es ist heiß im Zimmer. Kinder, die solche Dinge sehen und begreifen wollen, können mittags nicht schlafen. Sie stehen auf, manche können sogar schon aus dem Bett klettern. Es ist faszinierend, wie die Große ihr Bein über die Gitterstäbe schiebt, höher und höher, sie schnauft dabei, der blonde Pferdeschwanz wippt, dann rutscht sie hinüber und fällt ins Freie, plumpst auf den Teppich. Sie steht wieder auf, steigt auf den Stuhl, wirft dabei meinen Teddy zu Boden. Ich überlege, ob ich schreien soll. Nein, das soll ich nicht, ich will ja schauen, durch die Gitterstäbe hindurch beobachten, was sie jetzt wohl machen wird, die Große, die, die schon so viel kann. Sie klettert auf die Fensterbank. Das Fenster ist geöffnet, von draußen dringt kühle Luft ins Zimmer. Da draußen ist es schön. Das denkt auch meine Schwester. Man kann die Berge sehen. Schon steht sie auf der Fensterbank, sie beugt sich vor, sie lacht, sie versucht, sich zu setzen, rutscht dabei weiter nach vorn, verschiebt den glitzernden Rollladen. Plötzlich ist sie nicht mehr da. Mein Teddy liegt am Boden, neben dem Stuhl, ich kann ihn nicht erreichen. Ich schreie. Die Tür geht auf, unsere Mutter kommt ins Zimmer. Sie schaut mich an, dann sieht sie das offene Fenster und schreit. Lauter als ich. Mein Teddy liegt noch am Boden.

Ich habe mich immer vor dem Mittagsschlaf gefürchtet. Man liegt hinter glatten Gitterstäben im Kinderbett und wartet, dass der Mittag vorübergeht. Diese quälende, sich wie heißes Gummi im ganzen Körper ausbreitende Langeweile. Man möchte zappeln und strampeln, man könnte platzen, nach oben fliegen, an die Decke zu den großen Gesichtern, aus dem Fenster hinaus, zu den kleinen Vögeln in die Bäume vor dem Haus. Manchmal zappelt und strampelt man dann auch, solange bis das Gesicht wieder kommt. Doch diesmal wird man nicht hochgehoben, diesmal liegt man auf dem Rücken, festgeschnallt unter der schweren Kinderdecke. Und wenn sich das Gesicht von hinten nähert und über mich beugt, ist es eine Fratze, der Mund weit oben unter der Decke, grimmig verzerrt, die Augen darunter, fremd und falsch, die Lider schließen von unten nach oben. Das ist nicht meine Mutter. Ich werde ganz still.

Die Schwester fürchtete sich nicht. Sie konnte schon singen und aus dem Bett klettern, und sie konnte, wenn sie beim Mittagsschlaf plötzlich aufs Klo musste, ihren Kot-Ringel fein säuberlich in ein Taschentuch einwickeln und auf die Fensterbank legen. Das war praktisch. Denn nach dem Mittagsschlaf würde die Mutter das Päckchen finden und mitnehmen. Meine große Schwester hatte immer gute Ideen. Einmal versteckte sie eine Tüte Schokonüsse unter ihrem Kopfkissen. Kaum war die Kinderzimmertür geschlossen, öffnete sie die Tüte und begann zu essen.

Die Schokolade glänzt in der Mittagsdämmerung. Nach einer Weile klettert die Schwester aus ihrem Bett, kommt herüber zu mir und schiebt zwei Nüsse zwischen den Gitterstäben hindurch. Sie glaubt, dass ich noch nicht sprechen kann. Ich kann auch noch nicht sprechen, nur schauen und greifen. Und ein bisschen laufen. Doch ich habe Angst, den Teppich zu betreten, über die Kante zu stolpern oder nicht mehr von der Türschwelle herunterzukommen. Die Großen lachen, wenn ich unschlüssig im Türrahmen stehen bleibe und darauf warte, dass jemand mich über die Schwelle hebt. Sie schauen mir zu und lachen. Hinter den Fensterscheiben höre ich die Tauben der Nachbarn, ein fernes Hupen, Kinderstimmen vom Spielplatz.

Nach dem Mittagsschlaf bringt uns die Mutter nach unten. Sie setzt uns in den Sandkasten. Jetzt müssen wir spielen. Wir tragen blauweiß gemusterte Kopftücher und sind sehr, sehr niedlich. Mutti ist stolz auf uns und schaut manchmal aus dem Fenster. Ihr Gesicht ist nicht zu erkennen. Wir wohnen im elften Stock. Doch ich weiß, wenn ich so da sitze und so niedlich bin, dass das da oben unsere Mutter ist. Denn sie trägt einen grünen Pullover. Grün ist die Farbe der Bäume. Meine Schwester und ich sitzen mit unseren niedlichen Kopftüchern im Sandkasten und warten. Wir warten, dass Mutti kommt und uns nach oben holt. Oder dass die Jungen aus der Siedlung kommen, Thomas und Valentin, Frédéric und Pablo, manchmal ist auch der kleine Grégoire dabei. Der ist fast so niedlich wie wir. Wir warten darauf, dass die Nachbarjungen kommen und uns mit Sand bewerfen, das passiert nämlich fast jedes Mal. Oder dass sie uns die Sandschaufeln wegnehmen, die blauweißen Tücher vom Kopf reißen, in den Sand werfen und darauf herumtrampeln, dass sie meine Schwester an den Haaren ziehen, dass sie mich anstupsen, bis ich umfalle. Meine Haare lassen sie in Ruhe, weil ich noch keinen Pferdeschwanz habe, an dem sie ziehen können. Die großen Jungs stehen da und lachen. Sie lachen so lange, bis ich den grünen Pullover hinter mir spüre. Dann laufen sie weg. Meine Schwester weint, meine Mutter schreit den Jungs etwas hinterher, das ich nicht verstehe. Doch sie sind schon weg, haben sich versteckt. Irgendwo in den umliegenden Mietshäusern oder oben an der Eisenbahnbrücke, die hinüber in das kleine Wäldchen führt, in das wir Kinder nicht alleine gehen dürfen. Es gibt dort einen kleinen Zoo mit niedlichen Tieren, Eichhörnchen vor allem, aber auch kleine Ziegen und Schafe, Enten, Rehe und eine Wildschweinfamilie mit niedlichen kleinen Frischlingen. Manchmal, wenn Mutti uns am Sandkasten abholt, gehen wir vom Spielplatz aus über die Brücke und hinüber in den Zoo. An manchen Tagen ist auch Vati dabei. Dann darf ich auf seinen Schultern sitzen, wenn wir über die Brücke gehen. Mutti geht dann immer voraus, sie könne das nicht sehen, sagt sie. Ich verstehe nicht, warum sie mich nicht sehen kann, wenn ich da so ganz weit oben auf den Schultern meines Vaters sitze, der auf dem schmalen Fußweg zwischen Bahngleis und Brückengeländer mit uns hinüber in den Wald am anderen Rhône-Ufer geht. Ich habe keine Angst da oben, Angst habe ich nur vor den Jungs und vor dem Truthahn, der im Zoo auf uns zugerannt kommt. Er wackelt mit seinen roten Hautlappen und ist überhaupt nicht so niedlich wie die braunen Zwerghühner, die neben ihm im Sand scharren.

Später auf dem Schulhof habe ich keine Angst mehr vor den Jungs. Ich weiß, sie sind laut und dumm und schmutzig und machen sich wichtig, damit man sie nicht übersieht. Dabei kann man sie gar nicht übersehen. Wirklich zu dumm. Manchmal kommen Mädchen aus der ersten Klasse zu mir und bitten mich, diesen oder jenen Jungen zu verhauen. Sie kommen zu mir, weil ich mich einmal bei einem Streit auf dem Schulhof eingemischt und zwei kleinere Mädchen beschützt habe. Ich habe den Angreifer dabei nur angestupst und schon fiel er zu Boden. Das hat mich damals sehr erstaunt. Und die anderen auch. Seitdem glauben ein paar von den kleinen Mädchen, ich sei sehr stark, so ähnlich wie Pippi Langstrumpf. Aber ich kann kein Pferd hochheben, nicht mal aufs Dach klettern, und vor den Turngeräten in der Sporthalle habe ich Angst, vor dem Stufenbarren, den Ringen, der Sprossenwand, dem Kasten. Ich weiß nie, mit welchem Bein ich zuerst abspringen muss, wohin ich die Arme strecken, was mit dem Kopf passieren soll. Ich nehme Anlauf, renne los, trete aufs Sprungbrett und schlage an den Kasten. Es tut nicht sehr weh, aber die anderen lachen. Madame Rochat, unsere Turnlehrerin, schüttelt dann nur den Kopf und sagt: Charlotte, tu dois te concentrer! Dabei habe ich mich doch konzentriert. Mein ganzer Kopf tut weh vom vielen Konzentrieren. Am liebsten würde ich über den Kasten fliegen oder mich in der Garderobe verstecken und dort auf das Ende der verhassten Turnstunde warten. Oder mich wieder auf dem Klo einschließen, warten, bis mich der Hausmeister befreit. So wie neulich, als ich plötzlich gar keine Lust hatte, nach Hause zu gehen. Weil ja sowieso keiner zuhause war, weil ich die Dose mit den Ravioli sowieso wieder nicht aufbekommen würde und weil sowieso der Wohnungsschlüssel weg war.

Doch wenn ich mich wieder einschließe, würde SIE wieder schimpfen und abends, wenn sie mit ihren Töchtern aus dem Kindergarten nach Hause kam, mir nichts von dem Ratatouille abgeben, weil ich am Nachmittag ja die Ravioli hätte essen können. SIE brachte die beiden Kleinen dann in ihre niedlichen Kinderbetten und zog ihnen niedliche blaue und weiße Nachthemden an. Ich wartete in der Küche auf den Vater. Oft bis spät in die Nacht. Und dann, wenn er endlich nach Hause gekommen und mich ins Bett geschickt hatte, hörte ich ihre Stimmen durch die Wand, hörte, wie SIE jammerte, wusste, dass SIE sich jetzt über mich beschwerte, weil ich den Schlüssel verloren, die Schuhe nicht ordentlich geputzt, die Ravioli-Büchse ungeöffnet in den Müll geworfen, im Bad die Bürste mit meinen langen Haaren verdreckt hatte. Sie musste sich über mich beschweren, weil Vati ihr verboten hatte, mich zu schlagen. So etwas müsse, wenn schon, der leibliche Vater übernehmen. Doch Vati hatte keine Lust, mich zu schlagen. Er war dazu ja auch viel zu müde, wenn er abends nach Hause kam.

Er sitzt einfach nur da. Das Wohnzimmer ist abgedunkelt. Er ist gerade erst nach Hause gekommen und hat mich noch gar nicht gesehen. Die Balkontür steht offen, das Mondlicht tastet sich am Vorhang entlang ins Zimmer. Es wird dünn und immer dünner, je tiefer es in den Raum dringt. Noch immer sitzt er unbeweglich da. Ein paar Strahlen fallen auf seine Füße. Ich sehe, dass er seine Sonntagsschuhe trägt. Wieso trägt er seine Sonntagsschuhe, wenn er von der Arbeit kommt? Die weißen Vorhänge bewegen sich ganz sanft. Hier oben weht immer ein kleiner Wind. Mutti hat das so gemocht. – Es gibt ein Märchen, in dem die tote Königin ihr Kind besucht. Vielleicht besucht sie auch den König. Das Märchen sagt darüber nichts, wahrscheinlich, weil der, der sich das Märchen ausgedacht hat, nicht sicher war, ob der König sich über den Besuch gefreut hätte.

Manchmal kam IHRE Mutter zu Besuch. Eine Zwergin. Mit ihren siebzig Jahren war sie kleiner als ich, die Elfjährige. Wenn die Mutter bei uns war, ging SIE nicht ins Büro, dann saßen die beiden Frauen im Wohnzimmer, häkelten oder strickten Pullover für die Kleinen, schauten Fernsehen und spielten Karten. SIE spielte besser als ihre Mutter, die Zwergin, aber sie tat so, als wäre sie schlechter. Das hatte ich gemerkt, weil sie mich manchmal mitspielen ließen, wenn sie einen dritten Spielpartner brauchten. Die Mädchen waren ja noch zu klein, um sich die vielen Regeln zu merken. Ich dagegen konnte das. Sich Regeln zu merken, war viel leichter als über den Kasten zu springen.

Die Zwergin lebte in Paris und brachte ihrer Tochter und den beiden Enkelinnen immer große Pakete mit Nahrung und Kinderkleidung mit. Bei uns in Genf gäbe es all diese feinen Sachen ja gar nicht zu kaufen, sagte sie, wenn sie die bunten Kleidchen, die Strumpfhosen und Lackschühchen auspackte und den Mädchen anprobierte. Julie, die Ältere der beiden, kam dann immer gleich in mein Zimmer gerannt, drehte sich wie ein Tanzpüppchen vor mir hin und her und wollte wissen, ob ich ihr Kleidchen auch so »chou« fände wie das ihrer Schwester. Sophie, die Jüngere, interessierte sich mehr für die neuen Schuhe, die ich ihr zuschnüren musste, damit sie aufhörte zu quengeln. Julie war das Schneewittchen, weil sie so schöne dunkle Haare hatte, und Sophie das blonde Dornröschen, die Schöne im schlafenden Wald, wie das Märchen auf Französisch hieß, die abends früher zu Bett ging als ihre ältere Schwester. Ich nannte die beiden immer nur Julie und Sophie, ich konnte ihre Märchennamen nicht leiden. Einmal fragten sie mich, wer ich denn sei, ob ich nicht auch einen Märchenamen hätte, vielleicht Rotkäppchen, und sie kicherten, weil sie sich wahrscheinlich vorstellten, wie ich vom Wolf gefressen würde. »Nein, sie ist die Pechmarie«, sagte die Zwergin, die neben uns saß und ihre Hände manikürte, »und ich bin Frau Holle.« Sie lachte und schaute auf, um zu überprüfen, ob ihre Tochter den Witz gehört hatte. Die stand am Herd und sagte nichts.

Manchmal stritten wir uns. Aber nur ein bisschen. Meistens ging es darum, dass ich meinen Schwestern ein paar Gummibärchen stibitzt hatte, die in der speziellen Dose mit den »douceurs« lagen. Es gab eine rote Dose mit der Aufschrift »Julie« und eine blaue Dose mit der Aufschrift »Sophie«. Und dann gab es noch eine etwas größere Dose, die für alle bestimmt war. Doch die war meistens leer, weil mein Vater sich abends darüber hermachte. Besonders Julie war dann immer sehr wütend und drohte, es ihrer Maman zu sagen. Meine Mutter hatte nicht »Maman«, sondern »Mutti« geheißen, sie kam ja aus Deutschland. Genau wie Vati, der als Techniker im CERN arbeitete. Manchmal berichtete er, dass sie wieder ein neues Teilchen entdeckt hatten. Ich fragte mich dann immer, warum diese Teilchen nur da unten, im Boden unter der französisch-schweizerischen Grenze, umherflitzten. Wären ein paar von den Teilchen bei uns in der Straße gewesen oder unten am Ufer der Rhône, hätte mein Vater sie auch von zuhause aus beobachten können. Dann wäre er hier gewesen, bei uns. Dann hätte er auch nachschauen können, was hier in der Wohnung passierte, statt immer nur den Teilchen beim Herumflitzen zuzuschauen. Sein Chef hieß Giuseppe und interessierte sich nicht nur für Teilchen. Einmal erzählte mein Vater, Giuseppe suche nach einer Sprache, in der man mit Außerirdischen kommunizieren könne. Statt Zeichen und Schallwellen würde man dabei kosmische Strahlen verwenden, damit die Bewohner der fremden Planeten die Botschaften auch wirklich empfangen könnten. Für ein Gespräch müsse man aber sehr viel Geduld haben, denn die kosmische Strahlenbotschaft würde Jahre und Jahrzehnte benötigen, um anzukommen. Ich versuchte, mir vorzustellen, worüber Vati mit den Außerirdischen sprach. Mir fiel ein, dass die Leute auf dem Mars spitze Ohren hatten und vielleicht besser zuhören konnten als wir Kinder. Aber wahrscheinlich hatte Vati sowieso keine Zeit, ihre Antwort abzuwarten.

Hinter der Tür ist ein Geräusch. Ich weiß nicht, was es bedeutet. Das Bett knarrt, wenn ich mich aufsetze, es verrät mich. Die Ritze unter der Tür ist hell, jemand hat das Licht im Flur angeknipst. Ich sitze und horche. Ich könnte jetzt aufspringen und mich im toten Winkel hinter der Tür verstecken. Oder unter dem Bett. Dort ganz lange warten. Vielleicht die ganze Nacht. Damit sie mich nicht finden. Ich weiß nicht, was ich tun soll.

Wenn meine kleinen Schwestern wütend waren, schlugen sie mich. Ich wehrte mich, nur ein bisschen, schließlich waren sie ja viel kleiner und schwächer als ich. Meistens musste ich lachen. Das war nicht sehr nett von mir, aber ich konnte nichts dagegen tun. Wenn Julie schimpfend und schreiend vor mir stand, mit dem Fuß aufstampfte und von mir verlangte, ich solle die gestohlenen Gummibärchen gefälligst wieder in ihre Dose zurücklegen, dann musste ich lachen. So lange, bis sie weinte. Meistens kam dann auch Sophie hinzu und weinte mit. Es gab Tage, an denen ich eigentlich gar keine Lust auf Gummibärchen hatte, trotzdem aber eine Handvoll aus der Dose nahm, meistens aus der von Julie. Weil die sich am meisten aufregte. Und wenn sie sich dann bei ihrer Maman über mich beschwerte, bekam ich zwei Tage Fernsehverbot. Doch da mich die blöden Kindersendungen sowieso immer weniger interessierten, war das nicht weiter schlimm. Irgendwann merkte Julie, dass es nichts brachte, mich bei den Eltern anzuschwärzen. Stattdessen ging sie in mein Zimmer und kritzelte in meinen Schulheften herum. Als ich daraufhin ihr Kuschelmonster, ein undefinierbares, schmutzigweißes Plüschtier, in Geiselhaft nahm, eskalierte unser Streit zum ersten Mal.

Wir waren im Badezimmer, als es passierte. Sie riss mir die Holzbürste aus der Hand, schrie, ich solle nicht so ein Theater mit meinen Haaren machen, ich sei sowieso sehr hässlich, das hätte auch die Maman gesagt, und schlug mir den Bürstenstiel mit voller Wucht an den Kopf. Es tat weh, war aber nicht sehr schlimm. Ich verdrehte die Augen, das war ein Trick, den mein Schulfreund Amir mir gezeigt hatte, er hatte ihn von seinem älteren Bruder gelernt. Ich stöhnte. So wie ich das im Fernsehen gesehen hatte. Ich fand, es klang sehr echt. Dann ging ich ganz langsam und mit theatralischem Wimmern zu Boden. Julie stand neben mir und wusste nicht, was sie tun sollte. Wenn sie jetzt die Erwachsenen holte, würde man mit ihr schimpfen. Sie bückte sich, schaute mir ins Gesicht und fragte, ob ich mir weh getan hätte. Ich stöhnte und redete wirres Zeug. Es war sehr lustig, wirres Zeug zu reden. Je länger ich da am Boden lag und delirierte, desto größere Lust bekam ich, immer so weiterzumachen. Ich würde nie wieder etwas Vernünftiges sagen, nur noch die Hausschuhe meiner Schwestern küssen, fragen, warum die Kacheln im Bad plötzlich schwarz waren und wann endlich der Weihnachtsmann käme. Ich war ja jetzt verrückt und durfte solche Sachen sagen und tun. Das hatte auch Julie bald verstanden, und sie begriff, dass sie schuld war, schuld am Wahnsinn ihrer großen Schwester. Sie stand vor mir und wartete, irgendwann ging sie aus dem Raum und brachte mir ihre rote Dose mit den »douceurs«. Ich solle mir etwas aussuchen. Das tat ich. Danach war ich schlagartig geheilt. Es war aber das letzte Mal, dass ich etwas aus ihrer Dose nahm. Ich beschloss nämlich, sehr, sehr schlank zu werden. Schlanker als meine Barbies und schlanker als die Models im Fernsehen, die SIE so bewunderte.

Mit zwölf hatte ich keine Lust mehr, niedlich zu sein. Schlank war besser als niedlich. Ab dem nächsten Sommer käme ich endlich zu den Großen, in den Cycle d'orientation de Cayla, gleich bei uns um die Ecke. Die Schule bestand aus hellblauen Holzbaracken, den sogenannten »Pavillons«, die irgendwann, doch keiner wusste wann genau, abgerissen und einem richtigen Schulgebäude weichen sollten. Doch wir Schüler fanden die zweistöckigen Holzbaracken mit den knarrenden Fußböden cool. Es gab jetzt auch eine neue Schulreform. Das hatte Vati gesagt und auf die Sozis geschimpft, weil die nämlich die natürliche Ordnung auf den Kopf stellten. Man könne doch nicht einfach alle Kinder in dieselbe Klasse stecken, die Schlauen und die Dummen in einen einzigen Raum. Mädchen und Jungs gemeinsam zu unterrichten, das sei ja noch akzeptabel, obwohl er froh gewesen sei, früher keine Ablenkung durch Mädchen gehabt zu haben. Aber es gäbe nun einmal intelligente und weniger intelligente Schüler, daran könne auch der Sozialismus nichts ändern. Ich fragte mich, wie diese natürliche Ordnung wohl sein mochte. Wer das so geregelt hatte und vor allem, wo mein eigener Platz in der natürlichen Ordnung war. Manchmal schien es mir, als hätte ich gar keinen Platz, als gehörte ich nirgendwo hin. Wie lange man wohl warten musste, bis man in die natürliche Ordnung aufgenommen wurde?

Ich wusste, dass die Spinne sich dort oben hinsetzen würde. Denn ich selbst habe sie dorthin geschickt. In den Morgenstunden liegt unser Klassenzimmer im Halbschatten. Dann sind die Spinnen noch träge und leicht zu beeinflussen. Das nütze ich aus, um sie von Fenster zu Fenster zu schicken. Sie müssen an der Gardinenstange entlanglaufen, mir dabei ihren großen, braunen Leib zuwenden, damit ich kontrollieren kann, ob sie auch wirklich die von mir vorgeschriebene Route einschlagen. Suggestion nennt man das, oder Hypnose. Man kann das mit Tieren üben. Und wenn die Tiere dann machen, was man will und sich genau in die für sie vorbestimmte Ecke setzen, kann man allmählich beginnen, seinen Einfluss auf Menschen auszudehnen. Der Trick mit der Spinne sollte auch da funktionieren. Momentan übe ich noch, ich schicke die Spinne zum nächsten Fenster. Sie klettert ans halbgeöffnete Oberlicht. Ihr Faden schimmert blau. Auf der Außenseite der Scheibe landet ein Schmetterling. Er ist weiß, fast durchsichtig. Hinter Spinne und Schmetterling durchquert ein Flugzeug das Bild.

Es war gut, dass ich ein eigenes Zimmer hatte. Niemand konnte mich sehen, wenn ich stundenlang vor dem Spiegel stand, wie festgezaubert, oder wenn ich abends das Licht dreizehn Mal löschen musste, für jedes Lebensjahr einmal ein und wieder aus. Ich hatte IHR Bett. Es war das Bett, in dem sie geschlafen hatte, bevor sie meinen Vater heiratete. Es war rosa und hatte einen geblümten Bettvolant. Auf dem Bezug war ein großer heller Fleck zu erkennen. Da, wo die Körpermitte aufliegt, jedenfalls bei den Erwachsenen. Ich habe sehr lange über diesen Fleck nachgedacht.

Ich sitze auf der Bettkante und betrachte meine Fingernägel. Die Zwergin hat gesagt, sie seien ungepflegt. Wahrscheinlich hat sie Recht. Jeder Nagel ist anders, zwei sind eingerissen, unter dem Nagel des rechten Zeigefingers ist Dreck. Das sehe ich ganz deutlich, wenn ich den Finger in die Luft strecke und gegen das Licht halte. Es muss Nachmittag sein, vielleicht auch schon Abend, ein paar dünne Sonnenstrahlen zwängen sich durchs Zimmer bis auf das Bett. Ich spüre ihre

Wärme wie winzige Stiche auf der Haut. Und dann ist auch der Fleck wieder da. Riesengroß und plötzlich viel heller als der übrige Stoff. Ein letzter Sonnenstrahl fährt darüber. Es ist wie ein kleiner, hellgelber Stromstoß. Mir wird übel. Ich hole die Bastelschere aus der Schultasche und schneide den Fleck aus. Er hat keine erkennbare Form. Ich werfe den Stofffetzen ins Klo, spüle zweimal nach. Da, wo vorhin die Sonne hingeschienen hat, ist jetzt ein Loch. Ich bedecke die Stelle mit meinem Pyjama.

Das Niedlichsein hatte nun endgültig aufgehört. Ich hatte Pickel auf der Stirn und fettiges Haar. Doch ich wusste, dass die Jungen auf den Pullover schauten und weniger ins Gesicht. Anfangs war SIE froh, als ich begann, meine alten Kinderpullover aufzutragen. Sie und die Zwergin lachten zwar, als sie mich zum ersten Mal in meinem roten Kindernicki Größe 140 sahen, den noch meine Mutter gekauft hatte. Doch als SIE begriff, dass ich das nicht aus Sentimentalität tat oder um Kleidergeld zu sparen, sondern weil ich möglichst eng anliegende Kleidung brauchte, damit die Jungen mir nicht ins Gesicht schauten, räumte sie meine Kinderkleider weg und gab mir stattdessen ein paar Pullover von ihr, Kleidergröße 40. Ich habe damals, mit Dreizehn, tagelang nach meinen alten Kleidern gesucht, fand sie schließlich durch einen Zufall, im darauffolgenden Frühjahr, in einem alten Koffer im Fahrradkeller. Der Koffer enthielt nicht nur meine Kinderkleider. Ich fand auch meinen alten Teddy wieder, meine beiden Barbiepuppen und den blonden Ken mit dem unmodischen Plastikhaar und dem seltsamen Penis, der wie eine eingewachsene Unterhose aussah. Außerdem waren da die roten Röckchen, die Mutti für meine Schwester und mich genäht hatte, zwei Fotoalben mit Bildern aus den Sechziger Jahren, meine Mutter, lachend, mit mehlverschmiertem Gesicht in der Küche, meine Schwester auf dem Töpfchen im

Wohnzimmer, wir beide mit den niedlichen Kopftüchern bei einem Besuch im Zoo. Ich hatte das Gesicht meiner Schwester vergessen. Auch an das unserer Mutter konnte ich mich nicht mehr erinnern. Wenn ich an ihre Vornamen dachte, kamen sie mir fremd und unheimlich vor. »Hannelore und Helene« oder »Helene und Charlotte« stand unter den Fotos. Hannelore war meine Mutter, Helene meine Schwester.

Unter den Fotoalben lagen zwei alte Brettspiele, »Mensch-ärgere-dich-nicht« und »Die Bodenseereise«. Die hatte ich von Oma und Opa aus Konstanz bekommen. Das waren Muttis Eltern, die ich manchmal besuchte, wenn Vati mit seiner neuen Familie nach Frankreich fuhr, nach Paris oder an die Côte d'Azur. Ganz zuunterst lag meine geblümte Bettwäsche, und als ich den Bettbezug auseinanderfaltete, fiel ein grünes Knäuel heraus. Es war Muttis grüner Pullover, der, der immer am Fenster zu sehen gewesen war, wenn wir im Sandkasten auf sie warteten. Er war mir ein bisschen zu groß, aber ich nahm ihn mit nach oben und versteckte ihn im Schrank.

Nur Amir habe ich von dem Koffer erzählt. Er hatte gar nicht gewusst, dass meine Mutter tot war. Er hatte geglaubt, SIE sei meine Mutter. So ein Blödsinn, wie kann man bloß so etwas glauben? »Aber dann sind Julie und Sophie ja gar nicht deine richtigen Schwestern«, rief er erstaunt. »Nein«, antwortete ich, »ich habe nur eine große Schwester, und die ist bei unserer Mutti im Himmel.« Amir wusste natürlich, was ich meinte, wenn ich vom Himmel sprach. Er schwieg und betrachtete die Fotos. Ich zeigte ihm auch den grünen Pullover, die roten Röckchen und die blauweißen Kopftücher. Am besten gefielen ihm die roten Röckchen. Die erinnerten ihn an seine Schwestern, obwohl die solche Röckchen wahrscheinlich gar nicht tragen durften. Amir hatte drei Schwestern und zwei Brüder. Er wunderte sich über unsere Kopftücher, er hatte nicht gewusst, dass auch Mädchen hier in der Schweiz Kopftücher trugen. Ich erklärte ihm, dass das früher so üblich gewesen sei, dass Kopftücher aber nicht sehr praktisch waren, weil die großen Jungs sie uns von den Haaren zogen und in den Dreck warfen. »So etwas tun wir nicht«, sagte Amir und schien wieder erstaunt, »meine Brüder und ich beschützen unsere Schwestern.«

Amir kam täglich nach der Schule zu mir. Er half mir, die Raviolidosen zu öffnen und die Dinge zu erledigen, die auf dem Zettel standen, den SIE für mich auf den Küchentisch gelegt hatte, er selbst aß erst abends mit der Familie. Wenn Ramadan war, versteckte ich die Raviolidosen im Kühlschrank. Und dann machten wir Hausaufgaben, er kümmerte sich um Mathe und Französisch, ich um Deutsch und Latein. Dann tauschten wir die Hefte und schrieben voneinander ab. Amir war sehr klug und fast immer früher fertig als ich. Doch vielleicht hing seine Geschwindigkeit auch damit zusammen, dass er befürchtete, meine Eltern könnten ihn bei mir im Zimmer erwischen. Deswegen ging er auch immer schon am Nachmittag nach Hause, lange bevor SIE mit ihren Töchtern zurückkam. Ich hatte ihm immer wieder gesagt, dass meine Eltern nichts dagegen hatten, wenn er mir nachmittags Gesellschaft leistete, aber er glaubte mir das nicht.

Wahrscheinlich wusste er genau, wie schön ich ihn fand. Vielleicht fand er selbst sich auch schön. Er hatte die Augen einer alten Eule, nur viel, viel schöner. Und ganz herrliche, überirdisch schimmernde schwarze Locken. Oft schämte ich mich, nicht so schön zu sein wie er.

Wir stehen im Bad vor dem Spiegel. Amir schaut mich an, und ich ihn. Unsere Augen überkreuzen sich. Er blickt sich an und lächelt. Vielleicht lächelt er aus Scham über seine Schönheit. Wir schweigen. Amir senkt ganz langsam den Kopf, eine Locke fällt dabei in seine Stirn. Er schließt den Mund und macht ein grimmiges Gesicht. Er presst die Lippen zusammen, bis sie blau werden. Ich bleibe ernst, schaue ihn unverwandt an und verdrehe dabei die Augen. Jetzt schiebt er sich seine Daumen in die Nasenlöcher und stülpt die Haut nach außen. Ich bedaure, dass ich nicht mit den Ohren wackeln kann. Alles, was mir einfällt, ist, die Stirn zu runzeln. »Du siehst gar nicht gefährlich aus«, sagt Amir, »bloß idiotisch.«

Als wir in die neunte Klasse kamen, schrieb Amir mir einen Brief. Er könne mich jetzt nicht mehr besuchen, das gehöre sich einfach nicht. In Ägypten wäre ich jetzt wahrscheinlich schon verheiratet. Da könne ich doch nicht einfach so einen fremden Jungen zu mir in die Wohnung einladen. Später einmal werde er Philosophie studieren und Imam werden. Dann würde er mir das alles besser erklären können. Solange müsse ich eben noch warten und einfach akzeptieren, dass wir uns nur noch in der Schule sahen.

Ich habe den Brief damals zerrissen, ich war wütend auf Amir, wütend darauf, nun schon wieder warten zu müssen, wütend, weil mir alles so unsinnig erschien. Nach ein paar Tagen holte ich die Schnipsel aus dem Papierkorb und klebte alles mit transparentem Klebeband zusammen. Ich war nicht sehr geschickt in solchen Dingen, doch zum Schluss konnte ich seine Sätze wieder lesen. »Charlotte, du bist ein prima Kerl«, stand da, »aber du bist leider ein Mädchen. Mädchen müssen beschützt werden. Deswegen darf ich nicht mehr zu dir kommen.« Ich legte den zusammengeklebten Brief zu dem grünen Pullover in den Schrank. Das war kurz vor dem Ende meiner Kindheit.

Ich stehe am Balkongeländer und schaue nach unten. Keiner der Bäume erreicht den elften Stock. Die Baumkronen der höchsten Buchen liegen tief unter mir, flauschig wie dunkelgrüne Teppiche. Hier oben sind wir mit den Vögeln auf Augenhöhe. – Das Geländer reicht mir bis fast zum Hals. Vati hat es vor vielen Jahren erhöhen lassen, wahrscheinlich kurz nach dem Unfall von Helene. Im hinteren Teil des Balkons stehen eine Blumenbank, Geranien, irgendwelches Grünzeug, Gartenkräuter oder so. Ich wollte auch eine Sonnenblume pflanzen, doch SIE hat es mir verboten. Hier draußen ist keine echte Natur. Das ist deutlich zu sehen. Die oberste Stufe der Blumenbank liegt auf der Höhe meines Bauchs. Ein Kind wie Julie oder eines wie Sophie oder auch wie beide könnten, wenn man die Stufen von den Blumentöpfen befreien und das ganze scheußliche Grünzeug in die Tiefe stürzen würde, hier oben stehen und ganz leicht über das Geländer klettern. So wie damals meine große Schwester während des Mittagsschlafs. Wir würden Fallschirmspringen spielen. Mit dem kleinen Sonnenschirm, den sie letztes Jahr aus Spanien mitgebracht haben. Und dann unten auf dem grünen Teppich landen. Julie war wahrscheinlich schon zu alt für diesen Spaß. Aber Sophie würde wohl springen, wenn ich die Bank abräumte und ihr zeigen würde, wie schön es ist, so durch die Luft zu fliegen.

Mit siebzehn zog ich in ein besetztes Haus. Es war einer der ersten Squats in Genf und lag nur eine Viertelstunde zu Fuß von meiner alten Schule entfernt, in einer kleinen Seitenstraße der Rue de la Servette. In den acht Wohnungen lebten viele junge Leute, auch ein paar Familien mit Kindern, ich war die Jüngste und teilte mir mein Zimmer mit Yvan. Wir wohnten mit zwei Studentinnen in einer Dreizimmerwohnung im zweiten Stock, ohne Heizung und warmes Wasser. Wir waren eine »Zelle«. Insgesamt gab es zwölf Zellen im Haus, so hießen Familien oder Wohngemeinschaften jetzt. In den ersten Nächten nach der Besetzung stand Bereitschaftspolizei vor der Tür und hinderte uns daran, Sachen ins Haus zu bringen. Wir hatten nichts zu essen, nicht einmal Klopapier ließen sie durchgehen. In den ersten Tagen benutzten wir Teile der herunterhängenden Tapeten, dann schmuggelten wir Papiertaschentücher ins Haus. Die Polizisten standen die ganze Nacht auf der Straße, in voller Kampfmontur, mit zugeklappten Helmen und Schlagstöcken. In den ersten Tagen hatten sie auch Hunde dabei. Sie sprachen nur selten miteinander, ab und zu hörte man den Polizeifunk. Wir hatten Angst und konnten nicht schlafen. Es dauerte Wochen, bis sich alles beruhigte und wir nachts endlich schliefen.

Das Leben danach war ein bisschen so, wie ich mir vorstellte, dass es früher in einem Bergdorf gewesen sein könnte. Wir halfen uns gegenseitig, manchmal passte ich auf die Kinder auf. Eines der Mädchen hieß Julie, wie meine Stiefschwester, aber sie war blond. Niemand stellte blöde Fragen, als Yvan nicht mehr in meinem Zimmer schlief. Hannah, die Schneiderin mit dem Baby, nahm mich kurz in die Arme, holte mich in die Küche und machte mir einen Tee. Sie meinte, das Leben habe ja gerade erst begonnen. Wir Frauen sollten bloß nicht anfangen, den Typen hinterher zu weinen, sonst kämen keine neuen. Sie fuhr mir über die Stirn und gab mir einen Kuss. Viele Leute waren so wie Hannah, manchmal weckte sie mich morgens, damit ich nicht vergaß, in die Schule zu gehen.

Ich liege nachmittags auf dem Bett und schaue an die Decke. Es gibt dort oben einen fetten Riss und zwei Kabel, die einfach so aus der Wand herausgucken. Wahrscheinlich wohnen Insekten in dem Riss, und aus dem Kabel tropft der Gratisstrom, den keiner hier bezahlen will, einfach runter auf mein Kissen. Es will auch keiner für Wasser und Gas bezahlen. Dabei sind alle so nett. Das ist schön und angenehm, aber manchmal quält es mich auch. Denn ich werde es nie schaffen, so nett zu sein wie die Leute hier. Wahrscheinlich sollte ich stattdessen meine Stromrechnungen bezahlen, vielleicht sogar die Miete. Ich habe keine Lust, das Klo zu putzen, den Müll in den Hinterhof zu tragen oder dafür zu sorgen, dass das Fahrrad geflickt wird. Es wird aber herauskommen, dass ich mich davor gedrückt habe. Und dann wird jemand sich erbarmen und mir erklären, warum es uncool ist, seine Faulheit auf andere abzuwälzen. Und diese Erklärung wird ein paar Minuten dauern, weil alle dazu etwas zu sagen haben, man will den Dingen ja auf den Grund gehen. Ich denke nach, während der Gratisstrom in mich hineinläuft und dort versickert, alles kostenlos. Wozu soll ich der Gesellschaft Energie abzapfen, wenn ich damit gar nichts anzufangen weiß? Eines Tages wird der fette Riss da oben platzen, Staub und Steine frei geben, alles wird in einem Schwall nach unten rattern. Zack Bumm! – Mann, wo bist du? Es ist schrecklich, hier so alleine zu liegen. Komm einfach her, komm, ich will dich. Ich will dich, kapierst du? Jetzt, jetzt, jetzt oder nie. Meine Wut schmilzt unter deiner Zunge. Komm, sag ich, komm. – Von links torkelt eine Spinne ins Bild, sie zittert auf dem Seil, das sie zwischen den Kabeln gespannt hat. Wahrscheinlich hat sie einen Stromschlag erhalten. Gratis natürlich, wie alles bei den Tieren. Jetzt kann sie ihre Arbeit doppelt so schnell verrichten.

In unserem Squat gab es außer den Netten aber auch noch die anderen, die Harten und Lauten, die echten Rocker, Punker, Feuerspucker. Die fand ich besonders schön, und irgendwann war ich dann sogar froh, dass Yvan gegangen war. Die Neuen hörten die Musik von King Crimson, U2, The Clash, von den Minutemen und den Swans und behaupteten von sich, sie seien die neuen Götter. Ich glaubte ihnen. Es war wundervoll. Sehr laut und sehr radikal. Nachts gingen wir hinunter zur Anlegestelle der Tretboote bei der Perle du Lac, machten ein oder zwei Boote los, sprangen hinein und überquerten den See. Bei stärkerem Wellengang dauerte es fast eine Stunde bis wir das andere Ufer erreichten. Wir ließen die Boote zurücktreiben und schliefen noch ein oder zwei Stunden im Parc des Eaux Vives. Im Morgengrauen machten wir uns auf den Rückweg. An solchen Tagen ging ich nicht in die Schule. Doch die Lehrer mochten mich, jedenfalls die, auf die es ankam. Sie ermahnten mich, ergriffen jedoch nichts, was mit dem Wort »Maßnahme« hätte bezeichnet werden können. Es gab Wochen, in denen keiner den Müll entsorgte, keiner das Klo putzte, keiner den Kühlschrank aufräumte. Und es gab Tage, an denen ich nachmittags ins Haus kam, das bunte Treppenhaus hinaufstieg und schon von unten ein lautes und fröhliches Stimmengewirr, Lachen und Rufe hörte. In der Küche standen fünfzehn Leute und kochten eine Gemüsesuppe. Die einen schälten Kartoffeln, die anderen Karotten und Rüben, einige hackten Zwiebeln und Petersilie oder schoteten die Erbsen aus. »Komm rein, Charlotte«, rief Hannah, die mit dem Baby am Herd stand, »wir müssen unbedingt mehr Gemüse essen. Vitamine und so. Das ist wichtig. Hol' dir ein Schälmesser und setz' dich zu uns.«

Vielleicht waren die Jahre in der Rue Racine die besten meines Lebens. Ich habe oft darüber nachgedacht. Es ist blöd, dass einem niemand Bescheid sagt, wenn man gerade dabei ist, seine besten Jahre zu leben. So etwas sollte man merken und sich dann auch darüber freuen. Wenn ich das damals schon gewusst hätte, hätte ich mich wahrscheinlich noch viel mehr gefreut und mich überhaupt nicht mehr aufgeregt, wenn jemand meinen letzten Yoghurt gegessen oder meinen Wintermantel ausgeliehen hatte, auch nicht, wenn Al oder Mickey mal wieder ihre Pläne änderten, obwohl sie versprochen hatten, am Abend noch vorbeizukommen. Ich ging dann einfach wieder raus, in den nächsten Keller, wo sie ein paar Kisten und Matratzen hingestellt hatten und gute Musik spielten. Es gab fast jeden Tag irgendwo ein Konzert. Genf war damals das Herz der Szene. Der Slogan »Genève s'ennuie«, der überall an den Wänden stand, stimmte schon lange nicht mehr. Damals war es nie langweilig in Genf. Manchmal kamen sogar Leute aus Paris zu uns, die Postpunker von Bérurier noir gaben ihr erstes Konzert in einem Genfer Squat, und wirklich geil waren auch die Musiker einer anderen Pariser Band, deren Namen ich vergessen habe, es war irgendetwas mit einer Zahl. Sie spielten einen kompromisslosen Crustcore, hyper destroy! Auch Trash-Metal gefiel mir, Titel wie »Trapped in Paris« zum Beispiel. In Wien besorgte ich mir später eine brasilianische Raubkopie des Live-Konzerts von 1984. Das Meiste wurde ja nie aufgenommen. Geld für gutes Studio-Equipment hatte niemand. Manche finanzierten ihre Musik und ihre Kunst, indem sie Speed und LSD vertickten. Die meisten aber hatten irgendeinen Job, nur ganz wenige gingen noch zur Schule, so wie ich.

Wir sind der Abschaum, der Arsch der Schöpfung. Wir sind die Schmuddelkinder, wir sind die Straßenköter, wir sind die Kakerlaken. Wir sind das Ungeziefer, wir beißen und wir stechen. Wir saugen euer Blut. Wir sind die Ratten aus dem Loch, die Geier auf dem Aas. Der Müll, die Stadt, es brennt, es brennt! Wir holen unsre Power aus dem Dreck. Wir machen nicht, was euch gefällt, wir machen, was wir wolln. Wir kotzn eure Tische voll und spritzn auf die Wände, wir scheißn eure Autos zu und pissn euch ins Bier. Mit Blut und Spuke, Rotz und Sperma, Farbe, Kot und Dreck. Wir killen euch, wir fressen euch, wir machen euch zur Sau. Wir bitten nicht, wir betteln nicht, wir nehmen uns, was uns gefällt, wir haben keine Herrn. Es stinkt zum Himmel, euer Geld! Es stinkt und fault und bläht. Furzt eure Renditen in die Welt, geht scheißn mit dem Dreck! Presst aus, zerquetscht, zertretet und zerstört, wir kriegen euch ja doch. Wir kriegen euch, wir fangen euch, wir machen euch kaputt.

Bald merkte ich aber, dass ich eigentlich eher auf New Wave stand. Und dass es gar nicht so leicht war, die Gesellschaft zu verändern. Beides musste geheim gehalten werden. Denn auch im Underground gab es Regeln. Und auch die konnte man lernen. Regeln für Freaks. Sie waren besser als die da oben, das schon. Things get much deeper. Deeper and deeper. Allein darauf kam es an. Aber ich wusste auch hier nie, ob ich wirklich dazu gehörte oder nicht. Es gab verschiedene Clans, doch man konnte nicht selbst bestimmen, ob man dazu gehörte oder nicht. Ein paar Leute gehörten immer dazu, ganz egal, aus welchem Haus oder aus welcher Gruppe sie kamen oder wo sie sich gerade befanden, einfach, weil sie selbst das Zentrum bildeten. Warum das so war, habe ich nie verstanden. Den meisten anderen aber ging es wie mir. Oft wussten wir selbst nicht, ob wir »real« oder »fake« waren.

Die Jüngeren verließen dann den Squat in der Rue Racine und zogen ins RHINO am Boulevard des Philosophes. Dort war genügend Platz für alle, in den zwei Häusern lebten zeitweise achtzig Leute: Künstler, Studenten, Musiker, Schauspieler, ein paar Dozenten, die in den umliegenden Unigebäuden unterrichteten. Selbstverwaltung war das Wichtigste, doch die, die sich selbst verwalteten, waren nur sehr wenige, weniger als früher in der Rue Racine, in der nur dreißig Leute gewohnt hatten. Das Komitee traf sich einmal pro Woche im Bistr'ok, zu Kaffee und Frühstück, irgendwann am Vormittag. Es waren immer dieselben, die sich da trafen. Ich gehörte nicht dazu. Wenn man erst einmal von einer der neunzehn Zellen akzeptiert war, durfte man bleiben.

Das Treppenhaus ist dunkel, es riecht modrig. Es gibt keine Glühbirnen, die Stufen sind abgetreten, ich achte darauf, den Fuß immer in die Mitte zu setzen. Als die schwere Eingangstür ins Schloss fällt, bin ich schon fast im ersten Stock. Es wird noch dunkler. Ich schließe die Augen. Nur kurz, dann ist wieder alles zu erkennen. Eine Tür im dritten Stock steht offen, Licht fällt in den Treppenschacht. Die Wände vibrieren vor meinen Augen. Die Wände sind lebendig. Überall tanzen und starren und lachen und schreien bunte Figuren und Gesichter, Augen und Wörter auf farbigen Flächen, einige Plakate sind über andere geklebt, Zeitungsausschnitte verdecken halbe Wörter und Sätze, cutting-edge musicians perform uno de las mas aclamados artistas de la contra-cultura progressive music venues across Europe Electron libre better worlds how long is now espaces autogérés sont de l'oxygène occupy the world. Mit jeder Stufe wird es heller und lauter. Auch im fünften Stock steht eine Tür offen, la couleur sur nos murs et dans le coeur modern improv-avant gard music pénurie de logement no money but love of freedom and self expression.

Als ich anfing, nicht mehr zu den Jüngsten zu gehören, nahm ich mir eine eigene Wohnung. Es war eine winzige Dachwohnung in einem alten Haus in Carouge. Auch von der Rue de la Filature war es nicht weit bis zur Uni. Ich studierte jetzt Philosophie und Geschichte, und auch ein bisschen Soziologie. Es gab damals in Genf einen Professor, der uns Details aus der kubanischen Revolution erzählte. Als junger Mann war er der Fahrer von Che Guevara gewesen, als dieser für ein paar Wochen in Genf mit der UNO verhandelte. »Alle Menschen sollen wie Menschen leben können«, sagte er zu uns. Es klang so einfach. Vielleicht war es das auch. Die Politikwissenschaft gab ich nach einem Semester wieder auf, weil am Institut zu viele Professoren unterrichteten, die den Kalten Krieg für naturgegeben hielten. So kam es mir jedenfalls vor.

Schlange stehen. Vor der Bücherausgabe in der Bibliothek, vor dem Klo, in der Mensa, vor den Büros der Professoren, vor der Studienberatung, vor den Fotokopiermaschinen, vor dem Sekretariat, am Fahrkartenschalter, am Bankschalter, am Postschalter, an der Supermarktkasse. Wir sind zu viele, es gibt zu viele von uns. Wir kamen als Babyschwemme zur Welt und sind dann einfach so weitergeschwommen, jetzt überschwemmen wir gerade die Universitäten, später werden wir die Rentenkassen und die Friedhöfe überschwemmen. Mir fällt dazu nichts ein, außer: Schwamm drüber! Und das passt gar nicht.

Noch in drei oder vier Philosophie-Seminaren saß Amir neben mir. Es ging um Hegels Phänomenologie und seine Wissenschaft der Logik, in den anderen um mittelalterliche Metaphysik. Ich hatte inzwischen sehr viele Geheimnisse, wenn ich meine Freunde im RHINO besuchte. Besonders Hegels Lehre vom Wesen machte mir zu schaffen. Es handelte sich um etwas wirklich sehr Tiefes, soviel hatte ich begriffen. Doch schon das hätte ich den anderen kaum erklären können. Auch im Metaphysikseminar wurde schließlich die Frage nach dem Wesen des Seienden gestellt. Das Sein selbst hat kein Wesen. Warum das so ist, konnte keiner erklären. Es musste wohl mit Gott zusammenhängen. Unser Professor, ein älterer Herr mit dunkler Fliege und noblen Manieren, war bekannt dafür, jeden beliebigen Gedanken auf die Scholastiker, insbesondere auf Johannes Duns Scotus zurückführen zu können. Monsieur de Goumoëns kam aus einem alten Berner Patriziergeschlecht und betrieb seine philosophischen Studien, als wäre er der Gutsverwalter auf dem altehrwürdigen Landsitz der Metaphysik. Amir saß bei seinen langatmigen Ausführungen wie abwesend im Raum. Er sagte nie etwas, bestand seine Prüfungen aber mit Bravour. Wenn wir miteinander sprachen, was nur noch selten geschah, drehten unsere Gespräche sich anfangs noch um Themen wie die Vereinbarkeit universeller Menschenrechte mit dem Dogma der unbefleckten Empfängnis. Amir war dafür, ich dagegen. Die sichtbare Welt sei eine Illusion, sagte er immer wieder. Doch bald schon nahm sein Interesse an christlicher Gnostik und mittelalterlicher Philosophie spürbar ab. Wir diskutierten und stritten nun immer häufiger über Begriffe wie »Würde« oder »Reinheit«. »Der Weg des Derwischs führt zurück zu meinen Vätern«, sagte er. Was er damit meinte, blieb unklar. Eines Tages war er verschwunden, es hieß, er wolle seine Doktorarbeit im Ausland schreiben.

Ich begegnete ihm erst wieder, als er 1992 aus Ägypten zurückkam, völlig verändert, auch äußerlich. Er hatte, obwohl gerade erst dreißig Jahre alt, eine Glatze und trug einen Bart. Wir sahen uns bei einem Vortrag über die Genfer Jugoslawienkonferenz, die gerade begonnen hatte. Er erzählte von seinen Geschwistern und dass er bald nach Paris gehe. Doch dann hatten wir uns nichts mehr zu sagen. Noch Jahre später, immer wenn ich sein Bild in der Zeitung sah, fragte ich mich, ob er damals genauso traurig darüber war wie ich.

Paris, Passage des Postes, September 2003

Seit Tagen war die Stadt ohne Strom. Auf den Straßen verdunstete der Schweiß aus den Häusern. Alles war leiser geworden, auch langsamer und noch heißer. Bis auf wenige Buslinien und ein paar vereinzelte Kleinlaster gab es kaum noch Verkehr, die Menschen blieben in ihren Wohnungen. Manchmal flackerten nachts plötzlich die Lichter auf und ließen für Minuten alles taghell erscheinen. Die gegenüberliegenden Hauswände erstrahlten in gelblichem Glanz, die kahlen Äste der Platanen warfen ihre Schatten auf die Rollläden der Cafés, vergessene Deckenbeleuchtungen schimmerten durch die Fensterscheiben, man hörte das Sirren der Drähte, dazwischen das nervöse Knistern überreizter Laternen.

Auch mein Ventilator stöhnte auf, begann stotternd und mit kurzen, ruckartigen Stößen zu rotieren. Es klang wie das Hecheln kleiner Hunde. Wahrscheinlich hätte ein Kenner am Rhythmus des Keuchens ablesen können, wie hoch die Spannung gerade im Netz war. Der Kühlschrank sprang an und vibrierte, bis auch die Kaffeemaschine erzitterte. Der Heizstrahler über der Badewanne funkte ein paar schwache Signale, und aus den Nachbarwohnungen ertönten Stimmen, Nachrichten oder Gesang aus eingeschalteten Radios, die von der plötzlichen Stromzufuhr belebt wurden. Über allem schwebte das dünne Summen der Klimaanlagen. Wenn ich Glück hatte, ließen sich in manchen Nächten sogar die Telefone wieder aufladen und der Computer hochfahren.

Nie hätte ich gedacht, als ich die Wohnung vor zwei Monaten bezog und Philippe mir kurz zeigte, wie man sich in der Welt hinter dem Bildschirm bewegte, wie man »surfte« und »navigierte« und dabei Orte fand, deren Existenz ich vorher nicht für möglich gehalten hätte, wie schnell ich mich im Internet zurechtfinden würde. Schon bald war es so etwas wie ein neues Zuhause geworden. In den ersten Tagen hatte ich nur Radio gehört und den Computer nicht angerührt, auch weil ich mich vor den Spinnen ekelte, die ihre schmierigen Fäden auf dem Gehäuse hinterlassen hatten. Mit ihrem grünlich-blauen Schimmer erinnerten sie mich an Gedärme. Es gab in Paris einige Radiostationen mit wirklich interessanten Sendungen, ich hatte gedacht, beim Zuhören auch ein bisschen für mein Buch recherchieren zu können. Doch die Diskussionen uferten meistens aus. Früher wären sie mit Sendeschluss beendet gewesen, jetzt gingen sie im Internet weiter. Alle, die während der Sendung nicht oder nur kurz zu Wort gekommen waren, konnten hier ihre Sicht der Dinge nochmals ausführlich darlegen, keine dieser Diskussionen kam je an ein Ende. Wer den längsten Atem hatte und zuletzt zu Bett ging, behielt – vorerst – das letzte Wort und damit Recht.

Doch es gab auch Internet-Seiten, in denen es weniger ums Rechthaben und Rechtbekommen als ums Fremdsein und Fremdgehen ging. Noch im August hatte ich wochenlang gechattet und gemailt, dabei Menschen aus aller Welt kennengelernt, schöne, kluge, manchmal auch dumme und eingebildete Menschen, Leute, die Zeit hatten, so wie ich, Menschen, die ihre Wohnung kaum noch verließen, für die es keinen Unterschied mehr gab zwischen Tag und Nacht, keine realen Entfernungen und keine realen Namen. Die meisten dieser Leute waren männlich, sie wollten mich küssen oder mir wenigstens das Gefühl geben, geküsst zu werden, wobei sie – vermutlich zur Unterstützung meiner Phantasie – gerne

Fotografien ihres Körpers verschickten, auf denen manchmal der Kopf abgeschnitten war.

In den ersten Tagen hatte ich mich gefühlt wie Alice im Wunderland, war mit großen Augen durch die Menschen- und Männergalerien dieser neuen Zwischen- und Unterwelten spaziert, hatte Chatanträge angenommen, andere abgelehnt. Man konnte spezielle Abteilungen und Räume betreten und die virtuellen Türen hinter sich verschließen. Und dann war man allein mit einem fremden Mann, in einem dunklen, unsichtbaren Raum und wusste nicht, worüber man reden sollte, alles drehte sich nur um die Frage, wie man möglichst schnell den Raum wieder verlassen könnte, um endlich in die Realität einzukehren. Ich aber hatte kein Verlangen nach Realität. Die Räume und Galerien mit den fremden Männern waren weitläufiger und aufregender als die heißen und schmutzigen Straßen hier in Paris.

Doch die Seiten, auf denen vor Kurzem noch so viel Trubel geherrscht hatte, hunderte Chats pro Tag, endlose Diskussionen, persönliche Nachrichten, Flirtanfragen undsoweiter, undsofort, so viel, dass ich oft ganze Tage und Nächte vor dem Bildschirm verbrachte, lagen nun brach. Wahrscheinlich waren viele Computer heiß gelaufen, Netzkabel und Festplatten durchgeschmort. Doch jetzt, mitten in der Nacht, deuteten vereinzelte grüne und blaue Signal-Lämpchen auf den Profilseiten der Chatteilnehmer darauf hin, dass auch andere Menschen, vielleicht sogar Nachbarn gleich hier um die Ecke oder direkt bei mir im Haus, die kurzen, nächtlichen Stromstöße nutzten, um Nachrichten, auf die sie seit Stunden oder Tagen gewartet hatten, abzurufen und neue zu versenden. Bei den Antworten blieb man so knapp wie möglich, denn nie war vorherzusagen, wie lange der Spuk noch dauern würde, wie viele Minuten oder Stunden wir diesmal hätten, bevor das Licht ebenso plötzlich, wie es gekommen war, wieder verschwand. Die Stille und die Dunkelheit danach waren unerträglich, drückender und beunruhigender als die Hitze.

In manchen Nächten traf eine Nachricht von Silberwolf ein, es waren nur noch kurze Botschaften, in denen es darum ging, ob und wie er am besten nach Paris gelangen könne. Manchmal funktionierte am frühen Nachmittag auch noch das Telefon, doch meistens wurde unser Gespräch schon nach wenigen Minuten unterbrochen. Ich hatte begonnen, Mails und Telefongespräche handschriftlich vorzubereiten, damit ich die Stunden, in denen es Strom gab, auch wirklich nutzen konnte. Es sollte keine wichtige Nachricht, keine Idee verloren gehen. Das war wichtig, auch wenn ich an vielen Tagen eigentlich nur noch vor mich hindämmerte, tagträumend, selbstvergessen, völlig erschöpft und nur darauf bedacht, gleichmäßig zu atmen. Den Schalter für das Neonlicht in der Küche ließ ich absichtlich eingeschaltet, um keine Minute einer unverhofften Stromzufuhr zu versäumen. Es war immer wie ein Wunder, wenn nachts um drei oder halb vier plötzlich das Licht in der Küche brannte und ich ohne Taschenlampe den Weg durch den Korridor fand. Licht! Mitten in der Nacht! Nie hätte ich für möglich gehalten, dass das eines Tages so wichtig und so schön sein würde.

Wahrscheinlich aber wurde es während dieser nächtlichen Lichteinfälle nicht einmal taghell, es kam mir nur so vor. Die Lampen brannten nun schwächer als früher, unruhig, als fieberten sie in nervösen, kleinen Zuckungen dem Ende entgegen. Doch es war erstaunlich, wie schnell man sich an die Finsternis gewöhnte, wie schnell man resignierte und sich nachts an den Möbeln entlang ins Bad tastete. Da erschien selbst das Aufflackern einer 20-Watt-Birne im Hausflur wie der blendende Lichthof einer übernatürlichen Strahlung. Das Licht hatte sich verselbstständigt, es kam und ging ohne Zeitmaß, ohne berechenbare Regeln. Die Hitze hatte das Licht verdrängt. Dafür gab es keine Erklärung. Nur ganz zu Beginn war von außergewöhnlichen Temperaturen, von einer Hitzewelle, von großer Trockenheit und Energieengpässen die Rede gewesen. Danach war diese Rede verstummt. Wasser gab es noch, denn das wurde ganz aus der Tiefe geholt und mit Dieselgeneratoren in die Häuser gepumpt. Wahrscheinlich, so stellte ich mir vor, war die Hitze gar keine Kraft, sondern eine Substanz, ein klebriger, übelriechender Brei, der durch Wände, Haut und Luft hindurchdrang und wie ein feindliches Virus von allen Körpern Besitz ergriff. Die Türen der Nachbarn blieben verschlossen, auch die Bettler am Hauseingang zogen sich nachts in die Ecken der Hinterhöfe zurück. Sie wussten, dass es sinnlos war, um Hilfe zu bitten. Nur der Schlaf brachte Rettung. Im Schlaf entgifteten die Bettler die Stadt, säuberten die Straßen von Schuld und Verbrechen und der Schande ihrer Armut. Einmal noch traf ich den Bettler mit dem schwarzen Vollbart. Er sah mich an. Ich hatte den Eindruck, als wolle er mich ansprechen. Ich drehte mich weg und ging weiter.

Die Geschäfte waren jetzt tagsüber geschlossen. Abends öffneten sie für ein bis zwei Stunden, um denen, die sich mit Taschenlampen, Papiertüten und leeren Flaschen auf den Weg gemacht hatten, ein paar Vorräte aus den halbleeren Regalen zu überlassen. Es hieß, demnächst würden Notstromaggregate in der Nachbarschaft verteilt. An manchen Tagen lagen Flugblätter im Briefkasten, die uns dazu aufriefen, nichts zu tun, nichts als das Ende der Hitzewelle abzuwarten. Man werde sich um alles kümmern, auch um neue Atemmasken. Die Unterschrift war nicht zu entziffern, doch ich wusste ohnehin nicht, wer momentan Bürgermeister von Paris war. Und der französische Staatspräsident war sowieso noch in den Ferien irgendwo auf der Südhalbkugel. Dass die Atomkraftwerke wegen der Hitze abgestellt worden waren, war schon länger bekannt, auch dass es Engpässe bei den Öllieferungen gab. Hinzu kamen neuerdings Probleme bei den Stauseen, die kaum noch Wasserkraft lieferten. Im Radio hatten sie schon vor zwei Wochen durchgegeben, in ganz Europa sei der niedrigste Wasserstand aller Zeiten erreicht. In der Donau habe man alte deutsche Kriegsschiffe gesichtet, die dort im Ersten oder im Zweiten Weltkrieg gekentert und versunken waren. Was würde erst ans Tageslicht kommen, wenn die Meere austrockneten?

Die Wohnung hatte ich seit einer Woche nicht mehr verlassen, es war einfach zu heiß da draußen, aber ich rechnete mit Besuch aus Deutschland und wollte auf keinen Fall außer Haus sein, wenn Silberwolf an die Türe klopfen oder mich von der Straße aus anrufen würde. Ich hätte ihn, so schrieb er, nun doch überzeugt, auch wenn er nach wie vor der Meinung war, dass eine Fahrt nach Paris bei den derzeitigen Wetter- und Straßenverhältnissen der reine Irrsinn sei. Doch würde er tatsächlich kommen? Ich konnte ja nicht einmal sicher sein, dass mich seine Botschaften rechtzeitig erreichten. Wahrscheinlich würde er mich zuvor benachrichtigen, seinen Besuch rechtzeitig ankündigen. Doch eine Mail oder SMS konnte nur zu leicht verloren gehen! Das war auch schon früher so gewesen, noch vor den großen Stromausfällen und all den anderen Katastrophen, von denen keiner wusste, ob sie jetzt eigentlich schon eingetroffen waren oder uns erst noch bevorstanden. In seiner letzten Mail von vor einer Woche hatte er sich jedenfalls angemeldet, fest versprochen, sich demnächst, komme was wolle, wie er schrieb, ins Auto zu packen und die paar hundert Kilometer den Rhein runterzubrettern, sein alter Volvo sei ja wieder in Schuss, seitdem das Getriebe ausgetauscht worden sei, auch bei den hohen Außentemperaturen laufe er wieder wie am Schnürchen, Giftgase hin oder her. Der ganze Reparaturkram habe ihn mit allem Gedöns schlappe zweitausend Teuro gekostet, viel zuviel für diese Halsabschneider von Autofritzen, doch so viel sei ihm seine schöne, schwedische Lady schon noch wert,

Sitzkomfort und Hautgefühl seien bei ihr einfach göttlich. Beim Lesen seiner Nachricht hatte ich mir vorgestellt, wie er sich beim letzten Satz seine langen, weißen Haare aus der Stirn strich. Seitdem wartete ich und saß zuhause fest.

Wenn Philippe überraschend aufgekreuzt wäre, während ich das Haus verließ, hätte er wenigstens den Wohnungsschlüssel besessen, und Dimiter hätte einfach wieder nach Hause gehen können, er wohnte ja nur ein paar Straßen entfernt, irgendwo im sechsten Arrondissement. Das wusste ich schon lange, obwohl wir bisher nur ein paar Mal miteinander telefoniert hatten und uns ab und zu Mails schrieben. Erst vor ein paar Tagen hatte er wieder eine SMS geschickt, um mir zu sagen, dass er leider immer noch sehr viel zu tun habe, sich entschuldigt und war dann wieder verstummt. Doch bei Silberwolf musste ich unbedingt zuhause sein. Schließlich versuchte ich seit Wochen, ihn nach Paris zu locken, da musste ich doch anwesend sein, wenn die Falle endlich zuschnappte.

Ich ernährte mich von Dosen-Ravioli, die man, das wusste ich noch aus der Kindheit, auch gut kalt essen konnte, jedenfalls sofern es einem gelang, mit einem dieser eigenartigen französischen Dosenöffnern, die aussahen wie der eiserne Zahnersatz eines Vampirgebisses, die Büchse zu öffnen. An meiner ersten Pariser Raviolidose hatte ich eine halbe Stunde lang herumgebastelt, bis es mir schließlich gelang, den Vampirzahn in den Deckel zu schlagen und ein Loch hineinzureißen, aus dem sich dann einzelne Ravioli mit einem langstieligen Joghurtlöffel fischen ließen. Seit dem Vorfall mit dem Nachbarn hatte ich einen großen Vorrat an Dosen angelegt, die ich im Kamin neben dem Schlafzimmer stapelte. Der Kamin war sehr hoch. Genau ausgerechnet hatte ich es nicht, doch ich war mir sicher, selbst einer wochenlangen Belagerung standhalten zu können.

Vor einigen Tagen hörte ich nachts zum ersten Mal Schritte auf der Treppe. Danach klopfte es an meine Tür. Sehr leise, fast ein bisschen verzagt. Wäre es Solange oder der Silberwolf gewesen, hätte es anders geklungen. Die Concierge hätte mit der ihr eigenen Nonchalance geklopft, Silberwolf kraftvoller, wohl auch intimer und fordernder. Auch das anschließende Klingeln konnte nicht von den beiden kommen. Es klang aber auch nicht nach dem wütenden Geläute meines Nachbarn. Es klang nämlich fast gar nicht. Es war nahezu unhörbar. Fast so leise wie die schleichenden Schritte auf der Treppe, wie das unterdrückte Keuchen, wenn die Schritte vor meiner Tür anhielten, wenn dann etwas Schweres ans Holz angelehnt wurde und fast lautlos nach unten sackte. Das war jetzt schon mehrfach geschehen. Und dann begann es da draußen zu sprechen, laut zu atmen und zu weinen. Es mussten Wahnsinnige sein, die nachts durch die Tür zu mir sprachen. Angeblich sei ein Brand ausgebrochen, flüsterten sie, man brauche Wasser, aber man dürfe keine schlafenden Hunde wecken. Es müssten alle verbrennen, wenn ich nicht rasch die Tür öffnete und mein Wasser mit den armen Tieren teilte. Da draußen seien schon sehr viele, sagte eine Männerstimme, die mir bekannt vorkam. Ich wusste aber nicht, an wen sie mich erinnerte. Es klang dumpf und kaum verständlich, was er sagte, die dicke Holztür war gut isoliert. Der Mann vor meiner Tür war nicht allein, es musste noch jemand bei ihm sein, ein Mensch oder auch ein Tier, etwas, das an seiner Seite kauerte, leise wimmernd an die Tür gedrückt. Das konnte ich deutlich hören, es gab feine Kratzgeräusche und ein dumpfes Pochen oberhalb der Türschwelle. Philippe hatte erwähnt, dass hier ab und zu solche Dinge passierten. Dass manchmal nachts Leute ins Treppenhaus kämen und am Morgen wieder gingen, dass sie dann jeden Tag wiederkämen, Fäkalien und Essensreste im Treppenhaus hinterließen, jede Nacht, jeden Tag Essensreste und Fäkalien, bis dann doch irgendwann die Polizei kommen musste, um die nächtlichen Besucher abzufangen und zu überwältigen.

Man dürfe keine schlafenden Hunde wecken, jammerte der Mann vor der Tür. Das dürfe man doch einfach nicht! Und was er denn jetzt bloß tun solle? Ich verstand nicht, was er meinte. Waren die Tiere schon tot? Sprach er von den Hunden, die mit den Bettlern im Hauseingang lagen? Oder war es bloß sprichwörtlich gemeint und er wollte mich vor etwas warnen? Ich kannte hier keine Hunde und wusste auch nicht, wodurch ich sie hätte wecken können.

Wahrscheinlich waren diese nächtlichen Vorfälle bloß eine Folge der Hitze. Sehr viele Ereignisse haben ja mit dem Wetter zu tun. Das wurde nur oft nicht beachtet. Vermutlich war das Klima bei vielen historischen Entwicklungen die eigentlich treibende Kraft. Wenn Philippe mir früher eine seiner spektakulären Geschichtsparabeln vortrug, wenn er sein Panoptikum der historischen Zufälle zusammenstellte, erzählte, welcher Krieg auf welche Migräne des Königs, welcher Friedensvertrag auf welche Speisekarte zurückzuführen war, dann hatte mich immer eine Art Schwindel erfasst, ein Gefühl totaler Verlorenheit, als stünde man bei Sturm auf einer Klippe, ohne sich zu bewegen, weil man wusste, dass jeder Atemzug, jeder zufällige Lidschlag in die Tiefe führen konnte.

Philippe kannte viele Beispiele. Die zu erwartenden Klimakriege des 21. Jahrhunderts seien kein Einzelfall. Bekanntlich, so hatte er noch bei seinem Besuch in Wien behauptet, seien der Französischen Revolution ein überaus strenger Winter und ein katastrophaler Sommer vorangegangen. Der Dauerregen habe die Ernte ruiniert, Gewitter die restlichen Kornspeicher zerstört, und im Winter darauf sei es so kalt gewesen, dass – für mich als Genferin besonders interessant – die großen europäischen Seen, darunter auch der Genfersee, vereisten. Die Hungersnot der Bevölkerung habe dann quasi automatisch zur Revolution geführt, weil die französischen Könige zuvor alle Ersparnisse des Landes in Kriege mit halb

Europa gesteckt hatten. Eine ähnliche Klimakatastrophe habe sich erst wieder 1816 ereignet, als – Tu vois, Charlotte, encore une histoire genevoise! – Mary Shelley und ihre Freunde im Schloss von Coppet festsaßen und sich die Langeweile mit dem Ausdenken von Schauergeschichten vertrieben. »Die Langeweile ist eine der besten Produktivkräfte überhaupt«, hatte Philippe behauptet, »das wird oft unterschätzt. Ein Philosoph, der sich langweilt, ist schon die halbe Theorie. Egal, wie viel Kitsch er sich dann zusammenschlaumeiert. Und in der Literatur ist es ganz genauso. Wenn dieser indonesische Vulkan im Jahr zuvor nicht ausgebrochen wäre und nicht den Himmel verdunkelt hätte, hätte Madame de Staël friedlich mit ihren englischen Gästen in ihrem englischen Park herumgesessen, man wäre mit den Booten hinüber nach Frankreich gesegelt, dort am Seeufer spazieren gegangen, und niemand hätte je etwas von dem unheimlichen Doktor Frankenstein und seinem künstlichen Menschenmann erfahren.«

Philippe war, als er diese Dinge erzählte, zu Besuch bei Adrian und mir in Wien. Zunächst sah es so aus, als ob beide Gefallen aneinander fänden. Philippe schien beeindruckt von Adrians Kunst des kreativen Falschlesens. Adrian wusste, dass Franzosen diese Form von Sprachwitz mögen und zeigte sich zunächst von seiner einfallsreichsten Seite. Philippe lachte, wenn Adrian ihn nach seinem offiziellen Wohnwitz fragte oder Statistiken seiner juristischen Arbeitsställe – Fehlerratten bei den Verdickten von acht bis zehn Prozent – zitierte. Als Philippe dann aber anfing, seine eigenen Kalauer zu basteln, noch dazu zwischen den Sprachen, denn schließlich sei der klassische französische »Calembour« von einem österreichischen Gesandten namens Kahlenberg nach Paris gebracht worden, dessen katastrophale französische Aussprache bei Hofe zu zahlreichen Missverständnissen führte, begann Adrian sich zurückzuziehen. Philippe fand es lustig, Adrian »Hadrian« zu nennen, wobei er das »H« mit einer Art Röcheln aussprach und sich dabei totlachte, was Adrian zunächst ignorierte, doch als Philippe schließlich die These aufstellte, wer heute per Du sei, sei morgen perdü, war ein Tiefpunkt des interkulturellen Humors erreicht. Philippe konnte danach erzählen und erklären, was er wollte, Dinge vorbringen und erläutern, von denen wir noch nie etwas gehört hatten, Adrian zeigte keinerlei Interesse. Die geometrische Figur der Spira mirabilis und ihre Beziehung zu Schneckenhäusern begeisterte ihn genauso wenig wie die mathematischen und numerischen Grundlagen der Musik.

Nach zwei Tagen wurde klar, dass er und Adrian nicht miteinander auskamen. Adrian fühlte sich unterlegen und von Philippe übergangen. Das Ganze eskalierte, als Philippe seine transhumanistischen Theorien ins Gespräch brachte und Adrian, der mit Empörung reagierte und heftig widersprach, vorwarf, Anhänger eines konservativen Weltbildes zu sein. Der Mensch sei weder die Krone noch der Sockel der Schöpfung. Rein evolutionstechnisch gesehen sei der gesamte Anthropo-Komplex Schnee von gestern. Es sei nur noch eine Frage von Jahrzehnten, bis eine künstliche Superintelligenz die Weltherrschaft übernehme, und das sei auch gut so, dann werde dieser Human-Murks endlich beendet. Adrian hatte sich entsetzlich aufgeregt, eines seiner üblichen Empörungstheater inszeniert, sich dann am nächsten Tag stundenlang eingeschlossen. Am übernächsten blieb er ganz verschwunden.

Ich beschloss, gemeinsam mit Philippe abzureisen. Es war Februar, nicht besonders kalt, doch schon am Vormittag sehr windig. Am Flughafen Schwechat mussten wir dann stundenlang warten. Ein Orkan hatte den gesamten Flugbetrieb lahmgelegt. Philippes Verbindung nach Paris wurde annulliert. Es gab aber noch eine Maschine nach Genf, die um Mitternacht landete. Philippe buchte um und blieb noch zwei Tage bei mir in Genf, bevor er dann mit dem Zug weiter nach Paris fuhr. Von Adrian hörte ich wochenlang nichts. Während unserer Gespräche am Flughafen und später dann in Genf wurde mir klar, dass Adrian gewissermaßen das Gegenprogramm zu Philippe gewesen war. Ich war von einem Extrem ins andere geraten.

Philippes Theorien über die Auswirkungen des Wetters auf die Geschichte haben mich seitdem immer wieder beschäftigt. Mit der Zeit merkte ich aber, dass das, was Philippe Adrian und mir als exotische Geschichtstheorie verkauft hatte, unter Historikern eine völlig gängige Betrachtungsweise war. Wie ich erfuhr, hatte das Wetter nicht nur Auswirkungen auf Wirtschaft und Politik, es beeinflusste sogar die Religion. So veranstalteten die Katholiken noch bis vor wenigen Jahrzehnten bei schlechtem Wetter Prozessionen, um den Zorn Gottes zu besänftigen. Bei Überschwemmungen und meteorologischen Desastern aller Art stuften auch die Calvinisten den neutestamentlichen Gott auf das Niveau eines primitiven Wetterdämons zurück, wenn sie dem Volk damit einreden konnten, es trage mit seinem sündhaften Leben die alleinige Schuld an Unwettern und Missernten und müsse daher Satan und allen fleischlichen Versuchungen schleunigst abschwören.

Ironischerweise haben sich die calvinistischen Predigten inzwischen bewahrheitet. Denn als ich bei unserem letzten Telefonat mit Dimiter über die ausgetrockneten Seen in Afrika sprach, über die lecken Pipelines, die ganze Landstriche verseuchten, oder den umweltschädlichen Uranabbau – wenn Dimiter dann von den marodierenden Banden erzählte, die ganz Afrika heimsuchten und zerstörten, von schwer bewaffneten Typen, die sich zwar Rebellen nannten, doch im Grunde nichts anderes taten, als im Kampf um die immer knapper werdenden Ressourcen jede Hemmung fahren zu lassen, wenn wir über Geisterschiffe sprachen, mit denen tote Fischer aus Nordkorea an die japanischen Küsten gespült wurden, weil das Regime sie zwang, mit ihren kleinen Schiffen aufs offene, noch nicht völlig leergefischte Meer zu fahren, dann – doch Dimiter waren solche Schlussfolgerungen natürlich viel zu spekulativ – dann dachte ich an die calvinistischen Prediger des 16. und 17. Jahrhunderts, und dass sie eigentlich doch Recht gehabt hatten, als sie den Menschen die Schuld an der katastrophalen Wetterlage und den verheerenden klimatischen Veränderungen gaben.

Gestern kam im Internet die Meldung, eine amerikanische Astronomin habe nun den Stern HD 10307 als möglichen Kandidaten für außerirdisches Leben identifiziert. Doch war das nicht genau jener Himmelskörper, an den der zweite »Cosmic Call« gesendet wurde? Ich hatte im Juli davon im Radio gehört. Der Name des Sterns stand auf dem Zettel mit der Telefonnummer von Dimiter. Ich hatte mir den Code damals sofort notiert und mich noch darüber gewundert, dass die letzten vier Ziffern mit Dimiters Nummer übereinstimmten.

Ich dachte an die Außerirdischen über meinem Dachfenster, an die ich gestern eine erste Nachricht geschickt hatte. Nun würden sie einundvierzig Jahre lang auf das Eintreffen meiner Botschaft warten müssen. Doch vielleicht sollte ich aufhören, sie mit Poesie und Phantasie abzuspeisen, mit besonders schönen Wörtern und ungewöhnlichen Sätzen, und stattdessen lieber einen ganz normalen Hilferuf ins All funken? Vielleicht brauchten sie weder Formeln noch Verse, sondern einfach nur das Gefühl, irgendwo gebraucht zu werden? Aber wahrscheinlich war es dort oben sowieso ganz anders. Vielleicht war alles düster und kalt, vielleicht trugen Bäume und Sträucher transparente, pechschwarze oder steinige Blätter? Vielleicht war der um HD 10307 kreisende Planet viel älter als die Erde, sodass das Leben dort einen Vorsprung von vielen Millionen Jahren hatte? Vielleicht hatten die Außerirdischen, die auf HD 10307 und seinen Trabanten einheimisch waren, längst eine Methode gefunden, Wege und Wartezeiten abzukürzen oder die Zeit ganz außer Kraft zu setzen? Möglich war aber auch, dass das Leben dort draußen schon lange ausgestorben war, weil alle Meere, Flüsse und Seen schon vor langer Zeit verdampft, versickert und verödet waren. Niemand würde den blassen blauen Punkt am anderen Ende des Universums erkennen, auf dem es eine große, vor Hitze kochende Stadt, ein Haus mit einem Dachfenster und ein Lebewesen gab, das abends versuchte, Lichtsignale ins All zu schicken.

Paris, Seminarien mit Philippe

Die Geschäfte hier im Viertel seien viel zu teuer, sagte Philippe bei meiner Ankunft. Ich solle lieber ins 18. Arrondissement fahren, wo die Afrikaner und Maghrebiner ihre Einkäufe erledigten. Auf dem Stadtplan könne er mir zeigen, welche Händler dort am günstigsten seien. Er stellte die Plastiktüten in die kleine Küche und begann sofort mit dem Auspacken. Er schien sehr konzentriert, zeigte mir, ohne mich anzuschauen, wohin die Sachen gehörten, faltete die Tüten zusammen und legte sie in eine eigens dafür vorgesehene Schublade. Seine Handgriffe wirkten sachlich, fast routiniert. Doch am leisen Zucken und Kräuseln seiner Lippen konnte ich erkennen, dass er ein bisschen stolz auf sich war. Er hatte sich also verändert, wusste inzwischen, worauf es ankam, wenn man nach einer langen Zugfahrt eine fremde Wohnung bezog. Er werde mir morgen früh noch frisches Brot vorbeibringen, sagte er, es sei heute schon zu spät gewesen, da habe es nur noch diese Hirse-Fladen und Sesamstangen aus dem Laden des ägyptischen Obsthändlers gegeben. Ob das auch in Ordnung sei? Er öffnete die Packung und reichte mir eine Sesamstange über den Tisch. Ich lächelte, am liebsten hätte ich ihn geküsst. Früher hätte er gar nicht daran gedacht, dass ich so etwas wie Hunger haben könnte. Was in anderen Menschen vorging, schien für ihn weder interessant noch relevant. Oft hatte ich damals sogar den Verdacht, dass er seine Mitmenschen insgeheim für Roboter hielt oder für Figuren in einer gigantischen Simulation. Sobald er den Raum verließ, zerfielen die anderen in ihre atomaren oder kybernetischen Bestandteile. Offenbar hatte er in den letzten zwanzig Jahren dazugelernt, er wirkte offener, freundlicher, ja überhaupt lebendiger als früher. Dem Vierundfünfzigjährigen ging vieles leichter von der Hand als dem jungen, hochnervösen Dozenten, den ich 1983 in Paris kennengelernt hatte.

Wenn wir uns damals nach dem Ende seines Seminars in der kleinen Bar in der Rue Champollion trafen, musste er sich immer zuerst ein paar Notizen machen, damit seine »cervelle« nicht explodiere, wie er sagte. Dieses Hirnentlasten und Notieren konnte länger als eine Stunde dauern. Ich saß gegenüber und schaute ihm beim Denken zu. Er blickte während dieser Zeit nicht auf, entschuldigte sich nicht, beschrieb zügig mehrere Seiten seines blauen Notizhefts. Mich hatte dieses Warten auf einen ersten Blick, ein erstes Wort von ihm nie gestört. Denn nur so konnte ich ihn in Ruhe betrachten, ohne zugleich über irgendwelche philosophischen Theorien brüten zu müssen. Beim Denken und Schreiben fielen ihm seine damals noch pechschwarzen Locken ins Gesicht, einige verirrten sich unter die Brillengläser. Doch das schien ihn nicht weiter zu stören.

Es hatte, wenn ich ihm so gegenübersaß, immer wieder Momente gegeben, in denen ich wie erschlagen war von seiner Schönheit, Momente, in denen ich mich wehrlos, ja wie ohnmächtig fühlte. Besonders schlimm war es in den ersten Wochen in seinem Seminar gewesen, bevor ich mich zum ersten Mal zu Wort meldete. Philippe war bei den Studenten sehr beliebt, besonders bei den Studentinnen. Viele belächelten zwar seinen monotonen Redefluss und die seltsam unbeholfene Art, auf Fragen einzugehen, doch im Vergleich zu seinen Kollegen war Philippe eine Art Popstar. Der Kontrast zu den anderen war unübersehbar. Nie werde ich zum Beispiel das Rede-Duell vergessen, das sich, gleich in meiner ersten Woche in Paris, zwei ältere Professoren lieferten, die zufällig im selben Raum aufeinandertrafen, weil sie die Erstsemester in die höheren Weihen eines Studiums der Philosophie und der Lettres modernes an der Sorbonne einführen sollten. Die beiden Frauen, die ebenfalls am Rednerpult saßen, kamen während der ersten halben Stunde gar nicht erst zu Wort. Denn der erste, ein kleines, spindeldürres Männchen mit schiefer Brille oder schiefem Gesicht – das war aus der vorletzten Reihe nicht so genau zu erkennen –, unterbrach den Redeschwall seines Kollegen immer wieder aufs Neue, wobei er seine Unterbrechungen mit der Floskel einleitete, von der »Höhe seiner Unwissenheit« aus betrachtet, stelle sich die soeben geschilderte Sache leider doch ganz anders dar, er müsse den Blickwinkel des geschätzten Herrn Kollegen daher, mit Verlaub, ein wenig korrigieren. Dabei trommelte er mit seinen ungewöhnlich langen und ungewöhnlich harten Fingernägeln auf das Holz der Tischplatte. Der Angesprochene versuchte zunächst, die Unterbrechung zu ignorieren und einfach weiterzureden. Als diese Strategie nicht fruchtete und beide Stimmen über mehrere Sätze hinweg wie ein schlecht komponierter Kanon den Raum erfüllten, gab er seinen Widerstand auf, lehnte sich auf seinem Stuhl zurück und begann, sein aus der Hose heraushängendes Hemd über dem voluminösen Bauch zu straffen und unter den Gürtel zurückzustopfen. Doch kaum war das Hemd halbwegs versorgt, als er ruckartig auf seinem Stuhl nach vorn schnellte, einen herumliegenden Bleistift ergriff, damit in der Luft herumfuchtelte und sich das Wort zurückeroberte. Nach einer Viertelstunde verließen die ersten Studenten den Raum. Philippe hielt sich in solchen Situationen zurück. Nicht etwa, weil er Hahnenkämpfe unter Professoren grundsätzlich lächerlich fand, oder weil er abhängig von Herren mit schiefen Brillen und schlecht sitzenden Hosen war, sondern weil es ihn einfach nicht interessierte. Philippe interessierte sich für sachliche Probleme und nicht für Menschen, für logische

Zusammenhänge und nicht für skurrile und unverständliche Interaktionen.

Nur wenn ich ihn, so wie hier in dieser Bar, ganz aus der Nähe studieren konnte, ihm in Gedanken das Haar aus der Stirn strich, seine langen, dunklen Wimpern hinter der Brille zählte, die unbewussten Zuckungen seiner Lippen auf meine Haut umleitete, seine Hände beim Schreiben beobachtete und mir vorstellte, was das Papier empfinden musste, wenn es dem Druck seiner Finger und den Schwingungen seiner Schrift ausgesetzt war, nur in solchen Momenten konnte ich seine Schönheit ganz genießen, völlig in seinem Anblick versinken. Nie sah er auf, bevor er nicht fertig war. Erst wenn alle Gedanken zu Papier gebracht waren, steckte er das Notizbuch in die Manteltasche, schraubte sorgfältig seinen Füllfederhalter zu und hob den Kopf. Das konnte sehr plötzlich und ohne Vorzeichen geschehen. Von außen war nie etwas über den Fortschritt seiner Gedanken zu erkennen.

Anfangs bewunderte ich ihn, erst viel später kam mir der Verdacht, dass an den Gerüchten über seinen angeblichen Autismus, einige sprachen auch von »Asperger«, etwas dran sein könnte. Doch ich hatte damals keine genaue Vorstellung davon, was man sich unter einem Asperger-Syndrom vorzustellen hatte, außerdem schienen nur Kinder davon betroffen. Die Gerüchte kursierten am Institut, seit eine britische Psychiaterin bei uns einen Vortrag über autistische Störungen gehalten hatte. Das Thema hatte mit Philosophie zwar nicht direkt zu tun, doch im Rahmen der neuen Ringvorlesung über unterschiedliche Formen der Informationsverarbeitung kamen auch Vertreter anderer Fachrichtungen zu Wort. Philippe hatte das ausdrücklich befürwortet, daran kann ich mich noch gut erinnern, weil es deswegen zum Streit mit einem Kollegen gekommen war. Der Vortrag der britischen Autismus-Spezialistin fand damals ein breites Echo, auch außerhalb der Sorbonne. Einige Kollegen, insbesondere zwei

Assistentinnen, mit denen Philippe wohl eine seiner zahlreichen Blitz-Affären gehabt hatte, meinten daraufhin, in den von der Psychiaterin aufgezeigten Symptomen typische Verhaltensweisen von Philippe wiederzuerkennen. Philippe wusste von den Gerüchten, doch sie schienen ihn nicht weiter zu beschäftigen. Das, was manche damals das »Silicon Syndrome« nannten, weil es im Silicon Valley besonders häufig diagnostiziert wurde, tangierte einen Philosophen, der an der Sorbonne Wissenschaftstheorie und Epistemologie unterrichtete, nicht im Geringsten. Mit den autistischen Nerds aus Kalifornien hatte er nichts zu schaffen. Ich selbst hatte keine Ahnung, was ich von dem Klatsch am Institut halten sollte. Vielleicht waren all die Seltsamkeiten, alles Spleenige und Besondere an Philippe ja nur die sichtbare Oberfläche einer tiefen Traurigkeit, einer unerklärlichen Einsamkeit, die gar nichts mit seinem Gehirn zu tun hatte? Das immerhin wäre eine Möglichkeit, so dachte ich damals, vor zwanzig Jahren in Paris.

Seine Beziehung zu der jungen vietnamesischen Anästhesieschwester, die nun schon seit vier Jahren andauerte, eine für Philippe ungewöhnlich lange Liebesdauer, hatte also offenbar positive Auswirkungen auf seine Fähigkeit, sich in andere Menschen hineinzuversetzen. Dass er eine Therapie gemacht hatte, konnte ich mir kaum vorstellen, zumal sich bei unserem Wiedersehen schon nach wenigen Minuten herausstellte, dass er sowohl den Anzünder für den Gasherd wie auch die Handtücher vergessen hatte. Er würde also ohnehin am nächsten Tag wiederkommen, nicht nur, um frisches Brot zu bringen.

Nachdem die Einkäufe weggeräumt waren, öffnete er das Fenster im Badezimmer, damit es, wie er erklärte, dort nicht wieder zu Schimmelbefall käme. Die Leute würden immer viel zu lange duschen, das sei wirklich kaum nachvollziehbar. Dann setzte er sich in den schmalen Eisensessel mit dem schwarzen Affenfellbezug und zündete sich eine Zigarette an. Mir war dieser seltsam geformte Sitz immer ein bisschen unheimlich gewesen, ich dachte dabei an Großwildjäger und ihr Geprotze mit toten Tieren. Philippe aber liebte seinen Sessel, den ihm ein Onkel aus Abessinien mitgebracht hatte. Er rauchte seine Zigarette nur zur Hälfte, suchte einen Aschenbecher, fand keinen, und warf den brennenden Stummel schließlich aus dem Dachfenster. Dann zeigte er mir, wie sich aus der alten Kaffeemaschine ein halbwegs »korrekter« Espresso herauspressen ließ. Man brauche vor allem Geduld, sagte er, manchmal dauere es über eine Viertelstunde, bis die Maschine endlich heiß genug sei. Er selbst habe Mühe, morgens so lange zu warten. Doch er gehe davon aus, dass die Touristen, denen er seine Wohnung vermiete, Zeit für solche Dinge hätten. Und ich sei ja sowieso der geduldigste Mensch, den er je getroffen habe. Ich wunderte mich. Wie kam Philippe bloß zu diesem meiner Selbsteinschätzung völlig widersprechenden Urteil?

»Vielleicht kannst du mir morgen doch noch ein Glas Nescafé mitbringen«, sagte ich, »ich glaube kaum, dass ich Lust habe, beim Aufstehen auf meinen ersten Kaffee zu warten.« Er hob den Kopf, legte den Messlöffel, mit dem er eine exakt kalkulierte Portion Pulverkaffee eingefüllt hatte, sorgfältig auf die dafür vorgesehene Metallabdeckung und schaute mich prüfend an. Er schien zu überlegen. »Ja, jetzt erinnere ich mich«, sagte er schließlich, »für dich war das Temporale ja immer viel mehr Dauer als Zeit, eher ›durée‹ als ›temps‹. An deiner ziemlich schlechten Seminararbeit über Henri Bergsons Zeitbegriff habe ich tagelang herumkorrigiert. Du warst so unkritisch und hast dieses romantische Geschwafel über tote und lebendige Zeit für bare Münze genommen. Da waren ja die Altgriechen mit ihrer Triade aus Kronos, Aion und Kairos genauer. Ich hoffe, du hast inzwischen kapiert, dass die Zeit für alle gleich schnell oder langsam verläuft. Zeit ist Mathematik, reine Form, weiter nichts. Und sie lässt sich wie jedes Phänomen und jeder Gedanke auf numerische Ausdrücke reduzieren.«

Ich wollte nicht streiten, nahm dankbar den Kaffee in Empfang, den er mir entgegenstreckte, knabberte an einer Sesamstange herum und fragte, wie das, was er da sagte, genau gemeint sei. Ich hätte nämlich sehr oft das Gefühl, die Zeit verlangsame sich, zum Beispiel, wenn ich auf etwas wartete, also auf den Kaffee oder auf sonst etwas Wichtiges. Ganz langsam und zäh vergehe die Zeit im Modus der Sehnsucht, auch wenn ereignislose Jahre in der Erinnerung dann wieder kürzer erschienen. Ich erwähnte mein laufendes Projekt, erzählte, was ich mit meiner Verlegerin besprochen hatte und warum ich meinen Essay »Schneewittchenkomplex« nennen würde.

Philippe stellte keine Fragen zu meinem Buch, er stellte auch sonst keine Fragen, wollte aber wissen, ob ich mich schon einmal mit moderner Zeitphilosophie auseinander gesetzt hätte. Als ich verneinte, schnaubte er, genau wie früher, schaute mich missbilligend an und ließ sich mit einem resignierten Plumps zurück in den Affenfellsessel fallen. »Natürlich ist die Zeit keine naturgesetzliche Konstante«, sagte er und beugte sich wieder nach vorn. Früher hatte bei seinem ständigen Vor und Zurück der Bürostuhl gequietscht. Der Affenfellsessel war geräuschlos. Ich fühlte mich trotzdem wie damals. »Wir leben in einer vierdimensionalen Wirklichkeit, in der Raum und Zeit physikalisch aufeinander bezogen sind. Das wussten Philosophen und Mathematiker wie d'Alembert, Hinton oder Minkowski noch vor den Physikern. Auf der Erde vergeht die Zeit schneller als im Weltall. Das kann man sogar messen. Vorstellen kannst du dir das aber nicht. Es gibt dazu keine passenden mentalen Bilder. Unser Alltagshirn ist zu blöd, das zu verstehen, es wird verrückt, wenn es versucht, sich einen vierdimensionalen Raum vorzustellen. Das geht nur mit Mathematik, mit reinem Denken. Deswegen ist Mathematik ja auch eine Geistes- und keine Naturwissenschaft. Und das sage ich wohlgemerkt als Philosoph!«

Beim Stichwort »Mathematik« überfiel mich schlagartig die aus der Schulzeit so vertraute, unüberwindliche Denk- und Rechen-Lähmung. Augenblicklich wusste ich, dass ich seine Ausführungen nicht verstehen würde. Heute weiß ich zwar, dass diese Schläfrigkeit nichts mit Zahlen und abstraktem Denken zu tun hat, sondern nur mit den falschen Bildern, die sich zwischen meine Vorstellung und die mathematischen Formeln schieben. Es ist die mathematische Metaphorik, die mich am Verstehen hindert. Doch dieses Wissen nützt mir nichts. Wenn ich mathematische Begriffe wie »Ordnung«, »Körper«, »Wurzel«, »Ereignis« oder »Selbstähnlichkeit« höre, von »irrationalen« und »transzendentalen« Zahlen lese, denke ich unwillkürlich an Menschen und ihre Geschichten, an Pflanzen, Tiere, Götter und nicht an Mengen, Wahrscheinlichkeiten, Vektoren, Fraktale, Potenzen, an die Quadratur des Kreises oder den Goldenen Schnitt. Vielleicht sollte ich mich Philippes mathematischen Erklärungen gegenüber so verhalten wie eine Ethnologin bei der Entzifferung der Maya-Schrift. Da lagen »Zählen« und »Erzählen« ja auch dicht beieinander. Es war ein schönes Beispiel für wissenschaftliche Geduld. Ich plante ein ganzes Kapitel darüber in meinem Buch. Zuerst dachte man, die in den verschiedenen Quellen überlieferten Zeichen seien Zeitangaben. Man dachte, dass viele der Glyphen etwas mit Zahlen oder dem Abzählen von Dingen zu tun hätten. Erst vor wenigen Jahren konnte der Maya-Code dann tatsächlich geknackt werden, und siehe da: Die vermeintlichen Zahlen und komplizierten Zeitangaben entpuppten sich als Geschichten, Mythen und Namen.

Den Mythos hinter der Zahl erkennen, ihm einfach nur zuhören, dem Klang seiner Worte folgen, den heißen Kaffee und den Rauch seiner Zigarette in mich aufnehmen, die

Zahlen und Formeln, die er mir wahrscheinlich gleich wieder auf den Rand einer Zeitung oder auf die Rückseite eines Einkaufszettels aufmalen würde, betrachten und bewundern, als wären es magische Zeichen und ästhetische Gebilde. Alles, was er mir nach so langer Zeit zu sagen hatte, würde träumerisch in mich hineingleiten, und gleich auch wieder hinaus. Vielleicht ließe sich dabei sogar der eine oder andere neue Begriff für mein Buch aufschnappen und später verwenden, natürlich ohne philosophischen oder wissenschaftlichen Anspruch, das hatte ich Philippe gegenüber sofort klargestellt.

Dass ich ihn bei seinen Erklärungen nicht unterbrechen, keine Zwischenfragen stellen, mich räuspern, Geräusche beim Essen oder die Nase hochziehen durfte, war ebenfalls klar. Das hätte ihn irritiert und aus dem Konzept gebracht. Er hätte sofort wieder von vorn begonnen, was bei seiner stockenden Art zu sprechen ein konzentriertes Zuhören noch schwieriger gemacht hätte. Seine Sprache folgte einem pedantisch eingehaltenen Betonungsmuster. Er setzte Akzente an Stellen, an denen man sie nicht erwartete. Das ergab eine ungewöhnlich abgehackte Prosodie, die aufhorchen ließ und zunächst faszinierte, beim längeren Zuhören aber ermüdete. Die Studenten kannten das aus seinem Unterricht, manche gingen deswegen nicht in seine Vorlesungen, andere waren davon begeistert. Offenbar hatte sich daran in all den Jahren nichts geändert.

»Wir leben in einer Art Blockzeit«, fuhr Philippe fort, »in einem Blockuniversum, für das alle Zeitebenen, also Vergangenheit, Gegenwart und Zukunft, gleichwertig sind. In der Raumzeit existieren alle Ereignisse nebeneinander, auch die Gegenwart ist nichts Besonderes. Das ist eine simple logische Konsequenz aus der Speziellen Relativitätstheorie. Die Zeit verstreicht ja nicht, sie fließt auch nicht, so wie man sich das gemeinhin so vorstellt oder nachplappert. Sie steht, weil alle Zeitpunkte gleich real sind. Die Raumzeit ist statisch, wenn du so willst. Bewegung entsteht erst durch unsere Perspektive, indem man verschiedene Schnitte durch die vierdimensionale Raumzeit macht. Das Gefühl des Wartens, der Eindruck einer dauerhaften Gegenwart, überhaupt der Moment des ›Jetzt‹, egal ob ›Kairos‹ oder ›Nunc stans‹, ist also eine Illusion, eine Form der Wahrnehmung und hat mit Mathematik zunächst nichts zu tun. Es gab sogar Philosophen wie John McTaggart, die behauptet haben, die Zeit an sich sei irreal. Das war vor fast 100 Jahren. Seine – in meinen Augen irrige – These lautete, dass es mehrere reale und voneinander unabhängige Zeitreihen in der Wirklichkeit geben könne. Die Vorstellung der Zeit als einer einheitlichen Bewegung im Raum, also als einer Art Fließen, sei nichts als eine trügerische Metapher, bei der das Selbst, also unser Bewusstsein, im Boot, das wir ›Gegenwart‹ getauft haben, einfach mit der Strömung mitschwimme. Die Gegenwart aber, so argumentierte McTaggart weiter, müsse, wenn sie wirklich sein solle, eine Dauer haben, sonst habe sie gar keine reale Existenz. Doch die Dauer dieser objektiven Gegenwart sei ganz unbestimmt, sie könne den Bruchteil einer Sekunde betragen oder ein ganzes Jahrhundert, weil sie ja nirgends festgemacht werden könne. Wie wir die Ereignisse in eine Zeitreihe einordnen, sei eine Frage der Wahrnehmung und des Denkens, nicht der tatsächlichen temporalen Realität. Unser Zeitempfinden sei höchstwahrscheinlich ein Trugbild. Eigentlich ist McTaggart da gar nicht mehr so weit von Henri Bergson entfernt, obwohl er das natürlich weit von sich gewiesen hätte. Bergson selbst hat ja versucht, sich mit Platon aus dem Sumpf der Subjektivität zu ziehen, indem er behauptete, das Virtuelle sei mehr als das Mögliche. Das Mögliche sei nämlich nur ein in die Vergangenheit zurückprojizierter Schatten der Gegenwart, eine simple, zeitversetzte Kopie des Realen. Wir reden von dem, was möglich gewesen wäre und messen es an der Gegenwart. Das Virtuelle hingegen sei viel größer, viel umfassender, es sei nämlich, genau wie Platons Ideen, präexistent, also real.

Dauer wäre dann so etwas wie das Eintauchen in die virtuelle Welt der Ideen, also reine Phantastik!«

Philippes Erklärungen legten sich wie Nebel auf meine Gedanken. Ich versuchte, mich an meine Seminararbeit über Bergson zu erinnern, doch mir fiel nur ein, wie aufgeregt ich gewesen war, als ich zum ersten Mal zu Philippe in die Sprechstunde kam, wie ich mich schämte, die vielen rot markierten, durchgestrichenen, überschriebenen und kommentierten Stellen auf meinem Manuskript zu sehen. Was ihm an meiner Arbeit so missfallen hatte, habe ich damals nicht verstanden. Dennoch verlegten wir unser Gespräch schon nach einer halben Stunde in ein nahe gelegenes Café, und als er um Mitternacht das Studentenwohnheim, in dem ich ein kleines Studio gemietet hatte, durch einen Kellerausgang verließ, weil er befürchtete, von anderen Studenten gesehen zu werden, wusste ich noch immer nicht, was an Bergsons These, unser Zeitempfinden sei von der emotionalen Intensität und dem subjektiven Gefühl der Dauer geprägt, so skandalös sein sollte. Dann fiel mir der Titel meiner Arbeit wieder ein: »La succession dans la simultanéité«, die Abfolge in der Gleichzeitigkeit. Was sollte man sich darunter bloß vorstellen? Rückblickend hatte ich Mitleid mit mir. Zu denken, womöglich gar zu schreiben, dass vieles von dem, was wir lasen gar nicht so sein konnte, dass es zwar sehr klug und sehr schlau ausgedacht war, aber leider einfach nicht stimmte, das wäre mir damals nicht im Traum eingefallen.

Bei der Rückgabe der korrigierten Arbeit hatte Philippe von mir verlangt, ich solle noch ein zusätzliches Kapitel schreiben, in dem ich Bergson mit Kant kritisierte. Er würde mir gerne helfen, die passenden Stellen aus Kants »Kritik der reinen Vernunft« auszuwählen. Ich könne auch das Original zitieren, sein Deutsch sei für Kant völlig ausreichend. Philippe blieb bei seiner Forderung, auch wenn er mich nun regelmäßig abends in meinem Wohnheim besuchte, und dort auch immer häufiger von den Kommilitonen gesehen wurde. Erst später trafen wir uns in seiner kleinen Dachwohnung in der Passage des Postes.

Ich werde diese ersten Monate in Paris nie vergessen. Jede Bewegung, jeder neue Schritt war ein Tasten und unbeholfenes Stochern im Frühnebel meines zwanzigjährigen Gehirns. Tagelang quälte ich mich durch gänzlich unverständliche Passagen der Kantschen Denkprosa, las über die Zeit als Form meines »inneren Sinns« oder als formale Bedingung »a priori« und dass das alles mit meiner Erfahrung zu tun haben müsse. Dabei wusste ich nicht einmal, dass es in meiner Erfahrung so etwas wie einen inneren Sinn gab, geschweige denn eine formale Bedingung a priori. Wenn ich mich selbst philosophisch hätte definieren sollen, wäre dabei etwas herausgekommen, das eher a posteriori gewesen wäre, wenn nicht schlimmer. So sehr ich mich auch in die Kantschen Thesen hineinfühlte, den Widerspruch zu Bergsons Durée konnte ich einfach nicht begreifen. Das Seltsame an meiner philosophischen Anstrengung war, dass ich beim Nachdenken über Dauer und Vergänglichkeit, Wiederholung und Variation, Kairos und Kronos mehr und mehr das fast schmerzhafte Gefühl einer zerebralen Überreizung bekam. Mein Hirn fühlte sich an, als hätte es jemand in den Ofen gelegt und wie ein rohes Stück Fleisch von außen nach innen erhitzt. Ich konnte regelrecht spüren, wie all die fremden und feindlichen Gedanken die Hirnwände emporkrochen, an allen Seiten gleichzeitig eindrangen, sich wie giftiger Dampf blitzschnell ausbreiteten und in konvulsivischen Stößen im ganzen Körper verströmten. Kairos und Kronos hüpften wie zänkische Kobolde vor meinen Augen auf und ab. Ich versuchte, sie zu verscheuchen. Doch sie waren schneller und kamen immer wieder. An manchen Tagen war ich so geladen, dass ich nach zwei Seiten Kant oder drei Seiten Bergson nur noch schreien wollte, was natürlich bei den dünnen Wänden des Wohnheims ganz undenkbar war. Man bewahrte hier seine Contenance und blätterte einfach weiter. Die einzige Möglichkeit, dem philosophischen Hexenkessel zu entkommen, Dampf abzulassen und mich wieder zu sammeln, waren krampfartige Masturbationsanfälle, von denen ich pro Seite mindestens zwei brauchte, um überhaupt wieder klar denken zu können. Kant war noch schlimmer als Bergson, manchmal überkam es mich schon nach dem ersten Satz. Wahrscheinlich hatten diese Anfälle mit dem zu tun, was Kant als »negative Lust« bezeichnet. Am Abend war ich völlig verschwitzt und erschöpft. Zum Essen blieb keine Zeit, ich schaffte es gerade noch zu duschen, bevor Philippe an die Tür klopfte, eintrat, meine Arbeit vom Tisch nahm und sich freute, wie schnell ich vorankam, dank seiner Erklärungen. Adrian, dem ich später einmal davon erzählte, amüsierte sich über das, was er meine typischen »Hirnwichsereien« nannte, und taufte diese sehr spezielle Phase meines Lebens »Manteuffels Kantkrise«.

Eigentlich hätte ich gerne gewusst, wie schnell oder wie langsam die Zeit fließt, wenn wir warten. Das wäre auch für mein Buch wichtig gewesen. Doch konnte man das überhaupt verallgemeinern? Wie schnell war sie damals geflossen, als wir uns in Paris begegneten, und vor allem: Wie schnell floss sie heute? Jetzt, in diesem Augenblick, in dem ich, wie schon vor zwanzig Jahren, von Philippe über Zeit und Raum belehrt wurde und dabei exakt an derselben Stelle stand oder saß wie damals? Wie konnte es überhaupt zu solchen Wiederholungen kommen, wenn die Zeit doch immer mit gleicher Geschwindigkeit und in gleicher Richtung vor sich hinfloss?

»Fließt die Zeit überhaupt, wenn ich das Wort ›jetzt‹ gebrauche?«, fragte ich und nahm die letzte Sesamstange aus der Packung, »ist sie nicht eher eine Ausdehnung? Wenn wir uns die Zeit vorstellen, stellen wir uns ja Zeit-Räume vor, also Stunden, Tage, Jahre und Jahrzehnte.« – »Ja gewiss, wir verräumlichen die Zeit«, antwortete Philippe und drückte seine Zigarette in meiner Kaffeetasse aus, »Charles Hinton hat, als er versuchte, sich die vierte Dimension bildlich vorzustellen, den Tesserakt erfunden, eine Art Hyperraum in Form eines vierdimensionalen Würfels. Es heißt, alle, die versucht hätten, sein Gedankenexperiment nachzuvollziehen, seien wahnsinnig geworden. Ein Mathematiker hat sogar einmal beschrieben, wie diese Versuche in seinem Hirn zu einem Zerren und Reißen der Gedankenfäden geführt hätten, bis sein Geist an den Rändern ganz ausgefranst gewesen sei. – Auch wenn wir es uns vorstellen können: Das mit dem Fließen ist einfach nur Unsinn. Und McTaggart irrt natürlich, wenn er behauptet, die Zeit sei irreal, denn sobald wir Relationen zwischen Ereignissen als zeitlich auffassen, ist es ganz egal, ob diese Ereignisse womöglich über nichtzeitliche Relationen verbunden sind, die wir uns nur als zeitliche denken. Es kann ja sein, dass die Welt in Wirklichkeit statisch ist, dennoch gibt es Veränderung. Das ist ja evident. Und diese Veränderungen und Bewegungen nennen wir nun mal ›Zeit‹. Das ist eine Definitionssache, ein Sprachspiel, wenn du so willst. Ich kann natürlich auch hergehen und den Stuhl Tisch nennen oder die Tür Fenster. An der Realität selbst ändert das gar nichts, sofern man nur alles messen und berechnen kann.«

Ich hörte ihm zu, konzentrierte mich ganz auf meinen neuen, träumerischen Modus, in dem ich nicht mehr alles verstehen musste, betrachtete seine Zigarettenkippe, die sich allmählich mit dem Rest meines Kaffees vollsaugte, und hatte plötzlich das Gefühl, die Dinge ganz grundsätzlich anders zu sehen als Philippe. So vieles hatte ja gleichzeitig Platz in mir, so viel Widersprüchliches, so viel Neues und Altes, meine Erinnerung an die Pariser Studienzeit, mein heutiger Besuch. Es war nicht wie ein Kreis, das wäre zu einfach gewesen, auch nicht wie ein Spirale, es war alles viel chaotischer, unübersichtlicher.

»Könnte man sich die Gegenwart nicht auch als eine Abfolge von Gleichzeitigkeiten vorstellen«, fragte ich, ohne selbst zu verstehen, was ich damit meinte, »also Multi-Zeit, Poly-Zeit, Mehrdeutigkeiten, die den normalerweise ausgeschlossenen Dritten, Vierten und Fünften zulassen, ja geradezu ersehnen? Also eine andere, offene Logik der Zeit.« Er schaute mich überrascht an, wollte wissen, wie ich auf diese Idee käme. Entscheidend bei seiner Antwort sei nämlich, ob meine Frage metaphorisch oder mathematisch gemeint sei. Ich begriff, warum ich meine Frage selbst nicht verstanden hatte. Doch es gab da einen Gedanken, der mich tatsächlich beschäftigte und der womöglich mit Philippes Zeitlogik zu tun hatte. »Wenn ich diesen Essay über das Warten schreibe, dann verwende ich keine normalen Geschichten und Beispiele, keine Handlungen und Vorfälle, die sich am Zeitpfeil orientieren, also Sachen mit Anfang, Ende und Schluss, mit Klimax, Spannung und einem Jetztgefühl, das wie der Cursor immer mit dem Text mitzuckelt. Entscheidend ist für mich die Freiheit. Und die erhalte ich durch den zeitlichen Sprung, aber auch durch den gedanklichen Zweifel oder die emotionale Ambivalenz, also durch die Gleichzeitigkeit und Gleichwertigkeit verschiedener, ja widersprüchlicher Zustände. Ohne mich entscheiden zu müssen. Das ist ja das Zentrale an der Freiheit. Das Offene, der unmarked space, die Logik des Komplexen, die Dynamik!« Ich redete lauter und heftiger als üblich. Philippe schien interessiert. Plötzlich bemerkte ich, dass er mit den Augen den Pirouetten und Luftsprüngen der Sesamstange folgte, die ich noch immer in der Hand hielt und beim Sprechen bewegte. Ich legte die Stange auf den Tisch und versuchte, ruhiger zu sprechen. »Ich meine komplex, nicht kompliziert, also im Sinne von: nicht vorhersehbar. Nicht entweder-oder, sondern sowohl-als-auch, und das mit völlig offenem Ergebnis. Und damit natürlich gegen den Fundamentalismus und seine ›Wahrheit‹. Ich bin für komplexe Systeme, überall, nicht nur in der Wissenschaft, auch in der Politik und in der Kultur, selbst wenn das natürlich nicht so populär ist. Meine Verlegerin zum Beispiel ist da ganz anderer Meinung. Sie findet meine Sätze oft viel zu lang und zu kompliziert. Dass sie in Wirklichkeit komplex sind, sieht sie nicht. Meistens streiten wir uns.« [So sehen Sie das also … Ihre Selbstüberschätzung wäre ja ganz putzig, wenn sie dem Erfolg nicht so katastrophal im Wege stünde. Meine Aufgabe als Verlegerin ist es, Sie vor sich selbst zu schützen Ich bin übrigens noch froh, dass Sie uns hier keine mit der Sesamstange in die Luft gefuchtelte Freiheitslinie aufgezeichnet haben, solche literarischen Experimente sind in postmodernen Zeiten doch nur zum Gähnen. gez. trkl-ga]

Philippe nickte. »Ja, die Wahrheit ist so etwas wie eine fixe Idee, das Leitmotiv des Fanatismus. Wir Philosophen können sie nicht dingfest machen, genauso wenig wie wir die Dauer der Gegenwart berechnen können. Und doch gibt es sie, zumindest als sinnvolle Annahme über die innere Beschaffenheit der Welt. Nicht einzelne Faktoren und Merkmale machen die Wahrheit aus, sondern die gesamte Gestalt, das im Denken und in der Wahrnehmung entstehende Muster. Wir können gar nicht anders, als Einheiten und Zusammenhänge schaffen. Das aber geschieht in großer Offenheit. Da gebe ich dir Recht. Es gibt dabei sogar einen kommunikationstechnischen Aspekt. Norbert Wiener hat einmal gesagt: Ich weiß erst, was ich gefragt habe, wenn ich die Antwort darauf höre. Man kann das auch ausweiten, zum Beispiel ins Politische, auf die nichtdeterministische Soziologie. Die nämlich besagt, dass jeder selbst verantwortlich ist für sein Leben. Einfach weil es genügend Möglichkeiten gibt, genügend viele Verbindungen. Von mir aus kann die neue Hirnforschung noch oft behaupten, es gäbe keinen freien Willen. Ich persönlich vertraue da ganz auf Ashby's Law: ›Only variety can control variety‹, was soviel heißt wie: Um ein System zu kontrollieren, also zum Beispiel die Wirklichkeit zu modellieren oder zu erzählen, brauche ich mindestens soviel Varietät – oder wenn du so willst: soviel Komplexität – wie das System selbst. Also, um ein Beispiel aus deinem Bereich zu nehmen: Wenn ich einen Text übersetze, brauche ich eine Zielsprache, die mindestens so komplex ist wie die Ausgangssprache.«

Das hatte ich verstanden. Doch mir war immer noch nicht klar, wie komplex man sich den Zeitablauf oder, so hätte Philippe mich wohl korrigiert, die zeitlichen Verhältnisse vorstellen musste. Wenn es nämlich – bei aller Offenheit – doch so etwas gäbe wie Wahrheit und Kontrolle, wie stünde es dann um die Freiheit? »Wenn die Zukunft schon feststeht, weil sie sich nach der Wahrheit richten muss, dann gibt es sie ja gar nicht, dann ist sie ja schon gewesen«, gab ich zu bedenken. – »Genau«, antwortete er, ohne eine Miene zu verziehen, »das ist haargenau das leidige Problem mit der Kausalität und dem Determinismus. Man kann sich natürlich ganz leicht aus der Affäre ziehen, indem man behauptet, es gäbe eine Wahrheit, nur sei diese leider nicht zu erkennen. Deswegen könne man keine verlässlichen Prognosen über die Zukunft erstellen. Diese Lösung halte ich aber für ziemlich billig und wenig elegant. Sich zwischen einer deterministischen und einer indeterministischen Interpretation der Quantentheorie zu entscheiden, ist letztlich auch eine Frage des guten Stils. Denn die Entscheidung hängt, rein philosophisch und nicht mathematisch gesehen, von subjektiven und ideologischen Grundeinstellungen ab, also zum Beispiel von dem Wunsch, eine Theorie solle möglichst einfach und elegant sein. Irgendwann muss man den metaphysischen Ballast abwerfen, ohne überflüssiges Gepäck kommt man einfach schneller voran. Die meisten Wissenschaftler haben die Intuition, dass eine Theorie schlicht und nicht gekünstelt sein muss, geradeaus gedacht und nicht in tausend Windungen, also nicht zu kompliziert. Das gilt natürlich auch für die Theorie der Zeit und die Bestimmung der Zukunft. Für die einen resultiert die Unbestimmtheit und das Unwissen aus einer erkenntnistheoretischen Lücke: Wir wissen nicht alles, weil unser Horizont zu eng ist. Für die anderen ist Unbestimmtheit eine fundamentale Eigenschaft des Seins. Also eher dein Fall, nehme ich an.«

Er schmunzelte und zündete sich eine neue Zigarette an. Während er weitersprach, erklärte, warum es möglich sein müsse, auch diese Unbestimmtheit genauer zu fassen und zu berechnen, dass kreative Dichter und Denker des frühen 19. und frühen 20. Jahrhunderts wie Friedrich Schlegel oder Velimir Chlebnikov spekulative Berechnungen der Zukunft angestellt hätten, dass sich heute mit der Auswertung riesiger Datenmengen gewisse Muster erkennen und Algorithmen entwickeln ließen, aus denen man Ereignisse der Zukunft berechnen könne – das werde, ganz aktuell, bereits bei der Wetterprognose und an der Börse verwendet –, morgen vielleicht auch das Paarungsverhalten urbaner Singles oder die Selbstmordrate bestimmter Berufe, und das gewiss mit größerer Zuverlässigkeit als bei Methoden wie beispielsweise der Psychohistorik des Mathematikers Hari Seldon, der schon vor Jahrzehnten versucht habe, die Reaktionen von Menschenmassen im Voraus zu berechnen – während Philippe redete und redete, immer weitere Beispiele diskutierte und verwarf, versuchte ich mir auszumalen, wie das Wissen über die Zukunft mein eigenes Leben hätte verändern können. Hätte ich meine Schwester retten können, vielleicht durch laute Schreie? Wäre unsere Mutter dann früher ins Zimmer gekommen? Was wäre aus unserer Familie geworden, wenn die Ärzte die Krankheit meiner Mutter rechtzeitig entdeckt hätten? Wenn mein Vater nach ihrem Tod nicht wieder geheiratet hätte? Hätte ich Amir zurückhalten, ihm meine Liebe gestehen können, wenn ich gewusst hätte, wie sehr ihn die Jahre in Ägypten verändern würden? Hätte ich unser Kind behalten, wenn ich geahnt hätte, dass Philippe vielleicht doch bei mir geblieben wäre? Was wäre geschehen, wenn ich ihm damals gesagt hätte, dass ich schwanger war, statt wegen der Abtreibung heimlich nach Genf zu fahren? Hätte er das Kind vielleicht sogar gewollt? Und diese ganze schreckliche Geschichte mit Adrian in Wien! Wie vieles hätte doch ganz anders ausgehen können! Vielleicht hätte ich Genf verlassen und gleich zu ihm ziehen sollen? Oder nicht? Wovon hätte ich in Wien gelebt? Als Gerichtsdiener verdiente Adrian so gut wie nichts, und von dem bisschen, was er hatte, musste er auch noch Alimente an seine geschiedene Frau zahlen. Doch wäre ich nicht so oft in Wien gewesen, hätte ich Frau Trinkl-Gahleitner nicht kennengelernt, würde mich noch immer mit Genfer Gymnasiasten herumschlagen, versuchen, ihnen den Unterschied von Dativ und Akkusativ zu erklären, obwohl mich das genauso langweilte wie die Schüler selbst. Wäre ich nicht, wie so viele Kollegen an unserer Schule, längst im Burn-out? Was aber wäre passiert, wenn ich meine Verlegerin gleich geduzt hätte? Komm Leonie, lass uns Schwesternschaft trinken! Würden wir uns dann heute weniger streiten? [Einspruch! In der bürgerlichen Gesellschaft wollen alle ständig lieben und geliebt werden. Was für ein Kitsch! Denken Sie ans bürgerliche Trauerspiel des achtzehnten Jahrhunderts, oder schlimmer noch: an den Roman des neunzehnten Jahrhunderts! Dort erfahren wir so ziemlich alles über den damals noch neuen, ebenso unsinnigen wie unbezähmbaren Drang. gez. trkl-ga]

 Mir wurde schwindlig, als ich an all die vielen Kreuzungen dachte, auf denen ich in meinem Leben einfach nach rechts oder links spaziert war, nur weil ich die anderen Abzweigungen nicht gesehen oder bloß keine Ahnung hatte, was hinter der nächsten Ecke auf mich wartete. Mir fiel das alte Wort »Vorsehung« ein. Gab es nur einen vorgesehenen, einen einzigen vorgezeichneten Weg, den man auf keinen Fall verpassen durfte? Das konnte doch nicht sein! Wie viele falsche Entscheidungen durfte man im Leben treffen? Und: Bei wie vielen Entscheidungen waren vielleicht beide Möglichkeiten richtig?

Den Zeitpfeil umkehren, die eigene Biografie, ja die ganze Weltgeschichte reparieren, das Räderwerk anhalten, mit Lupe und Pinzette dazwischengehen und alles Störende herauszupfen. Schließlich ist auch die Geschichte nur eine Geschichte. Man muss sie erzählen, damit es sie gibt, dabei darf man aber die Zwischenkapitel zusammenfassen oder überspringen. All die kleinen Einzelschritte weglassen, die zur Katastrophe geführt haben oder zu einer Entwicklung, die heute niemand mehr begreift. Den Lauf der Dinge rekonstruieren, den Lauf der Geschichte als Zwangsläufigkeit präsentieren, Gesetze aufstellen, historische Fatalitäten beschreiben. Doch schon als Kind habe ich mir gewünscht, bei diesem Lauf nicht nur zuschauen und mitlaufen zu müssen, sondern selbst ins Rad zu greifen, das eine oder andere ungeschehen zu machen, oder einfach nur anders. Für Philippe waren das unphilosophische Träumereien. In seinem Seminar hatte er uns verboten, spekulativ zu denken. »Zeit ist eine Frage der Logik. Geschichte dagegen ein phantastisches Konstrukt. Zufall. Wer sich mit so etwas befasst, kann gleich Romane schreiben.« Doch er hatte, was mich damals besonders beeindruckte, schließlich auch zugegeben, dass die Logik womöglich nur einen Teil des Wissens erfasste. »Die Wissenschaft erklärt die Natur in mathematischen Kategorien, in Zahlen und Dimensionen, als Zeit und Kausalität. Aus welchen Elementen die Natur tatsächlich besteht, wissen wir nicht. Was ist zum Beispiel mit Kategorien wie Farbe, Klang oder Geruch?« Ja, vielleicht konnte man, statt die Gründe für ein Ereignis zu verstehen, auch auf die Klänge und Gerüche achten, die es begleiteten?

Wenn mein Vater an jenem Morgen nicht in mein Zimmer gekommen wäre, wenn er nicht diesen einen gewiss tröstend gemeinten, doch ganz entsetzlichen Satz gesagt hätte, wenn meine Mutter in dieser Nacht ganz einfach weitergelebt hätte, geheilt worden wäre, oder wenn sie gar nicht erst krank geworden wäre. Dann hätte auch sie eine Geschichte gehabt. Haben Tote denn nicht auch eine Geschichte? Nicht nur eine vor und nach ihrem Tod, sondern eine zweite und dritte und vierte in jener Welt, die ebenso möglich gewesen wäre. Wenn Geschichte keine Frage der Logik, sondern eine Art fahrlässige Ausdehnung der Phantasie ist, dann dürfen auch die Toten ein zweites, anderes, vielleicht besseres Leben führen. Was hätte aus einer jungen deutschen Frau Anfang der Siebziger Jahre in Genf werden können? Wie hätte Mutti gelebt, wenn sie weitergelebt hätte?

Nach dem Unfall meiner Schwester wuchs ich als Einzelkind auf, ging tagsüber zur Schule. Sie hätte also Zeit gehabt, Zeit, Radio zu hören, Zeitungen zu lesen, durch die Stadt zu gehen, andere Menschen zu treffen. Ich wusste nicht viel über meine Mutter, aber dass sie sich für das Geschehen ihrer Zeit interessierte, das war mir schon als kleines Kind klar gewesen. Als ich geboren wurde, war John F. Kennedy gerade zu Besuch in Europa. Mutti hatte oft davon erzählt. Sie habe im Krankenhaus stundenlang Radio gehört und diesen Besuch wie einen persönlichen Segen für ihr Kind empfunden.

Ihre Liebe zu Amerika hatte dann bald stark nachgelassen, auch daran konnte ich mich noch gut erinnern. Denn als die Amerikaner auf dem Mond landeten, und wir darüber beim Abendessen sprachen, meinte sie, sie hoffe bloß, dass die Mondkälber bald groß genug seien, um Milch für die hungernden Kinder in Nordvietnam zu liefern. Ich erinnere mich daran noch so genau, weil mein Vater daraufhin seine Serviette zu Boden warf, vom Tisch aufsprang und aus dem Esszimmer lief. Mutti lachte nur und zwinkerte mir zu. Wahrscheinlich, so dachte ich damals, hatte sein Ärger mit den schnellen Teilchen zu tun, die er im CERN unter dem Boden verfolgte, oder mit den Botschaften, die er und sein Chef Giuseppe in den Weltraum schickten, auf die sie aber nie eine Antwort bekamen. Das musste doch sehr enttäuschend sein. Er sprach damals oft von einem römischen Topf, in dem man die Teilchen fangen wollte. Solche Römertöpfe kannte ich aus der Küche meiner Großmutter am Bodensee. Ich ekelte mich bei der Vorstellung, gedünstete Teilchen essen zu müssen, dann schon lieber die kalte Milch der Mondkälber!

Heute verstehe ich, dass in diesem Sommer 1969 an unserem Esstisch ein Riss durch unsere Familie ging, der zugleich ein Riss in der Geschichte war, eine Art Generationenkonflikt zwischen meiner Mutter und meinem Vater. Hätte Mutti weitergelebt, wäre sie wahrscheinlich Pazifistin geworden, oder Amnesty-Aktivistin, sie hätte geholfen, die Schweizer Sektion aufzubauen, die in diesen Jahren entstand, sie wäre nach Südamerika oder nach Ägypten oder Indien und Vietnam gegangen, hätte mich und Vati vielleicht in Genf zurückgelassen, hätte sich in Indien oder Ägypten in einen schöneren Mann als Vati verliebt, hätte mir bunte Postkarten mit Elefanten und Pyramiden geschickt. Vielleicht hätte sie wieder Klavierstunden genommen, angefangen zu singen, auch öffentlich, nicht nur abends mit mir. Sie wäre in berühmten Jazzkellern aufgetreten, nicht nur in Genf, in der ganzen Schweiz wäre sie aufgetreten, sie hätte geraucht, auch Marihuana, später hätte sie mich dann in meinem Genfer Squat besucht, wir hätten uns einen Joint geteilt und darüber gestritten, ob man die Gesellschaft reformieren oder revolutionieren sollte. Sie wäre grundsätzlich gegen Gewalt gewesen, ich nicht. Von Vati hätte sie sich trennen müssen, denn der hätte ihr das alles verbieten können, er hätte ihr verbieten können zu arbeiten, er hätte ihr verbieten können, Präsidenten und Direktoren zu kritisieren und in ferne Länder zu reisen, er hätte alles verbieten können. Denn als die Amerikaner auf dem Mond landeten, hatten die Schweizer

Frauen noch kein Stimmrecht. Die Schweiz war damals eine Männerdiktatur. Ob Männer wie Philippe oder Dimiter solche Dinge überhaupt wussten? Erst wenige Monate vor ihrem Tod durfte meine Mutter zum ersten Mal an einer Parlamentswahl teilnehmen. Da war sie sechsunddreißig Jahre alt. Kaum jünger als ich heute. Vielleicht wäre sie selbst später Parlamentarierin geworden oder hätte einen Dritte-Welt-Laden eröffnet oder wäre so etwas wie die Schweizer Joan Baez geworden. Und natürlich hätte sie einen Künstlernamen gebraucht, einen, der mit Vati nichts zu tun hatte, denn als Hannelore von Manteuffel hätte sie in den Siebziger Jahren wohl keine Chance in der Szene gehabt. Ha-Lo Mante wäre vielleicht eine Lösung gewesen oder Hanni Deville. Es gab so viele Möglichkeiten, wenn man die Phantastik der Geschichte über die Logik der Zeit stülpte, Ursachen und Wirkungen nur um winzige Millimeter verrückte, eine einzige Bewegung wegließ oder ergänzte. Der Gang der Geschehnisse war vorläufig, nicht zwangsläufig. Doch es gab Momente, die das ignorierten, endgültige Gesten und Worte, die diese Vorläufigkeit zerstörten, die das Schweben der Geschichte mit einem Schlag zu Boden gehen ließen. »Heute Nacht hat der liebe Gott die Mutti in den Himmel geholt.«

Ich versuchte wieder zuzuhören. Philippe sprach monoton und stockend. Er war bei seiner dritten oder vierten Zigarette angekommen. Ich überlegte, ob ich ihn bitten sollte, beim Rauchen ans Fenster zu gehen. Doch das hätte er mir übel genommen, es war immerhin seine Wohnung, und einen Rabatt auf den üblichen Mietpreis hatte er mir schließlich auch noch gewährt. »Einen rigorosen Determinismus anzunehmen, ist natürlich absurd«, hörte ich ihn sagen, »nimm zum Beispiel dieses Paradox: Wenn Gott weiß und immer gewusst hat, dass du mich nach so vielen Jahren wieder in Paris besuchen würdest, dann war es damals schon eine Tatsache, dass du mich wieder besuchen würdest. Und weil man die Tatsachen der Vergangenheit nicht abändern kann, warst du also schon rein zeitlogisch gezwungen, mich wieder zu besuchen«. Er lachte. »Natürlich ist das genaue Gegenteil der Fall. Die Zukunft ist indeterminiert. Du hättest genauso gut in Genf bleiben können.«

Natürlich. Doch was wussten Philippe und seine Logik von meinen Zwängen, davon, was genau mich gezwungen hatte, eher hier nach links als dort nach rechts zu gehen, zu warten oder nicht zu warten, vielleicht sogar zurückzukehren? Gab es womöglich eine interne Zeitlogik in meinem Denken, die mir gar nicht bewusst war? – »Klar: Die Gesetze der klassischen Physik sind reversibel, in der Mikrowelt der Quanten gibt es keinen intrinsischen Zeitpfeil, der in die Zukunft zeigt. Hier sind die Zeiten ungeschieden. Man könnte auch sagen: Die astronomische Zeit des Universums ist umkehrbar, die meteorologische Zeit der Erde nicht. Die Quantenfeldtheorie geht davon aus, dass ein Teilchen nicht bloß eine einzige Geschichte in die Raumzeit einschreibt, es gibt immer mehrere mögliche Wege und Geschichten. Physiker wie Hugh Everett haben diese Möglichkeiten sogar auf verschiedene Welten verteilt. Alternativen sind für ihn reale Geschichten, die in jeweils unterschiedlichen, real existierenden Welten stattfinden. Ich persönlich halte diese extravaganten Multiversum-Spekulationen eher für einen Trick, mit dem die Physiker ihre mangelhaften Erklärungen verschleiern. Kontrafaktische mögliche Welten sind jedenfalls nicht durchs Teleskop zu beobachten.«

Philippe zog nun doch noch sein Notizheft aus der Jackentasche, malte ein paar Diagramme auf, die er mit Begriffen wie »Interferenz« und »Dekohärenz« beschriftete und mir entgegenstreckte. Von ganz besonderer Faszination war für mich die schnell dahin skizzierte, sogleich aber wieder durchgestrichene Aufstellung einer »inkonsistenten Historienfamilie«, die auf der nächsten Seite durch eine »konsistente

Teilchen-Historienfamilie« ersetzt wurde. Philippe sprach und zeichnete, ohne meine Reaktion abzuwarten. Schließlich schaute er auf und sagte: »Diese ganze Mikrowelt ist für uns aber irrelevant. Denn unsere physikalische Alltagswelt ist natürlich eindeutig irreversibel. Nie werden wir sterben, bevor wir geboren sind. Der thermodynamische Zeitpfeil zeigt in Richtung Entropie, also grob gesagt: Die Unordnung siegt immer, weil sie viel wahrscheinlicher ist als Ordnung und Struktur. Und der Zustand der Zukunft ist nun mal Entropie, Auflösung der Ordnung, gleichmäßige Verteilung aller Teilchen im Raum, bis zum vollständigen Gleichgewicht, zum Stillstand. Entropie ist Erkaltung, Verlangsamung. Hitze dagegen Strukturierung, Beschleunigung.«

Hitze als Beschleunigung, ja, das war ein Ansatz. Vielleicht sogar für mein Buch. Ich wusste ja, dass die moderne Beschleunigung mit den Uhren und mit der Standardisierung der Zeit zu tun hatte. Hier in Paris war es gewesen, im Mai 1910, als zum ersten Mal ein Funksignal mit dem universellen Zeitmaßstab gesendet wurde. Das Zeitsignal kam vom Eiffelturm und konnte im Umkreis von 4000 Kilometern empfangen werden. Das war die Erfindung der Weltzeit. Früher hatte jede Stadt, jeder Landstrich, jedes Fürstentum seine eigene Zeit. Erst die Eisenbahnen und Telegrafenlinien haben das verändert, alles standardisiert und beschleunigt. Daran, dass die Hitze damit zu tun haben könnte, hatte ich noch nicht gedacht. Das war mir neu.

»Es gibt aber auch Dinge«, sagte ich zu Philippe, der aufgestanden war, um sich noch einen Espresso zu holen, »die musst du einfach abwarten, die kannst du gar nicht beschleunigen, zum Beispiel den Sonnenuntergang oder die Zeit, die ich brauche, um einen Gedanken zu verstehen.« – »Gewiss«, entgegnete Philippe, »jedes Lebewesen hat sein eigenes Gefühl von Gegenwart und von Dauer. Das hat ja schon dein Bergson gesagt.« Er schraubte nervös an der Rückwand der

Kaffeemaschine herum, offenbar glaubte er, dass sich doch noch etwas reparieren ließ.

»Heißt das, dass die Zeit für jeden unterschiedlich schnell verstreicht? Oder gibt es auch hier so etwas wie eine Standardzeit, nur halt auf der Ebene des subjektiven Bewusstseins? Würden wir zum Beispiel länger leben, hätten also mehr Lebenszeit, wäre uns das überhaupt bewusst? Was genau hätten wir davon? Würde unser Zeitempfinden nicht einfach nur schneller fließen, sodass Sonnenaufgänge und Sonnenuntergänge wie ein Flackern am Himmel erschienen und achttausend Jahre wie achtzig? Womöglich empfinden die Eintagsfliege und die Schildkröte ihre Lebenszeit als genau gleich lang? Und dann, wie steht es eigentlich mit den Untoten, den Gespenstern, den Wiedergängern, Vampiren und Werwölfen, die ja angeblich niemals sterben, wie erleben die ihre Gegenwart? Leben sie vielleicht in der Vergangenheit oder oszillieren zwischen den Zeiten, treten also auf der Stelle, außerhalb der Zeit? Wäre so etwas physikalisch überhaupt möglich?«

Philippe seufzte, nahm einen Teebeutel aus dem Schrank und setzte Wasser auf. »Nein. Das ist nicht möglich. Doch warum die großen und komplexen Systeme irreversibel sind, ist noch immer nicht geklärt. Denn, wie gesagt: Für das Universum sind beide Richtungen der Zeit ja prinzipiell gleichwertig. Zukunft und Vergangenheit gibt es dort nicht, genauso wenig wie oben und unten. Doch auch das ist irrelevant für uns als Menschen, verstehst du?« Nein, ich verstand es nicht. Wenn sich letztlich alles auflöste, alles gleich oder gleichwertig wurde: Wie und für was sollte ich mich dann noch entscheiden? Worauf sollte ich warten? Nur noch auf das Ende der Ordnung, den Weltuntergang, das stille, bleiche, tote Chaos? Wo waren da die Möglichkeiten? Und die Freiheit, die auch Philippe immer so wichtig gewesen war?

»Alles, was geschehen kann, geschieht auch, irgendwann, irgendwo. Wir wissen nur nichts davon, weil unser

Beobachterstandort eingeschränkt ist. Everett und seine Leute behaupten ja, es gäbe nicht nur eine Welt, sondern mehrere. Die Wirklichkeit sei ein Multiversum, kein Universum. Diese Quantenkosmologen haben das sogar ziemlich genau berechnet. Zu jeder aktuellen Jetzt-Stelle gibt es mindestens zwei mögliche Welten, in denen die Zeit linear und irreversibel verläuft, und die so beschaffen ist, dass du mich in der einen besuchst, in der anderen aber nicht. Man nennt das auch die Baumstruktur der Zeit, wegen der verschiedenen möglichen Verzweigungen. Die Zeit geht zwar in eine physikalisch festgelegte Richtung, wir aber können wählen, welche Abzweigung wir nehmen.«

Wenn es stimmte, was Philippe mir da erklärte, wenn all diese Möglichkeiten, all das Versäumte, Nichtgelebte mehr als nur hypothetische Alternativen waren, wenn unser Leben nicht nur einfach so dahinfloss, immer in die eine vorgezeichnete Richtung, an Kreuzungen dann irgendwie beliebigen Entscheidungen folgte, mal rechts, mal links, mal geradeaus, sodass alle Geschichten dieser Welt aus Koinzidenzen, dem zufälligen Zusammentreffen verschiedener Wege und Zeitachsen bestanden, wenn das gar nicht so war, weil alles gleichzeitig existierte, wie gelangte man dann von einer möglichen Welt in die andere? War es möglich zu wechseln, wenn einem die Welt, in der man lebte, nicht mehr gefiel? Wie oft hatte ich mir vorgestellt, mein Leben ein paar Wochen oder Jahre zurückzuspulen, gar nicht mal, um etwas zu verändern, sondern nur um zu verstehen, wie es eigentlich zu diesem oder jenem Missgeschick und all den vielen Konfusionen gekommen war, warum alles oder doch wenigstens das Meiste in meinem Leben so schiefgelaufen war. Wann hatte es die erste falsche Bewegung gegeben, wo genau war ich vom Wege abgekommen, wie es in den alten Märchen hieß, in denen die Kinder sich im Wald verirrten? Rotkäppchen, Hänsel und Gretel, Schneewittchen, aber auch schon Odysseus und Sindbad der Seefahrer, wieso hatten sie nicht wie die heiligen drei Könige einen Stern vor Augen gehabt, der sie sicher durch die Nacht führte? – Was ich da fühlte, war naiv, obendrein kitschig, vielleicht sogar konservativ. Reaktionäre Nostalgiker verklären die Vergangenheit, behaupten, dass früher alles besser, schöner, sinnvoller und geordneter gewesen sei. Ich glaube das nicht. Die Vergangenheit ist keineswegs ordentlicher als die Gegenwart. Sie ist auch nicht wärmer oder sinnvoller. Ganz im Gegenteil. Irgendetwas stimmte nicht an Philippes Entropie-Theorie. Die Vergangenheit ist keine Orientierungshilfe. Und trotzdem: Es hat mich wieder und wieder in diesen Märchenwald verschlagen, wie oft ging ich im Geist den Weg zurück in meine Kindheit, Station für Station, überlegte, wo genau der Fehler gelegen haben könnte, wann und wo ich die falsche Tür geöffnet, dem falschen Menschen begegnet war, etwas Dummes oder Falsches gedacht oder gesagt hatte. Seltsamerweise gab es bei dieser Rückreise kein Ende, keine Ankunft. So sehr ich auch nachdachte, nach Ursachen und Gründen suchte, wie tief ich mich auch in den Strudel der Erinnerung hinab begab, es ging immer noch weiter. Jeder falschen Bewegung war schon eine andere, ebenso falsche vorangegangen. Es gab dafür nur eine Erklärung: Mein Leben hatte nichts mit mir zu tun.

Einmal, es muss noch in Wien gewesen sein, als ich wieder einmal stundenlang auf einer Bank im Museumsquartier saß und diesen Lebensfilm abspulte, immer weiter nach hinten, zurück nach Paris, zurück nach Genf, dabei auch die Geschwindigkeit erhöhte, sodass innerhalb von Minuten über dreißig Jahre hinunterratterten, da gelangte ich auch an einen Punkt, der vor meiner Geburt gelegen haben musste. Ich sah nämlich Vati und Mutti, irgendwo in einem Dorf am Bodensee. Sie standen eng umschlungen unter einer Dorflinde. Wahrscheinlich dachte ich mir das nur so aus, während ich an meinem Lebensfilm herumkurbelte, denn alte Dorflinden kann es zu Beginn der Sechziger Jahre dort eigentlich schon nicht mehr gegeben haben. Ich war ja oft in Kaltbrunn bei Oma und Opa gewesen, und auch in den umliegenden Dörfern, in Freudental und Rohnhausen, hatte dort aber nie eine große Linde bemerkt. Doch damals in Wien stand diese Dorflinde ganz deutlich vor mir. Sie wurde, so hatte Bergson das genannt, zu einer Tatsache meines Bewusstseins. Gleich deutlich und gleich gegenwärtig wie jede beliebige authentische Erinnerung. Und meine Eltern küssten sich. Mutti flüsterte Vati etwas ins Ohr. Sie lachte. Er auch. Schließlich nahm sie ihn bei der Hand und führte ihn ins nahe Hopfenfeld. Das muss, so sagt mir ein Untertitel meines Films, im Spätsommer 1962 gewesen sein, im Juni kam ich nämlich zur Welt. Meine Eltern haben sich geliebt. Doch wollten sie wirklich ein zweites Kind? Wäre meine Mutter nicht viel lieber weiter an die Universität gegangen? Ich spürte, noch auf dem Weg von der Linde ins Hopfenfeld, dass sich da irgendetwas Ungutes verwickelte, mein Film geriet ins Stocken, vielleicht kam es sogar zu einem Filmriss. Ich kann mich nicht mehr so genau daran erinnern. Jedenfalls verließ ich die Bank und ging zurück in die Mondscheingasse, zurück zu Adrian. Irgendwohin musste ich ja gehen.

Mit normalem Erinnern hat dieses Hinuntergleiten in den Schacht der Vergangenheit nichts zu tun. Erinnern geschieht ja wie von außen, man denkt an etwas von früher, einen Satz, den jemand gesagt hat, eine Begebenheit, einen Ort, ungefähr so, wie man eine Zeitungsmeldung liest. Ja gewiss, das Mädchen, das dort auf dem Schulhof stand mit dem zerrissenen Brief oder die junge Frau, die die enge Treppe hochstieg in dem alten Pariser Mietshaus und bis zuletzt, auch als sie schon ganz oben war und an seine Tür klopfte, noch nicht wusste, ob sie ihm sagen würde, dass sie schwanger war. Daran konnte man sich erinnern. Ohne irgendetwas dabei zu empfinden. Man hätte das jeweilige Ereignis auch auf eine von Philippes Listen eintragen können: Datum, Dauer, Ergebnis und so weiter. Doch was auf der Bank im Museumsquartier passiert war, und dann immer wieder, manchmal auch, wenn ich nachts nicht schlafen konnte, auch hier wieder in Paris, jetzt ganz besonders, das war etwas anderes. Das war wie ein Erinnern unter Hypnose. Das war wie die Rückkehr in eine andere, ganz reale Welt. Ich fröstelte dabei oder hatte Angst, oder es war dieses Jauchzen, das ich eigentlich nur aus der Kindheit kannte, oder eine Wärme, eine Spannung, die den ganzen Körper erfüllte.

Was aber wäre, wenn Philippe Recht hatte? Wenn die Zeit tatsächlich diese Baumstruktur besaß? Wenn meine Eltern sich an diesem Tag unter der Linde nur geküsst hätten und dann nach Hause gegangen wären, weil die Großeltern schon am Nachmittag meine Schwester wieder vorbeibrachten? Wie sah die Welt aus, in der ich gar nicht existierte? Oder die, in der es Philippe nicht gab, oder Adrian, oder Amir? Eine Welt, in der eine inkonsistente Teilchen-Historienfamilie trotz aller Unwahrscheinlichkeit möglich gewesen wäre? Mir war klar, dass Philippe diese Hypothese nicht verstanden hätte. Er hätte auch nicht verstanden, wenn ich ihm von Helene erzählt hätte, von der anderen Helene, derjenigen nämlich, die sich auf einen verborgenen Ast der Baumstruktur und nicht auf das Fensterbrett in unserem Kinderzimmer hinausgelehnt hätte? Ich sah sie ganz deutlich vor mir: Diese andere Helene saß auf einem ziemlich dicken Ast der Baumstruktur, baumelte mit den Beinen und achtete, genau wie meine Schwester, nicht auf die Gefahr. In der einen Hand hielt sie, genau wie meine Schwester, eine Tüte Schokonüsse, in der anderen das Päckchen mit dem kleinen Kot-Ringel, das unsere Mutter nach dem Mittagsschlaf meist schweigend und ohne zu schimpfen wegräumte. Helene saß sehr weit oben, hoch im Himmel, kein Mitglied unserer inkonsistenten

Teilchen-Historienfamilie hätte sie auffangen, geschweige denn ihr metaphysisches Gepäck – so hatte Philippe unnötige Ausschmückungen doch genannt? – entsorgen können. Aber es war gar nicht nötig, Helene aufzufangen. Denn auf diesem Ast des Zeitbaums konnte sie getrost die Beine in die Luft strecken und all ihre lustigen Faxen machen. Es würde nichts geschehen, gar nichts. Sie würde sitzen und lachen, zu Bett gehen und wieder aufstehen, leben, größer, schließlich erwachsen werden, alles ganz normal und fröhlich fließend. Sie wäre meine große Schwester gewesen, mein Leben lang, ich hätte sie bewundert und beneidet, wahrscheinlich auch geliebt. Vielleicht hätte sie mich vor IHR und der Zwergin beschützt, mich vor Philippe oder Adrian gewarnt, mir von einem Philosophie-Studium in Genf abgeraten, mich stattdessen nach Missouri mitgenommen, wo sie im Management von »Boeing Phantom Works« arbeitete, und mich dort zu ihrem backroom-brain-truster-girl gemacht. Ich hätte bei wichtigen Verhandlungen in der zweiten oder dritten Reihe gesessen, das war die Reihe, in der es keinen Kaffee und kein Mineralwasser gab, von dort aus mit einem geheimen Zeichen, das nur wir beide kannten, abgeraten, wenn die Herren beschlossen, neue Tarnkappenbomber zu bauen, zugestimmt, wenn sie Weltraumtechnik entwickelten. Mit Helene und mir wäre es vor ein paar Monaten nicht zum Absturz der Raumfähre Columbia gekommen, wir hätten die Überhitzung der Tragflächen und den Tod der Besatzung verhindert, und Boeing hätte 2003 seinen Umsatz auf satte hundertzwanzig Milliarden Dollar verdoppelt. Helene hätte eine großzügige Gratifikation erhalten und das Geld in ein eigenes Start-up-Unternehmen investiert, nachhaltige Flugtechnik zum Beispiel oder hitzeresistente Kühlgebläse. All das wäre auf nur einem einzigen Ast der Baumstruktur geschehen. Doch wenn ich Philippes kosmologische Erklärungen richtig verstanden hatte, dann gab es noch viele weitere Äste. Äste auf denen andere Schwestern saßen, andere Eltern, ganze Historien-Familien mit inkonsistenten Geschichten, von denen weder Anfang noch Ende bekannt waren. Denn wie sollte es überhaupt einen Anfang und ein Ende geben, wenn alle Zeitebenen simultan, alle Möglichkeiten gleichwertig und gleich wahrscheinlich waren?

»Wie soll man sich diese Gleichzeitigkeit eigentlich vorstellen«, fragte ich Philippe, »bedeutet sie etwa, dass alles, was geschieht, im Präsens geschieht, in einer Art unendlichen, zeitlosen Gegenwart, in einem Zeitenraum ohne Türen?« – Philippe schaute mich amüsiert an, beugte sich dann nach vorn, sodass er seinen Affensitz fast zum Kippen brachte: »Die Gegenwart ist eine Beziehungsform, ein Bindeglied, ein Konstrukt. Meinst du, es macht zum Beispiel Sinn zu sagen: Morgen wird der Fall sein, dass du mich jetzt besuchst? Ich glaube nicht. Denn dieses Jetzt ist immer eine Relation, ein Dazwischen, keine reale Präsenz oder sonst etwas Mystisches.«

Dass die Gegenwart etwas Mystisches hätte sein können, wäre mir gar nicht eingefallen, ganz im Gegenteil. Nein, dass alles nur Physik und Mathematik war, glaubte ich Philippe sofort. Sonst hätte ich seine Erklärungen ja verstanden. Das mit den Relationen sei ohnehin die Basis von allem, meinte er weiter. Das habe die Quantenphysik noch deutlicher gezeigt als die Relativitätstheorie. Hinzu komme, dass Teilchen, die einmal miteinander in Berührung gekommen waren, ganz egal in welcher Form von Interaktion, weiterhin verbunden blieben, auch wenn sie später räumlich noch so weit voneinander entfernt seien. Die Grundstruktur der Natur sei offenbar Verbundenheit, das hätten Experimente gezeigt, die vor zwanzig Jahren durchgeführt wurden. Wenn sich bei dem einen Teilchen etwas veränderte, änderte sich automatisch bei dem anderen dasselbe. Zeit spiele dabei keine Rolle, denn es gehe ja gar nicht um die Übertragung von Informationen. Das sei, so ergänzte Philippe, der berühmte EPR-Effekt, über den sich auch die Okkultisten hermachten, wenn sie Distanzwirkungen wie Telekinese und Telepathie erklärten. Das alles aber sei schierer Blödsinn, weil der EPR-Effekt ja nur überprüft werden könne, wenn beide Teilchen gleichzeitig gemessen würden, also simultan anwesend seien. Alles andere sei esoterische Spekulation, ja Spinnerei. Aber die Okkultisten hätten das ja immer so gemacht. Immer, wenn etwas entdeckt wurde oder wenn es eine neue physikalische Theorie gab, wurde diese darauf abgeklopft, ob sie nicht die Bestätigung für irgendwelche mittelalterlichen Geistergeschichten sein könnte. So diente die Entdeckung der Elektrizität als okkultistischer Beweis für die Existenz einer geheimnisvollen Seelenkraft oder die Entdeckung der Röntgenstrahlen als Bestätigung dafür, dass man mit Hilfe von geheimnisvollen Radiationen verborgene Dinge sichtbar machen könne. Dabei gehe es stets um Schnittstellen von Geist und Körper, zum Beispiel darum, wieviel Gramm die Seele wiege oder um den Versuch, Gedanken zu fotografieren. Aus heutiger Perspektive sei das natürlich alles Mickey-Mouse-Physik, aber im Prinzip habe sich in dieser Hinsicht nichts verändert. Heute instrumentalisierten die esoterischen Quacksalber eben die Quantenmechanik für ihren Hokuspokus: »Wenn zwei unverbundene Nano-Teilchen simultan agieren, also gewissermaßen miteinander kommunizieren, ohne dass eine materielle Verbindung vorliegt, warum sollten sich dann nicht auch zwei Elefanten telepathisch über die Tiefe des nächsten Wasserlochs verständigen?« Philippe stöhnte grimmig auf und blies über seinen heißen Tee.

Ja, warum auch nicht? Ich fragte mich das wirklich. »Sind denn Elementarteilchen und Elefanten nicht miteinander verwandt?«, entgegnete ich. Philippe lachte: »Das schon. Aber in den Naturwissenschaften darf man nicht in Analogien denken. Wenn ich über das Wesen der Zeit nachdenke, sollte ich es nicht mit meiner eigenen Lebenszeit vergleichen.

Das eine hat mit dem anderen nichts zu tun. Du kannst zwar den Ort deiner Kindheit besuchen oder mich hier in Paris. Eine Rückkehr an den Ursprung aber gibt es in Wirklichkeit nicht. Das behaupten nur schlechte Philosophen.«

Paris, Passages des Postes, August 2003

Es muss die Nacht zum dreizehnten August gewesen sein, als die Concierge zum zweiten Mal an meine Tür klopfte und ihre Losung »Neige-neige« flüsterte. Ich erinnere mich so genau an das Datum, weil ich, als plötzlich das Klopfen zu hören war, gerade am Fenster stand und nach den Sternschnuppen Ausschau hielt, die in dieser Nacht normalerweise zu erwarten sind. Wenn man die Achse des Großen Wagens verlängert und über den Polarstern ins Sternbild Perseus blickt, ist der Meteoritenschwarm der Perseiden meist gut zu erkennen. Jedenfalls war das bisher im August immer so gewesen. Es heißt, die Sternschnuppen seien die Tränen, die der Heilige Lorenz bei seinem Märtyrertod auf den glühenden Eisenrost fallen ließ. Ich stelle mir vor, wie sich im Moment größter Schmerzen etwas vom Körper ablöst, den Ort der Qualen verlässt, aufsteigt, schwerelos und gleichmütig, während das Grobe und Verletzliche verbrennt oder verdampft, Haut und Eingeweide verglühen, sich einrollen, aufplatzen, zerlaufen. Ich stelle mir vor, wie dieses Schwerelose und Ungebundene mühelos emporsteigt, ungehindert von Gedanken und Einwänden, hoch und immer höher, dort oben vielleicht zurückkehrt in einen Zustand, in dem es einmal war. Dort oben in den Sternbildern der Andromeda, des Perseus oder Pegasus, wo noch Platz ist für etwas, das hier niemand kennt. Ich weiß, dass das, was ich mir vorstelle, unvorstellbar ist. Auch Erinnerungen an selbst erlebte Schmerzen sind ja nur Gedanken, und kein Schmerz.

Ich stand hinter dem geschlossenen Fenster und wartete. Durch die Scheibe waren keine Sternschnuppen zu erkennen. Der Himmel schien verschwunden. Über den Dächern klaffte ein kleines, schwarzblaues Loch, stellenweise durchzogen von milchigen Lichtbündeln, wahrscheinlich die des Mondes. Es war windstill, kein Lüftchen, schon seit Tagen. Ohne Mundschutz ging niemand mehr auf die Straßen, die Ozon- und Stickoxid-Werte waren täglich gestiegen, inzwischen höher als je zuvor, so hoch, als wäre man eingeschlossen in einen winzigen Raum mit drei Fotokopiermaschinen und einem laufenden Dieselmotor, hatte der Mann von der Stadtverwaltung im Radio gesagt. Alle warteten auf ein Gewitter, einen Sturm oder sonst ein Ereignis, das die Luft und alles mit ihr in Bewegung setzen würde. Doch es kam zu keiner Entladung. Die Mauern der Häuser, die Straßen, Türen und Fenster, auch die Fußböden waren statisch aufgeladen, wie erregt von einer stündlich zunehmenden Spannung, die alles lähmte, auch den eigenen Körper. Ich vergaß zu essen und zu trinken, konzentrierte mich stundenlang darauf, gleichmäßig zu atmen, um dem knappen Schlaf, der mich nur noch stundenweise, in manchen Nächten nur noch für Minuten überkam, ein wenig Beistand zu leisten.

Gestern hatte ich meinen Abfallsack in den Kellerraum gebracht und dabei bemerkt, dass in dieser Woche offenbar niemand gekommen war, den Müll abzuholen. Der Container stand halb geöffnet, aus seinem riesigen Maul hingen zerrissene Plastiktüten, lange Schnüre aus Stofffetzen, Knochen, Glasscherben und schmutzigem Papier, auf denen graue und weiße Würmer herumkrochen, dazwischen winzige, schieferfarbene Gürteltierchen und durchsichtige kleine Käfer. Ich suchte einen Platz, um meinen grauen Sack abzustellen. Der Fußboden und die Wände waren übersät mit Fliegen und Maden. Sie schwirrten und krabbelten über das Gekröse, verteilten sich im ganzen Raum, bis hoch unter die schimmelig grüne Decke und ihre rostfleckigen Röhren, die aus den aufgebrochenen Stellen des Mauerwerks hervorragten. Verfaultes Obst und Gemüse quoll aus den Spalten der aufgeplatzten Säcke, Schleimspuren säumten den Weg in den Keller, der Gestank war unerträglich. Selbst die Spinnen hatten diesen Ort öffentlicher Verdauung verlassen. Gärungs- und Verwesungsprozesse gehörten in einen abgeschlossenen Behälter, in eine Mülltonne oder unter eine Schutzhülle. Wenn irgendwo die Haut aufsprang, das Innere nach Außen drang, musste man eingreifen. Das war bei Unrat und Abfall nicht anders als bei tierischen und menschlichen Körpern. Ich beschloss, die Hausverwaltung auf diese Zusammenhänge aufmerksam zu machen und warf eine entsprechende Nachricht in den Briefkasten der Concierge.

»Ich hoffe, Sie schlafen noch nicht«, flüsterte Solange, als ich sie in die Wohnung ließ. Sie könne bei Vollmond nicht schlafen und müsse mich sowieso unbedingt über ein paar wichtige Dinge informieren. Ich dachte, sie wolle mit mir über die Probleme bei der Müllabfuhr sprechen. Doch es gab offenbar noch Wichtigeres. »Die Dreharbeiten, Sie erinnern sich doch? Die, die hier in unserer Straße stattfinden sollen, die sind nun verschoben worden, auf September, wenn es wieder kühler ist.« Sie sei total verzweifelt darüber, denn sie habe sich doch schon so auf ihren – nach Omar Sharif – liebsten Lieblingsschauspieler gefreut. Ob ich Lambert Wilson kenne? Das sei so ein ganz wunderbarer, geradezu nobler französischer Schauspieler, ein schöner Mann übrigens: sanfte, träumerische Augen, ein markantes, ja irrsinnig männliches Kinn und diese ganz besondere, kräftige Adlernase. Ach, und dann dieser Kussmund! Jammerschade! Solange flüsterte und schwärmte und achtete nicht auf meine Reaktion. Sie habe jetzt schon Wochen darauf gewartet, ihn endlich kennenzulernen, sie hätte sich auch ganz gewiss getraut, ihn anzusprechen, denn schließlich sei er ja so etwas wie ein Kollege. Ob ich ihn denn wirklich noch nie gesehen oder gehört hätte? In amerikanischen Filmen spreche er übrigens die Synchronstimme von Richard Gere und Jeff Goldblum, was ja wohl kein Zufall sein könne. Sexappeal nenne sie das. Sie, Solange, wisse, was das sei, sie kenne sich da aus, ein Mann mit erotischer Ausstrahlung, das sei ja gar nicht so selbstverständlich heutzutage. So etwas erkenne man übrigens, entgegen einer verbreiteten, aber völlig irrigen Ansicht, keineswegs an der Nase, sondern hauptsächlich an den Lippen. Ich solle mal darauf achten.

Vielleicht hatte Solange Recht, wahrscheinlich sollte ich besser auf solche Dinge achten. Nur hatte ich bei den Männern, denen ich begegnet war, nie eine solche Regel erkennen können, die Lippen eines Menschen hatten ja gar keine konstante Form. Adrians kleiner, herzförmiger Mund zum Beispiel versteifte sich im Zorn, das hatte ich wieder und wieder beobachtet und als Warnzeichen sehr genau registriert, seine verbissene Unterlippe verkrampfte sich zu einem bösen, beleidigten Strich, der aus seinem weichen, runden Gesicht eine plumpe, ja hässliche Kinderzeichnung machte. Auch Dimiter hatte einen Strichmund, sehr dünne und sehr längliche Lippen, doch der Strich war nicht glatt, eher wie eine Welle, es gab da ein leichtes Gekräusel, eine feine, kaum sichtbare Bewegung, die mir am Bildschirm aufgefallen war, wenn er mit einem winzigen Zittern ins Mikrofon sprach. Silberwolf hingegen besaß einen ungewöhnlich breiten Mund. Auf einem der Fotos, die er mir geschickt hatte, war deutlich seine hängende Unterlippe zu erkennen. Auf anderen Fotos lachte er. Er hatte wunderschöne Zähne. Ich fragte Solange nach der Bedeutung einer hängenden Unterlippe. Das könne sie so generell nicht beantworten, sagte sie. Je nach dem, wie das übrige Gesicht geschnitten sei, könne es Sinnlichkeit bedeuten, aber auch Gier und Gewalt, natürlich auch Dummheit, vielleicht auch nur einen drohenden Schlaganfall. Doch es sei trotzdem gut, genau darauf zu achten. Die Nase sei ja nur der Portier des Gesichts, der sich stumm und steif um Diskretion bemühe, während die Lippen verrieten, ob in dem Haus getanzt, gesungen oder geschlachtet wurde. Sie lachte. Der Mund von Lambert Wilson sei absolut perfekt. Seine Nase übrigens auch, selbst wenn sie gar nichts zur Sache beitrage. Erst kürzlich habe sie einen dieser neuen Sciencefiction-Filme gesehen, in dem er den Ehemann von Monica Bellucci spiele, einen dandyhaften Bösewicht, der sich mit französischem Wein auskenne, was ihn natürlich in den Augen des amerikanischen Kinopublikums sofort verdächtig mache. Es sei ja schon witzig mit dieser Film-Serie, in der keiner mehr unterscheiden könne, was die Wirklichkeit und was die vom Computer erzeugte Traumwelt sei. Zuerst verliere die Menschheit den Krieg gegen die Roboter-Armee einer von ihr selbst geschaffenen künstlichen Intelligenz, dann ziehe sie sich ins Erdinnere zurück, in eine vermeintlich freie Stadt, in der die Durchlüftung aber gewiss noch viel schlechter gewesen sein müsse als momentan in Paris, und dann stehe, nach all den Strapazen, der endgültigen Befreiung der Menschheit so ein snobistischer französischer Weinkenner, gespielt von Lambert Wilson, im Weg. »Typisch Amerika! So denken die über uns!« Solange lachte, stöhnte ein bisschen und fächelte sich mit meiner Postkarte vom Wiener Zentralfriedhof, die Philippe in der Küche vergessen hatte, Luft zu. »Die Amis mögen uns einfach nicht. In den Sechzigern war das zum Glück noch nicht so. Die Hollywood-Leute, die ich damals in Kairo traf, waren immer schlagartig verliebt, sobald sie hörten, dass ich aus Frankreich kam.«

Solange fächelte und sah mich prüfend an. Ach ja, sie habe mir auch noch anderes mitzuteilen. Ich solle bitte beim Stromverbrauch besser aufpassen. Sie habe das mit der Hausverwaltung durchgerechnet. Ob ich vielleicht heimlich Ventilatoren angeschlossen hätte? Das sei streng verboten! Sie selbst habe in ihrer Wohnung inzwischen fast alles abgeschaltet. »Für eine einzelne Person verbrauchen Sie viel zu viel Strom. Wir müssen sparen, Charlotte! Bei der Hitze geht sonst alles kaputt in Paris. Jetzt lagern sie die Leichen schon in den Kühlhäusern der Lebensmittelhallen. Es sollen Tausende sein, meist Kleinkinder und alte Leute, aber auch Asthmatiker und Lungenkranke, die diesen Dreck nicht mehr einatmen konnten, dieses ganze Ozon-Zeugs und das Stickoxid. In Ivry steht ein ganzer Parkplatz voll mit Kühllastern, die von Dieselgeneratoren versorgt werden, weil das Stromnetz dort unten zusammengebrochen ist. Jeder Laster hat sowas wie zwanzig Leichen eingelagert. Stellen Sie sich vor, wie die Stadt riechen wird, wenn die Kühlhäuser keinen Strom mehr haben.«

Solange schien ernsthaft besorgt. Ich dachte an unsere erste Begegnung vor ein paar Wochen, als sie zu mir hochgekommen war, um die Wasserleitungen zu prüfen. Sie hatte damals unbeschwerter, fast aufgekratzt gewirkt. Besonders, als wir dann hinunter in ihre Wohnung im zweiten Stock gingen. Noch auf der Treppe hatte sie begonnen, mir ihre Liebestheorie auseinanderzusetzen. Sie ging voran, redete laut, obwohl es inzwischen weit nach Mitternacht war. Dass nun alle diese Handwerker zu ihr kämen, sei keineswegs Zufall. Schließlich habe sie sich ihre kleine Truppe ganz bewusst zusammengestellt. Das habe aber nicht nur praktische Gründe, sondern durchaus auch persönliche. Ich solle sie aber bitte nicht falsch verstehen, sagte sie, indem sie sich kurz zu mir umdrehte. Mit den verschiedenen Liebesmodellen, von denen sie spreche, sei etwas gemeint, was nicht so leicht zu erklären sei wie die Stellungen im Kamasutra. Zwischen dem vierten und dem dritten Stock sprach sie vom »Schock der Liebe«, man müsse an einem ganz bestimmten, auf den ersten Blick eher nebensächlichen Punkt ergriffen werden, etwas Besonderes müsse uns erfassen, eine Schwäche, etwas, das rührt und ergreift. Zwischen dem dritten Stock und ihrer Wohnungstür sprach sie von der Zärtlichkeit. »Die Seele liegt direkt unter der Haut. Wer die Haut streichelt, streichelt die Seele. Deswegen achte ich auch grundsätzlich nicht auf Hautfarben, genauso wenig wie auf Schuhgrößen oder Markenklamotten. Rassismus ist einfach ein Denkfehler.«

Wir betraten ihre Wohnung. Es war heiß, doch nicht ganz so heiß wie bei mir unterm Dach. Sie schaltete eine alte Stehlampe und zwei Ventilatoren ein, die sich ächzend in Bewegung setzten. Neben dem dunkelgrünen Ledersofa stand ein neuer Flachbildschirm mit einem ganzen Turm an Zusatzgeräten. »Um den TV- und Video-Kram kümmert sich neuerdings Serge. Sie wissen schon, der Nachbar, mit dem Sie sich gestritten haben. Der junge Elektriker, der mir das alles hier installiert hat, ist leider nach Dubai gegangen. Sehr bedauerlich, denn Serge ist auch im Elektrobereich kein vollwertiger Ersatz für Hakim.« Sie bat mich Platz zu nehmen, verschwand kurz in der Küche und kam mit einer großen Karaffe goldroten Tees zurück. In der anderen Hand hielt sie eine geöffnete Rotweinflasche und zwei Gläser. Sie lächelte mir zu, schenkte den Tee in die Weingläser und schien sehr vergnügt über meinen nächtlichen Besuch. »Frauen habe ich ja nur selten bei mir zu Gast. Manchmal kommt eine Cousine oder eine von den Tänzerinnen, die früher für mich gearbeitet haben. Doch um Mitternacht bin ich dann wieder allein. Es sei denn, es schaut noch einer von den Jungs vorbei.«

Sie habe einmal versucht, sich das ein wenig auszurechnen. Das mit der Liebe und den verschiedenen Modellen. Man könne das sogar als Schema aufmalen. Entscheidend sei die Anzahl der beteiligten Personen. Beim klassischen Seitensprungmodell gäbe es klar verteilte Rollen und so gut wie keine Dynamik. »Da muss alles schön brav an Ort und Stelle bleiben, feste Gewohnheiten, sonst bricht das ganze Gebäude zusammen.« Solche Zusammenbrüche habe sie natürlich selbst auch erlebt, damals in ihrer kurzen Ehe mit dem ägyptischen Schmuckhändler. »Ein Schuft sondergleichen! Doch ich habe viel von ihm gelernt. Ständig redete er davon, dass er mir etwas bieten könne, und ich war bereit, es mir von ihm bieten zu lassen.« Die Monogamie sei eigentlich erst mit dem Dreiermodell, also mit drei Liebhabern, wirklich beendet, das habe außerdem den Vorteil, dass sich jetzt auch Rollen und Kompetenzen ein wenig verschieben ließen. Sie als Geschäftsfrau könne noch recht gut mit Bilanzen jonglieren und wisse, dass das Geben und Nehmen kein einfaches Tauschgeschäft sei. »Wissen Sie, in der Liebe ist es im Grunde genauso wie mit der sozialistischen Plan- und Tauschwirtschaft. Wenn ich vom Bäcker ein Brot bekomme, muss ich ihm etwas dafür geben. Wenn er nun aber dummerweise Zementsäcke braucht und keine selbstgekochte Konfitüre, die ich anzubieten hätte, muss ich meine Konfitüre bei einem anderen Geschäftspartner gegen Zement eintauschen, damit ich dann vom Bäcker mein Brot bekomme. Verstehen Sie?« Ich nickte, verstand aber nicht, was dieser Tauschhandel mit der Liebe zu tun haben sollte. »Wenn ich also von Hakim guten Sex möchte, er aber lieber von mir bekocht und bemuttert wird, weil ich ja fast dreißig Jahre älter bin als er, und er jüngere Frauen nun mal hübscher findet, dann tauschen wir gewissermaßen Sex gegen Herz. Ich höre ihm zu, gebe gute Ratschläge, koche ihm sein geliebtes Couscous und massiere seine Füße, genau wie früher seine Mutter. Wenn ich selbst dagegen mal jemanden für mein Herz brauche, weil ich getröstet werden möchte oder einfach nur verstanden, dann gehe ich zu Frédéric. Der ist sehr liebevoll und kann gut zuhören. Dafür erzähle ich ihm Geschichten aus meinem Leben. Er findet mich witzig und meint, es gäbe keine Frau, mit der er so interessante Gespräche führen könne wie mit mir. Natürlich gehen wir auch zusammen ins Bett, doch mehr aus Höflichkeit oder Verlegenheit, weil wir einander nicht beleidigen wollen. Babatunde dagegen, der ist richtig scharf auf mich.

Wenn er ein Wochenende bei mir verbringt, muss ich mich manchmal im Bad einschließen, um mal zehn Minuten ungestört zu sein. Der Sex mit ihm ist nicht besonders aufregend, kein Vergleich zu Hakim. Doch Baba ist wirklich schlau und unglaublich gebildet. Er ist Ingenieur und weiß sogar, wie die Heizung funktioniert. Erst neulich hat er meine Waschmaschine repariert.«

Ich war überrascht, sogar ein bisschen beeindruckt von Solanges Liebessystem. »Sie tauschen also mit dem einen Ihr Herz gegen Sex. Mit dem Sex gehen Sie dann zum Nächsten, von dem Sie dafür Intelligenz bekommen. Und die Intelligenz tauschen Sie dann beim Dritten gegen Herzenswärme ein. Erstaunlich. Doch wen von den Dreien lieben Sie?«, fragte ich und kam mir augenblicklich etwas beschränkt vor. Solange lachte und berührte fast zärtlich meinen Arm. »Alle! Ich liebe sie natürlich alle. Jeder Mensch ist anders, auch jede Liebe ist anders. Doch keine Sorge, meine Bilanzen sind ausgeglichen.«

Sie stand auf, ging wieder in die Küche und holte eine Schale mit Gebäck und bunten Schokoladekugeln. Sie nahm sich eine rote Kugel, wickelte sie aus, faltete das Papier knisternd zusammen und warf es zurück in die Schale. Während sie die Schokolade in den Mund schob, sprach sie weiter: »Vor Kurzem ist doch Katherine Hepburn gestorben. Die habe ich immer bewundert. Im Fernsehen gab es einen Nachruf. Und da haben sie auch einen Satz von ihr zitiert, dem ich unbedingt zustimme: If you obey all rules you miss all fun.« Sie schob mir eine rote und eine blaue Kugel über den Tisch. Ich nahm die blaue und dankte. »Wissen Sie, solche kleinen, asymmetrischen Tauschgeschäfte sind wirklich nichts Besonderes. Im Grunde läuft das ganze Leben doch so. Interessanter wird die Sache dann beim Vierermodell, also wenn Sie anfangen, mit vier Liebhabern zu jonglieren. Einer von ihnen wird immer glauben, der Einzige zu sein. Das ist rein statistisch so. Jeder vierte Mann macht sich etwas vor. Sie müssen bei diesem Modell also darauf achten, dass es der Richtige ist, der sich für den Einzigen hält. Am besten, es ist der mit dem Herzen, also der, der Sie liebt oder wenigstens glaubt, Sie zu lieben. Insgesamt ist die Vierer-Kiste aber nicht so stabil wie die Dreierkiste. Deswegen ist es ratsam, gleich zu Beginn einen Ersatzmann mit ins Boot zu nehmen. Dieser wiederum sollte möglichst polyvalent sein, also wenigstens zwei Bereiche abdecken, sonst brauchen Sie womöglich noch einen Sechsten und Siebten. Leider wird die Sache ab dem sechsten Mann etwas unübersichtlich. Nicht, dass ich Schwierigkeiten hätte, mir die verschiedenen Vornamen zu merken oder ich meine Rendezvous durcheinander brächte, nein, das Organisatorische lässt sich recht leicht bewältigen. Schwieriger wird es mit den Gefühlen, vor allem, wenn es dann Überschneidungen gibt, was bei sechs oder sieben Männern schnell mal der Fall sein kann. Zum Beispiel, wenn plötzlich zwei gut im Bett sind oder wenn ich bei mehreren das Gefühl habe, geliebt zu werden. Zum Glück betreiben wir unseren Tauschhandel ohne die Steuerbehörde. Was die Concierge mit ihren Handwerkern an gegenseitigen Dienstleistungen vereinbart, geht den Fiskus nichts an.«

Sie beugte sich lachend nach vorn, kramte ein bisschen in der Glasschale und nahm eine silbrige Kugel heraus. Die Stehlampe warf einen dicken, gelben Lichtstrahl auf ihren Unterarm. Solange hatte schöne, sehr weiße Hände. Sie sah mich an, lächelte und knisterte mit dem Zellophanpapier. Ich sei zwar gewiss eine attraktive Frau, doch sie rate mir dringend davon ab, ihre polygame Lebensweise zu kopieren, dazu fehle mir einfach noch die Erfahrung. Anfängerinnen wie ich sollten es erst einmal mit einer simplen Dreier-Konstellation versuchen. Das sei das Einfachste und löse doch schon sehr viele Probleme. Doch eine einfache Grundregel solle ich dabei immer berücksichtigen: »Jeder Mann ist entweder ein

Schuft oder ein Trottel. Die Trottel muss man ausnützen, die Schufte austricksen. Und man muss schneller sein. Sobald sich die ersten Anzeichen gegenseitiger Abnutzung bemerkbar machen, sollte man den betreffenden Herrn verabschieden.« Sie schob die Kugel in den Mund, schmatzte ein bisschen und sah mich lachend an.

Ich fragte, wann sie denn begonnen habe, die Liebe zu diversifizieren. Sie lachte. »Bravo! Ich sehe, Sie haben mein Modell verstanden. Nun, wie soll ich das genau erklären? Wahrscheinlich war ich ungefähr so alt wie Sie jetzt, als ich so ganz allmählich in diese neue Liebesökonomie hineinrutschte. Lange habe ich gehofft, den Richtigen zu finden. Schon damals in Ägypten. Aber es gab einfach immer zu viele Richtige. Richtige, die sich nach ein paar Monaten leider systematisch als falsch erwiesen. Irgendwann erinnerte ich mich dann an einen Spruch, mit dem Eva, unsere alte Maskenbildnerin, die Tänzerinnen getröstet hatte, wenn sie wieder mal vor Liebeskummer sterben wollten: Solange der Richtige nicht komme, könne man auch mit dem Falschen viel Spaß haben. Eva hatte das Bonmot von einer amerikanischen Filmschauspielerin aufgeschnappt, vielleicht war es sogar Katherine Hepburn gewesen. Der Spruch hat auch mir geholfen. Das Leben ist begrenzt. Der Vorrat an Männern auch. Irgendwann hatte ich genug von der ewigen Warterei auf die große Liebe.«

Solange machte eine Pause, sah mich kurz an und drehte dann den Schalter des Ventilators auf Maximalstärke. »Eigentlich hätte mich mein erster Spitzname schon auf die richtige Fährte bringen können. Denn das genau ist ja Schneewittchens Alternative: sieben Zwerge statt einen Prinzen! Lieber sieben Spatzen in der Hand als den Wetterhahn auf dem Dach! Denn der dreht sich nach dem Wind. Doch ich war damals in Ägypten noch nicht soweit. Dabei hatte ich zu diesem Zeitpunkt schon viele Männer kennengelernt. Eigent-

lich ist ja einer komischer als der andere. Aber auch sehr nett. Jedenfalls die meisten. Finden Sie nicht? Ich weiß, wie komisch Männer sind, weil ich mit ihnen schlafe. Erst im Bett spürt man, welches Tier in jedem steckt. Es gibt stinknormale Bären oder Tiger, auch die Hunde sind leicht zu erkennen. Wölfe und Füchse sind komplizierter und schwerer zu durchschauen, dazu brauche ich oft Monate. Aber es gibt natürlich auch Hasen und Frösche, Igel, Esel, Gockel und Kamele. Und nicht zu vergessen: die Affen. Die sind am schlimmsten.«
Solange lachte und nahm einen Schluck aus der Flasche. Besonders schwierige Fälle seien auch die Iltisse und die Feuersalamander. Die einen scheu, fast paranoid, ständig müsse man ihnen das Fell kraulen, damit sie nicht zuschnappten, die anderen im Gegenteil größenwahnsinnig und total beleidigt, wenn man ihnen ihre magischen Kräfte nicht abnahm. Solche Einteilungen seien äußerst hilfreich und übrigens gar nichts Neues. Sie wisse von einer berühmten französischen Kurtisane, deren System noch sehr viel ausgereifter gewesen sei. Die einfallsreiche Ninon habe ihre Liebhaber in Mäzene, Märtyrer und Marotten eingeteilt. Mit einem zahlungskräftigen Mäzen habe sie sich zwei bis drei Marotten leisten können. Abgewiesene Märtyrer dienten dazu, den Kurs in die Höhe zu treiben. »Interessant bei meiner kleinen Männerforschung ist aber auch, was ich von den Männern so alles über Frauen erfahre. Vieles, wovon meine Männer berichten, hätte ich nie für möglich gehalten. Sie erzählen mir die merkwürdigsten Dinge von ihren Frauen, dass sie beim Küssen blutig gebissen werden, dass Frauen sie anspringen und sich an der Brust festsaugen oder dass, ja das hat Frédéric mal erzählt, seine Exfrau nur zum Orgasmus kommt, wenn er sie ohrfeigt. Ihm selbst macht diese häusliche Gewalt überhaupt keinen Spaß!«

Solange wandte sich ab, griff wieder in die Schale und fragte wie beiläufig: »Na, und Sie, was haben Sie für eine Perversion?« Ihre Frage überraschte mich nicht. Doch ich hatte keine Lust, der Concierge das Geheimnis meines erhöhten Stromverbrauchs zu enthüllen. Sollte sie ruhig glauben, dass ich zu diesen langweiligen, überaus netten, alleinstehenden Frauen gehörte, die brav ihre Wohnung putzten und ihr Äußeres pflegten, obwohl ohnehin nie jemand ernsthafte Anstalten machte, ihren Salon zu betreten. Hätte ich dieser sympathischen, vielleicht etwas zu selbstverliebten Concierge etwa erzählen sollen, dass auch ich die Monogamie, sogar die serielle, längst hinter mir gelassen hatte? Dass ich aber, statt wie sie polygame Multikisten zu zimmern und mit den Kerlen Schlitten zu fahren, sehr viel radikaler unterwegs war? Indem ich nämlich genau den umgekehrten Weg ging? Dass ich die polyamouröse Liebes-Multiplikation nämlich vom anderen Ende her betrieb, dass ich, statt mit mehreren Liebhabern zu verkehren, lieber ein und denselben Mann unter verschiedenen Masken heimsuchte? Nein, dazu war mir mein Geheimnis zu schade! Sollte sie ruhig glauben, dass ich illegale Ventilatoren in meiner Wohnung installiert hatte.

»Meine Perversion? Nun, was soll ich sagen? Ich schreibe an einem Buch, das nicht fertig wird. Den Titel habe ich ja schon erwähnt. Wahrscheinlich ist dieser Schneewittchenkomplex, den ich da beschreibe, in meinem Fall nichts anderes, als eine ganz ordinäre Prokrastinationsstörung. Ich ertrage es nicht, wenn etwas zu Ende geht.« Solange schien überrascht. Sie zögerte und vergaß zu lächeln. Dabei sah sie wie verwandelt aus, müde und ein wenig trotzig, als hätte jemand ihr Leuchten ausgeknipst. Doch schon beim nächsten Satz hatte sie sich wieder unter Kontrolle. Womöglich war dieses Lächeln eine Art Turnübung, die, als ginge es um die Stärkung ihrer Gesichtsmuskulatur, von Satz zu Satz wiederholt werden musste. »Ah ja, Sie schreiben Bücher. Das hatten Sie schon erwähnt. Warten Sie, ich wollte Ihnen ja etwas zeigen.« Sie machte eine Pause, stand auf und wühlte in der

Schublade ihres Wohnzimmerschranks. Schließlich fand sie, was sie suchte. Es war ein uraltes, noch unaufgeschnittenes, sehr schmales Buch mit einem fleckigen Pappdeckel. Es gäbe da nämlich eine Namensvetterin, die sei Concierge gewesen wie sie selbst, noch dazu in einem Haus gleich um die Ecke. Und diese Concierge habe vor fast zweihundert Jahren einen kleinen Reiseroman geschrieben, der hier in Paris spiele. Einer ihrer Liebhaber, Magazinverwalter in der Bibliothèque Nationale, habe ihr das Buch vor ein paar Jahren mitgebracht, weil er die zufällige Übereinstimmung der Namen und Adressen so lustig fand. Und, so hätte er den Diebstahl gerechtfertigt: Wenn es in zweihundert Jahren keinen einzigen Leser gefunden hatte, der wenigstens ein paar Seiten aufgeschnitten und gelesen hatte, dann durfte so ein armes, missachtetes Buch getrost aus der Bibliothek entfernt und gerettet werden. Doch auch sie selbst habe leider noch keine Zeit gehabt, das Buch der anderen Concierge zu lesen. Vielleicht könnte ich ja mal reinschauen, ich hätte doch gewiss Zeit für solche Dinge. Sie reichte mir das Buch über den Tisch. Der Titel lautete: *Voyage pittoresque de Paris à Saint-Germain, par le chemin de fer. Narré par Madame Trouillard, portière rue Mouffetard, No 147bis, à Mademoiselle Bourbillon, garde-malade, demeurant dans la même maison.*

»Die andere Madame Trouillard ist damals aber nicht weit gekommen bei ihrer Parisreise«, sagte ich verwundert und las den Titel ein zweites Mal. »Saint-Germain ist doch im Zentrum der Stadt.« Solange lachte und meinte, Entfernungen spielten bei Reiseberichten doch meist keine Rolle, vielleicht könne man sogar Reiseromane schreiben, ohne je das Haus zu verlassen. »Hauptsache, man hat genug Phantasie.« Sie legte das Buch zurück auf den Tisch und sah mich amüsiert an. Meine Antwort könne sie leider nicht gelten lassen. Schließlich sei Bücherschreiben keine echte Perversion. Es müsse da doch noch andere dunkle Seiten bei mir geben.

»Mein Problem ist die Eifersucht«, log ich, »ich spioniere meine Männer aus, durchsuche Schubladen und Jackentaschen, öffne ihre Post, überwache den Kilometerstand ihrer Autos, mache Kontrollanrufe bei der Arbeitsstelle. Bevor nicht alles überprüft ist, habe ich keine Ruhe.« »Ach, Sie Arme«, sagte Solange traurig, »wie mühsam das sein muss. Doch ich verstehe das, ich war früher genauso. Nur nützt es leider nichts! Nie hat man wirklich Ruhe. Auch wenn alles durchsucht ist. Ständig quält einen die Frage, ob er nicht doch heimlich eine andere hat, von der wir nichts wissen, weil wir ein Indiz übersehen haben oder weil er einfach geschickter ist als wir. Es ist völlig unmöglich, einen Mann zu kontrollieren! Wissen Sie, wir Frauen machen uns doch bloß selbst verrückt mit dieser mittelalterlichen Eifersucht. Sollen die Kerle doch andere Frauen haben! Hauptsache, die Bilanzen stimmen! Und das geht auch, indem wir selbst aufhören, uns auf einen einzigen Mann zu konzentrieren. Diese Erkenntnis hatte für mich etwas ungeheuer Befreiendes!« Solange schob mir die rote Kugel über den Tisch und füllte mein Glas, diesmal mit Rotwein statt mit Tee. Ja, das sei ein einziger Schrecken gewesen mit dieser Eifersucht. Sie habe von ihren Männern immer viel zuviel erwartet und dabei zu viel Druck erzeugt. Das sei ganz schlecht. Denn die Illusion der Freiheit sei für Männer ganz zentral. Doch bei einer Simultanliebe zu drei oder vier Männern lasse sich der Druck recht gut verteilen. Einer habe immer Zeit, einer sei immer ansprechbar. Im Grunde sei die Sache mit der Liebe, diese ständige Sehnsucht und all die Missverständnisse wohl nur technisch und ökonomisch zu lösen. Man müsse das ganz locker, aber systematisch angehen. Sie sei als Tänzerin zwar von Natur aus romantisch, aber als Geschäftsfrau habe sie gelernt, die Dinge mit etwas mehr Abstand zu betrachten. Letztlich sei es gar nicht so schwer, verschiedene Identitäten unter einen Hut zu bekommen. Dieser Hut müsse nur großzügig genug geschnitten sein. Es mache ihr nichts aus, die Rollen zu wechseln, bei jedem Mann ein bisschen anders zu sein. Schon als Film-Tänzerin sei sie unter verschiedenen Namen aufgetreten. Romantik schließe Pragmatismus nicht aus. Liebe sei ein Geschenk, na klar, so etwas wie eine religiöse Gabe. Doch man solle immer darauf achten, irgendwann auch ein Gegengeschenk zu bekommen. Zur Not von einem anderen. Schuldenrechnungen aufzumachen, Vorwürfe und Forderungen seien ganz gewiss die schlechteste Lösung. Darauf reagierten Männer allergisch. Deswegen sei es gescheiter, sich nicht auf einen einzigen Mann festzulegen. »Wenn Hakim mich nach allen Regeln der Liebeskunst verwöhnt, ist alles Rausch und Romantik, doch wenn er dann seinen Job verliert und nach Dubai geht, weil sie dort Leute wie ihn brauchen, dann hole ich mir eben einen Ersatzmann aus der Kiste, zur Not sogar diesen Serge aus dem fünften Stock. Das ist meine Freiheit! Liebeskummer ade! Schluss mit den durchweinten Nächten, dem Warten auf ein Lebenszeichen, Schluss mit dem Schmerz, der einem das Herz zerreißt und alles auslöscht, was im Leben wichtig und gesund ist! Schluss mit dem Wimmern vor verschlossenen Türen, den sinnlosen Telefonanrufen, Briefen, Erklärungen, Bittschriften! Schluss mit der absoluten Liebe und ihrem kalten, unmenschlichen Idealismus!« Solange hob feierlich ihr Glas, knisterte dramatisch mit einem goldenen Schokoladenpapier – Krokant! – und prostete mir zu. »Auf die Liebe!« rief sie, »die multiple, nicht die totale!« [Einspruch! Dieses Frauengespräch mag ja ganz instruktiv sein. Doch wann endlich packen wir Frauen das Übel an der Wurzel? Die Suche nach der großen romantischen Liebe hält viel zu viele Frauen von der Arbeit ab. Auch Sie, werte Frau v. Manteuffel! Nota bene: Unter der Ägide der romantischen Liebe werden intellektuelle und kulturelle Betätigungen vernachlässigt. Zum Beispiel die Arbeit an einem Buch mit dem Titel »Der Schneewittchenkomplex. Kleine Kulturgeschichte des Warteraums«. gez. trkl-ga]

Ich erhob ebenfalls mein Glas, etwas langsamer als Solange. Eigentlich sollte die gesamte Weltwirtschaft so funktionieren wie Solanges Liebesökonomie, dachte ich. Denn war der Urgrund der Ökonomie nicht die Beziehung zwischen Menschen? Das alles hatte man nach und nach vergessen, als das Geld zum Fetisch wurde. Hatten Marx und Engels solche Dinge nicht schon vor hundertfünfzig Jahren gesagt? In Genf lasen wir nicht nur Hegel und Scotus, sondern auch die Pariser Manuskripte von Karl Marx. Später sprach ich auch mit Philippe hin und wieder über wirtschaftliche Themen. Noch in seiner Antwort, die er mir Ende Juni nach Genf schickte, hatte er sich über das Konzept der »Ich-AG« lustig gemacht, die man kürzlich in Deutschland erfunden hatte, um Arbeitslosen Selbstbestimmung und Kontrolle über das eigene Schicksal vorzuspiegeln. »Wenn du dann in Paris bist, kannst du ja da oben im fünften Stock eine französische Filiale deiner Ich-AG eröffnen. Ich hätte nichts dagegen, dein erster Aktionär zu werden.« Ich erklärte Philippe, dass Scheinselbstständigkeit für Schweizer Nebenerwerbs-Journalistinnen schon lange die Regel sei, sie funktioniere in Genf auch ohne flotte Marketing-Sprüche. Seitdem war mein Aktienkurs bei Philippe offensichtlich ganz erheblich gesunken.

»Doch geht es in der Liebe nicht eigentlich darum, das Kalkül und den Nutzen zu überwinden? Jemanden bedingungslos zu begehren, zu unterstützen, eben zu lieben, ganz grundsätzlich und romantisch?«, fragte ich und stellte das Glas auf den Tisch, ohne daraus zu trinken. »Ach wissen Sie, die Sache mit der großen Liebe funktioniert vielleicht in der Pubertät. Heute klappt das bei mir allein deswegen schon nicht mehr, weil die große Mehrheit der gleichaltrigen Männer nach erheblich jüngeren Frauen sucht. In Ihrem Alter ist das noch nicht so ausgeprägt, da geht das gerade mal los. Doch warten Sie ab, bis Sie mal fünfzig oder sechzig sind und sich von gleichaltrigen Männern mit Bierbauch, Doppelkinn und Glatze anhören müssen, dass Sie ihnen zu alt sind. Keine Ahnung, wie viele von denen dann tatsächlich eine Dreißigjährige erobern und wie lange das gut geht. Ich jedenfalls habe keine Lust mehr, mich solchen Unverschämtheiten auszuliefern. Deswegen halte ich mich jetzt an die Jüngeren, die, die es noch nicht nötig haben, sich mit einer jungen Frau zu schmücken. Junge Männer müssen sich noch nichts beweisen mit so einer Partnerwahl, im Gegenteil. Die finden es irgendwie abenteuerlich, mit einer älteren Frau zu schlafen. Für eine romantische Liebesbeziehung reicht das zwar nicht, weil der Altersunterschied dann doch zu groß ist, aber ein bisschen verliebt bin ich immer, in alle meine Jungs.« Mir fiel keine Erwiderung ein, vielleicht war das von Solange praktizierte Liebesmodell tatsächlich eine Lösung. Denn, wenn ich daran dachte, wie vergeblich meine Liebe zu Philippe oder zu Adrian gewesen war, wie sehr ich mich heute um Dimiter bemühen musste, wie schwierig, wie mühsam und zäh, letztlich sinnlos das Warten darauf gewesen war, dass sie vielleicht doch eines Tages zur Liebe bereit sein würden, und wie amüsant und kurzweilig dagegen das Spiel war, dass ich seit Wochen mit Silberwolf trieb, wenn ich sah, wie oft auch in meinem Leben das Multiple schon über das Totale gesiegt hatte, dann konnte ich ihr nur zustimmen, auch wenn mich ihre Notlösungen noch so betrübten.

Ich zog es vor, das Thema zu wechseln und fragte, welche Künstlernamen sie außer »Schneewittchen« als Tänzerin noch verwendet habe. »Ach ja, ich wollte Ihnen doch die alten Videos zeigen! Deswegen sind wir ja überhaupt in meine Wohnung gegangen«, rief sie eilig und, wie es schien, durchaus erfreut über meine Frage. »Es gab in Ägypten drei Phasen. Erst war ich Schneewittchen, wegen meiner hellen Haut, dann nannten sie mich Zenobia, nach dieser syrischen Königin, ich habe Ihnen das oben in Ihrer Wohnung ja schon erzählt, und zum Schluss war ich Zouzou, die Rebellin. Doch warten Sie, am besten schauen Sie selbst.« Sie stand auf, knipste in einem Nebenraum das Licht an und kam mit ein paar alten VHS-Kassetten zurück, die sie vor dem Abspielgerät auf den Fußboden legte. Sie habe in Kairo ja als Bellydancerin in ägyptischen Schwarzweißfilmen mitgewirkt. Ich solle mir doch bitte ein paar Ausschnitte anschauen und ihr dann sagen, ob man sie heute noch erkennen könne, sie selbst habe keine Ahnung, wie sehr sie sich in den bald vierzig Jahren verändert habe.

Das erste Video enthielt Aufnahmen von 1967. Es zeigte mehrere Tänzerinnen in rasch zusammengeschnittenen Szenen, mal tanzten sie in einem Luxusrestaurant, mal in einer orientalischen Kaschemme, dann wieder im Innenhof einer Karawanserei. Ich erkannte sie sofort. Ihr Gesicht war voller als heute, doch unklarer, unpersönlicher, ja seltsam unfertig. Sie lachte, als ich ihr meinen Eindruck schilderte. »Ja, unfertig, das ist wohl das passende Wort für meinen damaligen Zustand. Wissen Sie, das war die große Zeit der ägyptischen Filmstars. Ich habe mit wunderbaren Schauspielerinnen wie Tahia Carioca, Samia Gamal, Shadia oder Nagwa Fouad getanzt und gesungen, mit Superstars wie Abdel Halim Hafez und Omar Sharif gedreht, die große Naima Akef war gerade gestorben, als ich nach Kairo kam. Es war eine aufregende Zeit. Wenn ich nur nicht so schüchtern gewesen wäre! Denn es war nicht leicht für eine Europäerin, von den ägyptischen Filmcrews akzeptiert zu werden. Während des Sechstagekriegs zum Beispiel musste ich täglich mehrmals beteuern, keine Jüdin zu sein.« Solange wechselte die Kassette und legte einen Film ein, bei dem nur sie selbst zu sehen war. Hier waren ihre Bewegungen langsam und sehr genau, die Musik von tiefem Ernst. »Das ist meine schönste Aufnahme. Die Szene gehört zu einem Melodram mit einer besonders tragischen Handlung. Obwohl ich den Film bestimmt schon hundertmal gesehen habe, muss ich bei einigen Szenen immer noch weinen. Wir tanzten auch zu den Liedern von Oum Kalthoum, obwohl Kalthoum die Verwendung ihrer Musik für frivole Zwecke wie Kino und Bauchtanz gar nicht schätzte. Doch das letzte Wort hatten natürlich immer die Bosse der Misr-Studios. Dagegen war auch die große Kalthoum machtlos.« Solange lehnte sich zurück, zog die Beine an, verkroch sich in die Kissen ihres dunklen Ledersofas. Sie warf mir einen schelmischen Blick zu. Dann schloss sie die Augen, bewegte sachte ihre Arme im Rhythmus der Musik. Es waren Andeutungen von Tanzbewegungen. Ihr Oberkörper rotierte ganz leicht, sie schnalzte mit der Zunge und summte kaum hörbar eine Melodie, die nicht dieselbe zu sein schien wie die, die aus dem Lautsprecher des Fernsehgeräts kam.

Die meisten Szenen waren schwarzweiß, wenige farbig. Ich saß da und schaute, sah, was Solange und die anderen Frauen vor bald vierzig Jahren irgendwo in einem ägyptischen Filmstudio vor einer Kamera aufgeführt hatten. Alles schien unsagbar fremd. Ich sah halbnackte Frauen in glitzernden, fließend weichen Stoffen, hörte ihre schrillen Stimmen, wenn sie sich etwas zuriefen, sah ihre schlängelnden Arme, die schwingenden Bäuche. Viele hatten langes schwarzes Haar wie Solange. Ich sah dicke, rauchende Männer in dunklen Anzügen und mit dunklen Krawatten. Die Frauen tanzten mit einem schmeichelnden, in gewissen Szenen aber auch selig selbstvergessenen Lächeln. Jedenfalls konnte man das glauben. Sie wussten, dass es diese Seligkeit war, die den Männern und den Zuschauern gefiel. Es waren nicht die beweglichen Arme, nicht die wippenden Hüften. Es war der Blick. Auf den kam es an. Das verstand ich sofort. Wahrscheinlich übten die Tänzerinnen zuhause vor dem Spiegel. Männer mit einem Lächeln zu verführen, ist wie eine Droge. Ich kannte das aus meiner ersten Pariser Zeit. Man wird das Lächeln nicht mehr los, es frisst sich ins Gesicht wie eine parfümierte Säure. Der Film, erklärte Solange, sei eine etwas alberne Nacherzählung von »Ali Baba und die vierzig Räuber«, kindisch, doch sehr schön, man habe damals viel Geld in die Kulissen investiert, viel mehr als in die Tänzerinnen. Sie seufzte.

Das große, schwarze Tuch wird im Rhythmus der Trommeln geschwenkt, immer schneller, wilder und schneller, es verdeckt die Hälfte des Bildes. Darüber der schrille Klang der Schalmeien. Von links kommt ein Akkordeonist ins Bild. Er trägt eine helle Jelaba. Es folgt ein mit Pailletten besticktes Kostüm in Großaufnahme, schwerer Goldschmuck glänzt an Busen und Hüften. Schnitt. Man sieht die Brüste der Tänzerin. Zuerst von oben, dann von unten. Die Kamera fährt näher heran. Travelling im Rhythmus des ekstatischen Trommelwirbels. Die Brüste wackeln und wippen, tanzen wie kleine dressierte Tiere. Schnitt, Gegenschnitt, man sieht die Hände des Rahmentrommlers, sieht, wie seine Finger auf die gespannte Ziegenhaut einschlagen. Cut, und wieder: das Dekolleté in Großaufnahme. Purer Sex. Es folgen Schwarzweiß-Aufnahmen einer Casino-Szene mit fünf Trommlern, einer Tänzerin in schwitzender Ekstase, erregte Musiker, johlendes, festlich gekleidetes Publikum, Smokings, lange, schulterfreie Abendkleider, westlicher Schick. Die Männer stehen und sitzen auf der einen, die Frauen auf der anderen Seite. Großaufnahmen. Solange nennt mit geschlossenen Augen die Namen der verschiedenen Instrumente. Ich sehe Bendire und Brüste, Riqs und Brüste, kleine Schellentambourine und wieder Brüste, dann eine unter den Arm geklemmte Dahölla, ich sehe das rasende Gefingere der Trommler, höre den hüpfenden Rhythmus der Musik, sehe die Brüste, die nackten Hüften der Tänzerinnen. Kameraschwenk auf die Masar, sie ist die lauteste Trommel von allen, dann Tabla, dum-da-dum, Finger, Brüste, die Kamera fährt dem schmierig lächelnden Trommler mitten ins Gesicht. Cut. Jetzt hat der Solist seinen Auftritt, er spielt seine Pattern, scharfe rhythmische Muster, die, wie Solange erklärt, den Percussionsteppich, den die anderen gelegt haben, durchdringen. Cut. Die Tänzerin wackelt mit dem Oberkörper. Brüste. Trommelwirbel: Dum-dum, ta-gada, dum taga, ta, ta. Dum-ta, du-ta, dum tagata – ta, ta. Und dann rasend schnell: dum-ta, ta, dum ta, ta, dum ta, ta, dum tata! Cut.

Solange stand auf, zog die Kassette aus dem Gerät und suchte eine neue heraus. Sie kauerte am Boden, drehte mir den Rücken zu, während sie sprach. »Wer die Tänzerin in diesem Film war, weiß ich nicht mehr, sie hatte so große Brüste, dass niemand sich ihr Gesicht, geschweige denn ihren Namen merken konnte.« Sie kramte weiter im Regal, lachte plötzlich auf und hielt triumphierend eine Kassette in die Höhe. »Hier ist sie! Wissen Sie, ich habe ja sehr viel gedreht, sogar mit Souad Hosni, das war damals eine der ganz großen Filmschauspielerinnen, Spitzname: das arabische Aschenputtel, vielleicht hieß auch sie wegen ihrer hellen Haut so. Leider war ihr Tanz so miserabel, dass der Regisseur für die Bauchtanzszenen ein Double brauchte. Das Double war ich. Ich war die einzige der Tänzerinnen, die hellhäutig genug war. Die riesigen, goldenen Ohrringe, die mir beim Tanzen immer wieder an Hals und Schultern schlugen, bis ich blaue Flecken bekam, spüre ich bis heute. Doch alles musste echt sein, schwer, üppig und pompös. Sie müssen nämlich wissen, Charlotte, dass die ägyptische Filmindustrie größer als Hollywood war. Die haben damals in Kairo fünfzig Filme pro Jahr produziert.« Solange schob einen neuen Film ins Abspielgerät. Den müsse ich mir unbedingt noch ansehen, denn sie könne selbst nicht mehr erkennen, wann Souad Hosni zu sehen sei, und wann sie selbst. Souad spiele hier die Tochter einer Almeh, einer Haremstänzerin, die sich weigert, in die Fussstapfen ihrer Mutter zu treten. Der Film sei eine Art Emanzipationskomödie, er erzähle die Geschichte einer modernen, jungen Frau, die sich an der Universität von Kairo in ihren blonden Theaterlehrer verliebt. Méfie-toi de Zouzou, nimm dich in Acht vor Zouzou, habe der Film geheißen. »Den arabischen Titel habe ich leider vergessen. Der Name der Heldin war Zouzou. Ich mochte diesen Kosenamen sofort. Später erfuhr ich, dass schon Josephine Baker in einem Film der Dreißiger Jahre eine junge Frau mit dem Namen Zouzou gespielt hat. Es gab eine Szene, in der Zouzou vor ihrer schlafenden Mutter tanzt, und eine zweite, in der sie in einem ägyptischen Teehaus einen Bauchtanz vor den anderen Studenten aufführt. In beiden Szenen war ich ihr Double. Und dann gab es noch Szenen mit Gruppentänzen in bunten Schleierkostümen. Bauchtanz und Emanzipation – das war Zouzous ganz spezielle Mission! Sie landet dann in einem Nachtclub, bekommt am Ende aber doch noch ihren smarten Theaterregisseur. Nach den Dreharbeiten kam Souad Hosni in meine Garderobe und schenkte mir einen wunderschönen, feuerroten Hidschāb. Den solle ich tragen, sagte sie, damit die Welt vor meiner Schönheit geschützt sei. Souad lachte, als sie das sagte, doch ich spürte deutlich, wie ernst es ihr mit dem Geschenk war. Ich habe mich oft gefragt, wie es sich wohl anfühlt, täglich einen Schleier zu tragen. Der Film war 1972 ein Riesenerfolg, aber auch ein großer Skandal in allen arabischen Ländern.«

Der Vorspann begann, man sah arabische Schriftzeichen mit französischen Untertiteln. Solange setzte sich wieder aufs Sofa, nahm einen Schluck Rotwein aus der Flasche und redete weiter, während die ersten farbigen Szenen des Films über den Bildschirm flimmerten. Schon damals habe Souad Hosni eine Depression gehabt, sie sei, ja, so könne man das wohl sagen, eine Art Marilyn Monroe des ägyptischen Kinos gewesen, ein Opfer der Filmindustrie. Doch Souad sei viel älter als Marilyn geworden. Erst vor zwei Jahren habe sie sich dann in ihrem Londoner Domizil vom Balkon gestürzt. »Aus dem sechsten Stock! Stellen Sie sich das vor. Mitten in der Stadt! Ihre Schwester behauptete später, es sei nicht Selbstmord, sondern Mord gewesen. Mord, der aufs Konto der ägyptischen Regierung oder des Geheimdiensts gehe, weil man verhindern wollte, dass Saoud ihre Tonbänder und Tagebücher publik machte. Angeblich erzählt sie darin, wie sie von einem ehemaligen ägyptischen Innenminister gezwungen wurde, Spionagedienste zu leisten.«

Solange schaltete das Gerät aus und kam auf mich zu. »Kommen Sie Charlotte, ich zeige Ihnen ein paar Bewegungen.« Sie nahm meinen rechten Arm und zog mich sanft in die Höhe. Ich war müde, ließ jedoch alles geschehen. Sie stellte sich hinter mich, begann eine Melodie zu summen, legte ihre Hände an meine Taille und bewegte meinen Oberkörper. Ich war wie eine Marionette, die von Solange in neue Körperabschnitte eingeteilt wurde. Sie ordnete alles nach ihrem Willen und ihrer Musik, kappte die alten Verbindungen, gliederte Arme und Beine in eine mir unbekannte Ordnung. Ihr Rhythmus übertrug sich auf mich, wir tanzten. Plötzlich hielt sie inne, erfasste meinen ausgestreckten, nackten Arm und betrachtete ihn. »Wie schön!«, sagte sie und streichelte sanft darüber, »da ist alles noch so prall. Freuen Sie sich über Ihren Körper. Vergessen Sie das nicht! Diese Freude ist kostbarer als alles andere. Wenn sich mit zunehmendem Alter die Haut von den Knochen löst, ist es zu spät.« Sie lächelte, ließ meinen Arm wieder los und tanzte weiter, als wäre nichts geschehen. Ich wusste nicht, ob ich traurig war oder nur müde. Die Freude, von der Solange sprach, war mir vollkommen fremd. Schließlich ging sie zum Tisch zurück, trank den restlichen Rotwein aus und begann wieder zu sprechen. »Eines Tages ist er dann ganz plötzlich da. Taratata!« Sie machte eine theatralische Bewegung. »Der Tod lässt lange auf sich warten, aber es gibt ihn. Ich habe ihn gesehen, ich habe gesehen, was passiert, wenn das Leben endet. Es erlischt ganz einfach, wie ein Stromkreislauf, der unterbrochen wird. Das habe ich beim Tod meiner Mutter gesehen. Sie hat gezittert, als sie starb. Ihr Tod war ein winziges, elektrisches Beben. Ich saß neben ihr, ich sah genau, was geschah. Es dauerte nur wenige Sekunden, doch als es vorbei war, hatte ich keinen Zweifel daran, dass sie nun tot war. Etwas war gegangen, von einer Sekunde zur nächsten. Die Seele gibt es. Ich habe sie gesehen, als sie verschwand.« Solange lehnte an der Tür und sah mich an. Auch sie schien jetzt müde, erschöpft von den Strapazen der Nacht oder von sonst einer Anstrengung, die sie vor mir geheim hielt. Wahrscheinlich war nun wirklich Zeit zu gehen. Ich verabschiedete mich, wünschte eine gute Nacht und versprach, Bescheid zu geben, falls es morgen tatsächlich ein Problem mit dem Leitungswasser in Bad und Küche geben würde.

Ich verließ ihre Wohnung, knipste den Lichtschalter im Treppenhaus an und stieg langsam hinauf in den fünften Stock. Bei meinem Nachbarn rührte sich nichts. Er schien noch nicht zuhause zu sein. Vielleicht schlief er auch schon, vielleicht fand sogar er nachts manchmal ein wenig Ruhe. Als ich die Türe öffnete, schlug mir die angestaute Hitze der Wohnung entgegen. Liebe ist Grenzüberschreitung, dachte ich plötzlich, ja genau, Grenzverletzung, unvernünftig und unberechenbar, das hätte ich Solange entgegenhalten müssen! Doch wie sollte diese Überschreitung je gelingen, wenn ich nicht einmal mehr in der Lage war, die eigenen vier Wände zu verlassen, die nicht einmal die eigenen Wände waren? Ich sollte nochmals mit Dimiter telefonieren, auch mit Silberwolf, oder wenigstens, wenn ich es schon nicht schaffte, zurück nach Genf zu fahren, versuchen, auf die Straße zu gehen, um mich mit Ravo zu verabreden. Vielleicht käme er ja noch einmal zu mir nach oben. Wahrscheinlich war sein Kino trotz der Hitze gar nicht geschlossen. Ich sollte wieder in der Stadt herumlaufen, Orte besuchen, die ich noch nicht kannte. Die Museen waren vielleicht noch klimatisiert, es gab auch überdachte Arkaden und schattige Parks, falls die Bäume trotz der Trockenheit noch nicht alle Blätter verloren hatten. Vielleicht ließen sich solche Streifzüge sogar in mein Buch einbauen. Man musste sich dabei ja nicht sklavisch an die Realität halten, das eine oder andere Detail konnte gewiss verändert oder hinzu erfunden werden, ohne dass jemand es merkte. [Einspruch! Bitte keine Passagen über Paris! Der Tourismus ist eine Erfindung schöngeistiger Literaten. Man macht sich auf den Weg, damit man etwas zu erzählen hat. Doch nichts ist langweiliger als ein Reiseroman, finden Sie nicht auch? Landschaftsbeschreibungen, Architektur-Klimbim und dann auch noch das ganze Theater um Wege und Ziele, Handlungen, Charaktere, Begegnungen. Ich bitte Sie! Haben das nicht schon die Dadaisten erledigt? Nehmen Sie sich ein Beispiel an Xavier de Maistre, der schon während der Französischen Revolution einen Hausarrest dazu nutzte, eine Art Anti-Reiseroman zu schreiben: »Voyage autour de ma chambre«, heißt das Buch, eine Zimmerreise in 42 Kapiteln mit einer ziemlich sprunghaften Handlungsfolge. Das sollten Sie mal lesen, bevor Sie weitere Anekdoten ins Visier nehmen, die mit ihrem Projekt nichts zu tun haben. Schöpfen Sie aus sich selbst. Sie sind eine fensterlose Monade, Frau von Manteuffel, vergessen Sie das nicht. gez. trkl-ga]

Eigentlich sollte ich die Fenster öffnen. Doch die Luft da draußen ist noch schlechter und heißer als hier drinnen. Philippes alte Junggesellenwohnung ist jetzt mein Pariser Zuhause. Mein überhitztes Frauenzimmer. Ich habe, nein ich bewohne, ein tropisches Frauenzimmer. Es befindet sich, so konnte ich inzwischen im Internet recherchieren, knapp unterhalb des neunundvierzigsten Breitengrads und leicht östlich des zweiten Längengrads. Mein Frauenzimmer liegt im fünften Stock eines alten Mietshauses, am südlichen Rand des fünften Arrondissements, ungefähr in der Mitte zwischen dem Jardin du Luxembourg und dem Jardin des Plantes. Im Norden und Osten fließt die Seine, im Südwesten steht das Pariser Observatorium. Vom Eingang in die Küche sind es viereinhalb Schritte, vom Wohnzimmer ins Bad und von dort hinüber ins Schlafzimmer und wieder zurück an den Eingang, neununddreißig. Vor Kurzem hatte ich meinen vierzigsten Geburtstag. Draußen sind es vierzig Grad, mindestens, auch in der Nacht. Vielleicht sollte ich etwas langsamer gehen, kleinere Schritte machen. Dann würde die Rechnung vielleicht aufgehen, würden Zeit und Raum endlich übereinstimmen, bei vierzig Atemzügen oder vierzig Pulsschlägen pro Minute, waren das viermal vierzig.

Bald geht die Sonne auf. Ich hole die große, schwarze Lupe aus Philippes Schreibtisch, untersuche die Maserung der Tischplatte. Zoom auf einen kleinen Brandfleck, Schwenk auf die eigene Hand, meine Hautzellen in Großaufnahme. Rechtecke, Rauten, Kreise, Verzweigungen, Schicksalslinien, Herzlinien, Lebenslinien. Ich versuche, noch weiter vorzudringen, die Vernetzungen, auch die inneren, genau zu erkennen. Nebenan brummt der Computer, ich habe vergessen, ihn auszuschalten, als ich zu Solange nach unten ging. Wahrscheinlich lief der Ventilator pausenlos. In der Hitze stelle ich ihn gar nicht mehr ab, er hört sowieso nicht mehr auf zu brummen. Auch das Internetmodem ist noch eingeschaltet, vielleicht gibt es neue Nachrichten. Ich werde antworten müssen, damit wir nicht den Faden verlieren.

Mein Zimmer ist das größte Land der Welt, denke ich, als ich den Bildschirm aufklappe, es ist ein Weltenraum, genauer: ein Weltinnenraum. Ich öffne eine neue Textdatei und beginne eine Liste aller Gegenstände im Raum. Ich will wissen, wie viele Gegenstände es hier von mir gibt. Was fremd ist und was nicht. Es gibt ein Bett, das nicht mir gehört, es gibt einen Schrank, einen Tisch, einen Spiegel, Zeitschriften und Bücher, das alles gehört Philippe. Mit Gegenständen geht Philippe sehr sorgfältig um. Dann gibt es noch meinen Koffer hinter der Gardine, die Kaffeemaschine, den Herd, den Affenfellsessel vor dem alten Kamin, es gibt eine Lupe und eine Postkarte vom Wiener Zentralfriedhof, die einmal mir gehörte und jetzt eigentlich bei Philippe sein sollte. Am Fensterkreuz glänzt ein Spinnennetz. Ich weiß nicht, ob ich es auf meine Liste setzen soll oder nicht. Auch im Computer gibt es eine Liste. Es ist die Liste mit den Namen der Männer, denen ich heute Nacht noch schreiben muss, weil sie schon seit Stunden auf meine Antwort warten. Das müsste noch vor Sonnenaufgang geschehen.

Nun hatte die Concierge also zum zweiten Mal an meine Türe geklopft, es war fast so spät wie beim ersten Mal. Ich erinnerte mich an die schlaflose Nacht Anfang Juli, unser langes Gespräch in ihrer Wohnung und meine seltsame Unruhe am frühen Morgen. Doch jetzt im August, in dieser zweiten Nacht, in der der Vollmond die Sternschnuppen unsichtbar machte, redeten wir nicht mehr über Männer und über Liebe. Wir tanzten auch nicht mehr. Jetzt ging es um Wichtigeres, um meinen erhöhten Stromverbrauch, um die Lagerung der Toten in den Pariser Kühlhäusern, um die Verzögerung der Dreharbeiten und darum, dass die Angestellten der Müllabfuhr streikten. Sie hatten ihre Arbeit niedergelegt, weil es inzwischen gefährlich war, im Freien zu arbeiten. Sie verlangten Schutzmasken und Spezialanzüge.

Natürlich hatte ich seit unserer ersten Begegnung viel über Solanges polygames Liebesmodell nachgedacht, hätte dazu inzwischen auch so einiges zu sagen gehabt. Vor allem hätte ich ihr mein in den letzten Wochen zu erstaunlicher Perfektion herangereiftes Gegenmodell vorstellen können. Poly-identisch statt poly-amourös! Doch es war nicht ratsam, mit Solange darüber zu sprechen, dafür war sie viel zu sehr in ihrer eigenen Welt gefangen. Wahrscheinlich aber würde das Konzept Frau Trinkl-Gahleitner interessieren. Vielleicht ließe sich daraus sogar ein neuer Frauenratgeber basteln. Einen Titel hätte ich auch schon anzubieten: »Tara, die Tarantel, oder: Wie vielseitig dürfen Frauen sein?« [Schon wieder ein neues Projekt? Sie strapazieren meine Geduld! gez. trkl-ga] [Tara, liebe Frau Trinkl-Gahleitner, ist im tibetanischen Buddhismus der Erleuchtete. Licht! Sie verstehen, ja? Darauf kommt es doch an, oder? Wörtlich übersetzt heißt Tara »Stern«. Tara hat 21 verschiedene Gesichter bzw. tritt in 21 verschiedenen Gestalten auf. Dabei passt sie sich den Bedürfnissen derjenigen an, denen sie erscheint. In vielen Religionen und Mythologien gibt es vielgesichtige Göttinnen: Athene, Persephone, Hekate, Ises, Thea, Lakshmi, Shiva usw., doch keine ist so vielseitig wie Tara. Dass Tara, die Tarantel, in Wirklichkeit eine Spinne ist, der es dank ihrer Avatare gelingt, ihre Beute trickreich zu umgarnen und an sich zu binden, weiß aber nur ich. Und Sie jetzt auch! gez. Charlotte v. Manteuffel]

Nein, ich würde ihr nicht von Silberwolf erzählen, auch nicht von Gilgul oder von Iblis, von denen am allerwenigsten! Ich hatte ja nicht einmal Amir und Adrian erwähnt. Solange würde diese Dinge nicht verstehen. Dazu war sie viel zu lebenstüchtig, zu pragmatisch. Sich mit sieben Zwergen zu begnügen, wenn man den Prinzen nicht bekommt. Auf diese Idee muss man erst einmal kommen! Ich dagegen bin ein leidenschaftlicher Mensch, für mich kommen solche Kompromisse nicht in Frage. Alles oder nichts! Zerstören, was man nicht bekommt. Bei unserem ersten Telefongespräch hatte Silberwolf gleich zu Beginn geflüstert: »Du hast keine Chance, also nutze sie!« Damals habe ich gelacht. Es war dieses eindringliche Flüstern gewesen, von dem jede Frau eigentlich sofort begreift, was es will und was es fordert. Dass es täuscht und in den Abgrund führt, in die Einsamkeit und in den Tod, immer wieder. Aber ich habe gelacht. Inzwischen gebe ich ihm Recht. Solange hätte ich das nicht erklären können, ich kann es mir ja selbst nicht erklären. Woher weiß er, dass ich keine Chance habe? Und woher weiß ich es? Freilich, Silberwolf kennt sich aus, mit Magie und Esoterik, mit Psychoanalyse und Zahnheilkunde. Und mit Frauen. Er wittert meine Schwäche. Und er hat Recht. Also nutze ich die Chance, die er mir bietet. Doch anders, als er denkt.

Word Wide Web,
Juli 2003

Mein erstes Profil bei »world-dating.com« trug das Pseudonym »Sneewittchen« und war – wie ich – 40 Jahre alt, kinderlos, lebte – wie ich – als Lehrerin und Korrespondentin für verschiedene deutsche und österreichische Zeitungen in Genf, war – wie ich – 162 cm klein und – ebenfalls wie ich, jedenfalls meistens – 54 Kilo schwer, Haarfarbe: brünett, Augen: blau, genau wie ich. Sie sprach – wie ich – vier Sprachen, war »Agnostikerin« und bezeichnete sich selbst als »ziemlich romantisch« sowie »abenteuerlustig«. Das waren die beiden Optionen, die ich aus einer Liste von zwanzig Grundeigenschaften ausgewählt hatte. Ich will nicht behaupten, dass ich nun tatsächlich dieses Sneewittchen war oder umgekehrt, dass sie so etwas wie »ich« war, aber dieses erste Profil hatte doch eine ganze Reihe von nicht ganz zufälligen Übereinstimmungen mit meiner real existierenden Person. Ich hatte sogar zwei Bilder von mir eingestellt, das erste ein Urlaubsfoto mit Sonnenbrille und großem Strohhut, das zweite zeigte mich von hinten, aufgenommen irgendwo bei den Gewächshäusern von Schönbrunn. Wer mich kannte, hätte mich auf beiden Fotos mühelos erkannt. Der sogenannte Begrüßungstext lautete: »Sein Schicksal in die Hand nehmen, sich dem Märchenprinzen in den Weg schmeißen, wenn er wieder mal vorbeireitet. Ja, das wär's! Doch das Schicksal hüpft mir immer wieder aus der Hand, und die Prinzen haben es immer so eilig. Was tun? Eine Falle stellen und ihnen auflauern? Zum Beispiel ein gigantisches Augenzwinkern, aufdringlich wie

Reklame an einer französischen Landstraße? Oder genügt es, das passende Wort zu finden, das Zauberwort, das trifft und …? – Kurz: Suche schwatzhaften bis richtig klugen, halb- bis vollgebildeten Mann (Schönheit ist kein Hindernis) mit einem Schuss Wahnwitz für phantasievolle Stunden, Tage und mehr.«

Schon am ersten Tag erhielt ich diverse Zuschriften. Die meisten kamen aus Deutschland, lobten meine Fotos oder den Begrüßungstext, bedauerten die große Distanz zum eigenen Wohnort, schließlich sei man ja leider ortsgebunden, beruflich erfolgreich, noch nicht fertig geschieden, die Kinder am Wochenende da, und die vielen Hobbys wollten natürlich auch gepflegt werden. Darauf verwiesen schon die zahlreichen Fotos der Herren im Sportdress, meistens mit Helm, auf dem Rennrad oder Mountainbike, auf dem Motorrad, mit dem Gleitschirm, Fallschirm, Kanu oder Segelboot, im Cabrio-Sportwagen, mit Snowboard, Abfahrts- oder Wasserski, einige besaßen eigene Flugzeuge oder riesige Wohnmobile. Meist trieben sie sich im Freien herum, auf irgendwelchen Berggipfeln, kletterten Steilhänge entlang oder flogen durch die Lüfte. Kurz, die Herren waren ständig auf Achse, wohnten in großen oder mittleren Städten und suchten praktischerweise nach einer Frau, die gleich in der Nachbarschaft lebte, die sie aber nie bemerkt hatten, weil sie ja immer unterwegs waren. Nach Genf oder nach Paris zu kommen, konnten sich nur sehr wenige vorstellen. Ich musste, da der hier auf dieser Internetseite dominierende pragmatische Typus bei seinem Liebes-Casting offenbar aus einem gut bestückten Pool an Kandidatinnen auswählen konnte, meinen Suchradius also auf Frankreich und die Schweiz, eventuell noch Süddeutschland beschränken. Oder auf Männer, die ganz besonders motiviert waren, »sehr viel Spaß mit einer Frau zu haben, gern auch dauerhaft und natürlich auf Augenhöhe«, wie im Profil eines Herrn aus Bad Godesberg zu lesen war, »doch bitte ohne den ganzen Beziehungsstress!«. Eine weitere, rein theoretische Möglichkeit wäre gewesen, mich auf besonders unattraktive Kandidaten zu spezialisieren. Oder auf solche, die stets auf der Suche nach neuen Profilen waren, weil sie die meisten der schon länger eingeschriebenen Frauen bereits getroffen hatten. »Hallo liebe Unbekannte,« schrieben diese Herren, »als ein sportlicher Mann, der mit beiden Beinen und einer offenen Einstellung fest im Leben steht, suche ich hier eine gepflegte, elegante und im täglichen Leben selbstbewusste Frau mit Stil und Niveau, die aber in der Sexualität ihre devote, demütige und dunkle Seite finden und ausleben möchte. – Ich werde mir deine Seele nehmen ... und ihr ein Zuhause geben. Willst du mit mir an den Rand des Abgrunds treten ... und hinunterschauen .... wo die Grenzen des ICHs ausgelöscht werden .... und alles erlaubt ist???? Du solltest die resultierende Hingabe einer fesselnden Leidenschaft lieben ... Die erogenste Zone sitzt nun einmal im Kopf, und das ist auch gut so.« Bei meiner Auswahl ging ich davon aus, dass die Korrespondenz mit solchen Männern interessanter war als mit denen, die jemanden zum Pferdestehlen suchten oder gar zum Heiraten.

Die allererste, richtig nette Nachricht kam von einem hessischen Werbegraphiker mit dem lustigen Profilnamen »Onkel Otto«. »Betreff: Lust & Laune!!! Hallo Pünktchen-Pünktchen, mhmh, jetzt habe ich dich in so kurzer zeit schon mehrmals verpasst. ärgerlich! heute, nachdem du mein profil besucht hast, habe ich versucht, dich per chat zu erreichen. nun ja, du wirst bestimmt von mails überflutet. deine persönlichkeit gibst du mit ›abenteuerlustig‹ an. das ist ja richtig herzerfrischend! aber ich war wieder nicht fix genug, da ich diesen rechner nur neben meiner arbeit laufen habe, nun ja, jetzt bist du wieder offline. nun ja, ich habe dich wohl schon wieder verpasst! und das, wo ich doch schon arg neugierig geworden bin. nun ja, vielleicht finden wir ja per mail eher gelegenheit für eine nette kommunikation. also bei lust und laune deinerseits, meld dich doch mal. gruss vom onkel otto.« Der Rest der ganzen Flut war ähnlich gemütlich. Es gab aber auch einige, die gleich zur Sache kamen, Nacktphotos schickten, oftmals mit anatomischen Details, die so nah und so verschwommen aufgenommen waren, dass es schwierig war, genau zu erkennen, ob es sich um einen Finger, einen unbehaarten Unterarm oder um einen anderen männlichen Körperteil handelte. Viele schickten einen Link zu ihrer Homepage, um, wie ein Coach aus Hannover betonte, von Anfang an ihre Identität klarzustellen. Eine solche Klärung erschiene ihm zielführender als die spätere Verwunderung oder Enttäuschung darüber, dass sich hinter dem eloquenten Mann leider kein Schriftsteller, sondern nur ein Firmenberater verberge. Was jedoch in finanzieller Hinsicht gewiss kein Nachteil sei, wenn ich verstünde, was er meine *grins*.

Ich fragte mich, ob andere Frauen hier ähnliche Erfahrungen machten, ob die auffallende Selbstbezogenheit der Herren vielleicht mit meinem Profiltext zu tun hatte, der womöglich etwas zu versponnen war. Ich fragte mich auch, ob Männer, die ich kannte, auf einer solchen Internetseite eingeschrieben waren, ob Philippe auf diese Weise vielleicht sogar seine neue Freundin, die junge Vietnamesin, kennengelernt hatte. Denn wo sonst sollte ein Philosophie-Dozent einer Anästhesiekrankenschwester begegnen? Im Supermarkt? Daran zweifelte ich, ich konnte mir kaum vorstellen, dass Philippe zu fremden Menschen Blickkontakt aufnahm, auch nicht zu jungen, asiatischen Frauen. Das Internet dagegen musste etwas Aufregendes und Entspannendes für ihn sein. Hier konnte man sich unterhalten, ohne einander anzublicken, ohne zu lächeln, ohne seine Stimme kontrollieren zu müssen. Was der andere mitzuteilen hatte, war leicht zu verstehen, weil es ja aufgeschrieben war. Besonders praktisch waren für Philippe wahrscheinlich auch die Emoticons, klare

Gefühlsanweisungen, die keinen Zweifel über die Stimmung des Gesprächspartners zuließen. Ich konnte mir gut vorstellen, wie faszinierend auch Chatrooms für Philippe waren, selbst wenn er dort vermutlich nie jemanden traf, der auch nur annähernd sein intellektuelles Niveau erreichte. Umso rätselhafter erschien mir das Ausbleiben seines Besuchs. Er hatte doch vorgehabt, seinen defekten Laptop schon bald aus der Wohnung abzuholen. Dann sagte ich mir, dass Leute wie Philippe vermutlich mehrere Computer besitzen und begann zu hoffen, dass er mir das Gerät noch eine Weile dalassen würde.

Am dritten Tag schrieb mir Ulipo, ein Videofilmer aus Berlin, speckige Lederkappe, deren fettiger Glanz sogar auf dem Profilbild zu erkennen war, er hätte nebst langweiliger Urlaubsvideos und »nervtötender Erfolgsmeldungen« auch noch – »Stichwort phantasievolle Stunden« – ein paar unglaubwürdige Geschichten und Romanfänge zu bieten, ob ich sie lesen wolle? Als Journalistin hätte ich vielleicht Spaß an seinen Geschichten aus der Wirklichkeit. Ich wählte aus einer Anzahl von vier sehr unterschiedlichen Exposés die Geschichte über ein Hochhaus, das vor einigen Jahren angeblich in seinen Besitz geraten sei, er besäße noch immer die Schlüssel dazu. Das Haus habe elf Stockwerke – genau wie das Genfer Hochhaus meiner Kindheit, das war der Moment, der mich aufhorchen ließ und neugierig machte –, summa summarum fünfundfünfzig Wohnungen, neunundneunzig Zimmer, geschätzte dreihundert Treppenstufen, und seine Geschichte habe sich im Sommer letzten Jahres zugetragen. Tragende Rollen spielten, so erwähnte er in seiner Vorankündigung, Kreidezeichen auf den Straßen Hellersdorfs, ein Bordell in der zehnten Etage des Hauses, 3,4 Kilogramm Schlüssel, eine Villa in Dahlem, ein Schloss in Leipzig, die deutsche Presselandschaft, die Bodybuilderin Karin, zehn Polyluxe und eine Comicbattle. Inspiriert habe ihn Georges Perecs Romanentwurf »Träume von Räumen«, in dem es die Beschreibung eines Mietshauses gebe, die eher eine Art Bestandsaufnahme der Gegenstände, Personen und Szenen sei, die dort anzutreffen wären. Perec habe ja immer solche literarische Übungen und Gedankenexperimente vorgeschlagen, dann aber die Lust verloren, die Sachen selbst gründlich auszutesten. Meist ging es darum, sich dieses oder jenes vorzustellen, zum Beispiel, wer der Besitzer eines Mietshauses ist, wie er zu seinem Besitz gekommen sein könnte, wer die Mieter sind, die ein- und ausgehen, woher sie kommen oder gehen, wie die Straßen des Viertels früher ausgesehen hätten, was aus einer Stadt wie London oder Paris einmal werden könne oder wie das Modell einer typischen Hochhauswohnung aussähe, wenn man nur seine Einzelteile auflistete, nichts beschriebe und nichts definierte. Seine eigenen Versuche seien natürlich noch sehr provisorisch. »Ich hoffe, ich habe mich damit nicht zu weit aus dem Fenster gelehnt, wir befinden uns hier schließlich nicht in einer Doppelhaushälfte, sondern in der elften Etage.« Ich antwortete: »Hilfe! Wo ist das Sprungtuch für die dramaturgische Notlandung? Kannst du mir nicht wenigstens den Link von den Kreidezeichen zur Bodybuilderin (Karin, tatsächlich?) angeben, bevor wir dann gemeinsam einen Blick ins Bordell im zehnten Stock werfen?«

Zwei Tage später erreichte mich seine Berliner Hochhausgeschichte. Beim Lesen musste ich an unsere Wohnung in Genf denken, aber auch an meine Wohnsituation hier in Paris: »Aufblende: Ein klarer Wintertag im Dezember 2002. Das Haus steht vor uns, elf Etagen, WBS-70-Plattenbau, Sechsmalsechsmeter-Raster, die Fenster der ersten Etage mit Stahlblechen verrammelt, seit Jahren leerstehend. Wir fragen uns, wie weit man vom Dach aus schauen kann. Ob das alles wirklich eine gute Idee war. Doch die Verträge sind unterschrieben. Der Hausmeister, unser Herr der Schlüssel, kommt über den Hof, ein kleiner, untersetzter Mann, Ende fünfzig, Honeckerhütchen, 80er-Jahre-Brille, Blaumann, in der rechten Hand eine Plastiktüte, in der etwas Schweres liegt. Er schließt auf, wir gehen hinein, zum zweiten Mal. Es riecht nach nassem Beton, nach Linoleum, und in der fünften Etage hängt ein Rest von Bohnerwachs in der Luft.

Drei Monate später kennen wir das Haus in- und auswendig. Die dreieinhalb Kilo Schlüssel sind allen Schlössern zugeordnet, was allein schon zwei Tage gedauert hat. Hellersdorf wird seinem Namen gerecht. Es kombiniert dörflichen Charme mit dem Flair der Industrieruine. Ich werde hier die Vorhut spielen, bevor Ende des Monats der Ansturm der anderen beginnt. Also suche ich mir eine der fünfundfünfzig Wohnungen aus, Südseite, Zweizimmer, achte Etage, die üblichen Tapeten. Manchmal verlasse ich das Haus drei Tage nicht, die meiste Zeit bin ich allein, abgesehen von gelegentlichen Besuchern, die Betten anliefern oder Baukram. Geht mir das Essen aus, gehe ich zum Penny gegenüber oder statte Karin einen Besuch ab. Karin ist der hiesige Hammer: Bodybuilderin, Türsteherin, kurze, blondierte Haare, etwa meine Größe, aber wahrscheinlich mindestens 90 Kilo, Tattoos überall. Meistens trägt sie ein rosa Top und enge Stretchjeans. Es ist erstaunlich, wie ihr sanftes, charmantes Wesen und ihre wirklich atemberaubend liebliche Stimme in diesen Körper passen. Ihre Oberarme haben Troja-Format, ihre Brüste sind Muskeln gewichen, ihre Schultern lassen auf eine gehobene Hantelklasse schließen. Doch Karin serviert ein elegantes Schnitzel, das ich genüsslich verzehre. Dann kehre ich zurück in meine kleine Hochhauswelt. Es gibt eigentlich keinen Grund, hier zu übernachten, doch ich will mir die volle Packung geben. Nach der Arbeit streife ich durchs Haus. Nun strotzen Plattenbauten nicht gerade vor Überraschungen. Jede Etage ist gleich. Doch bald schon fallen mir die winzigen Unterschiede auf. Man kann so etwas trainieren. Die Farbpalette reicht von einem schmutzigen Braun über verblasstes, irgendwie angegrautes Grün bis zu einer Farbe, die mir neu ist. Es ist eine Art leeres Grau, als hätte man sämtliche Farben zusammengerührt, ein bisschen schwarz substrahiert und dann den Restfarben erlaubt, an gewissen, kaum sichtbaren Stellen, sehr gelegentlich ein bisschen aufzuleuchten. Es konnte passieren, dass ein Raum, der noch am Vortag in diesem grauen Brei vor sich hinvegetierte, plötzlich einen unerklärlichen Rotschimmer bekam, der von irgendwo hinter der Tapete zu kommen schien. Die Farben vermischten sich wie die herumliegenden Gegenstände, das abgerissene Rollo im zweiten Stock, die Glassplitter, das Taubenskelett, das in Wohnung 903 in der Spüle lag. Das Leben im Turm war reich an Überraschungen.

Eines nachts weckte mich ein selbstbewusstes Hämmern an der Tür. Von der achten Etage bis hinunter benötigt man, egal ob nackt oder angezogen, eine gewisse Zeit (der Fahrstuhl war kaputt – erwähnte ich das schon?). Das Hämmern wurde immer lauter. Durch die Flurfenster sah ich ein Blaulicht die Nacht erhellen. Ich öffnete. Mir gegenüber stand ein Dreisternehauptwachtmeister und fragte: ›Gehört die Person, deren Beine aus ihrem Kellerfenster schauen, zu Ihnen?‹ ›Was?‹, fragte ich noch etwas verschlafen. Bullen? Keller? Beine? Einige Minuten später erwartete mich ein ziemlich skurriler Anblick: In einem der Kellerräume hing ein Mann bewusstlos aus dem Fenster. Von außen sah es so aus, als sei er aus der Wand gewachsen. Wie sich später herausstellte, handelte es sich um einen etwas unbedarften Einbrecher aus der Nachbarschaft, der, da der Eingang noch immer gut abgesperrt war, beschlossen hatte, durch ein Kellerfenster einzusteigen. Das Fenster war klein, etwa einen halben Meter breit und dreißig Zentimeter hoch, also gerade groß genug, damit sich ein ausgewachsener Trottel von Einbrecher hindurchschlängeln konnte. Der Herr tritt also die Scheibe ein und kriecht – mit dem Kopf voran – ins Dunkle. Zuerst die

Arme, die Schultern, dann der ganze Oberkörper, mit den Ellbogen stützt er sich an der Innenseite ab. Er hängt nun also mit halbem Körper im Keller, während die Beine noch immer draußen sind. Da erst bemerkt er, dass es innen vermutlich doch recht tief in den Raum hinuntergeht. Soll er sich trotzdem kopfüber nach unten gleiten lassen? Er stößt sich ab, aber seine Beine sind eingeklemmt, er versucht es nochmals und knallt mit dem Kopf an die Wand. Er wird ohnmächtig. Eine Passantin, die ihren Köter Gassi führt, ruft die Polizei.

Nach ein paar Tagen quasi meditativer Ruhe, flippte der nächste Nachbar aus. Ein paar Freunde besuchten mich in meinem Leuchtturm des Ostens, wir feierten ein wenig auf dem Dach, die Aussicht war einfach herrlich. Davor zogen wir in die Küche im sechsten Stock, die bald fertig werden und alle zukünftigen Bewohner des Hauses versorgen sollte. Gegen drei Uhr nachts erschien im Haus gegenüber ein betrunkener Herr in Shorts auf seinem Balkon. Zunächst winkte er nur herüber und freute sich, als zwei unserer nettesten Damen zurückgrüßten. Doch schon bald kehrte er zurück, stellte einen Tisch an die Brüstung, stieg hinauf und begann – zu strippen. Der bald halbnackte Herr gestikulierte wild herum und gab tierisch klingende Laute von sich. Als eine der Damen einen Fotoapparat holte, was ihn zu zusätzlichen Darbietungen anzustacheln schien, schwang er sich über die Brüstung und hing nun, mitten in einer Hellersdorfer Vollmondnacht um halb vier an seinem Balkongeländer im achten Stock. Diesmal waren wir es, die die Polizei holten.

Am nächsten Morgen war es wieder still im Haus. Der Beton starrte vor sich hin, immer geradeaus. Die Fenster auch. Hier oben zu sein, fühlte sich manchmal an, wie im Meer zu schwimmen. Diese unbestimmte Angst, dass sich irgendetwas Großes unter einem befindet, etwas, das man selbst nicht sehen kann, das einen bei seinen hilflos kleinen Schwimmbewegungen aber hämisch beobachtet. Die Wege im Haus waren immer gleich. Aufstehen in der neunten, Küche in der sechsten, dann ins Büro in der zweiten Etage. Trotz dieser Alltäglichkeiten erwischte ich mich dabei, wie ich nach diesem unbestimmten Großen Ausschau hielt, ihm auflauerte, es hinter Sprelacart-Türen vermutete und im Hausflur atmen hörte.

Schließlich baute ich auf den drei Etagen, auf denen ich mich meistens aufhielt, alle Türen aus. Nun war der Blick frei. Den Zimmermannshammer trug ich jetzt immer bei mir, seine Anwesenheit beruhigte mich. Wer je so ein Ding mit voller Wucht, Spitze voran in einen Holzbock gerammt hat, wird dieses Gefühl nachvollziehen können. Getreu einer wahrscheinlich bestens untersuchten psychologischen Grundregel, die für alle Robinson-Insulaner gilt, egal, ob ihre Insel ein Hochhaus oder eine Gefängniszelle ist, drehte ich mich jetzt immer öfter um, wenn ich mich im Haus bewegte und meine eigenen Schritte hörte, ohne sicher zu sein, dass es auch tatsächlich meine eigenen waren. Immer öfter schaute ich von der Arbeit auf und spürte, wie meine Hand an den Gürtel fasste, an dem der Hammer hing. Den ganzen Winter über wartete ich auf ein Ereignis, ohne je zu wissen, auf welches.

Irgendwann verließ ich das Haus, einfach so. Draußen war Frühling. Als ich die Haustür aufstieß, strömte ein warmer Wind herein, es war mindestens zehn Grad wärmer als im Haus. Ich verschloss sorgsam die Tür und ging über den aufgeplatzten Asphalt des alten Parkplatzes. Mir fiel auf, dass wirklich Frühling war. Die Hellersdorfer Mädchen – Karin hätte sie Prollschnitten genannt – trugen kurz, kürzer, am kürzesten. Gazellen mit den Hufen von Wasserbüffeln, irgendetwas widersprach hier den Naturgesetzen. So in Gedanken versunken hatte ich plötzlich eine Vision: Es ist Sommer und es ist hier in Hellersdorf. Etwas Großes hängt zwischen meinen beiden Türmen, weiß und leuchtend, nur kann ich nicht sagen, was es ist. Eine Wolke oder ein Transparent mit einer Aufschrift. Doch die Nachbarn rebellieren gegen das Große. Ich weiß: Der Polizei-Notruf wird zusammen brechen.

›Mit oder ohne?‹, fragte sie. ›Was?‹ entgegnete ich blöde, immer noch beschäftigt mit Gazellen und Notrufnummern, zwischen denen ich keinen Zusammenhang erkennen konnte. ›Willste nu mit oder ohne?‹ Karin wurde ungeduldig. ›Ach so, gern, äh, mit. Und dazu ein Ginger Ale.‹ Ich muss aus dem Haus raus, dachte ich. ›Iss aber noch auf, trink dein Bier aus und zahle‹, lächelte Karin, ›und dann geh zurück und pack endlich deine Sachen.‹ Ich ging hinauf in den neunten Stock, holte meine Klamotten und ging zurück zu Karin. Das war vor drei Monaten.«

Karin habe ihn nach vier Wochen wieder an die Luft gesetzt. Das Hochhausprojekt hatte sich inzwischen zerschlagen, die Clique war zerstritten und hatte sich aufgelöst. Er sei jetzt auf der Suche nach einer Landkommune in Brandenburg, schrieb er mir, oder nach einer Frau, die ihn nicht gleich wieder aus dem Haus werfe. Ich antwortete ihm: »Ja, ich kenne das: Man sitzt da, irgendwo im elften Stock und wartet und wartet und wartet, dass es passiert. Aber es passiert nicht, es passiert einfach nie. Nicht in einem alten Hochhaus in Hellersdorf, nicht in Brandenburg, nirgends. Nicht einmal hier in Paris, das ja angeblich die Stadt der Liebe, die Stadt der Bohème, die Stadt für alles Rauschhafte, Sonderbare und Surreale ist. Auch hier passiert es nicht.« Ja, die ewige Warterei sei einfach zu blöde, nur sinnlos. Das zu akzeptieren, falle ihm aber schwer. Letztlich bliebe wohl nur noch der Weltuntergang. »Als ich den Winter in meinem Hochhaus verbrachte, habe ich ja gespürt, dass nichts passiert, außer, dass sich die Natur die Häuser zurückholt. Man kann sich ziemlich genau vorstellen, wie das beginnt. Zuerst bröckelt der Beton, Stahlseile reißen, Wasser sickert ein, Fenster und Türrahmen rosten oder werden morsch, Gräser wuchern im

Treppenhaus, Tiere nisten in den leeren Wohnungen, Stahlträger stürzen ein, schließlich kollabieren die einzelnen Stockwerke. Das Hochhaus fällt in sich zusammen. Und mit ihm die gesamte Stadt.« Der Hochhausbesitzer hatte eine erschreckend plastische Phantasie beim Ausarbeiten von Weltuntergängen. Nach zwei Tagen hatten wir uns in eine virtuelle Depression hineingesteigert, die, so wurde mir rasch klar, nur durch die konsequente Löschung meines Sneewittchen-Profils beendet werden konnte. Eine höfliche Verabschiedung wäre unmöglich gewesen, dazu standen wir schon zu dicht am Abgrund. Mein feiger Sprung zurück ins Leben wäre mit keinem, auch nur halbwegs eleganten Argument zu rechtfertigen gewesen.

Ich meldete mich umgehend als »Frau Wirtin« wieder an, Ulipos Geschichte von der muskulösen Karin und ihren ebenso muskulösen Schnitzeln hatte mich inspiriert. Da ich jedoch nicht von dem depressiven Hochhausbesitzer entdeckt werden wollte, änderte ich ganz leicht meine biographischen und biometrischen Angaben. Frau Wirtin lebte nicht in Genf, sondern in Basel, war, wie der Name schon besagte, Restaurantbesitzerin, 39 Jahre alt und suchte – das war der beste Schutz gegen depressive Videofilmer – einen »gut aufgestellten« Mann zum Pferdestehlen. Doch der Erfolg bei den süddeutschen Bikern und Cabriofahrern war so gigantisch, der Ansturm auf meine mütterlich-bodenständige »Frau Wirtin« so enorm, dass ich auch dieses Profil wieder löschen und durch die exzentrischere Galeristin »Philotima« ersetzen musste. Bei deren Profiltext achtete ich ganz bewusst darauf, den etwas intellektuelleren Männertypus anzusprechen: »Und plötzlich ist das Zimmer wieder voller Märchenprinzen. Auch sie sind etwas älter geworden, einige schlurfen schon ein bisschen, doch viele tragen ihren Federschmuck mit trotzigem Stolz durch die Gegend und sind dabei ganz prächtig anzuschauen. Statt wie früher in einem Schwall, schwappt ihr Lächeln jetzt in kleinen Wellen durch den Raum, erreicht mich in archäologischen Schichten. Zuhören können sie zwar immer noch nicht richtig, aber wozu sich aufregen? Schließlich sind die Ohren des Mannes nicht sein wichtigstes Organ. Man kann auch miteinander tanzen, ohne zwingend dieselbe Musik zu hören. Also Jungs, lasst uns tanzen! Wer weiß, wann die nächste Geisterstunde kommt …«

Philotimas erster Verehrer nannte sich »Silberwolf«. Er war älter und, wie er immer wieder betonte, natürlich auch erfahrener als die anderen Kandidaten. Erfahrung sei in Liebesdingen ja bekanntlich von Vorteil. Silberwolf trug lange, weiße Haare und behauptete von sich, »promovierter Lebenskünstler« zu sein. Seinen wahren Beruf hielt er zunächst geheim, später erwähnte er gelegentlich eine Zahnarztpraxis, die in seinem Leben aber offenbar eine untergeordnete Rolle spielte. Er schrieb wunderbar phantasievolle Mails, oft mehrere pro Tag. Er schien Freude an unserer Korrespondenz zu haben, doch wenig Eile, Philotima persönlich kennenzulernen. Er machte keine Komplimente, sondern provozierte mit Hypothesen, kleinen Verdächtigungen und spielerischen Indiskretionen, die stets haarscharf am Rande des guten Geschmacks vorbei und geradewegs ins Zentrum dessen zielten und trafen, was Adrian einmal wenig galant, aber vermutlich sachlich korrekt meine schafböckige Woll-Lust genannt hatte. Silberwolf fragte nach der Farbe meiner Unterwäsche, stellte Vermutungen darüber an, wann ich zum letzten Mal mit einem Mann im Bett gewesen sei und ob ich dieses Erlebnis auch als wirklich befriedigend für mich einstufe. Ich bemühte mich, ihn zu übertrumpfen, möglichst abgebrüht und ironisch auf seine Unverschämtheiten zu reagieren, merkte aber schon nach wenigen Tage, wie sehr mich seine kleinen Grenzüberschreitungen reizten und erregten. Als er merkte, dass er mich in den Bann gezogen hatte, drehte er noch weiter auf. Nun kamen SMS-Botschaften hinzu, in denen er mir kleine »Aufgaben« stellte, mich bat, bestimmte Kleidungsstücke anzuziehen oder an bestimmte Dinge zu denken. Ich konnte mich nicht entscheiden, ob ich diese Befehle albern oder betörend finden sollte. Aber es reizte mich, mich auf das Spiel einzulassen. Es war eine Art Machtkampf, den ich verlieren würde, verlieren musste, wenn ich Philotimas Instinkten folgte. Doch um sicher zu gehen, keinem notorischen Frauenjäger in die Fänge geraten zu sein, reaktivierte ich »Sneewittchen« und »Frau Wirtin« und erstattete »Silberwolf« mit meinen stillgelegten Damen einen Besuch auf seinem Profil. Er würde also, wenn er sich die virtuellen Identitätskarten seiner letzten Besucherinnen anschaute, Sneewittchen und Frau Wirtin entdecken und deren Profile und Fotos anschauen. So könnte ich in Erfahrung bringen, wie exklusiv seine Beziehung zu »Philotima« tatsächlich war.

Seine Reaktion ließ nicht lange auf sich warten. Sneewittchen und Frau Wirtin erhielten wortwörtlich dasselbe Anschreiben, das er ein paar Tage zuvor schon Philotima geschickt hatte. Ich war enttäuscht, zugleich aber stolz darauf, hier für einmal die richtige Intuition gehabt zu haben. Mich würden solche Typen nicht mehr hinters Licht führen! Was Philippe und Adrian früher hinter meinem Rücken getrieben hatten und von mir immer viel zu spät bemerkt wurde, konnte jetzt, bei solchen Begegnungen im Internet, gleich zu Beginn zuverlässig abgeklärt und ausgeschlossen werden.

Mein erster Impuls war, auch Philotima zu löschen, diese Dating-Seite endgültig zu verlassen und mich wieder in den Themen-Foren herumzutreiben, ins Diskussionsgetümmel zu stürzen, wenn dort über Probleme wie menschliches Klonen, Waffenexporte, Klimaerwärmung und Kopftuchverbot gestritten wurde und man im Schutz der Anonymität jede Drohung und Beschimpfung augenblicklich durch eine noch gröbere Beleidigung übertrumpfen konnte – ein wahres Fest für Leute, die gerne das letzte Wort behielten. Erst gestern hatte es auf watchdog.net eine hitzige Diskussion über die umweltschädlichen Auswirkungen von Kondensstreifen gegeben, an der ich mich fast beteiligt hätte, wenn ich nicht so stark mit Silberwolf und meinen verschiedenen Damen beschäftigt gewesen wäre. Diese Himmelsverschmutzung, schrieb der Threaderöffner, sei nicht nur dreimal so giftig wie der gesamte Straßenverkehr, sie trage auch ganz erheblich zur Klimaerwärmung bei. Es sei ein Skandal, dass die Fluggesellschaften noch immer von der Kerosin-Steuer ausgenommen seien. Ach, Quatsch, das sei doch kompletter Blödsinn, hieß es im nächsten Beitrag, alles völlig übertrieben, der Schadstoffausstoß von Autos und Flugzeugen hätte überhaupt nichts mit dem Klimawandel zu tun. Man dürfe ja wohl noch furzen, ohne dass Greenpeace wegen der Abgase seine Nase in alles stecke. Und das Auftauen der Permafrostböden? Die Gletscherschmelze? Das Ansteigen des Meeresspiegels? Sei das vielleicht auch alles Blödsinn?, empörte sich ein dritter Teilnehmer. »Die Böden schmelzen und setzen uralte Krankheitserreger frei, und dann sterben wir alle an Zahnfäule oder Geschlechtskrankheiten, an denen schon die Neandertaler zugrunde gingen. Die Welt geht unter, ihr Hornochsen! Und ihr grast gemütlich weiter, während die Metzger schon ihre Messer wetzen!« »Ihr habt aber auch gar nichts kapiert«, mischte sich ein vierter Teilnehmer ein, »in Wirklichkeit sind das doch gar keine Kondensstreifen, sondern Giftwolken, mit denen sie das Wetter manipulieren. Sie wollen den Treibhauseffekt mit künstlichen Giftgasen abschwächen, das ist ihnen wichtiger als unsere Gesundheit. Ist denen doch egal, ob wir zeugungsunfähig und senil werden. Hauptsache die Erderwärmung geht zurück.« Panikmache sei das, schrieb jetzt der Zweite zurück. Hitzewellen, Stark-Regen, Stürme und der ganze meteorologische Klimbim, das bekäme man bald schon technisch in den Griff. Künstlicher Winter, künstlicher Frühling, künstlicher Regen, künstliche Photosynthese, alles schon bald auf dem Markt, damit endlich das Gejammer aufhöre. Richtig!, pflichtete ihm ein fünfter Schreiber bei, das Wetter werde ohnehin demnächst von Raumstationen aus gesteuert, die um die Erde kreisten und nach Belieben Schnee, Regen oder Sonne programmierten, die vollklimatisierte Erde sei nur noch eine Frage der Zeit, die Sandalen-Ökos sollten sich schon mal warm anziehen, gefälligst ihre große Klappe halten und das Kleinhirn anschalten. Andernfalls gehe die Evolution eben ohne sie weiter. Das nun brachte diverse andere Teilnehmer in Rage. Die Zukunft rast auf uns zu und wir drehen Däumchen!, schrieben sie. Von wegen Fortschritt, fresst euren Dreck doch selbst auf, statt ihn uns vor die Füße zu kippen oder an den Himmel zu schmieren! Haha, wie naiv, meldete sich nun auch der Threaderöffner wieder zu Wort, als ob der Dreck nur unser eigener westlicher Dreck sei. Mitnichten! Das Wort war doppelt unterstrichen, auch für solche Effekte musste es also irgendwo ein Sonderzeichen auf der Tastatur geben. Der Dreck käme natürlich auch aus China, die wüssten ja schon gar nicht mehr, wohin mit ihrem Mist. Bei denen gebe es sogar eine Behörde zur Wettermanipulation. »So ein hirnrissiges Gelaber«, kam postwendend die Antwort, »die Chinesen haben das Märchen von der Klimaerwärmung doch erst erfunden, damit wir im Westen uns mal wieder so richtig schlecht und schuldig fühlen.« Das sei jetzt ja wohl die reinste Volksverhetzung, schrieb der Erste zurück. »Pass auf, dass ich dir nicht die Fresse poliere, du Schlitzaugen-Spion!«, lautete die Antwort, die zwei Minuten später von der Moderation gelöscht wurde.

Verglichen mit den virtuellen Weltkriegen auf watchdog.net war world-dating.com ein Hafen der Harmonie, Silberwolfs Vielweiberei eine kleine, fast schon sympathische Spielerei. Warum auch hätte er sich auf eine Frau festlegen, sich die Mühe machen sollen, jeder einzelnen etwas anderes,

Individuelles zu schreiben? Das Angebot auf dieser Seite war endlos, kein Grund zu ineffizienter Selbstbeschränkung. Aber auch kein Grund für beleidigte Rückzüge, wie ich bald begriff. Da gab es bessere Lösungen. Ich würde Silberwolf mit seinen eigenen Waffen schlagen. Ich würde ihm die gesamte unendliche www.-Damenwelt ersetzen und neu erfinden. Er würde nach Herzenslust herumflirten und neue Kandidatinnen becircen, fremdgehen, so viel er wollte. Doch hinter allen Frauen stünde – unerkannt – immer nur die eine einzige, die, die sich ganz auf ihn konzentrierte, ihn bis in alle Verästelungen seiner unzuverlässigen Psyche hinein erforschte, bald auch vorhersagen konnte, wie er auf diesen oder jenen Frauentyp reagieren würde, sodass es ein Leichtes war, entsprechend maßgeschneiderte Damen ins Netz zu stellen. Ach, große Frauen waren ihm suspekt? Die nächste würde wieder klein sein wie ich. Ach, Blonde waren gar nicht so sein Ding? Gut zu wissen! Ach, er stand auf Frauen mit ausgefallenen Sammelleidenschaften? Wie wäre es mit einer Kandidatin, die sich für Lockenwickler aus den 50er Jahren begeisterte oder für Steckdosen aus aller Welt?

Ich bekam zunehmend Routine. Die Fotos holte ich mir von Schauspielagenturen, die ihre Künstlerinnen mit professionellen Porträt- und Ganzkörperaufnahmen im Netz präsentierten. Es waren tolle, wunderschöne Frauen darunter, die mit den von mir erfundenen Biografien und liebevoll gestalteten Profiltexten eine ganze Armada von Traumfrauen bildeten. Auf manche war ich ein bisschen neidisch. Doch bevor die Eifersucht auf meine Damen allzu schlimm wurde, bekamen sie von mir ein kleines körperliches Gebrechen oder eine unheilbare Krankheit angedichtet. Silberwolfs Reaktionsvermögen war beeindruckend. Er musste ebenso viel Zeit am Bildschirm verbringen wie ich, wenn er mit allen Frauen korrespondieren wollte. Offenbar schrieb er schnell und leicht und schien keine Mühe zu haben, seine virtuelle

Vielweiberei in Schwung zu halten. Wenn er sich mit einer der Damen treffen wollte, einige hatte ich ganz in die Nähe seiner Heimatstadt platziert, versuchte ich, das Rendezvous so lange wie möglich hinauszuzögern. Wenn alle Ausreden, Verspätungsmöglichkeiten, plötzlichen Krankheitsfälle ausgereizt waren, schickte ich ihn zu einem Blinddate irgendwo in den Botanischen Garten oder ins Bahnhofsrestaurant der jeweiligen Nachbarstadt und löschte sodann das Profil der betreffenden Dame. Die ersten Löschungen nahm er sehr sportlich, beschwerte sich kaum darüber bei den anderen, insistierte nur beim nächsten Date darauf, selbst den Ort des Treffens bestimmen zu können.

Im Lauf der Tage und Wochen wurden es immer mehr. Ich unterhielt inzwischen einen ganzen Harem an Traumfrauen. Schon Mitte August, beim letzten Besuch der Concierge, müssen es weit über dreißig gewesen sein. Silberwolfs Hunger nach Frauen war einfach unersättlich. Zum Glück hatte ich keine Schwierigkeiten, meine einzelnen Fakes voneinander zu unterscheiden, nie wuchs mir meine multiple Persönlichkeit über den Kopf. Stets wusste ich, welche meiner Doppelgängerinnen kurze braune oder lange rote Haare hatte, wer Fußpflegerin und wer Bibliothekarin war, wann die Vampirfrau aus Klosterneuburg Geburtstag hatte, welchen Fall die Anwältin aus London gerade betreute und welches Auto die Wahrsagerin aus Wanne-Eickel fuhr. Philippe wäre vielleicht in der Lage gewesen, für jedes meiner Profile ein eigenes kleines Computerprogramm zu entwickeln, das Silberwolfs Post dann selbstständig beantwortet hätte. Er hätte das gewiss sehr perfekt gestaltet, ohne negative Emotionen, so wie man es von amerikanischen oder japanischen Chat-Robotern gewöhnt war. Was sich unter der glatten Kunststoffbeschichtung des Computers verbarg, war für den Endverbraucher irrelevant. Womöglich gab es dort durchaus, wie bei Philippe selbst, Spannungen und Schrulligkeiten, blitzartige Kurzschlüsse und kleine Entladungen, die geheimgehalten wurden. Wenn ich mit Philippe sprach, hatte ich ja auch manchmal den Eindruck, er sei eine perfekte Dialogmaschine. Sein ununterbrochener, dabei meist stockender Redefluss, der monotone Singsang, der abwesende Blick – ein Roboter hätte womöglich menschlicher und wärmer geklungen. Dabei hatte Philippe durchaus auch Humor. Vielleicht hätte ich ihm vorschlagen sollen, nach seiner Pensionierung bei Datingportalen wie world-dating.com als loveletter-bot die weibliche Kundschaft bei Laune zu halten.

Ich hatte – vor allem aus logistischen Gründen – begonnen, den jeweiligen Frauenprofilen Musik zuzuordnen, die wie Erkennungsmelodien funktionierten. Als »Frau Wirtin« hörte ich Herbert Grönemeyers neuesten Hit »Mensch« – am Strand des Lebens ist nichts vergebens, nanana –, als »Sneewittchen« Beethovens späte Klaviersonaten, als »Philotima« Bob Dylans »Hurrican«, als »Seneca Falls« Lieder von Joan Baez, als »Anna Thema« Franz Schmidts Oratorium »Das Buch mit sieben Siegeln«, als »Herzschrittmacherin« alte Beatles-Songs, als »Prinzessin Tausendschön« ungarische Roma-Musik, als »Gina Lollo« italienische Schlager, als »Kate B.« Softpunk der 90er Jahre und so weiter, und so fort. In Philippes Wohnung gab es nicht nur eine reiche Auswahl an Büchern, auch seine CD-Sammlung war »phänomenal«, wie Silberwolf gesagt hätte, noch dazu alphabetisch geordnet und auf Karteikarten registriert.

Zwar konzentrierte ich meinen Fokus ganz auf Silberwolf, doch kam es im Rausch der Nachrichtenflut trotzdem hin und wieder auch zu Kontakten mit anderen Unbekannten, meist höchst ungewöhnlichen Menschen mit höchst ungewöhnlichen Biografien, wie »Gilgul«, einem transsexuellen Opernsänger aus Konstantinopel (er weigere sich, in »Istanbul« zu leben), oder »Iblis«, einem verurteilten Mörder oder Sexualverbrecher aus Bad Hersfeld, so genau war das bisher nicht zu klären gewesen, der in einem nordhessischen Gefängnis auf seine Entlassung wartete.

Die Mails mit Silberwolf gingen bald stündlich hin und her. Ich entwickelte dabei eine gewisse Routine, auch wenn ich mich bemühte, die Individualität meiner Traumfrauen zu bewahren. Als er jedoch einer meiner Kandidatinnen eines Tages umständlich erklärte, er lebe in einer offenen Beziehung, nur wisse seine Partnerin noch nichts davon, wurde ich hellhörig. Den anderen gegenüber hatte er diese Partnerin nämlich nie erwähnt. Ich konzentrierte mich nun besonders auf dieses Profil, ernannte ihn scherzhaft zum Träger des Ordens der Goldenen Matratze und versuchte herauszufinden, warum er ausgerechnet ihr gegenüber ehrlicher war als bei den anderen. Ich vermutete, dass hier ein ernsthaftes Interesse bestand, das über seine sonstige Flirterei hinausging. Das Profil trug den Namen »Marusja« und war argentinischem Tango zugeordnet. Die Dame war 43 Jahre alt, lebte in Saarbrücken, arbeitete als Schauspielerin und Synchronsprecherin und war häufig in Paris, weil hier ihre erwachsene Tochter lebte. Ich hatte ihr übersinnliche und telepathische Eigenschaften angedichtet. Marusja und Silberwolf diskutierten mit großer Hingabe über Energiewellen, östliche Philosophie, Fernheilungen und dergleichen, hatte Silberwolf doch erst kürzlich an diversen Fortbildungen als Schamane und Magnetiseur teilgenommen und eigentlich die Absicht, in diesem Sommer in der Toskana ein Seminar über Geomantie und Geistheilung zu besuchen. Wegen der großen Hitze waren die Kurse aber annulliert worden. Vielleicht hatte Silberwolf auch deswegen jetzt so viel Zeit für seine Internet-Korrespondenzen. Zwar musste ich zwischendurch immer mal wieder recherchieren, mich mit Seelenwanderung und Kraftorten, Urschrei und Rebirthing, Pendeln, Radioästhesie und Reiki befassen, auch um einigermaßen plausible Repliken auf Silberwolfs erstaunliche Theorien über die Transzendenz der Geschlechter zu finden, doch zu meinem großen Erstaunen waren diese Ideengebäude sehr rasch zu durchschauen. Silberwolf vertrat eine Mischung aus Tantrismus und Psychoanalyse und freute sich, wenn Marusja seine Ausführungen mit ihrer natürlichen weiblichen Magie sofort begriff und begeistert teilte. Er lobte ihre Auffassungsgabe, belohnte sie mit väterlichen Komplimenten, chattete aber weiterhin auch mit den anderen Kandidatinnen.

In diesen Chats lernte ich eine völlig neue Form der Gesprächsführung kennen, lernte, kurze, knackige, möglichst nichtssagende oder völlig offene Sätze zu formulieren, lernte auf Antworten zu warten oder Simultanchats zu führen, weil Silberwolf ja meistens mit mehreren Damen gleichzeitig chattete, lernte kleine, gelbe Gesichter zu verwenden, die das eigene Mienenspiel ersetzten und auf zwanzig Grundemotionen reduzierten, lernte Vokabeln wie smile, grins, lol usw. und kleine Sternchen in meine Sätze zu streuen. Silberwolf war auch in diesen Dingen schnell und gewandt, es genügte, seinen Stil zu kopieren. [Wozu haben Sie jetzt die ausgedruckten Chats mit diesem Silberwolf dazugeheftet? Gehören die etwa zum Manuskript? Dann bin ich ja noch froh, dass sie uns wenigstens mit der Zeitanzeige verschonen. gez. trkl-ga]

Frau Wirtin: hallo, schon im chat?
Silberwolf: Hallo Nachbarin – noch für ein paar Minuten ...
Frau Wirtin: bist du schon müde?
Silberwolf: Ich habe den ganzen Abend für ein Seminar gearbeitet, das in zwei Monaten fällig ist ...
Frau Wirtin: was für ein seminar? gibst du unterricht? in welchem fach?
Silberwolf: In mentalen Techniken.
Frau Wirtin: was ist das denn?
Frau Wirtin: keine antwort?

Silberwolf: Ich bringe Menschen bei, durch Vorstellungstechniken ihr Leben so zu verändern, dass sie (fast) alles bekommen, was sie wollen.

Frau Wirtin: das klingt ja toll! wie im märchen? was möchtest du denn an deinem leben ändern? suchst du eine frau zum verlieben?

Silberwolf: Ich habe alles, was ich möchte – oder kann dafür sorgen, dass ich es bekomme.

Frau Wirtin: da hast du aber glück! ich suche die große liebe. weißt du, wie man die mit deinen mentalen tricks bekommt?

Silberwolf: *lächel* Die große Liebe fängt bei dir selbst an. Du kannst nicht erwarten, dass der andere deine Wünsche erfüllt. Das musst du schon selbst machen.

Frau Wirtin: wie meinst du das? angenommen, ich bin in dich verliebt und ich möchte, dass du dich auch in mich verliebst. wenn du aber nicht willst, dann war das ganze seminar umsonst, oder?

Silberwolf: Wenn jeder erstmal für sich sorgt, wird er auch für den anderen attraktiver.

Frau Wirtin: ja, das sind die basics, doch danach wird es kompliziert.

Silberwolf: *lächel* Natürlich, du kannst einen Menschen nicht zwingen, sich in dich zu verlieben, du kannst ihn aber dazu bringen, sich eingehender mit dir zu beschäftigen.

Frau Wirtin: ja, ich glaube, das kann ich schon, das könntest du sogar bei mir lernen. oder sollte ich das bei dir in deinem seminar noch perfektionieren?

Silberwolf: Das könntest du bei mir lernen, definitiv. Ob ich das bei dir lernen könnte, kann ich erst sagen, wenn ich weiß, ob du mir gefährlich werden könntest.

Frau Wirtin: wie meinst du das? gefährlich?

Silberwolf: Wenn du meinem »Typ« ähnelst, dann könnte es schwierig werden. *schmunzel*

Frau Wirtin: welcher typ? und wieso gefährlich?

Silberwolf: Das verrate ich jetzt nicht! Warte mal ne Minute, ich hol mir ein Bier.

Silberwolf: Hallo Süße, was machen meine Lieblingstitten? Deine Pics waren echt der Hammer!

Gina Lollo: dankeschön! you make my day! willst du sonst noch was sehen?

Silberwolf: Na klar, du weißt doch, wie unersättlich ich bin ;-))))

Gina Lollo: gut zu wissen, ich schau mal, was ich finde.

Silberwolf: Claro! dann bis gleich, Süße!

Silberwolf: So, bin zurück, mit Bier! Um deinen Verhören besser standzuhalten. *smile*

Frau Wirtin: hast du denn die große liebe schon gefunden? vielleicht sogar hier im internet?

Silberwolf: Nein – ich denke, ich will sie gar nicht finden.

Frau Wirtin: was hast du gegen die liebe? haben frauen dich unglücklich gemacht? warum triffst du dich dann mit ihnen?

Silberwolf: Wenn mir zufällig dabei die große Liebe begegnet, soll's mir recht sein. ;-)))

Frau Wirtin: aber du kriegst doch alles hin mit deinen mentalen tricks, oder?

Silberwolf: *schmunzel* Nein –

Frau Wirtin: und wenn dir dann die große liebe begegnet, hältst du sie dann fest?

Silberwolf: Ich kann fast alles bekommen. Richtig, ja. Aber ich will nicht immer alles haben, das ist langweilig. Aber die große Liebe würde ich festhalten, ja.

Frau Wirtin: und das wäre dann nicht langweilig? entschuldige, dass ich dich so ausfrage, du gibst so schöne klare antworten.

Silberwolf: Was wäre langweilig?

Frau Wirtin: die große liebe. es wäre langweilig, die große liebe festzuhalten, denn dann hättest du ja, was du willst und das findest du doch langweilig, oder habe ich dich falsch verstanden?

Silberwolf: Ja, falsch. Ich kenne die »große Liebe« nicht … und kann sie daher nicht beurteilen.

Frau Wirtin: wie schade für dich!

Silberwolf: Was ist schade?

Frau Wirtin: schade ist, dass du die große liebe nie kennengelernt hast. finde ich jedenfalls. du nicht?

Silberwolf: Doch finde ich auch.

Frau Wirtin: und warum suchst du sie dann nicht? mit deinen fähigkeiten sollte das doch kein problem sein, oder?

Silberwolf: Ich weiß nicht, wieviel ich dann von mir – freiwillig natürlich – aufgeben würde. Warte mal, das Telefon klingelt.

Silberwolf: Hallo, bin wieder auf Sendung, gestern gab das Netzteil vom PC den Geist auf. Ich hoffe, du hattest einen schönen Abend.

Herzschrittmacherin: Naja, geht so, ich habe ein neues Buch angefangen, eine Freundin hat es mir schon vor Jahren empfohlen: »Wenn Frauen zu sehr lieben«. Kennst du das?

Silberwolf: Nein, aber ich kann mir vorstellen, was drin steht.

Herzschrittmacherin: Ich würde dir gerne einen Satz daraus vorlesen.

Silberwolf: Warte mal ne Minute, ich hol mir ein Bier.

Silberwolf: So, war nicht wichtig, wir können das Verhör fortsetzen.

Frau Wirtin: bist du eigentlich vergeben oder frei? entschuldige, wenn ich so direkt frage.

Silberwolf: Frei.

Frau Wirtin: und nicht verliebt?

Slberwolf: Hier und da durchaus ...

Frau Wirtin: ich meine im moment, bist du im moment verliebt?

Silberwolf: Nein.

Frau Wirtin: du meinst, du bist im moment in keine frau verliebt, und bist ganz frei und würdest dich mit mir treffen wollen.

Silberwolf: Nicht bevor ich ein Nacktfoto von dir gesehen habe.

Frau Wirtin: naja, wenn ich dir eines schicke, und wenn es dir dann gefällt, dann würdest du dich mit mir einlassen?

Silberwolf: Ja.

Frau Wirtin: also gut, gib mir deine Adresse.

Silberwolf: dr.freihuber@k-online.de

Frau Wirtin: und wenn wir uns dann treffen und uns gefallen, was dann?

Silberwolf: Das wird sich finden.

Frau Wirtin: ist da für dich alles möglich? auch die große liebe?

Silberwolf: Ja.

Frau Wirtin: und wie vielen frauen hast du das in den letzten monaten schon gesagt, mal ganz ehrlich?

Silberwolf: 14.

Frau Wirtin: so genau hast du gezählt?

Silberwolf: Es können auch 16 gewesen sein ;-)))))

Frau Wirtin: und haben sie sich umgebracht? oder ist es gar nicht so schlimm, von dir betrogen zu werden? weil ja sowieso alles egal und nur ein spiel ist, am ende?

Silberwolf: Oder 24 – wer weiß?

Frau Wirtin: o.k., ich wäre gerne nr. 456. sag mir bescheid, wenn ich an die reihe komme.

Silberwolf: Die meisten leben noch – ich denke, die Erfahrung tat ihnen gut ;-))))

Frau Wirtin: ganz schön kess. aber eigentlich machst du mich todtraurig.

Silberwolf: Gut, mach ich, es kann sich nur noch um Tage handeln ...

Frau Wirtin: ach

Silberwolf: Siehst du, das ist typisch, du solltest doch meinen Kurs besuchen. DU machst DICH traurig – du selbst, nicht ich.

Frau Wirtin: ja, weil ich so dämlich bin, mit dir zu chatten, statt mich an reife und beständige männer zu halten. du bist ein windhund.

Silberwolf: Casanova ist mir lieber, aber nur im Nebenjob.

Frau Wirtin: du suchst also nur ein abenteuer und keine richtige beziehung, kann das sein?

Silberwolf: Abenteuer kann ich im privaten Bereich genug haben. Das ist es nicht ...

Frau Wirtin: was dann? das ganz neue und ungewohnte vielleicht?

Silberwolf: Vielleicht einen Menschen, bei dem es mir die Tastatur um die Ohren haut ;-) ???

Frau Wirtin: hast du so was schon mal erlebt?

Silberwolf: Ansatzweise, ja.

Frau Wirtin: erzähl doch mal!

Und er erzählte von kosmischen Übereinstimmungen, von Frauen, die ihre wahre Bestimmung kannten, er sprach von

Seelenverwandten und spirituellen Freundschaften, von gemeinsamem Selfgrowing und komplementären Polaritäten. Natürlich spiele der Sex dabei eine Hauptrolle. Die Harmonie der Kräfte sei das Ausschlaggebende, wenn Tag und Nacht zusammenfänden, das männlich Fordernde und das weiblich Schenkende, Aktivität und Passivität, Gewalt und Hingabe, Yin und Yang, dann sei das Tao der Liebe erfüllt. Er beobachte das momentan bei der Liebe seiner Tochter Svenja zu einem jungen russischen Geiger, der in Deutschland seit Monaten ein Engagement suche, von Straßenmusik lebe und mit seiner Tochter das Zimmer in seinem Haus teile. Sie und Igor seien wirklich sehr verliebt. Das ganze Haus sei erfüllt von erotischen Schwingungen. Das wirke sich nicht nur auf seine eigene Libido aus, *schmunzel*, sondern habe auch ganz konkrete Folgen für die hausinterne Kommunikation. Svenja und er hätten begonnen, Russisch zu lernen, während Igor sich bereits mühelos auf Deutsch verständlich machte. Silberwolf schien voller Vaterstolz, erzählte, was seine Tochter studierte und wie gut sein Verhältnis zu ihr sei. Schließlich beendete er den Chat mit dem ferndiagnostischen Hinweis, es gäbe da ein kleines Problem mit ihrem linken Eierstock. Er könne nicht erkennen, um was genau es sich handele, doch sie solle mal genauer in sich hineinhorchen und achtsam sein. Seine Diagnosen seien fast immer zutreffend. Im Chat des übernächsten Tages meldete Frau Wirtin pflichtschuldig eine Eileiterschwangerschaft. Die habe der Gynäkologe, den sie sogleich nach Silberwolfs Ferndiagnose aufgesucht habe, bei einer Ultraschalluntersuchung festgestellt. Sie käme morgen ins Krankenhaus und müsse deswegen leider das vereinbarte Treffen in der Basler Altstadt, gleich neben ihrem Restaurant, absagen. Silberwolf schien über diese Nachricht nicht allzu betrübt, die Freude darüber, wieder einmal den richtigen Fernriecher gehabt zu haben, überwog eindeutig die Enttäuschung über das abgeblasene Rendezvous.

Der Spitalaufenthalt von Frau Wirtin verschaffte mir etwas Spielraum, nun konnte ich mich wieder besser auf Silberwolfs Lieblingsfrau konzentrieren. Gleich am nächsten Tag erzählte er Marusja von seinem medizinischen Erfolg bei Frau Wirtin. Seine paranormale Strahlenfühligkeit funktioniere neuerdings sogar auf Entfernungen von mehreren hundert Kilometern. Bei einer Freundin, mit der er nur sehr selten telefoniere, habe er erst kürzlich und ganz zufällig – es hätte plötzlich so ein eigenartig fiebriges Vibrato in ihrer Stimme gegeben – eine Eileiterschwangerschaft festgestellt. Vermutlich habe er ihr durch seine Diagnose das Leben gerettet, der Arzt habe jedenfalls gemeint, sie sei gerade noch rechtzeitig in seine Praxis gekommen. Dass seine mentale Wünschelrute inzwischen zu einem so präzisen Diagnoseinstrument herangereift sei, habe ihn selbst überrascht. Marusja blieb gelassen und entgegnete, sie fände das eigentlich gar nicht so erstaunlich. Dass Silberwolfs übersinnliche Gaben überdurchschnittlich ausgeprägt seien, läge ja wohl auf der Hand. Sie spüre solche Dinge schon beim ersten Kontakt. Als Synchronsprecherin sei es für sie extrem wichtig, sich in Sekunden in den Grundton einer Stimme oder eines Charakters einzuschwingen. Bei ihm habe sie sofort die ungewöhnliche Intensität seiner Strahlungsenergie erkannt. Silberwolf antwortete mit einer Mischung aus Triumph und Misstrauen. Es sei schön, endlich auch auf diesem Gebiet Anerkennung zu erhalten, doch woher sie ihn denn so genau kenne, er habe ihr doch bisher kaum Privates offenbart, ob seine spirituellen Vibrationen sich tatsächlich bis in den Chatroom hinein übertrugen? Gewiss doch, erwiderte Marusja, sie habe so etwas wie das dritte Ohr, könne die innere Stimme eines Menschen hören, wenn sie sich ganz auf ihn einschwinge. Und das selbst über große Entfernungen. Bei ihm zum Beispiel höre sie immer wieder russische Wörter. Sie könne sich das nicht erklären, meist gehe es um Liebe und Sex. Und immer wieder fielen

Vornamen wie Svenja und Igor. Silberwolf war entzückt und schlug vor, ihre Seelenverwandtschaft nun doch recht bald mal auf eine somatische Basis zu stellen.

Ich wartete ein paar Stunden mit meiner Antwort und erzählte ihm dann, ich sei momentan nicht in Saarbrücken, sondern zu Besuch bei meiner Tochter in Paris. Ich gab ihm die Festnetznummer von Philippes Ferienwohnung in der Passage des Postes. Er schien darüber erfreut, gab jedoch zu bedenken, dass eine so lange Autofahrt, noch dazu bei Temperaturen, die eher für Affen denn für Wölfe geeignet waren, reiflich überlegt sein müsse. Paris sei ja gewiss immer eine Reise wert, und er habe auch den Eindruck, dass zwischen uns ein ganz spezieller Zauber walte, doch er habe in letzter Zeit mit solchen Reisen zu viele schlechte Erfahrungen gemacht. Ob es nicht ratsamer wäre, meine Heimreise abzuwarten, wann ich denn wieder in Saarbrücken sei, oder ob man sich vielleicht auch auf halber Strecke, zum Beispiel in Koblenz, treffen könne? Ich sagte ihm, dass ich nicht wisse, wie lange ich noch in Paris sei und dass ich ihm ja auch die Stadt zeigen könnte, falls er befürchte, dass unsere erotische Spannung vielleicht doch nicht ganz den Erwartungen entsprach.

»Wie sich die Erotik zwischen uns entwickelt, hängt ganz von uns selbst ab. Wir können das zulassen oder ausbremsen«, entgegnete er. Gedanken fabrizieren die Wirklichkeit, laute eine seiner Lieblingsweisheiten. Unser Denken beeinflusse die Realität. Nicht umgekehrt. Davon sei er überzeugt. Die Wirklichkeit sei eine Frage der inneren Einstellung. Dazu habe es zum Beispiel in den Achtzigerjahren ein Experiment in einem alten Kloster in New Hampshire gegeben: »Eine amerikanische Psychiaterin hatte dorthin eine Gruppe von alten Herren geladen und die Räume so eingerichtet, als wären sie in den Sechzigern. Alte Zeitschriften und Bücher, im Fernsehen liefen alte TV-Serien wie ›Bonanza‹, ›Rauchende Colts‹ und ›Mit Schirm, Charme und Melone‹, man sah Nachrichten über die kubanische Revolution und das Attentat auf John F. Kennedy. Die Probanden wurden angewiesen, sich über diese Ereignisse zu unterhalten, als wären die Geschehnisse aktuell. Das Resultat war faszinierend: Schon nach einer Woche Zeitreise wirkten die Herren um Jahre verjüngt, sie waren beweglicher, fitter, wacher, auch die Ergebnisse der Hör- und Sehtests fielen deutlich besser aus als beim medizinischen Eingangs-Check. Sogar die Intelligenz war merklich gestiegen.« Letztlich sei das wohl mit allen Dingen so. Mit dem beruflichen Erfolg wie mit der Liebe und dem persönlichen Glück. Alles eine Frage der Wahrnehmung und der inneren Einstellung. »Das gilt natürlich auch für eine Stadt wie Paris. Ob wir bei dir das Paris des Massentourismus finden, das Paris der Bohème und der Liebe oder das geheimnisvolle Paris der Katakomben, liegt ganz in unserer eigenen Phantasie. Paris ist gewiss einer der markantesten Kraftorte der Welt. Doch wie diese Kraft auf uns abstrahlt, was sie in uns bewirkt, bestimmen wir selbst.«

Ich dachte an meine kleine Mansardenwohnung, die ich seit meiner Ankunft in Paris kaum verlassen hatte, an all die Pariser »Kraftorte«, die ich nie gesehen und in diesem Sommer wohl auch nicht mehr sehen würde, daran, wie klein und wie unbedeutend Paris geworden war, nun, da ich täglich im global vernetzten Raum der Foren, Chats und Websites unterwegs war, dort Silberwölfe und andere Geister traf, statt wie all die Jahre zuvor auf die Ankunft des Märchenprinzen zu vertrauen. Meine Dachwohnung in der Passage des Postes war gut verschlossen und verriegelt, geschützt gegen Einbrecher und zudringliche Nachbarn, doch nach innen war alles offen, alles möglich.

Ich beschloss, Silberwolf ein weiteres Mal beim Wort zu nehmen. So wie ich ihm einen Harem an Traumfrauen erfunden hatte, würde ich ihm ein neues Paris erfinden, eine Stadt, in der alles möglich war, in der Gedanken und Phantasie die Wirklichkeit steuerten. Auch Paris war nur eine Frage der inneren Einstellung.

Wien, Mondscheingasse, 1999ff.

Es geht nur ganz sachte, schrittweise. Mit viel Geduld und viel Distanz. Man muss den Fokus anpassen, warten, bis sich die Konturen an der Oberfläche abzeichnen. Weiterhin Abstand halten, noch einen Schritt zurücktreten. Maß nehmen. Dann: zuschlagen, so präzise wie möglich. Und wieder zurücktreten, Maß nehmen. Sich dabei ganz langsam jemanden vorstellen, ihn sich vorschlagen, als Möglichkeit erwägen, als ziemlich eventuelle bis nahezu wahrscheinliche innere Möglichkeit, als Fiktion. Erinnerungsschläge in die Mauer zwischen dir und mir. Diesen Jemand so langsam hervortreten lassen, als würde man ihn aus hartem Fels heraushauen. Schläge, die ihn aus dem Stein holen, sodass er mit jedem Hieb deutlicher, aber auch weniger wird.

    Ich kann gar nicht mehr aufhören, ich hämmere auf den Stein, schlage auf ihn ein, bis er nur noch feuchter, schwitzender Sand ist. Ich könnte nach ihm greifen, doch auf keinen Fall werde ich das tun, nur jetzt nicht nach ihm greifen! Ich sehe, wie er da am Küchentisch sitzt, stumm hinter seiner Zeitung, wie er im Bett liegt, still und völlig erstarrt. Ich höre, wie er sich im Arbeitszimmer einschließt, wie er aus der Wohnung geht, im Stiegenhaus verschwindet, seine Schritte auf der Treppe, erst laut, dann schwächer werdend. Ich spüre, wie es kalt wird, er hat die Therme ausgeschaltet, ohne mir zu zeigen, wie man sie wieder anzündet. Es riecht und schmeckt nach kalter Luft, nach Leere. Zuschlagen. Sein Bild aus dem harten Stein herausschlagen. Bis nichts mehr von ihm übrig ist. Nichts. Nichts als Sand in den Uhren und der Schweiß in meiner Hand.

Ich sehe, wie er die Kaffeekanne hochnimmt, sie drohend erhebt und an die Wand schleudert, wie er später, mit nacktem Hintern unter der großen schwarzen Kochschürze, die Wand weißelt. Ich sehe, wie er die schwere Schüssel anhebt, auch sie ist weiß, weiß wie die frisch gestrichene Wand in der Küche, wie er sie in die Luft hebt, hoch über meinen Kopf schwenkt und mit aller Kraft herunterkrachen lässt. Ich höre das Geräusch in meinem Schädel, das Knallen und Knirschen, schmecke das Blut, das Stirn und Nase hinunterläuft, auf meine nackten Brüste tropft, auf meine Füße. Ich sehe die kleine Blutlache am Boden. Mein Blut.

Ich gehe zu Boden. Nicht, weil ich zu Boden gehen muss. Ich hätte mich an der Stuhllehne festhalten, den Schwindel in den Griff bekommen können. Nein, ich gehe zu Boden, weil ich zu Boden gehen will. Um ihn zu bestrafen. Weil ich theatralisch bin und ihn manipuliere. Das hat er immer behauptet. Und ich spüre, dass es stimmt. Ja, ich manipuliere ihn mit meinem Schmerz und meinem Blut. Er soll sehen, was er angerichtet hat. Wie mein Blut auf seinen Küchenboden tropft, wie es sich in einer kleinen Mulde vor der Schwelle zum Schlafzimmer versammelt, dunkler wird, beim Fließen winzige schwarze Klümpchen verliert, Wegmarkierungen seiner blutigen Schuld. Alles geschieht wie in Zeitlupe. Ich frage mich kurz, ob ich jetzt sterbe. Er soll dabei zuschauen, meinem theatralischen Tod mit blutbeschmierten Händen applaudieren. Der Tragödie erster, zweiter oder schon dritter Akt. Ich habe den Überblick verloren.

Wir waren im Supermarkt gewesen, hatten den Einkaufswagen geschoben, erst ich, dann er. Hatten Wurst und Gurken und Nudeln, auch Tee und Kräuter aus verschiedenen Ecken geholt und in den Wagen gelegt, alles war ruhig und gut gewesen. Bis zu dem Moment, an dem ich meine Tiefkühl-Garnelen auf seine Bio-Bananen legte und er plötzlich meinte, es ginge ihm alles zu schnell, er könne sich beim Einkaufen nicht so rasch für etwas entscheiden, er fühle sich von mir und meiner Geschwindigkeit überrollt, zum Kauf überflüssiger Waren genötigt, entmündigt. Ich gab zu bedenken, dass wir ja noch anderes vorhatten als einzukaufen, dass ich diesmal nur drei Tage bei ihm in Wien sein könnte, dass ich mich danach sehnte, mit ihm im Bett zu sein, oder wenigstens bei Tisch, obwohl ich noch überhaupt keinen Hunger hatte. Er aber fühlte sich gedemütigt. Ich solle endlich lernen zu warten, nicht alles so schnell und so oberflächlich zu erledigen, über seinen Kopf hinweg zu entscheiden. Er verlange Demut vor den Dingen, oder wenigstens Rücksicht auf ihn. Ich hatte gelacht, dann aber schnell begriffen, dass das ein Fehler war. Wer über ihn lachte, wurde abgeschafft. Wortwörtlich. So nannte er das. Abschaffen. Er konnte die anderen zum Verschwinden bringen. Wie ein großer und mächtiger Zauberer. Er hatte schon viele Menschen abgeschafft. Er tat das, indem er sich verweigerte, still und starr wurde. Er verschloss Türen und Fenster, legte sich ins Bett, schloss die Augen, erstarrte, und die anderen verschwanden. Von einem Augenblick zum anderen gab es mich nicht mehr. Ich war Luft. Erst im Supermarkt, dann auf der Straße, dann auch bei ihm in der Wohnung. Dabei war ich gerade erst angekommen, hatte sieben Stunden im Zug, im Flugzeug und im Taxi verbracht, hatte mich beeilt, nur um endlich wieder bei ihm zu sein. Er aber stand da, schweigend, kalt und bestrafte mich für meine Ungeduld und Unachtsamkeit, für die Garnelen auf den Bananen. Deren Kälte nämlich zerstöre das natürliche Aroma unter der Schale. Ein paar Wochen später sah ich beim Friseur in der Lindengasse ein Rezept für ein Bananengarnelen-Curry.

Ich sehe wieder, wie er mir beim Einpacken die Tüten aus der Hand reißt, weil ich die Waren nicht ordnungsgemäß stapele, oder die Sonnenbrille, die nicht sauber genug geputzt ist, den Staublappen, weil ich seinen Schreibtisch von der falschen Seite her reinige, meine Tasche, weil ich ihm den Schlüssel nicht schnell genug gebe. Ich sehe das alles, wie hinter Glas, ich sehe ihn, und ich sehe mich, sehe immer weiter. Und war doch blind. Jahrelang. Adrian! Adrian Santner, du gottverdammtes Arschloch! Wie ich dich hasse. Wie ich dich liebe. Wie ich nicht los komme von dir, weil ich es einfach nicht fasse. So, wie ich dich nicht fasse, nicht begreifen kann. Weil du dich eingemauert hast und mich gar nicht siehst. Weil du mir alles verdrehst, Wort und Herz und alles, was ich von mir weiß. Weil plötzlich alles wild und böse wird, schwarz und bedrohlich, weil du glaubst, ich hätte Macht über dich, wolle dich abhängig machen, um dich zu vernichten. Ich kann kein Messer aus der Schublade ziehen, ohne dass du dich bedroht fühlst, darf nichts entscheiden, nichts vorschlagen, nichts verlangen, um nichts bitten, nicht krank werden. Denn ich darf keinen Druck auf dich ausüben, ich muss dir deine Freiheit lassen, mir nichts wünschen, dich nicht um Hilfe bitten, meine Schwächen nicht instrumentalisieren. Denn alles, was ich will oder brauche, könnte dich manipulieren, dir Gewalt antun. So wie früher der Vater, wenn er abends betrunken nach Hause kam und die Phantomschmerzen in seinem amputierten Arm nicht länger ertrug. Oder wie die Mutter, die den kleinen Jungen halb bewusstlos schlug, sobald sie ihn aus seinem Versteck gezerrt hatte. Kochlöffel, Kleiderbügel, Stöcke, Handfeger, Haarbürsten, alles, was hart und steif war. Damit wurde geprügelt, in rauschhafter Wut, bis das Kind wimmernd am Boden lag. Später kam der Vater dazu. Dann wurde getreten und gebrüllt. Bis der Alkohol und die Erschöpfung der Hölle ein Ende bereiteten. Der kleine Junge muss damals schon tot gewesen sein. Nur so konnte er überleben. Wahrscheinlich war auch ich jahrelang tot. So tot und so schön wie die Heldin in einer blutigen Tragödie. Nur so lässt es sich erklären, was damals in Wien mit mir geschah.

Es begann kurz vor der Jahrtausendwende und dauerte mehr als fünf Jahre. Im Januar habe ich ihn verlassen. Seitdem fliege ich nicht mehr nach Wien, schaue nachts nicht mehr auf die dunklen Fassaden der Mondscheingasse, sitze nicht mehr schlaflos am Küchentisch, fröstelnd, halb ohnmächtig vor Zorn und vor Müdigkeit. Hier in Paris gibt es die Dächer mit den Kaminen, das offene Fenster, das Warten auf ein neues Leben. Weißt du noch, Adrian, vor wem wir als Kinder Angst hatten? Vor dem Vater, vor der Mutter, den Lehrern, dem Hausmeister? Ist die Welt nicht besser und freier geworden? Wovor haben wir heute denn noch Angst?

»Wir sind im Krieg«, sagte er immer wieder, »du bist wie ein Virus, du hast mein Leben verseucht.« Endlose Schimpftiraden über Briefe, die nicht angekommen, SMS, die nicht gelesen wurden, Hörer, die aufgeknallt oder gar nicht erst abgenommen wurden. Telefonterror, Briefterror, Mailterror, Emotionsterror, Erwartungsterror. Telefonsperre, Kontaktsperre, Briefsperre. Missverständnisse. Streit. Stornierte und umgebuchte Flüge. Myriaden von Erklärungen, Klarstellungen, unzählige Versöhnungsversuche, Friedensangebote, hysterische Drohungen, regelmäßiger Beziehungskrieg kurz vor meinen monatlichen Flügen von Genf nach Wien.

»Nein, so war das doch gar nicht gemeint. Mein Satz lautete: ›Ich habe noch nicht fertig gepackt – lass uns jetzt Frieden geben, sonst werd' ich nicht rechtzeitig fertig.‹ Du verstehst das als Drohung, hörst nicht zu, brüllst, legst den Hörer auf. Was soll ich jetzt tun? Willst du wirklich nicht, dass ich nach Wien komme? Ist das dein Ernst, auch noch in einigen Stunden, wenn du dich beruhigt hast? Dann habe ich den Flieger verpasst!«

»Ja, beenden wir die Beziehung! Ich war und bin dir immer zu wenig, und mir reicht es, das unablässig gesagt und gezeigt zu bekommen. Such dir einen Neuen! Die Schwärmerei und der Thrill sind dir ja ohnedies am allerwichtigsten, dann versuch halt weiter, mit deiner pubertären Haltung durchzukommen. Mir entspricht das in vielerlei Hinsicht nicht. Du bist eine Dreckschleuder! Du bist mir keine gute Partnerin. Du hast keine Reinheit in dir. Nein, ich will dich nicht sehen. Bleib, wo du bist.«

Ein ungeschicktes Wort, ein falscher Satz, ein falscher Schritt, ein Blick, den er nicht deuten kann und als Bedrohung empfindet. Und schon lässt er meine Hand fahren, dreht sich um und eilt davon. Es ist Silvester, kurz vor Mitternacht, ich habe keinen Wohnungsschlüssel. Die Menschen prosten mir zu. Sie lachen. Es ist kalt. Die Wiener haben Sinn für alles Tragikomische. Ich bekomme ein Glas Glühwein. Meine Tragödie gewinnt an Fahrt. Liebesentzug, Wärmeentzug, konsequentes Bestrafen für meine Ungeduld und meine Vorwürfe. Ich kann mich nicht rühren, bleibe wie angewurzelt auf der Straße stehen und trinke den klebrig süßen Wein, sage nichts, rufe nicht, laufe ihm nicht nach. Die Wut ist stärker, bei mir genauso wie bei ihm. Soll die Welt doch untergehen! Wir ergeben uns nicht und spielen ein tödliches Spiel. Ein Spiel, bei dem ich blute, bei dem wir stumm oder schreiend miteinander ringen, bis er mir fast das Genick bricht. Es kracht im Nacken und fühlt sich an wie ein Schlag mit dem Beil. Wir brüllen uns an, bis die Nachbarn an Wände und Türen hämmern. Wir hassen uns, wir lieben uns, wir werden jeden Tag wahnsinniger. Ich verstecke den Schlüssel und schließe ihn ein, damit er nicht wieder flüchten kann, ich drehe die alten Sicherungen aus dem Kasten, ich zerbreche seine Brille. Sie liegt am Boden. Es ist dunkel und ganz still. Er hat sich ins

Bett gelegt. Niemand weint. Jetzt könnte ich ihn fesseln und ermorden. Oder er mich. Es gibt bei Tragödien immer verschiedene Varianten. Die wahrscheinlichere ist, dass er mich tötet. Denn er ist stärker, größer, schwerer, lauter und grausamer. Er, der grässliche kleine Junge, der ängstliche, am Boden kauernde Sturkopf, das verstockte, störrische Kind, das jetzt um sich schlägt, brüllt und tobt, alle Zerstörerinnen und alle Bösen abschafft. Oh, wie ich diese schrecklichen Eltern begreife! Wie mich dieser dickköpfige kleine Kerl zur Raserei gebracht hätte! Wie sich das Böse in mir breit gemacht und auf ihn eingeschlagen hätte. Ja, ich habe Lust, das hässliche, böse Kind da hinter der verschlossenen Tür zu quälen.

In Wien ist das Böse allgegenwärtig, es hockt mitten in der Stadt, im ersten Bezirk, feige, fett und hinterhältig, dumpf und hasserfüllt, am Heldenplatz, am Morzinplatz, in der Landesgerichtsstraße. Genau da lauert es, immer noch und immer wieder, im bösen Blick einer alten Frau, in der Gamsbartspitze eines Trachtenhuts, in den Klagen über die »EU-Sanktionen« gegen die neue schwarz-blaue Regierung, im Schnarren der Hofräte, im Rollen und Knarren der kakanischen Dielen, im walzenden Dreivierteltakt. Hirschelnde Gemütlichkeit, die jederzeit ausbricht, kechelt und brüllzt, sobald man sie reizt. Fröhlich schrammelnde Vorkriegszeit. Wien bleibt Wien. Da kennen sie nichts, das hat man sich dann selbst zuzuschreiben. »Du glaubst also tatsächlich, du kommst mit Respektlosigkeit und Arroganz ans Ziel. Träum weiter! Du unterschätzt mich gewaltig. Jetzt hast du den Krieg.«

Ja, es war Krieg. Und wir wollten ihn, hier in Wien, im siebten wie im ersten Bezirk, in allen Zimmern und allen Kammern, bis tief in unsere Körper, im eigenen Fleisch und Blut. Er ging tagelang nicht ans Telefon, beantwortete keine SMS, keinen Brief, keine Mail. Kontaktsperre gegen meinen Telefonterror.

So lautete die Kriegsformel. Doch nach ein bis zwei Wochen, kurz, bevor wir uns wiedersehen sollten, schickte er dann doch wieder eine Nachricht: »Du hast gar nichts mehr zu melden, zu fordern, vorzuwerfen oder herumzurotzen. Du hast dich zu entschuldigen (jetzt nimmer, vergiss es, Schnuggi!). Und weil du dich ach so viel fragen musst, was es nun wieder mit dieser Kontaktsperre auf sich hat, wie lange ich es noch wage, meine perversen Machtspielchen zu treiben und dir zu signalisieren, dass es ein Leben ohne dich gibt. Es ist ganz einfach. Ich überlege mir sehr ernsthaft, was du eigentlich so Tolles zu bieten hast, dass ich mir diese Respektlosigkeiten gefallen lassen sollte. Was ist eigentlich so einmalig und unentbehrlich an dir? Es fällt und fällt mir nicht ein. Ich würde keinen sexuellen Vollersatz für dich finden? Keine, die mich liebt wie du? Da lachen ja die Hühner! Wofür hältst du dich? Von den sechs absolut üblichen Sex-Praktiken, verehrte Bettgenossin, lieferst du, wenn es hochkommt, gerade mal drei! Sobald du noch mehr Macht über mich hättest, würdest du sie kaltblütig einsetzen. Auf dich ist kein Verlass. Ich finde dich nur noch beschissen! Wenn es von dir keine Zeichen der Einsicht, kein Angebot, kein Einlenken gibt, fliegt alles zwischen uns in die Luft. Ich habe dich gewarnt! Mein Verhalten ist ein Schutzmechanismus. Leider ist er mehr als berechtigt und notwendig. Und es ist mit scheißegal, welche Scheiße da als Antwort jetzt von dir kommt. Prost, Mahlzeit, von mir aus kannst du zur Abwechslung auch einfach mal die Fresse halten.«

Das war – immerhin – schon mal ein Lebenszeichen. Wir würden uns also wiedersehen. Die Tragödie war noch nicht zu Ende gespielt. Ich schrieb zurück: »Ja, meine Fresse! Die hast du bei der Sex-Liste vergessen! Und du, mein liebes, lebensgefährliches Brüllaffentier, weißt du was? Schieb' dir deine Liebesbekundungen, -briefe, -sms und -mails, mit denen du so herumgeizt, dahin, wo dein Grant blüht! Ich brauch' dieses Geschmiere, das ich mir ›verdienen‹, ›einwerben‹ und ›erbetteln‹ muss, nicht mehr. Ich gehe jetzt auf Santner-Entzug, wenigstens für die nächsten vierundzwanzig Stunden. Wünsche einen geruhsamen, störungsfreien, autonomen Tag!«

Ein autonomes und störungsfreies Leben, das wünschten sich doch alle, oder? Auch die Menschen hier in Paris, zum Beispiel die Nachbarn, denen ich nur selten begegnete, und dann auch nur, weil sie sich über meinen Lärm beschwerten oder weil sie mich fragten, woher der neue Kothaufen im Treppenhaus käme? Ob das Hunde- oder Menschendreck sei? Die Polizei käme schon lange nicht mehr wegen solcher Lappalien, vielleicht sollte man so etwas wie eine Bürgerwehr aufbauen, die nachts in den Straßen und Treppenhäusern patrouillierte und darauf achtete, dass niemand seine Scheiße in der Nachbarschaft deponierte. Ohne Kontrolle war ein störungsfreies Zusammenleben kaum möglich. Das müsse auch eine aus der Provinz begreifen, eine Fremde wie ich. Deswegen hatten sie auch den Clochard mit dem schwarzen Bart, der tagelang im Hauseingang gesessen oder gelegen hatte, verjagt. Zu Beginn hatte er tagsüber noch unter seiner zerrissenen Decke gelegen, doch mit zunehmender Hitze war auch er schlaflos geworden, hatte nur noch apathisch da gesessen, die Hände über den blassen nackten Bauch gefaltet. Dann war er verschwunden. Die junge Frau mit den struppigen Hunden war von selbst gegangen, nachdem man von ihr verlangt hatte, den Dreck im Treppenhaus aufzuwischen. Vielleicht lebten beide jetzt im Reich der Bettler an der Petite Ceinture.

Wien war sauberer gewesen, nicht so sauber wie Genf, doch die Sache mit der Scheiße und all dem Bösen war hier weniger offensichtlich als in Paris. Man wusste zwar Bescheid, hielt aber den Mund, wischte und grantelte notfalls kurz mal drüber und empörte sich dann über anderes, zum Beispiel über fremde, ungezogene junge Frauen mit zu kurzen Röcken oder respektlose Touristen, die bei Rot über die Straße gingen. Adrian gehörte nicht zu ihnen, jedenfalls nicht direkt. Er kannte die Geschichten vom Heldenplatz und vom Morzinplatz. Freilich kannte er die. Schließlich stammte er aus einer »Verbrecherfamilie«, wie er bei jeder passenden Gelegenheit betonte. Als Kind hatte er den Vater ins Wirtshaus begleitet und zugehört, wenn die Kriegsveteranen dort – noch in den Sechziger Jahren! Ja stell dir das vor! – das Horst-Wessel-Lied sangen. Die Fahne hoch! Die Reihen dicht geschlossen! Und zack! Es war normal, dreimal am Tag verprügelt zu werden. Und zack! Es war normal, dass man bei Tisch den Mund halten und kerzengerade sitzen musste, bis die Schultern schmerzten. Und nochmals zack! Gewalt war eine Selbstverständlichkeit. In fast jeder Familie gab es einen brüllenden oder verbissen prügelnden Vater, der um sich schlug, wenn jemand so unvorsichtig war, Respekt vermissen zu lassen oder gar das Wort »Nazi« zu verwenden. Über »das mit den Juden« sprach man nämlich nicht. Und zack! Verstehst du? Die Reihen dicht geschlossen. Bis zur Vergasung. Adrian konnte sich in Rage reden, wenn er sich an diese Kindheit in seinem steirischen Dorf erinnerte. »Mein Vater und mein Großvater waren Mörder«, sagte er immer wieder. Ich wusste nicht, ob er dafür bedauert oder angeklagt werden wollte.

Manchmal fuhr er zu den alten jüdischen Gräbern auf dem Wiener Zentralfriedhof. Von diesen Juden hier gäbe es wenigstens richtige Grabstellen, sagte er, er würde sie mir zeigen, wenn ich nicht dauernd so beschäftigt wäre. Nach Simmering sei es gar nicht so weit, und wir könnten dort einmal vorbeischauen, wenn er mich beim nächsten Mal vom Flughafen abholte, falls ich es für einmal nicht so eilig hätte, mit ihm ins Bett zu gehen. Doch dann stritten wir wieder, und ich saß allein auf einer Bank im Museumsquartier.

Ich saß dort stundenlang, versuchte zu lesen, konnte mich aber nicht konzentrieren. Manchmal sprach mich jemand an. Dann erzählte ich von Adrian und von unserer unmöglichen Liebe. Wahrscheinlich erzählte ich schlecht, ich habe in all den Jahren jedenfalls niemanden getroffen, der meine Geschichte verstand. Die meisten hörten geduldig zu, die Männer genauso wie die Frauen, manche schlugen vor, ich solle meine Sachen holen und bei ihnen übernachten, sie hätten noch ein Gästebett oder könnten mich in eine nette kleine Pension bringen. Dass ich nach dem Gespräch wieder zurück in die Mondscheingasse ging, verstand niemand.

Wenn ich dann in die Wohnung kam, lag er meistens unverändert im Bett. Doch manchmal war die Tür nicht verschlossen. Dann ging ich zu ihm, kniete vor ihm nieder, berührte seinen Kopf oder seine Schultern, versuchte mit ihm zu sprechen, entschuldigte mich, versuchte zu erklären, was ich gemeint hatte, zu verstehen, was ihn gekränkt und enttäuscht hatte. Doch er drehte sich bloß zur Wand. Ich solle bitte gehen und ihn in Ruhe lassen, es sei Schluss mit uns, definitiv, er lasse sich das nicht länger bieten. Dann fiel er in ein stundenlanges, beleidigtes Koma, lag regungslos da und schien kaum noch zu atmen. Ich stand auf und ging wieder auf die Straße. Bei Regen saß ich gegenüber in dem kleinen Naturkostladen oder ging in die Kunsthalle. Auch dort sprach ich manchmal mit Leuten. Ich habe in diesen fünfeinhalb Jahren viele Wiener kennengelernt, aber auch Deutsche, Schweizer und Franzosen, die in Wien lebten und dort glücklich zu sein schienen.

Wenn ich nach ihm greife, fasse ich ins Leere, in den unsichtbaren Sand der Uhren oder in die Staubkörner, die im Schein der Lampe umherschwirren. Wie ein schwerer, unförmiger Sandsack liegt er da, unbeweglich, mit dem Gesicht zur Wand. Man hört, wie es rieselt, wie der Grant aus ihm herausrieselt, wie er leer und immer leerer wird, wie sich das Böse ein letztes Mal in ihm aufbläht. Man müsste in diesen

Sack hineinboxen, solange, bis er platzt und ganz schlaff wird, mit der Faust einfach so hineinstoßen, zuschlagen, linker und rechter Aufwärtshaken, immer wieder, bis zur Erschöpfung. Stattdessen stehe ich auf, koche Kaffee, setze mich an den Küchentisch und warte, hoffe, dass er zu sich kommt, dass die Tragödie irgendwie endet, auch weil ich beginne, mich zu langweilen. Ja, es langweilt mich, es ekelt mich an, wie er sich ständig aufregt, sich empört, sich vor mir schützen muss, sich zurückzieht, wie ein toter Sack da liegt und schweigt. Ich verachte ihn dafür. Und ich verachte mich, weil ich nicht gehe. Statt zu gehen, sitze ich stundenlang in der Küche, lasse die Dämmerung in den Raum, die Kälte, die Geräusche aus dem Stiegenhaus, folge den Schatten am Küchenfenster. Es wird dunkel, ich sitze noch immer da und warte. Er geht zwischendurch aufs Klo, macht sich einen Tee, geht durch den Raum, ohne mich anzuschauen. Dann verschwindet er wieder im Schlafzimmer oder im Kinderzimmer, verschließt die Tür und verbarrikadiert sie mit einem Stuhl. Den letzten Flieger habe ich verpasst, doch ich könnte mit dem Nachtzug fahren. Bis Genf sind es fünfzehn Stunden. Ich muss mich entscheiden. Wird er sich heute noch beruhigen? Oder vielleicht morgen, oder erst übermorgen, kurz vor meiner geplanten Abreise? Wird es nicht doch irgendwann still werden zwischen uns, still und gut? Ich versuche, auf dem Sofa zu schlafen. Es ist kalt und viel zu laut, die Gaststätte gegenüber hat bis Mitternacht geöffnet.

Ich liege im Halbdunkeln. An der Decke die Scheinwerfer der durchfahrenden Autos, Stimmen, Rufe, Gelächter, Gläserklirren, fernes Türenschlagen. Auf dem Sessel gegenüber ein Kleiderhaufen, sein Bademantel, der dicke, graue, den ich ihm geschenkt habe, seine Jeans und die schwarze Strickjacke, dazwischen zwei rote Kissen, die ich für ihn genäht habe. Sein Gürtel liegt auf dem Teppich, neben einem zusammengerollten Strumpf und hellen Boxershorts. Ich stelle mir seinen Körper vor, seinen großen, schönen Körper, wie er die Boxershorts anzieht, in Jeans und Strickjacke schlüpft, wie sich der Stoff mit seinem Körper füllt, wie Arme und Beine in die schlaffen Röhren gleiten, wie sich alles belebt. Die Dämmerung macht es mir leicht. Er sitzt vor mir, dreht mir den Rücken zu und schweigt. Ein unförmiger Haufen Mann, ein böser, regungsloser Sack, ein Stück gottverdammte schweigende Scheiße. Ich spüre, wie der Hass durch die Fensterritzen kriecht, vom Heldenplatz über den Morzinplatz herüberweht, mich hier in der Mondscheingasse, hier im ersten Stock, schräg unter der grellen Straßenlampe, erreicht, ergreift und erdrückt. Er nimmt mir den Atem, der Hass drückt mir die Kehle zu.

Wir befinden uns jetzt auf einem der vielen Höhe- und Wendepunkte der Tragödie. Die Heldin wird jetzt handeln, sie wird auf die Bühne treten und sich dabei zuschauen. Ich schichte die Kleidungsstücke und die Kissen aufeinander, sodass ein kompaktes Ensemble entsteht. Die Dämmerung zeichnet Konturen in die Stoffe. Der Sessel ist besetzt. Ich nehme den Gürtel vom Boden, trete einen Schritt zurück, nehme Maß, dann schlage ich zu, wieder und immer wieder, mit aller Kraft. Ich prügle auf den Kleidersessel ein, ich schlage ihm das Böse aus dem Leib, all das Verstockte, Sture, Gehässige. Die Kissen fallen zu Boden, ich schlage weiter. Ich kann gar nicht mehr aufhören. Ich habe die Kraft einer tragischen Heldin, ich schlage, bis ich vor Erschöpfung zu Boden gehe. Mein Dummy hat den Crashtest bestanden. Stille – der Hass ist verflogen. Von der Straße kommen Musik und Lachen. Ich ziehe mich an und gehe nach unten. Vielleicht bekomme ich in der kleinen Bar in der Siebensterngasse auch nach Mitternacht noch ein Glas Rotwein.

Paris, Passages des Postes, August 2003

Die Concierge war bei ihrem zweiten Besuch bald wieder gegangen. Danach hatte ich, nachdem ich eingesehen hatte, dass es sinnlos war, noch länger auf den Meteoritenschwarm zu warten, sogar ein wenig geschlafen. Am nächsten Morgen wollte ich versuchen, Dimiter zu erreichen und ihn nochmals um ein Treffen bitten. Wir waren nun schon seit über sechs Wochen verabredet, hatten immer wieder am Telefon miteinander gesprochen, dabei auch längere Gespräche geführt, ohne dass er auch nur ein einziges Mal die Möglichkeit erwogen hätte, mich tatsächlich irgendwann, in einem beliebigen Café zwischen dem fünften und sechsten Arrondissement, zu treffen. Erst vor ein paar Tagen hatte er mir erzählt, er säße zur Zeit an einem Dokumentarfilm über den Aufstieg des Front national. Er habe mit seinen Recherchen schon vor längerer Zeit begonnen, doch noch immer keine Ahnung, wie lange er mit dem Thema beschäftigt sein würde. Die Sache sei komplexer als vermutet. Er müsse dabei tief in der Vergangenheit graben, um beispielsweise zu erzählen, wie zu Beginn der Siebziger Jahre, damals noch unter dem Banner einer sogenannten »neuen Ordnung«, alte SS-Leute, Anhänger des Vichy-Regimes und frustrierte Kolonialisten in Paris zusammenkamen. Aus dieser Bewegung sei bald darauf der »Front national« entstanden. Auch müsse er unbedingt noch ein paar Details über den Holocaustleugner François Duprat herausfinden, das sei einer der Gründer gewesen, eine Art Schlüsselfigur oder Chefideologe, der dann einfacher gestrickte Mitglieder wie Le Pen in seinen Bann zog. Duprat wurde einige Jahre später ermordet, seine Mörder nie gefasst. Noch heute pilgere Le Pen an jedem Todestag zu seinem Grab. Man habe diese Leute und ihren Machthunger viel zu lange unterschätzt, sagte Dimiter, das habe sich jetzt als schrecklicher Fehler erwiesen. Dass der Kandidat der Sozialisten bei der Präsidentschaftswahl im vergangenen Jahr weniger Stimmen als Le Pen erhielt, weswegen sie bei der zweiten Runde dann zur Wahl von Chirac aufriefen, sei eine Bankrotterklärung der Linken. Vor drei Monaten habe Le Pen dann auch noch seine Tochter mit ins Boot geholt, es sei ja bekannt, wie raffiniert die Rechte ihre wenigen Frauen einsetze. Ach ja, dabei fiele ihm ein, dass er ja unbedingt noch einen Nachruf auf Le Pen verfassen müsse – der zu Chirac sei zum Glück endlich in der Dose. Das habe er mir schon erzählt, oder? Der Chirac-Nachruf müsse in Zukunft nur jährlich ein bisschen aufgefrischt werden. Eigentlich sei es noch recht amüsant, solche Nachrufe zu Lebzeiten zu verfassen. »Vielleicht ist die Angst vor der Zukunft ja berechtigt,« sagte Dimiter, »doch andererseits finde ich die Gewissheit, dass dieser ganze Polit-Zirkus eines Tages vorbei ist, irgendwie auch sehr beruhigend. Ironie und Sarkasmus gehen natürlich immer. Das rettet jedes mittelmäßige Feature. Doch irgendwann sollte man als Journalist auch mal Verantwortung übernehmen für das, was man denkt.«

Ich dachte an meine Gespräche mit Philippe über Zeitlogik und Zeitsprünge, daran, wie unberechenbar mir der Lauf der Zeit und alle historischen Entwicklungen erschienen. Wer hätte da die Verantwortung übernehmen können? Früher in Genf, als wir in den besetzten Häusern lebten und Pläne für ein besseres Zusammenleben aufstellten, sehr genaue Pläne, in denen neue Besitzverhältnisse und eine neue Einkommensverteilung, aber auch der Abwasch und die Müllentsorgung geregelt waren, gingen wir davon aus, dass es so etwas wie eine Logik der Geschichte gab. Man würde uns Recht geben, ja, eines Tages würden alle begreifen, wie es gemeint war, wie alles zusammenhing und dass es zu unseren Alternativen gar keine Alternative gab, wenn der Weltuntergang verhindert werden sollte. Die Geschichte würde uns bestätigen. Die, die das glaubten, wurden im Squat in der Rue Racine und später dann im RHINO die »Positivisten« genannt. Es gab nämlich auch noch die Fraktion der »Royal dustbins«, die behaupteten, die Welt sei längst untergegangen, nur würden die meisten Leute das gar nicht bemerken, weil man ihnen das Denken abgestellt habe. Deswegen sei alles sowieso total dekadent und scheißegal. Zukunft sei nichts als perverse Täuschung, eine spießbürgerliche Illusion für Feiglinge.

Dimiter wusste nichts von meinen Genfer Mitbewohnern, doch vielleicht hätte er ihre Skepsis geteilt. Die französische Politik sei in letzter Zeit völlig aus den Fugen geraten, daran habe er keinerlei Zweifel, die Unfähigkeit, mit der derzeitigen Hitzewelle zurechtzukommen, sei bloß ein Symptom für die desolate Allgemeinlage. Und jetzt, nach dem Fall von Bagdad, sei alles noch viel unberechenbarer. »Schauen Sie sich doch mal an, was momentan auf der Welt geschieht: Inzwischen wurden in Bagdad alle öffentlichen Einrichtungen geplündert, nicht nur die Museen, auch in Banken, Ministerien und Schulen herrscht das blanke Chaos. Und die Amerikaner kümmern sich um nichts, nicht einmal um die Wasser- und Stromversorgung der Stadt. Bush hat zwar den Krieg im Irak für siegreich beendet erklärt – haben Sie gesehen, wie er dastand, dieser mächtigste Hampelmann der Welt, breitbeinig in Piloten-Kampfmontur auf seinem Flugzeugträger? – und ein phänomenales Kopfgeld von fünfundzwanzig Millionen Dollar auf die Ergreifung von Saddam Hussein ausgesetzt. Doch wie es jetzt weitergehen soll, weiß keiner. Alle scheinen überfordert, auch hier in Paris.«

Dimiter hustete, offenbar hatte er sich beim Sprechen verschluckt. Ich wollte etwas fragen, vorschlagen, ob wir uns über dieses spannende Thema, zu dem er ja gewiss noch vieles zu berichten habe und dass mich auch wärmstens, um nicht zu sagen: brennend interessiere, nicht in Ruhe bei einem Kaffee oder einem Glas Rotwein unterhalten könnten, doch er redete gleich weiter, unterbrochen nur von kurzen, trockenen Hustenanfällen. Die internationale Diplomatie sei in eine katastrophale Schieflage geraten, fuhr er fort, hier im »alten Europa«, wie Donald Rumsfeld erst im Januar die europäischen Skeptiker abschätzig genannt hatte, glaube schon lange keiner mehr an die Existenz dieser ominösen Massenvernichtungswaffen. »Da schicken sie einen schwedischen und einen ägyptischen Rentner in die irakische Wüste, um den Schlichen eines sogenannten Schurkenstaats auf die Spur zu kommen! Vermutlich stellt Bush sich den Umgang mit der Achse des Bösen wie ein Bingo-Spiel im Altersheim vor.« Dimiters Lachen ging in ein trockenes, leicht japsendes Husten über. Er sei am 1. Juni auf dem G8-Treffen in Evian am Genfersee gewesen. Grässliche Atmosphäre. Kaum zu glauben, dass in diesem langweiligen Kurort immer wieder internationale Konferenzen stattfänden. Kein Wunder, wenn die Mächtigen der Welt noch langsamer dachten als sie redeten. Inzwischen glaube kein Mensch mehr an die »Beweise«, die Colin Powell im Frühjahr dem UNO-Sicherheitsrat vorgelegt habe, allen sei längst klar, dass die angeblichen irakischen Massenvernichtungswaffen eine Erfindung der amerikanischen Scharfmacher sei. Täglich müsse er jetzt mit den Kollegen vom Fernsehen über die Bedeutung von Begriffen feilschen: Die neue Bush-Doktrin erlaube neuerdings ja auch Präventivkriege. Da diese aber längst vom Nürnberger Kriegsverbrechertribunal als höchstes internationales Verbrechen eingestuft wurden, spreche man aus diplomatischen Gründen nun tatsächlich wieder von »Vorwärtsverteidigung«, genau wie zu Zeiten des Kalten Krieges. Unglaublich! Noch verrückter sei es, den Zuschauern neue Wörter wie »Kollateralschaden« zu vermitteln. Das Wort sei ja vorher ganz unbekannt gewesen. »Wenn die Amis jetzt, wie erst kürzlich gemeldet wurde, auch noch Feuerbomben einsetzen, die ähnliche Wirkungen haben wie die Napalmbomben in Vietnam, also ganz klar auf den Tod der Zivilbevölkerung zielen, dann müssen wir Journalisten uns schon überlegen, ob wir diese Schönfärberei, diese Vokabelschminke, wie das bei uns auf der Redaktion heißt, noch mitmachen.«

Dimiters Schelte erinnerte mich an die einzige Sitzung des Besetzerkollektivs, an der ich als Delegierte unserer Wohnzelle im Bistr'ok teilgenommen hatte. Solche Treffen dauerten damals mehrere Stunden. Ronald Reagan hatte gerade ein Attentat überlebt und die Einkommenssteuer um 30 Prozent gesenkt. Es gäbe wahrscheinlich ein paar Satanisten in der amerikanischen Regierung, behaupteten die Vertreter unserer Dustbin-Fraktion. »Die Zukunft ist nun endgültig zu Ende«, rief einer von ihnen, ich glaube, es war der mit den rotblonden Locken und dem ersten Tattoo im Haus, ein linkes Tattoo sei das, wie er immer wieder betonte, wenn wir seine Oberarme bestaunten, die Glatzen könnten sich die Dinger sonstwohin ätzen, seinetwegen auf jede Arschbacke, er habe keine Angst vor Verwechslungen. Ich mochte ihn, war damals wahrscheinlich irgendwie ein bisschen scharf auf ihn, vielleicht sogar verliebt, hatte seinen Namen – Johnny oder Jimi – aber längst vergessen. Doch jetzt, da Dimiter sich immer mehr aufregte und mir am Telefon seine ganze Entrüstung ins Ohr hustete, sah ich Johnny-Jimi und seine Locken wieder vor mir, sah das Anarcho-Tattoo, die klobigen Stiefel und das Ledergilet über seinem nackten Oberkörper, hörte, wie er das Ende der Zukunft prophezeite und sich ein Bier aus dem Kollektivkühlschrank holte, spürte wieder den Schrecken und meine Hilflosigkeit, aber auch den bösen Verdacht, dass das alles nur ausgedacht war, dass in Wirklichkeit schon noch alles gut käme, dass die Geschichte es gut mit uns meinte, so wie früher der liebe Gott, wenn wir uns nicht allzu wichtig nahmen. Denn wenn wir uns zu wichtig nahmen – doch das hätte ich weder Dimiter noch Johnny-Jimi erklären können, ja nicht einmal mir selbst – dann, ja dann wurden wir bestraft. Die Geschichte und der liebe Gott mochten es nämlich nicht, wenn die Menschen sich zu wichtig nahmen.

Welche Wahrheit er seinen Lesern denn überhaupt zumuten dürfe, wollte ich fragen, aber Dimiter ließ sich nicht unterbrechen. Vor ein paar Tagen seien ein paar Leute vom Bundesnachrichtendienst in Paris aufgetaucht. Es habe ein konspiratives Treffen mit der französischen Geheimpolizei gegeben. Doch das Ganze sei so dilettantisch kaschiert gewesen, dass ein paar französische Journalisten sofort informiert waren. Solche Tricks seien ja bekannt. Wenn geheime Informationen sofort durchsickerten, stecke meistens eine Absicht dahinter. Wahrscheinlich wollte man, dass der Grund des Treffens publik würde. Es gäbe da in Deutschland einen irakischen Informanten, einen fünfunddreißigjährigen Ingenieur, der bei einer Münchner Firma arbeite und behaupte, Informationen über irakische Massenvernichtungswaffen liefern zu können. Sein Tarnname sei »Curveball«. Dimiter senkte ein wenig die Stimme, wurde beim Weitersprechen aber wieder lauter. »Es gibt da anscheinend einige Leute beim BND, so ein paar Typen, die nicht einmal aus Berlin, sondern direkt aus Pullach angereist sind, mein französischer Kollege meinte, zwei von ihnen hätten eine Art österreichisches Englisch gesprochen, er kenne das aus alten Spionage-Filmen. Für einen Franzosen tönt Bayerisch und Österreichisch natürlich genau gleich. Ist ja klar, dass keiner von den Kerlen gescheit Französisch kann, genauso wenig natürlich wie die Franzosen Deutsch sprechen. Deswegen verständigen sie sich dann in schlechtem Englisch und erfinden blödsinnige Decknamen wie Kurvenball, obwohl sie von Baseball wahrscheinlich keine Ahnung haben. Als ob auch nur einer dieser zwielichtigen

Typen auf geraden Bahnen unterwegs wäre! Krumme Touren gehören bei denen zum Alltag. Ich habe einmal gehört, dass Anwärter für den Geheimdienst bei der Eingangsprüfung in einer Minute dreißig Liegestütze schaffen müssen, Fremdsprachenkenntnisse hingegen sind Nebensache. Mein Kollege Jean-Marc, der für den Sender Antenne Deux arbeitet und mir von der Geschichte mit Kurvenball erzählte, berichtete nach dem Treffen mit seinem Informanten, einer der französischen Geheimdienstler habe gehört, wie die Pullacher erklärten, jetzt müsse Saddam für den ermordeten Hanns Martin Schleyer bezahlen. Ich musste Jean-Marc dann darüber aufklären, was mit dieser Bemerkung gemeint sein könnte, dass Saddam nämlich im Herbst 1977 einigen RAF-Terroristen in Bagdad Unterschlupf gewährt hatte. Die wurden dort wochenlang vom irakischen Geheimdienst und von ein paar Palästinensern versorgt, sogar mit Drogen. Dafür also soll Saddam jetzt büßen. Deswegen haben die bayrischen Geheimdienstler sich diesen irakischen Ingenieur geangelt, damit der die Pullacher Fälschungen den Amis unterschiebt. Wer der Kerl aus Pullach war, weiß ich natürlich nicht. Aber es wird dort ja nicht so viele Beamte geben, die 1977 schon im Dienst waren und noch immer ein Hühnchen mit Saddam zu rupfen haben. Das lässt sich relativ leicht herausfinden. Warum aber jetzt die Franzosen dafür gesorgt haben, dass wir Journalisten Wind von der Sache bekommen, kann ich mir momentan noch nicht erklären. Wollen sie die Öffentlichkeit darüber informieren, dass es der deutsche Geheimdienst ist, der hinter dem amerikanischen Einmarsch im Irak steckt? Vielleicht wissen die Regierungen selbst gar nichts davon, das ist ja recht häufig der Fall. Die Jungs von der DGSE scheren sich wahrscheinlich genauso wenig um Chirac wie die BNDler um Schröder.«

Dimiter räusperte sich, seine Stimme klang heiser. Man müsse aufpassen bei solchen Verschwörungstheorien. Überall säßen Wichtigtuer und Phantasten, die behaupteten, den Durchblick zu haben. Doch je mehr er zu diesem Thema recherchiere, desto deutlicher zeige sich das Bild einer ausgedehnten, internationalen Korruption. Er müsse vorsichtig sein, wenn er solche Informationen an die Redaktion in Köln weitergebe. Was er mir da erzähle, sei natürlich nicht für meine Publikation bestimmt, das müsse mir klar sein. »Ich weiß, dass ich Ihnen vertrauen kann, Charlotte«, sagte er, »das habe ich bei unseren Telefongesprächen schon gemerkt. Sie sind der verschwiegenste Mensch, dem ich je begegnet bin.« Ich hätte entgegnen können, dass es leicht war, verschwiegen zu erscheinen, wenn man nicht zu Wort kam, aber ich wollte den guten Eindruck, den er offenbar von mir hatte, nicht zerstören, außerdem hätte ich ihn unterbrechen müssen, um zu erklären, warum ich nichts sagte. Ohnehin hätte ich mich nicht getraut, ihn zu fragen, warum er mir das alles erzählte. Wahrscheinlich hätte er meine Reaktion als Misstrauen gedeutet.

Das Treffen mit seinem Kollegen Jean-Marc habe ihm übrigens wieder einmal gezeigt, dass die politische Ignoranz in Deutschland noch größer sei als hier in Paris. Die deutsche Öffentlichkeit wolle solche Dinge noch weniger wissen als die französische, die nämlich sei an politische Skandale gewöhnt und einigermaßen abgebrüht. Wenn ich wüsste, wie viel er dem deutschen Publikum nicht erklären dürfe, oder nicht erklären könne, weil dafür gar keine Sendezeit vorgesehen sei! Keine Vorstellung könne ich mir davon machen. »Man blickt in den Abgrund der Geschichte und es wird einem speiübel. Um nur noch ein Beispiel von tausenden herauszugreifen: Wie Sie vielleicht wissen, Charlotte, war der Ayatollah Khomeini hier in Paris im Exil, von hier aus lenkte er den Widerstand in Teheran. Das ging jahrelang so, bis es dann zur sogenannten Islamischen Revolution kam. Doch wer bis dahin alles mit wem herumgemauschelt hatte! Auch hier in

Paris. Danach fragte keiner. Schon der alte Schah war ein brutaler Diktator. In den Dreißiger Jahren hatte er übrigens exzellente Beziehungen zu Nazi-Deutschland. Diese Verbindungen dauerten, bis die Alliierten dem Nazi-Spuk in Teheran ein Ende machten. Iran bedeutet übersetzt ›Land der Arier‹. Der Großajatollah unterstützte damals den Schah, genau wie später auch dessen Sohn, als es zum Putsch gegen die neue Teheraner Regierung kam. Die iranischen Sozialisten wollten nämlich die Ölindustrie verstaatlichen, um billiges Öl an die Sowjetunion zu liefern. Und das wussten Churchill und Eisenhower, die die iranischen Ölfelder unter Kontrolle hatten, mit ihrer Geheimdienstaktion ›Operation Ajax‹ erfolgreich zu verhindern. Der Premierminister wurde vom Schah entlassen. Das war, fast auf den Tag genau vor fünfzig Jahren. Eine politische und historische Sauerei sondergleichen, die bis in die Gegenwart hinein ihre Auswirkungen hat. Doch im Morgenmagazin des WDR hatten wir heute dafür genau siebenundzwanzig Sekunden Sendezeit. Und wissen Sie, Charlotte, was das Schlimmste daran ist? Es ist nicht witzig! Es hat einen viel zu geringen Unterhaltungswert.«

Mir wurde schlecht, erst schwindlig und dann schlecht. Ich wollte »Halt« rufen, das Gespräch beenden, legte mich dann aber nur mit dem Telefon aufs Bett und versuchte, mir nichts mehr vorzustellen, von dem, was Dimiter erzählte. Doch die Übelkeit blieb. Im Grunde sei auch der Irakkrieg eine Spätfolge des angloamerikanischen Putsches von 1953, fuhr Dimiter fort. »Es ist doch der reinste Horror!«, rief er so laut, dass ich den Hörer vom Ohr wegrücken musste, »da schaut man sich also diese ganze erbärmliche Geschichte an, und je länger und genauer man hinschaut und dabei allmählich die Verkettung und Vernetzung der Ereignisse begreift, desto größer wird die Lust zur Gewalt. Einfach reinschneiden in den ganzen Verkettungs- und Verstrickungsmist! All die korrupten Fäden, die geheimen Netzwerke und Verbindungen zertrennen! Man kann ja kaum noch etwas erkennen, so verknäult ist die Welt inzwischen. Kein Wunder, wenn immer mehr Leuten der Kragen platzt.« Halt! Ich wollte das nicht, ich wollte seine Klagen nicht länger hören, diesen ganzen Schmutz und all das Böse, die wie giftige Schwaden aus dem Hörer stiegen, nicht länger einatmen. Doch ich wollte auch ernst genommen werden. Dimiter sollte mich als Kollegin wahrnehmen, sich für mich interessieren, endlich erkennen, wie professionell, unerschrocken und tough ich doch war.

Ich hatte ihm nur andeutungsweise von meinem Buchprojekt erzählt: die schwierigen Umstände, die Flucht aus Wien, das ständige Hin und Her mit meiner Verlegerin dabei gar nicht erst erwähnt. Er hätte kein Verständnis dafür gehabt, dass man seine Dinge nicht zügig und zielstrebig erledigte. Dass man ein Buch über das Warten als Existenzform schreiben konnte, hatte ihn ohnehin schon befremdet. Wir hatten das Thema also bisher nicht weiter vertieft. Doch es war die einzige Möglichkeit, seinen Redefluss zu bremsen. »Vielleicht müssen wir alle geduldiger werden,« gab ich zu bedenken, »viele Prozesse entwickeln sich nur sehr langsam oder werden erst aus großem Abstand überhaupt als Prozess erkennbar.« Ich dachte dabei an einige Beispiele aus meinem Buch, von denen ich noch nicht wusste, wie sie einzuordnen und zu bewerten waren. Dass das Warten ein positiver Wert und eine in der gesamten zivilisatorischen Entwicklung nicht hoch genug zu veranschlagende Tugend sei, war eine meiner zentralen Thesen. Nur war mir bis heute noch kein wirklich überzeugendes Beispiel eingefallen.

»Ja gewiss«, entgegnete Dimiter sofort, »Geduld ist nicht die Stärke von Präsidenten, die für eine Amtszeit von vier oder fünf Jahren gewählt sind. Vielleicht kann Georges Dabbelju bloß nicht warten? Er sitzt da in Washington in seinem Oval-Office und wird halb verrückt, weil es noch immer nicht los geht mit dem Krieg, seine Amtszeit demnächst aber abläuft. Ständig nervt irgendein Europäer und will neue Beweise. Selbst Tony Blair fängt an mit der Nerverei. Wer zu lange wartet, den bestraft die Geschichte. Also muss man der Geschichte ein wenig nachhelfen. Ist doch logisch! Früher haben die Kriegsherren ihre Dokumente doch auch gefälscht, um endlich losschlagen zu können. Wozu braucht es heute umständliche Verfahren wie UNO-Resolutionen und den ganzen legalistischen Kram? So ähnlich, stelle ich mir vor, redet der Cowboy aus Texas. Schließlich muss er sicherstellen, dass die Pipelines das Öl nicht in die falsche Richtung pumpen.«

Dimiter redete sich in Rage, und ich spürte, dass es auch diesmal zu keinem Treffen kommen würde, dazu dauerte das Gespräch schon viel zu lange. »Die Franzosen sind auch nicht besser. Seit Jahrzehnten plündern französische Firmen afrikanische Bodenschätze. Allein die Unmengen an Uranerz, die sie für ihre Atomindustrie brauchen! In Niger haben sie ganze Regionen mit ihrem radioaktiven Giftschlamm verseucht, demnächst kommt Mali an die Reihe.« Bitte Dimiter! Halt! Lass es gut sein, lass es bitte endlich gut sein! Ich schloss die Augen, dachte an das Tattoo von Johnny-Jimi und wechselte das Ohr. »Doch wozu braucht Frankreich überhaupt so viel Atomstrom, so viel, dass französische Konzerne halb Afrika ruinieren? Ich sage es Ihnen, Charlotte: Weil sie Strom exportieren! Nach Belgien, Italien, nach Deutschland und in die Schweiz. Da fasst man sich doch an den Kopf! Nur weil man in Europa noch immer Elektroheizungen verwendet und an den Rand des Nervenzusammenbruchs gerät, wenn der Wäschetrockner nicht funktioniert oder wenn sich Warteschlangen vor dem Geldautomaten bilden, werden die Afrikaner aus ihren Dörfern vertrieben.«

Dimiter hustete. Ich bekam ein schlechtes Gewissen. War ich nicht selbst in den letzten Tagen mehrfach in Panik geraten, weil die Kaffeemaschine nicht richtig funktionierte und der Kühlschrank stundenlang ausfiel? Nur die Telefonleitungen waren nach wie vor in Betrieb. Man hätte Strom sparen können, wenn wir unser Gespräch in ein Bistro verlegt hätten. – »Eigentlich würde ich unsere Gespräche gern per E-Mail fortsetzen«, sagte er plötzlich zu meiner Überraschung. Den Trick mit der Spinne hatte ich schon lange nicht mehr verwendet. Offenbar funktionierte er noch immer, wenn auch nicht mehr so gut wie damals in der Schule. Sonst hätte er jetzt gewiss ein Tête-à-tête in einem Café vorgeschlagen und nicht die Verschriftlichung unserer Kommunikation. Ich musste lernen, mich besser zu konzentrieren, meine inneren Befehle und Wünsche klarer zu formulieren oder wenigstens fester daran zu glauben. Silberwolf hatte mit solchen Dingen entschieden weniger Mühe als ich.

»Das Internet funktioniert zwar momentan noch schlechter als das Telefon, doch wir wären dann flexibler, könnten zeitversetzt miteinander reden, offline schreiben und warten, bis die Verbindung wieder stark genug ist, um die Botschaft zu versenden. Außerdem würden wir Energie sparen.« Sein Lachen klang angestrengt. Doch was hätte ich gegen seinen Vorschlag einwenden können? Offenbar wurde auch ihm unser Gespräch zu lang. Vielleicht aber war ihm, ja, das war ebenfalls möglich, sogar sehr wahrscheinlich, der direkte Kontakt mit mir nicht ganz geheuer, aus energetischen oder sonstigen Gründen. Vielleicht hätte er bei einem Rendezvous so hilflos vor mir gestanden wie vor der Fernsehkamera, hätte sich vor meinen Augen gefürchtet wie vor dem bösen Blick? Dabei hatte ich ihm nie gesagt, wie sehr mich seine kleine Schwäche rührte, reizte, ja erregte. Wozu also die Vorsicht? Zumal die Staatsgeheimnisse, die er mir anvertraute, ja mündlich gewiss besser aufgehoben waren als schriftlich. Es musste etwas geben, dass er mir nicht gesagt hatte, etwas, das ich nicht wusste.

Genf, Sentier du Promeneur Solitaire, 1967ff.

Dimiter erzählte mir am Telefon die Weltgeschichte, von seiner eigenen Geschichte erzählte er nichts. Hatte er keine Erinnerungen an seine Kindheit, keine persönlichen Erlebnisse? Hatte er vergessen, wie es sich anfühlte, wenn die Zeit stehen blieb, wenn man still im Bett liegen oder still am Tisch sitzen musste, darauf wartete, dass Vater und Mutter das befreiende Signal gaben?

Ich hatte nichts vergessen. Ich erinnerte mich sehr genau an alles, an den Mittagsschlaf, die Langeweile bei Tisch und auch an das, was ich eines Tages plötzlich begriff: Die Erwachsenen waren festgewachsen. Das war ganz deutlich zu spüren gewesen. Sie hatten ausklappbare Wurzeln, die während der Mahlzeiten aus den Knien herauskrochen, ins Stuhlbein wuchsen und sich von dort aus in den Boden schraubten. Mir selbst würden solche Wurzeln erst noch wachsen. Das würde das Warten später erleichtern. Ich hoffte nur, dass es nicht weh tat.

Wenn man am Tisch saß und wartete, oder im Bett lag und wartete, sich nicht bewegte und sehr, sehr lange auf den eigenen Herzschlag hörte, verwandelte sich die Außenwelt in einen Teich, an langen Sonntagen in einen Ozean. Die Stimmen der Erwachsenen gurgelten unter Wasser, alle Bewegungen erschienen wie in Zeitlupe, große, ausladende, nie enden wollende Gesten. Das Butter-Herüberreichen, das Gläser-Anstoßen, das Serviette-aus-dem-Ring-Nehmen, das Serviette-auf-dem-Schoß-Entfalten-und-Glattstreichen, das

Serviette-vom-Schoß-Nehmen-und-Zusammenfalten. Mahlzeiten wie die Gezeiten des Meeres, Tischgebete wie ferner Walgesang.

Im Bett war es ähnlich. Man lag da und war eine leere Stelle, irgendwo zwischen den Algen, wenige Zentimeter unter dem Wasserspiegel, eine Stelle, an der die Strömung zusammenfloss, sich im Kreis drehte und stagnierte. Hier staute sich das Wasser, stundenlang, tagelang, bis die leere Stelle so voll war, dass ich schreien musste. Aber ich konnte nicht schreien. Es hätte ja nichts genützt, es hätte das Warten nicht beendet. Statt zu schreien, beobachtete ich die Muster auf der Tapete und die kaum sichtbare Holzmaserung des Gitterbetts. Ich sah Teichblumen und quallenartige Tiere. Wenn ich krank war und Fieber hatte, war ich froh, so dazuliegen und nicht mit den anderen am Tisch zu sitzen. Einige der Quallen hatten Namen und runde, glatte Bäuche. Ich würde sie nicht verraten und nicht berühren, ich lag ja ganz still da. Still und starr wie der See. Wie in dem Winterlied, in dem alles ganz leise wird.

Als ich älter wurde und tagsüber nur noch bei Fieber im Bett lag und wartete, begann ich, an der Zimmerdecke spazieren zu gehen. Ich bog den Hals so weit wie möglich nach hinten und stellte mir vor, die Welt stünde auf dem Kopf. Die Hängelampe wurde zur Stehlampe, die Vorhänge zu Flügeln eines riesigen Engels, der Boden war plötzlich ganz leer, man konnte überall stehen und sitzen, weil die Möbel jetzt an der Decke klebten.

Später kam das Warten in der Schule hinzu. Wir warteten, bis wir »dran« waren. Es war nicht sehr still, wenn über zwanzig, manchmal dreißig Kinder darauf warteten, endlich dran zu sein. Ich versuchte, die Lehrerin nicht aus den Augen zu verlieren, überlegte, welchen Weg sie in der Klasse einschlagen würde, um zu mir an den Tisch zu kommen, damit ich ihr mein Bild oder meine Buchstabenkette zeigen konnte, damit sie mich lobte und mir eine neue Aufgabe gab. Oft dauerte es sehr lange, bis sie kam, ich hatte schon längst die ganze Seite mit Kreisen und Zahlen vollgeschrieben. Dabei durfte keine Linie überschritten werden. Es war genau wie mit den Fliesen im Hausflur und den Stufen im Treppenhaus, auch da durfte ich nicht auf die Ritzen treten. Wir malten Kreise und Zahlen, Schlangen, Schleifen, Kreuze, Kringel, Spazierstöcke und kleine Häkchen. Immer wieder, immer wieder dieselben Kreise und Zahlen, Schlangen, Schleifen, Kreuze, Kringel, Spazierstöcke und kleine Häkchen. Und wenn wir fertig waren, mussten wir warten.

Noch unerträglicher als die Langeweile beim Kreise- und Kringelmalen war die Langeweile beim Löcherstanzen, der so genannten »poinçonnage«. Scheren waren für uns Kinder zu gefährlich, spitze Stichel nicht. Was wir nicht ausschneiden durften, musste perforiert werden, Löchlein für Löchlein, akkurat eines neben dem anderen, millimetergenau. Es war, wie wenn man einzelne Sandkörner aufeinanderschichten musste, um eine Strandburg zu bauen. Wenn ich so dasaß mit meiner kleinen Ahle und versuchte, beim monotonen Gestichel nicht vom Weg abzukommen, wünschte ich manchmal, eine große Welle möge kommen, alle Sandkörner und Stichel und Löcher hinwegspülen und von dannen tragen, weit hinaus, fort durchs offene Fenster, über den Schulhof, den Park und die Siedlung hinaus, bis auf die andere Seite der Rhône, da wo es für uns Kinder verboten war.

Weihnachten war so eine Welle, eine ganz besonders große. Erst hatten wir wochen- und tage- und stundenlang gewartet, alles war ein Davor gewesen, ein Noch-nicht. Was allein zählte, war das, was kommen würde. Und dann geschah es tatsächlich. Es war wie ein Wunder. Die große Welle kam, die Zeit hörte auf, auf der Stelle zu treten. Jetzt! hieß das Zauberwort. Etwas passierte gerade jetzt, in diesem einen Moment, und wir Kinder durften dabei sein. Manchmal denke ich, dass Glück nichts anderes ist als genau dieser eine, ganz besondere Augenblick, in dem es endlich los geht, in dem ein Engel ins Kinderzimmer schwebt oder schreitet oder stürmt, uns Kinder losbindet, aus den Betten holt und ins Wohnzimmer führt. Nur dieser eine Moment ist Glück. Alles, was danach kommt, ist nur noch danach, nicht das, was einst hätte sein können.

Danach, wenn der Engel uns die Türe geöffnet hat, wenn uns die Welle aus Lichtern und Glöckchen erfasst und durchflutet und alles plötzlich so schön ist, dass ich weinen könnte, wenn das vorbei ist, dann gibt es noch dieses und jenes Geschenk, erst für alle Kinder und Erwachsenen, dann nur noch für Julie und Sophie, weil die Zwergin wieder viele Dinge aus Paris mitgebracht hat. Ich sitze vor meiner Geschenkecke, links neben dem großen Heizkörper, betrachte, was man mir gekauft hat, und bin traurig. Der Augenblick ist vorbei. Es wird nie wieder so sein wie davor, wie im Augenblick der großen Welle.

Vielleicht sollte ich mit Philippe einmal über die kindliche Zeitskala reden, wenn er mir wieder eines seiner Zeitmodelle erklärte. Die Zeit ist keine Illusion. Das steht fest. Sie schmerzt. Das habe ich schon als Kind gespürt. Immer wieder.

Als ich älter wurde – es muss die Phase gewesen sein, in der ich den Brief von Amir erhielt – wurde es immer schlimmer mit der Zeit. Dass sie nur in eine Richtung floss, war das eine Problem. Im Koffer, den ich im Fahrradkeller gefunden hatte, waren auch ein paar Bücher gewesen. Eines trug einen Titel, den ich zuerst nicht verstand. »Unwiederbringlich«. Ein langes, gravitätisch klingendes Wort. Es wurde nicht nur im Titel verwendet, es stand auch in einem Abschiedsbrief, den eine Frau geschrieben hatte, bevor sie sich im Meer ertränkte.

Ich konnte das nicht verstehen. Mutti hätte so etwas nie getan, niemals wäre sie freiwillig gestorben, hätte Vati und mich alleine zurückgelassen. So etwas hätte sie nie getan. Manchmal saß ich nachts auf der Treppe, weil ich hoffte, sie würde an unserer Eingangstür klingeln, weil sie den Schlüssel vergessen hatte und nicht mehr in die Wohnung konnte.

Wenige Tage, nachdem ich dem Wort »unwiederbringlich« begegnet war, traf ich auf das Wort »Sehnsucht«. Es hatte in einem Gedicht gestanden, das wir in der Schule lernen mussten: »Nostalgie«. Das neue Wort war wie ein Geschenk. Erst viel später, als ich eine Übersetzung des Gedichts las, wurde mir klar, dass die französische Nostalgie und die deutsche Sehnsucht nur deswegen dasselbe sind, weil die deutschen Dichter sich nach der Vergangenheit sehnen, während die französischen die Zukunft vermissen. Sehnsucht – mit vierzehn oder fünfzehn war das der Wunsch, es möge endlich etwas Endgültiges, etwas Erhabenes und ganzganz Besonderes eintreffen. Es war ein körperliches Brennen, das sich rasend schnell unter der Haut ausbreitete, man musste ein Fenster öffnen, den Raum verlassen, auf die Straße gehen, hinunter zum Fluss. Es war kein Schmerz, so wie der mit der Zeit und dem Warten, es war auch keine Qual wie die Langeweile. Nein, es war größer, schöner, aufregender. Unbeschreiblich.

Und es gab die Ahnung und die Angst, dass diese Sehnsucht mit dem zu tun hatte, was die Erwachsenen Sexualität nannten. Oder Liebe. Schon damals konnte ich das nur schwer unterscheiden. Meine Sehnsucht war zu groß für einen einzigen Mann. Wie hätte ich einem Jungen begreiflich machen können, was ich von ihm wollte? Wohin es mit mir ging, wenn das Brennen unter der Haut begann? Amir wollte mich nicht mehr sehen, nur noch in der Schule. Und selbst dort sprach er kein Wort mehr mit mir. Es brannte und es kribbelte. Unwiederbringlich, Sexualität, Nostalgie, Sehnsucht, und kein Engel, keine Welle, niemand und nichts als die Muster der Tapete, die nächtliche Treppe, die Möbel an der Decke.

In der Eingangshalle zu unserem Hochhaus gab es zwei Fresken, eine nackte, weiße Frau und ein nackter, grüner Mann. Unser Hochhaus war berühmt, nicht nur wegen den nackten Leuten in der Eingangshalle. Es hieß »Constellation« und war das älteste Hochhaus in Genf. Wenn wir auf den Fahrstuhl warteten, betrachteten wir stumm die weiße und die grüne Haut der nackten Leute. Oben funkelten die Sterne, unten grasten die Tiere, dazwischen tanzten die weiße Frau und der grüne Mann. Jeder auf seinem eigenen Bild.

Als ich in Amirs Klasse kam und er mich nachmittags besuchte – es muss ein paar Monate nach dem Tod meiner Mutter gewesen sein –, redeten wir sehr viel miteinander. Doch nicht immer. Wir mussten auch Hausaufgaben machen. Und dann gab es noch unsere Spiele. Bei manchen wurde gesprochen, bei anderen nicht. Wir waren Wissenschaftler, Experten, wie Amir sagte. Wir mussten untersuchen, ob auch alles richtig war. Manchmal waren die Dinge nämlich falsch. Amir hatte einmal einen Fehler in einem Buch gefunden, und ich wusste, dass mein Vater nicht immer die Wahrheit sagte. Die meisten falschen Dinge konnte man nicht überprüfen. Aber es gab Sachen, die wir untersuchen konnten. Zum Beispiel, ob unsere Straße genauso lang war wie auf dem Stadtplan angegeben (war sie nicht, sie war kürzer!), oder ob man als Kind tatsächlich keine Bücher für Erwachsene ausleihen konnte (Amir schaffte es, ich nicht), wie leicht es war, Zigaretten zu kaufen (sehr leicht!) oder Bier (schwieriger!). Wir überprüften auch die Buchstaben des Alphabets und die Telefonnummern unserer Lehrer. Schwieriger war es, zu überprüfen, ob die Besatzung von Apollo 16 tatsächlich den Mond betreten hatte, weil der Ausstieg nicht im Fernsehen übertragen wurde. Der Reporter behauptete, der Sender an der Mondlandefähre sei defekt. Dass ich jede Nacht zehnmal nachschaute, ob nicht ein Gespenst unter meinem Bett lauerte, erzählte ich Amir nicht, er hätte das nicht als wissenschaftliche Prüfung gelten lassen. Wir konnten auch nicht überprüfen, ob die israelischen Sportler, die bei den Olympischen Spielen in München ums Leben kamen, wirklich von Arabern ermordet wurden. Amir hatte da seine Zweifel. Jedenfalls behauptete einer seiner Onkels, der in Kairo lebte, die Athleten seien in Wirklichkeit von der Polizei und vom israelischen Geheimdienst erschossen worden. Der nämlich habe von den Attentatsplänen gewusst und absichtlich nichts unternommen, um weiter Krieg gegen die Araber führen zu können. Was einige Monate später ja auch geschah. Mein Vater hielt das für Blödsinn und behauptete, hinter dem Münchner Attentat stecke eine Bande von Nazis.

Nach ein paar Wochen verlor ich die Lust an der Wissenschaft. Ich hatte plötzlich das Gefühl, nie zu erfahren, wie die Dinge in Wirklichkeit waren. Amir jedoch war weiterhin Feuer und Flamme, er wollte alles ganz genau wissen. Es gelang mir aber, unsere Überprüfungen verstärkt auf häusliche Dinge, auf Tiere und Menschen zu lenken. Welches Futter fraß unsere Katze am liebsten? Änderte sich ihr Geschmack, wenn man ihr Lieblingsfutter in den Kühlschrank stellte? (Ja!). Wie viel Wasser konnte man trinken, ohne sich zu übergeben? (Ich einen Liter, Amir fast zwei!) Konnte eine Spinne noch weiterlaufen, wenn man ihr ein Bein ausriss? (Ja, doch bei drei Beinen war Schluss!) Was schmeckte ekliger, Vogelfutter oder Katzenfutter? (Beides gleich schlimm!) Wie lange überlebte ein Schneeball im Kühlschrank? (Bis SIE nach Hause kam!) Konnte man unter Wasser singen? (Nein!) Wie dicht konnte man einen Nachtfalter an die Glühbirne halten? (Bis er daran klebte und verbrannte!) Wie schmeckte Blut? (Meines gut, Amirs nicht so gut.) Und Tränen? (Wir schafften es nicht zu weinen!) Durfte man auch Schweiß, Urin und Kot probieren? (Schweiß ja, der Rest war verboten!) Wie lange dauerte die Ewigkeit? (Amir war sich sicher: So lange wie der Tod! Ich dagegen fand, sie müsse länger sein, weil man ja das Stück vor der Geburt dazu rechnen müsse!) Und ein Augenblick? Wie lange dauerte der? (Auch hier konnten wir uns nicht einigen. Amir meinte, höchstens drei Sekunden, ich hielt es für möglich, dass er fast eine Minute dauerte.)

An einem Nachmittag im Februar, an dem es schneite und die Flocken vor dem Fenster wie Federn herabfielen und das Licht der Straße verdeckten, so dass wir, kaum aus der Schule zurück, überall die Lampen in der Wohnung anschalteten, bemerkte Amir, dass man die einzelnen Zellen der Haut erkennen konnte, wenn man sie nur nah genug ans Licht hielt. Im Schein meiner Nachttischlampe betrachten wir unsere Hände. Ein Sturm kam auf und klatschte den Schnee an die Fenster. Ich war froh, nicht allein zu sein. Unsere Finger bewegten sich vor der Glühbirne, sie tanzten und warfen Schatten auf mein Bett. Dann wollte Amir wissen, wie die Maserung an der Fußhaut aussah. Ich musste meine Strumpfhose ausziehen und ihm meine Füße ins Gesicht strecken, erst den rechten, dann den linken. Amir fand, dass die Zellen der Fußhaut nicht so klar gezeichnet waren wie die auf dem Handrücken. Dann betrachtete er meine Unterhose. Ich trug einen alten Kinderslip mit Märchenmotiven. Wahrscheinlich hatte er so etwas noch nie gesehen. Seine Eltern waren streng, und seine Schwestern, so stellte ich mir vor, trugen wahrscheinlich nur weiße Unterhosen. Ich hielt meinen Hintern etwas dichter an die Lampe und zog den Stoff in die Höhe, damit Amir die einzelnen Märchen besser erkennen konnte. Mit Märchen kannte ich mich besser aus als er. Ich erklärte ihm die einzelnen Bilder. Das nackte kleine Mädchen gleich unter dem Gummizug war das Sternthaler, darunter sah man den Froschkönig mit seiner Krone und den schlafenden Wolf im Bett. Auf der linken Pobacke lag Schneewittchen in ihrem gläsernen Sarg, auf der rechten wuchs die Dornenhecke, durch die der Prinz kommen sollte. Weiter unten gab es noch das Tor der Goldmarie und den Brunnen der Pechmarie, aber ich war nicht sicher, ob Amir das auch untersuchen wollte. Plötzlich dachte ich, dass es schön wäre, wenn Amir mir auch seine Unterhose zeigen würde. Doch ich wagte nicht, ihn darum zu bitten. Vielleicht war seine Unterhose schmutzig oder zerrissen, und ich wollte nicht, dass er sich schämte. Nachdem ich ihm die einzelnen Motive erklärt hatte, betrachtete er meinen Bauchnabel und fragte, ob der immer so tief bei mir sei, ob ich vielleicht Hunger hätte? Ich nahm seinen rechten Zeigefinger und schob ihn in meinen Bauchnabel, er versank bis zum ersten Fingerglied. Das sei wirklich sehr tief meinte Amir, zog an seinem Hosengürtel herum, schob seinen Pullover nach oben und betrachtete seinen eigenen Nabel. Wir verglichen unsere Bäuche und Bauchnäbel. Ich fand den von Amir schöner als meinen. Für Amir schien das keine Rolle zu spielen, er schlug vor, dass wir in der Küche etwas zu essen holten, um anschließend zu überprüfen, ob sich dadurch etwas an der Nabel-Form veränderte. Als wir dann wieder im Zimmer saßen und meine kalten Dosenraviolis aßen, wünschte ich mir, er würde sich später noch einmal die Märchenbilder anschauen, besonders das eine auf der linken Hüfte, auf dem der Prinz das Dornröschen küsste.

Als wir in die Sekundarschule kamen, spielten wir nachmittags ein Spiel, das wir »Leben vertauschen« nannten. Wir dachten uns aus, wie es wäre, wenn wir den dicken Bäcker vom Place des Augustins mit der Floristin verkuppelten, oder was passieren würde, wenn unser Mathelehrer einen Verkehrsunfall hätte und wir statt Unterricht zum Aufräumen im Keller der Schule eingeteilt würden und dort die mumifizierten Leichen von Schülern aus den höheren Klassen entdeckten. Wir malten uns aus, wie wir den Hausmeister der Schule in eine Falle lockten und ihm sämtliche Schlüssel abnahmen.

Und dann würden wir den gesamten Keller durchstöbern und weitere Leichen finden. Mit dem Leben der Leute zu spielen und es gegen ein anderes Leben zu tauschen, das funktionierte in verschiedenen Varianten. Wir fragten uns zum Beispiel, warum unsere Nachbarn aus dem elften Stock ausgerechnet im elften Stock wohnten und nicht im dritten? Und die aus dem dritten könnten doch auch im siebten wohnen, und wir selbst im dritten, und immer so weiter? Wir schrieben einen Brief, den wir im Aufzug aufhängten. Darin baten wir alle Nachbarn, uns zu sagen, in welcher Etage sie am liebsten wohnen würden, wir würden aufgrund dieser Wunschliste dann eine Tauschbörse veranstalten. Als die Concierge klingelte, um sich zu beschweren, war SIE zum Glück noch nicht da. Amir sagte ich nichts von diesem Besuch, er sollte glauben, dass die Nachbarn uns die Antworten noch schicken würden.

Manchmal vertauschten wir die Post, die in den großen, offenen Fächern unter den Briefschlitzen lag. Wir stellten uns vor, dass die Nachbarn vielleicht froh wären, ein Überraschungspäckchen zu bekommen. Dem kleinen Jungen aus dem neunten Stock, den wir manchmal trafen, wenn wir aus der Schule kamen, erzählten wir, dass wir seinen Hund unten am Fluss getroffen hätten. Er habe sehr traurig ausgesehen und uns nach dem Weg gefragt. Der Junge glotzte uns an, schmiss seinen Schulranzen zu Boden und rannte aus dem Haus. Wir lachten. Amir war stolz auf mich. Es war meine Idee gewesen. Doch Amir vertauschte eigentlich lieber das Leben unserer Klassenkameraden, tippte auf der alten Schreibmaschine, die ich von meiner Mutter geerbt hatte, Liebesbriefchen an Valérie, die er mit »Denis« unterzeichnete, und Beleidigungen an Denis, die ich mit »Valérie« unterschrieb. Die beiden haben nie erfahren, wer sie zusammenbrachte. Jedenfalls waren sie ab der dritten Klasse ein Paar. Amir war der Meinung, man müsse manche Menschen zu ihrem Glück zwingen, viele Leute seien einfach zu dumm oder zu feige, den richtigen Weg zu erkennen. Für solche schwierigen Fragen aber gäbe es zum Glück ja den Gebieter, den Meister der Erleuchtung, der den Weg jedes Einzelnen schon im Voraus kenne. Weil er nämlich die Weisheit direkt von Gott habe. Ich fragte Amir, ob er diese Sache mit Gott schon überprüft habe. Er schaute mich missbilligend an und sagte, es sei verboten, solche Sachen zu überprüfen. Das habe auch sein Onkel gesagt. Der sei ein heiliger Marabu und lebe schon lange im Norden des Sudans. Manchmal komme er nach Genf. Zwischen den Gläubigen und der höheren Wirklichkeit seien neunzigtausend Schleier, habe der Onkel gesagt. Da habe Amir verstanden, dass es unmöglich war, alle Schleier zu überprüfen. Es sei vollkommen logisch, dass es unter diesen Umständen verboten war, sich Allah zu vergewissern, weil man nie ans Ziel gelangen und seine Zeit verschwenden würde, und dabei ganz vom Weg abkäme. Statt Allah zu überprüfen, solle man lieber seine neunundneunzig Namen aufrufen und preisen und dabei an nichts anderes denken. An gar nichts, sagte Amir. Verstehst du? Es wäre schön, wenn alle Menschen glücklich und auf dem richtigen Weg wären, fügte er hinzu. Und deswegen sei es wichtig, das Leben zu tauschen, wenn es falsch war. Das aber müsse zu einem Zeitpunkt geschehen, an dem es noch nicht zu spät sei. Die Zeit könne man nicht zurückdrehen. Das könne niemand. Nicht einmal Allah. Ich war mir dessen nicht so sicher und erinnere mich, dass wir damals Wochen lang über diese Frage gestritten haben. Wenn es einen allmächtigen Gott gab, müsste der auch Dinge ungeschehen machen können. Sonst wäre er ja nicht allmächtig. Doch Amir schien dieser Widerspruch nicht zu stören. Noch während ich mich gegen Amir empörte und ihn anschrie, er solle nicht immer so sicher bei allem sein, fiel mir das rätselhafte Wort ein, das meine Großmutter vom Bodensee früher so oft verwendet hatte. »Gnade« hieß das Wort. Plötzlich wurde mir klar, was es bedeutete. Dass es nicht zu spät war, niemals. Wenn Gott wollte, konnte er die Zeit umkehren und zurückspringen lassen. Vielleicht sollte ich mal wieder beten. Seit dem Tod meiner Mutter tat ich das nur noch sonntags mit der Familie beim Mittagessen. Aber die französischen Tischgebete, die SIE mit Julie und Sophie oder mit der Zwergin betete, waren nicht die, die ich von Mutti gelernt hatte. Sie und die Zwergin sprachen direkt zu Gott, Mutti hatte immer nur mit Jesus geredet.

Auch Amir wollte mit Gott sprechen, oder vielmehr, er wollte, dass Gott mit ihm sprach. Mit ihm ganz persönlich. Er warte täglich, sagte er mit düsterem Blick, er warte täglich darauf, dass Allah endlich zu ihm spreche oder sich wenigstens mal zeige. Leider wisse er nicht, worauf er achten müsse. Wie würde er Allah überhaupt erkennen, wenn der zu ihm spräche. Ich fand das komisch. Stell' dir vor, Gott steht neben dir im Bus und du merkst es gar nicht. Erst war Amir wütend, doch dann begannen wir, uns alle möglichen Situationen auszudenken, in denen der arme Herr Allah inkognito durch die Stadt marschierte und von niemandem erkannt wurde. Du hast von eurem Herrn Jesus wenigstens schon ein paar Bilder gesehen, sagte Amir, doch woher soll ich wissen, wie Allah aussieht? Zum Schluss waren wir uns einig, dass Allah der stotternde Kioskverkäufer am Place des Augustins sein musste, der uns stumm die Zigaretten über die Theke schob, weil das für ihn einfacher war, als uns zu fragen, ob uns die Eltern schickten. Wir würden das überprüfen, wenn wir das nächste Mal ein Päckchen holten. Vielleicht würde es genügen, ihn einfach zu fragen.

Später vergaßen wir den Kioskverkäufer. Wir sprachen auch nicht mehr über Jesus und Allah. Manchmal erzählte Amir von seinem Großvater. Der habe vor langer Zeit in Kairo eine muslimische Bruderschaft gegründet, sei dann aber ermordet worden. In Ägypten habe man seine Familie verfolgt. Deswegen seien seine Eltern nach Europa geflohen, erst nach Deutschland, dann nach Genf. Hier habe sein Vater ein islamisches Zentrum gegründet. Das war kurz vor Amirs Geburt. Sein Vater habe viele Feinde, aber auch sehr viele Freunde. Auch Schweizer seien darunter, sogar Politiker und wichtige Bankiers. Amir war stolz auf seinen Vater und seinen Großvater. Ich hörte ihm zu und bewunderte ihn. Mein eigener Vater stammte zwar aus einem alten preußischen Adelsgeschlecht, doch er war nur Ingenieur im Cern und verdiente nicht viel Geld. Das hatte jedenfalls die Zwergin mehrmals behauptet. Wahrscheinlich hatte sie Recht, denn unsere Wohnung war alt und ein bisschen heruntergekommen. Auch das hatte die Zwergin gesagt. Einmal hatte Vati ihr ein großes Buch mit einem Wappen gezeigt. Auf dem Wappen war ein schwarzes Hirschgeweih und eine Ritterrüstung zu sehen. Doch das hatte die Zwergin nicht sehr beeindruckt. Auch nicht, als Vati ihr erzählte, dass sein Vater im Zweiten Weltkrieg ein berühmter Offizier gewesen sei, und der Urgroßonkel ein noch berühmterer. Der nämlich habe vor hundert Jahren bei der Belagerung von Paris mit seiner Truppe die Nordflanke gesichert. Diese »Boches«, meinte die Zwergin nur, seien doch alle gleich, sie habe nie verstanden, wie ihre Tochter einen Deutschen heiraten konnte.

Ich habe den Vater meines Vaters nie gesehen. Er sei ein »Kriegszitterer« gewesen, sagte Vati einmal, als er IHR und der Zwergin von seiner Kindheit erzählte. Er habe sich für seinen Vater geschämt, nicht wegen des ständigen Gezittere, das sei bei vielen Kriegsversehrten ganz normal gewesen, sondern weil sein Vater bis zuletzt nicht begriff, welche Schuld das Land auf sich geladen hatte, das ihn in den Krieg geschickt hatte. Der Großvater starb ein Jahr vor meiner Geburt, das heißt ungefähr zur selben Zeit, als Amirs Vater die islamische Gemeinschaft in Genf gründete. Auch Amir hätte ich mit dem Familienwappen nicht beeindrucken können. Er interessierte sich nicht fürs Mittelalter. Ägypten habe, das hatte er schon als Kind immer wieder betont, eine sehr viel längere Geschichte als Deutschland, Frankreich oder die Schweiz. Als wir dann zusammen studierten und es gegen Semesterende in einem unserer Philosophieseminare, das von einem freundlichen Dominikaner geleitet wurde, um die Frage ging, ob die menschliche Vernunft in der Lage sei, Gott und die Unendlichkeit zu erkennen, meldete Amir sich nach monatelangem Schweigen zum ersten Mal zu Wort und behauptete, die Frage, wie das Göttliche sich in Raum und Zeit manifestiere, nämlich als Wort und als Gesetz, habe der Koran viel klarer beantwortet als die Tora und das Neue Testament. Der Professor hatte ihn angelächelt und ein Kapitel aus Hegels Geschichtsphilosophie zur Lektüre empfohlen. Erst viel später erfuhr ich, wie alles in Wirklichkeit zusammenhing, wieso Amir sich für solche Fragen interessierte, wer sein Großvater gewesen war, warum dieser ermordet wurde und wer der Schweizer Bankier gewesen ist, mit dem sein Vater in unserer Kindheit befreundet war.

Als ich nämlich mit Dimiter über die panislamistische Revolution sprach – es muss bei unserem zweiten oder dritten Telefonat gewesen sein –, fragte ich auch nach Amir und dem islamischen Zentrum in Genf. Ich hatte während des letzten Studienjahrs, als ich in Carouge in der kleinen Dachwohnung in der Rue de la Filature wohnte und viel allein war, oft darüber nachgedacht, was wohl mit Amir geschehen war, warum er seit seiner Abreise nach Ägypten den Kontakt zu mir abgebrochen hatte. Eine Antwort hatte ich damals nicht gefunden.

»Die Fanatisierung der Muslimbrüder ist doch kein Wunder«, sagte Dimiter bei unserem Gespräch, »sie waren Opfer in Ägypten, und sie waren auch Opfer in Syrien. Assads Truppen marschierten 1982 in die syrische Stadt Hama ein und töteten fast vierzigtausend Menschen, vor allem arme

Sunniten, die Anhänger der Muslimbrüder. Diese hatten bei ihrem Aufstand zuvor Hunderte von Anhängern der Baath-Partei und über achtzig Armeekadetten in Aleppo massakriert. Panarabismus und Panislamismus prallten damals zum ersten Mal hart aufeinander. Die Islamisten hatten Verbindungen zum europäischen Faschismus, die arabischen Sozialisten dagegen Beziehungen zur Sowjetunion. Aber es gab natürlich auch Verbindungen zu Amerika. Um nur ein Beispiel zu nennen: Erst vor ein paar Monaten erklärte das amerikanische State-Departement den afghanischen Warlord Gulbuddin Hekmatyar, der sich im Krieg gegen die Sowjets einen Namen als ›Schlächter von Kabul‹ gemacht hat, zum globalen Terroristen, und das wohlgemerkt, nachdem ihn die CIA jahrzehntelang mit Waffen und Logistik ausgerüstet hatte. Hekmatyar ist nämlich Antikommunist und ein glühender Anhänger der Muslimbrüder, schon als Jugendlicher begeisterte er sich für die Schriften von Sajjid Kutb, das war deren Chefideologe. Und so schließen und überlagern sich all die paradoxen und korrupten Kreise im Kalten Krieg: Während die prosowjetischen Syrer flüchtige Nazis und Kriegsverbrecher in ihren Geheimdienst aufnahmen und Schweizer Banker die Muslimbrüder unterstützten, nachdem diese Jahrzehnte von Hitler finanziert wurden, lieferte Amerika Waffen an islamistische Warlords.«

Ich hätte Dimiter gerne noch von Amir und dem vertauschten Leben unserer Nachbarn erzählt, davon, wie mächtig wir uns als Kinder fühlten, wenn wir das Schicksal der anderen steuerten. Doch ich befürchtete, dass Dimiter den Zusammenhang nicht verstanden hätte. Inzwischen wusste ich, dass ihn persönliche Dinge nicht interessierten. Und so blieb auch die Zitterkrankheit meines Großvaters unerwähnt, obwohl sie für mich bis heute ein Beweis dafür ist, dass es so etwas wie Familienbande gibt. Wenn ich nämlich hier in Paris, morgens, abends oder tagsüber auf dem Bett liege – die Wohnung ist ja so klein, wo soll man da schon hingehen? –, die Augen schließe und versuche, meine Atmung zu kontrollieren, überkommt mich immer häufiger das Kriegszittern meines unbekannten Großvaters. Vielleicht wäre es, falls mich jemand dabei beobachten würde, von außen gar nicht zu erkennen, doch ich spüre genau, wie es sich wellenartig in mir fortsetzt und Erschütterungen verursacht, die sich, wenn ich es nicht schaffe, mich zu beruhigen, auf das Haus und von dort auf ganz Paris übertragen. Ich bin eine Gefahr für diese Stadt.

Paris, Passage des Postes, August 2003

Das Problem mit meinem angeblich erhöhten Stromverbrauch war, so vermutete ich, für die Concierge nur ein Vorwand gewesen, um nachts an meine Tür zu klopfen. Zwar hatte die Hausverwaltung den Strom wohl tatsächlich rationiert, doch wenn ich Solanges Ausführungen richtig verstand, dann gab es technisch gar keine Handhabe, die Rationierung bei den einzelnen Mietparteien individuell zu kontrollieren und durchzusetzen. Solange das Netz funktionierte, konnte ich also weiterhin ungestört telefonieren, mailen und surfen. Wahrscheinlich hatte sie herausfinden wollen, was mit mir war, warum ich in Paris blieb, meine Mansarde nicht verließ und so viel Strom verbrauchte.

Gestern Abend, Stunden bevor Solange zu mir nach oben kam, verließ ich für kurze Zeit das Haus. Ich wollte Mineralwasser und Brot besorgen, nachschauen, ob es vielleicht noch irgendwo frisches Obst oder Gemüse gab. Bisher hatte ich keine Gelegenheit gefunden, mir eine von diesen hellen, an den Außenflächen vergitterten Atemschutzmasken zu beschaffen, die fast alle jetzt auf der Straße trugen und die Pariser Bevölkerung wie eine versprengte Armee von Robotern oder Außerirdischen aussehen ließ. Überraschenderweise hatte das Tragen einer solchen Maske Auswirkungen auf die Art der Fortbewegung. Maskenträger gingen langsamer, hielten sich leicht gebückt und schienen beim Gehen weniger fest aufzutreten. Selbst beim Blick aus dem fünften Stock war ihr merkwürdiges Schleichen noch gut vom hastig nervösen

Gang der wenigen Passanten zu unterscheiden, die noch ohne Maske unterwegs waren. Ich rechnete damit, eines Morgens ein Päckchen mit Staubmasken in meinem Briefkasten zu finden, doch eigentlich war mir schon lange klar, dass die Stadtverwaltung sich vermutlich nicht auch noch um solche Dinge kümmern konnte. Es gab für sie momentan, und das hatte Solange gestern unmissverständlich zum Ausdruck gebracht, dringendere Aufgaben.

Bei meinem kleinen Rundgang durch die benachbarten Gassen kam ich auch an dem Kino vorbei, in dem Ravo arbeitete. Das Gitter am Eingang war heruntergelassen, obwohl an diesem Abend eigentlich – das jedenfalls war dem Programm im Schaufenster und den Plakaten zu entnehmen – drei Filme gezeigt werden sollten, im größeren Saal »Mullholland Drive«, der neue Film von David Lynch, im kleineren Jan Švankmajers Animationsfilm »Conspirators of Pleasure« und kurz vor Mitternacht dann Tom Tykwers »Lola rennt«, den ich schon in Wien gesehen hatte. Alle drei hätte ich mir gern angeschaut, doch es gab nirgends einen Hinweis darauf, wann das Kino wieder öffnen würde. Seine Telefonnummer hatte Ravo mir nicht gegeben.

Die Straßen waren wie ausgestorben: Spärliche Beleuchtung, die meisten Läden geschlossen, sogar der kleine Video-Verleih an der Ecke, der noch im Juli Tag und Nacht geöffnet gewesen war, schien verwaist. Vor dem verriegelten Supermarkt im unteren Teil der Rue Mouffetard hatte jemand einen improvisierten Verkaufsstand aufgebaut. Hier gab es heute Abend neben Reis, Zwieback und Zigaretten sogar Äpfel und Zwiebeln, doch angesichts der in den letzten Tagen rasant gestiegenen Preise für frische Lebensmittel, die inzwischen das Drei- bis Fünffache des Üblichen erreicht hatten, kaufte ich nur Wasser und Brot und beschloss, nun doch noch das Röhrchen mit den abgelaufenen Vitamintabletten, das in Philippes Küchenschrank lag, anzubrechen. Das aufgedruckte Verfallsdatum war der erste Juli 2003, der Tag meiner Ankunft in Paris. Doch ich war sicher, dass Vitamintabletten selbst bei großer Hitze über die offiziell angegebene Haltbarkeit hinaus eingenommen werden konnten, insbesondere in Notsituationen wie dieser. Ich trug meine Einkäufe über die Straße, kam an einigen Hinterhöfen vorbei, aus denen graue und braune Müllsäcke quollen, begegnete schweigenden, in sich gekehrten Menschen, die an mir vorbeischauten. Niemand berührte mich, und doch erschien mir alles unerträglich hautnah, auf eine unwirkliche, viel zu direkte Art körperlich.

Ich lief zurück in die Wohnung, räumte die Sachen in den Kühlschrank, auch das Brot war dort inzwischen besser aufgehoben als auf dem Küchentisch, bewegte die Maus an Philippes Computer, um die geöffneten Programme zu aktivieren, holte mir ein Glas Wasser und legte mich aufs Bett. Es gab eine neue Mail von Silberwolf an Marusja, in der er berichtete, er habe sich für einen Workshop zum Thema Astralreisen angemeldet, ob sie vielleicht Lust habe, ihn zu begleiten, er werde sich am späteren Abend noch im Chatroom einloggen. Frau Wirtin hatte er eine kurze Meldung geschickt, er sei am kommenden Wochenende in Wölfersheim bei Bad Nauheim, es gäbe da so spezielle Privat-Partys mit devoten Damen, ein Freund habe ihn dazu eingeladen. Sie wisse ja, ein Wolf sei in Freiheit geboren, in Gefangenschaft gehe er zugrunde. Er werde also ein paar Tage offline sein. Und Philotima erfuhr, er sei im Moment doch sehr in seiner Zahnarztpraxis eingespannt, sie möge sich also bitte ein wenig gedulden, seine Antwort käme gewiss morgen, spätestens übermorgen.

Auch Dimiter hatte geschrieben. Er entschuldigte sich, am Telefon womöglich etwas heftig gewesen zu sein und kam zu dem Schluss – wissen Sie Charlotte, der Live-Kontakt beinhaltet doch immer ein gewisses Risiko, ich kenne das auch vom Fernsehen –, es sei doch eigentlich sinnvoller und angenehmer, ganz in Ruhe über all diese heiklen politischen Themen nachzudenken und sich erst nach einer eingehenden Phase des Nachdenkens überhaupt zu äußern, deswegen sei die schriftliche Kommunikationsform definitiv ratsamer als das Gespräch. Diese Einsicht hinderte ihn jedoch nicht daran, seine Ansichten mir gegenüber auch weiterhin in pointierter, mitunter polemischer Form vorzubringen. In dieser ersten Mail ging es um die schlechte Informationspolitik der Pariser Stadtverwaltung, das Ganze sei ein einziges, desolates Chaos, man steuere direkt auf eine Katastrophe zu, wenn diese nicht sogar schon erreicht sei. Wie man nur so lange untätig hätte sein können, nicht einmal die Wasserversorgung sei noch sichergestellt. Als es vor acht Jahren in der Pariser Metro die Bombenanschläge der algerischen Islamisten gab, hätten Polizei und Verwaltung wenigstens sofort die Bevölkerung informiert. Heute wisse niemand, wie groß die Gefahr eigentlich sei und wie das Ganze nun weitergehen solle. Seinen deutschen Zuschauern könne er seit Tagen nur noch persönliche Impressionen liefern, an Fakten zur Lage der Stadt sei momentan nicht heranzukommen.

Im Unterschied zu unseren Telefongesprächen entwickelte sich der E-Mail-Verkehr mit Dimiter zu einem intensiven und regelmäßigen Austausch, den ich nutzte, um nun auch selbst die eine oder andere politische Position zu vertreten. Dimiter ging darauf zwar nur selten ein, ich hatte jedoch den Eindruck, seinen Antworten eine gewisse neuartige Aufmerksamkeit zu entnehmen. Immerhin konnte auch ich meine Gedanken nun in Ruhe ausformulieren. Wir sprachen und stritten in den folgenden Tagen jedoch nicht mehr nur über Politik und Journalismus, sondern jetzt auch über Pariser Literatur, deren »politische Irrrelevanz« Dimiter beklagte und vermutlich in polemischer Absicht mit drei »R« schrieb. Zum Beispiel Philippe Sollers und Michel Houellebecq! Die seien in geradezu karikaturhafter Weise typisch. Dimiter hatte das Wort unterstrichen, ein »ideal-« in Klammern davor gesetzt und wieder durchgestrichen. Es folgten drei Ausrufezeichen. Der eitle Salonlöwe und die zynische Kanalratte!!! Beide seien, auch wenn sie sich öffentlich befehdeten, im Grunde gleich. Nichts als intellektuelle »Bidochons«, schwadronierende Stammtisch-Philosophen aus einem Pariser Underground-Comic, die öffentliche Tumulte anzettelten, egal ob sie nun zufällig gerade den Lehren von Mao Tse-tung (er weigere sich, »Zedong« zu schreiben!), des Marquis de Sade, des Posthumanismus, Raëlismus oder irgendwelcher reaktionärer Katholiken folgten, wie unter Zwang – es gäbe ja unter Intellektuellen ein bekanntes Morbiditätsrisiko für narzisstische Größenphantasien. »Hauptsache, es knallt«, schrieb Dimiter, »die Welt geht unter und gleich wieder auf, und sie haben natürlich vorher alles schon gewusst«, vier Ausrufezeichen, Gedankenstrich, »und von den Medien werden sie für ihren apokalyptischen Klamauk, versoffenen Zynismus und das ganze dandyhafte Insider-Tamtam zu Popstars verklärt. Hauptsache, die Einschaltquoten stimmen.« Ich versuchte dagegenzuhalten, lobte Sollers stilistischen Abstraktionismus, seine innovationistische Transgressivität, rühmte Houellebecqs fundamentalfuturistische Phantasie, sein radikal übermenschliches Unmenschentum, mit dem sich jeder halbwegs gebildete Leser mühelos identifizieren konnte, forschte im Internet nach beweiskräftigen Textstellen, leider ohne etwas Passendes zu finden, verteidigte den Mut der beiden, beengende phänomenologische Grenzen zwischen Fakten und Fiktion bereits im Keim des eigenen, außergewöhnlich welthaltigen Ichs zu ersticken beziehungsweise zu sprengen, schließlich habe Exhibitio, die nackte Entäußerung – ebenfalls im ganz grundsätzlichen Keim & Kern – mit Auslieferung und Unterhaltung zu tun, bewunderte die fehlende politische Korrektheit der beiden, obwohl mir Philippe immer wieder eingeschärft hatte, diesen Begriff nicht zu verwenden, führte entschuldigend den Einfluss der

Medien an, die es den Autoren immer schwerer machten, sich fleißig und diskret dem Keim- und Kerngeschäft der Schriftstellerei zu widmen, Kunst sei schließlich Grenzüberschreitung, das Durchbrechen von Regeln und Konventionen das Ah und das Oh der Literatur, der Künstler dürfe, ja müsse und solle die Gesellschaft heimsuchen, und das gehe nun einmal am effektivsten in einer Fernseh-Talkshow. Und dieses Talken sei ja wohl politisch, oder etwa nicht?

Ich schrieb mehr als eine ganze Seite. Doch Dimiter ließ, wie sich bereits eine Stunde später herausstellte, meine Argumente nicht gelten. Ich würde, falls ich länger in der Stadt bliebe, schon noch merken, wie verblasen und korrupt die Pariser Kulturschickeria sei. Es gehe in diesen Kreisen mittlerweile zu wie in der Politik. Er müsse mich wirklich warnen, fügte zur Illustration zwei in der Szene kursierende Anekdoten über Manipulationen bei Preisverleihungen hinzu und beendete seine Botschaft mit einem netten Abendgruß und der Bemerkung, er müsse, wie gesagt, unser Treffen leider ein weiteres Mal verschieben.

Ich gewöhnte mir ab, auf seine Absagen zu reagieren. Zwar hatte ich ihn vor Kurzem noch einmal an den geplanten Besuch im Niemandsland der Clochards an der Petite Ceinture erinnert, doch er antwortete auch darauf nur vage und ausweichend, obwohl er selbst es gewesen war, der mir diesen Ausflug vorgeschlagen hatte. Gewiss, er wolle mich beim nächsten Mal dorthin mitnehmen, er sei erst kürzlich wieder dort gewesen, der Zugang durch die alte Eisentür hinter dem Park sei immer noch offen, doch momentan sei es wohl einfach zu heiß, um sich zu Fuß durch die Stadt zu schlagen, und abends sei es sowieso wenig ratsam, sich als Journalist an solche Orte zu begeben.

Meistens schrieb ich, während ich Dimiters Mails las und beantwortete, simultan kurze Chat-Botschaften an Silberwolf. Es war erstaunlich, wie leicht sich Zurückweisungen und kleine Kränkungen verkraften ließen, wenn man mehrere Korrespondenzen gleichzeitig führte. Hätte ich mich als Frau Wirtin oder als Philotima ärgern sollen, wenn Silberwolf mich vertröstete? Konnte ich als Marusja doch damit rechnen, dass wir noch am selben Abend miteinander chatten würden! Und wenn er dann bald auch die Lust an Marusja verlieren würde, kämen die anderen Frauen zum Zuge: die Herzschrittmacherin zum Beispiel, aber auch die scheue Melusine, das nette Aschenpummel, Seneca Falls, Kate B., Camilla und Esmeralda, Gina Lollo, Rita-Line, Wanda, Prinzessin Tausendschön, Shecat, Mme Bovary, Steilküsste, Anna Thema und all die vielen weiblichen Profile, die ich mit großer Sorgfalt und viel Liebe zum Detail exakt nach seinen Bedürfnissen auf Vorrat konzipiert und bisher noch gar nicht ins Rennen geschickt hatte. Und was ich mit Silberwolf übte, ließ sich, so bemerkte ich zu meiner eigenen Überraschung, auch auf die Korrespondenz mit Dimiter übertragen. Sogar das Warten auf Philippes Rückruf, auf einen Besuch von Ravo oder auf ein Lebenszeichen von Adrian, fiel mir leichter. Es genügte, ein hübsches weibliches Fake ins Leben zu rufen, mit diesem auf Silberwolfs Profilseite ein virtuelles Smiley mit Kussmund, Röschen oder Herzchen zu hinterlassen, und schon ging die Flirterei auf einer anderen Seite wieder los.

Man war nie wieder allein. Oft hatte ich mir gesagt, ich müsse nur den Mut haben, allein zu leben, Einsamkeit habe schließlich auch ihr Gutes. Man werde nicht mehr abgelenkt, könne sich ganz auf seine eigenen Projekte konzentrieren, müsse nicht mehr dauernd trösten und besänftigen, gut zureden, gut zuhören, zustimmen, zuraten, zuzahlen, loben und lachen, an dieses und jenes erinnern, verzeihen, warten, dieses und jenes in Kauf nehmen, warten, das Klo putzen, warten. Doch es war mir nicht gelungen, mich tatsächlich davon zu überzeugen. Die Lösung, die ich hier in Paris gefunden hatte, gefiel mir sehr viel besser. Das Multiversum der

Liebe war entschieden leichter zu ertragen als das Universum. Etwas Ähnliches hatte ja auch Solange behauptet. Und für mich und mein ureigenes, individuelles Ich galt das, so war mir bei unseren Gesprächen klar geworden, im Grunde auch. Immer nur dieselbe zu sein, wie langweilig! Melusine war Kosmetikerin und lebte in Königswinter, Mme Bovary war Bibliothekarin in Siegburg, Esmeralda aus Wanne-Eickel war gelernte Arzthelferin, arbeitete aber nebenbei als Wahrsagerin im Internet, Aschenpummel kam aus Travemünde, war Fußpflegerin und Mutter von vier Kindern, Seneca Falls war Frauenrechtlerin und hatte eine Anwaltskanzlei in London (diese Frau hätte ich mir zur Freundin gewünscht!), [Einspruch! Wer ist hier »ich«? Sie vielleicht? Das versteht doch keiner! gez. trkl-ga] Camilla wohnte in Klosterneuburg und behauptete, aus einer ungarischen Vampirfamilie zu stammen (auch sie wäre gewiss eine tolle Freundin gewesen), Kate B. war sehbehindert und lebte als Hotelbesitzerin am Genfersee, Gina Lollo war Busfahrerin in Zürich, Rita-Line Kindergärtnerin aus Bochum, Wanda hatte ein Tattoostudio in Wien, Prinzessin Tausendschön war Bodybuilderin in Herne, Shecat eine Bardame in Karlsruhe, Steilküsste Journalistin aus Hamburg, Anna Thema Theologin an der Universität Paderborn und die Herzschrittmacherin eine Kardiologin aus Celle. Ich erinnerte mich an Ravos Seelen-Avatare und an die kleine brennende Wunde in seinem Mund, die alle seine menschlichen und tierischen Körper gemeinsam hatten, auch wenn Ravos Wanderung Jahrtausende gedauert und seine alte Seele über den gesamten Erdball geführt hatte. Ich überlegte, ob es auch bei mir so eine kleine brennende Wunde gab, die alle meine Avatare miteinander verband.

Ich verbrachte den Tag damit, verschiedene Dinge im Internet zu recherchieren, Mails zu beantworten, Kaffee zu kochen, auf dem Bett zu liegen, die Nummer von Philippe zu wählen, aus dem Fenster zu schauen, Wasser zu trinken,

Kleider zu waschen, nochmals die Nummer von Philippe zu wählen, wieder aus dem Fenster zu schauen und mich aufs Bett zu legen. Zwischendurch loggte ich mich immer wieder im Chatroom von world-dating ein, um Silberwolf aufzulauern, den ich wegen des Besuchs von Solange gestern Abend leider verpasst hatte. Es dauerte jedes Mal gute zehn Minuten, bis ich all meine Profile nach neuen Besuchern durchgecheckt hatte. Ja, es war mühsam, ein Leben lang dieselbe sein zu müssen, es war aber auch anstrengend, dauernd seine verschiedenen Avatare up to date zu halten. Sich vom eigenen Ich zu lösen, bedeutete nicht nur Leichtigkeit, schwerelos als körperlose Seele im universellen Äther des Internets herumzuschwirren, es bedeutete auch, die üblichen umständlichen und langwierigen somatischen Stoffwechselprozesse durch effiziente bürokratische Techniken zu ersetzen. Meine Avatare brauchten weder Schlaf noch Kalorien, aber sie brauchten Ordnung in den Systemeinstellungen und, das war ganz besonders wichtig, eine makellose, täglich aktualisierte Präsentation. Silberwolf verliebte sich grundsätzlich nur in Frauen, die er noch nicht kannte. Das war wölfisch und somit logisch. Doch was hatten all diese Up- und Reloads, die neuen Profiltexte und Chatbeiträge, die ich täglich, ja stündlich ins Netz stellte, eigentlich noch mit mir zu tun? Und wenn sie nichts mit mir zu tun hatten, nichts mit mir und meiner Geschichte, woher kam dann diese eigenartige Befriedigung, die mich erfüllte, sobald alle Avatare versorgt waren und das Spiel von Neuem begann? War es überhaupt möglich, ohne Körper geliebt zu werden? Hätte Silberwolf mich auch als reine Seele oder als Text lieben können? Manchmal kamen mir Zweifel, ob mein Plan gelingen würde, auch wenn ich mich noch so anstrengte. Womöglich hatte ich etwas Entscheidendes übersehen.

 Esmeralda erhielt an diesem Tag eine kurze Nachricht von Gilgul, dem türkischen Opernsänger, und Anna Thema eine etwas längere von Iblis, dem inhaftierten Mörder aus Bad Hersfeld. Er hatte ihr vor Wochen schon einmal geschrieben, sich dann aber nicht mehr bei ihr gemeldet. Wenn er bei dieser ersten Nachricht nicht erwähnt hätte, dass er zur Zeit als Insasse der Justizvollzugsanstalt Kassel eine mehrjährige Haftstrafe verbüßte und in diesem Sommer endlich frei käme, hätte ich mich vermutlich gar nicht mehr an ihn erinnert. Er schrieb, er hoffe, die »liebliche Anna« sei heil und gesund wieder zurück in Paderborn, denn in den nächsten Tagen erreiche »das Gestaltlose« die Stadt Paris: Die vierte Schale des Zorns werde sich über Häuser und Straßen ergießen, er habe da so seine Informationen. Wie der Mail-History des Anna Thema-Profils zu entnehmen war, hatte ich ihm offenbar erzählt, dass Anna seit einem Treffen mit deutschen und französischen Kollegen aus verschiedenen theologischen Fakultäten momentan in Paris festsäße, weil es angesichts der chaotischen Verkehrsverhältnisse kaum möglich sei, eine halbwegs komfortable Verbindung nach Norden zu finden. Anscheinend glaubte der Herr, eine Theologin sei besonders empfänglich für apokalyptische Prophezeiungen und kröche ihm daher besinnungslos auf den dämonischen Leim. »Durch ekstatische Erhitzung wird aus dem alles durchdringenden Odem die Welt neu erschaffen«, schrieb er, »Das glühende Innerste tritt nach außen und entzündet Raum und Zeit. Doch dieses Innerste, das sich jetzt auf Paris zubewegt, ist böse. Ich weiß, wovon ich spreche. Vielleicht hat auch die liebliche Anna im fernen Paderborn oder im fernen Paris mitbekommen, was im Dezember geschah: Da wurde der berühmte Kannibale von Rotenburg verhaftet und hier in die JVA nach Kassel gebracht. Seit zwei Wochen ist er mein Zellennachbar, ein höflicher, intelligenter Mann, wir haben uns schon des Öfteren unterhalten. Natürlich nicht über unsere Darkfantasies. Die muss jeder mit sich selbst ausmachen. So ist das leider nun mal. Lg., Iblis.« Wahrscheinlich hieß Iblis in Wirklichkeit Uwe oder Helmut, war Tankwart oder Versicherungskaufmann irgendwo in Hessen oder Thüringen, ein gelangweilter Familienvater, der seine Nächte im Internet verbrachte. Doch er hatte Phantasie, das machte ihn sympathisch. Ich ließ Anna eine kurze Mitteilung verfassen, sie sei noch immer in Paris. Die Hitze sei tatsächlich unerträglich, sie säße untätig in ihrem zum Glück klimatisierten Hotelzimmer, hätte sehr viel Zeit und wäre durchaus bereit, mit ihm auch die dunkleren Seiten des Daseins zu erörtern. Eine Theologin müsse unerschrocken sein, gerade auch im Umgang mit Satan. Ich wartete eine Stunde lang auf seine Antwort, dann wechselte ich das Profil und loggte mich im Chatroom ein.

Um 23 Uhr 17 war es endlich soweit. Silberwolfs neckisches Avatarbild, ein comicartiger Werwolf mit glühenden Augen, erschien im Chatroom und gleich darauf auch auf der Kontaktliste von Marusja. »Na, Hase, hast du dir überlegt, ob du eine Astralreise mit mir antreten willst?«, begrüßte er mich. Wir plänkelten ein wenig hin und her, scherzten und neckten einander, wie wir das jetzt schon seit Wochen taten. Es ging alles gut, bis ich den Fehler machte, von meinen »weiblichen Bedürfnissen« zu sprechen. Ich hatte diese Formulierung, die Mme Bovary und Seneca Falls manchmal verwendeten, noch von meinen Nachmittagskorrespondenzen im Ohr und nur so dahingesagt, ohne dabei zu bedenken, dass Marusja ja in einer ganz anderen Frauen-Liga spielte. Als ich merkte, dass ich mich im Ton vergriffen hatte, war es zu spät. »Wie pathetisch!«, tönte es postwendend zurück, »weibliche Bedürfnisse! Du enttäuschst mich. Was soll dieser Emanzenjargon?« Nach einer Weile erschien im Schreibfeld die folgende, für Silberwolf ungewöhnlich lange Botschaft: »In der Liebe gibt es nur ein Subjekt, und das ist der Mann. Das ist ausnahmsweise mal nicht meine Erfindung, Kleines. Das kannst du bei einem berühmten französischen Psychoanalytiker nachlesen, bei Jacques Lacan. Die Frau ist prinzipiell selbstlos, so eine Art Spiegel des Mannes. Ich hoffe, ich muss das nicht weiter erklären.«

Er hätte genauso gut behaupten können, Paris sei eine von Deutschen gegründete Stadt in der Ukraine oder dass er gedenke, bei seiner eigenen Beerdigung die Totenrede zu halten. Dieses Geschwätz war so absurd, dass ich sogar als Marusja darüber lachen musste. Trotzdem ärgerte ich mich. Wieder jemand, der mir weismachen wollte, dass es mich gar nicht gibt! Schlagartig war ich wieder ich. Ein Gefühl kroch in mir hoch, das ich schon als kleines Mädchen in unserer Genfer Wohnung empfunden hatte, wenn ich hinter verschlossenen Türen die Stimmen der Erwachsenen hörte. Ich wartete einen Augenblick, ging kurz aufs Klo und stellte dann ein dickes rotes Fragezeichen in den Chatroom. Wieder kam eine überraschend ausführliche Antwort: »Ohne Phallus kein Subjekt, verstehst du? Wer den Phallus hat, hat auch die Sprache. Wer ihn nicht hat, also zum Beispiel die Mutter und sowieso alle Frauen, hat nichts Eigenes. Denn die Mutter ist kastriert. Das alles ist natürlich nur symbolisch gemeint, das wirst du ja verstehen, oder?«

Ich verstehe. Was ich verstehe, ist schizophren, nein eigentlich ist es mehr als schizophren, es ist dreifaltig: Es gibt eine in mir, die möchte jetzt zuschlagen, einfach nur zuschlagen, dem Wichser seinen Phallus in die Fresse rammen. Das ist meine kleine missachtete Subjektin, die mit der großen Klappe und dem feministischen Boxhandschuh. Dann gibt es eine zweite, sehr vornehme, die möchte jetzt gerne differenzieren, alles Emotionale erst einmal beiseite schieben, den Kopf in eine nachdenkliche und sehr interessierte, intellektuelle Schräglage bringen, Brille und Uhrenarmband gerade rücken und mit konzentriert zusammengefalteten Lippen so tun, als handle es sich bei ihrem Denken nur um Gedanken.

Gedanken und Ideen, die man eben haben darf. Schließlich herrscht Gedankenfreiheit. Und die gilt für Silber- Wer- und Schwatzwölfe genauso wie für Dimiter, Philippe, Adrian oder alle meine Avatare. Diejenige in mir, die so denkt und empfindet, ist die Objektive, Vorurteilsfreie, das wissenschaftliche Neutrum in mir. Und dann gibt es noch eine dritte, sehr rätselhafte Ich-Spielerin, eine, die ihre eigene Ohnmacht zelebriert, ihre Angst und ihre Wut in Lust verwandelt, sich hingibt, geradezu wegwirft, sich solchen Silberwolf-Typen an den Hals wirft, sich auslöscht, weil sie versteht, was von ihr verlangt wird, weil sie brav sein will oder weil sie eine Art Todessehnsucht hat, die mich und andere Frauen befällt, sobald sie Werwölfen oder Vampiren begegnen, deren Unverschämtheit so grenzenlos ist, dass man alles andere vergisst. Weil es so schön ist, brav zu sein, so gemütlich, so anders, weil man sich dabei verliert. Diese Dritte, Willenlose, Bedürfnislose, ist mein Sub-Subjekt aus dem Neandertal, das Weibchen, das vom Phallus in den Schlamm gedrückt werden möchte. Mit dreckigen Reden und echter, dreckiger Gewalt.

»Ich spüre ganz deutlich deine masochistische Ader«, hatte er schon beim ersten Chat mit Marusja gesagt, »du wirst sehen: auf Dauer kann man seine innere Natur nicht verleugnen. Es muss nur der Richtige kommen, der mit dem passenden Schlüssel, und schon fällst du ihm in den Schoß wie eine reife Pflaume.« Der Phallus sei so etwas wie das Chi des Westens. Der Zauberstab, mit dem die vis vitalis angerührt und zum Stöhnen und Schreien gebracht werde. Überhaupt der Schrei, das sei das Ah und Oh der Liebe, der Urlaut der Schöpfung. Gottvater himself habe das so gewollt, Sex und Gewalt im Namen des Vaters. Mit seinem Neuen Testament habe das Christentum diese alten Weisheiten nur übertüncht. Doch es müsse, wie gesagt, nur der Richtige kommen, der Erlöser, einer, der das große Gesetz kenne und vertrete. Schon bald werde Marusja diese Dinge besser begreifen. »Begreifen, nicht verstehen, wenn du verstehst, was ich meine.« Verstehen sei für Frauen überflüssig, ja im Grunde schädlich, der Rationalismus entfremde sie ihrer natürlichen Bestimmung. Doch ich dürfe natürlich gerne lernen und wiederholen, was er mir vorsage, seine Lust in mich aufnehmen und zurückspiegeln, sozusagen zum lebendigen Fetisch seiner Libido werden. Ja, so etwas Ähnliches habe wohl auch dieser Monsieur Lacan damals gesagt. Man habe darüber in den Analyse-Kursen geredet, die Silberwolf in den Achtziger Jahren in Köln besucht hatte. Die Frau sei der Fetisch des Mannes. Rein psychoanalytisch betrachtet seien Frau und Phallus nämlich dasselbe. Voraussetzung für einen gesunden Ablauf dieser Entwicklung sei, dass das Kind lerne, auf den Körper der Mutter zu verzichten. Er rede jetzt natürlich nur vom Knaben. Das Mädchen könne ja gar kein eigenes Begehren entwickeln. »Der Knabe kastriert also die Mutter und bekommt dafür den Phallus in Gestalt der Frau.« Aha, dachte ich – nichts weiter, es gab dazu nichts weiter zu denken, außer vielleicht dass in Silberwolfs speziellem Fall der Phallus in Gestalt sehr vieler Frauen auftrat. Ich sah Silberwolf auf einem Plastik-Thron sitzen, es kann auch ein gigantisches Kindertöpfchen gewesen sein, umringt von weinenden Frauen und wackelnden Penissen, seine kastrierte Mutter lag irgendwo in der Ecke und hielt sich den Bauch.

Nach diesem letzten Satz blieb es still im Chat. Vielleicht erwartete er eine Reaktion. Mir fiel nichts ein. Ich schaute nach, ob er, während er auf eine Antwort von Marusja wartete, vielleicht einer anderen Frau geschrieben hatte. Das war nicht der Fall. Wahrscheinlich meinte er diese Dinge ernst, vielleicht aber wollte er auch nur überprüfen, wie solche Sätze auf mich wirkten, bis zu welchem Punkt er mich provozieren konnte. Ich antwortete nicht.

Nach einer Viertelstunde schickte er ein dunkelrotes *grins* und fuhr mit seinen Ausführungen fort. Eigentlich sei das mit dem Phallus wie mit den Wesensgliedern beim Astralleib. Da kenne er sich ja nun wirklich aus. Das Schicksal des Astralleibs sei ein symbolisches Seelendrama, mit dem er sich schon seit Jahrzehnten befasse. »Es gibt aber einen wichtigen Unterschied zwischen dem Phallus und den Wesensgliedern. Der Astralleib löst sich nämlich irgendwann mal auf. Das ist die feinstoffliche Transzendenz der Astralmaterie. Der Phallus dagegen kommt aus seinem narzisstischen Zirkel nie heraus. Keine Auflösung, keine Erlösung in Sicht. Er masturbiert in zwanghafter, eiskalter Symbolik. Permafrost-Loopings mit dem Schwanz der Einsamkeit! *grins*.« – »Und die Frau?«, fragte ich, »was ist mit der?« – »Die gibt es doch gar nicht! Hast du das denn noch immer nicht kapiert? Sie ist nur der Spiegel des Mannes, bestenfalls sein Fetisch.« Natürlich müsse das alles ganz genauso so sein, so, wie es ist. Zwangsläufig, logisch und notwendig, all das sei reine Natur, man habe da gar keine Wahl. Das sei wichtig zu begreifen, gerade auch als Frau. »Keine böse Absicht, verstehst du?« Die Frau stehe dem Mann zu Diensten, als Spiegel, als Fetisch. Das sei, so schrieb er nun schon zum dritten Mal, ihre wesentliche Aufgabe, ihre natürliche Funktion, das müsse auch Marusja begreifen, um erfülltes Liebesglück zu erleben. »Die Ankunft des Phallus erwarten! Darum geht es in der weiblichen Sexualität. Alles andere ist bloße Hysterie. Bedürfnisse! Leere, sinnlose Selbstbehauptung, Symptom dessen, was fehlt, weil es notwendig fehlen muss.« Doch dieses Manko sei gerade das Schöne daran. Genau deswegen sei die weibliche Sexualität so vollkommen, sie sei Hingabe avant la lettre, kein Festhalten am Eigenen. Nein, reine Verschwendung, Ekstase, wenn ich verstünde, was er meinte. Frauen seien geborene Mystikerinnen. »Marusja, auch du bist eine Mystikerin, vielleicht sogar eine ganz große!« Ich erwartete ein Grinsen. Doch es kam keines. Seine Begeisterung war echt. Fast fühlte ich mich geschmeichelt.

Glück und Tugend seien Kategorien für Kleingeister, fuhr er fort, das ganze moralische Geschwurbel, gerade auch das feministische, sei ihm viel zu brav, viel zu langweilig, engstirnig und spießig. Er könne diese ständigen Opfer-Allüren schon lange nicht mehr hören, er selbst sei nämlich von Grund auf unbescheiden, anarchisch, frei. Er gehöre zu den Wölfen, hole sich, was er brauche und lasse sich nicht zum Haustier zähmen. Wenn ich einen dressierten Hund bräuchte, solle ich besser die Finger von ihm lassen.

Von seinem inneren Werwolf erfuhr nicht nur Marusja. Auch den anderen Frauen erzählte er von seinen magischen und animalischen Kräften. Der Werwolf in ihm sei die Verbindung zur unsichtbaren Welt. Mit ihm vernehme er das Rumoren des Kosmos. Das zu belauschen, sei seine geheime Mission. Ein Wolf besitze ausgeprägte Sinnesorgane, könne viel genauer riechen, hören, schmecken und sehen als ein Mensch. Und immer, wenn er selbst sich in seinen inneren Werwolf verwandle, das geschehe bei jeder Frau nur ein einziges Mal, würden diese Gaben noch weiter potenziert. Dann spüre und schmecke er auch die Gedanken und Gefühle der Frau.

Das Rumoren des Kosmos! Wie das wohl gemeint war? Offenbar stellte er sich das kosmische Hintergrundrauschen als eine Art universellen Verdauungsprozess vor, bei dem alles beständig zersetzt und in reine Energie umgewandelt wurde. Seneca Falls machte sich darüber lustig, seine Wolfsmärchen erinnerten sie an Spukgeschichten aus der Kindheit. Doch er entgegnete nur, man solle die Kindheit nicht unterschätzen, auch habe er den Eindruck, Seneca leide an einer klaffenden, wenn nicht gar kläffenden Denkwunde. Dabei habe er sie doch noch gar nicht richtig aufgerissen *grins*. Er war nie beleidigt und hatte auf alles eine Antwort. Die Herzschrittmacherin erzählte ihm vom Streit mit ihrem Nachbarn, der übergriffig und gewalttätig war, Philotima berichtete von ihrer Schlaflosigkeit, Mme Bovary von zwanghaften Masturbationsanfällen. Die Herzschrittmacherin solle doch, so lautete sein Rat, ein goldenes Schokoladenherz an der Tür des Nachbarn befestigen, am besten mit Marzipankern. Mme Bovary riet er, einen Roman zu schreiben und Philotima nannte er in seiner nächsten Mail »Lady Macbeth«. Die nämlich sei an Schlafmangel gestorben. Überhaupt überraschte er mich immer wieder mit seiner klassischen Bildung.

Aschenpummel, die sich über ihren brutalen Ex-Mann beklagte, fragte er, ob sie in all den Ehejahren nicht doch eine gewisse Lust an seinen Grausamkeiten verspürt habe. Ich wurde neugierig und ließ Aschenpummel die Frage zögerlich bejahen. Nun ja, sie hätte, nachdem ihr Mann sie wieder einmal verprügelt habe, manchmal nur noch so da gelegen und den Nachhall seiner Kraft gespürt, überhaupt sei es ja immer diese Kraft gewesen, nach der sie sich von Anfang an gesehnt habe, das sei auch nach der Geburt der Kinder nicht anders gewesen. Der Schmerz und die Erniedrigung hätten ihr immer wieder bestätigt, wie stark ihr Kerl doch gewesen sei und das habe sie eigentlich immer toll gefunden.

Was nun folgte, brachte mich dermaßen aus der Fassung, dass ich kurz mit dem Gedanken spielte, Aschenpummel und alle anderen Profile sofort zu löschen. Ich brauchte fast eine Stunde, bis ich mich entschließen konnte zu antworten. Silberwolf schlug nämlich vor, eine, wie er Aschenpummel versicherte, völlig harmlose und in BDSM-Kreisen durchaus übliche kleine Intervention vorzunehmen. Ob sie sich denn vorstellen könne, dass ein Fachmann wie er – als Zahnarzt sei er ja an den Umgang mit Nadeln und anderen Klinik-Toys *grins* gewöhnt – ihr die Schamlippen zunähe? Rein provisorisch natürlich. Die Operation könne jederzeit rückgängig gemacht werden. Das Ganze sei eine Art Keuschheits-Spiel, ein Ritual, mit dem er seine Dominanz bekräftigen könne. »Solange du zugenäht bist, kommt eben kein fremder Dödel rein. Ganz einfach!« Für ihn sei diese Vorstellung äußerst erregend.

Ich fragte nach den technisch-medizinischen Details, auch um zu testen, ob er sich tatsächlich mit solchen Dingen auskannte. Das Hauptproblem, insbesondere beim Vernähen der äußeren Schamlippen, kam postwendend die Antwort, sei sicherzustellen, dass Urin und Vaginalsekret weiter ungehindert abflössen. Daher sei bei jedem Vernähen, das länger als ein paar Stunden dauere, eine kleine Öffnung zu lassen. Solche Vorsichtmaßnahmen würden sogar in Afrika respektiert, wo man sehr viel brutalere und dauerhaftere Eingriffe praktiziere. Ich erinnerte mich an die Radiosendung über Genitalverstümmelungen, die ich kurz nach meiner Ankunft in Paris gehört hatte und fragte, wie lange so ein »Spiel« denn wohl dauern würde. Silberwolf meinte, die Naht solle schon länger als eine Woche halten, das sei ja gerade der Sinn der Sache, insbesondere bei einer Fernbeziehung. Deswegen sei es ratsam, einen Faden zu verwenden, der vom Körper resorbiert werde. Die Schamlippen könnten vor dem Eingriff örtlich betäubt werden, falls Aschenpummel das so wünsche. Doch seiner Erfahrung gemäß sei das nur selten wirklich nötig. Sechs bis zehn Stiche seien in der Regel ausreichend, und das könne eine masochistisch veranlagte Frau locker aushalten. Anfangs werde sie bei jedem Schritt und natürlich auch beim Urinieren noch Schmerzen haben. Doch auch das hänge letztlich von der individuellen Anatomie ab. Ein – allerdings sehr geringes – Risiko bestünde in der Gefahr, einen Nerv zu verletzten. Die Haut fühle sich an dieser Stelle dann ein bisschen so an wie nach einer Spritze vom Zahnarzt. Das aber sei nun wirklich eine Lappalie, damit habe er täglich in seiner Praxis zu tun. Er kenne übrigens eine Dame, die Intimpiercings trage und sich von ihrem Herrn durch die Löcher der Piercings eine kleine Kette ziehen lasse, die dann feierlich mit einem Mini-Vorhängeschloss versiegelt werde. Das wäre gewiss auch eine Möglichkeit.

Vielleicht sollte man das Ganze, ergänzte Silberwolf, sowieso als – freilich rein private – Kunst-Performance betrachten. Schon das Martyrium des Heiligen Sebastian sei von unzähligen Künstlern verklärt worden, und eine Performance-Künstlerin wie Marina Abramović habe sich bei einer ihrer Performances sogar mit einer Nadel ins Auge stechen lassen, bei einer anderen habe sie sich einen Stern in die Haut geritzt, während ihr Partner Ulay sich den Mund zunähte. Selbstverletzungen gehörten heute zur Kunst wie früher die Signatur unter dem Stillleben mit Obst und toten Fischen. Und überhaupt und sowieso: Schönheitskorrekturen im Vaginalbereich seien nun wirklich inzwischen völlig banal. Denn warum solle ausgerechnet diese Körperregion chirurgisch tabu sein, wenn so vieles, erotisch kaum Relevantes schon seit Jahrzehnten ästhetisch verbessert werde. Als Zahnarzt sei ihm dieser Trend zur Bodymodification überaus vertraut. Nahezu täglich korrigiere er schiefe Zahnreihen und Überbisse.

Ich ließ Aschenpummel antworten, sie fände seinen Vorschlag erschreckend, irgendwie aber auch schrecklich schön. Sie müsse sich das alles gründlich überlegen, erspüren, ob es sie wirklich errege, denn Angst und Erregung lägen bei ihr manchmal sehr dicht beieinander. Ob er ihr denn eine einwandfreie medizinische Behandlung garantieren könne? »Selbstverständlich *schmunzel*, mach dir mal keine Sorgen«, lautete die Antwort, »zur Dominanz wie zum Sadismus gehört natürlich auch die Verantwortung!« Zur Prophylaxe solle sie schon einmal beginnen, homöopathische Arnikakügelchen einzunehmen. Das könne auf keinen Fall verkehrt sein.

Silberwolf war also Sadist. Das überraschte mich. Ich hatte mir solche Herren plumper, direkter, weniger charmant vorgestellt. Ich würde also, um mein Spiel zu perfektionieren, neue Fakes erschaffen müssen, masochistische Frauen, die die Verstümmelung ihres Körpers ersehnten oder, das erschien mir plötzlich fast noch einleuchtender, aus der totalen Unterwerfung einen Lustgewinn zogen, der mir selbst – so schien es mir jedenfalls – völlig unbekannt war. Doch wie viele Internet-Marionetten würde ich überhaupt simultan bedienen können? Gab es da nicht doch vielleicht eine technische oder mentale Obergrenze?

Mein Plan, die von Silberwolf verlassenen oder misshandelten Frauen zu rächen, und damit alle Frauen, die je misshandelt und verlassen worden waren – Rache für Solange! Rache für die afrikanischen Mädchen! Ich bin der, die, das Zorro der Liebe, die Robine Hood der verschmähten und verstümmelten Frauen! –, indem ich ihn zu Rendezvous' kreuz und quer durch Deutschland jagte, vielleicht bald auch nach Österreich und in die Schweiz, geriet ins Stocken. Solche Blinddates würden bald nicht mehr ausreichen, irgendwann würde er aufhören, an Zufälle zu glauben. Wenn es mir gelänge, ihn tatsächlich nach Paris zu locken, würde ich ihn wohl oder übel treffen müssen. Das Spiel konnte nur weitergehen, wenn ich genauer wusste, mit wem ich es zu tun hatte. Ihn nach Paris kommen und dann vergebens warten zu lassen, machte keinen Sinn. Wahrscheinlich sollte ich die Spielregeln ändern, ihn tatsächlich in die Wohnung lassen, zur Not auch in mein Bett, wenn es sich nicht vermeiden ließ. Doch dann musste das Ganze ein Ende haben. Irgendwann musste dieses Spiel aufhören.

Nur wenige Minuten nach dem Chat mit Aschenpummel loggte ich Marusja ein und fragte nach seinen Reiseplänen. Er antwortete nicht sofort. Vielleicht, so ging mir plötzlich durch den Kopf, war er inzwischen doch misstrauisch geworden. Als nach fünf Minuten noch immer keine Reaktion eingetroffen war, hakte ich nach. Seine Antwort klang fast ein wenig unwirsch. Sorry, schrieb Silberwolf, er habe mich leider warten lassen. Das Internet habe zwar die Zeit abgeschafft, theoretisch könne man hier alles in wenigen Sekunden beantworten, doch noch sei er kein Teil dieser Maschine, noch sei er ein freier Mensch. Er könne sich ein- und ausloggen, wann immer es ihm passe!

In den nächsten Tagen bemerkte ich, dass seine Ein- und Austrittszeiten, die auf den Profilseiten von »world-dating« genau festgehalten wurden, immer eine Schnapszahl ergaben. Morgens loggte er sich um 7 Uhr 7 ein, mittags um 12 Uhr 12, abends um 21 Uhr 21. Am 13. August ging er um 8 Uhr 13 ins Internet, am Tag darauf um 8 Uhr 14. Als ich ihn auf diese seltsame Manie ansprach, erhielt ich einen gelben Doppel-Smiley mit der Auskunft, solche magischen Repdigits seien nun mal seine besondere Art, die eigene Freiheit aufs Spiel zu setzen. »Schön, dass du dich für mich interessierst, *schmunzel*.«

Genf, Sentier du Promeneur Solitaire, 1972ff.

Es hatte tagelang geschneit. Wenn ich aus der Schule kam, saß Oma am Fenster, das Strickzeug im Schoß, es war schon dämmerig, doch sie hatte kein Licht eingeschaltet. Alles war still in der Wohnung. Vati hatte ich seit Tagen nicht mehr gesehen, es hieß, er schliefe jetzt im Krankenhaus. Ich durfte fernsehen, so lange ich wollte, nach der Schule herumbummeln, meine Hausaufgaben vergessen, alles schien unwichtig. Irgendwann stand eine Suppe auf dem Tisch, Oma hatte keinen Appetit, ich aß allein. Wir schwiegen. Sie hatte das Telefon lauter gestellt, damit sie es auch nachts hören konnte und keinen Anruf verpasste. Dabei schlief sie schon seit Tagen nicht mehr. Ich stellte keine Fragen, doch ich sah genau, wie erschöpft sie war. Als sie aufstand, um den Tisch abzuräumen, hoffte ich, sie würde mich jetzt ins Badezimmer und dann ins Bett schicken, wie sie es früher immer getan hatte. Doch sie vergaß auch heute, dass ich ja eigentlich schon um halb neun das Licht löschen sollte. Ich hätte sie daran erinnern können, doch ich hatte Angst, sie zu beschämen. »Weißt du, Charlotte«, sagte sie, »der Schnee da draußen, der ist gut zu uns. Er macht alles still und schön, und wenn wir traurig sind, deckt er uns zu, so wie deine Mutti dich abends immer zudeckt, weißt du, wie ich meine?« Etwas mit ihrer Stimme war nicht normal, aber diese andere Stimme passte zur Stille der Wohnung, zur Dunkelheit vor dem Fenster und zum Glanz der Sterne, der nachts den Schnee auf den niedrigeren Dächern der Nachbarhäuser zum Leuchten brachte. Zwei Krähen hüpften an einem der Giebel auf und ab. Es sah aus, als säßen sie auf einer Wippe.

Oma setzte sich auf mein Bett. Ich schlang meine Arme um ihren Hals, sog den Duft ihres Haars ein, es roch nach Waschpulver, Haarspray und Sellerie, flüsterte das Nachtgebet, müde bin ich, geh' zur Ruh, schließe beide Äuglein zu, beide Äuglein gehn zur Ruh, schließe beide, zu und zu, Vater lass die Augen dein, über meinem Bette sein, lasse deine Augen zu, – hab ich Unrecht heut' getan, sieh es bitte mir nicht an, lasse deine Augen zu, alle Menschen groß und klein, sollen schlafen, mein und dein, Jesu Blut und aller Menschen – Oma strich mir über den Arm und korrigierte »sollen dir befohlen sein« – kranken Herzen sende Ruh', nasse Augen schließe zu, schließe beide feste zu, wie befohlen, groß und klein, sollen Blut und Stille sein. Oma lächelte und gab mir einen Kuss. Dann löschte sie das Licht und verließ mein Zimmer.

Es war mitten in der Nacht, als die Tür wieder aufging. Mein Vater kam herein und setzte sich auf mein Bett. Er machte kein Licht, ließ den Eingang aber einen Spalt geöffnet. Die Deckenlampe in der Diele beleuchtete seine Hände. Sie waren so klein in der Nacht, nie hatte ich bemerkt, dass Vati so kleine Hände hatte. »Charlotte«, sagte er, »mein liebes Kind, mein liebes, armes Kind.« Ich war hellwach, sah den Schnee am Fenster, das Licht im Korridor, die Hände meines Vaters, seinen alten blauen Pullover, den Mutti für ihn gestrickt hatte, sah, wie er seine Hände an den Hosenbeinen abwischte, ein Taschentuch aus der Jacke holte, es glatt strich, hörte wie er sich räusperte, hörte, dass auch bei ihm etwas mit der Stimme nicht normal war, dass irgendetwas zu trocken oder zu nass war, dass etwas in seinem Hals steckengeblieben war, etwas Großes und Schweres. Ich setzte mich auf und sah ihn an. »Heute Nacht hat der liebe Gott die Mutti in den Himmel geholt.« Stille. Und dann, mit einem Ruck, brach alles aus ihm heraus. Vati weinte und schluchzte, seine Hände griffen nach mir und ins Leere, sein großer Körper zitterte, ich hatte plötzlich Angst, dass der Schnee vor dem Fenster die Scheiben aufbrechen und ins Zimmer hineinschneien würde. Ich betrachtete seine linke Hand, die auf dem Hosenbein hin und her fuhr. Kranke Herzen, wie befohlen, Ruh', und alle Augen zu. Ich konzentrierte mich auf den Schnee vor dem Fenster, und auf die Stille, und auf den Himmel, in dem Jesus sein Blut verströmte, so schläfrig und still wie der Schnee, der auf das Dach der Nachbarhäuser fiel, während mein Vater weinte, tief und verzweifelt wie ich nie wieder einen Menschen weinen sah.

Plötzlich stand Oma im Zimmer. Sie trug ein langes, weißes Nachthemd, dessen Schatten im Schein der Korridorbeleuchtung wie der Abglanz eines mächtigen Flügels erschien. Die katholischen Kinder in unserer Klasse glaubten an Engel. Wir nicht. Meine Großmutter war kein katholischer Engel, natürlich nicht. Doch in diesem Moment hätte ich das gern geglaubt. Sie setzte sich auf mein Bett, neben meinen Vater, der nicht ihr Sohn, sondern nur der Mann ihrer Tochter gewesen war, sie nahm seine Hand, nahm seinen Kopf und legte ihn auf ihre Brust. Mit der anderen Hand griff sie nach meinen Arm und zog mich ganz dicht an meinen schluchzenden Vater. Ich begriff nicht, was da geschah, ich hörte meinen Vater weinen und sah das schneeweiße Gesicht meiner Großmutter. So saßen wir da, stundenlang, bis der Morgen kam und Vati sagte, ich bräuchte heute nicht in die Schule zu gehen, ich solle nun schlafen, er werde mir eine Entschuldigung schreiben. Auch Oma verließ das Zimmer, ihr Nachthemd hatte dieselbe Farbe wie der Schnee, doch es roch nach Waschpulver, und plötzlich hatte ich die Idee, dass auch der Schnee da draußen nach Waschpulver roch, dass ich hinausgehen und mich in den Schnee legen und einschlafen würde – wie befohlen, in Gottes Hand, Jesu Blut und Augen zu.

Waren wir Kinder wirklich Engel gewesen, bevor wir zur Welt kamen, wie die katholischen Freundinnen in der Schule behaupteten? Hatte so ein Kind, so ein egoistisches, blödes und unselbstständiges Kind meine Mutti geholt, weil es sie im Himmel brauchte, weil es vielleicht dachte, dass mein Vater und meine Großmutter und ich und alle Menschen hier auf der Erde auch ohne sie auskommen würden, während dieses blöde und egoistische Himmelskind meine Mutti brauchte, um es zuzudecken und das Gute-Nacht-Gebet korrekt zu sprechen, wie befohlen, seine Gnad und Jesu Blut? Hatte ich mir denn meine Eltern ausgesucht, als ich noch im Himmel wohnte? War auch ich so ein blödes und egoistisches und unselbstständiges Himmelskind gewesen, bevor ich zur Welt kam? Warum überhaupt war es nötig, klein zu sein, konnte man nicht sofort groß und selbstständig auf die Welt kommen? Ohne Vater und Mutter, ohne Engel, ohne Großmutter und ohne Gott? Einfach nur in der Welt sein, nur so, zu nichts, als wäre man gar nichts Besonderes, nur ein Sandkorn am Rande der Welt, Schnee von heute morgen, von gestern und vorgestern? Wegschmelzen, verschwinden, so wie meine Mamma. Was sie wohl jetzt im Himmel machte? Ob sie die anderen Himmelskinder zudeckte, Gebete sprach und ihnen das Haar aus der Stirn strich, wie sie es bei mir abends getan hatte? Oder würde sie einfach nur dasitzen und Heimweh nach der Erde haben, nach Vati, nach Oma und mir und den schwarzen Vögeln im Schnee?

Dann kam der Tag der Beerdigung. Ich trug ein helles Wollkleid und einen neuen leuchtend blauen Wintermantel, den Oma für mich gekauft hatte. Viele Leute waren gekommen, Oma betonte das immer wieder: So viele Leute, sie alle hatten meine Mutti geliebt, sonst wären sie nicht zu ihrer Beerdigung gekommen. Auch der liebe Gott und die Himmelskinder hatten sie lieb gehabt, das war klar. Deswegen war sie jetzt da oben. Wozu aber sollte sie dann noch nach unten, in dieses tiefe Loch in der Erde, das aufgerissen dalag wie der Eingang zu einem riesigen Fuchsbau, einer Wolfs- oder Bärenhöhle inmitten schneebedeckter Gräber? Im Himmel warteten die Himmelskinder, in der Erde die Wurzelkinder. Vielleicht war es so. Und in der braunen Kiste da unten lag meine Mamma, und all die vielen Leute warfen Erde über sie, damit sie so schnell wie möglich zurück in den Himmel kam. Vielleicht, so überlegte ich, während ich an der Hand meines Vaters ein paar Schritte nach vorn ging, war das hier so ähnlich wie im Märchen mit der Frau Holle. Dort sprang das Mädchen in einen tiefen Brunnen und erwachte auf einer Wiese im Himmel. Vielleicht war der Himmel der Toten ja gar nicht oben in der Luft, sondern tief unten in der Erde?

Ich wusste, dass die Seele sich nach dem Tod vom Körper trennte, sie wäre wahrscheinlich leicht genug gewesen, um in die Lüfte zu steigen, während der Körper meiner Mutter zu schwer dafür war, obwohl sie zuletzt nur noch 35 Kilo gewogen hatte. »Charlotte, stell dir das vor«, hatte Oma eines Tages gerufen, als sie aus dem Schlafzimmer kam, in dem meine Mutter lag, »die Mutti wiegt nur noch 35 Kilo, kaum mehr als du, stell dir das mal vor.« Und ich stellte es mir vor, malte mir aus, wie es wäre, wenn meine Mutter und ich schwatzend über den Schulhof gingen, wie Freundinnen, die gleich groß und gleich schwer waren.

Die vielen Leute kamen und warfen Erde auf meine Mutter, mehr und mehr Erde, bis sie ganz und gar zugedeckt war. Und dann legten die Leute die Schaufel zurück auf den Erdhaufen vor dem großen Loch, gaben Vati schweigend die Hand und strichen mir übers Haar. Plötzlich war ich mir sicher, dass meine Mamma das Kind, das sie jetzt abends im Himmel zudecken musste, weniger lieb hatte als mich. Meine arme Mamma, vielleicht waren ihr all diese Engel und Himmelskinder, die Frau Holle mit ihrem Schneegestöber, der blutige Herr Jesus und zuletzt der liebe Gott selbst einfach nur ein Graus? Gewiss wäre sie viel lieber bei uns geblieben.

Die Tage danach waren sehr still. Die Welt war stehengeblieben. Ich wusste, dass das nicht sein konnte, aber es fühlte sich so an. Ich lief im Pyjama herum, obwohl ich nicht krank war, Oma saß wieder am Fenster, Vati kam abends nicht nach Hause. Erst nach einer Woche ging ich wieder zur Schule. Die anderen Kinder schauten mich neugierig an und waren überrascht, dass ich nicht dauernd weinte. Ich schämte mich. Manchmal versuchte ich, in der großen Pause ein bisschen zu weinen. Aber es ging nicht. Mir kamen Zweifel an meiner Traurigkeit. Doch kaum war ich zuhause, kam die Traurigkeit zu meiner großen Erleichterung wieder zurück. Sie war ganz deutlich zu spüren, als seltsam wohliges Kratzen tief in der Brust, manchmal auch als schläfriges Ziehen hinter den Augen. Dabei dachte ich zum ersten Mal auch an Helene. Manchmal hatte ich das Gefühl, dass auch die anderen sich fragten, wieso Mutti und Helene sterben mussten und ich noch am Leben war. Das war doch ungerecht!

Mein Vater und meine Großmutter begannen zu streiten. Es war nicht klar, was mit Muttis Sachen geschehen sollte. Das Kind müsse das doch später alles einmal bekommen. Das Kind war ich. Mein Vater hielt dagegen. Man müsse nicht alles aufheben. Er ging aus der Wohnung und schlug die Tür hinter sich ins Schloss. Oma warf das Strickzeug auf den Boden. Sie drohte ihm, nach Hause zu fahren, zurück an den Bodensee. Dann müsse er sich halt alleine um das Kind kümmern.

Auch ich konnte nun nachts nicht mehr schlafen, genau wie Oma. Ich wartete auf Vati, hoffte, dass er endlich zurückkehrte. Ich lag im Bett und spitzte die Ohren, meistens kam er irgendwann in der Nacht nach Hause, öffnete vorsichtig die Wohnungstür, lief in Socken ins Badezimmer, schloss leise die Tür. Er machte auch kein Licht, das hätte ich durch die

Türritze bemerkt. Er wollte uns nicht wecken, was ihm auch gelang, weil wir ja gar nicht schliefen. Tagelang, vielleicht wochenlang habe ich nachts so dagelegen, stocksteif und mucksmäuschenstill, mit flachem Atem und ohne mich zu bewegen, damit ich kein Geräusch überhörte. Sobald ich das leise Schaben der Socken auf dem Dielenboden wahrnahm, gefolgt vom Klicken des Lichtschalters im Badezimmer, schlief ich ein. Manchmal hatte ich Angst, zu früh einzuschlafen. Dann verwandelte ich mich in ein Ding, in etwas, das gar nicht schlafen konnte, in eine Tote zum Beispiel, oder in eine Maschine oder sonst einen Gegenstand, der auf meinem Bett hätte liegen können. Ich lag mit geschlossenen Augen auf dem Rücken und wartete, regungslos, bis es passierte. Es passierte immer, mal ging es schneller, mal etwas langsamer. Es war eine Art Einklappen, mein Atem und alle Gedanken drehten sich nach innen. Ich wurde hart und starr und kalt, konnte aber weiter hören und riechen, spüren, wie die Erdrotation mich ganz sachte bewegte. Sonst war alles still. Ab und zu gluckerte mein Bauch, ich ließ es geschehen, auch echte Maschinen geben manchmal komische Geräusche von sich.

 **Paris, Passages des Postes, August 2003**

Wieder zu wenig Schlaf, am Morgen drei Mails von Silberwolf, eine von »Dream-Biker« und ein pornografisches Liebesgedicht von diesem Bochumer Apotheker namens »SpeedBandit« oder »SpeedFreak«, ich konnte mir die verschiedenen Profilnamen nur schlecht merken. Seine Verse beschworen »den Duft junger Mösen, die nach frischer Hefe riechen, als ginge man frühmorgens am Kellerfenster einer Backstube vorbei«. Ob ich mich von seiner Lyrik angesprochen fühle, wollte er wissen, er könne mir gern weitere Gedichte am Telefon vorlesen. Ein »MasterHeinz« schrieb, er erwarte natürlich Respekt, Unterwerfung, Demut und Gehorsam, trinke mit seinen Sklavinnen abends aber auch gern ein gepflegtes Bierchen. »Feuervogel« fragte zum dritten Mal, ob ich eine Webcam besäße und mit ihm chatten wolle, er wäre bereit, heute alles zu zeigen und zu geben. Melusine und Rita-Line erhielten gleichlautende Mails von Silberwolf, in denen er von seinem phantastischen neuen Zahnarztstuhl schwärmte, ein Gerät, das eigens für kiefernchirurgische Eingriffe konzipiert sei, mit dem man aber auch Patientinnen auf besonders dominante Art flachlegen könne. Marusja berichtete er von seinen jüngsten Astralreisen auf die »andere Seite«, vom neuen Zeitalter, in dem man mit verlangsamten Gehirnschwingungen besonders schnell die Energien seines höheren Selbsts auf Touren bringen konnte. Das sei durchaus auch erotisch zu verstehen. »Ich habe noch Mühe, Erotik und Esoterik zusammenzubringen«, ließ ich Marusja antworten. »Herzchen«, schrieb er zurück, »meine esoterischen Botschaften sind nicht das Gebrabbel eines zahnlosen Fakirs, ganz im Gegenteil: Die haben richtig Biss! Für frühsenile Parodontitis bin ich eindeutig zu jung. Wenn ich dir erst die Zähne meines höheren Selbsts in den Nacken schlage, wirst du schon noch begreifen, wie erotisch so ein Astralleib ist.« Gilgul, der Transsexuelle aus der Türkei, und Iblis, der angebliche Mörder, hatten noch nicht geantwortet. Der Mann mit dem vertrauenerweckenden Zahlen-Nick, Uwe- oder Udo007, hatte über Nacht sein Profil gelöscht.

Der erste Anruf des Tages kam von der Verlegerin. Heute sei zwar Mariä Himmelfahrt, Feiertag, sie sei also gar nicht im Büro, ab morgen aber erwarte sie verbindlich meinen zweiseitigen Entwurf für den Herbst-Newsletter, jeder weitere Aufschub unmöglich, Servus, Baba! [Einspruch! Diese Darstellung ist völlig überzogen, ich habe Sie immer unterstützt. Auch, als Sie dachten, endlich aus der »Frauennische« herauskommen zu müssen, nachdem sich Ihr letztes Buch so schlecht verkauft hatte. Ich hatte Ihnen damals abgeraten, Ihren neuen Ratgeber in einem anderen Verlag zu publizieren. Es war doch klar, dass niemand einen Titel wie »Wespen sind nicht so dumm wie Libellen« verstehen würde. gez. trkl-ga]

Also zurück in die Kultur-Warteräume – ich hatte keine Zeit mehr für anderes, der Laptop lief ohnehin Tag und Nacht –, Wartesäle, Wartehallen, Wartezimmer, zum Beispiel beim Zahnarzt, oder beim Frauenarzt, winzige Kabinen, in denen ich als Vierzehnjährige nackt auf den Onkel Doktor hatte warten müssen, oder die kleine, eiskalte Kapelle für die Totenwache am Sarg meiner Mutter. Das waren Themen. Doch darüber konnte ich unmöglich schreiben, erst recht nicht in einem Sachbuch für den ehrwürdigen Wiener Echion-Verlag. In der Einleitung ging es, das war mit Frau Trinkl-Gahleitner trotz anfänglicher Bedenken so vereinbart, von Homer zu Beckett, beziehungsweise von Odysseus zu Godot, und über den Unterschied von männlichem und weiblichem Warten, darum, dass Penelope, im Gegensatz zu Estragon, ihre Zeit genützt habe, sowohl handwerklich wie künstlerisch. Es gab natürlich auch weniger bekannte Fälle, zum Beispiel die Geschichte von Isabel de Bobadilla, die wochenlang, Tag für Tag auf den Turm der Girardilla von Havanna stieg, um nach ihrem Mann, dem Gouverneur von Kuba, Ausschau zu halten. Hernando de Soto kam nie aus Florida zurück. Als sie Monate nach seinem Tod einen Liebesbrief von ihm erhielt, hatte sie längst die Regierungsgeschäfte der Insel übernommen.

Dieser Aspekt war für meine Verlegerin ganz zentral. Frauen seien die besseren, die geduldigeren und kreativeren Warterinnen, so ihre, wie mir schien, nicht sehr originelle These, ohne die bei Echion aber nichts zu machen war. Bei einem Mann wie Beckett dagegen, so meine eigene, auch nicht besonders originelle, dafür aber ziemlich poetische, meinetwegen auch wackelige These, warte schon das Numinose hinter dem Vorhang, verpasse aber leider seinen Auftritt. Frau Trinkl-Gahleitner war Oberösterreicherin. Sie öffnete das »O« bis tief in die Mundhöhle hinein. Das Numinose klang bei ihr wie das schläfrige Quaken fetter Frösche. »Nothing happens«, lautete eine Regieanweisung bei Beckett, »twice.« Mindestens, hatte ich ergänzt und Frau Trinkl-Gahleitner so ernst wie möglich angeblickt. »Eine Kulturgeschichte des Wartens? Ist das nicht ein ganz grauenhaft langweiliges Thema?«, hatte sie ausgerufen, als ich mein Projekt zum ersten Mal erwähnte. »Dass Sie sich auch immer solche Ladenhüter ausdenken müssen, Frau von Manteuffel! Die Leserinnen wollen an den richtigen Stellen gekitzelt werden, sie wollen erfahren, wer der Schuldige ist! Wer die Schuld trägt an ihrer Misere, daran, dass der Mann nicht so ist, wie er sein sollte, dass die Kinder, die Karriere und der ganze KKK-Kram nicht so läuft, wie er sollte. Das wollen sie lesen! Und nicht diese ewigen Predigten über die Tugenden der Langsamkeit, Achtsam- und Bedachtsamkeit! Und jetzt auch noch das Warten! Das hat uns gerade noch gefehlt!«

Sie hatte mich kurz angeschaut, ob ratlos oder angriffslustig war so schnell nicht auszumachen gewesen, war dann, ohne eine Antwort abzuwarten, aufgestanden, um ein weißes Stofftaschentuch aus ihrer Kroko-Handtasche zu holen und sich ausgiebig zu schnäuzen. Ihre Haut schimmerte rosig durch den hellen Stoff, färbte sich bei jedem Prusten um weitere Rotstufen, bis sie mit glühendem Gesicht, ermattet, aber befreit das Tuch zusammenfaltete und in die Tasche zurücklegte. Wahrscheinlich hatte sie mir Zeit geben wollen, mich und meine Argumente zu sammeln. Es gehe bei dem Buch, so erklärte ich, ohne ihre Gesichtsfarbe aus den Augen zu verlieren, um latente Grundsituationen des Lebens schlechthin: Schwangerschaft und Pubertät, Exil und Gefangenschaft, Sehnsucht und Tod, um verlorene Zeit in exakt dafür vorbestimmten Räumen: in Zimmern und Zellen, Betten und Boudoirs, Besenkammern, Schützengräben und Hochständen, Klöstern und Gefängnissen, Alters-, Kinder- und Flüchtlingsheimen, Bahnhöfen, Berghütten und Beichtstühlen. Und es gehe auch, und vor allem, um die Vergänglichkeit und Relativität dieser toten Zeit, darum, dass Warten gestern und heute nicht dasselbe bedeutete, dass, und dieses Beispiel hatte Frau Trinkl-Gahleitner dann umgestimmt, bestimmte Latenzphasen und Latenzformen heute gar nicht mehr existierten. Niemand hatte heutzutage noch Zeit zu warten. Ein Liebespaar, das wie in dem alten Schwarzweißfilm »Le retour d'Afrique« von Alain Tanner zwei Wochen lang in einer leeren Wohnung in einem Genfer Abbruchhaus auf einen Brief wartet, ohne anrufen, simsen oder mailen zu können, die ganze Warterei zusätzlich unterstrichen von der qualvoll langsamen Ästhetik des Films bis hin zum hospitalistischen Wippen des Mannes, wäre heute, im Zeitalter der Shortcuts und multimedialen Vernetzungen, kaum mehr möglich. Was die geduldigen Pioniere der Fotokunst und später dann die Surrealisten als die »Magie des Wartens« bezeichneten, jener lange, spannungsvolle Moment in der Dunkelkammer, in dem sich der Nebel aus Silber und Brom ganz allmählich zu präzisen Linien, Formen und Konturen verdichtete, oder im Gegenteil, wenn zufällige Konstellationen unverhofft einen Sinn entfalteten, den kein noch so kreatives Dichterhirn sich hätte ausdenken können, diese magischen Momente seien, so hatte ich behauptet, heute endgültig entzaubert.

Frau Trinkl-Gahleitner hatte meinen Ausführungen aufmerksam zugehört, fast ohne mich zu unterbrechen, was nur selten bei ihr vorkam und daher als positives Signal gedeutet werden konnte. Schließlich hatte sie zweimal sehr entschieden genickt, die unterste Schublade ihres Schreibtischs aufgezogen und wieder geschlossen. Der Zustand der Latenz sei, da waren wir uns einig, heutzutage nichts als eine blanke Zumutung. In der Warteschlange vor einem Schalter auszuharren? Ein skandalöser Missbrauch unserer knapp bemessenen Lebenszeit! Beim Zahnarzt im Wartezimmer herumzusitzen: Sozialstress oberster Härtestufe, qualvoller als die folgende Behandlung! Auf den Anruf des Liebsten zu warten: einfach nicht auszuhalten! Heutzutage musste jeder jederzeit erreichbar sein, sofort und überall reagieren. Niemand kann es sich leisten zu warten, schon rein zeitlich gesehen nicht. Höchstwahrscheinlich, so hatte Frau Trinkl-Gahleitner ergänzt und dabei eine kleine Pause gemacht, habe diese Ungeduld geschichtsphilosophische Wurzeln. Beschleunigung! Das sei ja bekanntlich das eigentliche Trauma der Moderne, der tragische Schatten des Fortschritts. Gerade die Österreicher täten sich schwer mit der Beschleunigung. Bürokratie sei nämlich auf Langsamkeit gegründet. Ein Staat, der alles schnell und effizient erledige, verliere ganz einfach seine Würde. Da könne man die Beamten hinter den Schaltern und am Ende der Leitungen ja gleich durch Roboter ersetzen, stets erreichbar, stets zu Diensten. Ich stimmte ihr zu und brachte einen Lieblingsgedanken von Philippe in die Diskussion. Würden diese Roboter nämlich mit anderen Robotern und Computern vernetzt, so hatte er immer wieder behauptet, entstünde eine Art globale Evolution high speed, bei der jeder Roboter durch permanente Revision und Anpassung an den neuesten Stand von Technik und Wissen schnellstmöglich optimiert werden könne. In einer posthumanen Welt sei Warten ganz einfach unzeitgemäß.

Latenz sei ein hoch differenzierter Zustand, hatte ich Frau Trinkl-Gahleitner erklärt. Neben dem messianischen oder apokalyptischen Warten gäbe es natürlich noch das romantische, nicht bloß im 18. und 19. Jahrhundert, dort natürlich vor allem. Rousseau wartet auf die Heimkehr seines Bruders, Caroline von Humboldt erwartet, auch wieder hier in Paris, das musste unbedingt noch vor Ort recherchiert werden, die Ankunft ihres Geliebten Gustav von Schlabrendorf. – Nein, das romantische Warten gab es noch heute, Beispiele wären mühelos zu finden. Wieder hatte meine Verlegerin genickt, eine Schublade aufgezogen, hineingegriffen und mir dann den Vertrag über die Tischplatte geschoben. Für mich war das Gespräch damit noch nicht beendet, ich wollte zeigen, wie weit ich schon alles durchdacht und gegliedert hatte: Frauen warteten seit Mitte des Zwanzigsten Jahrhunderts vor allem in Arztpraxen und vor Schaltern, Männer hingegen noch immer in heißen Sandwüsten oder im ewigen Eis. Am liebsten warteten sie auf Rettungsmannschaften oder Versorgungsschiffe. Unbedingt erwähnen wollte ich in dem geplanten Kapitel über spezifisch männliche Warteräume Sergej Krikaljow, jenen Kosmonauten, der nach dem Zusammenbruch der Sowjetunion 311 Tage lang im All ausharren musste, bis er endlich, mit Unterstützung der Amerikaner, in der kasachischen Wüste landen durfte. Für diese Recherchen hätte ich mir aber nicht nur Fotos des schönen Sergej, sondern vor allem Abbildungen der alten MIR-Raumstation besorgen oder wenigstens das – ausgerechnet in der Wartezone eines süddeutschen Freizeitparks aufgebaute – Trainingsoriginal der Station besichtigen müssen, um eine ungefähre Vorstellung davon zu bekommen, wie kontemplativ das Warten in der sowjetischen Schwerelosigkeit gewesen sein mochte. In dem Kapitel über technische Warteräume durfte natürlich auch das kapverdische Telegrafenbüro in Mindelo nicht vergessen werden, in dem englische Ingenieure 1874 elf Stunden lang auf das Ende der Grußbotschaft von Queen Victoria warteten, um deren achtundneunzig Worte sodann innerhalb von weiteren elf Stunden an Pedro II, den Kaiser von Brasilien, weiterzukabeln. Und erst das Kapitel über das Warten in der Politik! Über sozialistische Wartegemeinschaften vor DDR-Supermärkten, über das Warten auf die erste Hochrechnung und die Geduld der Diplomaten! Die Rolle des Wartens in der Geschichte wird ja gemeinhin unterschätzt. Geduldige Menschen beginnen keine Kriege. Das sagte schon meine Großmutter, um sich zu beruhigen und die eigene Nervosität zu überlisten, wenn sie mit ihrer zitternden Hand versuchte, den Faden ins Nadelöhr zu befördern und dabei immer wieder daneben stach. Womöglich entstehen ganze Revolutionen aus der Ungeduld gewisser Bevölkerungsgruppen, aus ihrem Lebensgefühl, in einer endlosen Schlange zu warten, ohne den geringsten Anhaltspunkt dafür zu haben, je an die Reihe zu kommen.

Münden sollte die gesamte Darstellung, so wurde es jedenfalls in diesem Vorgespräch vereinbart, in einer Art kulturhistorischen Typologie des Warteraums, die vom »katakombischen« und »kryptischen« über den »profankollektiven« Warteraum bis hin zum »existenziellen« und »lebenszeitlichen« Wartesaal reichen sollte. Es gab das Warten der Geburtshelfer und Todeskandidaten, das Warten der

Weltumsegler und das Warten der Schmetterlinge. Vermutlich müsste ich dafür, Frau Trinkl-Gahleitner zum Trotz, abschließend doch noch ein paar populäre deutsche Philosophen zitieren, zum Beispiel Heidegger und Sloterdijk, und nicht nur Stifter und Hofmannsthal, altmodische und langsame Dichter, die in Österreich natürlich immer gehen, egal in welchem Zusammenhang. Ach ja, und Nietzsche, der natürlich auch: Nietzsche und das dionysische Warten des deutschen Geistes! Warten, um schließlich in bester Drachentöterlaune tückische Zwerge und sonstiges Gesocks auszurotten, bevor man sich zu Schneewittchen in den Sarg legt und dort seine mythische Heimat findet.

Das Schwierigste aber war nicht das Klassifizieren und Einordnen der Räume, sondern die Darstellung des Wartens selbst. Wie sollte ich eine Tätigkeit als Tätigkeit beschreiben, die ja in ihrem Wesen – lach nicht Philippe! – gar keine Tätigkeit war, sondern reine, unverfälschte Langeweile, also gerade Nicht-Tätigkeit, schlechte Unendlichkeit sozusagen? Diese stumme Pendelbewegung zwischen Anfang und Ende, das große Niemandsland der Latenz, in dem vermeintlich gar nichts passiert, in dem sich aber unterirdisch – wie und wo genau, auch das musste erforscht werden – vorbereitet, was sich erst am Schluss offenbart: Wie und womit konnte das beschrieben werden? Unzählige leere Momente, die von oben betrachtet eine glatt polierte Perlenkette ergeben. Doch nur, wer sich an jede einzelne Kugel heranzoomt, wer genau hinhört, wie die eine ganz sachte an die andere stößt, wer wahrnimmt, wie es leise klickt und klackt, wie jeder Stoß sich wellenartig durch die gesamte Kette fortpflanzt, nur wer sein Auge soweit öffnen kann, könnte auch vom Warten und seinem Ende erzählen.

Stellvertretend für alle Wartenden hatte ich das gute alte Schneewittchen in den gläsernen Sarg gelegt. Die Leserinnen und ich, aber auch Frau Trinkl-Gahleitner, vielleicht sogar Adrian und Philippe, sie alle würden ihr beim Warten zuschauen, mitfiebern und wetten, ob die Raumluft wohl ausreiche bis zur Ankunft des Prinzen. Dieses Märchenkapitel war, so schien es bei der Planung, das unkomplizierteste. Die Latenzperioden von Schneewittchen und Dornröschen waren allgemein bekannt. Was junge Prinzessinnen von Zwergen, Prinzen und Fröschen erwarteten, ebenfalls. Doch schon beim zweiten Blick vernebelte sich diese Klarheit. Warten und Erwarten, wer hätte entscheiden können, wie das genau zusammenhing? Womöglich war die ganze Warterei eine Täuschung? Vielleicht konnten Schneewittchen und Dornröschen sich nur nicht entscheiden? Ich musste das nochmals mit Frau Trinkl-Gahleitner besprechen. Wenn wir nämlich schon bei der Überschrift im falschen Märchen waren, dann sollte ich schleunigst den Titel des Buches ändern. Waren nämlich gar nicht Schneewittchen und Dornröschen, sondern die spröden Königstöchter aus »König Drosselbart« und dem »Froschkönig« die eigentlichen Heldinnen des Warteraums, dann bedeutete das für die Latenzzeit im Sarg oder in der Turmstube nichts Gutes: reine Zeitverschwendung! Und das auch noch am falschen Ort! Hundert Jahre auf den einen einzigen vorherbestimmten Prinzen zu warten, während in der Zwischenzeit mindestens tausend hübsche Schweinehirten vorbeikommen – eine absurde Vorstellung! Kein Roboter würde so etwas mit sich machen lassen. War aber Schneewittchen in Wirklichkeit nur ein Avatar, oder schlimmer noch: die kitschige Verkleidung oder romantische Idealisierung der zickigen Prinzessin aus »König Drosselbart« – nennen wir die Namenlose provisorisch mal Anna, oder mit vollem Namen: Anna Thema –, so waren Sarg und Turmstube gänzlich ungeeignete Warteräume für dieses junge Mädchen. Passender wären große Städte, belebte Straßen und Diskotheken, dort, wo sich möglichst viele Prinzen, Zwerge und Frösche herumtreiben, von den Schweinehirten ganz zu schweigen.

»Kontaktmobilität« (1) hatte die Wissenschaft diese Form der urbane Dauerlatenz getauft, manche sprachen auch von »Polyamorie« oder »serieller Monogamie« mit Betonung auf »seriell«. An diesem Punkt hatte meine Verlegerin geseufzt und ihre Mappe geschlossen. Sie sähe schon, mir sei einfach nicht zu helfen.

Am Nachmittag rief Silberwolf an. Unterdrückte Telefonnummer, sonore Stimme. Ob ich ihm heute vielleicht ein paar intime Geheimnisse beichten würde. Er sei ganz Ohr und damit für mich quasi körperlich anwesend, von seinem Astralleib ganz zu schweigen, der habe sich mit dem meinigen ja schon des Öfteren vereinigt. Das werde ich gewiss bemerkt haben, wahrscheinlich sei ich bereits schwanger, Jungfrauengeburt und so. Ich hörte das Grinsen in seiner Stimme. Er nannte mich »Liebchen« und forderte mich auf, ihm meinen letzten Traum zu erzählen. Ich berichtete von der großen Hitze hier in Paris und davon, dass ich kaum noch schlief, höchstens drei oder vier Stunden am frühen Morgen, weil ich dann freier atmen konnte. »Aber das sind doch ideale Voraussetzungen für Träume!« Er sprach langsam, jedes Wort hatte einen starken, insistierenden Nachklang. »Wir kommen aus der Finsternis, Marusja, unser Ursprung ist heiß und tief. Das Leben stammt aus einer hydrothermalen Spalte der Tiefsee.« Ich fragte, woher er das wisse. Er lachte. Ach, solche Dinge habe inzwischen sogar die Wissenschaft kapiert. Dann lachte er wieder und schwieg. Er schien nachzudenken. Ich stellte mir vor, wie ihm dabei nach und nach das Lächeln aus dem Gesicht rieselte, auch das Grinsen würde verschwinden. Vielleicht hätte ich ihn jetzt besonders schön gefunden. »Natürlich haben deine ozeanischen Träume mit der Hitze zu tun«, sagte er schließlich, »Gibt es überhaupt Phänomene auf der Welt, die nicht in irgendeinem Zusammenhang stehen und über unendliche Zwischenstufen mit allen anderen Phänomenen verbunden sind?« Er werde mich gewiss bald in Paris besuchen und mir zeigen, wie man sich in eine träumende Tiefseepflanze zurückverwandle. Das sei fast so erhellend wie Astralreisen.

Dimiter war nicht zu erreichen. Ich hatte heute keine Lust, ihm zu schreiben, ich sehnte mich nach seiner Stimme, doch ich wollte auch herauszufinden, ob er und Silberwolf nicht doch vielleicht ähnliche Diktionen hatten, irgendetwas in der Satzmelodie oder im Sprechrhythmus, das ähnlich war, schließlich kamen sie aus derselben Gegend in Deutschland. Inzwischen suchte ich nach Vorwänden, bevor ich Dimiters Nummer wählte. Heute war nicht nur Mariä Himmelfahrt, man feierte auch, wie ich am Radio gehört hatte, die Unabhängigkeit Indiens, Pakistans und des Kongos, außerdem jährte sich heute zum zweiunddreißigsten Mal der Tag, an dem Richard Nixon die Welt mit der Freigabe der Wechselkurse geschockt und damit eine wirtschaftliche Beschleunigungsrunde eingeläutet hatte, die bis heute andauerte. Dimiter hatte das mehrmals erwähnt. Wahrscheinlich hätte es ihn gefreut zu hören, wie sehr mich seine weltpolitischen Ausführungen beschäftigten. Doch die Vorwände, die ich mir zurecht gelegt hatten, waren unnötig. Dimiters Anrufbeantworter – Sie sprechen mit dem Apparat von Dimiter Minkoff, bitte hinterlassen Sie eine Botschaft! Ich rufe in den kommenden Tagen zurück – war mir inzwischen so vertraut wie anderen an diesem 15. August das Amen nach der leiblichen Aufnahme Marias im Himmel. Ich hatte keine Botschaft, und dass Dimiters Apparat mich zurückrufen würde, war keineswegs sicher, vielleicht nicht einmal wünschenswert.

Warteraum
Notizen für: Fortsetzung des »Traktats über das Warten« aus: »Der Schneewittchenkomplex«.

Ich liege im Sarg und warte. Draußen rumoren die Zwerge. Sie verspritzen das Gift, mit dem die Ritzen zwischen den Steinen von Unkraut frei gehalten werden. Ich weiß, wie es sich anfühlt, ein Zwerg zu sein. Sich klein zu machen, sich zurückzunehmen, abzuwarten, den anderen den Vortritt zu lassen und sie dabei zu beobachten, wie sie sich vordrängeln, schubsen und rempeln. Wie die Kinder sind sie, so verbissen fröhlich und verliebt in die eigene Kraft! Wie sie laut und ausgelassen nach vorne laufen, im naiven Glauben, nun tatsächlich groß und stark und schön zu sein! Dabei sind sie das nur von unseren Gnaden. Ihre Größe ist abhängig von der Gnade der Zwerge. Denn wir können warten.

Ich kenne das aus der Schweiz. Nicht aus Genf, denn Genf ist ja eigentlich schon – oder noch? – Frankreich, die Genfer haben eine grande gueule, sind großmäulig wie die Franzosen oder wie die Teutonen aus dem »großen Kanton«, wie man hierzulande gern ironisch zu Deutschland sagt. Alles Große ist hier verdächtig, und wie ich finde, völlig zurecht. Denn wir Zwerge wissen um die wahren Größenverhältnisse, wissen, wie dumm und wie klein und wie sterblich alles um uns herum ist. Solange wir leben, so lange wir warten. In Deutschland tun sie so, als gäbe es dieses Warten gar nicht, als käme jeder, der's nur irgendwie schlau genug anstellt, sofort an die Reihe, dalli-dalli! In Österreich empört man sich. Über die Warterei und sowieso über alles. Man empört sich von morgens bis abends, wahrscheinlich sogar nachts noch im Schlaf. Manche ersticken fast an ihrer Empörung. In Fachkreisen nennt man das Phänomen »Grantl-Apnö«. Man erkennt es an der Blaufärbung der Nasenspitzen, wenn die Empörten sich dir ab dem frühen Morgen unausgeschlafen, mürrisch und schweigend auf dem Trottoir in den Weg stellen, denn natürlich bist du wieder, entgegen besseren Wissens, auf der falschen Seite oder im falschen Rhythmus gegangen, womöglich hast du gar bei Rot die Straße überquert – in Österreich ein Kapitalverbrechen gegen Mitmenschen, Mitläufer und gegen die Obrigkeit.

In der Schweiz ist das anders, da lächeln wir uns an und gehen uns aus dem Weg, schlüpfen geschmeidig und ohne aufdringliche Berührung aneinander vorbei. Es ist so einfach, wenn jeder sich darauf verlassen kann, dass auch der andere so klein wie man selbst ist. Auf Zwerge ist Verlass. – Ich liege also im Sarg und warte. Ich warte auf den Tod, vielleicht auch erstmal nur auf das

Leben, das wahre Leben, jedenfalls auf etwas Unausweichliches, so wie ein Kind auf das Ende der Ferien. Ich mache hier keinen Mittagsschlaf. Das zumindest steht fest. Doch ich weiß nicht einmal, ob da draußen jetzt die Zeit vergeht, ob überhaupt noch etwas geschehen wird. Ich bin verwirrt, irgendwie außer mir, ja das könnte man so sagen. Höchstwahrscheinlich.

Wie lange werde ich hier wohl noch liegen? Lässt sich das irgendwie berechnen? Verliere ich meine Zeit? Oder läuft sie mir davon? Wenn ja, mit welcher Geschwindigkeit? Rasender Stillstand oder stilles, zentrifugales Rasen? Wenn Psychiater behaupten, Langeweile führe zu narzisstischen Störungen, Perversionen und exzentrischen Handlungen aller Art, ließe sich entgegnen, die Konzentration auf das Innere führe im Gegenteil über die Schwelle der Träume und bis ganz hinüber ins Jenseits des Eigenen. Jedenfalls wenn man sie konsequent genug betreibt und auch den Zeitaufwand nicht scheut. Jeder Yogi wird das bestätigen. Doch kann man wirklich darauf zählen? Woher will man denn wissen, ob diese Form der latenten Erleuchtung tatsächlich irgendwann eintritt und wie lange man eigentlich hier noch herumliegen soll?

Was hätte Philippe zu all dem gesagt? Zeit sei so etwas wie reine Mathematik. Das hätte er gesagt, oder etwas Ähnliches. Man könne sie nicht nur exakt berechnen, hätte er gesagt, man müsse sie auch exakt denken.

Gut, hiermit versuche ich, die Zeit zu denken, das Warten zu denken, mir den Stillstand, das Verweilen im Augenblick vorzustellen. Warten ist ja keine »leere« Zeit, der Übergang von einem Moment in den anderen muss schließlich gelebt werden, bevor er berechnet wird. Den Leerlauf mit Leben füllen, mit Vorstellungen, Träumen und Ideen, ja mehr noch: Den Zeitpfeil in Gedanken umkehren, auch das ist denkbar, den Liefptiez nerhekmu, alle Ereignisse von nun an rückwärts buchstabieren, auch das Warten selbst, das dann Netraw heißen würde, als wäre es ein verkannter russischer Dichter des frühen Zwanzigsten Jahrhunderts, dessen Name nun, nachdem sich der Zeitpfeil endlich gedreht hat, am Sternenhimmel der Literaturgeschichte erscheinen darf, leuchtend wie eine der futuristischen Schicksalstafeln seines erfolgreicheren Kollegen Velimir Chlebnikov, kosmische Tafeln, auf denen in Sternensprache alle zukünftigen Ereignisse der Welt geschrieben standen. Die meisten Dichter verlegen das Mögliche in die Zukunft, entwerfen Utopien und Apokalypsen, Netraw macht dabei nicht mit, für ihn gehört das Mögliche in die Vergangenheit, ihn interessieren die Möglichkeiten, die es einmal gab, das Verpasste und Vergessene. Auch das lässt sich vermutlich berechnen, oder wenigstens erzählen.

Wer die Grammatik des Himmels beherrscht, versteht die Bedeutung der Konstellationen. Das von Chlebnikov entwickelte Alphabet der

Sterne zeigt nicht nur den Lauf der Planeten, es zeigt auch den Lauf der Dinge und den Lauf der Geschichte. Zufall ausgeschlossen. So wie die Zahlen durch poetisches Wurzelziehen zu Namen und Dingen werden, zu Brüdern, Schwestern und zu Tieren, so werden Jahreszahlen zu Ereignissen. 666, die Zahl des Antichrists, bezeichnet in verschlüsselter Form die Dauer des weströmischen Reichs, das hatte Chlebnikov sehr genau berechnet. Geht man nämlich davon aus, dass Rom im Jahre 753 vor Christus gegründet wurde und sein Untergang im Jahre 461 nach Christus mit der Ermordung des Kaisers Majorian und dem Sieg der Vandalen über die römische Flotte begann, so ergibt sich daraus eine Anzahl von 1214 Jahren oder 443556 Tagen, also exakt 666 hoch 2.

Alles ist vorbestimmt und liegt verschlüsselt in den Zahlen. Wer rechnen kann, kann auch lesen. Wozu sonst gäbe es Computersprachen? Jeder Mensch besitzt seine persönliche Zahl, die Chlebnikov, das jedenfalls hat er behauptet, wie ein hochsensibler Spürhund bereits am Geruch erkannte. Und das noch ganz ohne Computer! Es gibt also eine Zahl, die meinen Geruch trägt, oder ich ihren. Gelegentlich liest man von autistischen Savants, die Zahlen sehen oder hören oder bestimmten Farben zuordnen können. Aber riechen und schmecken? Ich könnte mir vorstellen, dass die 89 satt und träge auf einem schwarzen Ledersofa herumlungert, während die wilde 357 im Garten herumspringt und die 808 traurig im Bett liegt, doch dass die 117 wie mein Vater nach Pfeifenrauch riecht, die 9 wie meine Mutter nach Pfefferminze, Nagellack und frischer Wäsche, nein, so etwas kann ich mir nicht vorstellen. Ich müsste also Chlebnikov oder Netraw fragen, wonach mein Sarg riecht und zu welcher Zahl dieses Parfum passt. Schade, dass beide schon lange tot und Möglichkeiten wahrscheinlich eher geruchlos sind.

Chlebnikov rechnete auch mit den Lebensdaten berühmter Mathematiker: Gauss starb 365 (π + e) nach Euklids »Elementen«, Kepler wurde 317 (e + π) -1 nach Archimedes geboren, Leibniz starb 317 x 2 π nach der Geburt des Eratosthenes. Philippe behauptet zwar, es sei unmöglich, solche esoterischen Dichter-Rechnungen mathematisch korrekt nachzuvollziehen, doch ich vermute, dass er von Operationen zwischen Mathematik, Magie und Historie keine Ahnung hat. Denn dafür braucht es wahrscheinlich so etwas wie Phantasie. 1912 berechnete Chlebnikov den baldigen Untergang eines anderen Weltreichs. Wie hätte er ahnen können, dass es sich dabei um sein eigenes Heimatland handelte?

Was aber wäre, rein zeitlogisch gesehen, der Gegensatz von »Warten«? Beschleunigung? Ungeduld? Oder doch eher: Zeitstillstand im »reinen«, absoluten Moment? Die Einkehr in die Ereignislosigkeit, Ekstase womöglich? Doch die Zeit steht nicht still, wenn wir warten. Im Gegenteil, das ist ja das Fatale daran. Auch wenn wir geduldig sind, uns vorsichtshalber schon einmal in den Sarg legen und so klein wie möglich machen, geht alles da draußen doch weiter, dreht sich das Rad der Welt, oder wie auch immer man das gleichgültige Programm, das außen abläuft, nennen möchte.

Auch der Romantiker Friedrich Schlegel habe, das hat Philippe schon in seinem Seminar über Henri Bergson immer wieder erzählt, versucht, das Schicksal der Welt zu berechnen. Seine Zukunftsmystik, die er in Wien im Dunstkreis der katholischen Kongregation des Heiligsten Erlösers entwickelte, war vielleicht das Vorzeichen eines beginnenden Wahnsinns, vor dem ihn dann der Tod bewahrte, doch das sei eigentlich fast schon wieder normal, hatte Philippe damals gesagt, denn es gäbe ja nicht nur viele verrückte Dichter, sondern auch auffallend viele skurrile Mathematiker, die über ihren Berechnungen wahnsinnig wurden. Das Thema »Genie und Wahnsinn« kenne anscheinend keine Fachgrenzen. Er als Philosoph vermute, dass die pathologische Tendenz mit dem fehlenden Realitätsbezug von Mathematik und Poesie zu tun habe, beziehungsweise mit dem radikalen, kompromisslosen Denken und Phantasieren dieser Leute. Eines der spektakulärsten Beispiele sei der Fall des französischen Mathematikers Alexander Grothendiek, eines der größten Genies des 20. Jahrhunderts, der sich vor zwölf Jahren – angeblich aufgrund politischer Zerwürfnisse – an einen unbekannten Ort in den

Pyrenäen zurückgezogen habe und dort nun in völliger Abgeschiedenheit pazifistische und esoterische Schriften verfasse, in denen er seine mathematisch-apokalyptischen Visionen erkläre und die Ankunft eines neuen, von Mutanten geprägten Zeitalters verkünde. Diese Wesen seien geistig höherstehend als der Mensch und daher prädestiniert, demnächst die Weltherrschaft zu übernehmen. Im Internet könne man neuerdings sogar Grothendiecks Autobiographie lesen. Philippe hatte das über tausend Seiten lange Manuskript, in dem Grothendieck seine Kindheit in Deutschland und Frankreich, vor allem aber die Entstehungsgeschichte seiner neuen, die Grenzen von Geometrie und Algebra sprengenden schematischen Geometrie bzw. topologischen Algebra erzählte, gelesen und Adrian und mir bei seinem Besuch in Wien davon berichtet. Für Mathematiker und Wissenschaftshistoriker sei das Buch gewiss sehr spannend, hatte Philippe gesagt, mühsam und wirr hingegen sei Grothendiecks Abrechnung mit den Kollegen und Schülern. Zwar betitelte er einige Kapitel seiner Autobiographie als »Untersuchung meines Begräbnisses«, doch es blieb unklar, aus welchen Gründen man ihn angeblich kalt gestellt und »begraben« hatte. Nun säße er in diesem winzigen Pyrenäen-Dorf und wartete darauf, dass die Welt ihn rehabilitierte. Das sei doch gewiss ein spannender Fall für mein Buch! Philippe hatte mir sogar ein Zitat herausgeschrieben, in dem Grothendieck erklärte, dass alle seine genialen Ideen nur seiner Einsamkeit und geistigen Unabhängigkeit zu verdanken seien: »Diese Bereitschaft oder innere Haltung, die meine kreativen Einfälle befördert, hat nichts mit geistiger Reife zu tun, aber sehr viel mit der Kindheit. Sie ist eine Veranlagung, die man – wie das Leben selbst – bei der Geburt empfängt und die ebenso gütig und förderlich wie fatal sein kann. Eine Veranlagung, die bei vielen Menschen allerdings verschüttet ist, von einigen wenigen aber bewahrt oder wiederentdeckt wurde. Vielleicht könnte man diese Veranlagung auch die Gabe der Einsamkeit nennen«. Philippe hielt Grothendieck nicht nur für einen genialen Mathematiker, sondern auch für einen außergewöhnlich originellen Schriftsteller. Seine Meditationen, von denen er leider nur Fragmente kenne, seien – ich solle mir das unbedingt einmal anschauen – wunderbar formlose, poetisch bis chaotisch verschlungene Denk-Labyrinthe, faszinierend und erschreckend unzugänglich, Spiegelkabinette möglicher Welten, ohne Ende und Ausgang, das Produkt einer permanenten Latenz.

Grothendieck sei ein extremes Beispiel, es gäbe, so hatte Philippe weiter ausgeführt, aber noch zahlreiche andere bekannte Fälle, die zwar nicht so dramatisch gelagert seien wie die Geschichte dieses Franzosen, die These vom weltfremden Mathegenie aber durchaus weiter untermauerten. Er denke da nicht nur an Anekdoten über Einstein, der im Schlafanzug aus dem Haus ging, sondern zum Beispiel an Leute wie Georg Cantor, den Begründer der Mengenlehre, der über seinen Berechnungen der Unendlichkeit depressiv und paranoid wurde. Unendliche Mengen und transfinite Zahlen seien zwar tatsächlich vorhanden und spiegelten sich in der realen Welt. Doch sei die Menge aller Mengen ein Unding und gar nicht denkbar. Jacques Lacan habe später behauptet, Cantor sei an der Unverständlichkeit der Mathematik gescheitert.

Noch verrückter sei die Geschichte des ungarischen Zahlentheoretikers Paul Erdős, eines der bedeutendsten Mathematiker des Zwanzigsten Jahrhunderts, der weder Krawatte noch Schuhe hätte binden können und jahrelang Unmengen von Amphetamintabletten geschluckt hätte. Von ihm stamme die Vorstellung eines metaphysischen Totalitarismus. Erdős habe behauptet, nur Gott, den er halb ernst, halb scherzhaft als »Supreme Fascist« bezeichnete, besäße das große Buch, in dem alle mathematischen Beweise versammelt seien. Bei Erdős wisse man allerdings nicht so genau, wie ernst es ihm war, ob er sich mit seinem mystischen Gerede vielleicht nur über die Zunft der Mathematiker und deren elitäres Gehabe mokiert habe.

Ähnliches gelte für den französischen Mengentheoretiker Nicolas Bourbaki, früher Ordinarius an der neukaledonischen Elite-Universität Nancago, heute hochbetagter Patient in einem Pariser Pflegeheim, hier gleich um die Ecke, in der Rue Curie im fünften Arrondissement. Bourbaki habe in den Vierziger Jahren den Versuch unternommen, die einzelnen mathematischen Theorien in einem geschlossenen System, einer Art Enzyklopädie der Mathematik zusammenzufassen. Die Mathematik sollte nicht länger ein babylonischer Turm sein, in dem selbst Spezialisten die Orientierung verloren – so habe er selbst seine ambitionierten Pläne begründet. Es gelang ihm zwar, sein Vorhaben zu verwirklichen, doch zeigten sich schon bald Anzeichen einer dissoziativen Identitätsstörung. Das Besondere an Bourbakis multipler Persönlichkeit war, dass alle Mitglieder bei den mit sich selbst abgehaltenen Redaktionssitzungen Vetorecht besaßen, sodass jedes Kapitel stets von Neuem wieder aufgerollt werden musste. Auch hier sei Wahrheit und Legende schwer voneinander zu trennen.

Noch skurriler sei der Fall des niederländischen Konstruktivisten Luitzen Egbertus Jan Brouwer, der die These vertrat, Mathematik sei keineswegs objektiv, sondern subjektiver Bestandteil des menschlichen Bewusstseins, selbst die Zeit sei letztlich eine Intuition des veränderlichen, individuellen Geistes. Eine, so hatte Philippe ergänzt, wohl ziemlich unsinnige Konzeption, die höchstwahrscheinlich wieder einmal auf Bergsons Vitalismus zurückging, für einen Mathematiker natürlich absolut inakzeptabel! Dem Unendlichen könne man sich, auch darin erkenne er Brouwers Wahnsinn, nur intuitiv und nicht mathematisch nähern, die Mystik des kreativen Subjekts sei dem logischen Denken übergeordnet. Außerhalb des eigenen Bewusstseins gäbe es gar keinen Standpunkt. »Da lobe ich mir so ehrliche Kerle wie René Guénon«, hatte Philippe gesagt, »der brach sein Mathematikstudium ab, ging 1930 nach Kairo und suchte die mystische Vielzahl der Welten von nun an im Sufismus und im hohlen Innenraum der Erde. Das ist wenigstens konsequent!«

Um diese Form von mathematischem Solipsismus zu illustrieren, hatte Philippe einen Witz erzählt, bei dem ich mir heute, wenn ich genauer darüber nachdenke, allerdings nicht mehr sicher bin, ob er tatsächlich zu dem passt, was er sagen wollte. Es fällt mir ohnehin schwer, mich an Witze zu erinnern, meistens vergesse ich den Anfang und erinnere mich erst wieder kurz vor der Pointe. Philippes Mathematiker-Witz ging ungefähr so: Eine Gruppe von Leuten ist in einem Heißluftballon unterwegs, wird aber vom Wind abgetrieben und verliert die Orientierung. Da sehen sie unter sich einen Spaziergänger, sie rufen ihm zu: »Wissen Sie vielleicht, wo wir sind?« Der Spaziergänger, der zufällig Mathematiker ist, hebt den Kopf und ruft nach oben: »Ja, Sie sind in einem Heißluftballon!«

Philippes Liste lässt sich, wie ich bei meinen weiteren Recherchen für das auf seine Anregung hin begonnene Kapitel »Mathematische Latenz. Zur Geometrie der Gedankenbeschleunigung« herausfand, mühelos erweitern: Der große österreichische Logiker Kurt Gödel erbrachte zwar den Beweis für die Existenz eines Multiversums, also einer Vielzahl an widerspruchsfreien Welten, entwickelte dann aber die Angst, unversehens in eine dieser anderen Welten oder Zeiten zu geraten. Zuletzt litt er unter der Wahnvorstellung, vergiftet zu werden. Er verweigerte die Nahrungsaufnahme und versteckte sich in seinem Keller. Nur hier fühlte er sich vor Mördern und Gespenstern aus anderen Welten in Sicherheit.

Der amerikanische Spieltheoretiker John Forbes Nash Jr. erkrankte an einer paranoiden Schizophrenie mit antisemitischen Gewaltausbrüchen, die ihren Höhepunkt bei Aufenthalten in Genf und Paris erreichten, wo er übrigens auf Einladung von Alexander Grothendieck weilte. Ich gehe zwar nicht davon aus, dass Verfolgungswahn ansteckend ist, kann mir aber vorstellen, dass es auch hier Zusammenhänge gibt, die die Psychiatrie noch nicht erfasst hat.

Das Krankenzimmer des Kybernetikers John von Neumann musste am Ende seines Lebens von Soldaten der U.S. Army bewacht werden, damit der an einem Gehirntumor erkrankte Berater des Manhatten-Projekts im Delirium keine Staatsgeheimnisse ausplauderte. Den Tumor hatte er sich durch die Strahlenbelastungen zugezogen, denen er bei den von ihm selbst konzipierten Atombombentests ausgesetzt war. Bis zuletzt schrieb er an einem

Buch mit dem Titel »The Computer and the brain«, in dem das Gehirn als Rechenmaschine dargestellt wird. Während des kalten Kriegs plädierte Neumann für den Abwurf einer Wasserstoffbombe über der Sowjetunion.

Zum Glück münden Mathematiker-Psychosen nur selten in individuelle Verbrechen wie im Fall des amerikanischen Mathematikers Theodore Kaczynski. Kaczynski lebte, nachdem er seine Professur in Berkeley von einem Tag auf den anderen verlassen hatte, als Einsiedler in einer winzigen selbstgebauten Holzhütte. Dort bastelte er zwischen 1978 und 1995 über zwanzig Bomben, mit denen er mehrere Menschen tötete oder schwer verletzte. 1995 erschien sein berühmtes »Unabomber-Manifest«, das ihn dann zu Fall brachte. Sein Bruder hatte ihn an seinem pathetischen Schreibstil erkannt.

Der jüngste Fall ist erst wenige Wochen alt, doch ich glaube, er gehört genau wie alle anderen Beispiele in das neue Kapitel über mathematische Latenz-Frenesie. Im vergangenen Jahr löste der russische Geometer Grigori Jakowlewitsch Perelman als erster Mathematiker weltweit eines der sieben Milleniumprobleme. Über seinen Beweis der Poincaré-Vermutung hielt er im April mehrere öffentliche Vorträge in den USA, seit November kursieren seine Papiere im Internet, den dritten und letzten Teil seines Beweises stellte er im Juli auf den Dokumentenserver arXiv. Seitdem ist Perelman verstummt. Die angebotenen Lehrstühle hat er abgelehnt, wahrscheinlich wird er auch das zur Belohnung ausgesetzte Preisgeld von einer Million Dollar ausschlagen. Gerüchten zufolge deutet er die Auszeichnung nicht als Anerkennung, sondern als Respektlosigkeit. Es sei eine Zumutung, ja ein Affront der Scientific Community, ihm so spät erst die schon lange gebührende Ehre zuteil werden zu lassen. Der Mann ist gerade mal siebenunddreißig. Inzwischen ist er in die Petersburger Wohnung seiner Mutter zurückgekehrt. Amerikanische Reporter der New York Times vermuten Asperger. Doch auch diese journalistische Ferndiagnose ist, wie Philippe wohl sagen würde, alles andere als ungewöhnlich.

Die Mathematik kann Schneewittchens Latenzzeit also nicht bemessen, im Gegenteil, sie verwickelt sich bei ihren Berechnungen der realen und hypothetischen Erwartungen, all der unzähligen Möglichkeiten und Wahrscheinlichkeiten zu einem Knäuel selbstreferenzieller Schleifen, deren Entwirrung allenfalls noch den Zwergen zuzumuten wäre. Nur sie könnten in mühevoller Kleinarbeit Ordnung ins System bringen, durch geduldiges Warten, Zuhören, Wiederholen, vielleicht auch gelegentlich durch sorgfältiges Zupfen und Jäten ungerader Zahlen mit negativen Wurzeln.

Doch wenn die Mathematik bei der Berechnung der Wartezeit nicht helfen kann, dann vielleicht die Soziologie? Denn hat die nicht, soweit ich sehe, mit der Wirklichkeit zu tun?

Mit Menschen, Räumen, Ordnungen, Wirkungen, vielleicht auch mit Dauer und Zeitabläufen? Wahrscheinlich müsste eine Sozialgeschichte des Wartens private und öffentliche Warteräume unterscheiden, schließlich macht es einen Unterschied, ob ich beim Warten von anderen gesehen und beobachtet werde, oder ob ich in einem nach außen abgeschlossenen Gehäuse warte, beispielsweise in einem Zimmer oder einem Sarg. Dass viele Menschen sich dessen gar nicht bewusst sind, wird deutlich an der großen Anzahl von Autofahrern, die einen Aufenthalt vor der roten Ampel offenbar mit einem Aufenthalt im Rotlichtmilieu verwechseln und die Wartezeit zum ungehemmten Nasebohren oder zum Griff in die Hose nützen. Wahrscheinlich erinnert sie das öffentliche Rauschen des Straßenverkehrs an das intimere Rauschen der heimischen WC-Spülung.

Überhaupt ist die Stadt ein gigantischer Warteraum, der kaum Möglichkeiten des privaten Rückzugs bietet. Deswegen ist es für alle im Freien lebenden Stadtbewohner ja auch so vital, schnellstmöglich alle Scham abzulegen. Denn wie soll ich auf die Essensausgabe der Caritas warten, auf die Öffnung der Notunterkünfte, auf das Ende einer kalten Nacht, wenn alle dabei zusehen? Wartende, egal, ob es sich um Clochards, Flüchtlinge, Straßenkinder oder andere »Illegale« handelt, erleben die Stadt anders als Leute, die dort arbeiten oder einkaufen. Radikal anders: Der Clochard erlebt andere Temperaturen, andere Dimensionen, andere Gezeiten. Verkehrsströme und Verkehrsinseln haben eine andere Ausdehnung, Wege andere Ziele. Verbotene Zonen jucken wie offene Wunden. Die Stadt ist für ihn wie ein zweiter, viel zu großer Körper, in dessen Blutbahnen er sich bewegt, ohne zu wissen, wann und wo er ausgeschieden wird. Jeder Pulsschlag kann feindlich sein, jede Bewegung tödlich. Nur der Verlust der Scham kann ihn retten. Man muss lernen, öffentlich zu warten, genauso wie man lernen muss, öffentlich zu schlafen, öffentlich zu urinieren, zu scheißen und zu vögeln.

Doch selbst wenn ich nicht im Freien lebe und das Privileg genieße, ganz privat und ganz intim auf etwas warten zu können, ohne dass mich dabei jemand beobachtet, bestehen weiterhin eklatante Unterschiede zwischen den verschiedenen Stadtbewohnern, Unterschiede, die eine Sozialgeschichte des Wartens unbedingt berücksichtigen sollte. Um nur ein erstes von vielen Beispielen herauszugreifen, die ich mir notiert habe: Wenn ich im Zuchthaus am Rande einer amerikanischen Stadt auf meine Hinrichtung warte, statt mich im 33. Stock eines Hotels derselben Stadt hinter vollverglasten Fensterscheiben in den tief unter mir stumm vorbeigleitenden Straßenverkehr zu versenken, bin ich zwar in beiden Fällen unbeobachtet, allenfalls ausspioniert von versteckten Kameras, die in der Todeszelle ebenso ohne mein Wissen angebracht wurden wie in jenem

Hotelzimmer, doch in dem einen Fall, weiß ich, worauf ich warte, im anderen nicht. Dieser Unterschied ist übrigens wahrscheinlich nicht nur soziologisch, sondern auch psychologisch von Bedeutung [hier mache ich mal provisorisch ein Sternchen*, das muss unbedingt noch recherchiert werden].

Im Todestrakt eines amerikanischen Zuchthauses wartet man in der Regel fünfzehn bis zwanzig Jahre auf die Hinrichtung. Das ist statistisch eindeutig ermittelt. In einer Zelle, die ungefähr so groß ist wie mein Badezimmer hier in Paris. Wenn man die Arme ausstreckt, berührt man beide Wände. Das Frühstück wird nachts um halb drei gebracht, das Mittagessen um acht Uhr morgens und das Abendessen um vierzehn Uhr. Bücher, Radio und Fernsehen sind verboten. Zwanzig Jahre lang ist man seinem eigenen Denken ausgeliefert.

Doch auch im 33. Stock eines Hotelzimmers, in dem man sich, im Gegensatz zur Todeszelle, nicht mehr erinnern kann, wie man eigentlich hineingeraten ist, ist man seinem Denken ausgesetzt. Der flauschig dicke Teppichboden absorbiert Geräusche und Gedanken, die Tür ist lärmschutzgedämmt, auch durch die Fenster dringt kein Laut, nicht nur, weil sie dreifach verglast sind, sondern auch, weil es in hundert Metern Höhe kaum noch Geräusche gibt. Monotone Klaviermusik aus dem Radio, hier oben funktioniert nur der Hotel-Kanal, das regelmäßige Surren der Klimaanlage. Man hat das Gefühl, in einem Filmtrailer zu leben. Es ist Nacht, winzige Lichter bewegen sich im Schneckentempo zentimeterweise vor und zurück. Insekten, wirbellose, schleimige Kriechtiere. Da unten schimmert und flimmert das Leben. Man wartet. Vielleicht auf eine Antwort, einen Anruf, eine Mail. Wenn man nachts in Hotelzimmern im 33. Stock auf Nachrichten wartet, muss man lernen, sich zu gedulden. Doch auch tagsüber muss man sich gedulden, denn Tag und Nacht unterscheiden sich nur noch hinsichtlich des Stromverbrauchs. Am nächsten Tag warten wir dann wieder und immer noch auf den Anruf oder die Mail, vielleicht auch auf die Lieferung der Lebensmittel, den Rückruf des Callcenters oder die Videoschaltung mit der Zentrale. Wir werden nicht mehr aus dem Zimmer gehen, nicht mehr arbeiten, uns mit Laufbändern und Yoga-Programmen fit halten, Computerspiele spielen, uns mit Menschen im Internet treffen, uns auf den Tod vorbereiten. Als vor zwei Jahren in New York die Twin Towers einstürzten, liefen die Menschen siebzig Stockwerke nach unten ins Freie, die Leute aus den oberen Etagen konnten nur noch aus den Fenstern springen, eine Form von Freitod, sofern man bereit ist, die Wahl zwischen zwei Todesmöglichkeiten als Freiheit zu betrachten.

Ein Hotelzimmer in einem Wolkenkratzer ist - hatte ich das nicht schon geschrieben? - keine Todeszelle. Wenn man hier die Arme ausbreitet, berührt man nichts, doch man kann auch hier um halb drei frühstücken, den Fernseher ausgeschaltet lassen und seine Gedanken ausspinnen. Und man kann sich aus dem Fenster stürzen, falls man keine Lust mehr hat, auf den Tod zu warten. Man ist frei, das Warten zu verkürzen. Diese Freiheit besteht immer. Ein Preisvergleich zeigt außerdem: Das Hotel ist billiger! In Texas, so war kürzlich auf der Nachrichtenseite InfoWorld zu lesen, werden die durchschnittlichen Kosten für einen Todesstrafenfall auf 2,1 Millionen Dollar veranschlagt, Pflichtverteidiger, Gerichtskosten und Wartezeit in der Todeszelle inklusive. Wer hingegen zwanzig Jahre in einem 5-Sterne Hotel in Houston oder Dallas verbringt, bezahlt dafür lediglich zwischen 1,4 und 1,7 Millionen Dollar.

Und was ist mit dem toten Kind, das in einem anderen Teil der Stadt, tief verborgen im Keller eines Labors, umgeben von 196 Grad kaltem Flüssigstickstoff, darauf wartet, eines Tages zum Leben erweckt, geheilt und endlich erwachsen werden zu dürfen? Niemand hat ihm gesagt, wie lange es warten müsse. Seine Eltern, die ihm ein rosafarbenes Spitzenkleidchen anzogen und es in die Obhut des weltweit besten und führenden Kryonik-Unternehmens gaben, werden zu diesem Zeitpunkt schon lange gestorben sein. Wenn Dornröschen, wie das Mädchen von den Gefrierspezialisten des Unternehmens genannt wird, erwacht, wird es alleine sein. Wann genau das sein wird, kann niemand vorhersagen, vielleicht in hundert Jahren, im Sommer des Jahres 2103, vielleicht erst später, die Frist hängt vom medizinischen Forschritt, vom Vertrag, den die Eltern abgeschlossen haben, aber auch davon ab, wie viel in hundert Jahren der Strom für das Kühlaggregat kostet. Man sieht: Auch hier überlagern sich private und öffentliche Sphären. Vielleicht steht, wenn Dornröschen erwacht, ein Roboter neben seinem Bettchen, um es mit einem 3D-Hologramm der Eltern zu begrüßen, das nach einem uralten Video programmiert wurde. Dieses Video haben die Eltern im Jahr 2003 aufgezeichnet, als sie beschlossen, ihrem toten Kind ein zweites Leben zu geben. »Dein Name ist Dornröschen«, wird ein Mann in einem altmodischen Anzug sagen, »ich war dein Vater.« Neben ihm wird eine sehr hell gekleidete und sehr traurig aussehende junge Frau sitzen, die sich als ihre Mutter vorstellt und – die Kamera zoomt jetzt auf ihr Gesicht – Dornröschen erzählt, was vor hundert Jahren passiert ist. Dass sie aus einer fernen, längst vergangenen Zeit komme, dass sie eine sehr, sehr lange Reise hinter sich habe, dass sie ein kleines fünfjähriges Mädchen sei, das Marienkäfer, kleine Kätzchen und Schokoladeneis liebte – hier korrigiert der Vater – Schwenk nach links – »liebt« nicht »liebte«, dass sie kein künstliches Wesen, sondern ein ganz normaler kleiner Mensch sei, der nur sehr lange darauf warten musste, bis man ihn wieder gesund machen konnte. »Du hast sehr tief geschlafen« sagt die Mutter mit Tränen in den Augen. »Und sehr, sehr lange«, ergänzt der Vater, »vielleicht hundert, vielleicht zweihundert Jahre lang.« Danach ertönt eine Musik, die Eltern fassen sich an den Händen und winken in die Kamera. Schluss. Der Roboter schaltet das Hologramm ab, nimmt das Kind an der Hand und führt es in den Operationssaal.

Eigentlich, so fällt mir plötzlich ein, während ich mir diese Sozialgeschichten des Wartens ausrechne und darüber nachdenke, welcher soziologischen Kategorie die einzelnen Formen des Wartens zuzuordnen sind, sollten alle Eltern ihren Kindern solche Videos hinterlassen, auch wenn sie ihre Kinder nicht einfrieren. [Ich muss mir zu diesem Thema noch ein paar Notizen machen.**]

Doch Geduld brauchen nicht nur die Toten. Auch die Lebenden müssen lernen abzuwarten, nicht sofort zu reagieren. Ich sehe das jetzt täglich bei meinen Internetkontakten. Niemals sofort antworten! Außer natürlich im Chat. Das ist die Grundregel. Die meisten Missverständnisse klären sich nämlich von selbst. Es lohnt sich, die Coole zu mimen, niemand sieht ja, mit welcher Ungeduld man in Wirklichkeit hinter seinem Rechner auf die Antwort wartet. Ein großer Teil der allgemeinen Internet-Paranoia, die grassierende Angst vor Verschwörungen aller Art und das ständige Sich-beleidigt-Fühlen würden wahrscheinlich verschwinden, wenn alle Internauten ihre Erwiderungen um Minuten oder Stunden verzögerten. Man sollte in all diese überhitzten Diskussionen und Korrespondenzen ein retardierendes Moment einbauen, Spannung raus, abschalten und abkühlen! Zeit für eine kleine Kaffee- oder Pinkelpause, einen Mittags- und Verdauungsschlaf, Zeit, in der man herumlaufen und Nüsse essen, nachdenken und dabei zu dem Schluss kommen kann, dass eine Antwort sich eigentlich erübrigt. – Im Warten verliert sich die Wartezeit, noch so eine Grundregel. Oder: Im Warten ist die Zeit abwesend. Oder: Warten ist die Unmöglichkeit zu warten. Oder: In der Unmöglichkeit des Wartens zeigt sich die Abwesenheit der Zeit. Oder: Dem Warten wesentlich ist die Unmöglichkeit zu warten.

Paris, Passages des Postes, August 2003

»Liebe Frau von Manteuffel«, schrieb Frau Trinkl-Gahleitner, »mir ist bewusst, dass es in Paris Aufregenderes zu tun gibt, als über das Warten zu schreiben. Ich aber erwarte, wenn Sie mir diesen kleinen Scherz erlauben, im wörtlichsten, buchstäblichsten und keineswegs fiktionalen Sinne die sehr baldige Vollendung Ihres Manuskripts.« Ich konnte in diesen Worten keinen Scherz erkennen. Frau Trinkl-Gahleitners Botschaft bezog sich auf meine unmittelbare, leibhaftige Realität und bedeutete nichts anderes als völlig realen Stress. »Sie hatten für Juli eine Skizze über das sogenannte katakombische Warten und für August eine zweite über das klaustrophobische angekündigt«, schrieb meine Verlegerin weiter, »Sie wissen, dass der Herbstkatalog gedruckt und die Vertreter informiert sind. Spätestens am fünfzehnten September sollten wir das Lektorat abschließen.«

Das Klaustrophobie-Kapitel war nicht das Problem, eine verstärkte Introspektion konnte hier die fehlenden Recherchen ersetzen. Doch ich musste Philippe unbedingt nochmals über die Katakomben ausfragen. Als er uns vor zwei Jahren in Wien besuchte, erzählte er auch ein wenig über Paris. Adrian hatte versucht, höflich zu sein und Fragen zu stellen, wie man sie stellt, wenn man Interesse signalisieren möchte. Er hatte sogar nach Pariser Museen gefragt, obwohl er sich in Museen langweilte, so, wie er sich auch sonst fast überall langweilte. Dann war ihm das Thema »Katakomben« eingefallen. Adrian dachte dabei an bräunliche Totenschädel und kaiserliche Krypten, an irgendetwas Heiliges, römisch Katholisches jedenfalls. Es hatte ihn geärgert, dass Philippe ihm daraufhin erklärte, bei der Unterwelt von Paris handele es sich gar nicht um Katakomben im eigentlichen Sinne, sondern um mittelalterliche Steinbrüche, Kalksteinminen mit einem unterirdischen Stollennetz von fast 300 Kilometern Länge. »In Wien hört man noch das Echo der Toten. Es steckt tief in den Hälsen, nicht nur in denen der Toten. Und es erklingt unter der Michaelerkirche, unter dem Stephansdom, aus den Gräbern an der Seegasse und im Kloakenfluss unter der Stadt. Das sind unsere kostbarsten Ersparnisse«, hatte Adrian behauptet und Philippe herausfordernd angeschaut. »Der Tod ist gratis«, hatte dieser ungerührt entgegnet, »mit der Zeit wird er sogar noch billiger, dann musst du draufzahlen, um am Leben zu bleiben.« Das war der Moment gewesen, an dem Adrian wortlos aufgestanden und ins Nebenzimmer gegangen war. Philippe hatte sich danach kaum noch um Adrian gekümmert, er schien enttäuscht von meinem neuen Lebenspartner, doch vorerst auch sichtlich erleichtert, keine weiteren Fragen auf Deutsch mehr beantworten zu müssen. Dass sich der Konflikt zwischen den beiden in den kommenden Tagen weiter hochschaukeln würde, war zu diesem Zeitpunkt noch nicht abzusehen.

Ich bedauerte Adrians Reaktion, denn es hätte noch viele Fragen gegeben. Philippe hätte noch lange über den Untergrund von Paris reden können. Heute interessierte mich natürlich vor allem, mit welcher Geschwindigkeit dort unten die Zeit verstrich und welche Unterschiede es zu oberirdischen Warteräumen gab. Philippe behauptete ja, alles sei berechenbar, auch das, was für andere unfassbar war. Für Philippe hatte jede Geste, jedes Gefühl, jeder Geruch eine messbare Auswirkung, alles hinterließ Spuren, wenn nicht gar Indizien, die gemessen und gedeutet werden konnten. Damit wurde alles Diffuse exakt und ließ sich mit anderen diffusen

Dingen, Eindrücken und Empfindungen vergleichen, kontrollieren und einordnen. Für Philippe war das wichtig. Für mein Buch natürlich auch. Adrian hätte ihn dafür gehasst.

Doch es würde nicht genügen, solche Warteräume nur zu beschreiben, von Schwellen und Übergängen zu erzählen, graue Dämmerungen und blaue Stunden zu zitieren, Sternbilder anzurufen, Mondauf- und Sonnenuntergänge, melancholische Verwandlungen und poetische Vorhöllen zu beschwören, in denen ungetaufte Seelen auf Erlösung warteten, nein, Frau Trinkl-Gahleitner war anspruchsvoller, sie verlangte konkrete Präzision statt vager Poesie. Sie hatte der Öffentlichkeit ein Buch angekündigt, in dem das Warten als Schlüsselposition einer neuen Moderne gewürdigt werden sollte, als quasi experimenteller Ausweg aus den Aporien der Zivilisation. Die soteriologische Bedeutung der Latenz! Warten als existenzielle Herausforderung!, lauteten die Schlagzeilen – Keyword: intellektueller Frauenratgeber – auf dem geplanten Waschzettel zu meinem Buch. Was aus den Katakomben und Warteräumen, den Schlangen des Stillstands und den Schlaufen der Wiederkehr über die Gesellschaft hereinbrechen würde, sei größer und gewaltiger als alles, was gestundete Weltuntergänge, milchgraue Dämmerzustände und lila Pausen bisher in Gang gesetzt hätten.

Österreich habe einen Hang zur Apokalypse, hatte meine Verlegerin bei unserem zweiten Gespräch bemerkt, auch hundert Jahre nach dem Ende der Habsburger sei diese Tendenz noch immer virulent. Prima!, dachte ich damals und machte mir gleich eine Notiz. So bekäme ich das Thema »Warten« auch kritisch in den Griff. Als hochverdächtiges geschichtsphilosophisches Phänomen. Absolut toxisch, hochinfektiös und bösartig musste es sein, wie ein frisch mutiertes Virus, das sich gierig und in unstillbarer Sehnsucht durch ganze Familienstammbäume hindurch fraß. Ich musste das Bedrohliche dieser Verheißung analysieren, aber auch ihre

Faszination erklären, neue Namen und Bezeichnungen erfinden für das Warten auf die Endzeit, für die Geduld vor dem Tod, Namen für alte und neue Räume, in denen die Zeit so langsam verstrich, dass man glaubte, an ihrer Stelle vergehen zu müssen.

Oft war gar nicht zu unterscheiden, ob jemand auf die Erlösung oder auf eine Katastrophe wartete. Auch das musste noch geklärt werden! Für Roland Barthes zum Beispiel sind das Warten auf den Geliebten oder das Warten auf einen Einfall beim Schreiben Urszenen der Liebe und des Romans, zugleich auch schon deren Ende. Denn wer zuerst auf den Brief oder den Anruf des anderen wartet, hat schon verloren. Er wird verlassen, bevor es überhaupt beginnt. Meine Oma hatte Roland Barthes zwar nie gelesen, doch einer ihrer Lieblingssprüche lautete: Männer sind wie Schatten, läufst du ihnen nach, fliehen sie vor dir – fliehst du vor ihnen, laufen sie dir nach. Warte nicht! Oder lass es dir wenigstens nicht anmerken …

Ich weiß nicht, ob Frau Trinkl-Gahleitner die Weisheiten meiner Oma und Roland Barthes interessieren. Sie will ja Präzision. Was genau sie damit meint, ist mir jedoch noch nicht ganz klar. Ich glaube, sie ist auf Handfesteres aus, auf die Leerläufe des Alltags, Warteschlangen am Fahrkartenschalter zum Beispiel, oder Warteschleifen von Callcentern. Situationen, aus denen neue Geschäftsideen entstehen, zum Beispiel der Beruf des Warters oder der Warterin, arbeitslose Menschen, die sich für andere, Eiligere, Ungeduldigere, in die jeweilige Warteschlange vor Postschaltern und Theaterkassen einreihen, professionelle Platzhalter und Platzhalterinnen, ausgerüstet mit Schlafsack, Thermoskanne und einem hochmodernen Chronometer, der nicht nur die objektive Zeit, sondern vor allem auch die subjektive Wartezeit – gemessen als Blutdruck, Puls- und Hirnstrom, je nach Standort auch Luftdruck – aufzeichnet, die qualitativen Latenz-Daten auswertet und den entsprechenden Geduldsquotienten errechnet, nach dem dann das jeweilige Level und die Tarifklasse des Wartemenschen eingestuft wird.

In solchen Entwicklungen drücke sich der apokalyptische Geist der Moderne in Reinkultur aus. Würde Trinkl-Gahleitner sagen, nehme ich an. »Bitte warten«, »warten bitte«, und wenn man sich durch die sieben Optionen mit je drei Verzweigungen hindurchgewählt hatte, bei der Anweisung »wenn Sie eine Frage haben, wählen Sie die Drei, wenn Sie keine Frage haben, wählen Sie die Drei«, die Drei und versuchsweise auch die Vier eingetippt hatte, um doch nur wieder bei der Sprachauswahl zu landen, würde sich tatsächlich diese charakteristische, panikartige Ruhe einstellen, die man bekanntlich, oder eher vermutlich, kurz vor einem Flugzeugabsturz verspürte, wenn sowieso alles entschieden war und man sicher sein konnte, dass die Wartezeit diesmal nur sehr kurz sein würde.

Wer Macht hat, lässt den anderen warten. Man sitzt auf dem Chefsessel oder liegt mit dem Kopfhörer in der Hängematte und weiß, dass der andere sich schon noch ein wenig gedulden wird. Er wird den Ort, an dem er wartet, nicht verlassen, womöglich jahrelang. Auch wenn er – oder sie, man muss solche Dinge unbedingt gendern – also eher: sie nie die Regeln verstehen wird, nach denen hier bestraft oder ignoriert wird. Beim Warten entwickelt jede Liebesbeziehung ihre bürokratischen Aspekte. Während die Ungeduld sich wie ein tödliches Nervengift in allen Körperzellen verbreitet, Langeweile, Angst und Ungewissheit sich bis zur Implosion steigern, ohne dass von außen auch nur die geringsten Anzeichen sichtbar werden, setzen Denken und Sprache aus, genauer: drehen sich um den Fixpunkt des Erwarteten, kreisen wieder und wieder nur um das eine: Das, worauf wir warten.

Ich weiß nicht, wie ich Frau Trinkl-Gahleitner dieses Gefühl erklären soll, zumal ich nicht einmal weiß, an welche

Stelle meiner Typologie es überhaupt gehört. »Katakombisch« ist es jedenfalls nicht, auch das »messianische« Warten ist wohl eine andere Kategorie. Und dann gäbe es noch das Warten auf etwas, das schon vorbei ist. Vielleicht wäre das tragisch genug für meine Verlegerin. Etwas ganz und gar, einfach fundamental zu versäumen, weil man es nicht bemerkt hat, als es vorüberging. Eine oberösterreichische Katholikin wie Frau Trinkl-Gahleitner würde darin vielleicht die »Tragödie des Judentums« erkennen. Ja, das war möglich. Aber für mich war die Tragödie des Judentums ganz gewiss etwas anderes als die Warterei auf einen Messias, der angeblich schon längst da gewesen sei. Es gab da natürlich diese Anekdoten, zum Beispiel die Geschichte des Kabbalisten David Rodinsky, der jahrelang in einer Dachstube der Londoner Synagoge, umgeben von alten Büchern, Briefen, Notizbüchern, Thorarollen, verstaubten Bierflaschen, Grammophonplatten aus den Dreißiger Jahren, Stapeln von Papier und so weiter lebte und im Laufe der Jahre zum unbezahlten Hausmeister der Synagoge wurde. Beleuchtet nur vom flackernden Licht der Kerzen und einer rostigen Gaslampe, verfasste er unzählige Schriften in den verschiedensten Sprachen, ohne je das Haus zu verlassen. Er verschwand 1969. Bis heute weiß niemand, wohin er ging und was aus ihm geworden ist. Vielleicht hatte er die mystischen Schriften des Rabbi Hayyim ben Joseph Vital gelesen und den Weg durch die Pforte der Seelenwanderung gefunden. Philippe, mit dem ich über diesen Vorfall noch nicht gesprochen habe, würde diese Möglichkeit freilich bestreiten. Vielmehr habe Rodinsky, so stellte ich mir vor, hätte Philippe argumentiert, Blaise Pascals Gedanken über die Religion gelesen und sich dabei den berühmten Satz herausgeschrieben, in dem Pascal das Unglück des Menschen auf seine Unfähigkeit zurückführt, still in einem Raum zu verharren – ein Unglück, das schließlich auch Rodinsky ereilte.

Oder, auch dieser Fall hätte Philippe interessiert, die Geschichte des ukrainischen Juden Stepan Kowaltschuk, der siebenundfünfzig Jahre seines Lebens in einem winzigen Hohlraum oberhalb des großen Holzofens in seinem Haus verbrachte, verfolgt von Stalinisten, deutschen Wehrmachtssoldaten und der sowjetischen Justiz, die ihn als Deserteur verhaftet hätte. Er verbrachte diese Zeit mit der Niederschrift von slawonischen Heiligenlegenden, die von seiner Schwester anschließend kopiert und weitergereicht wurden. Manchmal hatte er so etwas wie Visionen. Vermutlich zirkulieren auch diese Texte inzwischen im Internet.

Wo aber war nun der weibliche Anteil an diesem ganzen Komplex? Den hatte Frau Trinkl-Gahleitner ja ausdrücklich eingefordert, schließlich wende sich die Ratgeberreihe, in der mein Buch erscheinen sollte, vor allem an Frauen mittleren Alters. Warum warteten Schneewittchen und Dornröschen überhaupt so geduldig und brav, ob im Sarg oder in der Turmstube, das war ganz einerlei, während die Zwerge und Prinzen draußen herumspazierten und sich die Welt untertan machten? Hatten sie vielleicht irgendwann mal an die Turm- oder Sargwand geklopft und waren überhört worden? So wie der katholische Messias in Frau Trinkl-Gahleitners Präzisierungen? Und, so muss ich natürlich gleich weiterfragen, ohne eine Antwort zu erwarten: Was passierte eigentlich im Schlaf oder Scheintod mit den beiden, wovon träumten sie, bevor sie geweckt wurden und das Märchen zu Ende ging? War der Kuss des Prinzen tatsächlich das Happy-End? Sollte ich diesen Fragen wirklich nachgehen? Was würde meine Verlegerin dazu sagen?

Erst vorgestern noch – im Radio kamen gerade die Frühnachrichten, als sie anrief – drohte sie, mein Manuskript im Rohzustand zu publizieren, wenn ich die Termine nicht einhalte. »Mit sämtlichen Korrekturen und Kommentaren!«, fügte sie hinzu. Ich war etwas unkonzentriert, während sie sprach, weil gerade die Meldung kam, dass der Chef der staatlichen Gesundheitsbehörde zurückgetreten sei. Offenbar gab man ihm die Schuld an den Folgen der Pariser Klimakatastrophe. Frau Trinkl-Gahleitner wirkte erregt. Trotzdem weiß ich bis heute nicht, ob ihre Drohung als Scherz gemeint war, bei Österreichern weiß man so etwas eigentlich nie, denn zuzutrauen wäre ihnen so manche Überschlagsreaktion. Während ich versuchte, ihr zuzuhören, fragte ich mich, ob es auch in Wien in diesem Sommer schon so viele Hitzetote gegeben hatte wie in Paris, und ob Adrian vielleicht unter den Opfern war. Seine Gesundheit war immer so labil gewesen. [Einspruch! Sie können doch nicht alles, was Sie privat so täglich erleben, einfach in ihrem Buch verwursten! Wo kommen wir denn dahin? Diese Stelle bitte streichen. gez. trkl-ga]

Kaltbrunn
am Bodensee, 1975

Es war Hochsommer. Satte, schwere Sonnenuntergänge über satten, schweren Wiesen. Tiefgrüne Tage, Sommerferien! Der Saum des Waldes zeichnete seine schmalen, dunklen Konturen unter das mächtige, alles überragende Blau-Violett des Himmels. Uhren und Mahlzeiten hatten keine Bedeutung mehr. Oma sprach leiser und heller als sonst, die Rüschen ihrer Bluse kräuselten sich zu kleinen Lachfältchen, wenn sie das Fenster öffnete, weil draußen die Nachbarskinder riefen, um mich zum Spielen abzuholen. Opa hielt den Rasenmäher an und holte für jeden eine Handvoll Kirschen aus dem Keller, die er dort am Vormittag in eine Blechschüssel gelegt hatte. Wir überquerten die kleine Straße und den leeren Schulhof, liefen die Gartenzäune entlang, bis wir auf die erste freie Wiese gelangten. Am Wegrand Obstbäume, niedrige Steinmauern, Vögel und Eidechsen, Libellen und glitzernde, kleine Schlangen, Schmetterlinge, junge Katzen, Windstille. Nur das Toben der Insekten – wie gleichmütig die Blüten ihr wildes Lärmen ertrugen!

Ich blieb immer wieder stehen, bestaunte die Dinge der Natur, die ich in Genf kaum je bemerkte. Die anderen liefen schneller, ich musste mich beeilen, sie einzuholen. Es schien fast, als hätten sie ein Ziel. Schon damals, noch während ich so dastand und schaute, hatte ich das Gefühl, niemals Worte finden zu können für das, was in jener Zeit mit mir und den anderen geschah. Wir waren elf, vielleicht zwölf Jahre alt, wir hatten in engen, verschwitzten Kinderbetten, in dumpfen, kleinen Wohnungen, verstaubten Schulzimmern, in Zugabteilen und Treppenhäusern auf diesen besonderen Moment gewartet. Immer hatten wir darauf gewartet, ohne zu wissen, dass dieser Zustand allgemein bekannt war, Sehnsucht, Heimweh oder Fernweh genannt wurde und bei Kindern die Pubertät auslöste. Es war das Flüstern der Luft, die zu phantastischen Bergen aufgetürmten Wolken, das wärmende, lautlos über die Wiese streichende, unermessliche Licht, es war das, was dahinter liegen musste, darunter oder darüber, so wie der See zugleich im Süden und im Norden lag. Es war das, was namenlos tief im Wald, in der Erde, im Bach, irgendwo unter den Steinen, unsichtbar, doch deutlich hörbar versteckt sein musste. Es war der Jubel im Gras, das Summen und Zirpen der Insekten, das leise Raunen der Bäume. – Ich wusste: jetzt würde es kommen! In diesem Augenblick musste es geschehen. Es war ganz nah, vielleicht sogar schon da.

Wir tasteten uns zwischen den Bäumen hindurch und krochen durchs Unterholz. Dahinter gab es eine große Lichtung mit ganz besonders zartem, fast moosigem Gras, in das wir uns warfen, ausrollten und mit ausgestreckten Armen liegen blieben. Im gegenüberliegenden Wäldchen wohnte eine Wildschweinfamilie. Das hatte der Maler Freimut erzählt, den wir manchmal trafen, wenn wir an dem alten Schloss vorbeiliefen, in dem er seine Gerätschaften und Werkzeuge untergestellt hatte. Früher hatte er uns manchmal in sein Atelier gelassen, hatte Himbeersirup serviert und von Maria Crescentia, der Freifrau von Freudental erzählt, die vor zweihundertfünfzig Jahren in einer Dachkammer des Schlosses bei der Geburt ihres sechsten Kindes gestorben war und seitdem am Ostermontag durch Gänge und Säle geisterte, um mit zittrigen Fingern das Silberbesteck in den Schubladen zu zählen. Manchmal wartete Freimut die ganze Nacht auf Maria Crescentia. Wenn sie dann am Ostermorgen klingelnd und klappernd durchs Schloss zog und am Ende ihrer Runde schließlich auch in seinem Atelier erschien, legte sie sich seufzend zu ihm auf die modrige, alte Chaiselongue, um sich ein wenig aufzuwärmen, weil es im Frühling im Grab doch noch recht kalt war. Wir gruselten uns und mussten trotzdem kichern, wenn wir uns vorstellten, wie Freimut die tote Dame mit seiner zerlumpten Wolldecke umhüllte. Als Karla, die mutigste von uns, fragte, wie sie denn beide Platz unter der Decke gehabt hätten, antworte er, es sei eng, aber eigentlich ganz gemütlich gewesen, nur hätten Maria Crescentias Knochen dabei noch lauter geklappert als das Silberbesteck in den Schubladen. Als wahrer Gentleman habe er jedoch kein Aufhebens darum gemacht.

Freimut hieß, wie ich später erfuhr, eigentlich Fritz, Fritz Fernengel. Er war nicht sehr berühmt, doch in der Gegend um den Bodensee ein anerkannter Künstler. Seine Bilder, sehr groß und sehr bunt, sahen aus wie überdimensionale Comic-Zeichnungen. Wir mochten die grellen Farben und klaren Linien, es waren Bilder, auf denen Figuren und Gebäude zu sehen waren, wie es sie hätte geben können, wenn man der Welt den Grauschleier weggezogen hätte. Doch die meisten standen, mit Plastikplanen verdeckt, in einer kleinen Lagerhalle, um sie vor dem Wasser zu schützen, das seit Jahrzehnten im ganzen Gebäude durch Wände und Decken drang. In diesem Sommer ermahnte Freimut uns zu besonderer Vorsicht. Das Schloss sei vor ein paar Monaten verkauft worden und werde nun renoviert. Kinder hätten jetzt keinen Zugang mehr. Besonders gefährlich seien die großen, zum Teil überschwemmten Kellergewölbe. Wir sollten uns hüten, da hinabzusteigen, es gäbe dort Gespenster und Kobolde, die nicht so freundlich und traurig und schön waren wie Maria Crescentia. Wir sollten lieber draußen bleiben und nach der Wildschweinfamilie Ausschau halten. Wenn wir Glück hätten und lange genug warteten, kehrten vielleicht auch die weißen Wölfe zurück, die vor Jahrzehnten von den Jägern des Freiherrn vertrieben worden waren.

Wir sollten Geduld haben. In der Abenddämmerung würden sie kommen und auf dem angrenzenden Acker nach eiweißhaltiger Nahrung wühlen, nach Maikäferlarven, Schnecken und Engerlingen, aber auch nach alten Rüben oder vergessenen Kartoffeln. Wildschweine seien zarte, menschenscheue Wesen. Wir setzten uns ins Gras, schauten in den Himmel, legten die Hände an die Ohren und übten uns in Geduld. Niemand konnte uns jetzt rufen, zurückholen in die Enge und den Staub der Häuser. Wir waren frei, verborgen in der Weite des Waldes, ganz in Erwartung des Ereignisses, das da kommen musste. Ich wusste, dass es geschehen würde: Ich würde warten, geduldig und gespannt, bis zu mir käme, was zu mir kommen musste. Nicht das Vergangene oder Verlorene, wie sonst abends im Bett, nein, diesmal würde etwas Neues kommen. Ein Tier, ein Mensch, ein Geist, ein Gefühl, etwas, das ganz zu mir gehörte und von dem ich noch nichts wusste. Und es würde mehr sein als nur ein Wort oder ein Gedanke – viel mehr.

Abend für Abend lagen wir so auf der Lauer. Es kamen keine Wildschweine, auch keine weißen Wölfe. Nur ein paar Krähen und manchmal die jungen Störche aus dem Storchennest, das seit vielen Jahren über dem Dach des Schulhauses auf einem alten Wagenrad thronte. Hier auf der Lichtung war ihr Landeplatz. Vor den im Gras liegenden Kindern fürchteten sie sich nicht. Wir warteten und schauten ihnen zu, wie sie mit unsicheren Beinen im Moos herumstaksten, über die Wiese flatterten und wieder zurück ins Nest flogen.

Nach ein paar Tagen wurde mir klar, dass es gar nicht die Wildschweine waren, auf die ich wartete. Es war etwas anderes, etwas, das mit dem Nachbarjungen zu tun hatte. Georg war Karlas Bruder und ein Jahr älter als wir. Er war schon früher mit uns im Schloss gewesen. Seit diesem Sommer kam er abends auch mit zur Lichtung. Er behauptete, uns beschützen zu müssen. Karla lachte ihren Bruder aus und schubste ihn ins Gras. Ich lachte nicht. Georg erinnerte mich an Amir. Warum wusste ich nicht, denn er sah Amir überhaupt nicht ähnlich. Ich beschloss, Amir vom Dorf meiner Großeltern zu berichten, ihm Kaltbrunn und Schloss Freudental zu zeigen. Im Haus der Großeltern war genug Platz für Besuch. Er hätte sogar mit seinen beiden Schwestern anreisen können. Und dann hätte ich ihn auf unsere Lichtung geführt, damit er den Wald und das Gras und den Himmel und den Bach sehen konnte. Und wenn wir Glück hätten, auch die Störche, die Wildschweine und die weißen Wölfe. Dann hätte er sich zu mir ins dunkle Moos gelegt und endlich vergessen, dass ich ja nur ein Mädchen war.

Was mir heute von dieser Lichtung geblieben ist, das ist die Erinnerung an etwas unnennbar Zartes und Wildes, etwas, das damals wie ein Messer in eine noch unberührte Wachsschicht eindrang. Diese erste große Spur leuchtet durch alles hindurch, was sich später darüberlegte. All die vielen anderen Spuren, die im Laufe der Jahre hinzukamen, sich gegenseitig durchkreuzten, überlagerten und verwischten. Sie alle durchscheint der Glanz meiner Lichtung, die leuchtende Spur jenes Ortes, an dem wir die Tiere erwarteten, die nie kamen.

Später, in Paris und dann auch in Wien, habe ich Gemälde gesehen, Bilder von Turner, von Rubens, von Claude Monet oder Caspar David Friedrich, prächtige hohe Himmel mit satten, schweren Sonnen, die dem Betrachter ihr geheimnisvolles Versprechen auferlegen, wunderbare Landschaften, die vor Sehnsucht brennen. Doch keines dieser Bilder hat je einen ähnlich tiefen Eindruck bei mir hinterlassen. Verglichen mit jenen Tagen am Waldrand waren alle Gemälde nichts als rasch verblassende Spuren, unbedeutende Kratzer auf einer abgegriffenen Wachsmatrize. Mit einer Ausnahme. Das waren die Himmelsbilder, die Oma vom Garten aus fotografierte und dann mit Acrylfarben übermalte. In diesen

Himmeln gab es Blumen und Berge, seltener auch Wolken und Vögel, dafür aber Sonnen, die wie Eidotter glänzten. Und es gab diese ganz besonderen Luftspiegelungen: von mehreren Monden beschienene Sternenhimmel, Flugzeuge mit großen, weichen Schwingen, Kondensstreifen, die kleine Striemen auf der blauen Haut des Himmels hinterließen. Auf einem Bild war unser Kirschbaum zu erkennen, darüber eine Wolke, aus der, so schien es mir, das Gesicht meiner Mutter blickte. Oma meinte zwar, das bilde ich mir nur ein, doch Phantasie sei etwas sehr Schönes, besonders für Heranwachsende. Oma war früher Lehrerin gewesen, sie hatte Deutsch, Kunst und Religion unterrichtet. Manchmal merkte man das noch, zum Beispiel, wenn sie solche Sachen wie die über die Phantasie sagte. Als sie und Opa heirateten, wurde sie von der Schulbehörde entlassen. Es gab damals eine Art Zölibat für Lehrerinnen. Die jungen Frauen mussten sich zwischen Beruf und Familie entscheiden. Opa war deswegen zunächst gegen die Heirat gewesen. Er wollte nicht, so erzählte er später im Familienkreis immer wieder, der Grund dafür sein, dass Oma auch noch ihre »pädagogische Unschuld« verlor, wie er sarkastisch formulierte. »Diese Schulbonzen glaubten damals wahrscheinlich, dass Lehrerinnen mit eigenen Kindern fremde Kinder stiefmütterlich behandelten.« Bei dieser Erklärung des Großvaters dachte ich automatisch an SIE, an meine eigene Stiefmutter, und fand die Entscheidung der Schulbehörde zwar ungerecht für meine Großmutter, doch die armen Kinder, die dann nicht nur Stiefmütter zuhause, sondern auch noch in der Schule gehabt hätten, taten mir auch leid. Glück gab es nur im Sommer, im Garten der Großeltern, an den Ufern des Sees und auf den Wiesen am Waldrand. Und manchmal noch in den großen, farbigen Bildern, auf denen Kirschen wie rote Wolken im Himmel hingen, weiße Störche vor grünem und blauem Hintergrund auf und ab flatterten, Zitronenfalter und Pfauenaugen über den schwarzen Wassern der Kellergewölbe tanzten, Bienen und Hummeln, Grillen und Maikäfer aus den Schubladen der Truhen hervorschossen, und frierende Schlossgespenster mit merkwürdigen Namen sich in alten Decken oder am seidigen Fell von Frischlingen und Wolfswelpen wärmten. Amir kam nicht auf diesen Bildern vor. Er gehörte in eine andere Welt. Nie hätte ich ihm von Kaltbrunn erzählen können.

Warteraum

Notizen für: Traktat über das Warten. Aus: »Der Schneewittchenkomplex«. Persönliches Vorwort.

Das Kind liegt im Bett und wartet. Es langweilt sich. Es langweilt sich und wartet. Die Mutter hat es gerade erst zu Bett gebracht. Es ist irgendein Kind. Es kann noch nicht sagen, wer es ist und was es will. Es kann nichts benennen. Es wartet. Es schreit, wenn die Mutter nicht da ist.

Mit dem Auftritt des Vaters wird alles anders. Der Vater ist die große Differenz. Mit seinem Phallus schlägt er eine Bresche in die mütterliche Ursuppe. Und sehr viel Schaum. Auch vor dem Mund. Er schlägt tiefe Breschen, immer wieder, immer mehr und immer andere, bis das babyweiche All-Eine in viele kleine, differenzierte Schaumbläschen zerfällt. Von nun an strukturiert der Geschlechterunterschied die Welt. Identität ist eine Frage der Differenz. Das Kind schaut in den Spiegel und lacht.
Das Kind ist das Kind, weil es nicht das Bett ist. Und auch nicht die Tür. Und nicht das Fenster. Der Vater ist nicht die Mutter. Ich bin eine Frau, weil ich kein Mann bin.

Weil sich der Phallus dazwischen geschoben hat, zwischen mich und Nicht-mich, weil er mich mit seiner Sprache vom Muttermund wegholt und selbst beim Küssen darauf achtet, dass ich in der Selbstvergessenheit die symbolische Ordnung nicht übertrete. Sabbernd am Busen von Mutter Natur lernt das Kind durch den Phallus, sich brabbelnd die Dinge vom Leib zu halten. Es spricht, weil es begehrt, es redet, weil ihm etwas fehlt. [Einspruch! Das Märchen vom Ödipuskomplex gehört nicht in eine »Kulturgeschichte des Wartens«. Hatte ich Sie nicht ausdrücklich gebeten, auf den Psychoanalyse-Schmarren diesmal zu verzichten? Das ist doch alles längst widerlegt: Die Sprachblüten aus dem Familiensumpf des 19. Jahrhunderts – von langer Hand gegessen, ich bitte Sie! Sie wissen doch, wie allergisch ich auf diesen Kitsch reagiere! Auch Gott war nur ein Mann. Sie müssen das hier nicht nachplappern, nur um zu beweisen, dass Schneewittchen und Dornröschen in ihren Betten und Särgen auf irgendetwas warten! gez. trkl-ga] Dieses Begehren ist unendlich. Meine Sehnsucht nach dem Verlorenen, meine Mutterromantik, der melancholische Grund der Sprache, das endlose Driften im leeren Raum der Absenzen und Differenzen, das Pendeln zwischen mir und mir, im Hohlraum der Sehnsucht. Hallo! Wo bist Du geliebter Traum, was flüstert mir der Muttermund, was tut er kund zu später Stund? [wie bitte?!] Doch wenn alles Warten nur leeres, gegenstandloses Begehren ist, weil das Reale [was ist das denn???] ein für allemal verloren ging, wenn der Strom der Sprache, oder wie sonst sie es nennen, mich von einem Ufer zum nächsten trägt, mich hie und da stranden lässt, um mich gleich wieder zu erfassen, fortzutragen, vor sich herzutreiben, mich verströmend, verstrudelnd, vernichtend, ver-ver-verwirrrklichend, verwesend, als gäbe es nichts, nichts, nichts, ja nichts! zu sagen, zu erwarten, zu sein, zu ersehnen, außer nichts, woher kommt dann diese Melodie, der tiefe, ferne Klang, den ich doch so deutlich höre? Dazu kann man doch nicht schweigen, still und stumm nur hören und einatmen? Alles. Alles nur Lallen, Lachen allabatlallaltatl. Wie damals, mittags im Kinderbett. Bevor das mit dem Phallus und dem Begehren passierte. Bevor der Vater kam. Und dann auch noch der Prinz. Und der Wolf. Und all die anderen. Natürlich möchte man, sobald man sprechen kann, die Dinge und die Welt und die ganze Wirklichkeit in flagranti ertappen, endlich alles dingfest machen. Zuschlagen, abschlagen, trennen, verordnen. Wie der Vater mit seinem Schwert-Dings. Stattdessen muss ich mich rechtfertigen, Beweise zusammentragen, als hätte mich einer am Nacken gepackt und gefragt, was ich gerade denke.

Ich möchte zurück in mein Kinderbett. Ich möchte wieder auf die Mutter warten, heimlich zuhören, wenn Gott seine Selbstgespräche führt. Und dabei so leise flüstert, dass ich ihn kaum verstehe. Aber das macht nichts, ich weiß ja, dass Gott auch mich meint, wenn er mit sich redet, wenn er so ganz allgemein vor sich hin flüstert, als wäre auch er ein anderer. – Doch wo ist er jetzt eigentlich? Und überhaupt: Von welchem Gott ist hier die Rede? Hat der Phallus das schon entschieden? Hat er sich etwa schon wieder offenbart? Oder liege ich immer noch in meinem alten Kinderbett und denke mir das alles nur aus? Alles dreht sich, zirkuliert von einer Wand zur anderen, und wieder zurück. Ich simuliere. Ich simuliere einen Mittagsschlaf. Und einen Traum. Der passende Moment ist längst verpasst. Kairos sprang aus dem Fenster, Kronos hockt noch immer neben dem Bett. Oder am Fenster. Oder schwebt an der Zimmerdecke. Wie alle Kobolde ist er bockig, unglaublich dickköpfig und halsstarrig. Kaum, dass er sich zu bewegen vermag. Draußen hat es geschneit. Es schneit dort immer. Auf der Tapete ist ein Muster zu erkennen. Es sind Schneeflocken, vielleicht auch Galaxien oder Flugbahnen. Dahinter die Silhouette der Dächer. Der Schnee senkt sich. Das Fenster schließt sich von selbst. Kairos ist nun draußen, irgendwo da unten. Ich weiß, dass er Spuren im Schnee hinterlassen hat. Aber nur ganz schwache. Gott und der Phallus zwingen ihn, nur ganz sacht aufzutreten, nicht so ein Tam-Tam zu machen. Doch kein Sprung ohne Spuren! Irgendwann werde ich sie finden. Kronos hockt da, zählt und zögert und spielt an seinem Zeiger. Er trägt eine rote Zipfelmütze und einen schmutzigen Bart. Er zählt, was ich träume. [Ihre Phantasien in Ehren, doch ich wäre froh, wenn Sie sich an dem orientieren könnten, was glaubwürdig und wahrscheinlich ist. Niemand verlangt, dass Sie bei diesem Thema so eine alberne Märchenwelt konstruieren, bei einem Essay ist das ja auch gar nicht nötig, mit ein paar Zitaten kommen Sie da doch locker über die Runden. Doch wenn Sie sich schon die Mühe machen, von ihrem frühkindlichen Mittagsschlaf zu erzählen, um der Leserschaft die Warterei zu versüßen, dann sollte das Dargestellte schon im Rahmen des Möglichen oder wenigstens des Vorstellbaren liegen. Ich hoffe, Sie verstehen, was ich meine. Es mag ja Dinge geben, die unvorstellbar sind und trotzdem existieren, z.B. in der Mathematik. Aber wozu soll das gut sein? Unvorstellbares ist einfach nur mühsam, oder betreiben Sie aus Langeweile Selbstsabotage? Ganz so privat, wie Sie meinen, sind Ihre privat jokes nämlich nicht! Ich hatte da mal einen kanadischen Autor im Programm, der ganz bewusst »paradoxal self-voiding-texts« verfasste, wie er diese Form der poetischen Selbstentwertung nannte. Soweit ich das verstanden habe, hatte das bei ihm mit New-Age & Co zu tun. Logik war für ihn eine westliche Geisteskrankheit. Ich habe ihn dann an einen Tiroler Esoterik-Verlag weiterempfohlen. gez. trkl-ga]

Manchmal liegen auch Eltern in den Betten und warten. Sie können nicht schlafen, weil sie nicht wissen, wo ihr Kind ist. Trauern ist leichter als warten, vor allem kürzer. Ich war zweiundzwanzig, studierte bereits in Paris, als im Wallis die kleine Sarah verschwand. Julie und Sophie erzählten mir davon, als ich am Ende der Semesterferien für ein paar Tage nach Hause kam. In Genf hingen überall Suchanzeigen mit dem Foto des Mädchens. An allen Postschaltern, an den Kassen der Supermärkte, an den Bushaltestellen und Parkuhren. Nun habe ich den Fall für mein Buch recherchiert: Bis heute wissen die Eltern nicht, was mit ihrem Kind geschah. Die Fünfjährige war auf dem Weg zur Großmutter, ist dort aber nie angekommen. Im Wallis gibt es Wölfe, und es gibt Menschen, die an Märchen glauben, gewiss. Das Reale ist verloren, aber nicht nur im Strom der Sprache. Das Reale ist auch in Wirklichkeit verloren.***

Paris, Seminarien mit Philippe

Wenn ich mit Philippe spreche, habe ich manchmal das Gefühl, als würde ich uns beide von außen beobachten, als hätte uns jemand in dieses oder jenes Café, an diesen oder jenen Küchentisch gesetzt und einen Spickzettel zugesteckt, auf dem geschrieben steht, was wir zu sagen haben. Und ich hätte mich daran zu halten, jeden meiner Sätze durch ein »sagte sie«, oder »meinte, dachte, fragte sie« innerlich zu ergänzen. Wenn wir miteinander sprechen, sind wir wie Puppen in einem routinierten Rollenspiel. Das war früher schon so, wahrscheinlich damals noch schlimmer. Doch neuerdings frage ich mich, ob sich dieses Gefühl, in der dritten Person zu agieren, etwas genauer fassen lässt. Denn das einfache weibliche Personalpronomen »sie« ist viel zu ungenau für unseren speziellen Fall. Meine Rolle hat durchaus ein gewisses Profil, ich bin für Philippe keine x-beliebige Gesprächspartnerin. Die Stichwörter, die ich in seine Rede einstreue, sind ganz spezielle, passgenaue Stichwörter. Und manchmal hatte ich sogar schon den Verdacht, dass sie etwas mit meinem Namen zu tun haben könnten, dass wir uns von meinem Namen, vielleicht auch von seinem Namen inspirieren lassen, um gewisse Zuschreibungen und Erwartungen auf den Punkt zu bringen. Es ist nur so ein Verdacht, aber ich weiß ja, wie genau beispielsweise Romanautoren mit solchen Dingen verfahren.

Thomas Mann, um ein beliebiges Beispiel herauszugreifen, rief seine Helden beim Vor- und Zunamen, manchmal auch nur beim Familiennamen. Balzac, Flaubert, Joyce und

Max Frisch taten das – im Gegensatz zu Franz Kafka – auch. Soviel Realismus müsse sein, dachten sie wohl. Doch vielleicht gab es noch andere Gründe, vielleicht besitzt der Nachname größere magische Kraft als der Vorname. Hat man erst einmal den vollständigen Namen gefunden, erzählt sich der Rest der Geschichte wie von selbst. Hätte Thomas Mann, um bei meinem Beispiel zu bleiben, seinen Adrian Leverkühn zum Beispiel Helge Beterschröck oder Jan Klüterfatt genannt, oder seinen Hans Castorp Henner Timpendeets, dann hätte wohl auch mein Adrian, wenn er eine Romanfigur gewesen wäre, genau so gut Helge oder Hans heißen können, oder, weil das für einen Österreicher wahrscheinlicher ist, einfach nur Franz oder Josef. Wer kann sich seine Vorbilder schon aussuchen? Und für Santner hätten sich unter den österreichischen Familienstämmen ebenfalls Alternativen finden lassen, sogar echt germanisch klingende wie Moser, Hofer oder Kofler. Mit so einem Franz Moser oder Josef Kofler hätte natürlich auch meine eigene Geschichte einen anderen Verlauf genommen. Denn mit Helge oder Hans, mit Franz oder Josef war so eine Liebe wie mit Adrian ganz unmöglich. Das hätte niemand so erfinden können. Nicht einmal ich selbst in der dritten Person.

Wenn man aber »Charlotte von Manteuffel« heißt und sich allenthalben gegen vorschnelle semantische Zuschreibungen wehren muss, dann ist es fast unmöglich, von sich selbst als einer anderen zu erzählen. Natürlich könnte ich, rein hypothetisch gesehen, sagen oder schreiben: »Charlotte tat dies und jenes, ging da oder dort hin, sagte hier und da Folgendes, kümmerte sich nicht weiter um die Antwort usw.« Aber schon ein Satz wie: »Von Manteuffel hatte an diesem Morgen noch keinen Kaffee getrunken und fühlte sich uninspiriert«, oder einer wie: »Als von Manteuffel in die Gasse einbog und am offenen Fenster der Concierge vorbeikam, schien es ihr, als redete man über sie«, würden auf eine völlig falsche, viel zu elegante Fährte führen. Natürlich wüssten Leserin und Leser, dass ich selbst diese von Manteuffel bin, aber seit wann tragen Frauen in Geschichten ihren Nachnamen wie eine heilige Monstranz vor sich her? Führt das nicht zu störenden Ablenkungen vom Fluss des Geschehens? Ich frage mich das, und Charlotte antwortet: »Von Manteuffel hatte es satt, immer nur die eine und dieselbe zu sein, ›ich‹ sagen und dazu stehen zu müssen. Als sie an diesem Morgen in die Gasse einbog, war das Fenster der Concierge geschlossen.« Philippe hätte hier allerdings keinen Zusammenhang gesehen, den es – von seiner streng materialistischen Warte aus gesehen – streng genommen ja auch gar nicht gab. Adrian hatte, wie Charlotte berichtete, das Zimmer nämlich schon verlassen. Also: Bühne frei für Philippe und seine Berichte aus dem Pariser Untergrund!

»Manteuffelchen«, sagte er ohne zu lächeln, »auch solche Dinge lassen sich berechnen.« Seine Unterlippe zuckte verräterisch. Sie wusste, dass er jetzt einen kleinen Triumph unterdrückte. »Die Pariser Straßen sind bekannt für ihre Flaneure und Marschierer, auch für ihre Clochards. Aber die Leute, die sich im Untergrund bewegen, sind mindestens genauso professionell. Denn es ist eine ziemlich spezielle Art der Fortbewegung, so mit kniehohen Gummistiefeln im Schlamm herumzuwaten, gebückt durch niedrige Gänge oder auf allen Vieren durch enge Tunnels zu kriechen. Wenn so ein Untergrundläufer oder Cataphiler, wie sie selbst sich hier in Paris nennen, mit seinen Erkundungen beginnt, muss er sich diese neue Gehweise erst einmal antrainieren. Manche Novizen haben in den ersten Monaten jedesmal Muskelschmerzen, wenn sie aus der Unterwelt zurückkehren, Wadenkrämpfe, weil sich die Zehen in den Stiefeln unwillkürlich am Boden festkrallen, und weil die Beine im Schlamm einfach schwerer sind. Paris ist da unten wie auf den Kopf gestellt, all das Grandiose, was uns erschüttert, lockt und immer wieder zu langen Wegen inspiriert, finden wir jetzt nicht mehr in der Höhe, sondern im Boden. Nichts dehnt sich nach oben, alles zieht in die Tiefe. Der Boden ist, genau wie der Himmel, eine Illusion, man weiß, dass darunter noch etwas ist, und darunter wieder etwas, und immer so weiter, ein Abgrund mit vielen Zwischenstufen. Es ist das unsichtbare Licht unter der Dunkelheit, nach dem wir hier suchen. Das, was darunterliegt, oder dahinter, das Unterschwellige, wenn du so willst.« Er grinste sie herausfordernd an und schien auf ihren Einspruch zu warten. Doch von Manteuffel hatte keine Lust, ihm den Gefallen zu tun. Sie widersprach nicht, betrachtete aber weiterhin alles von außen, verglich die Szene mit früher. Schon damals hatte er seine Gesprächspartner unterschätzt, hatte seine langatmigen, oft leicht überheblichen Ausführungen mit kleinen rhetorischen Schlenkern versehen – etwas sei bekanntlich so oder so, nur para- oder scheinlogisch, sie werde ihm da wohl kaum widersprechen –, die diese oder jene Reaktion nahelegten, manchmal geradezu aufdrängten. Von Manteuffel hatte das immer durchschaut, konnte sich aber bis heute nicht dagegen wehren. Einmal hatte er bemerkt, sie sei eine ganz phantastische Zuhörerin, worauf sie sich tagelang gefragt hatte, ob sein Kompliment womöglich ironisch gemeint gewesen sei. Welche Fragen zu stellen, welche Zwischenbemerkungen angebracht oder unangebracht waren, entschied er mit einer knappen Bewegung zwischen Hals und Kinn. Es fiel ihr schwer, diese kleinen Befehle zu ignorieren. Schon als Gymnasiast trug er den Spitznamen Pythagoras, und er trug ihn mit Stolz, obwohl er ahnte, dass er nicht nur eine Auszeichnung war.

Dass er überhaupt so viel über die geheimen Antriebe der Cataphilen wusste, erstaunte von Manteuffel. Früher hätte er kein Verständnis für diese Form von schwarzer Romantik gehabt. Da war er nach Kappadokien und Granada, später auch nach Petra gereist, in die Königsstädte der Hethiter,

Phönizier und Nabatäer, um alles über die Geschichte der Höhlenmenschen zu erfahren. Während andere ihrer Phantasie weder außer- noch unterirdische Grenzen setzten, die Erde für eine Hohlkugel hielten, in der ungeheure Geheimnisse ihrer Entdeckung harrten, fremde Welten und Zivilisationen, exotisch und bizarr, ja eigentlich unvorstellbar wie das Leben auf fernen Planeten, stieg Philippe mit seinen speleologischen Instrumenten hinab in die Höhlen, berechnete deren Weiten und Tiefen und verglich die Ergebnisse mit den vorhandenen Karten. Er brauchte dafür eine Sondergenehmigung der türkischen Regierung, weil Touristen normalerweise nur einen winzigen Teil der Anlagen besichtigen durften. »Das Meiste ist noch gar nicht ausgegraben«, hatte er erzählt, »die Städte führen mehrere Stockwerke in die Tiefe, besitzen ein besonders effizientes Belüftungssystem, ausgeklügelte Vorrichtungen zur Kommunikation mit der Außenwelt sowie Schächte zur unauffälligen Nahrungsversorgung, natürlich auch unterirdische Wasserquellen oder Flüsse. Angeblich verbargen die Urchristen sich dort vor ihren Feinden. Wahrscheinlicher aber ist, dass die Städte in Kappadokien als Schutzräume vor extremen Klimabedingungen erbaut wurden. Einen Zugang zum Erdinneren habe ich jedenfalls nicht gefunden. Die Hohlwelttheorie ist wohl doch nur was für Hohlköpfe.« Charlotte hatte genickt und geschwiegen, sich aber heimlich vorgestellt, wie groß die Welt sein musste, wenn es in ihrem Inneren noch unbekannte Städte und Länder gab, verborgene, unterirdische Kontinente, die von künstlichen Sonnen beschienen und von Winden belüftet wurden, die ihren Sauerstoff aus den Ozeanen filterten.

»Die Pariser Katakomben sind natürlich lange nicht so kunstvoll angelegt wie die unterirdischen Städte im Orient«, fuhr Philippe fort, »doch es wäre verfehlt, im Pariser Untergrund ein Chaos zu vermuten, diese Kalksteinbrüche mit all ihren Höhlen und Löchern, dem unebenen Grund, den über 300 Kilometer langen Galerien, plötzlichen Steilwänden, Tunneln und Stollen sind ein System mit ganz besonderen Strukturen und Gesetzen. Für manche Leute sind sie die Lebensgrundlage. Im Mittelalter zum Beispiel gab es hier unten gewiefte Teufelsanbeter, die ihren zahlungskräftigen Mitbürgern König Satan in all seinem majestätischen Prunk vorführten. Diese alberne chtonische Tradition hat sich bis heute erhalten. Du kannst dir denken, dass ich nichts zu schaffen habe mit diesen Typen, die da unten ihre pubertären Messen feiern oder sonst einem gotischen Kitsch verfallen sind. Manchmal begegne ich ihnen, meistens im Sommer, in mondhellen Nächten, dann lassen sich die Zugänge leichter finden. Manche Leute verbringen dort die Hälfte ihrer Ferien. Und das ohne jede Orientierung! Das muss man sich mal vorstellen! Könnte man die ganze Stadt umstülpen, das unterteste zu oberst kehren, kämen nicht nur die Ratten und Mäuse, Kröten und Schlangen zum Vorschein, sondern auch all dieses lichtscheue Menschengesindel.« Er lachte auf, trank sein Glas in einem Zug leer, wie um Anlauf zu holen, und zog dann ein Heft aus der Jackentasche. Es war grün eingebunden, hatte auf der Rückseite einen großen Wasserfleck und deutliche Fingerabdrücke, offenbar Spuren von Erde und Schlamm. Philippe schlug das Heft auf, blätterte ein paar Seiten um und schob es von Manteuffel über den Tisch. »Hier, siehst du«, rief er und zeigte auf eine geometrische Figur, die auf den ersten Blick wie ein dreidimensionales Spinnennetz aussah, »hier diese Kreuzungen nennen die Cataphilen das LSD-Potpourri, das Netz gehört zum östlichen Teil des sogenannten GRS. Diese Kiffer verbreiten doch tatsächlich die Legende, eine gigantische Spinne hätte den Baumeistern diese Gänge unter Drogeneinfluss diktiert, deswegen sei keine Ordnung zu erkennen. So ein Unsinn, sie sind nur zu faul, zu dumm oder zu bekifft, um das komplexe Regelwerk dahinter zu erkennen und zu berechnen. Und dann wundern sie sich, wenn ihnen da unten irgendwann der Sauerstoff ausgeht.« Er zeigte auf die nächste Seite, auf der eine Reihe von mathematischen Zeichen und Gleichungen zu sehen waren. »Die urbane Speleologie ist keine ganz neue Wissenschaft, aber wir verfügen heute über neue topographische Methoden, und mit dem Computer lassen sich gewisse Abweichungen viel schneller und genauer berechnen. Früher musste man sich die alten Karten aus den Archiven besorgen und trigonometrische Höhenmessungen quasi per Hand vornehmen, weil es noch keine Lasermessgeräte gab. Du kannst dir vorstellen, wie ungenau das alles war. Da unten im Dreck und in der Dunkelheit zu stehen und zu kartographieren, das kann ja nur schiefgehen!

Die alte Thury-Karte aus dem frühen 19. Jahrhundert ist nach wie vor die einzige offizielle Karte. Es gibt von ihr nur ein Exemplar, das im Centre Pompidou aufbewahrt wird. Doch sie ist extrem ungenau! Auch deswegen kam es immer wieder zu Unfällen. Leute irrten tagelang im Dunkeln umher und wurden dabei sogar von Ratten angegriffen. Andere wiederum versuchten, sich in einer der Höhlen zu verschanzen und den Eingang mit Dynamit in die Luft zu sprengen, um für immer im Untergrund zu bleiben. 1804 wurde sogar das Skelett eines Verirrten gefunden. Sein Name war Philibert Asperg oder Aspairt, die Quellen sind hier widersprüchlich. Der arme Kerl lag nur wenige Meter vom Eingang entfernt. Er muss jahrelang dort gelegen haben. Wahrscheinlich ist ihm das Kerzenlicht ausgegangen, als er sich da unten vor den Häschern der Revolution versteckte. Doch vielleicht ist diese Geschichte auch nur eine Erfindung des Katakomben-Inspektors Héricart de Thury, der ein Faible für romantische Horrorgeschichten hatte und verhindern wollte, dass noch mehr Verfolgte Zuflucht in den unterirdischen Höhlen suchten. Wahrscheinlich war ihm auch klar, wie schlecht seine Karte war.

Der berühmte Saal Z musste dann in den Achtziger Jahren wegen dieser albernen Orgien geschlossen werden. Auch den Eingang unter dem alten Bahnhof, der früher zum Schlachthof von Vaugirard gehörte, haben sie vor ein paar Jahren zugemauert. Der schönste Saal, der nahezu vollkommen runde Saal Pi, der über ein Labyrinth zu erreichen ist, dessen Einstieg sich neben einem Kloster in der Rue Méchain befindet, ist inzwischen auch geschlossen. Aber wenn man weiß, wo die Eingänge lagen, genügt es, ein paar Meter davon entfernt ein neues Loch zu graben, um die alten Treppen freizulegen. Ich glaube, Manteuffelchen, wenn du da hinabsteigen und ganz unten an deinem Buch über das Warten schreiben würdest, käme etwas sehr Tiefsinniges dabei heraus.« [Einspruch! Ist es in einer Welt der totalen Vernetzung überhaupt noch wichtig, sich von einem besonderen Ort inspirieren zu lassen? Ist es letztlich nicht egal, wo man etwas schreibt? Habe ich Ihnen nicht x-mal angeboten, nach Wien zu kommen, damit wir die Korrekturen gleich vor Ort vornehmen können? Stattdessen fliehen Sie nach Paris! gez. trkl-ga] Er steckte das Heft mit den Berechnungen zurück in die Tasche. »Es gibt da eine Gruppe von Hobby-Forschern, die mich vor ein paar Wochen kontaktiert haben, weil sie wissen, dass ich mich schon lange mit diesen Dingen beschäftige. Sie sammeln Geld und Knowhow, um den Pariser Untergrund auf eigene Kosten zu renovieren. Wenn sie mit ihren Arbeiten am Boulevard de Port Royal beginnen, brauchen sie meine Hilfe. – Sag, Manteuffelchen, hättest du vielleicht Lust, mich bei dieser Höllenfahrt zu begleiten? Keine Angst, es geht ja nicht ins Ungewisse. Diesen ganzen esoterischen Quatsch mit Agartha und Vineta, Atlantis, Lemuria oder Akador kannst du vergessen. Wir heben bloß einen Kanaldeckel hoch und schalten die Stirnlampe ein!« Von Manteuffel hatte zweimal genickt und sich am nächsten Tag ein Paar Gummistiefel gekauft. Seitdem wartete sie auf seinen Anruf.

Wien, Mondscheingasse, 2002

Nur wer von Herzen hassen kann, kann auch wahrhaftig lieben und begehren. In Wien ist das mein Wahlspruch gewesen. Ich kann mich nicht erinnern, wo ich ihn aufgeschnappt habe. Doch diese Stadt ist voller Sprüche, keiner weiß, woher sie kommen und wohin sie verschwinden. Wenn sie überhaupt je verschwinden. Manch ein Spruch ist in Wirklichkeit ein Fluch. Da sitzt man frühmorgens im Bett, sitzt in Wien im Bett, Mondscheingasse elf, Vorderhaus, erster Stock links, siebenter Bezirk, ist gestern erst angereist und trotzdem schon wieder zerstritten. Er hat im anderen Bett geschlafen, drüben in der kleinen Stube, ist um Sechs in der Früh aufgestanden, hat die Therme angeworfen, dann die Filtermaschine, hat gewartet, bis diese den Kaffee schnaubend in die Kanne spuckte, hat im Bad herumgekramt und gelärmt, zweimal die Klospülung gezogen, das Radio angeschaltet, lauter gedreht, abgestellt, schließlich grußlos, wortlos die schwere Eingangstür ins Schloss geworfen und ist mit seinen schweren Schritten die Holztreppe hinuntergepoltert. Er hat Frühdienst und geht zu Fuß zur Arbeit. Am Nachmittag kommt er zu Fuß zurück. Darauf ist Verlass.

Adrian ist Dichter. Doch eigentlich ist er Gerichtsdiener. Schon hier würde er mich korrigieren, aber die Tatsachen sprechen für sich, und das heißt für mich. Er arbeitet in der Josefstadt, am Landesgericht für Strafsachen Wien. So heißen Institutionen hier. Wenn er um vier Uhr Feierabend hat, geht er hoch bis zur Ecke Florianigasse, überquert hinter dem Schönbornpark die Straße, biegt dann links in die Piaristengasse ein, geht von dort aus weiter, immer geradeaus, bis er an den kleinen Platz vor der Siebensterngasse kommt. Er überquert die Straßenbahngleise, bleibt bei »Rot« an der Ampel stehen, auch wenn kein Verkehr ist, geht an dem Blumenladen vorbei, bei dem er sich immer über die Preise ärgert, und gelangt mit wenigen Schritten in die Mondscheingasse. Wenn er schnell geht, braucht er für die Strecke – das Stiegenhaus eingerechnet – gute zwanzig Minuten. Zweimal am Tag. Adrian geht meistens schnell, er konzentriert sich auf seinen Weg, auf den Rhythmus der Schritte und darauf, niemandem bei seinem Gang in die Quere zu kommen.

Adrian ist Gerichtsdiener. Doch eigentlich ist er Dichter. Er dichtet und dient, noch eigentlicher dichtet, richtet und dient er. Auf seinen Fußwegen von und zur Arbeit überlegt er sich Verse, Gereimtes und Ungereimtes – ich sei eine Frau, gekommen, sich in einen Pfefferstrauch (durchgestrichen: Rosenstrauch) zu verwandeln – oft sind es auch nur Gemeinheiten, die er mir sagen wird, wenn er mich eines Tages mit wohlüberlegten Worten aus der Wohnung wirft. Adrian ist Gerichtsdiener und ein Meister der Form. Er schreibt Distichen, ohne die Silben und Hebungen zählen zu müssen. Den Hexameter hat er gewissermaßen im Blut. Den Pentameter auch. Doch das ist keine ganz so verblüffende Glanzleistung, weil der Pentameter kürzer ist und sich quasi melodisch ergibt. Sozusagen mechanisch. So jedenfalls hat Adrian mir seine poetischen Kunststückchen erklärt. Adrians Verslehre ist voller Mysterien, rätselhaften Metaphern und Symbolen, langen, dunklen Assonanzen, überraschenden Reimen und unverständlichen Anspielungen. Selbst sein Schweigen hat tiefere Bedeutung. Stundenlange, manchmal tagelange Bedeutung. Solange müsse ich warten. Es gäbe da für ihn ganz klare Prioritäten. Zuerst käme die Lyrik und das Schreiben, und dann sehr lange nichts. Er schreibt hinter verschlossenen Türen, seine Einfälle sind geheim.

Dann wieder klopft er beim Essen plötzlich mit dem Fingerknöchel oder dem Knauf des Brotmessers einen Rhythmus auf die Tischplatte: da damtata, damta, damta, dada, im fin-ste-ren Kel-ler fin-de ich Ruh, töd-lich-e Stra-fen sind kein Ta-bu, dadamta, damta, dadam dadam. Er sieht mich streng an, sehr streng und sehr ernst. Er schweigt und schaut. Dann platzt es mit einem Knall aus ihm heraus, es schüttelt ihn vor Lachen. Ich wage nicht zu fragen, warum. In solchen Momenten liebe ich ihn, quasi bewusstlos, ohne Metaphern, Fußnoten, Sinn und Verstand, ganz so wie er geliebt werden möchte.

Gelegentlich schreibt er auch freche, geradezu despektierliche Spottgedichte auf die Eitelkeit und den Standesdünkel der Richter und Hofräte, mit denen er täglich zu tun hat. »Einlaufstelle Erdgeschoß« zum Beispiel ist eine Art skatologischer Bänkelgesang, und »Kontrollorgane« der Obertitel eines komplett versauten Sonnettenkranzes, der sich mit der Vergangenheit der ehrwürdigen Institution befasst, wie Adrian seine Arbeitsstelle – manchmal auch ohne Ironie – bezeichnet. Seine Gedichte versteckt er in einer schwarzen Mappe im Kleiderschrank. Er müsse noch daran feilen, sagt er. Niemand darf sie sehen, auch ich nicht. Doch wenn ich tagsüber allein in der Wohnung bin und stundenlang auf seine Rückkehr warte, durchsuche ich seine Sachen und finde dabei nicht nur Gedichte.

Im Wiener Landesgericht in der Josefstadt vollstreckten die Nazis über tausend Todesurteile. Mehr als die Hälfte der Verurteilten waren Widerstandskämpfer. Die Guillotine hieß in Wien »Fallbeilgerät«. Es ist normal, dass die Dinge hier anders heißen, man sagt auch »Mistkübel« statt Mülltonne oder Poubelle. Der diensthabende Scharfrichter brachte es auf bis zu dreißig Hinrichtungen pro Tag. Nach der Enthauptung fiel der Kopf in eine Mulde des gekachelten Fußbodens. »Der Volksgerichtshof als Schlachthof« war der Titel einer

Broschüre, die in Adrians schwarzer Mappe lag. Heute werden hier nur noch alltägliche Strafsachen verhandelt. Manchmal bewacht Adrian die Handschellen, die einem Dieb oder Mörder vor der Verhandlung abgenommen wurden. Überwachen ist sein Beruf, genau wie das Dichten in festen Formen. Eine Ordnung muss sein, auch im Leben. Das weiß jeder Diener. Der Dichter weiß es auch. Überwachen und Strafen gehören zusammen wie Hexameter und Pentameter. Nicht nur im Gefängnis. Gerichte und Gefängnisse sind überall. Auch bei uns in der Mondscheingasse. Nur führt hier niemand Protokoll. Es gibt keine Verhöre und keine Akten. Keiner versteht, wie es dazu kommen konnte. Bekannt ist nur, dass auch hier, wie am Anfang aller Katastrophen, falsche und hässliche Gedanken stehen, Verdächtigungen, Fehlinterpretationen, Missverständnisse, Zweifel, Lügen. – Und dann? Wie geht es weiter? – Dann kommt alles auf die Details an, auf die vielen, kleinen Einzelschritte, die dazwischenliegen und meist für unwichtig gehalten werden. Doch es ist unklug, das Kleingedruckte zu übersehen, auch in Geschichten wie der von Adrian und mir. Oft reicht schon eine Kleinigkeit, um die Welt in Brand zu stecken.

Es brennt auch hier in der Mondscheingasse, tagein, tagaus, sogar in der Nacht. Man ist gewarnt und alarmiert, spitzt im Schlaf die Ohren. Und die Frau, die gekommen ist, sich in einen Pfefferstrauch zu verwandeln, oder wenigstens in einen schönen, sprechenden Busch, wird mehr und mehr zum Tier. Sie liegt im Bett und wartet, sie schaut an die Decke, steht auf und trinkt Kaffee, liest Zeitung, schaltet den Fernseher ein und wieder aus, legt sich in die Wanne und masturbiert. Sie wühlt noch einmal sämtliche Schubladen durch, blättert in den säuberlich abgehefteten Papieren, den Kontoauszügen, Garantiescheinen, Hausratsversicherungen, Korrespondenzen mit Anwaltskanzleien über Unterhaltszahlungen und Unterlassungsklagen, in den verbotenen Gedichten und

Briefen, den Notizen und Tagebuchaufzeichnungen. Schon nach dem dritten Besuch bei ihm in Wien hat sie alles gelesen, vieles mehrmals, manche Passagen kennt sie inzwischen auswendig. »Liebe Moni«, steht da, »du bist der Stoff, der mich ergreift. Ich bin der Schuft, der sich verliebt. So schreibt sich die Geschichte, die nicht gut endet. Und Schnitt. Und Klappe. Lass uns hier Schluss machen. Jetzt tut es noch nicht schrecklich weh. Unsere Leben sind schon kompliziert genug. Keine Geschichten! Mach's gut! Dein Adrian.« Im Tagebuch aus derselben Periode ist zu lesen: »Damals beging Bettina – unbewusst, beleidigt, verstört – einen schlimmen Fehler, der etwas in mir zerstörte. Sie forderte mich auf, eine Therapie zu machen, wenn mir die Familie lieb sei. Damit trieb sie mich aus heiterem Himmel in die Ecke, und ich hatte das Gefühl, vernichtet zu werden. Nicht etwa aus Stolz. Es war geradezu physisch, weil sie die ganze Existenz und meinen Halt in der Welt, meine uneingeschränkte Liebe, die Kinder, in Frage stellte.« Seine kleinen Söhne hat er seit Jahren nicht gesehen. Sie fürchten sich vor ihm. Das jedenfalls behauptet seine Frau. Wenige Seiten danach heißt es im Tagebuch: »Nun hat mich die große Liebe angesprungen, unfair und von hinten. Vor zwei, drei Wochen, der Zeitbegriff verschwimmt mir. Mein Weib, mein Mädchen, Geliebte und Gespielin sehe ich mittags und dann, wenn wir uns ein bisschen Zeit zusammen gestohlen haben. Ich von der nichts ahnenden Familie weg, sie von Lebensgefährten und Sohn, denen sie reinen Wein eingeschenkt hat. Ihr Mann dreht durch, liest alle unsere Briefe, durchstöbert ihre Taschen, um meine Identität auszuforschen und uns zu erpressen, meine Familie zu zerstören. Und doch! Nur mit ihr bin ich ganz. Hier hat alles Denken sein Ende. Alles, was ich fühlen kann, sein Ziel. Wie es weitergeht, weiß ich nicht.«

Seine Liebesbriefe verwahrt Adrian in chronologischer Reihenfolge und je nach Stand der Technik als Durchschlag,

Fotokopie oder Computerausdruck in einem senffarbenen Ordner mit der irreführenden Aufschrift »Gerichtsakten A. Santner«, vermutlich weil er das Märchen vom Blaubart kennt und es schlauer anstellen will mit der Heimlichkeit seiner Verbrechen. Die senffarbenen Gerichtsakten des Herrn Santner sind sehr aufschlussreich. Es gibt Briefe, die erst vor wenigen Tagen oder Wochen verschickt wurden. Einer Frau, die ihm schrieb: »meine illusion der grossen liebe hat sich verflüchtigt. gibt es die überhaupt, oder gaukeln uns das die schriftsteller und filmemacher nur vor?«, hat er geantwortet: »Wenn alle Welt von dieser großen Liebe spricht, kannst du doch nicht ernsthaft an ihrer Existenz zweifeln! Aber ohne Spaß: Dichtung und Kino können bestenfalls ein allgemeines Bedürfnis, an die alles verzehrende Liebe zu glauben, bedienen; erfinden können sie sie nicht. Meine persönliche Sicht dazu ist, dass du gut daran tust, sie nicht zu erwarten und nicht zu suchen. Die Liebe liebt den Überfall, die Überrumpelung.« Wie wahr. Und die Frau aus dem Pfefferstrauchgedicht fragt sich natürlich augenblicklich, ob er diese andere Frau schon getroffen und überrumpelt hat.

In manchen Briefen ist von Trauer und Finsternis die Rede, von Selbstmordgedanken und innerer Leere. Adrian scheint sich besonders für depressive Frauen zu begeistern, wahrscheinlich, weil es da mit der Seelenverwandtschaft so gut klappt. »Ach, Anja, du musst deine Seele aufsperren, diese wunderbaren Paradiesvögel, die darin gefangen sind, ins Licht fliegen lassen. Deine, unsere Phantasien sind die beste Medizin, um uns von den Ängsten zu heilen. Sonst frisst uns die Finsternis. Unsere Lust heilt uns. Führt uns zurück zum Leben. Weg vom Kranken. Vielleicht. Also wollen wir uns weit aufmachen. Und wenn deine Vögel in mir landen, dürfen sie von meinem Herzen fressen. Nein, ich habe keine Eile. Wartend bin ich dir ganz nah. Mein Tag ist bereits gelungen, wenn ich dir schreibe. A.«

Die Frau, die Tag und Nacht in der Mondscheingasse wartet und brennt, weil sie eigentlich ein schöner, sprechender Busch und kein Pfefferstrauch sein wollte, nun aber stumm und im Hirn wie gelähmt diese senffarbenen Gerichtsakten liest und nur noch an einen einzigen Punkt denken kann, einen Punkt, um den sich alles, alles dreht, der selbst aber ganz leer ist, leer und ohne Feuer, diese Frau beschließt nun, ein Theaterstück über diese Misere zu schreiben, eine moderne Tragödie gewissermaßen. Jeden Tag wird sie eine neue Szene entwerfen, so authentisch wie möglich. Es ist ein ernsthafter Entschluss. Statt in der Wanne oder im Bett zu liegen und auf ihn zu warten, ohne ihm dabei nah sein zu können wie er dieser Anja, wenn er schreibend auf sie wartet oder wartend an sie schreibt, statt nochmals seine Gedichte zu lesen, rüber ins Museumsquartier zu gehen und zum dritten Mal dieselbe Ausstellung anzuschauen, in der Zeitung herum zu blättern oder den Fernseher einzuschalten, statt die Angst wegzuatmen, die von Stunde zu Stunde stärker wird, weil es zwischen Vorfreude und Vorahnung keinen Mittelwert gibt, nur dieses grässliche Auf und Ab, bis Herz und Magen, als wären sie ein fester, trockener Acker, von einer Art Spitzhacke aufgerissen und umgegraben werden, bis alles durcheinander, voller Löcher und Knoten ist, statt auf ihn zu warten, wird sie über ihn schreiben.

Das zukünftige Theaterstück hat noch keinen Titel, es könnte »Szenen einer Nahbeziehung« heißen – ja das klingt ein bisschen nach Problemstück und richtig seriös, es könnte aber auch einfach nur »Besuch im Zoo – Personenregister: Brüllaffe, blöde Sau, Nachbarn, Polizei« heißen, das wäre etwas plakativer. Es wird sich schon noch ein Titel finden lassen. Die Frau, also ich, setze mich an Adrians alten Computer und beginne zu schreiben.

Innen. Tag.

(Nachdem sie die Einkäufe weggeräumt und gemeinsam überlegt haben, wann gekocht werden soll, sofort oder später, dabei aber zu keinem Ergebnis gekommen sind.)

Sie: Eigentlich habe ich gar keinen richtigen Hunger. Ich habe vorhin die beiden Punschkrapfen gegessen. Aber wir können natürlich auch jetzt schon kochen, wenn du willst. Entscheide du bitte.

Er: Hm, weiß nicht. Muss nicht sein. Ich kann auch erstmal einen Apfel essen.

(Er holt sich einen Apfel aus dem Korb, beißt einmal rein und lässt ihn dann liegen. Nach fünf Minuten holt er den Wurstaufschnitt aus dem Kühlschrank, fängt an, die Scheiben auszupacken, holt sich eine Semmel aus dem Brotkorb.)

Sie: Na, wenn du dir jetzt doch ein Brot machst, können wir ja auch gleich essen.

Er (laut): Verdammt noch mal, hör' endlich auf, mich zu kritisieren. (Er schmeißt die Semmel zurück in den Kasten und verlässt schnaubend die Küche.)

Sie (geht nach einigen Minuten zu ihm ins Wohnzimmer): Bitte hör auf so zu brüllen. Du weißt, dass ich das nicht ertrage. Sag mir, dass du dich bessern willst.

Er: Du spinnst wohl, du blöde Kuh. Es geht hier nicht um dich. Und jetzt lass mich in Ruhe, ich muss schreiben.

Sie: Ich halte es nicht aus, wenn du mich ständig anbrüllst, wegen nichts und jedem Mist. Heute schon zum zweiten Mal, seit gestern zum siebten Mal. Ich habe genau mitgezählt. Den ganzen Tag habe ich Angst, dass du wegen irgendetwas auszuckst und einen Wutanfall bekommst. Du hingegen bevormundest mich wie ein kleines Kind, schimpfst, wenn ich etwas fallen lasse und nicht sofort aufhebe, und wenn ich das Einkaufswagerl zurückstelle, brüllst du »rechts, rechts!!!« in vollem Befehlston, und das vor allen Leuten.

Er (brüllt): Du blöde Sau! Was bildest du dir eigentlich ein? Mit deiner Überempfindlichkeit, du bist ja hysterisch! Kann man dir nicht einmal sagen, wie man hierzulande sein Wagerl einzustellen hat, hier in meinem Land, da wo ICH Bescheid weiß? Oder dich darauf aufmerksam machen, dass dir was runtergefallen ist, ohne sich wochenlange Vorhaltungen anhören zu müssen? Du glaubst wohl, du weißt alles besser, du blöde Kuh!

Sie: Darum geht es doch gar nicht, das Beispiel mit dem Wagerl habe ich nur gebracht, um dir zu zeigen, wie oft DU MIR sagst, was ich tun soll, wie normal es für DICH ist, mich zu kontrollieren und zu bevormunden. Primär geht es darum, dass du andauernd wegen jedem Blödsinn herumbrüllst und ich immerzu in Angst vor deinen Wutanfällen bin. Du benimmst dich schlecht und du behandelst mich schlecht.

Er (brüllt): Ich fühle mich von dir geheckelt, mit deinem ewigen Gschistigschasti, du blöde Sau, du schierche! Schlägst dir vor dem Essen die Wampen voll, bist eh schon zu fett (macht eine Geste um die Hüften herum) und verbietest MIR das Essen. (Schubst sie zur Seite, zieht sich die Schuhe an. Sie schubst zurück.)

Sie (brüllt): Hör endlich auf zu brüllen und mich zu beleidigen, dämlicher Brüllaffe. So darfst du nicht mit mir reden, das geht nicht!

Er (brüllt): Das ist mir doch wurscht, du blöde Sau, meinst du, du hast zu bestimmen, wie ich mit dir rede? Und wenn ich schierche Sau zu dir sag, sag ich das, weil du's bist. (Rennt aus der Wohnung.)

Sie (brüllt): Scheißkerl! (Schmeißt die Tür hinter ihm zu und wirft seinen angebissenen Apfel aus dem Fenster, verfehlt ihn.)

Das Theaterstück wurde nie beendet. Manchmal klopften die Nachbarn an die Tür, zweimal kam die Polizei. Die Beamten standen verlegen im Hausflur, unschlüssig, ob sie hereinkommen und ihre Mützen abnehmen sollten. Es habe Beschwerden gegeben, bei uns sei wohl etwas nicht in Ordnung. Sie verlangten nach mir, ja bestanden darauf, die Frau des Hauses zu sehen. Adrian gab mürrisch den Weg frei, ich ging zum Eingang, entschuldige mich, versuchte zu erklären. Doch das schien die Polizisten nicht zu interessieren. Sie ermahnten uns. Das Leben sei viel zu schön, um sich zu streiten. Und wenn man trotzdem unbedingt streiten müsse, solle man das bitt'schön leiser erledigen. Servus und viel Glück!

Auch bei uns lag alles im Detail. Jeden Tag kamen neue Details hinzu, teuflische kleine Dinge, die andere wahrscheinlich, wie Fußnoten im Kleingedruckten, übersehen hätten. Wir übersahen nichts, wir hörten stets genau hin, jeder Zwischenton erhielt sein verdiente Verstärkung, in jeder Fußnote blitzte die Fußangel. Wir nahmen es sehr genau mit der Liebe.

Natürlich hätten wir noch jahrelang so weitermachen können, mit oder ohne polizeilichen Beistand. Vielleicht hätte er mich, im Affekt oder aus Versehen, getötet, mir bei einem unserer Kämpfe das Genick gebrochen, die Zähne eingeschlagen, vielleicht auch den Schädel zertrümmert. Vielleicht hätte ich tatsächlich eines Tages das Fleischmesser aus der Lade gezogen und es ihm zwischen die Rippen gestoßen. Erst sein Verdacht brachte mich auf die Idee. Mehrmals versteckte er Messer und Scheren, aus Angst, ich könnte ihm nachts die Kehle durchschneiden.

Und dann ging alles sehr schnell: Für eine andere Frau wäre dieses Detail womöglich ein ganz unwichtiges gewesen, für mich war es das nicht. Es war nicht das Übliche, kein Wutausbruch, kein Liebesverrat, keine Gewalt. So etwas wäre gar nicht stark genug gewesen, mich dazu zu bringen, ihn und die Wohnung in der Mondscheingasse zu verlassen. Nein, es war etwas anderes, etwas völlig Unerwartetes. Es war eine Art Ekel, die plötzliche, wie ein Stromschlag in mich hineinfahrende Erkenntnis seiner unsäglichen Hässlichkeit. Er war am Vortag beim Friseur gewesen, hatte sich, wie er das aus Sparsamkeitsgründen seit Jahren tat, die knapp schulterlangen Haare sehr kurz, fast bürstenschnittartig abschneiden lassen. Sein Nacken war rasiert und zeigte einen kleinen, rötlich gefleckten Wulst. Adrian trug meinen grauen Bademantel, die blauen Filzschlappen, die ich ihm nie gekauft hätte, und schlurfte, wie er es am Sonntagmorgen immer tat, mit seiner Tasse durch die Wohnung, tunkte dabei ein Stück Weißbrot in den Kaffee. Danach stand er, wie immer, wenn er etwas gegessen hatte, eine Viertelstunde lang vor dem Badezimmerspiegel und säuberte sich das Gebiss mit Zahnseide. Er machte das sehr gründlich, meist lagen mehrere verbrauchte Fäden im Waschbecken. Wir stritten, doch nicht besonders heftig. Vielleicht hätte es an diesem Morgen sogar zur Versöhnung gereicht. Mein Koffer war noch vom Vortag gepackt. Da hatte er gedroht, mich hinauszuwerfen, wenn ich nicht endlich kapierte, dass er nicht nur beim Schreiben, sondern auch beim Zeitunglesen nicht dauernd gestört werden wollte. Er stand am Fenster und zog den Rollladen in die Höhe. Ich sah den grauen Frotteemantel, sein kurzes, wie über ein Lineal geschorenes Haar und den Wulst im Nacken. Und plötzlich hatte ich das Gefühl, nie in meinem Leben etwas derart Widerwärtiges gesehen zu haben.

Ich verließ das Schlafzimmer, holte den Koffer aus der Ecke neben dem Sofa, legte mein zweites Paar Schuhe hinein, das noch am Eingang stand, zog den Wintermantel und den schwarzen Seidenschal an, den er mir ganz am Anfang geschenkt hatte, und verließ die Wohnung. Auf der Straße war noch alles still. Als ich in die Zollergasse einbog, hörte ich, wie er das Fenster öffnete und mir etwas nachrief. Ich verstand nicht, was es war und drehte mich nicht um. Hätte ich mich umgedreht und ihn angehört, hätte ich wahrscheinlich keinen Schritt weitergehen können.

Ich fuhr zurück nach Genf, heizte die Wohnung ein, sortierte die Post, ging einkaufen, versuchte, alle normalen Dinge so normal wie möglich zu tun. Doch nach ein paar Tagen merkte ich, dass ich nichts anderes tat, als zu warten. Ich wartete auf seinen Anruf, auf eine Mail oder eine SMS, manchmal dachte ich sogar, er könnte plötzlich vor meiner Tür stehen. Seine Stille war unerträglicher als sein Gebrüll. Ich wartete qualvolle Tage und Wochen, in denen ich weder schlafen noch essen noch arbeiten konnte. Es gab keine Normalität. Dann schrieb ich ihm einen Brief.

```
Adrian, Liebster, oder wie sonst soll ich
dich jetzt noch nennen? Ich bin in meinem
Genfer Arbeitszimmer, in dem Raum, den du
```

nie betreten wolltest. Wenn ich den Kopf nach links drehe, sehe ich eine starrklare Winterlandschaft, im Hintergrund Dunstiges, den See und hoch getürmte graue und weiße Wolken, offenbar angestrahlt von einer hinter Frankreich versteckten Sonne. Drehe ich ihn nach rechts, sehe ich drei rote Fischlein, die zwischen kleinen Vasen und Steinen herumwuseln und emsig nach den Flocken suchen, die ich ihnen vorhin ins Wasser geworfen habe. Ein Aquarium ist wie ein Mandala, oder wie das Muster einer alten Raufasertapete. Noch ist alles ruhig im Haus. – Doch eigentlich schaue ich nur selten nach rechts und nach links, mein Blick geht lieber nach vorne (auf den Bildschirm, das heißt zu dir, dem ich jetzt schreibe) bzw. zurück in mein Herz (und damit auch zu dir…). Meine Nacht war gut, im Rahmen des mir Möglichen, ich habe mit weißen Socken geschlafen, das wärmt den erkälteten Frauenkörper von unten. Meine üblichen Wehwehchen sind kaum zu spüren, außer einem deutlichen Druck im Sonnengeflecht, du weißt schon, das Ding, in dem sich die Restängste zusammenrotten. Kurz und schlecht: Ich vermisse dich, verdrehe mir innerlich den Kopf nach dir, fahre ihn fast teleskopartig aus dem Leib, aber mein Liebster lässt sich entschuldigen, muss jetzt wohl sein fernes Leben in der Ferne führen. Doch ich bin ihm nicht böse, neinneinnein, das kann ich gar nicht, wegen nichts und wieder nichts. Es hat sich nämlich erwiesen, dass ausgerechnet dieser Kerl, mein Brüllaffenmännchen, Kipplaster vom Dienst, Grantlhuber, Nörgelschrulli usw. in Wirklichkeit nicht nur der faszinierendste, seltsamste, wortmächtigste, leidenschaftlichste Mann der Welt ist (das wusste ich ja schon), sondern obendrein auch noch der unentbehrlichste und wohlgemerkt: mir nächste! Kaum zu glauben, aber die Silvestertage, in denen ich durch das nächtliche Wien lief, auf der Suche nach dir, obwohl ich doch wusste, wo du warst, lassen keinen Zweifel mehr an dieser Einsicht. Verpasstes Glück wiegt doppelt schwer, doch trägt es sich in diesen Tagen so selbstverständlich wie die eigene Haut. Diese Bürde gehört nun ganz zu mir. Danke für alles, auch für das Schreckliche, du bist und bleibst mir der nächste Mensch. Leb wohl!

Ich war mir im Unklaren darüber, ob ich überhaupt eine Antwort erhoffte. Von dem Detail in seinem Nacken wusste er ja nichts, wahrscheinlich waren auch längst schon wieder Haare darüber gewachsen. Doch jedes Mal, wenn ich versucht war, zum Telefon zu greifen, musste ich an den rötlichen Wulst denken und an das Gefühl, das mich ergriffen hatte, als ich nach langen Stunden im Wartesaal des Westbahnhofs endlich in den Nachtzug nach Genf stieg und kurz nach der Abfahrt einen letzten Blick auf die schwach erleuchte Silhouette des Rustenstegs warf. Alles erschien mir plötzlich so schäbig und klein, trostlos, hässlich und verbraucht. Das schöne, das großartige und prächtige Wien verwandelte sich hier in eine heruntergekommene Industrielandschaft. Der Trick funktionierte, auch wenn ich ihn durchschaute.

Im Frühjahr wurde es allmählich besser. Ich konnte wieder schlafen und essen, mich beim Lesen konzentrieren, ging sogar hin und wieder ins Kino. Auch meine Arbeit kam voran. Frau Trinkl-Gahleitner schien von meinem Projekt wirklich überzeugt. »Ich habe nochmals alle Bibliothekskataloge durchgeschaut«, sagte sie, »eine Kulturgeschichte des Wartens war nicht darunter. So etwas gibt es tatsächlich noch nicht. Sie sind die Erste, Frau von Manteuffel!« Am Telefon ermutigte sie mich, die Sache unbedingt fortzusetzen, auch wenn wir uns in Zukunft nicht mehr spontan verabreden konnten, wenn ich ein Problem mit dem Manuskript hatte oder einen neuen Vorschuss brauchte. In Wien hatten wir uns mehrmals im Café Ritter getroffen oder direkt an der U-Bahn-Haltestelle auf der Mariahilfer Straße, waren dann, ohne miteinander zu sprechen, die wenigen Schritte nebeneinander hergelaufen. Im Café hatten wir uns in eine der schummrigen Nischen zurückgezogen, in denen die braune Holzvertäfelung der Wände das wenige Licht schluckte, das die erblindeten Kaffeehausspiegel noch reflektierten. Diese Treffen waren nun vorbei. Ich musste ohne sie zurechtkommen. »Sie sind auf dem Weg der Genesung. Bravo, weiter so!«, schrieb sie kürzlich, »ich brauche Autoren, die durchhalten.« Dann kam seine Mail. Abgeschickt um 3:59.

Meine teure Alt-Liebe, ich bin nicht derart außer mir, mir einzubilden, deine Festung sporntreichs oder sonst wie nehmen zu können. Fühl dich nicht bedrängt. In mir hat sich »etwas« entschlossen, aber ich fühle mich nicht als Getriebener mit Tunnelblick. Es hat mich heute Nacht aus dem Bett gerissen. Da war ein Bedürfnis, dir zu schreiben, aber ich hatte keine Ahnung worüber. Ich habe mich einfach hingesetzt, begonnen und dann eins zum andern kommen lassen, weil dieses Treibenlassen im Seelensee oft eine gute Reiseroute zum Du ergibt. Wer mich lesen kann, wird das Geschriebene viel intimer und ehrlicher empfinden als jeden Schwur. Meine Sprache ist ja kein Werkzeug, das an dir herumschraubt, um dich wie ein altes Auto in Gang zu setzen, das mich dann an ein Ziel zu bringen hat. Zweckfreiheit (wenn auch keine vollkommene, denn die passt nicht zu mir) gibt es für mich auch in dem, was ich meiner Nahen schreibe, nicht nur in der Kunst. Ja, ich wäre heute Nacht gerne in dein Bett geschlüpft. Ob das der richtige Zeitpunkt ist, kümmert mich nicht die Bohne, weil ich es mir um drei Uhr früh vorstelle und nicht real fordere. Ich sehe von vorn deinen Kopf. Sonst nichts. Wie in einer Großaufnahme, aber in den lebensechten Dimensionen. Gesicht, Haarkranz, Hals. Mein Gott, sage ich stumm, drehe im Dunkeln den Computer an, ohne zu stolpern, einfach so, ich liebe dich doch, du, ich liebe dich ja. Dann sitze ich absolut still im Licht des Bildschirms. Was ich mir im Grunde nicht erklären kann, ist meine nicht und nicht endende Sehnsucht nach etwas, das mit dir verbunden ist wie ein Geruch, der immer frisch das Allerälteste und Innerste belebt. Es ist etwas, zu dem ich Charlotte sage, das real auch du bist und zugleich das genaue Gegenteil dessen, was ich erinnere, wenn ich an dich und dein Verhalten denke. Ich habe den Wunsch, dir jenseits unserer Vergangenheit und Verletzungen das eine oder andere zu sagen und zu zeigen, was ich auf meinem Weg finde, denn es ist auch wahr, dass bei allem Verkennen du es warst, die mich beglückend tief verstanden hat. Ich hab ja kein Geschenk und schon gar kein Rezept in den Händen, Charlotte, womit ich locken, heilen, überzeugen könnte. Ich habe nur meine Liebe zu dir freigeschält und zeige sie dir jetzt offen. Es ist, was es ist, sagt sie, und ich höre auf sie. Keine Sorge, außer ein bisschen Strom leite ich nichts ab aus deinem versöhnlichen Schlusswort, das du mir im Februar geschickt hast. Alles, worum ich dich bitte, ist: Sag halt nicht ganz goodbye dem Adrian. Guten Morgen!

Es war kein guter Morgen. Ich saß da wie ein nasser Fleck, las seinen Brief wieder und wieder, ohne zu begreifen, was er bedeutete. Noch am selben Abend rief ich Philippe an und besorgte mir ein Ticket für den nächsten TGV nach Paris.

Paris, Passage des Postes, August 2003

Die wichtigste Geste am Morgen war, nachdem ich mir mit viel Geduld ein Glas aus dem dünnen Rinnsal, das noch aus dem Wasserhahn tropfte, abgefüllt hatte, die Überprüfung der verschiedenen Mailfächer. Meistens lag der Computer noch im Bett oder irgendwo auf dem Fußboden. Am 20. August verzeichnete der Eingangsordner den Empfang von insgesamt 611 E-Mails, der Ausgangsordner den Versand von 709. Ich hatte also einen Exportüberschuss von knapp einhundert Mails. Adrian hätte mir, wäre er da dagewesen, gewiss eine ziemlich miselsüchtige, unheilbar gamsige MaleMail-Addikschen bescheinigt und herumgeraunzt, ich würde noch als schiache Schlampadatsch und Sandlerin in der Gassn bzw. Gossn enden, wenn ich nicht endlich mein Buch fertig schriebe statt flirtuell mit meinen Haberern rumzuschnaxln und mir dadurch Zores mit der Gahleitnerin einzuhandeln. – Ja, so ungefähr hätte er seine Kritik an meiner Sucht formuliert.

Doch die Erinnerung an ihn verblasste. Ich musste mich konzentrieren, um mir seine Redeweise ins Gedächtnis zu rufen. Auch sein Gesicht war schon fast verflogen, nur manchmal noch erschien es wie eine milchig graue Masse hinter eingetrübten Scheiben, ohne Frisur und ohne Brille, als bleiche, leere Fläche. Keine Details, nicht einmal der rötliche Nackenwulst, der ohnehin nur von hinten sichtbar gewesen war. Wie praktisch, dachte ich und überflog die Liste der seit gestern Nacht eingetroffenen Mails, der retouchierende Blick auf die Vergangenheit begradigt so manche Furche. Und das ganz ohne mein Zutun, harmlos absichtslos, man muss sich fast anstrengen, um die Auslöschung überhaupt zu bemerken. Wahrscheinlich ist das Vergessen eine Art Ironie des Körpers, um sich den Schmerz vom Leib zu halten. Es war gut, so dachte ich weiter, während ich im Eingangsordner rauf und runter scrollte, dass ich seinen Blick und seine Worte hier in Paris kaum noch vermisste. Nun war es endlich möglich, auch Dinge zu tun und zu wollen, zu denen es keinen sofortigen Kommentar von ihm gab, Dinge, die nicht seiner Kritik unterlagen. Vielleicht war es jetzt sogar möglich, so etwas wie Übermut zu entwickeln, Neues auszuprobieren, Dinge, von denen ich wusste, dass sie nicht gut enden würden. Und sie trotzdem tun.

Viele meiner Kandidaten gingen erst nachts ins Netz, wahrscheinlich kümmerten sie sich tagsüber um ihre Familien, ihre Firma, ihren Beruf. Am Morgen lagen dann jeweils zwischen zehn und zwanzig Mails in meinen Postfächern, die Hälfte von Unbekannten, die erst einmal die Testrunde absolvieren mussten. Ich hatte Blut geleckt. Das Spiel mit Silberwolf hatte einen Trieb in mir wachgerufen, den ich zuvor nicht gekannt hatte. Jagen und Warten waren, wie ich allmählich begriff, keine Gegensätze, seit Wochen lag ich auf der Lauer. Man konnte überall im Netz Fallen aufstellen, Profile von Frauen entwerfen, die haargenau dem Wunschbild meiner jeweiligen Opfer entsprachen. Die meisten Männer suchten ohnehin dasselbe. Es gab erstaunlich wenige Sonderwünsche, doch erstaunlich viele Datingportale. Auf den meisten herrschte ein dramatischer Frauenmangel.

Das WorldWideWeb war ein Spinnennetz, es bestrickte und becircte, stellte Verbindungen und Verknüpfungen her, und wer darin kleben blieb, wurde gefressen. Unwillkürlich dachte ich an die dicke, schwarzblaue Spinne, die ich hier am ersten Tag angetroffen hatte und die wahrscheinlich noch immer in der Wohnung lebte. Ich war froh, sie nicht getötet zu haben. Sie passte zu mir, als unsichtbare Gefährtin und höchst genügsames Haustier. Silberwolf hatte sich den Wolf als Totem erwählt. Auch die Spinne war ein schamanisches Tier. Götter, Dichter und Magier hatten sich von ihrer Webkunst inspirieren lassen, mich faszinierte die Kunst, mit der sie ihre Beute umgarnte, betäubte und verschlang. Mein nächstes Profil würde den Namen »Arachne« tragen und ein Bauchtanzstudio in Luzern betreiben, genau die passende Traumfrau für den Teppichhändler aus Lugano, der nun schon dreimal meine zierliche, hellblonde Basler Wirtin angeschrieben hatte, obwohl er in seinem Suchraster von schwarzen Locken und gefährlichen weiblichen Kurven schwärmte.

Mit allen Männern sprach ich über die Tiefe. Schon damals mit Amir waren Wahrheit und Tiefe so etwas wie unsere Lieblingsthemen gewesen, sogar mit Guido hatte ich darüber gesprochen, dann natürlich immer wieder mit Philippe, der überhaupt kein Verständnis für geistesgeschichtliche Metaphern hatte, wie er naserümpfend betonte. Für ihn bemaß sich Tiefe allein in Metern, ausnahmsweise auch in Kilometern. Adrian dagegen teilte meine Sehnsucht, wir sprachen von »Tiefensucht« und »Tiefenschwindel« und meinten wahrscheinlich dasselbe. Auch Silberwolf redete gerne über »tiefere Dinge«, verstand darunter aber etwas, das sich entweder knapp unter der Haut befand oder irgendwo im Kosmos herumschwebte. Heutzutage gehe es nur noch um Vernetzung, hatte Philippe immer wieder behauptet, nicht um Vertiefung. Die Dinge offenbarten sich an ihrer Oberfläche, da gäbe es nichts zu vertiefen. Wer heute noch meine, nach verborgenen Wahrheiten graben zu müssen, erliege seinen eigenen Wahnvorstellungen. Pfahlwurzeln mit vertikalem Tiefendrill seien out, wer heute etwas von der Natur und ihrer Geschichte begreifen wolle, halte sich besser an den flachen Erdspross, das sei das zeitgemäßere Modell. Solche Rhizome bildeten ein unterirdisches Achsensystem, das sich dann zum Beispiel bei Bambuspflanzen wie ein Netz unter der gesamten Rasenfläche verbreitete. Er habe das im Garten seiner Mutter, unten im Süden, in Moumoulous, studiert. Der sei im Laufe von dreißig Jahren komplett mit Bambus zugewachsen und habe sich schließlich sogar in die angrenzenden Felder ausgedehnt – ein überaus effektives und nachhaltiges Fortpflanzungsverfahren! Silberwolf, dem ich vom Mutter-Bambus in Moumoulous erzählte, lachte mich in seiner Antwortmail aus: Ich solle solche Geschichten nicht so ernst nehmen, die Vertiefung mit der Phallwurzel *grins* sei nach wie vor die beste Fortpflanzungmethode.

Manchmal frage ich mich, doch ich habe darüber noch mit niemandem gesprochen, ob dieser Gegensatz von Vertiefung und Vernetzung nicht ein Scheinproblem ist. Ist es in der Praxis der kleinen Einzelschritte nicht eigentlich egal, ob ich mir das nächste Ziel irgendwo in der Tiefe oder irgendwo in der Weite vorstelle? Wichtig ist doch nur, dass man von einem zum anderen kommt, immer weiter, oder eben immer tiefer, je nach dem, wie man sich den Raum vorstellt, in dem solche Denkschritte gemacht werden.

Mit Dream-Biker oder SpeedBandit konnte ich solche Fragen nicht besprechen, da ging es eher um Themen wie Motorräder und Oldtimer oder, wenn es intimer wurde, um Romantikhotels auf Ibiza und Baumhäuser in Thailand. Silberwolf war anders, ihn interessierten die verborgenen Zusammenhänge zwischen Seelen und Körpern. Tiefe und Geheimnis gaben dem Leben seinen speziellen Reiz, da waren wir durchaus auf derselben Wellenlänge, wie er das ausgedrückt hätte, obwohl mein eigener Glaube an die Tiefe sehr viel anfälliger war für Fragen und Zweifel als Silberwolfs magische Grundüberzeugungen.

Das wirklich Besondere an ihm aber war – und das wurde mir schon beim Anblick seiner ersten Nacktfotos klar, auf denen Peitsche, Kerze und Räucherstäbchen friedlich vereint neben dem Bett lagen – die ungewöhnliche Mischung von Esoterik und Perversion. Er selbst nannte das so. Er sei ein spirituell Perverser oder pervers Spiritueller, beides sei zutreffend, und das mit voller Absicht. Er sei stolz auf seine Perversionen. Er denke, empfinde, liebe, handle und sehe ganz grundsätzlich »anders«, nämlich abnorm, ja abartig. Ich war fasziniert, wenn er mir seine erweiterten Bewusstseins- und Körperzustände schilderte, von seinem »anderen Blick« berichtete, seinen Wolfsaugen, mit denen er auch meine Seele durchdringen und erobern würde. Der Werwolf in ihm läge auf der Lauer, ich solle mich bereit machen.

Schon in der dritten Mail an Marusja hatte er sein ganz privates Geheimnis gelüftet. Er unterhielt eine Zahnarzt-Praxis in einem Kölner Vorort und war Anhänger einer spiritistischen Gemeinschaft, in der direkte Kontakte zum Jenseits vermittelt wurden. Sein persönlicher Geist heiße Maurice Lefrancq, schrieb er. Er würde mir gern bei Gelegenheit von Maurice erzählen, schließlich habe er mich mit Bedacht und gerade auch wegen meiner Spiritualität aus Hunderten, wenn nicht mehr Kandidatinnen auserwählt. Hungrige Wölfe suchten sich einsame Wolfsfrauen, so sei das nun mal. Er habe sofort begriffen, was mit mir los sei. Das wiederum beweise, dass fünfundneunzig Prozent unserer Entscheidungen im Bauch getroffen und erst anschließend rationalisiert würden. Intuition laute das Zauberwort, der Alpha-Zustand des Bewusstseins. »Im Hirn passieren nur fünf Prozent«, schrieb er in seiner Mail an Marusja. »Dein Bauch flüstert: Das isser, halt den bloß fest! Nur dein Hirn brabbelt was von niveauvoller Schreibe. Das kannste vergessen. Und wegen der knackigen Bodybuilder und Märchenprinzen, die du in deinem Profiltext erwähnst, unterhalten wir uns dann unter der gemeinsamen Dusche, du Küken! Ach so, du hattest mich ja bereits wegen deiner sexuellen Obsessionen vorgewarnt, und vielleicht sind Wiener und Pariser Intellektuelle robust, outdoor- und leidensfähig. Ich nicht. Mein Griffel ist knackig, aber nicht bissfest. Ich bitte um Beachtung.« Das war die Einleitung, sein Stil, der Ton, auf den ich eingehen musste, wenn mein Plan gelingen sollte. Es folgten ein paar erotische Schlenker über meinen »formschönen und eigenwilligen Hinterkopf« und dass er bei unserer ersten Begegnung gedenke, seine Hände tief in mein Haupthaar zu graben, dieses »mit einem Ruck« nach hinten zu straffen und mich zu küssen. Nun gut, warum auch nicht? Es gab langweiligere Erstkontakte. Dann kam er übergangslos zu seiner Geschichte mit Maurice, dem Geist: »Und damit du wirklich weißt, mit wem du es zu tun hast, hier also nun ›L'histoire de Maurice Lefrancq‹. Es ist der Teil meiner Biographie, der mich am nachhaltigsten beeinflusst und auf neue Wege geführt hat. Es gab später noch einige ähnliche Begegnungen oder Kontakte, aber diese war ein Wendepunkt.

Alles begann an einem jungfräulichen Morgen. Ich fuhr im gebrauchten Benz mit Anzug und Köfferchen, ganz erfolgreicher Yuppie, in die Firma, als auf der Severinsbrücke in meinem Auto ein Gong ertönte – ein typischer Dreiklang, wie im Flughafen zur Ankündigung von Flügen. Und dann raunte eine Stimme: Wenn du so weitermachst, bist du morgen tot! Am selben Tag noch verkaufte ich den Benz, warf den Anzug und das Köfferchen weg und begann, das Leben und mich neu zu entdecken. Meine damalige Frau konnte diesen Wandel nicht nachvollziehen, hatte sie doch einen netten, aufstrebenden Salesmanager einer Kölner Firma für Dentalbedarf geheiratet. Ein Jahr später war ich geschieden und eröffnete meine erste eigene Zahnarztpraxis am Friesenplatz. Dann las ich Mitte der Achtziger das Buch ›Die Geheimnisse der Kathedrale von Chartres‹, wahrscheinlich Schund und abgekupfert, doch faszinierend. Sogar mit Bildern. Irgendetwas darin sprach mich ungeheuer an, weniger das ganze Templer- und Freimaurergedöns als vielmehr die Chiffren und geometrischen Zahlenverhältnisse des Bauwerks, und die Fahrt dorthin war nur noch eine Frage der Zeit. Höchstwahrscheinlich gehört Chartres zu den mächtigsten Kraftorten der Welt. Man kann so etwas sogar messen. Doch mir genügte meine Intuition und die Stimme, die ich gehört hatte.

Wochen später spürte ich den Zeitpunkt dafür gekommen, nahm eine Woche Urlaub und fuhr, nun im Golf-Cabrio, nach Chartres, quartierte mich in einem kleinen Hotel im Zentrum nahe der Kathedrale ein und verbrachte atemlose Tage in diesem monu- und mentalen Wunderwerk. Ich schoss traumhafte Fotos mit hochempfindlichen Filmen, die jetzt noch meine Wände zieren, erkundete alle Winkel, kam aber nicht dorthin, wohin es mich zog: an den Ort vor dem Altar, der über dem alten Druidenbrunnen liegt. Dort wollte ich mich geschlossenen Auges in die Vergangenheit versenken und den keltischen Urgrund erspüren. Der Chor blieb ständig von einer mächtigen roten Kordel abgesperrt, um die ich tagelang herumschlich, ohne an mein Ziel zu gelangen. Am letzten Tag, es war ein kalter, sonniger Morgen, schloss ich mich dann einer Führung durch die Katakomben unter der Kirche an. Da es lausig kalt war und ich mich durch den langen Aufenthalt in der ungeheizten Kathedrale recht durchgefroren fühlte, wollte ich mich vor der Heimfahrt noch in den benachbarten Flusswiesen in die Sonne legen. Doch dazu kam es nicht mehr. Noch in den Katakomben hörte ich plötzlich ein fernes, aber deutliches Orgelspiel und wusste: Jetzt ist die Zeit gekommen, du musst nochmal nach oben ins Kirchenschiff. Und richtig, ich traute kaum meinen Augen: Das rote Seil ringelte sich auf den alten Quadern, der Zutritt zum Altar war frei. Eine Begräbnismesse wurde abgehalten, der Sarg stand inmitten der Trauergemeinde, der

Pfarrer murmelte Unverständliches. Ich mischte mich unter die Gemeinde, suchte mir einen Platz am Rand, ganz in der Nähe der Altars, kniete nieder, schloss die Augen und ging auf Entdeckungsreise. Irgendwann wurde der Sarg an mir vorbei aus der Kirche getragen. Und während etwas an mir vorbeischwebte, bildete sich in meinem Kopf eine Stimme, ähnlich wie damals auf der Brücke: ›Ich bin dir als Ratgeber und Führer zugeteilt. Nimmst du es an?‹ Verblüfft und benommen lauschte ich dem unvermuteten Kontakt nach, kniete reglos und mit geschlossenen Augen nieder, bis ich wieder allein war. Schließlich erhob ich mich, suchte den längst entschwundenen Pfarrer in seiner Sakristei auf und fragte nach der Identität des Toten. ›Das war unser alter, von allen geschätzter Arzt Dr. Maurice Lefrancq‹, sagte er bekümmert, ›ein großer Verlust, dass er gegangen ist‹. Ich bedankte mich und wanderte, tief in Gedanken, in der Kathedrale umher. Maurice war mir so gegenwärtig, stand mir so plastisch vor Augen, dass ich ihn nach der Möglichkeit fragte, seine Witwe um ein Foto von ihm zu bitten. Sehr unwirsch wies er mich an, diesen Plan zu verwerfen. Er wolle nicht, dass ich mir ein Bild von ihm mache. So weiß ich bis heute nichts Genaues über sein Äußeres. Allerdings hängt noch immer in einem meiner Warteräume ein Foto von der Eingangstür seiner verlassenen Praxis.

Etwa zehn Jahre später kam eine Französin aus Chartres zu uns nach Köln, sie interessierte sich für Abzüge von Engelfotos, die Francesca Woodman in den Siebziger Jahren in verlassenen Wohnungen gemacht hatte. Die Besucherin aus Chartres hatte Dr. Lefrancq noch gekannt und beschrieb ihn als freundlichen, doch strengen alten Patrizier, der höchstwahrscheinlich der Kopf einer geheimen alten Templerloge gewesen sei. Diese Französin war es dann auch, die mich nach Italien zur Gaia-Erdheilung einlud. In der Toskana besuchte ich gleich anschließend auch noch einen Lehrgang in Fern-

und Geistheilung. So schließen sich bei mir immer wieder Kreise. Maurice ist auf meinem geistigen Bildschirm in jeder Sekunde präsent, ich wende mich an ihn während vieler Tätigkeiten, ohne dass Außenstehende davon etwas merken.«

Das war mehr, als ich erhofft hatte! Es gab Stimmen, Geister und Engel, Geheimorden, Kraftorte und Katakomben. Aus dieser Spukgeschichte ließen sich wunderbar kitschige Details herausfiltern und zu neuen Erzählfäden verknüpfen, Mysterien, mit denen Kölner Silberwölfe umgarnt und bis in entlegenste Gegenden gelockt werden konnten, zum Beispiel hier zu mir nach Paris. Ich brauchte ihn nur beim Wort zu nehmen, Sinnliches und Übersinnliches, Erotisches und Exotisches miteinander zu verbinden und dabei so zu tun, als würde ich seine eigene Geschichte weiterspinnen, mich dabei ganz der körperlosen Macht des Unerforschlichen anvertrauen, während ich in Wirklichkeit nur danach trachtete, dass er sich ganz meinen Paris-Geschichten überließ, die ich, sobald er hier eingetroffen war, mit tonlos schwebender Stimme vortragen würde, dabei gleichmäßig atmend, bis er sich im hypnotischen Fluidum meiner Rede verstrickte, im Netz der Pariser Attraktionen verfing. Die Spinne würde den Wolf besiegen! Auch wenn sie dafür sämtliche Stimmen, Geister und Engel mobilisieren musste, die hier noch lose herumschwirrten. Sie würde spinnen und spinnen, Fäden aufnehmen, verwirren und verknoten, jeden Tag von Neuem. Sie würde ihn hypnotisieren, becircen mit allem, was ihr einfiel, mit wahren und falschen Geschichten, Theorien, Meinungen, Anekdoten, ihn beschwatzen, dass ihm Hören und Sehen verging, bis er seinen albernen Maurice vergaß und sich ganz in ihrer Gewalt befand.

Jetzt wusste ich, womit er zu locken war. Wozu noch sollte ich auf die Straße gehen, bei der unerträglichen Hitze dort unten herumlaufen? Es gab dort sowieso nichts zu suchen und nichts zu finden! Das wussten inzwischen sogar die Hunde, die kaum noch den Hauseingang verließen und träge auf den Treppenabsätzen und Türschwellen lagen. Solange es Strom gab und Philippes Computer funktionierte, würde das Spiel mit den Kandidaten weitergehen. Ich würde weitermachen, weiter schreiben und erzählen, meine Opfer einschmeicheln und einwickeln wie die Spinne ihre bewusstlose Beute. Alles sei eine Frage der Resonanz, hatte Silberwolf bei unserem ersten Telefongespräch gesagt und nach jedem Satz seine schöne, melodiöse Stimme ausklingen lassen, man müsse lernen, die Welt in ihren Schwingungen wahrzunehmen, den Zauber der Analogie zu erkennen.

6ème arrondissement – 14ème arrondissement

Silberwolf war also nicht nur Esoteriker, er hatte auch ein Faible für Kathedralen und historische Kulissen. Ich würde ihm von Pariser Kraftorten und von den geisterhaften Verbindungen der Weltgeschichte erzählen, von den feinstofflichen Spinnenfäden zwischen Epochen und Ereignissen, die den alten Körper der Stadt wie unsichtbare Nerven durchzogen. Ich und die Stadt, mein ganz persönliches, halb geträumtes, halb ausgedachtes Paris war der Knotenpunkt der Welt, hier liefen alle Kraftlinien zusammen, hier oben in der Hitze unter den Dächern, vor Philippes Computer, dessen Ventilator an manchen Tagen bereits das Hecheln und Bellen der Hunde übertönte, die nun täglich die Treppe hochstiegen und an meiner Tür scharrten. Davon würde ich ihm erzählen, auch von den abgerissenen Gestalten, die mit ihren Kötern in den Hauseingängen lagerten, von der akuten Hitzewelle, auch von der schwülen Last vergangener Tage. Von anderen Zeiten und anderen Liebespaaren würde ich berichten, von Frauen und Männern, die sich in Paris getroffen und wieder getrennt hatten, von seltsamen Zufällen, Revolutionen und Verschwörungen, archaischen Riten und den Geistern der Katakomben. Zum Beispiel davon, wie es kam, dass der in den ersten Monaten der Schreckensherrschaft verschwundene Philibert Asperg genau an dem Tag gefunden wurde, an dem Caroline von Humboldt vergeblich auf den Besuch ihres Geliebten Gustav von Schlabrendorf wartete. Es war der Tag ihrer Abreise aus Paris. Erst Wochen später, als sie schon wieder bei der Familie in Rom war, erfuhr sie, dass er auf seinem Weg zu ihr in die eigens angemietete Wohnung am Boulevard du Montparnasse – er, der so gut wie nie sein kleines, kahles Zimmer im Hôtel des deux Siciles verließ – von einer Menschenmenge aufgehalten worden war, die sich in der Nähe der Abtei von Port Royal zusammengefunden hatte, um zu beobachten, wie das Skelett des seit elf Jahren Verschollenen aus den unterirdischen Gängen geborgen wurde. Man hatte lange vermutet, Asperg sei, wie so viele andere, die Adel und Kirche nahestanden, dem Terror des Wohlfahrtsausschusses zum Opfer gefallen. Daran, dass er sich in Wirklichkeit in den Katakomben verirrt haben könnte, hatte niemand gedacht. Schlabrendorf wurde von ein paar Uniformierten, die um den Fundort herumstanden, festgehalten, später in einer Seitenstraße verhört, als feindlicher Ausländer verdächtigt, Spionage zu betreiben, und erst nach drei Tagen wieder frei gelassen. Er wehrte sich nicht, schon zehn Jahre zuvor hatte ein Haftbefehl der Commune de Paris ihn siebzehn Monate Gefängnis und die Verurteilung zum Tod durch die Guillotine gekostet. Er wusste, dass diesem Wahnsinn – außer einem glücklichen Zufall – nichts entgegenzusetzen war.

Caroline von H. war – hochschwanger – im Sommer 1804 eigens nach Paris gekommen, um Schlabrendorf, den »Diogenes von Paris«, wie er sich selbst nannte, wiederzusehen, weil sie, so war in jeder Humboldt-Biografie zu lesen, »es« brauchte, »den Genuss« und ihr »innigstes Verlangen«

mit ihrem Geliebten »zu befriedigen, um weiter fortzuleben«. Und Schlabrendorf allein war es, nach dem ihr verlangte. Das war der Köder für Silberwolf! Solche Sätze, noch dazu aus der geschmeidigen Feder einer historischen Lady, machten ihn scharf. Bis zum Krönungszeremoniell im Dezember war Caroline von H. in Paris geblieben, hatte sich, halb amüsiert, halb besorgt, Schlabrendorfs tägliche Sarkasmen über den »Kaiser« Bonaparte und seinen »Theaterprunk« angehört, hatte sogar am Ufer der Seine gewartet, um dem Einzug des Papstes beizuwohnen und ihrem Geliebten darüber zu berichten, hatte diesen schließlich begleitet, als er am Nachmittag der Krönung vor den Menschenmengen um Notre Dame in sein kleines Domizil in die Rue Richelieu flüchtete, ihm beigepflichtet, als er dort seine Tiraden gegen Napoleon an die Zimmerwände schmetterte, darauf geachtet, dass die Fenster geschlossen waren, sodass kein Schimpfwort, kein »rasend egoistischer Heuchler«, kein »platter Narr«, kein Wort über Napoleons »wahnsinnige Niederträchtigkeit«, seine »heimtückische Gemüthsart« und »ekelhafte Windbeutelei«, über sein »stinkendes Selbstlob« und all die »prahlerischen Lügen« auf die Straße dringen konnten, und bei all dem gehofft, ihn vor ihrer Abreise noch einmal zu sehen. Sie hatte die ganze Nacht auf ihn gewartet, bestieg dann, während sie beunruhigt überlegte, ob er sich womöglich verirrt hatte oder in der Dunkelheit in eine der Gruben unterhalb des Hügels von Montparnasse gestürzt war, am nächsten Morgen die Kutsche nach Lyon.

Wie sich dieses vergebliche Warten auf den Geliebten anfühlte, würde ich Silberwolf natürlich nicht erzählen. Wie der Körper über Stunden geradezu überschwemmt wurde mit einem Gebräu aus Angst, Wut und Enttäuschung, wie sich alles allmählich füllte, mehr und mehr, panisch bis zum Zerspringen, wie es hin und her schwappte, in wenigen Sekunden hochzuschießen und auszubrechen drohte, bis sie aufstehen, ans Fenster gehen musste, um auf die nächtliche Straße hinunterzuschauen, wie unter Zwang immer auf den einen Punkt am Ende der Wegbiegung, aus deren Schatten er gekommen wäre. Nein, für solche Körpersensationen hätte Silberwolf kein Verständnis gehabt, so etwas atmete er ganz einfach weg. Auch der Gedanke an Schneewittchens Geduld, an das Warten unter dem Sargdeckel, konnte Caroline nicht helfen, denn das Märchen vom Schneewittchen und dem schönen Prinzen war damals, abgesehen vom Kreis einiger hugenottischer Damen aus Kassel, noch gänzlich unbekannt.

Die beiden sollten sich nie wiedersehen. Erst zwanzig Jahre später, als Gustav einige Monate vor seinem Tod in die Anstalt in Battignoles gebracht und dort von Johann Gaspar Spurzheim untersucht und behandelt wurde, versuchte Caroline noch einmal, nach Paris aufzubrechen. Ihr Schwager Alexander von Humboldt hatte sie darüber informiert, dass Schlabrendorf sich nur noch von Obst ernähre und inmitten seiner riesigen Bibliothek allmählich verwahrlose, ja ernsthaft erkrankt sei. Sie wollte ihn noch einmal sehen, ihm sagen, dass sie ihn ihr ganzes Leben lang vermisst habe, dass sie ihn noch immer liebte. Nicht nur wegen seiner beeindruckenden intellektuellen und politischen Ausstrahlung, seiner unerschrockenen Parteinahme für liberale und republikanische Werte, für Frauenrechte und einen modernen Wohlfahrtsstaat, den er durch persönliche, überaus großzügige philanthropische Aktivitäten gewissermaßen vorwegnahm, sondern auch – vielleicht sogar: vor allem – wegen seiner ungewöhnlich exzentrischen, männlichen Erscheinung. Schlabrendorf war sowohl ein faszinierender, kompromissloser Intellektueller wie auch ein Mann, dem Willen und Instinkt ins Gesicht geschrieben standen, ein Mann – und das war der nächste Köder für Silberwolf! Ich musste das nur noch in seiner eigenen Sprache formulieren –, dem eine junge Adlige aus dem Zentrum der deutschen Romantik sich einfach unterwerfen musste wie einer Naturgewalt. Auch eine vollkommen emanzipierte Intellektuelle wie Caroline von Humboldt war empfänglich für den »animalischen Magnetismus« dieses Mannes. Solche mysteriösen Krafteinwirkungen würde Silberwolf sofort begreifen und auf sich beziehen. War er nicht auch selbst, mit seinen Fernheilungskursen und seiner nach eigenen Entwürfen geschneiderten Kleidung, ein unkonventioneller, antibürgerlicher Typus vom Schlage eines Schlabrendorf, der überall auffiel und auch seine Wirkung auf Frauen nicht verfehlte? – Ein starker rheumatischer Anfall aber verhinderte ihre Reise nach Paris. Als Caroline die Nachricht von Gustavs Tod erreichte, fühlte sie nichts als eine große, sprachlose Leere. Ein halbes Leben hatte sie auf ihn gewartet. Das war nun vorbei. Sie fühlte sich alt. Auch das hätte Silberwolf gewiss als Zeichen ihrer Unterwerfung gedeutet.

Was aber wäre geschehen, wenn Schlabrendorf an diesem Tag nicht verhaftet worden wäre? Hätte er Caroline v. H. dazu bewegen können, bei ihm in Paris zu bleiben? Wilhelm von Humboldt hätte ihre Liaison toleriert, auf solchen Vereinbarungen basierte ihre Ehe. Doch wie hätte Caroline sich entschieden? Hätte der kleine Gustav, ihr siebtes Kind, womöglich überlebt? Rein geschichtsethisch betrachtet, ist Asperg also nicht nur schuld an seinem eigenen Tod, sondern auch noch an der Trennung eines ganz besonderen Liebespaars. Auch diese Schlussfolgerung würde auf Silberwolf Eindruck machen. Hier in Paris lagen die Verbindungen viel dichter beieinander, keine simplen Kausalitäten, die man über x-Stationen rekonstruieren musste, hier konnte so manches Geheimnis, so manche unterirdische Abkürzung endlich gelüftet werden. Es sei, so hatte er Marusja erklärt, eine mittlerweile bewiesene und wissenschaftlich anerkannte Tatsache, dass vermeintlich unerklärliche übersinnliche Fernverbindungen wie Telekinese oder Telepathie real existierten, hier und jetzt, überall. Lange habe die Wissenschaft geglaubt, dass eine an Punkt A vollzogene Handlung nur dann eine Verbindung zu Punkt B haben könne, wenn beide Orte durch identifizierbare Faktoren, also nach dem herkömmlichen Kausalitätsprinzip, aufeinander bezogen seien. Unser zerebrales Hirn-Ego spiegele uns das so vor. In Wirklichkeit aber beeinflusse ein an Punkt A stimuliertes Atom auch das andere Atom an Punkt B, und zwar ganz ohne messbare, materielle Verbindung. Die moderne Quantenmechanik habe die telekinetische Hebelwirkung des Jenseits bestätigt. Was aber würde Silberwolf zu Aspergs Tod in den Katakomben sagen? Vielleicht, dass sich der kinderlose Asperg damit für den »Darwin Award« qualifiziert habe, vielleicht auch nur, dass ihm selbst so etwas natürlich nie passieren könne, wozu schließlich habe er seinen direkten Draht zu Maurice und den Geistern? Doch was würde er sagen zu Aspergs Mitschuld am Tod des kleinen Gustavs, der in Paris vielleicht überlebt hätte und ein großer französischer Ozeanograph oder ein großer deutscher Orientalist geworden wäre? Gegen die Wucht der Pariser Geschichte waren Silberwolfs quantenmechanische Spukmärchen um den Dorfarzt Maurice Lefrancq nur witz- und harmlose Anekdötchen.

Eine Zeichnung von Schlabrendorfs Totenmaske diente Spurzheim wenig später in seiner physiognomischen Studie *Phrenology in connexion with the study of physiognomy* zu diversen anatomischen und psychologischen Erläuterungen, einer Methode, die er bei Johann Kaspar Lavater und Franz Joseph Gall in Wien gelernt hatte. Schlabrendorf diagnostizierte er bei seinen topologischen Schädelvermessungen ein ausgeprägtes »Organe de fermété«, ein sich im oberen Bereich der Schädeldecke abzeichnendes Organ der Entschiedenheit und Standhaftigkeit, das zwar auf einen starken Willen und die Fähigkeit zur Durchsetzung persönlicher Ziele schließen lasse, zugleich aber auch dafür verantwortlich sei, wenn der Betreffende regelmäßig von allzu heftigen Gefühlen überwältigt werde. Spurzheim schien eine entschieden andere Einschätzung von Schlabrendorfs aufrührerischem Geist zu haben als Caroline von Humboldt. 1804 hatten er und zwei weitere Ärzte aus dem Pariser Gefängnisspital Bicêtre Aspergs sterbliche Überreste untersucht. Sie waren dabei zu dem Schluss gekommen, Asperg sei mindestens fünf Wochen im Dunkeln herumgeirrt, bevor er vor Entkräftung nur wenige Meter vom Eingang entfernt zusammengebrochen sei. An seinem Schädel entdeckten sie ungewöhnliche, inselartige Ausbuchtungen, die womöglich eine Erklärung waren für Aspergs Unfähigkeit, sich bemerkbar zu machen. Womöglich waren sie überhaupt erst die Ursache dafür gewesen, dass Asperg sich in die Einsamkeit der Katakomben begeben und dort wochenlang im Kreis herumgelaufen war. Seinen Schädel durften die Ärzte für weitere kraniometrische Studien behalten. Als Franz Joseph Gall 1808 nach Paris kam, um dort weitere phrenologische Vorträge zu halten, traf er auch wieder mit Spurzheim zusammen, der den älteren Kollegen aus Wien sehr bewunderte.

Gall wurde auf seiner Tournee durch Europa übrigens von einem Patienten begleitet, der seinen Kopf unter der Guillotine verloren, von den gelehrten Ärzten aber einen neuen, eigens für ihn angepassten Schädel erhalten hatte. Es gab Gerüchte, denen zufolge es sich dabei um den Kopf von Philibert Asperg handelte. – Mich hätte interessiert, was Philippe zu diesen Ereignissen zu sagen hatte. Er kannte sich aus mit posthumaner Intelligenz und der Wissenschaftsgeschichte der Transplantationstechnik. Er hätte mir sagen können, wie 1808 der Stand der Medizin auf diesem Gebiet war. Womöglich handelte es sich bei dieser Anekdote um eine populärwissenschaftliche Übertreibung. Für Silberwolf spielte das freilich keine Rolle.

Fest steht jedoch, dass Aspergs Schädel während der Zusammenarbeit von Gall und Spurzheim zu einem der wichtigsten anatomischen Demonstrationsobjekte der Zeit wurde. Interessant war – neben den insularen Ausbuchtungen – vor allem das charakteristische Fehlen eines sichtbaren »Organe de fermété«. Mit einem Willensorgan wie dem von Schlabrendorf hätte Asperg sich, so bemerkte Spurzheim zu Gall noch viele Jahre später, gewiss sehr leicht aus den Katakomben befreien können. Mit einem aspergischen Gehirn hingegen, seien Wichtiges und Unwichtiges kaum zu unterscheiden, wahrscheinlich habe Asperg auch keinerlei Ahnung von der symbolischen Topographie der unterirdischen Gänge gehabt. Schlabrendorf hingegen habe stets gewusst, welchen Weg er gehen müsse und welche Menschen und Dinge zusammengehörten.

Auch Silberwolf hatte – das ging aus den wenigen, aber höchst ausführlichen Mails über seinen bisherigen Lebenslauf deutlich hervor – im Grunde nur sehr begrenzte Vorstellungen von den wahren physikalischen und historischen Zusammenhängen seines Lebens. Für ihn war alles »Geheimnis«, alles mit allem verbunden, ein raunendes Gebräu aus undefinierbaren, ja letztlich sinnlosen Beziehungen. Ich würde ihm demnächst vielleicht vorschlagen, sich seine langen weißen Haare schneiden und den Schädel rasieren zu lassen, damit wir seine geistigen und spirituellen Anlagen, seine Seelenorgane und Inselbegabungen, unter der Schädeldecke besser erkennen konnten. Wahrscheinlich würde er dasselbe von mir verlangen. »Sklavinnen« machten das ohnehin so, hatte er mir bereits am ersten Tag erklärt, gewissermaßen automatisch, auf freiwilliger Basis, sofern man bei Sexsklavinnen überhaupt von Freiheit sprechen könne – es folgte ein knalliger Smiley. Doch vielleicht würde das alles trotzdem nicht genügen, um ihn nach Paris zu locken, vielleicht brauchte es eine spezielle Geschichte für jedes Arrondissement, feinstoffliche historische Verbindungen zwischen allen Stadtteilen, allen Straßen und Gebäuden, ein ganzes Netz an Pariser Kraftorten.

Er glaubte ja, wie er mir nun schon mehrfach versichert hatte, an das Gesetz von der Erhaltung der Energie. Nichts gehe verloren, auch wenn die Licht- und Materieströme für die meisten Zeitgenossen unsichtbar oder unverständlich waren. Silberwolf hingegen wusste, dass jede noch so geringe Regung seines Körpers, jede winzigste Bewegung im Nanobereich, feinstoffliche Auswirkungen auf die Umgebung hatte. Man wusste nicht, wie die Dinge zusammenhingen, nur dass sie zusammenhingen. Irgendwie, auf eine untergründige, mysteriöse Art. Diese Auswirkungen verließen dann den nahezu reglosen, vielleicht sogar schlafenden Körper, der nur geatmet oder geträumt und dabei die Hand in den Raum gehalten hatte, gingen durch die angrenzenden Stockwerke und Nachbarhäuser hinaus bis auf die Straße, gelangten ans Ende der Stadt und über den Horizont in andere Städte und Kontinente, vielleicht sogar bis in andere Galaxien und Paralleluniversen. Keiner konnte das sagen. Auch Silberwolf nicht. Das Ganze bildete ein dichtes, unübersichtliches Netz von Verknüpfungen, die fein gesponnen und viel komplexer waren als plumpe Kausalitäten. Ein Bewegungsteilchen stieß an das andere, teilte die Luft und schlüpfte hindurch, solange, bis es an ein anderes Teilchen stieß, und immer so weiter. Ganz am Ende dieser kosmischen Schicksalskette saß dann vielleicht einer, der die rätselhafte Botschaft empfing, oder einer, der die Konsequenzen zu tragen hatte. Das konnte man vorher nie wissen, wenn man sich nachts im Bett herumdrehte. Silberwolf legte großen Wert darauf, dass die fatale Verkettung der Ereignisse im Bett und in der Nacht ihren Ausgang nahmen. Eine Schicksalskette, die beim Frühstück ausgelöst worden wäre, weil jemand eine Tasse Kaffee verschüttet oder sein Ei zu schnell ausgelöffelt hätte, wäre ihm allzu profan erschienen. Das Bett hingegen war ein heiliger, ein zutiefst privater Kraftort.

Doch rein theoretisch wären auch solche Frühstücksverkettungen denkbar gewesen. Das musste er zugeben. Und der arme Kerl, der dann ganz am Ende der Kette der Leidtragende war, so ein Philibert Asperg zum Beispiel, der immer nur Pech und Unglück im Leben gehabt hatte und auf eine dermaßen blödsinnige Art ums Leben kam, die tragisch zu nennen eine geschichtsphilosophische Protzerei gewesen wäre, so ein Loser würde niemals erfahren, dass sein Unglück von einer falschen Bewegung in einem falschen Moment irgendwo in einem fremden Bett eines wildfremden Menschen ausgelöst worden war. Hätte zum Beispiel Robespierre im November 1793, kurz nach der Hinrichtung von einundzwanzig Girondisten und der Lektüre einer Schrift der Gebrüder Joseph und Xavier de Maistre, nicht solche Alpträume wegen der immer noch gewaltigen Menge an inneren Feinden der Republik gehabt und sich nicht gesorgt, dass man womöglich gar nicht alle Feinde werde verhaften und guillotinieren können und dabei, vor lauter Unruhe und Sorge um die Nation, nicht den Spucknapf mit seinem blutigen Auswurf umgestoßen, ein Geräusch, das die unter ihm schlafende Wäscherin weckte, die sodann aufstand, um den im Hof Wache haltenden Jakobiner in ihre Schlafkammer zu holen. Dabei wurde der schwarze Kater aus dem Bett vertrieben, der sich missmutig auf den Weg durch die nächtlichen Gassen machte, um – just im Gemüsegarten des Militärspitals, in dem Philibert Asperg als Portier angestellt war – auf Mäusejagd zu gehen. Auch diese Jagd verlief nicht ohne Komplikationen, sodass Asperg, der vielleicht ein wenig schlaftrunken infolge seines leicht erhöhten Bedarfs an Côtes du Rhône war, ohne Jacke und Stiefel den Kater durch die nächtlichen Korridore des angeschlossenen Klosters bis hinab zu den Kellertreppen verfolgte. Die Konsequenzen sind bekannt. Die Schuldigen ebenfalls. Hätte Robespierre in dieser Nacht ruhiger geschlafen und nicht den Spucknapf umgestoßen, hätte Asperg überlebt, wäre vielleicht zum Chef-Portier in der Geburtsklinik der benachbarten Abtei Port Royal ernannt worden, und hätte folglich 1804 der Liebe von Humboldt und Schlabrendorf nicht mit seinen sterblichen Überresten im Wege stehen können.

9ème arrondissement – 7ème arrondissement

Doch vielleicht würden all diese Zusammenhänge dem Silberwolf als Beweis nicht genügen. Vielleicht musste das Netz der Pariser Verwicklungen noch engmaschiger gestrickt sein, noch dichter, magischer, attraktiver, vor allem aber wohl: erotischer! Vielleicht sollte ich eine Frau ins Zentrum meiner Geschichten stellen, eine Exotin, am besten eine Künstlerin.

Eine Sängerin wie Oum Kalthoum zum Beispiel. 1967 kam sie nach Paris, eingeladen auf Initiative von Charles Aznavour. Sie war damals ein Weltstar, auf der Höhe ihres Ruhms, berühmt nicht nur in Ägypten, der ganze Orient lag ihr zu Füßen. Auch im Westen hatte man begonnen, sich für ihre dunkle, klagende Stimme und den sehr speziellen, majestätischen, ja wuchtigen Gesang zu begeistern, der seine Kraft vermutlich noch aus jener Zeit bezog, da sie als Knabe verkleidet in der Moschee ihres kleinen ägyptischen Heimatdorfs sang. Die beiden Konzerte im Pariser Olympia waren in wenigen Stunden und fast ohne Werbung ausverkauft gewesen. An den Konzerttagen standen über zweihundert Menschen Schlange, um noch eine Eintrittskarte zu ergattern – egal zu welchem Preis. Silberwolf hatte wahrscheinlich noch nie von Oum Kalthoum gehört, wusste nichts von ihrer Geschichte und ihrer Bedeutung. Er würde also gar nicht ermessen können, welches Gewicht der Begegnung zuzuschreiben ist, die an diesem Tag stattfand, wenn ich ihm nicht ausführlich davon erzählte.

Am frühen Nachmittag des 13. Novembers steht Oum Kalthoum am Taxistand des Boulevard des Capucines. Sie kommt von einer anstrengenden Probe mit ihrem Orchester und möchte sich vor dem Konzert am Abend noch ein bisschen in ihrem Hotelzimmer ausruhen. Meistens dauern ihre Auftritte bis tief in die Nacht hinein. Jetzt braucht sie noch ein paar Stunden, um sich zu sammeln. Das geht nur, wenn sie allein ist. Es ist an diesem Tag nicht übermäßig kalt in Paris, doch sie ist an solche Temperaturen nicht gewöhnt und fröstelt in ihrer Pelzjacke. Der Chauffeur von Aznavour hatte zwar angeboten, sie zu fahren, auch um sie vor ihren am Olympia-Theater wartenden Fans zu schützen, doch sie hatte abgelehnt, weil sie dachte, dass es vernünftiger sei, sich ein wenig die Füße zu vertreten, ein paar Schritte zu gehen und sich in Ruhe in der ihr unbekannten Stadt umzusehen. Man hatte sie durch einen Hinterausgang des Gebäudes geleitet und ihr einen Weg erklärt, auf dem sie ungestört sein würde.

Doch schon nach wenigen Schritten bemerkt sie, dass sie zu müde ist für den Weg ins Hotel und beschließt, mit dem Taxi zu fahren. Auf dem nahe gelegenen Boulevard sieht sie einen Taxistand, sie tritt aus der Seitenstraße, wartet, überquert die Fahrbahn, wartet wieder, betrachtet die gegenüberstehenden Häuser, den Himmel, die vorüberziehenden Wolken, Passanten, Fahrzeuge, Pflastersteine. Es scheint gar nicht so leicht zu sein, in Paris ein Taxi anzuhalten. Doch sie hat keine Eile. Sie wartet und schaut, unaufgeregt, irgendwann wird schon eines vorbeikommen und anhalten.

Plötzlich bemerkt sie einen auffallend elegant gekleideten älteren Herrn, etwa ihren Alters, schlank und mit üppiger grauer Haarpracht, der eilig auf ihren Taxistand zusteuert. Er trägt einen cremefarbenen Paletot-Mantel, dazu Handschuhe und einen dunklen Seidenschal. Beim Gehen schaukelt er mit seiner weinroten Aktentasche. Vor der Rufsäule bleibt er abrupt stehen, wirft einen Blick auf den offenbar beschädigten Telefonhebel, mustert kurz die neben ihm stehende fremde Dame, blickt auf seine Armbanduhr, dann nervös auf die Fahrbahn, in beide Richtungen, und noch ein drittes Mal, als habe er nicht gründlich genug geschaut, geht einige Schritte vor und wieder zurück, trommelt mit den Fingern an der Metallverkleidung der Säule, zieht seine Handschuhe aus, versucht, den aus der Säule heraushängenden Hebel in die kleine Röhre zurückzuschieben, geht ein paar Schritte auf und ab. Schließlich tritt er näher, verbeugt sich leicht, grüßt und fragt, wie lange sie hier schon warte. Als er nicht sofort verstanden wird, fragt er ein zweites Mal und erhöht dabei die Lautstärke. Sie schätzt ihre Wartezeit auf zehn Minuten. Er seufzt und holt eine Zigarre aus einem Etui, möchte wissen, in welche Richtung sie fahre und ob sie ihm eventuell den Vortritt lassen könne, da er es entsetzlich eilig habe. Sie entgegnet, sie wisse nicht, in welcher Richtung das Hotel des Grands Hommes liege, doch es sei wohl direkt gegenüber vom Panthéon. Das sei exakt seine eigene Richtung, ruft der Herr sichtlich erleichtert, er halte übermorgen eine Vorlesung in der Ecole normale supérieure und müsse unbedingt noch ins Sekretariat, um ein paar Dokumente zu holen und Schnapsmatrizen anfertigen zu lassen. Da könne man vielleicht gemeinsam ein Taxi nehmen. Damit sei sie doch gewiss einverstanden.

Er redet mit großen Pausen und starken Betonungen, sie überlegt, ob er womöglich Sänger ist wie sie. Auch seine dandyhafte Erscheinung könnte in diese Richtung deuten. Er möchte wissen, woher sie kommt, wozu sie in Paris sei und was sie hinter ihrer dunklen Sonnenbrille eigentlich verstecke. Oum Kahltoum weiß, dass Europäer etwas direkter sind als die Männer in ihrer Heimat, und gibt höflich, aber knapp Auskunft. Oh, eine ägyptische Sängerin, das sei ja mal etwas Besonderes, und hier mitten in Paris, mitten auf der Straße. Er sei übrigens persönlich bekannt mit einer anderen ägyptischen Sängerin, diese sei sogar ziemlich berühmt, Dalida, eine momentan sehr populäre Schlagersängerin, ob sie ihr vielleicht schon einmal begegnet sei? Erst im Oktober habe Dalida gleich dort drüben auf der großen Bühne des Olympia gesungen. Sie gehöre seit einigen Monaten zu seinen Patientinnen.

Natürlich weiß Oum Kalthoum, wer Dalida ist, und sie weiß auch, dass sie diesem Herrn ganz gewiss keine Intimitäten anvertrauen wird. Er saugt an seiner Zigarre, bläst den Rauch in großen, feierlichen Ringen auf die Fahrbahn. Ob sie schon einmal etwas von Psychoanalyse gehört habe, fragt er sie. Als sie bejaht, möchte er wissen, ob sie sich etwas unter dem Begriff des »psychoanalytischen Akts« vorstellen könne. Den nämlich müsse er am kommenden Mittwoch, also schon übermorgen, seinen Zuhörern erklären. Sie schüttelt leicht den Kopf und lächelt, was er als Ermutigung auffasst, weitere Erklärungen nachzuliefern. Während er spricht, untermalt und dirigiert er seine Worte mit gravitätischen Gesten. Seine auffallend lange und dicke Zigarre hüpft dabei durch die Luft und hüllt die gegenüberliegenden Fassaden in zarte Rauchschwaden. Oulm Kalthoum kennt sich mit Dirigenten aus, sie weiß, dass man warten muss, bis sie ihre Sätze beenden. Manche Sätze sind sehr lang. Sie ist froh, heute ihre Sonnenbrille mit den stark getönten Gläsern gewählt zu haben.

Den psychoanalytischen Akt könne man nur verstehen, wenn man ihn als Liebe begreife, das Wort »Akt« also ganz wörtlich nehme. Denn genau darauf käme es an, die Sprache wörtlich zu nehmen – ob sie das verstehe? Sie nickt, lächelt und schaut in den verrauchten Himmel. Wie bei der Liebe gäbe es auch beim Akt des Analysierens, ähnlich übrigens wie beim Akt des Wartens, so wie sie beide hier jetzt stünden und warteten, eine Art Vorschmecken, den imaginären Genuss einer köstlichen Idee, die sich beim Nachdenken wie von selbst aus der Sprache herausschäle. Im Grunde sei das Unbewusste, oder wenn sie so wolle: die menschliche Seele, nur zu verstehen, wenn man sie auf Modelle der Mathematik oder der Physiologie übertrage, auf ein Modell wie den Reflexbogen zum Beispiel oder die Möbiusschleife. Bei seinen Vorlesungen sähe er immer wieder, wie produktiv es sei, solche Bilder und Vergleiche zu verwenden und dann auch graphisch und rechnerisch zu gestalten. Wann würden die Universitäten endlich begreifen, dass die Psychoanalyse eine vollwertige Wissenschaft ist? Er nenne diese mathematischen Psycho-Gebilde »Matheme«. Er habe das selbst erfunden, eine kleine Marotte von ihm. »Mathem – ein ansprechendes Wort, finden Sie nicht?« Wenn sie wolle, zeige er ihr gern das neue Mathem für »Latenzbeschleunigung«. Das habe er erst gestern beim Aufwachen entworfen. Oum Kalthoum lächelt und blickt auf die gegenüberliegenden Dächer. Die Sonne kommt hervor, verschwindet aber gleich wieder. Oum Kalthoum rückt ihre Brille zurecht. Auch das hätte der Herr gewiss als eine Art von Reflex gewertet.

Es mache ihm, erklärt er, während er einen Zettel aus seiner Aktentasche zieht, einfach Freude, ein neues Wort oder einen neuen Begriff zu erfinden und dann erst, in einem zweiten, gewissermaßen rationalisierenden Schritt, zu überlegen – am liebsten in Anwesenheit seiner Zuhörer, das sei besonders stimulierend –, was dieses neue Wort nun wohl bedeuten könnte. Zum Beispiel wie heute: »psychoanalytischer Akt«, oder wie neulich erst: »Bedeutungsbedeutung«, das sei besonders geheimnisvoll und eine echte Herausforderung an den Analytiker gewesen, er habe sich damit zugleich auch ganz klar von Freud abgrenzen wollen. Bevor man überhaupt in der Lage sei, etwas zu handhaben oder analytisch zu behandeln, müsse man diesem Vorgang den passenden Namen geben, ihn gewissermaßen sprachlich an die Hand nehmen. Dafür sei die Sprache schließlich da. Das gelte auch für das neue Wort »Latenzbeschleunigung«. Das dazugehörige Mathem verkörpere das Unsagbare und Unverständliche des Begriffs. Der Kosmos des Diskurses habe ja grundsätzlich ganz gewaltige

Lücken, das werde ihm immer wieder klar, wenn er sehe, wieviel Mühe seine Studenten mit seinen Theorien hätten. Gegen diesen Widerstand helfe nur das Mathem. Es mache Unverständliches mathematisch sichtbar und verständlich. Er streckt Oum Kalthoum eine Zeichnung entgegen, auf der, mit etwas Phantasie, eine Kurve mit zwei O-Beinen zu erkennen ist:

 Ihr fällt dazu die Hose des Herrn Laffitte ein. Herr Laffitte ist der freundliche, für ihren Geschmack etwas zu behäbige Kulturattaché des Pariser Office du tourisme, das sich während ihres Aufenthalts um Unterbringung und Verpflegung kümmert. Dass es in Paris offenbar unmöglich ist, ein Taxis zu rufen, hat er beim gestrigen Stehempfang leider vergessen zu erwähnen. Wahrscheinlich war er zu sehr mit Essen beschäftigt und mit dem Heraufziehen seiner Hose, die er, wie viele Männer seiner Generation, praktischerweise über dem Bauch trägt – eine Form von gastrointestinaler Latenzbeschleunigung. Doch Kalthoum verspürt kein Bedürfnis, diese Vermutung mit dem fremden Herrn, der jetzt noch weitere Zeichnungen aus der Tasche holt, näher zu erörtern.

Ein Mathem sei die Niederschrift von etwas, das man zwar nicht sagen, trotzdem aber vermitteln könne, und zwar auf geometrisch-assoziative Art. Ein Naturwissenschaftler wie Pawlow habe solche subtilen Zusammenhänge natürlich nicht kapiert. Der Herr mit der Zigarre macht eine Pause, lacht zornig auf, wischt sich Asche und Speichel vom Schal. Ob sie überhaupt wisse, wer Pawlow sei? Das sei der mit dem Signal und dem Hund, ein Ideologe, ein Scharlatan, bei dessen Experimenten stets nur das herauskäme, was zuvor hinein suggeriert wurde.

Oum Kalthoum hat von dem Wissenschaftler mit den Hunden schon gehört. Sie erinnert sich, dass sie Mitleid mit den Tieren hatte. Sie friert. Ob nicht doch bald ein Taxi kommt? Sie spürt diese spezielle Müdigkeit hinter den Augen, kein gutes Anzeichen. Hoffentlich würden sich die Fensterläden im Hotel schließen lassen. Ob sie »Altatlal«, das Lied von der Sehnsucht, das natürlich auch die Menschen in Paris hören wollen, heute Abend nicht doch lieber erst nach der Pause singen soll? Vielleicht sogar erst bei der Zugabe?

»Der Bezeichnende ist derjenige, der für ein anderes Bezeichnendes als Subjekt erscheint.« Diesmal vergewissert sich der Herr mit der Zigarre nicht, ob sie ihm folgt. Er redet weiter, holt weitere Zettel aus der Tasche, schaut dabei hin und wieder auf seine Armbanduhr. Bei seinen erbärmlichen Kunststückchen verwechsle Pawlow nämlich das Signal mit dem Sinn. Die Trompete, mit der er die Hündin zur Speichelsekretion bringe, sei nichts als der Phallus der Wissenschaft – Täuschung, Betrug! Zwei dicke, graue Rauchkringel steigen in den Himmel auf.

Oum Kalthoum denkt wieder an die Hündinnen, fragt sich, seit wann Pawlow wohl tot sei und wann endlich das Taxi komme. Wahrscheinlich gibt es einen Zusammenhang bei all dem, was der Herr erzählt. Wenn jemand so elegant gekleidet ist und Vorlesungen in Paris hält, muss es wohl einen Zusammenhang geben. Ihr Französisch ist lückenhaft, das wird der Grund sein, warum sie, statt zu verstehen, an die Hündinnen denkt, wenn sie ihm zuhört. Doch sie will noch einmal versuchen, sich zu konzentrieren, vielleicht hilft die Anstrengung gegen den aufsteigenden Schmerz hinter den Augäpfeln.

Die Häretiker des Mittelalters hätten sich immerhin noch Gedanken über die Konsequenzen ihres Denkens gemacht. Über die direkten Folgen ihrer theologischen Lehren. Die nämlich hätten – er klappert mit dem Verschluss seiner Aktentasche – tatsächlich noch Auswirkungen gehabt! Ja, man glaube es kaum, aber es sei nicht zu leugnen. Direkte, reale und sofortige Auswirkungen! Auf die Wirtschaft, auf die Schulen, auf das Zusammenleben in der Familie, auf die Sexualität. Heute hingegen habe die akademische Welt ihren Einfluss auf die reale Welt verloren, die Universitas Litterarum sei verantwortungslos, folgenlos, belanglos, ein undichtes Gefäss, aus dem pausenlos Geschwätz nach draußen rinne. Die zentrale Frage aber sei doch immer noch und schon immer gewesen: Was ist mit Gott? Was war schon da, bevor wir etwas fanden? Was können wir herausfinden, ohne es selbst hineinzulegen? Ohne Hunde und andere Versuchstiere zu manipulieren? Was ist real?

Ich wusste, dass Silberwolf an dieser Stelle triumphieren würde. Ja, domestizierte Hunde, genau! Die konnte man natürlich mit Trompeten und Glöckchen manipulieren. Hätte Pawlow mit wilden Wölfen gearbeitet, wäre er höchstwahrscheinlich zu ganz anderen Ergebnissen gekommen. Der Herr mit der Zigarre würde Silberwolf sympathisch sein. Darauf konnte ich mich verlassen. Doch wie bekäme ich eine Frau wie Oum Kalthoum in die erotische Pole-Position? Solange sie zuhörte, war alles bestens. Vielleicht sollte ich sie singen lassen? Sie könnte sich mitten auf die Fahrbahn stellen und den heranbrausenden Autos ihre sehnsüchtigen Melodien entgegenschmettern, bis eines ihren Ruf erhörte und anhielt, obwohl es gar kein Taxi war. Ein Pawlowscher Reflex gewissermaßen, ein produktives Missverständnis. Doch vielleicht könnte sie auch einfach nur die Brille absetzen, den Herrn mit der Zigarre aus ihren samtigen Augen anlächeln und ihm ein geheimnisvolles ägyptisches Wort zuflüstern, über das er dann mit seinen Studenten nachdenken konnte? Oder sollte er sie einladen, sich wie ihre Kollegin, die andere ägyptische Sängerin, bei ihm auf die Couch zu legen? Doch er war stadtbekannt für seine therapeía interrupta, Oulm Kathoulm hätte kein Verständnis für diese Behandlung gehabt. Sie war eine Diva. Das konnte ich ihr nicht antun.

Die Wahrheit der Dinge sei wie das heilige Wort Gottes nur als Sprache zu entbergen. Im Grunde sei er deswegen beständig auf der Jagd nach unerhörten neuen Wörtern, magischen Sprachwurzeln und geheimnisvollen Hieroglyphen der Seele, mit denen sich die Wahrheit immer neu übersetzen, in unendlichen, sich wandelnden Verschlingungen darstellen ließe. Denn wer die Namen des Vaters verwerfe, verlasse die symbolische Ordnung, falle dem Wahnsinn anheim oder schlimmer: der Wissenschaft.

Die Namen der Väter verwerfen? Oum Kalthoum wundert sich. Wie soll so etwas überhaupt möglich sein? Gewiss, auch sie habe mehrere Väter, sagt sie in gebrochenem Französisch, das sei kein Geheimnis, und deswegen dürfe der Herr das auch gerne wissen. Falls es ihn interessiere, könne sie ihm sogar die Namen der wichtigsten nennen: Scheich Zakaria Ahmad, Ahmad Rami und Mohamed El Qasabgi. Alle drei seien bedeutende ägyptische Musiker, von denen heute leider nur noch Rami lebe. Der vierte, derjenige, der sich heute um alles kümmere und ihre Welt gewissermaßen zusammenhalte, sei ihr Sekretär Gholam Sinthom.

Sinthom? Sinthom, Symptom!, echot der Herr zu ihrem Erstaunen, das sei ja mal ein wirklich passender Name für einen Sekretär. Er klappt seine Aktenmappe wieder auf, holt ein schwarzes Büchlein heraus, zieht einen Bleistift aus der Manteltasche und macht sich eine Notiz. Oum Kalthoum wird nie erfahren, dass sie hier, an jenem Pariser Taxistand, am 13. November 1967, maßgeblich zur Genese einer der zentralen psychoanalytischen Begriffe des Zwanzigsten Jahrhunderts beigetragen hat. Ich befürchte nur, dass ich Silberwolf kaum erklären kann, was genau der Name des Sekretärs besagt, etwas Geheimnisvolles jedenfalls, etwas, das im Zentrum sitzt und verhindert, dass man wahnsinnig oder Wissenschaftler wird.

»Bonjour, Monsieur Lacan!« Eine dunkle Limousine hält auf der gegenüberliegenden Straßenseite. Der Mann am Steuerrad trägt eine dunkle Mütze und schwarze Handschuhe. Es ist Mounir, der marokkanische Fahrer von Charles Aznavour.

Er hat das Fenster heruntergekurbelt und will wissen, worauf die beiden da eigentlich warten. Ob sie denn nicht wüssten, dass seit gestern die Pariser Taxifahrer streikten? Mounir wendet seinen Wagen und hält neben dem Taxistand. Er steigt aus, begrüßt zuerst Oum Kalthoum, dann nochmals Jacques Lacan, öffnet die hintere Wagentür und bittet beide, auf der Sitzbank Platz zu nehmen, er werde sie fahren, wohin auch immer. Lacan ist überaus erfreut. Er kennt den Chauffeur von Aznavour recht gut. Seit Wochen wird Dalida aus dem Tonstudio, in dem sie ihre neue Langspielplatte mit Aznavour aufnimmt, abgeholt und zu ihren therapeutischen Sitzungen in die Rue de Lille gebracht. Da man nie weiß, wie lange die Séancen bei Lacan dauern, wartet Mounir regelmäßig im Auto. Dort, auf dem Parkplatz neben der Conciergerie, hat Lacan auch ein paar Mal mit ihm gesprochen, immer, wenn er zu spät kam, oder wenn er Dalida nach unten begleitete. Sie hatten dann meist über französische Politik gesprochen, am liebsten über den General de Gaulle, den beide bewundern.

Oum Kalthoum und Jacques Lacan setzen sich ins Auto, Mounir schließt die Türen. Der Mann auf dem Beifahrersitz ist nicht ausgestiegen, er hat bisher auch noch nichts gesagt. Jetzt stellt er sich vor: Gholam Sinthom, der Sekretär von Madame. Enchanté. Ob er wisse, was sein Name bedeute, möchte Lacan wissen. Sinthom ist erstaunt. Nun ja, das sei ja wohl Malaiisch, meint Lacan, ein Adverb, und bedeute soviel wie: »speziell im Dienste von«, oder: »in der besonderen Funktion von«, ein schöner Name für einen Sekretär. Er müsse dieses Wort unbedingt mal seinen Studenten vorlegen. Sinthom schweigt.

Lacan interessiert sich nicht für die alten Liebeslieder von Oum Kathoum, genauso wenig wie für die Chansons seiner Patientin Dalida. Er hat einen anderen Seelenbegriff als die beiden Sängerinnen. Mit einer energischen Kopfbewegung bringt er das Gespräch auf Politik, er möchte von den »anwesenden Orientalen« wissen, ob sie sich jetzt endlich, seit De Gaulles Waffenembargo gegen Israel, eine Versöhnung mit der ehemaligen Kolonialherrschaft vorstellen können. Sinthom verneint, Mounir ist unschlüssig, Kalthoum schweigt. Den Sechstagekrieg habe man ja schließlich nicht verloren, weil die israelische Armee so gut, sondern vor allem, weil die ägyptische so schlecht ausgerüstet sei, behauptet Sinthom. Es gäbe momentan einfach nicht genug Geld für Waffen. Nasser stecke zwar schon fast alles, was er habe, in den Bau von Staudämmen und den Kauf von Kampfflugzeugen, doch das sei immer noch viel zu wenig.

Wie es denn so um den Patriotismus der Orientalen stünde, möchte Lacan wissen. Er habe sich nämlich immer gefragt, ob man den Ödipuskomplex auch auf das Verhältnis zu Vater Staat übertragen könne. Denn eigentlich sollte man von erfolgreichen ägyptischen Geschäftsleuten und Künstlern doch erwarten können, dass sie die ägyptische Regierung in der jetzigen Situation finanziell unterstützen. Er selbst sei da ganz auf der Seite Ägyptens und De Gaulles. Schließlich seien die heutigen Israelis nicht identisch mit den Juden des Talmud, die als geistige Elite, als Schriftgelehrte oder auch nur als Schreiber, ja genau wie hier der Herr Sinthom, die Kultur des Westens im Kern zusammenhielten. Die israelischen Juden seien hingegen Bauern, denen es darum gehe, ihre Ackerflächen zu erweitern und neue Siedlungen zu bauen. Der Judenstaat sei inzwischen selbst zu einer imperialistischen Gewalt geworden. Das habe der Sechstagekrieg sehr deutlich gezeigt. Gut, dass auch De Gaulle das endlich nicht nur erkannt, sondern auch danach gehandelt habe.

Oum Kalthoum hat ihre Brille ausgezogen, legt den Kopf an die Rückenlehne der Sitzband und beschließt spontan, die gesamte Gage ihrer beiden Pariser Konzerte an ihren Freund Gamal Abdel Nasser zu überweisen. Ihn hatte sie bei der Aufzählung der Väter vergessen. Denn als Vater ist er ihr natürlich zu jung. Doch der elegante Herr Lacan hat recht: Eine Patriotin muss so handeln und nicht anders. Zwar kämen heute Abend, wie man ihr gesagt hat, auch viele Juden in ihr Konzert, Sepharden, die die Poesie ihrer traurigen Liebeslieder genauso erleben und verstehen wie ihre arabischen Nachbarn. Doch die politische Situation ist klar. Sie muss ihrem Vaterland zu Hilfe eilen. Und vielleicht würden dann endlich auch die Muslimbrüder Ruhe geben, wenn ihre Lieder live am Radio gesendet werden und die Menschen in ganz Ägypten in Aufruhr gerieten, sobald sie mit ihrem Orchester von einem Tongeschlecht ins andere wechselt.

Für orthodoxe, aber erst recht für fanatische Moslems war es Blasphemie, wenn eine Frau Verse aus dem Koran sang. Das würde ich dem Silberwolf nicht speziell erklären müssen. Diesen Skandal würde auch er verstehen. Egal mit wieviel Liebe und Virtuosität sie auch immer sang, eine Frau, die sich erdreistete, öffentlich aus dem Koran zu singen, entweihe das heilige Buch und fördere damit die allgemeine Dschahilīya, die große Verschwörung gegen Gott, von der sich die islamische Gesellschaft durch eine ebenso große Reinigung befreien müsse. Sajjid Kutb, der geistige Kopf der Muslimbrüderschaft, hatte Oum Kalthoum nur wenige Monate vor seiner Hinrichtung im vergangenen Sommer eine Fatwa wegen Gotteslästerung angedroht. Kutb war früher Beamter im Bildungsministerium gewesen, außerdem Schriftsteller und Literaturkritiker. Vielleicht hätte er tatsächlich die Macht gehabt, ihre Musik zu zerstören. Noch viele Jahre danach musste sie daran denken und fragte sich, was wohl mit ihr passiert wäre, wenn man Kutb nicht verhaftet und gehängt hätte.

  Sie schloss die Augen. Ja, das war eine gute Idee, die der Herr Lacan da hatte. Ihr Gesang war Gotteslästerung in den Augen der Muslimbrüder. Doch ihr Geld war es nicht, auch wenn sie es im sündigen Paris mit eben diesem Gesang verdient hatte.

Wahrscheinlich aber waren historische Koinzidenzen wie das Zusammentreffen von Oum Kalthoum und Jacques Lacan an einem Pariser Taxistand, aus dem sich entscheidende Impulse sowohl für die Psychoanalyse wie auch für den israelisch-ägyptischen Krieg ergaben, viel zu bieder für einen perversen Silberwolf, zu intellektuell, vielleicht auch zu politisch. Dass ich ihn hier in Paris gewissermaßen in die Urszenen von Kultur und Historie führen würde, war ihm wahrscheinlich herzlich schnuppe. Er selbst stellte sich solche Fragen ja gar nicht. Fragen wie: Was wäre die Lacansche Psychoanalyse oder schlimmer: der gesamte Poststrukturalismus der frühen 70er Jahre ohne den Sekretär einer berühmten orientalischen Sängerin? Oder umgekehrt: Wie hätte Ägypten im Oktober 1973 seinen Überraschungsangriff im Sinai führen können ohne die von Oulm Kalthoum und anderen ägyptischen Kulturschaffenden mitfinanzierten MIG 21? [Ihre Geschichtsklitterungen werden allmählich peinlich. gez. trkl-ga] Doch ich würde schon noch die passende Geschichte finden, einen Stoff, der ihm deutlich machte, dass Paris der mächtigste Kraftort der Welt war, dass er unbedingt herkommen musste, um die feinstofflich-spirituellen Energien der Stadt astraltechnisch anzuzapfen und in seine Silberwolf-Chakren abzuleiten. Besonders das sechsblättrige Chakra, das heilige, zwischen Steißbein und Eichel angesiedelte Manipura, könnte hier in der magischen Metropole mal so richtig vollgepumpt werden, Prana-Power aus Paris, die neue PPP für schlappe Chakren! Doch meine Manipula-Aktion (würde er den leisen Verschreiber überhaupt bemerken?) [Ja, falls er einen Sinn für Kalauer hat; gez. trkl-ga] betraf ja nicht nur seine Lendenkraft, natürlich würde ich versuchen, seine Energien und Erleuchtungen ins schicksalshaft Weltgeschichtliche zu beamen. Nur das Kosmische war groß genug für Silberwolf.

Wenn ich mir solche historischen Kraftfelder für den Kölner Zahnarzt ausdachte, Fäden von einem Arrondissement ins andere spannte, dachte ich manchmal an Philippe, fragte mich, ob er gelacht und sich über mich gewundert hätte, er, der immer behauptete, man müsse die Wirklichkeit aushalten, so wie sie sei, nämlich nackt und bedeutungslos, erst dann könne man beginnen, die Dinge zu ordnen, Gruppen und Klassen anzulegen, Verbindungslinien zu ziehen und wieder zu lösen. Alles andere sei schlechte Magie. Ich hatte ihm damals beigepflichtet. Dass ich nun selbst als Magierin dilettierte, noch dazu in einer Stadt, die ich gar nicht wirklich kannte, hätte ihn vermutlich befremdet, bestenfalls amüsiert.

16ème arrondissement

Ich könnte, auch um den erotischen Faktor etwas mehr ins Spiel zu bringen, mit Silberwolf natürlich auch ins sechzehnte Arrondissement pilgern, in die Rue Boileau. Dort hatte Marco Ferreri 1973 seinen Skandalfilm »La grande bouffe« gedreht. Von diesem hemmungslosen, großen Fressen hatte Silberwolf einer meiner Fake-Frauen vorgeschwärmt, es muss Philotima gewesen sein, vielleicht auch Gina Lollo. Er betrachtete Ferreris Film als Triumph der orgiastischen »Bauchtriebe«, wie er alles nannte, was sich unterhalb der Blut-Hirn-Schranke befand, als Sieg des niederen Fleisches über die höhere Moral der Kleinbürger und Spießer. Nur in Paris, der »Hure Babel mit ihren lasterhaften Schönheiten«, sei damals ein solcher Film überhaupt möglich gewesen, hatte er behauptet, ein »Meisterwerk der Erotik«, das »seiner Zeit weit vorauseilte«. Wahrscheinlich hielt Silberwolf das plüschige Dekor des Films für zeitlos. Es würde ein Leichtes sein, ihn dazu zu bewegen, diesen legendären Schauplatz opulenter Pariser Dekadenz mit dem »anderen« Blick seiner Wolfsaugen zu erkunden.

Im Park des Hauses mit der Nummer 68 hatten die Laster und Kühlwagen gestanden, die die Verpflegung für die Schauspieler lieferten, körbeweise Wachteln und Austern, ganze Wildschweine, Rinderhälften, Lammkeulen, Bressehühner, Kaviar und Champagner für Michel Piccoli, Marcello Mastroanni und ihre Gespielin Andréa Ferréol, die in eben diesem Park Philippe Noiret zwei dicke, rosarote Puddingtitten servierte, nachdem sie aus Mastroiannis himmelblauem Bugatti-Sportwagen ausgestiegen war, um den Herren ihren üppigen Hintern zu präsentieren. Beeindruckend waren in diesem Film aber nicht nur die Fleischberge, sondern vor allem auch die gigantischen Schüsseln mit goldgelber Polenta, deren ungewisse Symbolik ebenfalls nicht zu unterschätzen war. Angeblich, das jedenfalls hatte Dimiter oder Ravo oder Philippe behauptet, sei das Ganze eine Satire auf die Verschwendungssucht der Konsumgesellschaft, wenngleich Ferreri selbst seinen Film lieber einen »Film über den Körper« nannte und dabei etwas von »physiologischem« Kino raunte. Doch gewiss, man konnte das damals so sehen: Pudding und Polenta als Kritik am westlichen Wirtschaftssystem und seiner Gier nach Mehrwert, mehr Waren und mehr Wachstum, am Kapitalismus, der aus Menschen einsam konsumierende, kopulierende, fressende und stinkende, total entsublimierte Bestien machte, die alle guten Sitten und zivilisatorischen Errungenschaften über Bord warfen, um ungebremst den wabbelnden Fetischen des Konsums zu huldigen, dem Luxus einer frivolen und am eigenen Wohlstand erstickenden Metropole. »Typisch Paris«!, hatte Silberwolf begeistert ergänzt. Wahrscheinlich hatten seine Werwolfaugen dabei aufgeblitzt.

Ja, solche ungebremsten Kino-Körper waren die Protagonisten eines ebenso ungebremsten Raubtierkapitalismus. Triebhaftigkeit pur, Alphatiere auf freier Wildbahn, ein unerschrockener, ein tolldreister Film! Da musste ich Silberwolf zustimmen. Im real existierenden Sozialismus, in Maos gestrenger Volksrepublik oder im revolutionären Kuba wäre das Skandalöse des Films, das jeder bürgerlichen Ästhetik spottende Kopulatorische, Masturbatorische, Skatologische, Vomitorische, jedenfalls undenkbar gewesen. Und doch – und damit kommen wir (aufgepasst, werter Silberwolf!) zu den feinstofflichen Pointen der Geschichte von Paris – ereignete sich in genau diesem Park und auf genau diesem Grundstück eine der rätselhaftesten Synthesen der Weltgeschichte. Denn das auf den Fundamenten des abgerissenen Drehorts errichtete Gebäude beherbergt heute die Botschaft der Sozialistischen Republik Vietnam. Ausgerechnet!, hatte Dimiter oder Ravo oder Philippe gerufen. Hier wächst zusammen, was definitiv nicht zusammengehört. Materialistische Dialektik nannte Dimiter so etwas. Auf unterstem Niveau, hätte Adrian ergänzt. Zufall, hätte Philippe gesagt.

Ich bin mir da nicht sicher. Frankreichs Niederlage im Indochina-Krieg hat seine subtilen, oftmals ganz unerklärlichen Beziehungen zu Vietnam kaum beeinträchtigt. Das hatte auch Philippe immer wieder gesagt, wenn er über die Pariser Studentenrevolte und die Rolle der französischen Intellektuellen im Vietnamkrieg sprach. Solche Beziehungen existierten auch 1979 noch – sechs Jahre nach dem Pariser Friedensabkommen und vier Jahre nach dem Sieg der Nordvietnamesen –, als Jean-Paul Sartre und Raymond Aron einen Appell zur Rettung der Boatpeople lancierten, als französische Ärzte Schiffe ins Südchinesische Meer schickten, um vietnamesische Flüchtlinge vor dem Tod durch Ertrinken, Hunger, Durst und Epidemien zu retten. Die zwanzigtausend Vietnamesen auf der winzigen malaysischen Insel Poulo Bidong hatten vier Monate lang auf die Rettungsmannschaft und ihr Spitalschiff gewartet. Die Aktion erhielt weltweite Unterstützung, darunter auch von deutschen und französischen Schriftstellern wie Heinrich Böll und André Glucksmann. Insgesamt konnten damals – am anderen Ende der Welt – eine Million Flüchtlinge gerettet werden, auch wenn konservative Politiker in Deutschland und Frankreich nicht müde wurden zu behaupten, durch die Rettungsaktionen würden immer mehr Vietnamesen zur Flucht ermutigt, was die humanitäre Katastrophe nur noch verschlimmere. Das war 1979, sechs Jahre nach Ferreris Film, vier Jahre nach dem Ende des Vietnamkriegs.

Vietnam ist heute ein anderes Land. Frankreich auch. Während hier, mit dem unerwarteten Erfolg des Front national bei den Präsidentschaftswahlen im Mai letzten Jahres der Hass gegen Ausländer, Flüchtlinge und Exilanten wächst, bemüht Vietnam sich um die Integration in den asiatischen Wirtschaftsraum. Gerade gestern erst hörte ich am Radio, für Oktober sei eine weitere ASEAN-Konferenz in Bali anberaumt, bei der die Schaffung einer neuer asiatischen Freihandelszone beschlossen werden solle. Das freilich nur unter der Voraussetzung, so der Kommentar des Nachrichtensprechers, dass auch sozialistische Staaten wie Vietnam sich verstärkt für die freie Zirkulation von Menschen und Waren, für Wachstum und neue Märkte engagierten. Man sei diesbezüglich verhalten optimistisch, der Wandel habe bereits begonnen.

Keine Ahnung, ob ich Silberwolf weismachen konnte, dass der Genius loci der Rue Boileau bei diesem politischen Wandel seine Finger im Spiel hatte, dass die Spuren des ungebremsten kapitalistischen Stoffwechsels, wie er beim großen Fressen hier unter den Fundamenten des Botschaftsgebäudes cinematographisch zelebriert worden war, sich womöglich auf die in Bali vertretene vietnamesische Delegation, zu der auch Beamte der vietnamesischen Botschaft in Paris gehörten, übertragen würden. Jedenfalls plante Jacques Chirac für nächstes Jahr einen offiziellen Besuch in Hanoi, um Phan Văn Khải, den amtierenden vietnamesischen Präsidenten, zu treffen und mit ihm, so würde ich Silberwolf erzählen, bei einem opulenten Staatsbankett jene feinstofflichen, oftmals ganz unerklärlichen Beziehungen der beiden Länder zu verdichten.

5ème arrondissement – 6ème arrondissement

Doch vielleicht interessierte Silberwolf sich gar nicht für Politik, vielleicht genügten ihm schon die telepathischen Fernverbindungen seiner Höheren Intelligenz. Diese waren gewiss effektiver und schneller als der mühsame Grenzverkehr der Weltgeschichte. Bei Weltkrisen genüge es, sich in den Alpha-Modus zu versetzen und die jeweilige Landkarte zu visualisieren, schrieb er Marusja erst vorgestern. Für solche (und andere! – *smile *smile usw.) Dinge habe er schließlich den sehr speziellen Blick seiner Wolfsaugen. Der nämlich durchdringe ganz instinktiv den Nebel der Zusammenhänge. Es brauche dann keine weiteren Details mehr, keine langatmigen historischen Erklärungen und Vertiefungen.

Ich wusste, Silberwolf würde sich nicht so leicht aus der Reserve locken lassen. Paris war weiter als Bochum und Bonn, wohin ich ihn erst letzte Woche zu romantischen Dates mit She-Cat und Steilküsste geschickt hatte. Ich musste mir schon genauer überlegen, welche geschichtlichen Verwirrungen ich für ihn anzettelte, damit er die Notwendigkeit begriff, sich ins Auto zu setzen und zu mir zu kommen. Doch welche Paris-Geschichte war geeignet, ihn zu ködern? Wenn ihn weder das Warten in den Katakomben, noch das Warten im südchinesischen Meer und auch nicht das romantische Warten adliger Frauen interessierte, wenn er weder mit der Weltgeschichte noch mit der Weltpolitik zu verführen war, dann blieb wohl tatsächlich nur noch der blanke, nackte Sex. Dann würde ich mich wohl oder übel den haarsträubenden Praktiken seines »knackigen Griffels« ausliefern müssen, seinen magischen

Augen, seinem zahnärztlichen Sadismus, seinem Griff in mein verschwitztes Haar. Doch vielleicht musste ich gar nicht selbst als Heldin auftreten, vielleicht funktionierte ja schon eine Story mit ein bisschen Sex & Crime? Noch dazu eine, die seine Vorstellungen von Paris als dem Mekka der freien Liebe, der raffinierten und eleganten Perversionen bestärkte. Meine Mails aus Paris mussten ihm nur den passenden Aufhänger bieten, in den er seine eigene, zum Glück völlig berechenbare Phantasie einhaken konnte.

Je länger ich darüber nachdachte, desto klarer wurde mir, dass Schlabrendorf und Picoli, schon rein phonetisch betrachtet, keine geeigneten Identifikationsfiguren für den Magier aus Köln waren. Dass die Virilität eines Mannes nur ganz zuletzt mit seinem Namen in Verbindung steht, kann man einem Silberwolf nur schwer erklären. Ich würde also einen neuen Entwurf machen müssen. Am besten mit einem historisch verbürgten Macho. Zum Beispiel mit Georges Carpentier, Träger des Croix de Guerre und der Médaille militaire, 1922 Europameister im Halbschwergewicht mit einem Sieg über »Kid« Lewis. Klang das nicht nach purer, kraftstrotzender Männlichkeit? Doch ich wusste, kaum hatte ich den Plan gefasst, dass ich mich nur unter Qualen in eine Boxer-Biographie einlesen würde. Dann schon lieber einen Abenteurer wie Ernest Hemingway, Kriegsveteran und Großwildjäger auch er, außerdem Reporter, Kriegsberichterstatter und Nobelpreisträger. Auch Hemingway gehörte zur Klasse der echten Kerle, deren feinstoffliche Ausdünstungen – man denke an hoch sublimierten Schweiß, frisches Blut, Lymphe und Sperma, vor allem aber an den legendären hochprozentigen Hormoncocktail – in Spurenelementen noch immer unter der Pariser Dunstglocke zirkulierten!

Während Carpentier als Weltmeister und gleich danach auch noch als Europameister Karriere machte, war der noch fast unbekannte Hemingway als Reporter unterwegs, vornehmlich in den Krisengebieten der Welt, von denen es damals etwa genauso viele gab wie heute. Von einigen Kurzgeschichten abgesehen hatte er bisher noch nichts Belletristisches publiziert, war aber trotzdem ein gern gesehener Gast im Kreise der Pariser Left Bank-Emigranten um Gertrude Stein, die zeitweise versuchte, den jungen Mann ein wenig für die Avantgarde zu begeistern. Doch Hemingway war für Klarheit und Kürze, für einen männlich knappen Realismus. Schon bald entwickelte er eine gewisse Reserviertheit den Frauen gegenüber, die sich regelmäßig bei Stein und ihrer Freundin Alice Babette Toklas in der Rue de Fleurus trafen. Für avantgardistische Frauen hatte Hemingway wenig Verständnis. Für ihn war ziemlich bald klar: »Eine Rose ist eine Rose ist ein Zwiebel«, wie er Steins berühmte Avantgarde-Formel parodierte. Botanik und Sprachspiele waren wohl nicht so sein Ding, hätte Silberwolf an dieser Stelle angemerkt und drei bis vier Smileys hinzugefügt.

Mit so einer Story, mit Hemingways Kritik an Gertrude Stein waren Männer wie Silberwolf gewiss sehr leicht zu ködern. Hemingway war ja der Meinung gewesen, man solle sich beim Schreiben auf gar keinen Fall wiederholen, im Gegenteil: Lieber so viel wie möglich weglassen, weil das Weggelassene die Leser dazu bringe, mehr zu fühlen als zu denken, zu phantasieren statt zu verstehen. Der Text sei nur die sichtbare Spitze des Eisbergs. Das Wesentliche der Geschichte läge im Verborgenen. Auch das würde Silberwolf natürlich hochsympathisch finden. Intellektuelle Frauen hingegen, noch dazu, wenn sie wie Gertrude Stein schon etwas älter und obendrein lesbisch waren, dienten amerikanischen Autoren, die wie Hemingway oder Ezra Pound ebenfalls zur Pariser Bohème gehörten, als willkommene Zielscheibe für Häme und Spott. Das spezielle Problem von Hemingway aber war, dass er, zu diesem Zeitpunkt seiner Karriere, Gertrude Stein und ihre Freundinnen brauchte, um einen Fuß in die Literatenszene zu setzen. Zugleich aber fürchtete er, seine Frau Hadley könne unter den Einfluss der faszinierenden Frauenclique geraten.

Stadtbekannte Liebespaare wie Gertrude Stein und Alice Babette Toklas, Djuna Barnes und Thelma Wood, Janet Flanner und Solita Solano oder Adrienne Monnier und Annie Winifred Ellerman [Bryher! bittschön! Bryher heißt die Dame. – Sie wissen ja, dass ich nichts dagegen hätte, wenn Schneewittchen sich bei ihrer Warterei ein wenig von Prinzen und Zwergen lösen und sich mehr für die böse Königin begeistern könnte ... gez. trkl-ga] demonstrierten, wie groß die sexuelle Freiheit – auch für Frauen – im Paris der Zwanziger Jahre sein konnte. Paris als Stadt der Liebe, als Allegorie der Dichtermuse oder Femme fatale bekam hier, im Kreis der Künstlerinnen der Rive Gauche, eine ganz neue Bedeutung: Bei den Teegesellschaften von Gertrude Stein verwandelte das weibliche Paris sich vom Lustobjekt zum Lustsubjekt. Ehefrauen, die ihre Männer zu den Teegesellschaften begleiteten, selbst aber keine eigenständige Karriere verfolgten, waren hingegen wenig geachtet. Dies galt auch für Hadley Hemingway, die unter der mangelnden Anerkennung der Schriftstellerinnen und Künstlerinnen litt und nach einer Strategie suchte, um in den Kreis aufgenommen zu werden.

Silberwolf würde ich mit feministischen Spitzfindigkeiten natürlich verschonen. Männer wie er und Hemingway reagierten prinzipiell allergisch auf Frauen, die sich hypnotischen Wolfsaugen ganz einfach entzogen, weil sie deren Glühen für eine Bindehautentzündung hielten. Wenn solche Weiber dann auch noch untereinander in Streit gerieten, war das bloß eine Bestätigung für die Macho-Regel, nach der Frauen ohne männliche Führung »stutenbissig« und »zickig« wurden. Analog vermutlich zur Misere von »Männern ohne Frauen«, die als Sportler oder Torero auf die ihnen naturgemäß zustehende Bemutterung und Rundumbetreuung verzichten mussten und deswegen meistens auf einer Bahre neben einer Stierkampfarena oder mit gebrochenem Nasenbein in einer Boxergarderobe endeten. Etwas anderes kannte man nicht und konnte es sich auch nicht vorstellen.

Hemingway versuchte, die Unzufriedenheit seiner Frau zu ignorieren, doch er fürchtete den Einfluss der Künstlerinnen. Was würde geschehen, wenn die emanzipierten Damen von Hadley erfuhren, dass er seit Monaten nicht nur das gemeinsame Haushaltsgeld, sondern auch ihr Erbe auf der Pariser Rennbahn verzockte und für Trinkgelage und Bordellbesuche verwendete, ohne dafür von ihr zur Rechenschaft gezogen zu werden?

Ein Zufall kommt Hemingway schließlich zu Hilfe. Als er im Dezember 1922 als Reporter an einer Friedenskonferenz in Ouchy bei Lausanne teilnimmt, bekommt er Besuch von seiner Frau aus Paris. Hadley ist mit mehreren Koffern unterwegs. In einem Moment der Unachtsamkeit beim Besteigen des Zuges im Pariser Gare de Lyon wird einer der Koffer gestohlen. Welche Dokumente ihres Mannes sich in dem Koffer befinden, weiß Hadley nicht, sie glaubt jedoch, dass es sich um Papiere handelt, die mit der Friedenskonferenz in Lausanne zu tun haben. Wozu sonst sollte sie einen Koffer mit Papieren von Paris in die Schweiz schleppen? Bei den Lausanner Verhandlungen geht es um einen internationalen Vertrag mit der Türkei, die kurz zuvor mit der Einnahme von Izmir endgültig den Sieg über Griechenland davongetragen hat. Man beschließt den Austausch der Bevölkerungen. Von der Zwangsumsiedlung betroffen sind über eine Million Griechen, die bei ihrem Umzug von der türkischen Schwarzmeerküste nach Athen und Thessaloniki nur bewegliches Eigentum mitnehmen dürfen. Doch nur eine Minderheit wird offiziell neu angesiedelt. Die meisten Griechen werden vertrieben, deportiert, viele massakriert. Die Ergebnisse der

Konferenz sind bis heute umstritten, vor allem wegen der zahlreichen Verzögerungen bei der Umsetzung. Dennoch erfährt Völkerbundkommissar Fridtjof Nansen ausgerechnet in Lausanne, dass ihm für seinen Einsatz in der Flüchtlingsfrage der Friedensnobelpreis verliehen werden soll.

Hemingway unterhält privilegierte Kontakte zur britischen und französischen Delegation. Die amerikanische Regierung hat eine Teilnahme an der Konferenz abgelehnt. Schon im Vorfeld des Treffens erhält er Einsicht in vertrauliche Pläne, Vertragsentwürfe, Protokolle, Listen, Karten, Adressen, die man ihm in Pariser Cafés oder später dann beim abendlichen Absacker an der Bar des Château d'Ouchy zuschiebt, vermutlich nicht nur mit der Absicht, den Amerikaner Hemingway als inoffiziellen Informationsträger zu benutzen, sondern auch in der Hoffnung, er werde die Dokumente womöglich seinen Landsleuten zuspielen, die in diesen Jahren beginnen, ihren diplomatischen Einfluss auf Europa auszudehnen. Die meisten Papiere verwahrt er in seiner kleinen Wohnung in der Rue du Cardinal Lemoine.

Als Hemingway erfährt, dass seiner Frau der Koffer gestohlen wurde, ist er zunächst ratlos und verzweifelt. Niemand darf erfahren, dass er im Besitz brisanter politischer Dokumente ist, schon gar nicht die Pariser Polizei oder die amerikanische Botschaft. Mit der nun folgenden Legende schlägt Hemingway drei Fliegen mit einer Klappe. In dem Koffer befinde sich, so begründet er seine Verzweiflung, sein gesamtes bis Dezember 1922 verfasstes, noch unpubliziertes Œuvre, darunter auch ein abgeschlossener Paris-Roman. Bis heute zirkulieren Spekulationen über den literarischen Wert dieser frühen Prosa. Der Coup gelingt, der Koffer bleibt verschollen, und Hemingway erscheint nun in Pariser Künstlerkreisen als tragischer Autor ohne Werk. Was die meisten Literaturgeschichten jedoch verschweigen: Im Bekanntenkreis, insbesondere bei den lesbischen Freundinnen von Gertrude

Stein, verdächtigt Hemingway seine Frau, die Manuskripte absichtlich veruntreut zu haben, aus Eifersucht, aber auch aus Rache für seine Geldverschwendung. Eine Künstlerehefrau, die das Werk ihres Mannes sabotiert, werde unter Literatinnen wohl kaum mehr respektiert, so sein Kalkül. Hadley ist schwanger, man bleibt noch drei Jahre lang zusammen, im Frühjahr 1926 verlässt Hemingway seine Familie.

Bis zu seinem Tod war Hemingway davon überzeugt, dass der Koffer in Wirklichkeit von einem türkischen Spion und Mitglied der damals, kurz nach dem Untergang des Osmanischen Reiches, noch sehr einflussreichen islamischen Bruderschaften, den sogenannten Tarīqas, gestohlen wurde. Hätten wegen seiner Unvorsichtigkeit ausgerechnet die gegenrepublikanischen und anti-kemalistischen Kräfte, denen es vor allem darum ging, die geplante Absetzung des gerade erst inthronierten neuen Kalifen zu verhindern, die Lausanner Dokumente in die Hände bekommen und daraufhin – nur wenige Monate vor Ausrufung der türkischen Republik – die Verhandlungen torpediert, schließlich die Umsetzung des Vertrags verzögert, dann wäre er, so seine weitere Überlegung, womöglich mitschuld am Elend der griechischen Flüchtlinge aus den Regionen Pontos und Kappadokien, aus Smyrna und Anatolien – Menschen, für die eine Gruppe von amerikanischen Feministinnen eine Quarantänestation auf der Flüchtlingsinsel Makronissos aufbauten. Hemingway berichtete 1923 darüber als Korrespondent des »Toronto Star«. In den folgenden Jahren versuchte er zweimal, Abdülmecid II., den 1923 abgesetzten Kalifen, in dessen Pariser Exil zu besuchen, um zu erfahren, was mit den Dokumenten aus seinem Koffer geschehen war. Vergeblich – Hemingway wurde nicht vorgelassen.

Im Nachhinein, und vielleicht sollte ich Silberwolf am Ende meiner Erzählung genau diese Frage stellen, ist natürlich gar nicht so leicht auszumachen, welche Schuld schwerer wiegt: Aus Unvorsichtigkeit geheime Vertragsakten verloren und damit womöglich den Erfolg einer Friedenskonferenz beeinträchtigt zu haben, oder aus Kalkül die Legende eines angeblich verschollenen Frühwerks in Umlauf gesetzt zu haben, nach dem auch achtzig Jahre später noch in Archiven und Nachlässen geforscht wird. Ein unbestechlicher Literaturwissenschaftler könnte in dieser Lüge vielleicht den wahren Sinn von Hemingways legendärer »Eisbergtheorie« erkennen, der zufolge das Geschriebene immer nur die sichtbare Spitze des Eisbergs sein dürfe. Das Wesentliche müsse im Ozean des Verborgenen bleiben, damit der Leser sich seine eigenen Geschichten dazu ausdenken könne. Was aber, so müsste sich der unbestechliche Philologe fragen, wenn dieses Wesentliche, also dasjenige, was unsichtbar unter der Wasseroberfläche treibt und in jene Tiefen reicht, in denen das kollektive Unbewusste seine Phantasmagorien erzeugt, in Wahrheit gar nicht existiert? Wenn die fabelhaften Unterwassertiere aus Hemingways angeblichem Kofferroman in Wirklichkeit gar keine Eisbergschnecken, Tiefseequappen, Drachenfische, Chimären und Laternenhaie, sondern bloß graue Staubmilben und ausgetrocknete Aktenwanzen waren, die sich seit Jahrzehnten mit bürokratischem Phlegma durch das wurmstichige Vertragswerk fraßen, farblos, langatmig und ohne die geringste literarische Bedeutung? Dann wäre die geballte kollektive Phantasie gefragt, dann müssten Leser und Leserin Hemingways verschollenen Literatur-Eisberg ganz ohne dessen sichtbare Spitze erfinden, mit Taucher- statt Lesebrille, im Trüben fischend. Es musste diesen Paris-Roman geben, auch wenn er vorerst nur als Gerücht über den Wassern schwebte. Hemingway und Paris, das passte einfach zu gut zusammen! Hemingway und Paris, das war wie Hugo und Paris, oder Zola und Paris. Unwiderstehlich, unwiderlegbar. [Einspruch! Paris ist eine Stadt und kein Roman! Egal ob nun von Hemingway oder Hugo, Balzac, Zola, Proust, Céline oder Eugène Sue.

Natürlich wird man in Paris überall an Schundromane aus dem 19. Jahrhundert erinnert. All die liebeskranken Dichter, die hier durch die alten Gassen spuken – Herrjeh! geschenkt! All die Spione und ihre unterirdischen Verstecke! Die Verschwörungen und politischen Affären! Kennen Sie vielleicht den Bestseller »Paris n'existe pas«? Schon 1857 hat dort ein unbekannter, doch gut informierter Autor, der unter dem sinnigen Pseudonym »Rattenfänger« publizierte, bewiesen, dass Paris in Wirklichkeit keine Kulturmetropole ist, sondern ein schlammiges, stinkendes Loch, dessen labyrinthische Gassen geradewegs in die Hölle führen. Doch es soll ja heute noch Autoren geben, die Paris zu einem sogenannten »Schönheitstraum« verkitschen. Paris, die Hure Babel, jaja, geschenkt! Das Urbane sei das Erotische –, dass ich nicht lache! Gewiss, niemand ist verantwortlich für den Kitsch seiner Träume. Doch ich als Verlegerin achte darauf, dass die Texte, die ich persönlich lektoriere, zeitgemäß sind. Also: weg mit dem Schund. Wir brauchen keinen Paris-Roman von Hemingway! gez. trkl-ga]

[Das mit dem Kitsch und dem Schund mag ja sein, werte Frau Trinkl-Gahleitner, doch die Phantasmagorien des kollektiven Unbewussten sind nun einmal von Natur aus blöde. Und Silberwolf ist ein besonders blödes Kollektiv für sich ganz allein. Wie sonst soll ich ihn nach Paris locken, wenn nicht mit seinen eigenen bescheuerten Klischees? gez. Charlotte v. Manteuffel]

[Üben Sie sich in Verzicht! Nehmen Sie sich ein Beispiel an Caroline von Humboldt, die Schlabrendorf nach ihrem Abschied aus Paris ihre Busenfreundin Caroline von Wolzogen zuführt. Sie selbst haben mir im Café Ritter von dieser selbstlosen Tat erzählt! Das war eine vorbildlich heroische Frauenfreundschaft, die weit über den üblichen Austausch von Kochrezepten, Schmink- und Reisetipps hinausgeht. gez. trkl-ga]

[Bitte verwenden Sie nicht meine Beispiele!!! Frauen sollten zusammenhalten, richtig. Und wenn das nicht geht, weil irgendwelche Kerle dazwischengrätschen, sollten sie sich wenigstens nicht gegenseitig behindern. Das gilt auch für uns beide! gez. Charlotte v. Manteuffel]

[Sie mit ihrem halbgaren feministischen Idealismus! Wir alle haben das Zeug zur Stiefmutter und zur Stiefschwester. Ich für meinen Teil habe wenigstens gelernt, meine dunklen Impulse zu beherrschen. Habe die Ehre! gez. trkl-ga]

[Ich bin Dichterin. Dunkle Impulse sind mein Stoff. Doch im Gegensatz zu Hemingway habe ich noch keinen Roman geschrieben, der sich lohnen würde, verlegt zu werden oder verloren zu gehen. gez. Charlotte v. Manteuffel]

[Sie kalauern sich über ihre Schwierigkeiten hinweg, liegen im Warte-Sarg und schmachten nach dem Märchenprinzen. In dieser Position lassen Sie sich ab und zu mal von ein paar Zwergen kitzeln, damit es Ihnen nicht zu fad wird. Dabei ist schon der Ansatz grundfalsch! Die Ursache für all das Liebesunglück ist die Liebe selbst, mit all ihren gnadenlos romantischen Ansprüchen. Denn sind wir heute nicht alle bis zur Schrulligkeit ausdifferenziert, individualisiert, isoliert? Unter solchen Umständen ist es doch gar nicht möglich, länger als ein paar Jahre mit demselben Partner zu verbringen, gar mit ihm zusammenzuleben. Für immer und ewig! Wer will denn so was? Die Zukunft gehört den voll-individualisierten Singles, die sich allenfalls noch zu Zweckgemeinschaften bei der Kindererziehung zusammenschließen. Doch dafür braucht es keine Liebesbeziehung! Man sollte sein Leben für Sinnvolleres verwenden, sogar in Paris. gez. trkl-ga] Hemingways verschollener Parisroman war mein letzter Trumpf. Wenn ich auch den noch verspielte – und die Gefahr war groß, denn ich hatte nicht die geringste Lust, mir altbackene Bordellszenen auszudenken – würde ich die Pariser Erotik wohl selbst in die Hand nehmen müssen, notgedrungen. Blanker, nackter Sex – nichts anderes würde Silberwolf zu einer Reise bewegen, davon musste ich ausgehen. Nur wenn ich – nolens volens – zum Äußersten bereit war, konnte mein Plan noch gelingen.

Word Wide Web, August 2003

Silberwolf: Hallo kleine Hexe, Zeit für einen Chat?

Marusja: Du Springteufel! Rein in den Chat, raus aus dem Chat!

Silberwolf: Ich bin konstant hier, die Inkontinenz liegt wie immer ganz bei dir ...

Marusja: Soso, du bist also der Spielball meiner Launen? Und ich dachte schon, es sei umgekehrt!

Silberwolf: Ich möchte jetzt mit dir schlafen.

Marusja: Woher weißt du eigentlich, dass dieser Ton bei mir ankommt?

Silberwolf: Wirklich weiß ich es erst, wenn ich über deine Hüftlinie streiche. Die verrät sehr viel über einen Menschen.

Marusja: Das habe ich noch nie gehört, wie meinst du das?

Silberwolf: Ich bin ASW-fühlig. Ich kann beim Gleiten der flachen Hand über den Körper, sogar über der Kleidung, viel über den Menschen spüren. Und in der Hüftlinie sammelt sich Persönlichkeit und Sex.

Marusja: Wieso sprichst du von außersinnlicher Wahrnehmung, wenn es dabei um Sex geht und du deine Hände gebrauchst??? Mir kommt das eher sinnlich als außersinnlich vor!

Silberwolf: Das schon *grins*, aber ich kann Zustände wahrnehmen, ohne den Tastsinn der Hände zu gebrauchen. Ich scanne das Innere deines Körpers, ohne dich direkt zu berühren.

Marusja: Fein, ich würde mich gerne außersinnlich von dir berühren lassen. Wie sich das wohl anfühlt?

Silberwolf: *lächel* Das spürst du gar nicht. Wenn ich fühlig bin, dann ist das eine Art Wissen, das meinen gesamten Körper verändert.

Marusja: Also telepathisch, gut, sowas habe ich auch schon erlebt, aber ich habe dabei nie meine Hände verwendet. Das geht nur über den Geist.

Silberwolf: Nicht ganz. Denn ohne den Körper und seine Metamorphose funktioniert das nicht.

Marusja: Was verwandelt sich denn da bei dir?

Silberwolf: *lächel* Lass uns von anderen Dingen sprechen.

Marusja: Wieso?

Silberwolf: Ich will dir keine Angst machen.

Marusja: Jetzt tu doch nicht so geheimnisvoll! Wovor sollte eine Hexe Angst haben?

Silberwolf: Vor Wölfen, genauer gesagt: vor Werwölfen.

Marusja: Ach was, ich denke mir doch selbst solche Geschichten aus.

Silberwolf: Es sind keine Geschichten.

Marusja: Was denn?

Silberwolf: Wirklichkeit! Vor einem echten Werwolf würdest selbst du dich fürchten.

Marusja: Das glaube ich nicht. Oder wächst dir ein Fell, wenn du anfängst, außersinnlich zu spüren?

Silberwolf: Nein, ein Fell ist es nicht.

Marusja: Was denn sonst? Wachsen dir Reißzähne und Krallen?

Silberwolf: Nein. Es ist etwas anderes, total Verrücktes. Unerklärlich, aber seitdem ich weiß, was es bedeutet, verwende ich es ganz gezielt. Auch bei meinen Patienten. Wenn sie erst einmal hypnotisiert sind, fürchten sie sich nicht mehr. Oder wenigstens nicht mehr im normalen Sinn.

Marusja: Wie meinst du das? Das hört sich ja gruselig an.

Silberwolf: *grins* Ich sagte ja, dass du dich fürchtest!

Marusja: Komm jetzt, sag schon, was passiert mit dir?

Silberwolf: Mein Wolf kommt durch die Augen. Wenn der Kick stark genug ist, bricht er aus mir heraus.

Marusja: Du meinst eine Form der Autosuggestion?

Silberwolf: Nein. Es ist eine echte Verwandlung.

Marusja: Wirklich? Und das soll ich dir jetzt glauben?

Silberwolf: Nein. Du wirst es wohl erst glauben, wenn du es siehst und erlebst. Doch Vorsicht: Werwölfe sind keine Kuscheltiere, auch Nosferatu war nicht blauäugig.

Marusja: Angeber! Ich glaube dir kein Wort!

Silberwolf: Schade. Doch es ist sowieso egal, was du glaubst. Wenn ich erst einmal in Paris vor deiner Tür stehe, hast du gar keine Wahl mehr.

Marusja: Willst du mir Angst einjagen?

Silberwolf: *lächel* Georges Bataille hat sinngemäß mal gesagt: Je größer die Furcht vor der Kraft des Partners, desto mächtiger die Lust. Ich bringe dir sein Buch mit nach Paris! Doch wenn du mich siehst, musst du es wahrscheinlich gar nicht mehr lesen. *lächel* Gute Nacht, Hexlein! Schlaf gut und träum was schön Schauriges.

Ich war froh, dass er den Chat an dieser Stelle unterbrach, denn ich befürchte, jetzt irgendwann aus der Rolle zu fallen.

Als Marusja hatte ich seine Wolfsmärchen zu glauben und eigentlich kein Recht, Zweifel zu äußern oder gar medizinische und psychologische Vermutungen anzustellen – womöglich entstehen Vampiraugen durch geplatzte Äderchen infolge starken Drogenkonsums oder überhöhten Blutdrucks, wie bei gewissen Atemtechniken im Yoga oder bei Rennfahrern und Tauchern, die extremen Druckverhältnissen ausgesetzt sind, man hört bisweilen ja von solchen Dingen, auch von seltenen Krankheiten, Tollwut, Rasereien, die das Blut zum Kochen bringen und in die Augen treiben, von inneren Verletzungen, Gehirntumoren, die in die Augenhöhlen hinein wuchern und das Gesicht auf grausame Weise entstellen – nein, Marusja durfte solche Fragen nicht stellen, es hätte sie unglaubwürdig gemacht. Ich konnte nur hoffen, dass Silberwolf noch nichts bemerkt hatte.

Ich war froh, ihn provoziert und einen weiteren Grund für seinen Besuch in Paris geliefert zu haben. Denn ich wollte, nein, ich musste ihn endlich sehen, es gab Stunden, in denen ich an nichts anderes mehr denken konnte. Obwohl ich wusste, wie gefährlich eine Begegnung mit ihm sein würde und wie lächerlich dieses ganze Werwolfgetue im Grunde war. Meine Phantasie begann immer wieder von Neuem, brach dann mittendrin ab, pausierte und ging von vorne los, ich kam und kam nicht von der Stelle, alles drehte sich stundenlang im Kreis. Ich stellte mir vor, wie er vor der Tür stand, unten auf der Straße, oder hier oben im fünften Stock, wie er mich anschaute und berührte, wie mysteriös und geheimnisvoll unsere Begegnung sein würde, auch weil wir unsere wahren Namen nie erfahren würden. Doch ich konnte mir einfach nicht vorstellen, wie sich das grausame Tier anfühlte, das in ihm lauerte. Ich wollte diesen Wolfsmann endlich in Aktion erleben, doch meine Phantasie brachte ihn nicht über die Schwelle der Wohnung. Immer wieder sah ich ihn am Hauseingang, auf den Treppenstufen, sah, wie seine Faust an meine Wohnungstür klopfte. Nie sah ich ihn im Schlafzimmer oder in der Küche. Kaum trat er über die Schwelle, machte meine Phantasie kehrt. Ich konnte nichts dagegen tun. Vielleicht lag auch das an der Hitze. Denn eigentlich war es viel zu heiß für ein Treffen, auch viel zu heiß, um hier oben auf einen wie Silberwolf zu warten. Man konnte sich nicht vorbereiten, lag oder saß einfach nur da und ließ ganz langsam die seltsamsten Gedanken durch den Kopf ziehen. Und diese Gedanken zogen in mir vorüber, einer nach dem anderen, wie eine endlose Karawane, still und mit fast unmerklichem Schwanken. Ich saß nicht oben im Sattel, sondern irgendwo unten, am Wegrand, mitten im brennenden Sand. In der Ferne die Pyramiden und das Tor zur Unterwelt.

Paris, Passage des Postes, September 2003

So geht das jetzt schon seit Wochen. Auch heute wieder. Seit den frühen Abendstunden gibt es weder Licht noch Telefon. Zwar haben sie endlich die Notstromaggregate installiert, in unserem Haus sogar zwei, wie Solange mir vorgestern erzählte, als sie mir die Lebensmittel brachte, die einer ihrer Lover seit Kurzem für die Mieter organisiert. Der junge Mann ist Lastwagenfahrer bei einer Pariser Spedition, deren Fahrzeuge eigentlich nur noch unter staatlicher Kontrolle zirkulieren, macht aber auf seinen Fahrten in Paris und Umgebung kleinere Umwege und Zwischenstopps und betreibt, auch das ließ Solange durchblicken, einen lukrativen Handel mit rationierten Lebensmitteln und Gegenständen des täglichen Gebrauchs, die in den umliegenden Geschäften kaum noch erhältlich sind.

Zwei Dieselgeneratoren scheinen für zehn Wohnungen jedoch nicht ausreichend zu sein, und so kommt es nach wie vor zu stundenlangen Stromausfällen. Die Telefonleitungen sind ohnehin meistens tot, nur das Radio funktioniert wieder rund um die Uhr, allerdings mit einem »programme de remplacement«, wie sie diese Sendungen nennen, in denen außer seichter Musik und Tipps, wie man sich vor der Hitze zu schützen habe, kaum noch interessante Themen geboten werden. Handy und Computer sind äußerst vorsichtig und sparsam zu gebrauchen, weil es wegen der Spannungsschwankungen nur selten möglich ist, sie gefahrlos ans Netz zu schließen.

Ich habe mir angewöhnt, auch tagsüber nackt durch die Räume zu gehen. Die Fenster sind ohnehin abgedeckt und geschlossen. Außerdem gibt es auf der gegenüberliegenden Seite der Gasse gar keine Wohnungen, die Häuser sind dort niedriger als auf dieser Seite der Passage des Postes. Heute Nacht waren Pistolenschüsse zu hören – ja, es müssen Pistolenschüsse gewesen sein. Und ein leises Trommeln, das nach entfernten Congas klang, vielleicht war es auch nur das rhythmische Stottern eines neuen Generators aus einem der Nachbarhäuser.

Wenn keine Pistolenschüsse, keine Congas und Generatoren zu hören sind, erschüttern Türenschlagen und Rufe im Treppenhaus die Wände. An manchen Tagen, wenn es plötzlich wieder Strom gibt, schnell alle Geräte geladen, Kaffee oder Tee für die nächsten Stunden gekocht und Mails beantwortet werden müssen, mischen sich auch Staubsauger, Kreissägen und Bohrmaschinen ins Getöse. Es beginnt mit einem tuckernden Geräusch, als klopfe jemand an die Tür. Dieser Jemand ist zuerst noch leicht zerstreut, zögert, ob er tatsächlich eintreten soll, mehrmals setzt er an, hält inne, scheint sich die Sache noch einmal zu überlegen. Gerade als ich aufhöre zu lauschen, ins Bett und an den Computer zurückkehre, um meine abgebrochenen Nachrichten fertig zu schreiben – die ersten Wörter und Sätze sind schon zum Greifen nah – wird aus dem Tuckern ein viehisches Brüllen. Mit einem Schlag hat es sich aus seinem Zögern befreit. Es brüllt und kreischt hemmungslos. Dann wieder, ganz plötzlich, Stille. Die Pausen werden kürzer, das Brüllen nimmt Anlauf, zuerst heiser, dann schrill und zornig und immer lauter, bis es tief im Ohr explodiert und einen sirrenden Nachklang hinterlässt. Schon bald entwickelt es einen Rhythmus, dem ich zu folgen versuche, weil es sinnlos ist, sich gegen eine Bohrmaschine zu wehren. Es ist wie mit der Hitze. Mein Körper muss sich dem Kreischen ausliefern, nur so ist der Lärm zu ertragen.

Ich stelle mir vor, es sei Musik, die Gitarre von Angus Young oder James Hetfield, 200 BPM, verzerrte Akkorde, schwere, monotone Beats. Auf ihrem Weg zur Hölle sprengen die Puppet Master die Wände, oi-oi-oi-oi-oi-oi. In der Gasse hupt ein Laster, sein Motor vibriert, oi-oi, bis die Fensterscheiben klirren, bis die ganze, seit Wochen stehende Luft zu taumeln beginnt, auch hier oben im fünften Stock, oi-oi. Die Stadt windet sich unter plötzlichen Stromanfällen, ihre Atmosphäre wird epileptisch, schrill und explosiv.

Mir fällt der alte Filmtitel »Sinfonie einer Großstadt« ein, es muss Menschen gegeben haben, die solche Musik mochten. Doch diese Großstadtsinfonie spielte gar nicht in Paris, sondern in Berlin und war überhaupt ein Stummfilm, eine Sinfonie ohne Ton, wie mir weiter einfällt, als ich mich aufs Bett lege und beim Quietschen der Bettfedern überlege, dass Bohrmaschinen und Heavy Metall zwar urban, aber ganz gewiss nicht sinfonisch klingen. Meine Assoziationen sind einfach falsch. Ich liege da, horche nach draußen, versuche den ungeordneten Lärm in eine Reihenfolge zu bringen, lasse dabei Reimsätze durch den Kopf ziehen, zwei und zwei sortiert, akkordiert, gruppiert geziert. Mehr ist momentan nicht drin, auch wenn ich mir mehrmals täglich vor Augen führe, wie Leonie Trinkl-Gahleitner in ihrem kleinen Büro im zweiten Bezirk am Schreibtisch sitzt und mit den Fingerkuppen auf die Verglasung der Mahagonitischplatte trommelt. Doch sie ist nicht allein mit ihrer Nervosität. Auch Silberwolf wartet auf eine Antwort, auf eine von Marusja und eine von Sneewittchen, ich weiß. Doch ich weiß immer noch nicht, wann und wie er nach Paris kommt. Wahrscheinlich weiß er es selbst nicht. Sein innerer Werwolf sei unberechenbar, würde er dazu sagen.

Wenn der Strom ausbleibt, wird es wieder still. Dann gibt es nur noch das Echo der Hitze. Das Flüstern, wie ich es inzwischen nenne, das Flüstern der Feuermelder im Treppenhaus, das Nuscheln der Nachbarn, das Nörgeln der Nerven. Das Flüstern im Maschinenraum dringt lüstern in den Fiebertraum, schlägt wund und weh den Dichtungsschaum. Warten, starten, warten, starten, warten. Noch immer fallen Sternschnuppen in den Kamin. Ich muss aufpassen, dass es zu keinem Brand kommt. Manchmal stecke ich den Kopf in den Kamin, stelle mich unter die Öffnung, neben die restlichen Raviolidosen, drehe den Hals und öffne den Mund, so weit und so lange es irgendwie geht. Noch sind keine Meteoritenstücke hineingefallen, doch ich weiß: Der Geschmack von Sternschnuppen hat nichts von Pfeffer oder Chili, wahrscheinlich schmecken sie nach Metall, vielleicht auch nur nach Ruß.

Und es wird Tag und es wird Nacht und es wird Tag und Nacht und wieder Tag und Nacht und nochmals Tag. Dann wieder Nacht – wie schnell die Nächte und Tage aufeinanderfolgen, es glänzen die Dächer und pendeln die Glocken. Doch Glockenschläge nur noch vereinzelt, nachts Stille, manchmal Hupen. Die Tage verlieren ihr Charisma, die Nächte ihre Aura, alles wird stumpf. Ich stehe am Fenster und schaue durch die Scheibe. Der Tag sieht aus wie ich, verschwitzt und mit strähnigem Haar schielt er durchs Fenster, sein schiefes Lächeln scheint etwas zu erwarten. Schnell ziehe ich den Schnapprollo nach unten.

Ich will sie nicht mehr sehen, ich kann sie nicht mehr sehen. All diese Bilder von Paris: die Dächer, Kamine, Mansarden, Dachluken, der von Blicken durchsiebte Himmel. All das Verschachtelte, das Schöne, das Hohe, das Tiefe, das, was ich nur noch aufzählen kann, weil es viel zu mühsam ist, etwas Spezielles dabei zu denken. Es ist so eng geworden hier drinnen, man könnte schreien, wenn man sich nicht so vor dem eigenen Echo fürchten würde.

Ich bin nackt und sitze auf dem Bett, ich bin nackt und sitze in der Küche, nackt sitze ich auf dem Affenfellsessel, auf dem Klo und in der Badewanne. Ich glaube, mein Nachbar ist gestorben. Oder hat beschlossen, nie wieder seine Wohnung zu verlassen. Bald werden wir alle so leben, hier oben im fünften Stock, im fünften Arrondissement, auf allen fünf Kontinenten. Wir bleiben auf unseren Zimmern, bestellen Pizza und Limonade. Wir bleiben im Zimmer und drücken auf einen Knopf. Es wird hell oder dunkel, je nachdem. Und dann erscheint das Leben auf dem Bildschirm. Es kann jederzeit abgerufen werden. Mein gesamtes Leben, alle Menschen, alle Orte und Zeiten, Genf und Kaltbrunn, meine Mutter, meine Schwester, mein Vater, Oma und Opa, Amir, Philippe, sogar Adrian dürfte auftreten. Bilder aus Wien. Auch das noch. Cut. Bilder aus Paris. Hatte ich die nicht gelöscht? Cut. Sie flimmern in der Hitze. Ich erkenne den Eingang zum Stiegenhaus in der Mondscheingasse. Das Bild wackelt. Ganz langsam öffnet sich die Tür. Der Film hat keinen Ton, nur eine Temperatur.

Es muss etwas geschehen. Ich weiß genau, dass etwas geschehen muss. Ich löse mich aus der Starre, drehe mich sehr langsam zur Seite. Muskeln und Knochen beginnen sich zu rühren, es knarzt und pfeift wie eine aus dem Takt geratene Mechanik. Es rattert, flattert, knattert, ein unbekannter Treibstoff rieselt durch meine schlaffen Knochen. Cut. Ich bin eine Maschine, ein transhumaner Roboter, mit exakt bemessener Langsamkeit für ein Leben bei 45 Grad Celsius. Noch bin ich nicht serienreif, nur die Betaversion meiner selbst.

Ich belausche meine Tiefenflüsterer. Sie kommandieren den Maschinenkörper, sagen, welche Muskeln und Sehnen er anspannen soll, um die beabsichtige Drehung zu vollführen. Es ist wichtig, dass ich ganz genau hinhöre. Die Tiefenflüsterer bedienen meine Schaltkreise, knipsen kleine blaue Bläschen an und wieder aus, bestimmen den Rhythmus, aahhhhhhhhhh – hhaaaaaaaaaa, aahhhhhhhhhh – hhaaaaaaaaaa, und wieder: aahhhhhhhhhh – hhaaaaaaaaaa.

Schon früher, als ich noch in Genf oder in Wien versuchte, ein normales Leben zu führen, eines, in dem Kaffee- und Waschmaschinen entkalkt, Autos betankt, Glühbirnen ausgewechselt, Kühlschränke enteist, Heizungen gewartet, Backöfen entrußt, Staubsaugersäcke entleert werden mussten, ein Leben, in dem ich mich wie krank fühlte, wenn eines der vielen Geräte ausfiel, vorübergehend streikte oder durch ein neues ersetzt werden musste. Dann fühlte ich mich körperlich geschwächt, hatte das lähmende Gefühl, die zum Antrieb der Maschinen benötigte Energie nicht aufbringen zu können. Zwar wurde die Stromrechnung pünktlich vom Konto abgebucht, dennoch hatte ich den Eindruck, dass das nicht genügte, dass etwas von mir selbst, etwas aus meinem Körper in die Geräte fließen musste, damit sie liefen, surrten und saugten und mich vergessen machten, dass ich selbst viel zu schwach für jene Verrichtungen war, die die Maschinen mir abnahmen.

    Heute ist die Kraft noch geringer, es reicht gerade noch zur Steuerung des eigenen Körpers, und auch das nur mit Unterstützung der Maschinenflüsterer. Sie geben die Befehle. Sie starten das Programm, lassen die Namen der benötigten Dinge aufscheinen. Die Namen der Dinge sind wichtiger als die Dinge selbst. Dort drüben das Glas. Der Wasserhahn, der Computer, die Steckdose, das Mailprogramm, die Liste mit den Adressen. Ich bin zu schwach für ganze Sätze.

Paris, Passages des Postes, August 2003

So richtig dramatisch wurde die Hitze erst Anfang August. In der ersten Zeit ging ich noch täglich nach draußen, meistens in den Abendstunden, manchmal auch schon vor Sonnenaufgang, lief – damals noch ohne Atemschutzmaske – stundenlang durch die Straßen, auch wenn sich dort bald nur noch Dinge ereigneten, die ich nicht begriff, weil die Geschehnisse der Stadt offenbar ohne Plan verliefen, jedenfalls ohne erkennbaren Plan. Jederzeit konnte irgendetwas geschehen, auch wenn meistens nichts geschah, außer dass Philippe und Dimiter nicht zu erreichen waren, während Frau Trinkl-Gahleitner fast täglich telefonisch nachfragte, welche Fortschritte mein Manuskript machte. Es war unmöglich, die ironische Pause zu überhören, mit der sie die Worte »Fort« und »Schritte« voneinander trennte.

Als ich das Haus verließ, bemerkte ich wieder den scharfen Geruch, der nun schon seit Tagen auf der Treppe und im Hauseingang lag. Wahrscheinlich waren es die Ratten, die die ausgetrockneten Abwasserkanäle verließen, um in den Häusern nach Nahrung zu suchen. Erst gestern im Hof wieder eine dieser unerklärlichen Szenen, die man jetzt öfter sah, wenn man aus dem Haus ging: Eine Bettlerin kämpfte mit einem Rudel Hunde um eine Tüte frischer Abfälle. Zwei Hunde schnüffeln zwischen ihren Beinen, während die anderen an ihr hochsprangen. Plötzlich schossen drei oder vier Ratten aus einem der Kellerfenster. Sie schlichen um die Hunde herum, näherten sich der Bettlerin, schnappten nach ihren Knöcheln, sprangen in die Höhe und versuchten, sie in die Hand zu beißen. Ich klatschte in die Hände, um die Viecher zu vertreiben, aber es nützte nichts. Als die Bettlerin aufgab, ging ich weiter. Ich hatte nichts, was ich ihr hätte geben können.

Das kleine Kino an der Ecke war schon seit den letzten Julitagen geschlossen. Häufige Stromausfälle seien der Grund dafür, stand auf einem handgeschriebenen Zettel an der Tür. Dass Ravo sich nur wegen des allgemeinen Energie- und Treibstoffmangels nicht mehr bei mir blicken ließ, hielt ich hingegen für unwahrscheinlich. Es musste noch andere Gründe geben. Andererseits, so fragte ich mich, als ich abends an den alten Plakaten vorbeikam, warum sollte er mich besuchen, solange sein Kino geschlossen war? Womöglich hatte er Paris längst verlassen und verbrachte seinen außerplanmäßigen Urlaub mit hübschen jungen Mädchen irgendwo an der Côte d'Azur. Man kennt das aus der Werbung: Lockige, braungebrannte oder dunkelhäutige Beachboys wie Ravo werden von blonden, dickbusigen Barbies mit Konsumgütern aller Art verführt, wobei ich mich als Zuschauerin immer frage, ob die dickbusigen Barbies und lockigen Beachboys sich gegenseitig genauso schnell verbrauchen wie sie die angebotenen Softdrinks, Abführmittel und Duschgels austrinken und in den Achselhöhlen verschmieren.

Ich blieb vor dem Kino stehen, blickte ins Fenster mit dem abgelaufenen Wochenprogramm, betrachtete den Wolfsschatten auf einem Filmplakat mit der Aufschrift »Kaos. Mal di Luna«, studierte den Faltenwurf des Vorhangs, der den Schaukasten vom Foyer abtrennte, prüfte, ob man vielleicht durch eine Lücke in den Kassenraum sehen konnte. Doch nichts rührte sich, der Vorhang blieb geschlossen. Ich lief weiter, die Rue Mouffetard hinauf, am Panthéon entlang immer weiter nach Norden, über die kleine Seine-Brücke, vorbei an Notre Dame und dem Centre Pompidou, vor dem ich stehenblieb, um die Fassade mit der durchsichtige Rolltreppe zu beobachten, die wie ein gigantischer Staubsaugerschlauch die vor dem Gebäude wartenden Menschenknäuel aufnahm und wieder ausschied, als wäre der Museumsbesuch eine Art kulturelle Tiefenreinigung, ging die Rue Montmartre hoch, stieg auf den Hügel von Sacré-Cœur und wieder hinab zum Flohmarkt an der Porte de Clingnancourt, wo nachts unter hellen Plastikplanen kleine Öllampen brennen, es gibt dort auch Lagerfeuer und Menschen, die mir grölend oder lachend, so genau ließ sich das nicht unterscheiden, ihre Schnapsflaschen hinhielten, bog rechts in eine Seitenstraße ein, lief wieder zurück in Richtung Friedhof, stand plötzlich vor friedlichen, stillen Mietshäusern mit friedlichen, stillen Vorgärten, dann wieder rechts hinunter zu den Nachtclubs und Touristenbars von Pigalle. Planloses Marschieren, stundenlang. Die unsichtbaren Grenzen, die bei solchen Wegen überschritten werden, trennen ganze Kontinente. Hier in Paris liegen sie so dicht beieinander, als wären die Weltmeere ausgetrocknet.

Ganz unvermittelt, beim Überqueren eines Platzes oder beim Einbiegen in eine Seitenstraße, gelangt man nach Ägypten oder Marokko, von dort aus nach Mali oder in den Senegal, Geräusche, Gebärden und Gerüche lassen keinen Zweifel. Doch kaum biegt man abermals um die Ecke, gerät man in die französische Provinz, in Straßen mit renovierten Häuserblocks und gekachelten Entrées, aus denen frühmorgens elegant gekleidete Damen mit Einkaufswagen und großen Taschen treten. Aus den Taschen hängen blaue und braune Säcke, manchmal auch Stofffetzen oder Gebilde, die wie Felle und Tierschwänze aussehen. Die Damen tragen luftige, lange Kleider, die als schlaffe Segel um den Körper herumhängen, sie bewegen sich langsam, rudern ihre großen Einkaufs-Dschunken mit teigigen Bewegungen über das Trottoir. Wenn sie einander überholen und dabei mit ihren Wagen zusammenstoßen, ertönt ein silbriges Klingeln und Kratzen.

Die Damen gehen nicht in die Richtung, aus der ich komme. Ich folge ihnen und gelange in eine Gegend mit Schmuckläden und Souvenirshops. Die Geschäfte sind noch geschlossen. Wahrscheinlich kaufen die Damen heute keinen Schmuck, sondern suchen stimmungsaufhellende Tabletten oder Filter zur Trinkwasseraufbereitung. Vielleicht aber bringen sie ihre Taschen und Tiere in die Reinigung oder lassen die Säcke flicken, damit der Reis oder Mais und die kleinen Teelichter nicht zu Boden fallen, wenn sie vom Einkaufen zurückkehren.

Lässt man die morgendlichen Einkäuferinnen rechts liegen und passiert eine weitere unsichtbare Grenze, erreicht man ein Viertel mit kleinen afrikanischen Bäckereien und Frisörsalons. Tag und Nacht unterscheiden sich hier nur geringfügig. Die Läden sind durchgehend geöffnet, denn es gibt Männer, die auch nachts klebriges Brot essen und anschließend rasiert werden müssen. Auf dem schmalen Trottoir vor einem muslimischen Fast-Food-Restaurant steht ein großer Grillschrank. An den Bratspießen der oberen Etagen drehen sich Hühner, im unteren Teil werden Köpfe von Ziegen gegrillt. Aus verkohlten Augen schielen die Ziegen auf den Spieß, mit dem ihnen das Maul gebraten wird. Ihre Haut ist ölig und verkrustet, stellenweise verbrannt, an den Schläfen und am Hals hat sich eine knusprige Schicht gebildet. Auf einen Spieß passen vier Ziegenköpfe. Ich überlege, wie viele Menschen hier wohl pro Tag oder pro Nacht einen gegrillten Ziegenkopf verspeisen. In meine Gedanken vertieft, wechsle ich die Straßenseite und bemerke zu spät, dass ich vom gegenüberliegenden Haus aus beobachtet werde. Es ist das Haus mit den Ziegenköpfen. Jemand schließt ruckartig das Fenster im ersten Stock. Ich sehe nur noch eine Hand. Sie ist stark behaart. Vielleicht geht der Ziegenmann jetzt hinunter in die Bar, um das Fleisch an seine Gäste zu verteilen. Doch es ist schwer vorstellbar, dass bei diesen

Temperaturen überhaupt noch jemand Fleisch isst. Aus jeder Hauseinfahrt, aus jedem Hinterhof drängen die seltsamsten Düfte auf die Straße. Manche dieser Düfte erinnern an die pestilenzartigen Ausdünstungen verwesender Tiere. Der Ziegenmann schabt das Fleisch von den Knochen und gibt es den Hunden, die vor der Einfahrt herumlungern.

Man überschreitet mehrere solche unsichtbaren Grenzen, wenn man aus den afrikanischen Gassen des Gouttes-d'Or-Viertels kommend über die Eisenbahnbrücke und dann geradeaus unter der Hochbahn bis zur Metrostation Stalingrad läuft und ganz plötzlich am Ufer des Seine-Kanals steht. Hier endet Afrika oder das, was die Pariser eine »sensible Zone« nennen. Die jüdischen Schulen jenseits der Grenze werden von Polizisten bewacht, an der Ecke gibt es neuerdings einen Bio-Laden. Auch er ist geschlossen, nicht nur nachts. Der Schulhof ist abgeriegelt. Schüler, Polizisten und Veganer sind momentan in den Ferien.

Ich kehre zurück auf den Boulevard Barbès mit seinem nächtlichen Treiben, seinen Menschen auf Bänken und Treppen, vor Hauseingängen und Kellerfenstern, schlafende Menschen neben Krücken und auf Rollstühlen, mit großen Plastiksäcken über dem Kopf und kleineren an den nackten Füßen, Menschen unter schmutzigen Decken, Menschen unter zerfledderten Kartons, Menschen im Staub neben überquellenden Müllsäcken, neben bunten Haufen von weggeworfenen Kleidern und halb geöffneten Koffern, dazwischen Essensreste, struppige Katzen mit abgebissenen Ohren, dann wieder herumliegende Menschen, große und kleine, viele sind nackt, ihre dunkle Haut ist bei der spärlichen Beleuchtung kaum von der Umgebung zu unterscheiden. Man sieht ihre Unterwäsche, ihre T-Shirts und Badelatschen, viele tragen nicht einmal das. Nur die Gesichter sind nicht zu sehen. Denn die Schlafenden stülpen sich nachts einen Karton über den Kopf oder bedecken das Gesicht mit einem

Kleidungsstück. Aus manchen Kartons ragt schwarzes oder graues, zu öligem Schaum zusammengepapptes Haar.

An der Ecke zur Rue Custine liegt ein Haufen heller Körper ohne Gesichtsbedeckung. Wer tagsüber genug trinkt, braucht nachts keinen Sichtschutz. Es gibt Beine, deren verkrustete Haut gelblich oder bräunlich schimmert, als hätte man sie mit Bier und Urin übergossen und in der Sonne entzündet. Weiterlaufen, nur nicht stehenbleiben, niemals anhalten! Aus den Hauswänden ragen Arme und Beine, zwischen den Pflastersteinen kleben Kaugummi und Blut, vielleicht wird es in der Hitze wieder flüssig. Das Gestaltlose, Unermessliche, der Urschleim der Stadt löst alles in sich auf. Es ist unmöglich, nicht davon überflutet zu werden.

Nur wer läuft, möglichst zügig und gerade, ein Ziel ansteuert oder eines simuliert, hat eine Chance, den Fluten zu entkommen. Wer anhält, ist verloren. Wer herumsteht, sich umschaut, die Blicke der anderen erwidert, wird augenblicklich in den Bann gezogen und absorbiert. Würde ich jetzt langsamer gehen, anhalten, die Männer, die mich ansprechen, aus geröteten Augen anstarren, müde und verschwitzt, doch immer noch geladen mit einer mir unerklärlichen Energie, würde ich diese Männer nicht länger ignorieren, sondern auf sie zugehen, vor ihnen stehenbleiben, sie betrachten, antworten, mich berühren lassen, statt schneller zu gehen, immer nur schneller, bis ich fast außer Atem gerate, mich tragen lassen von der Hitze und dem Wahnsinn der Nacht, mich dem Schmutz und der Gewalt ausliefern, die fremden Körper umfassen, würde sich am Ende, ganz am Ende, vielleicht erweisen, ja, das war durchaus möglich, nur Adrian hätte so etwas verstanden, vielleicht auch Solange, dass diese Gewalt und dieser Schmutz gar keine Macht über mich hatten, weil ich direkt in sie hineingeschwommen kam und mich widerstandslos davontragen ließ.
[Einspruch! Sie verherrlichen die Pariser Kloake als romantische Allflut! Bitte halten Sie sich an die Tatsachen. gez. trkl.-ga]

Als ich während dieser ersten großen Hitzetage frühmorgens durch die Straßen um Montmartre ging, um halb fünf, noch bevor die Müllabfuhr kam, sah ich ganze Horden von Gestalten, die flink und geräuschlos den Sperrmüll durchsuchten. Der Abfall der »Bobos«, der urbanen Schickeria, ist ein wichtiger wirtschaftlicher Faktor. Dimiter hatte mich bereits darauf hingewiesen: Ohne wildes Recyclen von Möbeln, Kleidungsstücken und Haushaltsgeräten sei die moderne Konsumgesellschaft gar nicht überlebensfähig. Hier, in den Straßen unterhalb von Montmartre konnte ich den wirtschaftlichen Faktor mit eigenen Augen studieren. Vor einem Altkleidercontainer stand eine kleine Gruppe von Passanten, die sich beim Näherkommen als Familie entpuppte: Vater, Mutter und zwei kleine, etwa vier- bis sechsjährige Kinder. Der Container war am oberen Rand mit einer Klappe verschlossen, die so gebaut war, dass man nicht hineinfassen konnte. Die Familie stand unschlüssig vor dem Container, offenbar wartete sie darauf, dass ich weiterging. Ich bog um die Ecke, ging dann aber ein paar Schritte zurück und beobachtete, was geschah. Im hellen Mondlicht war alles genau zu erkennen. Der Vater hob das kleinere der Kinder in die Höhe und schob es in den Klappenschlitz, als wäre es ein Brief, dabei hielt er es fest an den Beinen. Das Kind hing nun kopfüber im Container, suchte dort nach Kleidung und Schuhen und warf alles, was es zu fassen bekam, aufs Trottoir. Die Mutter und das ältere Kind sammelten die Sachen auf, sortierten und warfen den Rest auf einen Haufen neben dem Container.

Unterhalb von Montmartre beginnt Pigalle, das alte Rotlichtviertel. Auch hier ist frühmorgens alles still. Philippe hatte mir das Viertel vor zwanzig Jahren gezeigt. Beim Überqueren der Rue Frochot erinnerte ich mich an die alte Hure, die damals neben einem Hoteleingang gestanden hatte, als wir aus der Bar kamen. Sie war ungewöhnlich groß, grell geschminkt und auf fantastische Weise kostümiert. Aus ihren feuerroten Haaren wuchs eine Art Federbusch, und der aus Metallstreifen zusammengeschweißte Büstenhalter besaß an den Spitzen zwei Löcher, aus denen die nackten Brustwarzen hervorstachen. Als wir an ihr vorübergingen, bat sie Philippe um Feuer. Sie umfasste Philippes Hand mit dem Feuerzeug und bedankte sich mit einer heiseren Bassstimme. Die große Frau war in Wirklichkeit ein Indianerhäuptling.

Paris ist keine Frau. Paris war immer schon ein Mann. Wäre meine Kulturgeschichte des Wartens ein Buch über Paris, was meine Verlegerin aber nicht zulässt [allerdings! gez. trinkl-ga], dann könnte ich dafür jetzt die Fakten zusammentragen und all diese erbärmlichen Klischees über die Hure Babylon, die von Victor Hugo über Henry Miller, Ernest Hemingway und Paul Nizon bis heute über Paris kolportiert werden, mit einem energischen Wisch – tschack! – vom Tisch fegen: Die Stadt als weiblicher Körper, in dem der Flaneur, der stadtbekannte »promeneur solitaire«, wie Baudelaire seinen »Spleen de Paris« ursprünglich genannt hatte, sich mit geilen Blicken verirrt, die Stadt als Verlockung, die Stadt als erotischer Wahn. Dass ich nicht lache! In Wirklichkeit ist Paris männlich strukturiert, von Männern für Männer erbaut, der öffentliche Raum ist männlich, der weibliche bleibt privat. Das beginnt schon bei den Straßennamen, sie markieren einen männlichen Weg durch Paris, es genügt, sie nur aufzuzählen: Boulevard Haussman, Rue de Richelieu, Rue Bonaparte, Rue Lhomond, Rue Calvin. [Meine kleine Internetrecherche scheint Ihnen recht zu geben. Doch liegt auf Ihrem Weg zwischen Bonaparte und Lhomond nicht auch die Rue de Médicis mit dem von Maria von Medici erbauten Portal? – Ich weiß schon, warum ich Ihnen verboten habe, über Paris zu schreiben, Sie Schummlerin! gez. trinkl-ga] Es geht weiter über öffentliche Freizeiteinrichtungen wie Skateparks und Fussballstadien, die fast ausschließlich von Männern genutzt werden, und endet mit sexuellen Übergriffen, wenn die Hure Paris nicht so will wie der Flaneur, und es bei solchen Begegnungen nicht mehr ausreicht, einfach das Trottoir zu wechseln. Auch das ist eine Tatsache.

Ich kam an öffentlichen Gärten vorbei, atmete den Duft fauliger Erde, es roch nach Klebstoff und Pflanzenschutzmitteln, säuerlich, bitter und vergoren, schlenderte durch die schon geöffnete Parkanlage der Tuilerien, deren Bewässerung seit Kurzem rationiert war, vermutlich würden die Hecken dadurch aber kaum geschädigt, hieß es auf kleinen Informationszetteln am Eingang, überquerte den Ponts des Arts, auf dem an diesem Tag so viele Menschen übernachteten, dass man noch bei Sonnenaufgang über sie hinwegsteigen musste, lief die Rue Bonaparte hinunter, rüttelte an den geschlossenen Toren des Jardin du Luxembourg, in dem sich tagsüber ältere Herren und auch ein paar Damen langweilten. Vielleicht zählten sie die vergilbten Blätter an den Bäumen oder die Anzahl der Schnecken und Käfer, die tot auf den Kieswegen lagen. Was aber taten sie nachts? Konnten sie überhaupt noch schlafen? Die Lebenserwartung der französischen Bevölkerung liegt aktuell bei 79,12 Jahren, das wurde heute Morgen in den Nachrichten gemeldet. Frauen werden 83 Jahre alt, Männer 75. Man lebe hierzulande fast ein ganzes Jahr länger als in Deutschland und über zwei Jahre länger als in den USA. Dieser Vorsprung werde sich, so hieß es weiter, mit der täglichen Zunahme der Hitzeopfer in diesem Sommer aber höchstwahrscheinlich verringern. Anschließend brachten sie eine Kochsendung mit Tipps für eine ballaststoffreiche Ernährung.

Wien Mondscheingasse, Seminarien mit Philippe und Adrian

»Und den Tod schaffen wir ab.« Er hatte nichts Triumphierendes in der Stimme, als Philippe seine wie stets etwas langwierigen und umständlichen Ausführungen mit diesem Satz beendete. Wie immer hatte er alles sehr ruhig und sachlich dargelegt, erklärt und begründet. Mit der Digitalisierung sämtlicher Lebensbereiche seien schon bald alle Übel der Menschheit überwunden, das gelte mittelfristig auch für den Tod, der immer weiter hinausgezögert und schließlich ganz abgeschafft werden würde. Die Fortschritte der modernen Robotik und Informatik ließen daran schon heute gar keinen Zweifel mehr. Zunächst werde es immer mehr Schnittstellen zwischen Mensch und Maschine geben – er sagte tatsächlich »Schnittstellen«, was Adrian, der bis dahin schweigend zugehört hatte, zu der sarkastischen Frage veranlasste, wie blutig solche Schnitte denn sein würden und ob es angeraten wäre, sich wegen der Unsterblichkeit auch ins eigene Fleisch zu schneiden. Philippe überhörte die Frage und fuhr weiter in seinen Erklärungen zum Transhumanismus, ein Wort, das Adrian und ich noch nie gehört hatten, das Philippe bei seinem Besuch in Wien aber mehrmals wie beiläufig hatte fallen lassen, bis wir nachfragten und er zu einer seiner improvisierten Vorlesungen ansetzte.

»Der Mensch des 21. Jahrhunderts ist ein Cyborg. Kranke und alte Körperteile werden zunehmend aus dem Verkehr gezogen und durch leistungsstarke Apparate und

Programme ersetzt. Auch das Hirn lässt sich neu strukturieren und auffrischen, Gedächtnisteile kann man auslagern, auf externen Festplatten speichern, um Platz für zusätzliche Informationsverarbeitung zu schaffen. Chip-Implantate sorgen für ein schnelleres und leistungsfähigeres Denken, psychische Unebenheiten, Störungen wie Neurosen oder Emotionsschwankungen lassen sich durch digitalchemische Eingriffe ins Lot bringen. Und ist dann der Körper nach 120 oder 130 Jahren definitiv nicht mehr zu gebrauchen, auch nicht mit dem dritten Herzschrittmacher, dem zweiten Kunstherz, dem fünften Hüftgelenk, dem Komplettaustausch aller Verdauungsorgane einschließlich Leber und Nieren, dann bleibt immer noch das finale Uploading unseres Gehirninhalts in den virtuellen Cyberspace. Die Übertragung des kompletten menschlichen Bewusstseins auf einen digitalen Datenträger erlaubt dann natürlich auch seine Wiedergeburt in einem neuen, diesmal rein maschinellen Körper, einem Androiden.«

Beim Stichwort »Androide« war Adrian aufgesprungen, hatte das Fenster geöffnet und den Straßenlärm, den er ansonsten hasste und so weit es ging aus der Wohnung verbannte, ins Zimmer gelassen. Er könne sich diesen ganzen Blödsinn nicht länger ruhig anhören, stieß er hervor. Es gehe den Herren Informatikern und Robotologen ja in Wahrheit gar nicht darum, Roboter zu menschenähnlichen Wesen zu entwickeln, sondern umgekehrt: darum, dass wir Menschen uns wie Roboter verhalten und komplett berechenbar werden sollten.

Ich wusste, dass es jetzt ernst wurde, blieb aber mit Philippe am Tisch sitzen, während Adrian begann, die Wäsche zu sortieren, die in einem Korb im Flur gelegen hatte. Philippe reagierte nicht. So war das immer gewesen: Hatte er erst einmal mit einem Thema begonnen, war er durch nichts davon abzubringen, seine Gedanken zu Ende zu führen. Er redete mit der Unbeirrtheit eines Hochgeschwindigkeitszugs, der fahrplanmäßig Schienennetze und Tunnels durchraste. Adrians Unmut schien ihn nicht weiter zu berühren, und wo bei Philippe die Notbremse zu ziehen war, hatte ich nie herausgefunden.

Er fuhr also fort, sprach dabei weiter in dem für ihn typischen, gleichförmigen, nur stellenweise von Stockungen, wie winzigen Kurzschlüssen und plötzlichen Veränderungen der Lautstärke, unterbrochenen Redefluss, wechselte dabei vom Deutschen ins Französische, von dort ins Englische und wieder zurück ins Deutsche. Es gehe bei dieser Entwicklung zwar auch um Selbstoptimierung, vor allem aber um die Verbesserung unserer technischen und medizinischen Lebensbedingungen, um höheren Komfort und die Erfüllung uralter Menschheitsträume. Adrian hob den Kopf aus dem Wäschekorb und hielt zwei Socken gegen das Licht, um deren Zusammengehörigkeit zu überprüfen. »Mir wäre schon geholfen, wenn ein Roboter meine Wäsche sortieren und das langweilige Bügeln übernehmen könnte«, brummte er, ohne den Blick von den Socken zu wenden, »doch an solch revolutionäre Erfindungen denken diese Transen natürlich nicht. Statt dessen werden wir bei Eisenbahn- und Busfahrten in Zukunft nicht mehr nur durch lautes Telefonieren, sondern zusätzlich durch lautes Stöhnen gestört werden, weil die Reisenden die nutz- und lustlose Wartezeit im Zug dann nicht mehr nur mit Handygesprächen und bimmelnden Computerspielen optimieren, sondern zur Entspannung gerne auch ihre hochmodernen neuronalen Erotik-Chips einschalten, mit denen sie dann die Original-Orgasmen von Udo Jürgens und Hansi Hinterseer herunterladen und abspielen.« Adrian warf das Sockenpaar in den Korb zurück, offenbar passten die Dinger nicht zusammen. Er schaute grimmig auf seine leeren Hände, schien aber keine Antwort zu erwarten.

»In den kommenden Jahrzehnten entsteht eine neue Form von künstlichem Leben«, erklärte Philippe weiter.

»Und dieses neue Leben wird unsere irdische Biosphäre verlassen, sich im Sonnensystem ausbreiten und von dort aus die gesamte Milchstraße erobern.« Adrian starrte auf seine Hände und schwieg. »Es wird nur ein paar Millionen Jahre dauern, und der Kosmos wird besiedelt sein von Sendern und Empfängern, das heißt von einer posthumanen Roboterzivilisation, wie wir sie uns heute gar nicht vorstellen können, auch nicht in den abenteuerlichsten Science-Fiction-Romanen. Die Zukunft ist die neue Transzendenz«, erklärte Philippe mit einer ausladenden Handbewegung, die vermutlich einen Einwand vom Tisch wischen sollte, den wir aber noch gar nicht gemacht hatten.

»Und was ist mit der Liebe?«, fragte ich, »werden diese Roboter auch Gefühle haben?« »Nur sterbliche Menschen kennen und brauchen so etwas wie Liebe, weil das Teil eines biochemischen Prozesses ist«, antwortete Philippe, »Liebe ist eine Art Entzündung der Nerven, ein Trick der Natur. Intelligente Programme kopieren sich selbst, unendlich oft, und sind daher unsterblich. Deswegen brauchen sie auch keine Liebe zur Fortpflanzung und zum Selbsterhalt. Liebe und Tod sind biologisch-organisch, menschlich, wenn du so willst. Der Transhumanismus überwindet beides.« Adrian schaute auf. Er nahm, ohne den Blick von Philippe zu wenden, ein kariertes Küchentuch aus dem Korb und legte es sich auf den Kopf. Er sah aus wie ein PLO-Kämpfer aus den Siebziger Jahren.

»Eine solche posthumane Zivilisation ist aber doch nur denkbar, solange es Strom gibt, oder?«, fragte ich weiter. Philippe schaute mich mitleidig an. Das Universum sei angefüllt mit Energie, antwortete er, selbstprogrammierende Systeme wären natürlich auch in energetischer Hinsicht autonom, das sei mit den heutigen, noch von Menschen gebauten Maschinen überhaupt nicht zu vergleichen. Doch der Mensch werde sowieso bald schon die Kontrolle über seine Maschinen verlieren. Das Zeitalter des Menschen gehe nun mal zu Ende, daran sollten wir uns langsam gewöhnen. Ganz ohne humanistische Gefühlsduselei. Denn diese Zukunft werde ja nicht nur von Computerfreaks aus dem Silicon Valley prophezeit, sondern auch von kritischen Köpfen wie Foucault und Sloterdijk. Denn warum sollten wir Menschen mehr wert sein als die Spinnen an der Wand oder ein hochkomplexer Ameisenstaat im Wald? Das Gleiche gelte für nichtbiologisches Leben. Das Wichtigste sei nun mal die Evolution. Die stehe über allem, als übergeordnetes Prinzip sozusagen, daran sei gar nicht zu rütteln. »Der Fortschritt ist nicht mehr zu bremsen. Wozu auch? Wenn die überlegenen Intelligenzen kommen, müssen wir eben gehen. Das kann schon in fünfzig Jahren der Fall sein und muss gar nicht unbedingt den sofortigen Tod der gesamten Menschheit bedeuten. Die Überlebenden könnten zum Beispiel in einer Art Menschenreservat gehalten werden, würden dort versorgt, bis auch sie ganz allmählich und völlig friedlich aussterben und damit Platz machen für eine höher entwickelte Spezies. Das gewaltige, ozeanische Gefühl der All-Verbundenheit, der Zusammengehörigkeit mit dem großen Ganzen, das sogar in die ich-fixierte Psychoanalyse Einlass gefunden hat, betrifft ja nicht nur die biologische Welt, sondern das gesamte Universum. Und wenn demnächst diese große transhumanistische Welle anrollt, dann wird der Mensch eben verschwinden, ganz natürlich, wie Wellen, die am Meeresufer ein Gesicht im Sand auslöschen.«

Plötzlich hatte ich das Gefühl, dass Philippe versuchte, Adrian aus der Reserve zu locken. Adrian liebte große Worte. Stundenlang redete er über Liebe, Schuld und Tod. Wenn er angetrunken war, sogar über Gott. Auch »human« war so ein Wort, mit dem er gern seine Sätze polsterte. Es verwies aufs echte, pralle Leben und klang doch irgendwie gebildet. Manchmal sagte er Sätze wie: »Unsere Trauer kommt aus dem Herzen der Erde.« Oder: »Das Leben schert sich nicht um die Liebe.« Doch er meinte damit etwas anderes als Philippes postbiologische Evolution.

Philippe wusste von unseren Problemen, ich hatte ihm von Adrians Wutausbrüchen erzählt und ihn gewarnt. Er hatte mir nicht geglaubt, vermutlich, weil er heftige Gefühlsbekundungen für eine Erfindung der Literatur oder eine Übertreibung hysterischer Frauen hielt, so wie er überhaupt die Existenz einer menschlichen Seele für mehr als unwahrscheinlich erachtete. Gedanken und Gefühle seien nichts als hochkomplexe Bewegungen von Materie. Damals in Paris waren wir uns darüber sogar fast einig gewesen, auch wenn ich zu bedenken gegeben hatte, dass man in den Augen von Menschen und Tieren doch gewisse Bewegungen erkennen konnte, die auf das Vorhandensein einer lebendigen psychischen Kraft hindeuteten. Doch Philippe hielt wenig von weiblicher Intuition, er las auch lieber Mangas als Romane. Die starren Augen und Gesten der Comic-Figuren störten ihn nicht, es machte für ihn offenbar keinen Unterschied, ob Augen als romantische Seelenfenster oder einfach nur als dicke schwarze Punkte dargestellt wurden.

Ich aber hatte schon als Kind, damals bei den Großeltern in Kaltbrunn, gesehen, wie das Glimmen im Auge unserer Katze erlosch, als sie vom Tierarzt die Todesspritze bekam. Oma hatte das Tier gehalten, ich hatte daneben gestanden und sein Fell gestreichelt. Die Haare hatten sich hart und borstig angefühlt, alles Weiche war aus dem kleinen Tierkörper verschwunden. Ich hatte das Fell dann losgelassen und mich neben Oma gesetzt. Unsere Lilli war schon betäubt, doch sie lag da, in Omas Armen, lebendig und mit geöffneten Augen. Und dann, bei der zweiten Spritze, sah ich ganz deutlich, was geschah. Ich erschrak zu Tode. Es war, als hätte jemand das Licht ausgeknipst. Lillis Augen wurden von einer Sekunde zur nächsten stumpf und leer. Seitdem wusste ich, dass dieses Glimmen etwas war, das nicht gebaut und berechnet werden konnte. Vielleicht war ich naiv, vielleicht würde es den Robotern einst nur so aus den Augen leuchten und blitzen wie Katzen und Kindern, und wenn man ihnen die Stromzufuhr kappte, würden ihre Augen zunächst zwar erlöschen wie die Augen sterbender Tiere, doch käme das Strahlen beim Wiederanschalten augenblicklich zurück. Womöglich wäre es sogar schön, als Cyborg oder als Roboter zu leben. Ja, das wäre denkbar. Wer konnte das heute schon wissen?

Philippe saß weiterhin am Tisch, ungerührt von Einwänden und Befürchtungen, auch kaum beeindruckt von Adrians theatralischem Kampf mit der Wäsche. »Apropos Aussterben«, sagte er, »schon heute gibt es ja gewisse Anzeichen dafür.« So sei es zum Beispiel kein Zufall, dass man neuerdings vom »Anthropozän« spräche, den Begriff habe kürzlich ein holländischer Meteorologe lanciert, seitdem werde er überall zitiert. »Doch es ist wie immer: Wenn alle beginnen, einen Begriff zu verwenden, dann ist die Sache meistens schon überholt. Das erdgeschichtliche Anthropozän geht zu Ende, wir kommen jetzt ins Maschinozän. Die biologische Evolution ist abgeschlossen, das Menschenzeitalter vorbei. Norbert Wiener hat schon vor vierzig Jahren gesagt, die Kontroverse zwischen Mechanismus und Vitalismus gehöre in die Rumpelkammer schlecht gestellter Fragen. Das Leben geht jenseits der Biologie weiter.«

Während Philippe uns mit ruhiger, fast monotoner Stimme erklärte, warum diese Entwicklung zwangsläufig und ganz natürlich sei, sich ausmalte, wie faszinierend es sein würde, posthumane Denkweisen kennenzulernen, kniete Adrian stumm neben dem Wäschekorb, zog und zerrte Unterhosen und Büstenhalter aus dem Kleiderhaufen, faltete sie nervös zusammen und legte alles auf zwei getrennte Stapel. Vermutlich ging er davon aus, dass ich schon bald wieder abreisen und meine Wäsche direkt im Koffer verstauen würde. Plötzlich stand er auf und kam zurück an den Tisch. Philippe hatte soeben den Begriff der »Singularität« erklärt und begonnen, uns darüber zu informieren, wie leicht und wie schnell so ein transhumaner Upload auch einen Zielcomputer auf dem Mars erreichen würde. Adrian stand nun direkt neben Philippe. Sein Gesicht hatte einen bedrohlichen Ausdruck angenommen. In jeder Hand hielt er einen Büstenhalter. Es sah aus, als wollte er Philippe damit erwürgen. Er baute sich vor ihm auf und ließ die Träger vor Philippes Augen hin und her wippen. Ich griff danach und wollte Adrian die Wäsche aus der Hand reißen, doch er war schneller, schnippte mit dem Gummizug und ließ den Verschlusshaken an Philippes Brillengläsern abprallen. Philippe blieb sitzen, sah mich prüfend an, lehnte sich dann zurück und schien gespannt auf den weiteren Verlauf der Szene.

»Und was sagen die Außerirdischen dazu, wenn sie dann von diesen Plastiktypen erobert werden?«, schrie Adrian, drehte sich um und schleuderte meine Büstenhalter zurück in den Korb. Er blieb mitten im Raum stehen und wartete auf eine Antwort. »An der Kommunikation mit außerirdischer Intelligenz wird schon länger gearbeitet«, entgegnete Philippe etwas lauter als zuvor. »Das betrifft die Menschheit ja heute schon. Bereits vor Jahrzehnten haben Kybernetiker und Astrophysiker versucht, eine mathematische Sprache zur Verständigung mit außerirdischen Intelligenzen zu entwickeln, eine Sprache, mit der sie einem völlig fremden Wesen erklären konnten, was der Mensch sei. Damals war dieses Wesen allerdings noch kein Außerirdischer, sondern ein Computer. Mehrere Generationen von KI-Wissenschaftlern haben an dieser Frage gearbeitet: Alan Turing, Frank Drake, Marvin Minsky und viele andere. Sie haben versucht, unser Weltwissen zu formalisieren, alles Menschliche zu berechnen und in elektromagnetische Signale und Algorithmen zu übersetzten, alles, auch unsere Emotionen. Und was Computer begreifen, sollte auch für Außerirdische verständlich sein, sofern sie denkende Wesen mit mathematischem Bewusstsein sind oder wenigstens gut genug rechnen können. Je besser die Rechenleistung, desto überflüssiger das Denken. Wer unbegrenzt rechnen kann, braucht keine übergeordneten Abstraktionen, keine Theorien und Gesetze. Wenn wir alles und jedes durchrechnen, jeden Einzelfall berücksichtigen können, weil die Rechenkapazität unendlich groß ist, brauchen wir keine Modelle, keine Simplifizierungen mehr. Die neuen Quantencomputer werden in Bruchteilen von Sekunden unvorstellbare Datenmengen durchrechnen können. Im letzten Winter gab es in ›Nature‹ einen Artikel, der darüber berichtete, dass es gelungen sei, den Quantenalgorithmus von David Deutsch im Experiment zu realisieren. Das ist der Durchbruch! Ihr werdet sehen, in zwanzig oder dreißig Jahren ist es soweit. Deutsch erklärt das Leben rein physikalisch und vertritt einen strengen deterministischen Standpunkt. Alles, was passieren kann, passiert auch irgendwann. Das gilt natürlich nur für geschlossene Systeme wie unser Universum.« [Verstehen Sie das? Wenn unser Universum ein geschlossenes System ist, wo bitteschön, ist dann das Offene? Wo das Mögliche? Die ganze moderne Technik ist doch irgendwie unmenschlich, finden Sie nicht auch? Das ist vielleicht was für Fetischisten und wahnsinnige Mathematiker wie Gödel oder Grothendieck! So hießen die doch, oder? Und natürlich für Roboter. Doch nicht für gebildete Frauen wie Sie und ich! Sollen die Tageszeitungen meinetwegen vor diesen Götzen in die Knie gehen und ihre Feuilletonseiten mit unverständlichen Buchstabenfolgen vollkritzeln, wie vor drei Jahren die FAZ mit der angeblichen Entschlüsselung des menschlichen Erbguts. Ja, meinetwegen, sollen sie! Und sich einbilden, den Gral in den Händen zu halten. Doch Entziffern ist nicht Begreifen, Lesen nicht dasselbe wie Verstehen. – Liebe Frau von Manteuffel, eine »Kulturgeschichte des Wartens« sollte sich mit der Verlangsamung und nicht mit der Beschleunigung der Welt beschäftigen. Diese transhumanistischen Spekulationen sind doch Hirngespinste! Oder schreiben Sie neuerdings so etwas wie Wissenschaftssatire? Denn wer, bitteschön, soll diese Horror-Sciencefiction lesen? Quantengesteuerte Leseroboter in den Archiven der Zukunft? Wenn die Menschheit ausgestorben ist und die posthumanen Kreaturen anfangen, sich für ihre Vorgeschichte zu interessieren? Hat nicht Stanislaw Lem schon vor vierzig Jahren diesen ganzen Kram ausphantasiert? Müssen wir uns jetzt wirklich ernsthaft mit solchen Spinnereien beschäftigen? Ich finde: Nein! gez. trkl-ga]

Adrian war drei Schritte zurückgegangen. Er lehnte an der Wand mit zusammengekniffenen Lippen und wie es schien: sprungbereit. Seine Hände zitterten. Ich versuchte irgendwie dazwischenzugehen, Philippes Thesen zu widersprechen. Wenn alles berechnet und formalisiert werden könne, dann sei das ja wohl auch das Ende von Freiheit und Kunst, brachte ich vor. Ich dachte dabei an das Unerklärliche und Überraschende, das Sprunghafte und Verrückte, das ich brauche, um einen Film oder ein Buch, ja wahrscheinlich sogar, um einen Menschen zu lieben. »Die Kunst ist unregelmäßig, genau wie das Leben«, sagte ich, obwohl ich genau wusste, dass auch das nur zur Hälfte stimmte. Doch es half, jedenfalls für einen Moment. Ich spürte deutlich, wie Adrian sich augenblicklich entspannte. Er war nun über den Punkt hinaus, an dem er noch einfach den Raum hätte verlassen und Philippes Erklärungen ignorieren können, wie er es meistens tat, wenn irgendetwas ihn störte oder provozierte. Ich wusste, dass er zuschlagen oder – mit Blick auf die in verschiedenen Weißtönen übertünchte Tapete – etwas an die Wand werfen würde, wenn jetzt nichts geschah. »Genau!«, rief Adrian und sah mich an, »Kultur und Technik sind nicht dasselbe wie Natur. Der Natur sind wir unterworfen, der Technik nicht, hier können wir uns wehren, selbst entscheiden.«

Philippe blickte ihn an und lächelte. Sein Lächeln war nicht höhnisch gemeint, das wusste ich, doch ich wusste auch, dass es Adrian so erscheinen würde. »Ja natürlich können wir uns wehren«, sagte Philippe, »das müssen wir auch, zum Beispiel, wenn die Leute wegen der Roboter ihre Jobs verlieren. Dann muss man halt alternative Einkommensmöglichkeiten schaffen, die Menschen sollen ja nicht verhungern. Das wäre keine saubere Lösung.« Ich holte eine Flasche Rotwein aus dem Regal, die Philippe mitgebracht hatte. Als ich an Adrian vorbeikam, berührte ich kurz seine Hand. Sie war schweißnass. Er schien meine Geste gar nicht zu bemerken. »Aber dieser Gegensatz von Natur und Kultur ist doch ein uralter Hut«, fuhr Philippe fort, »auch Kultur ist ursprünglich Materie, also Natur, und sonst nichts.«

»Sind das nicht alles Wortklaubereien?«, entgegnete ich und reichte Adrian ein gefülltes Glas. »Immer wenn eine neue Ideologie durchgesetzt werden soll, behaupten ihre Befürworter, die Sache sei ganz natürlich.« Adrian prostete mir zu. Ich stellte mich neben ihn. »Und was ihr Philosophen so alles untersucht, ist doch eh' bloß ein Schmarrn!«, ergänzte er und ging wieder einen Schritt auf Philippe zu. »Gab es nicht sogar eine Zeit, da habt ihr euch die Köpfe über das Geschlecht der Engel zerbrochen und Jahrhunderte lang herumgestritten?« Philippe lachte. Adrians Idee von der Philosophie sei wohl nicht so ganz auf dem neuesten Stand. Die Sache mit dem Geschlecht der Engel sei übrigens inzwischen geklärt, meinte er, man habe sie im 17. Jahrhundert ganz einfach kastriert, damit sie schöner singen. Da ihn niemand bediente, schenkte er sich seinen Wein selbst ein, hob das Glas zur Nase, schwenkte es ein wenig zur Seite, sog das Aroma tief ein und trank einen kräftigen Schluck, wie ich es früher bei ihm so nie gesehen hatte.

»Aha, der Connaisseur!«, rief Adrian spöttisch, ob Philippe, um auf Nummer sicher zu gehen, seinen Wein nicht lieber von einem Roboter verkösten beziehungsweise, wie nennt ihr das in Paris?, degoustinieren lassen wolle, »degou-

degoustieren oder so, immer natürlich mit hocherhobener Nase?« Philippe reagierte nicht und schenkte sich ein zweites Glas ein. Er würde jetzt gern wieder zum Thema zurückkommen, sagte er ohne aufzublicken, die Sache mit den Engeln sei ja wohl nicht mehr akut.

Als ich Adrian vor ein paar Wochen den Besuch meines alten Pariser Philosophielehrers ankündigte, hatte er nur kurz den Kopf aus der Zeitung gehoben und gesagt, ich solle dafür sorgen, dass der Kerl sich anständig benehme. »Man weiß ja nie bei diesen Franzosen. Südländer haben oft so ein aufbrausendes Temperament. Besonders, wenn sie einem Rivalen gegenüberstehen. In Österreich haben sie sich früher wenigstens gepflegt duelliert. In Versailles dagegen herrschten andere Manieren. Sie lächeln dich an, doch kaum drehst du dich um, stoßen sie dir mit Eleganz den Dolch in den Rücken!« Ich hatte lachen müssen und Adrian erklärt, dass Philippe sich und seine Gefühle stets im Griff habe, ja dass das Problem bei ihm eher umgekehrt sei, dass man nämlich nie wisse, was und ob überhaupt er etwas empfinde. Adrian reagierte erstaunt. Ich solle Philippe nicht so idealisieren, meinte er, es sei auf jeden Fall sicherer, die Küchenmesser vor Philippes Ankunft aus der Kredenz zu nehmen und im Schlafzimmer zu verstecken. Da käme mein abgelegter Lover ja wohl nicht hin, oder?

Natürlich hatte ich Angst vor diesem Treffen gehabt, Angst, dass Philippe Adrian ungebildet und unbeherrscht finden würde und den Verdacht hegen könnte, ich sei Adrian hörig, ein Wort, das Philippe wahrscheinlich sogar auf Deutsch kannte. Angst aber auch davor, dass Adrian sich über meinen angeblichen Vaterkomplex lustig machen würde, dass er Philippe alt und arrogant und mich naiv finden würde. Doch noch quälender als die Vorstellung, beide könnten mich nach diesem Treffen verachten, war die Phantasie, die ich manchmal vor dem Einschlafen hatte, wenn ich daran dachte, dass ich womöglich die Krankheit meiner Mutter geerbt haben könnte, früh sterben würde, und dass zu meiner Beerdigung alle Männer kommen würden, die ich in meinem Leben geliebt hatte. Sie würden sich an meinem Grab begegnen, sich feindlich anstarren und taxieren und darüber ganz ihre Trauer um mich vergessen. Es war also besser, wenn sie sich vorher schon kannten. Das galt besonders für Philippe und Adrian.

Eigentlich hatte ich gehofft, ihre Gemeinsamkeiten, der versteckte Katholizismus und die Liebe zu mir, würden sie schon irgendwie zusammenbringen. Beide waren ja katholische Atheisten. Adrian hatte seinen Glauben von der Religion in die Dichtung übertragen, Philippe dagegen hielt rationales Denken für absolut und unhintergehbar. Dass seine jüdischen Vorfahren konvertiert waren, hielt er für einen tragischen Irrtum der Familiengeschichte. »Natürlich können wir nicht alles bis zu Ende denken«, sagte er, »doch wir können uns Gedanken darüber machen, wie weit unser Denken geht und unter welchen Bedingungen es am besten funktioniert. Die Wahrheit liegt in der richtigen Methode.« Das klang pragmatisch, war im Grunde aber religiös. Beide hätten die eigene Religiosität jedoch geleugnet, dem anderen hingegen unterstellt, eine lächerliche Frömmigkeit, ja Glaubensinbrunst an den Tag zu legen und in die eigene, vermeintlich a-religiöse Ideologie zu projizieren. Philippe hielt, mit seiner hochentwickelten Mischung aus Asperger und großbürgerlichem Selbstbewusstsein, Adrian für einen grobschlächtigen Schimpansen, einen reimenden Affen und bäurischen Sturkopf, der alles ignorierte, was sein zurückgebliebenes Hirn als ungewöhnlich aussortierte. Für Adrian dagegen, der seine Herkunft aus einem kleinen steirischen Dorf wie ein klassenkämpferisches Protestplakat vor sich hertrug, mit dem er jedem Schnösel und präpotenten Deppen, der ihm irgendwie blöd kommen tät, den Schädel eingeschlagen hätte, war

Philippe die Ausgeburt an urbaner Arroganz, ich hingegen das Opfer meiner Eitelkeit und meines ungebremsten gesellschaftlichen Ehrgeizes.

Nun hatte ich, die ungläubige Protestantin, also zwei verfeindete Katholiken am Tisch. Zwei, die sich provozierten und stritten, womöglich in der nächsten Sekunde mit Büstenhaltern und Küchenmessern aufeinander losgingen. Adrian und Philippe waren, so wurde mir schlagartig klar, die moderne Inkarnation dessen, was Historiker den habsburgisch-französischen Gegensatz nennen. Damals ging es um die Vorherrschaft in Europa. Hier und heute in der Mondscheingasse, im siebenten Bezirk, kurz nach der Jahrtausendwende, ging es um etwas völlig anderes. Hätte ich damals schon verstanden, wie die Geschichte Europas mit meiner eigenen Geschichte zusammenhing, wäre ich wahrscheinlich früher aus Wien abgereist.

»Ach wirklich?«, fiel Adrian Philippe ins Wort. Er schrie fast und sprang dabei in die Luft. »Du meinst also wirklich, die Sache mit den Engeln sei nicht mehr ›akkkuuut‹?« Er spukte, ja kotzte Philippe das Wort vor die Füße, peitschte das »K« wie einen Gewehrschuss durch den Raum und ließ das »U« als bösen, zähen Schleim aus dem Mund sickern. Philippe schaute ihn angewidert an. Ich wusste, dass auch er jetzt an seine Grenzen stieß. »Ich werde euch zeigen, wie akut die Sache mit den Engeln ist! Mit den Engeln und mit den Menschen«, brüllte Adrian und lief zum Fenster. Er zog die schon halb geöffneten Fensterflügel weiter auf, kletterte auf den Heizkörper und stellte sich aufs Fensterbrett. Mit den Händen hielt er sich am Balken des Oberlichts fest, doch ich sah deutlich, dass er schwankte: »Ich zeige euch, wie das mit dem Upload in die Cloud funktioniert, ihr Deppen. Wie man menschliches Gammelfleisch entsorgt und in fallende Engel verwandelt.« Er steckte den Kopf nach draußen und stellte seinen rechten Fuß auf das kleine Eisengitter vor der Fensterbrüstung.

Philippe war sofort aufgesprungen und ans Fenster gelaufen. Ich blieb sitzen. Ich konnte mich nicht rühren, nicht nur, weil ich dachte, dass ein Sturz aus dem ersten Stock kaum tödlich enden würde und dass ich Adrians ewiges Theater einfach satt hatte, es waren vor allem die uralten Bilder aus meiner Kindheit, die sich zwischen mich und das Fenster schoben. Ich saß wieder im Gitterbett, vor dem geöffneten Fenster unseres Kinderzimmers im Sentier du Promeneur Solitaire, sah meinen Teddy am Boden liegen, sah die wehenden Vorhänge, den leeren Himmel, hörte noch das schalkhafte Lachen meiner Schwester und dann den Schrei unserer Mutter.

Philippe packte Adrian an den Oberschenkeln. Er hatte nicht die Kraft, ihn wieder ins Zimmer zu ziehen. Adrian war größer und schwerer als Philippe, auch zehn Jahre jünger. Doch gelang es, ihn zu stabilisieren und am Springen zu hindern.

Ich weiß nicht, ob Adrian tatsächlich gesprungen wäre. Seine Reaktion ließ eher darauf schließen, dass er sich einfach nur Luft verschaffen wollte oder mich und Philippe auf die Probe stellte. Denn er beruhigte sich schnell, verstummte, stand schließlich einfach nur da, auf dem Fensterbrett, beschienen von der untergehenden, schon leicht verhangenen Sonne, die ihre letzten Strahlen über die gegenüberliegenden Dächer in die Gasse schickte. Beide Männer schienen auf eine Reaktion des anderen zu warten. Vielleicht erwarteten sie auch von mir, dass ich eingriff und die Lage entspannte. Doch mir fiel nichts ein, mein Kopf war leer, der Körper wie ausgebrannt. Auch die Bilder aus der Kindheit waren verschwunden. Ich blieb sitzen, während Philippe und Adrian wie festgezaubert am Fenster standen. Im Gegenlicht der Sonne bildeten ihre Schatten eine Art Skulptur, klassische Krieger sahen so aus, wenn der Bildhauer ihre Bewegungen still stehen ließ und diesen einen, einzigartigen Moment aus der Zeit heraus und in den Raum holte.

Wie lange sie da gestanden haben, kann ich heute nicht mehr sagen. Wahrscheinlich war es weniger lang als in meiner Erinnerung. Ich weiß nur noch, wie plötzlich und überraschend sich die Szene auflöste. Adrian fing nämlich an zu lachen, zuerst zögernd und forciert, doch dann immer lauter, fast schrill, sodass auch einige Passanten auf ihn aufmerksam wurden und unter dem Fenster stehenblieben. »Brauchen Sie Hilfe?«, rief ein Mann aus einer Wohnung auf der gegenüberliegenden Straßenseite. Ich eilte ans Fenster und beruhigte die Nachbarschaft. Es sei alles in Ordnung, rief ich hinunter, es seien nur die Proben für einen Sketch. Die Betriebsfeier finde schon übermorgen statt. Man möge uns bitte entschuldigen. »Pack!«, rief der Mann von gegenüber und schloss geräuschvoll sein Fenster.

Adrian stieg von der Fensterbank zurück ins Zimmer, sah mich trotzig an und blieb dann vor Philippe stehen. Er schaute ihn lange an, Philippe hielt seinem Blick stand. Dann reichte Adrian ihm die Hand. Philippe schien überrascht, schlug aber, ohne etwas zu sagen, ein und zog Adrian mit einer leisen Bewegung zurück an den Tisch. Adrian ließ es geschehen. »Keiner weiß doch, wie's zuletzt kommen wird«, sagte er und kippte den Rest der Flasche in sein Glas, »ich jedenfalls bleibe Mensch. Alles andere wäre mir viel zu langweilig, als Engel oder als Roboter müsste ich ja brav sein.« Philippe lachte. Es klang erleichtert, aber auch ein wenig spöttisch. Wahrscheinlich stellte er sich vor, wie Adrian als geflügelter Affe von Ast zu Ast schwingend sich Reime auf Mensch, Tier und Gott machte, ohne zu bemerken, dass er dabei von einer Roboterkamera gefilmt und überwacht wurde. »Et Merde pour finir!«, rief Philippe, »Égalité, Fraternité, Scheiß auf die Liberté«, rief er und stieß sein Glas an das von Adrian. »Schluss mit der ständigen Ausdifferenzierung, dem ganzen individuellen Kleinkram, dieser blödsinnigen Authentizität. Wir sind doch jetzt schon alle gleich, Brüder und Schwestern, ach, was sage ich: Göttliche Klone sind wir, Menschmaschinen, friedlich und kalt wie die Engel. Der Mensch sei des Menschen Kopie, wir tragen genetische Uniformen und haben uns alle lieb, Schluss mit den Unterschieden, den Blutsgruppen und Nationen, zurück in die Ursuppe, marsch-marsch!« Jetzt lachte auch Adrian und brüllte: »Genau! Übrig bleibt doch nur der biologische Dreck. Oder, in zehn Millionen Jahren, blaue Riesenspinnen und Fledermäuse mit zehn Metern Spannweite.« Die beiden schwenkten ihre Gläser, lärmten und lachten wie früher die Könige vor oder nach großen Kriegen. Ich stand auf und kümmerte mich um den Abwasch.

An diesem Abend gingen wir spät zu Bett. Philippe übernachtete in einer Pension gleich um die Ecke. Adrian war betrunken und völlig aufgekratzt. Er benahm sich, als hätte er einen Feind in die Flucht geschlagen, lief nackt durch die Wohnung, lächelte mich an, schüttelte sogar mein Kopfkissen, nachdem er bemerkt hatte, wie zerwühlt unsere Betten noch waren. »Dein Polster zieht ja wieder eine schaurige Grimasse, Herzerl«, rief er ins Badezimmer hinein. »Das Ding hat jetzt lang genug auf dich gewartet!« Er lag bereits im Bett, als ich zu ihm in die Kammer kam. Das Zimmer roch nach Weichspüler und Schuhcreme. Dazwischen nur schwach der Duft der gelben Lilien, die Adrian, kaum dass Philippe sie mitgebracht und überreicht hatte, noch im Papier auf den Balkon neben der Schlafkammer abgestellt hatte.

Adrian verschlang mich mit heißem Atem, drang, sobald ich zu ihm unter die Decke geschlüpft war, in mich ein, triumphierte in meinem Körper, bis seine Lust sich auch in mir ausbreitete. »Dieser Roboter-Hampelmann mit seinem Zwergen-Zumpferl!«, flüsterte er, während er von hinten meine Brüste umfasste, »bei dem sind doch echt ein paar Schrauben locker.« Mir kamen schlagartig die Bilder von Retortenembryos und gigantischen Brutkästen in den Sinn. Womöglich war die sexuelle Fortpflanzung ja tatsächlich nur ein Übergangsstadium der Evolution, das schon bald durch neue und effizientere Verfahren ersetzt werden würde. Ich erinnerte mich auch an Meldungen über die abnehmende Fruchtbarkeit mitteleuropäischer Spermien und wusste zu meinem eigenen Erstaunen in diesem Augenblick nicht, ob ich das bedauern oder begrüßen sollte, denn mir wurde schlagartig klar, dass ich niemals ein Kind von Adrian bekommen würde.

Die Freude über seinen Sieg dauerte nur wenige Stunden. Schon am nächsten Morgen schloss Adrian sich in das leerstehende Zimmer ein, das er noch für seine beiden Söhne einrichten wollte, sobald sie ihn wieder besuchen durften. Auch zum geplanten Abendessen mit Philippe erschien er nicht. Am folgenden Tag kam er von der Arbeit nicht nach Hause und blieb telefonisch unerreichbar. Schließlich beschloss ich, gemeinsam mit Philippe abzureisen.

Paris, Passage des Postes, September 2003

Seit Tagen erwache ich morgens mit Erinnerungen, die es nicht gibt. Ich verstehe nicht, wie sie in meinen Kopf geraten sind. Es sind keine Träume, Träume fühlen sich anders an, die liegen im Gehirn in einem anderen Fach. Ein Traum zerfließt beim Aufwachen oder zerfällt in Einzelteile, eine Erinnerung nicht, im Gegenteil, sie wird nach dem Erwachen noch genauer. Will ich einen Traum festhalten, weil ich vielleicht den romantischen Verdacht hege, er enthalte eine verschlüsselte Botschaft, oder weil ich es einfach nur schön und unterhaltsam finde, wenn die Gedanken gar lustig und frei im Kopf umherspringen, wie unbändige Kinder auf einem Trampolin, hoch hinauf und plumps auf den Popo, dann stehe ich im Dunkeln auf, taste mich ohne ein Wort, ohne neue Gedanken, hinüber zum Schreibtisch, suche dort ein möglichst unbeschriebenes Blatt und notiere, so schnell ich kann, alles, was noch da ist. Denn jede Sekunde ist kostbar. Mit jeder Sekunde verflüchtigt sich der Zauber, verfliegt und wirft mich zurück auf den Boden des Bewusstseins. Nicht so die Erinnerung. Sie blüht beim Erwachen ganz plötzlich auf, streckt und dehnt sich, aus einer winzigen Hirnknospe wird in Sekunden ein fertiger Gedanke, der sich sofort auf die Suche nach Verbündeten macht, sich rasend schnell ausbreitet und verdichtet. Und bald schon gleite, nein: surfe! ich auf einem ganzen Erinnerungsteppich in den neuen Tag hinein. Alles bleibt präsent, stabil, jederzeit abrufbar. Habe ich nur Bruchstücke, so lassen sich die fehlenden Teile meistens leicht rekonstruieren und aus anderen, entlegeneren Ecken des Gedächtnisses nach vorn holen. Manchmal bedarf es dazu einer kleinen Anstrengung oder einer Pause. Namen gehen schnell verloren, Gesichter so gut wie nie. Manchmal verschwinden auch Orte, Gegenstände, Zusammenhänge und Begründungen. Doch ich weiß: Es war da und ist noch da, und kann jederzeit wiedergefunden werden, sobald ich nur den richtigen Weg im Kopf einschlage und die passenden Türen öffne.

Genau dieses Gefühl habe ich, wenn ich jetzt am Morgen aufwache. Ich erinnere mich, nackt durch eine fremde Stadt gelaufen zu sein. Es war nach einer Krankheit oder während einer Behandlung. Bin ich nicht einmal bestrahlt worden? Doch wann war das? Und wo? Ich erinnere mich nur zu gut an das Gefühl der Gelöstheit, an die Selbstverständlichkeit, mit der ich zwischen den Häusern und Menschen nackt umherlief. Es wäre beim Hinausgehen ja auch viel zu umständlich gewesen, erst noch die passenden Kleider herauszusuchen. Die Passanten würden sich an meinen Anblick schon noch gewöhnen. Was ich sonst noch dachte, als ich nackt durch die Stadt lief, habe ich vergessen. Auch das Ziel habe ich vergessen. Doch es war kein Traum. Ich weiß, dass es wirklich geschehen ist, denn es liegt im Fach der Erinnerungen und fühlt sich an wie eine Erinnerung, lückenhaft, doch völlig real.

Oder gestern. Da erinnerte ich mich beim Aufwachen an einen Wald und einen Weg durchs Gebirge. Einen Weg, bei dem man auf einen hohen Felsen klettern musste, um von dort auf den Höhenweg und das Plateau zu gelangen. Der Aufstieg war gefährlich gewesen, und ich hatte stets darauf geachtet, keine Kinder bei mir zu haben. – Welche Kinder? Wo waren da Kinder? Ich konnte mich nicht erinnern, einmal Kinder gehabt zu haben. Es gab hier keine Kinder, jedenfalls hatte ich schon sehr lange keine mehr gesehen. Doch die Sorge um die Kinder war Teil einer realen Erinnerung. Ich sehe die Landschaft ganz deutlich vor mir, erinnere mich auch an all die Pläne und Überlegungen, wie man am besten durch den sumpfigen Teil des Waldes und das hohe Gras in den dunkleren Teil gelangte, dass es zwei verschiedene Wege gegeben hatte, von denen der eine kürzer, der andere schöner war.

Auch das war kein Traum gewesen. Sonst hätte ich das alles heute ja längst vergessen. Es gab dazu keine Aufzeichnungen, die brauche ich nicht, ich weiß ja noch alles. Ich kann mich zu jedem beliebigen Zeitpunkt des Tages aufs Bett oder auf den Sessel setzen, mich mit oder ohne Kaffee ans Fenster stellen, auf die Straße und die gegenüberliegenden Dächer schauen und diese Erinnerungen ohne Verzögerung, ganz nach Belieben, abspulen. Mein Gefühl und die Bilder sind klar und präzise. Ich bin in dieser Stadt und in diesem Wald gewesen, daran besteht kein Zweifel. Diese Orte sind ähnlich präsent wie die Straßen von Genf und von Wien oder wie die Ufer des Bodensees. Nur habe ich vergessen, wo und wann es war und wie ich dorthin geraten bin. Vielleicht sind es Erinnerungen aus der Zukunft. Ja, das wäre möglich.

Es klingt wie das dumpfe Gurren der Stadttauben, deren Lärmen nachts durch den Kamin dringt. Ich kenne ihr staubiges Gefieder, ich weiß, wie stumpf ihre Augen sind. Ich habe den Sessel mit dem zerschlissenen Affenfell vor die Öffnung gestellt, um die Lautstärke zu dämpfen. Doch das Geräusch ist weiterhin zu hören. Es ist mein eigener Atem. Ich atme flach, ohne Pausen, gleichförmig und mit flatternden Lippen, eine Art Zirkularatmung, als würde man heißes Glas blasen oder ein Didgeridoo spielen und dabei seltsame Tierlaute nachahmen: das Gurren der Tauben, das heisere Seufzen der Sumpfeulen, das Rascheln der Mäuse, das Zischen brennender Insekten, das Schnattern und Keckern afrikanischer Meerkatzen. Wenn die Hitze am späten Nachmittag unerträglich wird, geht die flache Kreisatmung in ein leises Schnarren, zuletzt in eine Art bewusstlose Kiemenatmung über. Erst wenn mich der Schlaf überfällt, atme ich wieder leicht und unverkrampft.

Vor drei Tagen begann auch der Kühlschrank zu schnaufen, zuerst leise und unregelmäßig, dann immer lauter, zuletzt mischte sich in sein aufgeregtes Brummen eine Art Klirren oder Ticken. Es klang böse und bedrohlich. Diese Veränderungen ereigneten sich über Stunden, ich registrierte jeden Atemzug, jedes Röcheln und Japsen. Dann war plötzlich alles still. Seitdem steht er hilflos und stumm im Raum. Es geht ihm wie mir, dachte ich zuerst, er ist betrunken vor Hitze, erschöpft. Wahrscheinlich gibt er sich Mühe, versucht nach wie vor, regelmäßig anzuspringen, den Kompressor rechtzeitig abzuschalten, nicht zu hyperventilieren. Doch die Tücke des Objekts ist keine Erfindung, es gibt sie tatsächlich. Diese Objekt-Bosheit, die vor hundertdreißig Jahren von linkshegelianischen Pantheisten als Mythos in die Welt gesetzt wurde, um die Entäußerung des unendlichen Geistes zu illustrieren – unser freundlicher Genfer Dominikaner hatte diese Tücke in seiner Vorlesung über Idealismus und Materialismus als Anzeichen einer philosophischen Verwilderung gedeutet – diesen Mythos erlebe ich als alltägliche Realität, noch dazu am eigenen Leib. Übellaunig, vielleicht auch nur resigniert, verweigert der Kühlschrank seinen Dienst. Ich habe, durch geduldiges Abstauben, sorgfältiges Wegwischen der ausgelaufenen Kühlflüssigkeit, Ein- und Ausstöpseln des Steckers, versucht, ihn wieder in Gang zu setzen – vergebens.

Es gibt mittlerweile noch andere Fälle. Auch das Telefon liegt störrisch, ja feindselig in der Ecke. Seine Arglist geht inzwischen so weit, mich durch plötzliches Knacken aus dem Bett zu holen, um dann, sobald ich den Hörer abnehme, nur wieder stumm und unerbittlich zu schweigen. Noch lasse ich solche Streiche widerspruchslos geschehen, obwohl vor allem auch der Computer ein heimtückisches Verhalten an den Tag legt, das mich schon mehrfach daran denken ließ, ihn unter der kalten Dusche abzustrafen. Wenngleich er kaum noch Verbindungen ins Internet zustande bringt, belästigt er mich nachts gleichwohl durch widerliche Ausdünstungen. Meistens schiebe ich ihn dann hinüber in die andere Betthälfte oder lasse ihn auf den Fußboden gleiten, manchmal stehe ich auch auf und lege ich ihn auf den Affenfellsessel. Der scharfe Geruch lässt anschließend zwar nach, doch ich kann mir einfach nicht vorstellen, dass alle diese Vorgänge rein zufällig geschehen. Die unheimliche Gewalt, die von den vermeintlich leblosen Dingen ausgeht, ist nicht mehr zu übersehen: Tag für Tag quält mich die Kaffeemaschine mit ihrer unerschütterlichen Ignoranz, immer wieder lässt sie mich ihre Überlegenheit spüren, ihre Gleichgültigkeit und kalte Verachtung. Wenn sie, um mich zu provozieren, die Schnappatmung eines Sterbenden imitiert, höre ich durch das Röcheln ihr hämisches Kichern, es klingt wie der Ruf eines geistesgestörten Vogels: chchchrrr ihih chchchrrr ihih.

Doch die Tiere sind längst schon aus den Häusern verschwunden, die weißen Kotflecken im Kamin verblasst, die Hunde im Treppenhaus kaum noch zu hören. Auch die schwarzblaue Spinne, die wochenlang in allen Winkeln der Wohnung ihre Netze spannte, hat sich offenbar aus dem Staub gemacht. Jedenfalls habe ich sie seit Tagen nicht gesehen. Nur der tote Affe ist noch da und umklammert die Eisenstäbe des Kaminsessels mit seinem dünnen, schwarzen Fell. Ich stelle mir seine schwarzen Augen vor und die Stille seines kleinen, schwarzen Herzens.

Mein Nachbar ist zurückgekommen und poltert nachts auf der Treppe herum. Es ist jedenfalls sehr wahrscheinlich, dass es mein Nachbar ist. Manchmal schlägt er dabei an meine Tür. Ich kann niemanden um Hilfe bitten. Telefon und Internet sind meistens abgeschaltet. Auch Philippes Handy scheint nicht zu funktionieren. Dimiter hat offenbar die Nummer gewechselt. Seit Tagen versuche ich, einen der beiden zu erreichen. Die Wohnungstür von Solange bleibt verschlossen, obwohl ich täglich mindestens einmal hinuntergehe und daran lausche. Anzuklopfen traue ich mich nicht, ich will nicht stören, falls sie gerade Besuch von einem ihrer Lover hat. Ich rätsele darüber, warum mir niemand eine Botschaft unter der Tür durchschiebt. Das wäre diskreter und auch viel charmanter als das plumpe Klopfen und Klingeln, auf das ich stündlich gefasst bin.

Die Tücke des Objekts ist in Wirklichkeit eine Tücke des Subjekts. So jedenfalls kommt es mir vor, wenn ich darüber nachdenke und in mich hineinhorche. Es gibt ein Gedicht von Adrian, in dem er Gehirn auf Gestirn reimt. Das fällt mir jetzt wieder ein. Ich weiß selbst nicht, warum. Vielleicht weil draußen noch immer die Sternschnuppen vorbeiziehen. Sie kamen in diesem Jahr verspätet und gehen offenbar gar nicht mehr weg. Die Folge: Gestirnerschütterungen, Gestirnschläge allenthalben. Natürlich auch Gestirnhautentzündungen wegen Gestirnwäsche, will sagen: wegen stirnrissigen Gehirnleuchtens durch eingespielte Traumsequenzen, gestirngeschädigte Trugbilder, die sich wie Erinnerungen anfühlen, außerirdische Eingriffe in den Innenraum, Gestirngespinste. Vielleicht sind meine falschen Erinnerungen und der Widerstand der Maschinen nur der Anfang, nur die Vorboten einer nahenden Ankunft, genau wie die sirrenden Stimmen, die nachts an den Mauern emporsteigen. Adrian hätte sich etwas darauf oder dagegen gereimt. Mir fällt nichts dazu ein, nur der Wunsch mich aufzulösen, Hitze und Hingabe, Erschöpfung und die Lust überirdischer Vernetzung, Gestirnerweichung, am liebsten drahtlos.

Am Abend knackte das Telefon. Ich reagierte nicht, weil ich es für den üblichen Schabernack hielt. Doch dann klingelte es. Es klingelte tatsächlich. Ich sprang auf und rannte ins Wohnzimmer. Es war Silberwolf. Er habe auf dem Weg nach Paris einen schweren Unfall gehabt und sei nun im Krankenhaus. Eigentlich hätte er schon vorgestern bei mir sein wollen. Doch das Schicksal habe uns, beziehungsweise seinem Volvo 850, leider noch ein paar Steine in den Weg gelegt. Ob ich wissen wolle, wie es passiert sei? Er sei gemütlich auf der Autobahn gefahren, als zwei junge Raser an ihm vorbeipreschten. Offenbar lieferten sie sich ein Wettrennen. Er habe instinktiv gebremst, doch sei es schon zu spät gewesen, einer der beiden habe rechts überholt, dabei die Kontrolle über seinen Wagen verloren und ihn seitlich gerammt. »Es war grauenhaft, Marusja! Ich dachte, das sei jetzt das Ende. Der Volvo wurde beim Aufprall an die Leitplanke geschleudert, drehte sich mehrmals um sich selbst. Und dann passierte das Wunder: Mit einem fürchterlicher Knall öffneten sich alle vier Airbags. Das war meine Rettung. Es ist unglaublich, das Ganze kann nur wenige Millisekunden gedauert haben!« Er sei nahezu unversehrt aus seinem Auto geklettert, es habe ein wenig verbrannt gerochen, das Fahrzeug habe auf der Seite gelegen, doch kein Feuer gefangen. Die Karosserie sei stark beschädigt, vermutlich Totalschaden. »Ich stand draußen, lehnte an der verbeulten Leitplanke. Durch die zersplitterten Scheiben sah ich die weißen Airbags, die schlaff über Steuerrad und Armaturenbrett hingen. Schlagartig wurde mir klar: Das sind die Flügel meines Schutzengels!« Die Polizei sei schon nach wenigen Minuten zur Stelle gewesen. Man habe ihn abtransportiert wie einen lädierten Crash-Dummy, dabei habe er außer einem Hämatom an der Stirn und einem winzigen Splitter am linken Auge keine Verletzungen erlitten. Er sei nun im Krankenhaus von Valenciennes, kurz hinter der belgischen Grenze, wisse noch nicht, ob die alte Lady repariert werden könne. Vielleicht bekomme er übermorgen einen Ersatzwagen. Doch es sei schwierig momentan. Im Großraum Paris sei das Benzin rationiert, deswegen stünden kaum noch Leihwagen zur Verfügung. Die meisten französischen Autovermietungen hätten zur Zeit geschlossen, womöglich müsse er das Ersatzfahrzeug aus Deutschland kommen lassen. Das würde etwas länger dauern. Ich solle bitte auf ihn warten und inbrünstig beten. Jetzt, da er seinem Schutzengel begegnet sei, wisse er, dass so etwas tatsächlich helfe. Er lachte, doch es klang verhaltener als bei dem Gespräch, das wir vor drei Wochen geführt hatten.

Ich wunderte mich. Diese harmlose Schutzengelgeschichte passte gar nicht zu ihm. Zwar kam er aus Köln und damit, genau wie Philippe und Adrian, aus einer katholischen Hochburg. Doch er war ein Werwolf, ein Magier, ein Spiritist und sadistischer Querkopf, kein frommer Kirchgänger, der an Engel und Heilige glaubte. Schon Adrians reichlich absurde Engelskunde, sein Raunen über himmlische Heerscharen ungeklärten Geschlechts, die gewissermaßen als Boten aus einem geisterhaften Zwischenreich zu uns stießen, um die Existenz einer anderen Welt zu bezeugen, hatte mich erstaunt, sogar extrem irritiert. Als Metapher waren sie mir geläufig, als religiöse Spukgestalten nicht.

Die Semiotik der Engel sei die Transgression des Leibes, lautete seine Theorie, eine Art umgekehrte Eucharistie. »Immer ist ein Schrecken mit im Spiel, wenn ein Engel erscheint«, hatte er auf einem unserer ersten Spaziergänge durch Wien behauptet, bei denen er mir Jugendstilfassaden, Denkmäler und klassizistische Gebäude zeigte und dabei erklärte, warum er Engel an Fassaden von Apotheken, Schulen, Museen und Theatern als geistige Verflachung, ja gefährliche Verharmlosung empfand. Allein der Engel auf dem Schutzengelbrunnen am Rilkeplatz fand Gnade vor seinem gestrengen Blick. Die innige Gebärde, mit der dieser das kleine Kind zu seiner

Linken in Obhut nahm, versöhnte Adrian mit der Banalität der Himmelsboten. »Wien ist voller Engel. An jeder Ecke schmeicheln und schmachten sie dich an. Was für ein groteskes Missverständnis! Fürchte dich nicht, sagt der Engel und meint doch das Gegenteil. Mir widerfährt dieser Schrecken, wenn ich ein Gedicht lese oder eine Landschaft betrachte. Manchmal tritt uns der Engel aus einem unbekannten Menschen entgegen, kommt plötzlich ins Sichtbare, und man weiß, dass man diese ganz und gar fremde Person unsagbar lieben könnte. Der Engel ist diese Macht, die uns hinterrücks wie ein unsichtbarer Schatten allzeit begleitet und in jedem Augenblick unverhofft ins Licht treten kann.« Das war der Moment gewesen, als ich begriff, dass ich Adrian liebte, auch wenn ich ihn nie verstehen würde.

Silberwolf schilderte noch die Bergungsaktion seines Volvo, betonte, wie lange die französischen Polizisten gebraucht hätten, bis endlich die Autobahn abgesperrt war, so etwas ginge in Deutschland doch erheblich schneller, beklagte die lieblos zusammengestellten Krankenhausmenüs und seine Schwierigkeiten mit dem Telefonieren. Es grenze wirklich an ein Wunder, dass er mich jetzt überhaupt erreicht habe, übrigens freue er sich darauf, mich schon bald ins beste Pariser Restaurant »zu entführen«, das Essen im Krankenhaus sei schlicht ungenießbar. Dann wurden wir unterbrochen. Es knackte mehrmals in der Leitung, sirrte und tutete. Danach war alles still. Ich wartete noch eine Weile neben dem Telefon, dann holte ich den Computer und öffnete meine Postfächer.

Die vorübergehende Aktivität der Telefonnetze hatte an diesem Abend auch den Empfang einiger E-Mails ermöglicht. Sie alle waren schon vor Tagen abgeschickt worden. Silberwolf hatte, offenbar noch vor seiner Abreise, Philotima und Sneewittchen geschrieben. Es waren nichtssagende kleine Flirtbotschaften, Warmhalteparolen an seine Reservistinnen, die mich davon überzeugten, das er Marusja nun eindeutig zur Lieblingsfrau erkoren hatte. Rita-Line erhielt den äußerst pragmatisch gehaltenen Heiratsantrag eines Duisburger Apothekers, Madame Bovary das zweideutige Angebot eines Optikers aus Rouen. Die Mail, in der der Apotheker vorrechnete, wie er als verheirateter Geschäftsmann zusätzlich Steuern sparen könne, enthielt fünf Orthographie- und einen Rechenfehler, die Mail aus Rouen – les appetits de la chair, ma chère – brach nach wenigen Zeilen mitten im Satz ab: Madame, voulez vous ... Beide Zuschriften wurden umgehend gelöscht, es hätte ohnehin keine Antwort darauf gegeben.

Anna Thema hatte eine Nachricht von Iblis erhalten, in der er ihr erklärte, wieso er sich vor seiner bevorstehenden Entlassung fürchtete, dass er nicht wisse, ob ein Besuch wirklich ratsam sei, selbst wenn sie, wie er hoffe, die Gefahrenzone inzwischen verlassen habe. Denn die Welle des Bösen käme ja nicht nur nach Paris, sie könne ihn ebenso gut bei ihr zuhause in Paderborn erfassen, vielleicht sogar in Bad Hersfeld, falls er sich entschlösse, ins Haus seiner Eltern zurückzukehren. Was da momentan auf Paris zurolle, habe nördliche und östliche Ausläufer, es sei unmöglich, sich ganz davor zu schützen. Seine Mail, abgesendet am 9.9.2003 um 6:13 Uhr, war mehr als eine Woche unterwegs gewesen. Falls er tatsächlich aus dem Gefängnis schrieb, dann war davon auszugehen, dass seine Botschaft nicht bloß im Stromnetz, sondern wahrscheinlich auch in der Zensur hängen geblieben war.

»Eben: Jetzt auch noch diese Hitze überall in Europa. Aber es gab (und gibt!) noch anderes, was mich in den letzten Monaten aus der Bahn geworfen hat. Mit privaten Details will ich dich, zarte und mächtige Anna, nicht langweilen. Nur dies: Immerhin bin ich auf dem besten Weg, mein (völlig unübersichtlich gewordenes!) Selbst aufzuräumen und vieles ins Reine zu bringen. Was mich diesen Sommer (und immer noch!) verunsichert hat, sind die Gespräche mit meinem Zellennachbarn, dem eleganten Kannibalen (ein wirklich feiner

Kerl!), mit dem ich sehr viel über unsere darkfantasies rede, aber auch über andere schwere Jungs wie beispielsweise den Würgengel von Riga, der im Februar verhaftet wurde. Und das Morden und Metzeln hört ja gar nicht mehr auf: Erst vor ein paar Wochen haben sie in Kolumbien einen Serienmörder geschnappt, der über zwanzig Kinder auf dem Gewissen hat.

Bei den Gesprächen mit dem Kannibalen wurde mir erst so richtig bewusst, was passiert, wenn die (angeblich!) eigene Sexualität aus den Fugen gerät. Denn allzu gut kann ich die Beweggründe für diese grässlichen Taten verstehen, wenn sicher auch niemals entschuldigen. Lange Zeit dachte ich, ich müsse zwingend meine Neigungen (mit allen Konsequenzen!) ausleben. Habe dann aber gemerkt, dass die Realität nicht immer so faszinierend ist wie die Phantasie. Vor allem will ich nichts machen gegen den Willen meines Gegenübers (mein wichtigster Grundsatz, auch als verurteilter Sexualstraftäter!). Mein Zellennachbar sieht das ganz genauso. Das macht uns vielleicht ein bisschen langweilig. Aber alles andere würde nicht zu mir passen.

Tönt jetzt etwas nach Dr. Jekill und Mr. Hyde (du kennst die Story?). Aber mach dir keine Sorgen: Ich habe meine Strafe abgesessen, bin geheilt, werde den Teufel tun, mich bei nächster Gelegenheit zurück in ein Monster zu verwandeln. So viel Zivilisationsgeschichte trage ich inzwischen in mir (der Knast ist eine Umerziehungsanstalt!). Doch es bleibt die unterdrückte Sexualität, die Vorstellung (oder der Irrglaube!), das Triebhafte, das danach leckt, freigelassen zu werden, könne, wenn es endlich zugelassen würde, alles wieder ins Lot bringen.

Mir haben viele Frauen ins Gefängnis geschrieben, es waren mütterliche Frauen darunter, die ihre Hilfe anboten, auch solche, die den Kontakt abbrachen, als sie erfuhren, dass ich bald frei komme. Seltsam waren diejenigen, die unbedingt wissen wollten, was ich getan habe, in allen Einzelheiten (als ob ich mich daran erinnern könnte!). Eine Frau aus Göttingen schrieb mir, mein Verbrechen garantiere ›eine gewisse Triebstärke‹ (unglaublich, diese Bestien!). Du als Theologin bist rein und unschuldig, verzeihst meine darkfantasies, auch ohne sie zu kennen.«

Die Mail endete mit der Frage, ob Anna bereit wäre, ihn eine Weile zu beherbergen. Er hätte momentan keine Bleibe, die Rückkehr ins Elternhaus sei keine gute Option. Falls sie noch in Paris sei, käme er in Gottes Namen auch dorthin, dann müsse er sich dem Bösen eben vor Ort stellen. Im Anhang befand sich ein Foto. Fester, leicht mokanter Blick, kantiges Kinn, ich fühlte, wie sich etwas in mir öffnete und nachgab. Auch diese Mail wurde gelöscht, denn ich ahnte, wie Anna Thema darauf antworten würde. Ihre Neugier war unersättlich, fast so groß wie meine Erschöpfung.

Die Sonne ist unter-, der Mond noch nicht aufgegangen, ich entzünde, um die knappe Stunde nach der Abenddämmerung zu überbrücken, einen der Kerzenstummel aus Philippes Küchenschrank, auch wenn es damit im Raum noch heißer wird. Doch das Licht ist mir wichtiger. Alles bleibt still. In der Hitze verdampfen die Dinge zu einem Konzentrat. Ich konzentriere mich, atme regelmäßig, sitze, schaue, denke nach. Es gibt das Fenster. Es ist geschlossen. Es gibt das Bett und den kleinen Beistelltisch. Er ist weiß lackiert, oben ein wenig abgeschabt. Es gibt den Vorhang, der zu schmal ist, um das Fenster zu verdecken. Es gibt den dünnen blauen Teppich, es gibt die Nachttischlampe und die Papierglocke an der Decke, es gibt meine Reisetasche unter dem Stuhl, es gibt Flecken an der Wand und einen Sprung in der Fensterscheibe. Es gibt den Schein der Kerze. Und es gibt mich. Es gibt so vieles in diesem Raum. Wir alle verdampfen.

**Notizen für:
Traktat über das Warten. Aus:
»Der Schneewittchenkomplex«.
Persönliches Vorwort
(verstreute Denk- und
Schmierzettel).**

Im Liegen erweitern wir unseren Erwartungshorizont. Wir liegen herum, in Betten, auf Wiesen und in Särgen, den Blick fest an Decke und Deckel, wenn's hoch kommt, auch ans Firmament geheftet, und harren der Dinge, der Dinge, die da kommen mögen und sollen. Wir erwarten, dass sie, wenn sie dann endlich kommen, auch ihre Geheimnisse preisgeben. Doch, so frage ich mich nahezu stündlich, ohne eine Antwort abzuwarten, vielleicht haben die Dinge gar kein Geheimnis mehr? Vielleicht sind alle Rätsel längst schon ausgedeutet und ausgerechnet, in konsumierbare Portionen abgefüllt und verbraucht? Verdaut von den Hängebäuchen der Weltgeschichte, die sich nur zu gern mit fatalistischen Partyhäppchen abspeisen lassen?

Man kann meditieren und dabei in sich gehen, man kann aber auch meditieren und sich langweilen, und man kann seinen Erwartungshorizont ausdehnen, immer weiter und weiter, vor allem tiefer und höher, bis die unbestimmte Sehnsucht sich zu einem Weltschmerz hochstapelt, der in allen Körperzellen tatendurstig blubbert und vibriert. Es soll Dichter geben, vornehmlich österreichische und schweizerische, die dagegen das Lob der Müdigkeit anstimmen, sich anstrengen, ihre leer geblubberte Blasiertheit mit so etwas wie »erfülltem Warten« auszustopfen, Männer, die Geduld predigen und das selbstverordnete Regime dann tapfer am eigenen Leib ausprobieren. Paul Nizon zum Beispiel. Marschiert bei seiner Ankunft in Paris wochenlang durch die Straßen. »Worauf wartete ich?«, fragt er sich. »Auf Inspiration? Die Erleuchtung?« Um das Warten zu »möblieren«, habe er sich in ein wildes Notieren geflüchtet, sich dabei aber in unkontrollierten »Kopfgewittern« verloren. Daraus entstand sein Werk. [Einspruch! Wann waren Sie denn zuletzt in den Straßen von Paris? Kann man sich mit Kopf und Beinen gleichzeitig bewegen? Im Gehen warten, gar meditieren und dichten? Mich dünkt das ein allzu körperbetontes Programm für einen Autor. Ein Schriftsteller sollte denken und dichten, nicht joggen und jumpen. Am besten in lärmgeschützten Dachkammern. Das beruhigt dann auch den Stil. Meinen Sie vielleicht, Proust hätte seine Schachtelsätze schreiben können, wenn er zehnmal pro Tag das Trottoir gewechselt hätte, statt in seinem Korkzimmer zu brüten? gez. trkl-ga]

Was für die Literatur gilt, gilt in noch größerem Maße für das Kino. Ravo zum Beispiel liebt und lobt die langsamen Bilder der Siebziger Jahre. Das sei Kino für Schildkröten gewesen, hatte er an jenem Abend erklärt, nachdem er Kasse und Projektor eingeschlossen hatte, und wir vor meiner Haustür standen. Für Schildkröten und für Menschen mit Zeit, Säulenheilige und Fakire, die geduldig auf die Evidenz des fotografischen Punktums warten konnten. Man habe damals bei der Montage gespart, jeder Schnitt musste von der Cutterin noch per Hand ausgeführt werden. Am schönsten waren die minutenlangen Travellings oder festen Einstellungen mit der Handkamera, eine Geduldsprobe für Kameramann und Zuschauer. Wunderbar asketisch! Denn, so hatte Ravo weiter erklärt, die Sucht nach Abwechslung führe direkt in die Langeweile. Wer den Leerlauf der Tage nicht erträgt, weil er süchtig nach immer neuen Reizen ist, wird die Dosis an Sensationen ständig erhöhen müssen. Der heutige Zuschauer verlange nach einem Gewitter an apokalyptischen Bildern, nach Weltenwende und Weltenbrand, in immer kürzeren Abständen und immer schnelleren Schnittfolgen. Gott und seine interstellare Filmindustrie lässt ihn gewähren, längst schon warten sie, gut gepolstert in ihren kosmischen Schlupflöchern, auf die Ruhe nach dem Weltuntergang, wenn die Menschheit mit ihrem Gezappel verschwunden sein wird und endlich das ganz große Kino beginnt.

Apokalyptische Prophezeiungen lassen sich besser verkraften, wenn man sich peu à peu an schlechte Nachrichten gewöhnt. Das wiederum braucht Zeit und eine gewisse Übung. Denn Überraschungen bedeuten zunächst einmal Stress für unser Hirn. Deswegen sind

Vorhersagen, insbesondere die pessimistischen, so gefragt. Das Hirn liegt da, wartet und rechnet sich aus, was als Nächstes kommt. Eine Art mathematischer Schlaf, in dem sich die statistischen Möglichkeiten ganz in Ruhe austräumen, bis zur dritten Stelle hinter dem Komma. Manchmal wird das Hirn aber trotzdem überrascht. Manchmal ist die Katastrophe trotz intensiven Apokalypse-Trainings schlimmer als befürchtet.****

Doch grundsätzlich gilt: Jede Prophezeiung erleichtert das Warten. Es gibt zutreffende und unzutreffende Prognosen. Das Wetter zum Beispiel ist schneller als seine Vorhersage. Wie oft saß ich in Genf oder in Wien neben dem Radio oder vor dem Fernseher, um mich über das Wetter zu informieren, während das dort angekündigte Schneegestöber schon längst die Stadt erreicht und in Tiefschlaf versetzt hatte. Erst beim Abschalten des Geräts bemerkte ich, was geschehen war. Dabei hätte ich den Schnee schon lange vorher hören und spüren können, wenn ich nur den Ton der Sendung rechtzeitig abgedreht hätte. Das Wetter ist genauso unberechenbar wie der Mensch. Doch auch darüber werde ich noch nachdenken müssen, bevor ich das Argument gegen Philippes Transhumanismus verwende.***** Solange kein Algorithmus das Wetter korrekt berechnet, bleibt auch die Vorstellung, man könne unsere Entscheidungen berechnen und vorhersagen, futuristisches Geschwätz. Prognosen sind statistische Spielereien, sie antizipieren

Möglichkeiten, nicht die Realität. In Wirklichkeit weiß nicht einmal unser eigenes Hirn, was wir morgen tun werden. So oder ähnlich werde ich das Philippe erklären, wenn wir uns das nächste Mal sehen. Schonungslos werde ich ihm meine Freiheit vorrechnen, solange, bis ihm vor Ratlosigkeit das staunende Gesicht ausläuft.

»Sinn«, werde ich sagen, »le sens, cher Philippe, ergibt sich erst aus der nachträglichen Perspektive. Was eine Vorhersage war und was nicht, entscheidet sich in der Zukunft.« Man kann den Propheten nur nach-sagen, dass sie wussten, was kommen würde. Ihr Glück ist, dass keiner Zeit hat, solange zu warten, bis die Sache nachträglich überprüft wurde. Bereits nach wenigen Stunden haben wir vergessen, wie falsch die Wettervorhersage war. Und schon wird von Neuem über morgen und übermorgen geredet und gerechnet. Dabei ist die Wahrscheinlichkeit, dass die Zukunft in die Gegenwart ragt, gering. Meistens ist es nämlich umgekehrt. Wer nicht warten kann, holt die Zukunft in die Vergangenheit. Als wäre das, was kommt, nur die Verlängerung unserer Erinnerung, ein Taschenspielertrick für Ungeduldige. Natürlich wiederholt Geschichte sich nicht. Nie hat es Ereignisse schon einmal gegeben. Aber solche Nicht-Zusammenhänge lassen sich nicht beweisen. Das würde selbst Philippe zugeben müssen. [Einspruch! So wie Sie momentan gestimmt sind, werte Frau v. Manteuffel, sollten wir Ihren Schneewittchenkomplex in Dornröschenkomplex umtaufen! Oder legen Sie Wert auf die Zwerge? Die Latenzzeit Ihrer Märchen strapaziert nicht nur die Geduld von Prinzen! Von einem seriösen kulturphilosophisch-psychohistorischen Sachbuch erwarte ich eine gewisse formale und gedankliche Stringenz. Wir publizieren bei Echion doch keine Aphorismen und Kalendersprüche für die Kaffeepause! Stellen Sie sich einmal vor, ich würde bei der Redaktion meines Newsletters oder beim Verfassen des Vorworts zum Herbstkatalog – jaja, das ist immer noch nicht fertig, nicht zuletzt wegen Ihnen! – meinen Gedankensprüngen freien Lauf lassen! Vielleicht sehen Sie das in der französischen Schweiz ja alles etwas lockerer, doch ich wurde dazu erzogen, mit meinen Gedanken zu haushalten, mein Privat-Denken sparsam einzusetzen, mich zurückzuhalten, keine intimen Befindlichkeiten preiszugeben, Regeln erst einmal zu lernen, bevor ich sie breche. Das gilt für Tischsitten genauso wie für die hohe Schule des Schreibens. Ich bin Geschäftsfrau mit Idealismus, gewiss. Doch Ihr Buch über das Warten macht mich zunehmend ungeduldig. Wir sollten uns eine Lösung überlegen. gez. trkl-ga]

[Im Französischen sind diese Zusammenhänge viel klarer, liebe Leonie. Schneewittchen ist dort Schneeweißchen, Blanche Neige. Und der weiße Schnee, der wie Federn vom Himmel fällt, la blanche neige qui tombe du ciel, tombe, tombe, was sowohl »fallen« wie auch »Grab« bedeutet, umweht Engel mit Schreibfedern genauso wie dumme Gänse in Duftdaunen. Für den Himmel ist alles gleich, hundert Jahre wie hundert Stunden. Und länger brauchen Sie gewiss nicht, um mein Manuskript zu lesen. gez. Charlotte]

Schon die christliche Heilsordnung erforderte eine präzise Zeitmessung, allein schon, um die Zuverlässigkeit der eschatolgischen Berechnungen zu gewährleisten. Wenn die Welt nämlich nicht, wie Jahrhunderte lang irrtümlich angenommen, an einem Sonntag, sondern erst, wie Beda Venerabilis, ein für seine fromme Zahlenmystik heilig gesprochener englischer Benediktiner, berechnet hatte, an einem Montag erschaffen wurde – es soll ein 18. März gewesen sein****** – worauf, um Himmels Willen, kann man sich dann überhaupt noch verlassen? Die Zeit darf nicht auch noch durcheinandergeraten! Klima und Weltordnung sind schon aufgewühlt genug! Wir wollen es jetzt genau wissen: Wie viele Jahrhunderte trennt die Gegenwart vom Jüngsten Gericht? Wie lange hat die Menschheit noch auszuharren? Was kommt danach? Das sind die Fragen, die uns hier in Paris, im Sommer 2003, beschäftigen!

Die Juden hatten das Weltende, analog zu den 23 Buchstaben des Alphabets, nach Ablauf eines Weltenalters von 2300 Jahren berechnet, das Ende der Zeit hätte also um das Jahr 1500 eintreten müssen. Wahrscheinlich hatte man das Ende damals auch bemerkt, dann aber einfach ungeniert und opportunistisch weitergewurstelt. Doch galt diese Rechnung auch für Christen? Schließlich war der Messias ja gekommen, die Uhren auf Null zu stellen! Was aber, wenn die alten Kabbalisten einem simplen Zahlendreher aufgesessen waren, und der Weltuntergang in Wirklichkeit schon für 2003 und nicht erst für 2300 vorgesehen war? Würden auch die Christen einfach so weiterwursteln können?

Im Kino haben wir längst alle Möglichkeiten durchgespielt: planetarer Kältetod, globaler Wärmetod, Wirbelstürme, Donner, Blitz und Hagel, Feuersbrünste, Tsunamis, Eiszeit, Magnetfeldumpolung, Dürrekatastrophen und nukleare Winter, Meteoriteneinschläge, außerirdische Invasionen und Schwarze Löcher – Gestirnhautentzündung nebst Sternschuppenbefall. Wir haben es immer schon gewusst, wir haben ein Leben lang darauf gewartet, aber nichts getan, nicht einmal einen überschwemmungs- und strahlensicheren Schutzraum gebaut. Jedenfalls nicht hier in Paris, und schon gar nicht im Mietshaus in der Passage des Postes. Apokalyptische Quadratmeterpreise verhindern hier jeden planvollen Umgang mit dem Weltuntergang.

Doch was ist mit prophetischen Träumen? Wäre das eine Lösung? Wachträume, die uns wachrütteln? Schlafforscher wissen von äußerst anstrengenden sogenannten »epischen« Träumen, unter denen besonders junge Frauen leiden, wenn die REM-Phase morgens zu lange dauert und die jungen Damen nicht aus dem Bett kommen. Man hat das getestet und gemessen: Wenn junge Frauen zu lange schlafen, dann kommt es im Schlaflabor zu epischen Verwicklungen. [Einspruch! Weg mit Dornröschen! gez. trkl-ga]

Ein Beispiel aus meinem Privat-Labor: Frühmorgendlicher Albtraum: Blick aus dem Sarg: Oh Schreck! Es naht nicht etwa der Prinz, sondern die Verlegerin in einer etwas zu knapp sitzenden, roten Lederhose und einem feschen, nicht ganz so roten Sportcabrio. Ich hoffe, sie versucht nicht wieder, mich zu küssen. In einem Märchen ist Platz für Zwerge und Prinzen, nicht aber für lesbische Verlegerinnen, schießt es mir durch den träumenden Kopf. Ich erwache schweißgebadet. [Mit Verlaub! Anspielungen auf meine Figur und Spekulationen über meine sexuellen Präferenzen gehören nicht in dieses Buch, Frau v. Manteuffel! Ich als Ihre Verlegerin kämpfe mit vollem Einsatz für meine Autorinnen und Autoren. Doch ich kann jetzt wirklich nicht mehr warten. Wenn Sie das von mir annotierte Manuskript nicht bis Anfang Oktober – in einer vollständig überarbeiteten Fassung! – zurückschicken, muss ich Ihr Buch entweder aus dem Herbstprogramm streichen oder das mir vorliegende Konvolut als fragmentarische Belletristik vermarkten. Den Titel müssten wir dann allerdings noch ändern: »Der Schneewittchenkomplex. Warten auf Prinzen und Zwerge« beziehungsweise umgekehrt. gez. trkl-ga]

Warten. Liegen. An die Decke starren. Einfach so vor sich hin atmen, an nichts Spezielles denken, warten, Löcher in die Luft starren oder besser: Luftlöcher auf sich wirken lassen. Die Augen schließen, den inneren Strom fließen lassen. Ticken und Röcheln wie der Kühlschrank, ... schweigen wie die Kaffeemaschine ....
....
....
....
....
....
....
....
Vor ein paar Monaten kam die Nachricht, das menschliche Genom sei nun vollständig entschlüsselt, der Code des Lebens geknackt,

die Bausteine der DNA komplett entziffert. Sie lauten, so war zu lesen, A und G und C und T. Nun wissen wir also, wie wir ticken. .... Ich schließe die Augen und lasse Strom und Buchstaben fließen .... TAA ACT GTG CGA CAC CTC ATT CGT ATC CTA GCG CTT CGT TAC ATC .... Um den Menschen zu verstehen, genüge es, so würde Philippe das erklären, AAA und BBB zusammenzählen – ein Menschheitstraum, aus dem Schneewittchen und Dornröschen samt Zwergen und Prinzen, Nachbarn und Verlegerinnen demnächst erwachen.

Paris, Passage des Postes, September, vielleicht schon Oktober 2003

Da oben, da leuchten die Sterne. Da unten nicht. Unten kocht der Dreck. Gestern fiel schon wieder in halb Europa der Strom aus. Plötzlich wurde alles noch leiser – eine böse, eine lauernde Stille, ein banges Verstummen und Atemanhalten der Stadt, das sogar das Sirren der Hitze vorübergehend dämpfte und betäubte. Der Erstickungsanfall dauerte eine gute Viertelstunde, dann sprangen nach und nach die Dieselmotoren an und alles kam wieder in Gang. Am frühen Abend ratterte und scheppte es schließlich im ganzen Haus, Fußböden und Fensterscheiben vibrierten, Nachbarn riefen sich unverständliche Dinge zu, es schien auch wieder Streit zu geben. Wahrscheinlich wird der Treibstoff für die Stromaggregate allmählich knapp, oder sie konnten sich auch gestern nicht darüber einigen, ob man die Bettler bei den täglich weiter steigenden Außentemperaturen ins Haus lassen soll oder nicht. Kaffeemaschine und Computer funktionierten für kurze Zeit. Selbst der Deckenventilator begann sich zu drehen, zerrührte die Luft zu zähflüssigem Schleim.

Hätte ich das Fenster geöffnet, wären die Geräusche aus den umliegenden Straßen ins Zimmer gedrungen. Die Geräusche und natürlich auch der Gestank. Im Hinterhof lägen zwei tote Hunde, die niemand wegschafft. Das hat Solange vor ein paar Tagen erzählt, als sie mir einen Teil ihrer Vorräte nach oben brachte: ein Kilo Reis, ein Schälchen mit blanchiertem Blumenkohl und zwei Gurkengläser aus der Steiermark. Niemand kümmere sich um die Hundekadaver, sogar die Ratten hätten aufgehört, an ihnen herumzunagen. Es sei eine Schande, dass jeder sich in sein Loch verkrieche, statt so etwas wie Nachbarschaftshilfe zu leisten, doch auch das sei leider typisch für Paris: »Einige treiben ihre Sozialphobie so weit, dass sie sich bald schon nicht mehr getrauen, morgens in den Spiegel zu schauen.« Solange verabschiedete sich rasch, ich kam nicht mehr dazu herauszufinden, ob sie auch von mir oder nur von den Einheimischen sprach.

Die Sterne haben aufgehört zu leuchten, der Dreck kocht weiter. Seit heute Morgen ist wieder alles still. Solange nennt diese Art von Stille »die Ruhe vor dem Sturm«. Doch ich kann mir gar nicht vorstellen, woher jetzt noch ein Sturm kommen soll. Die Stadt ist wie ausgestorben, viele Bewohner sind in den letzten Wochen geflüchtet, wohin, habe ich nicht gesehen, im Radio wurde nichts darüber gemeldet. Für mein Gehirn ist diese Stille schädlich. Wahrscheinlich ist mein Gehirn kein Einzelfall, wahrscheinlich hassen alle menschlichen Gehirne Monotonie und Leere. So ein Hirn will, dass etwas passiert. Am besten etwas Sensationelles, das es dann mit anderen sensationellen Ereignissen aus seinem Gedächtnis vergleichen kann. Es nimmt dafür auch Katastrophen in Kauf. Hauptsache, die Stille hört auf.

Natürlich kann man einfach nur dasitzen oder daliegen und in die Luft starren. Es schaut einem ja niemand dabei zu. Die erste halbe Stunde ist erträglich, danach wird es schwierig. Dann beginnt es an allen Stellen des Körpers zu zwicken und zu drücken. Man kann sich auch etwas ausdenken. Einen Plan zum Beispiel, oder eine Geschichte. Man kann sich, wenn man genug Zeit hat, sogar mehrere Pläne und mehrere Geschichten ausdenken. Und wenn man noch mehr Zeit hat, kann man sich Pläne ausdenken, die einander durchkreuzen. Das Lösen von Widersprüchen ist eine ganz besonders knifflige Herausforderung, an der das Hirn dann seine Freude hat und vergisst, wie sehr es sich in der Stille gelangweilt hat.

Da ist zum Beispiel diese Spinne. Sie ist wieder da. Ich habe keine Ahnung, wovon sie lebt. Ich treffe sie fast täglich im Badezimmer und war mehrmals in Versuchung, sie zu töten. Inzwischen bin ich mir aber sicher, dass sie wirklich mein Totemtier ist. So ein Spinnennetz ist eine hochexakte geometrische Figur, eine Art Kristall des Tierreichs. Gewiss gibt es eine Formel, mit der sich Struktur und Dichte der Netze berechnen lässt, vielleicht sogar die Elastizität der einzelnen Fäden. Ich kenne diese Formel nicht. Aber ich habe meine eigenen Pläne. Silberwolf hatte mir einen Link zu einer esoterischen Internetseite geschickt, auf der man sich über »Krafttiere« informieren und sich eines von ihnen aussuchen konnte. Für sich selbst habe er ja schon vor langer Zeit den Wolf auserkoren. Ich solle doch auch so ein Tier adoptieren, hatte er gesagt, es müsse ja nicht gleich die Schlange sein *grins*. Ein Reh passe wohl eher nicht zu mir, vielleicht käme die Meerkatze in Frage. Im Prinzip sei es mit den Totemtieren wie mit Haustieren, wenn man sie ins Tierheim bringe oder herrenlos lasse, und das hieß in meinem Fall ohne Frauchen, ein Wort, das er doppelt unterstrichen hatte, dann schrumpften sie, gingen ein und verloren ihre magische Kraft.

Ich musste nicht lange überlegen. Wenn das Spinnennetz groß genug war, würde sich wahrscheinlich sogar ein Wolf darin verfangen. »Krabbelt die Spinne als Krafttier lautlos in Ihr Leben, so macht sie auf schicksalhafte Verbindungen und dunkle Ecken der Seele aufmerksam. Sie steht aber auch für die Verbindung zu den Ahnen, Verstorbenen, Geistern und Wesen aus anderen Welten. Das Krafttier Spinne hilft Ihnen zu verstehen, dass es keinen Zufall gibt. Alles hat einen verborgenen Sinn. Mit dem Krafttier Spinne gelingt es Ihnen aber auch, sich aus unliebsamen Verstrickungen und Verbindungen zu lösen. In vielen Kulturen gilt die Spinne auch als

Todesbote, weil die Weibchen bei manchen Spinnenarten die Männchen nach dem Akt töten und fressen.« Mein Plan ist ein Zehn-Punkte-Programm. Leider habe ich bisher erst einen der zehn Punkte gefunden. Dieser erste Punkt heißt, das war leicht zu erraten gewesen, »Abwarten«. Eine Spinne muss warten können. Auf das Männchen und auf die fehlenden neun Punkte. Geduld ist ihre Stärke, jedenfalls solange Fenster und Türen geschlossen sind, Brände und Überschwemmungen ausbleiben. Sie ist genau wie ich. Wenn ich nicht immer auf etwas gewartet hätte, hätte ich das Leben gar nicht ausgehalten.

Wenn ich nachts nicht schlafen kann, stelle ich magische Berechnungen an. Zum Glück gibt es in der Wohnung noch Papier. Im Schrank lag ein ganzer Stoß mit Computerausdrucken irgendeines alten Manuskripts, das Philippe gewiss schon längst publiziert hat. Es geht darin um »Truth, Belief and Transworld Identity in Quine's ›Theory and Things‹«. So jedenfalls steht es in dem englischen Abstract, das er dem Aufsatz vorangestellt hat. Auf den Rückseiten berechne ich jetzt mein Leben. Ich habe die Wohnung genau ausgemessen, es sind exakt 42,5 Quadratmeter. Die teile ich durch meine Lebensjahre, das macht 1,06 Quadratmeter pro Jahr. Das ist mein Lebensraum. Dann suche ich den passenden Biorhythmus, zum Beispiel die Zahl elf. Alle elf Jahre passiert ein einschneidendes Ereignis, alle elf Jahre lerne ich einen Mann kennen. Das ist der große Prinzenrhythmus. In fünf Jahren ist es wieder so weit. Das letzte Prinzenereignis war 1997, da habe ich Adrian kennengelernt. Ich könnte aber auch den kleineren Siebener-, den Zwergenrhythmus wählen oder einen Fünfer-Rhythmus, denn es passiert – in regelmäßigen Abständen – doch so allerhand. Beim Fünfer-Rhythmus würde jetzt schon sehr bald etwas Neues, etwas ein- und abschneidend Neues, eine Art Wende eintreten. Immerhin wohne ich hier in Paris im fünften Stock eines Mietshauses im fünften Bezirk. Das würde also passen, auch wenn der Fünfer sich mit dem Elfer überschneidet.

Nun multipliziere ich die Fünf mit den Quadratmetern der Wohnung. Das Ergebnis (210) addiere ich zur aktuellen Außentemperatur (ca. 47 Grad Celsius, so genau kann ich sie nicht ablesen, weil die Quecksilbersäule die offizielle Skala schon vor Wochen verlassen hat). 257, das ist laut dem Heiligenkalender im Internet das Todesjahr der frühchristlichen Märtyrerinnen Rufina und Secunda. Ihr kirchlicher Gedenktag ist der 10. Juli. Das war der Tag, an dem mein wahnsinniger Nachbar Serge mich fast die Treppe hinuntergestürzt hätte. So schließt sich der Kreis. Ich muss nur noch herausfinden, wie Rufina und Secunda endeten. Es heißt, man habe sie enthauptet. Es kann aber auch der Scheiterhaufen oder ein gewaltsamer Sturz von der Engelsbrücke, also das Ertränken im Tiber, gewesen sein. Das spätantike Rom verfügte über eine ganze Bandbreite von Hinrichtungsmöglichkeiten.

Das Todesjahr der beiden Schwestern substrahiere ich vom absoluten Nullpunkt, das heißt von minus 273,15 Grad, denn irgendeinen verlässlichen Bezugspunkt muss das Ganze ja haben. Das wiederum ergibt eine Innentemperatur von minus 16,15 Grad, kühl genug, um das Gemüse einzufrieren, das Solange gebracht hat, statt es sofort zu essen oder verschimmeln zu lassen wie in der vergangenen Woche. Vielleicht könnte ich das Todesjahr auch durch den absoluten Nullpunkt dividieren. Das ergäbe dann minus 1,06, also das negative Gegenstück zu meinem Lebensraum-Quotienten. Solange man nicht mit Null multipliziert oder dividiert, kann nichts Schlimmes passieren. Die Multiplikation mit Null bringt alles zum Verschwinden, die Division führt in den Wahnsinn. Bei minus 16 Grad Innentemperatur und 47 Grad Außentemperatur blühen am Fenster Eisblumen. Die kann man zu den Spinnweben hinzuaddieren. Multiplizieren kann man sie nur, wenn man die Scheibe anhaucht.

Ich sollte alles noch einmal gründlich durchrechnen, auch das mit den Spinnennetzen und den Eiskristallen, vielleicht erkenne ich dann die Gesetzmäßigkeiten der Zukunft besser. – Plötzlich wird mir kalt. Jedenfalls fühlt es sich wie Kälte an, was da die Arme hochkriecht und den Magen von innen umspült. Ich hole Philippes Schlafsack und seine blaue Daunenjacke aus dem Schrank. Unter dem Schlafsack liegt eine Plastiktüte mit Kerzen, Präservativen, Rasierklingen und einer ausgetrockneten Zahnpastatube. Vermutlich liegt das Bündel dort schon seit Jahren. Ich bringe es ins Badezimmer. Die Prognosen können so nicht stimmen, bei minus 16 Grad verschimmeln keine frühchristlichen Märtyrerinnen, wenn man sie rechtzeitig in die Kühltruhe legt. Wahrscheinlich sollte ich bei meinen Berechnungen spezielle Konstellationen berücksichtigen, Sterne und Figuren, so wie Netraw und Chlebnikov das mit ihren Schicksalstafeln gemacht haben. Doch die Sterne leuchten ja nicht mehr. Es stinkt nur noch zum Himmel. Netraw hätte sich darauf einen Reim machen können, Chlebnikov nicht.

Vielleicht ist meine Dachstube so ein rätselhafter Tesserakt, eines dieser würfelartigen Raum-Zeit-Gebilde, von denen Philippe erzählt hat, dass ihre vier Dimensionen so lange aufeinanderstoßen, bis Wände und Gehirne in Schwingungen versetzt werden, von denen sie sich nie wieder erholen. Ich gieße kochendes Wasser in die halbvolle Badewanne, schlüpfe in die blaue Daunenjacke, rücke den Affenfellsessel ans Fenster und schaue in den glasigen Himmel. Die Scheiben sind verschmiert, ich müsste das Fenster öffnen, um sie zu putzen. Ich sitze da und warte. Plötzlich wird es wieder heiß. Ich bin viel zu jung für Hitzewallungen, es muss andere Gründe für den schnellen Temperaturanstieg geben. Ich stehe auf, hänge die Jacke an den Haken über der Badewanne, kontrolliere den Wasserhahn – es tropft langsam, aber durchsichtig und lauwarm – verlasse das Bad, öffne die Küchentür ... und bin wieder im Badezimmer. Die Jacke hängt nicht mehr am Haken. Sie schwimmt jetzt im Wasser.

Wir sind Monaden, ohne Kontakt zur Außenwelt. Das war früher einer von Philippes Lieblingsgedanken. Die klassische Monadenlehre müsse in der Antike entstanden sein, hatte er seinen Studenten erzählt, in einer belagerten Stadt wie Troja oder Tyros, lange bevor Leibniz die Seele durch den mathematischen Punkt ersetzte. Denn nur in einer belagerten Stadt könne man auf die utopische Idee kommen, die Außenwelt sei irrelevant. [Ist das nicht auch das Paradox der Dichtung? Ganz im Inneren des eigenen Bewusstseins zu sein, und doch zugleich Botschaften nach draußen zu verschicken. – Schreiben Sie überhaupt noch, Charlotte? Und wenn ja, für wen? Wann kommen endlich die letzten Manuskriptseiten? Ich mache mir ernsthaft Sorgen um Sie. gez. trkl-ga]

Meine Dachstube ist längst schon infiziert. Von mir selbst und von den Dingen. Ich beobachte neuerdings alles ganz genau, während ich dasitze und warte, dass die Gesetzmäßigkeiten eintreten und die Dinge sich miteinander verrechnen. Sie tun das nicht von selbst, ich muss es ihnen suggerieren. Seit Tagen observiere ich die geheimen Bewegungen, beachte dabei jedes Zittern, jede Unregelmäßigkeit, jedes Ding, das nicht an Ort und Stelle ist. Ich vermesse die Anatomie der Möbel, analysiere die dunklen Einsprengsel auf dem Affenfellsessel, verschorftes Blut oder Spuren von roter Erde, die verkrüppelten Beine der Küchenstühle, die großen, nussbraunen Zehen, die den schweren Kleiderschrank tragen, die dicken, geballten Fäuste, auf denen das Bettgestell ruht, die fleckige Zimmerdecke, der man ansieht, dass sie im Winter nicht ausreichend vor den Angriffen des Himmels geschützt war, die rußigen Stellen oberhalb des Kamins, dunkle Schlieren, die an der Dachschräge zusammenlaufen und deutliche Schweißflecken bilden. Eine Schicht aus Staub und Fett verklebt die Fensterscheiben, im Badezimmer gärt der faulige Atem des Hauses.

Nur der Computer hat keinen festen Platz. Oft liegt er auf dem Küchentisch, dann auf der Ablage vor dem Kamin und im Sessel, meistens aber liegt er unter dem Bett, neben dem Kopfkissen oder am Fußende, er vibriert und gibt leise Schnarchgeräusche von sich. Wahrscheinlich ist nur sein Ventilator erhitzt, Philippe hatte mich ja gewarnt. Ich lege ihn zur Beruhigung auf die Bettdecke, auf eine der weißen Stellen. Immer gab es diese Stellen auf meinen Betten, bleiche Flecken, die sich nicht auswaschen lassen, sie sind milchig oder grau, so wie der Fleck, den ich damals aus meinem Genfer Kinderbett herausschneiden musste. – Wenn ich die Augen aufschlage, blendet mich der Tag. Ich sollte mich auf meinen Namen besinnen, mich höflich siezen, wenn ich aufstehe und meine Selbstgespräche fortsetze. Ein bisschen Respekt, wenn ich bitten darf! Bei dieser Hitze dient jede Form von Selbstachtung der Abkühlung des Systems. »Charlotte«, werde ich zu mir sagen, oder besser: »Frau von Manteuffel, Sie sollten jetzt die Kontrolle nicht verlieren. Schließlich wartet Ihre Verlegerin noch immer auf das Manuskript. Sie haben gar keine Zeit, den Kopf zu verlieren.« [dto. gez. trkl-ga]

Ich schlage die Augen auf. Noch einmal. Auf und gleich wieder zu. Ich weiß nicht, was mich blendet, sind es bloß helle Flecken oder schon der ganze Tag? »Stehen Sie auf! Gehen Sie ins Badezimmer und putzen Sie sich die Zähne. Man weiß nie, ob man im Laufe des Tages nicht doch noch mit jemandem sprechen und dabei den Mund öffnen wird.« Heute Morgen stoßen die Dimensionen des Tesserakts besonders hart aufeinander. Vor allem die vierte scheint verklemmt. Ich habe vergessen, ob ich schon im Badezimmer war, vielleicht ist inzwischen die Wanne übergelaufen. »Kämmen Sie sich das Haar und rasieren Sie sich die Beine. Es ist nie verkehrt, einen gepflegten Eindruck zu machen. Auch auf sich selbst. Eine Monade sollte aufgeräumt sein, bevor sie zu denken beginnt.«

Doch die Selbstgespräche hören langsam auf. Sie strengen mich an, viel mehr als die Träume, von denen ich nicht weiß, wann sie kommen und wann sie gehen. Wie gestern die Sache mit dem Schnee: War das nur ein Traum? Als es draußen ganz plötzlich schneite, als der Schnee nach und nach an den Fensterscheiben emporkletterte, auf halber Höhe vereiste und sich mit dem Glas der Scheibe zu einer glatten, weißen Wand zusammenschloss, als ich dalag und nicht sagen konnte, ob es im Zimmer kalt oder warm war, hell oder dunkel, als ich spürte, wie sich jemand von der Seite näherte, das Laken leicht anhob und sich zu mir ins Bett legte. Ich weiß nicht, wer dieser Jemand gewesen sein könnte. Es war kein Fremder, doch auch keiner, der hier wohnt. Denn hier wohnt ja keiner. Sein Atem war rauchig, es roch nach Zigaretten, die schon vor Stunden geraucht worden waren, nach Seetang und Salz, Gummi oder Teer. Ich drehte mich um und erwachte. Es gab keinen Schnee am Fenster, nicht einmal Eisblumen, ich lag allein im Bett. Nur der Geruch, den gab es. Ich roch an meinen Händen, am Kissen, am Bettlaken, stand auf und ging zum Fenster. Der Geruch erfüllte den ganzen Raum. Rauch und Teer, ganz deutlich. Es war widerwärtig. Ich hatte nicht gewusst, dass sogar Träume stinken.

Über den Gestank der Monaden hatte Philippe nichts gesagt. Dass sie sich die Zähne putzen sollten, dass sie verwahrlosten, wenn sie ihre Betten nicht lüfteten. Es ist ein Fluch, das ganze Leben lang mit sich selbst zu tun zu haben, mit seinem stinkenden Ego in einem Zellhaufen eingesperrt zu sein, bis sich die eigenen Ausdünstungen entzünden und die ganze Stadt infizieren.

Doch auch das ist natürlich Unsinn und völlig unphilosophisch. Genau wie alles andere, was sich in einer überhitzten Monade so zusammenbraut. Zerebraler Kitsch hätte Philippe dazu gesagt. In Wahrheit bin ich längst schon ausgeronnen oder ausgetrocknet, womöglich nicht einmal wirk-

lich da gewesen, sondern bloß der Traum eines anderen, einer
außerirdischen Monade zum Beispiel, vielleicht bin ich sogar
die kollektive Traumprojektion einer ganzen Kolonie von
monotheistischen Monaden, die sich alle für Gott halten
und sich streiten, wer von ihnen für meine Schöpfung verantwortlich zeichnet. Alles an mir ist erfunden. »Charlotte
ist wirklich eingebildet«, hatte die Zwergin manchmal gesagt,
wenn ich abends nicht mit Sophie und Julie spielen wollte.
Ja, Charlotte ist eingebildet. Doch worauf und wovon? Was
steckt hinter ihrer Einbildung? Und was geschieht, wenn die
Monade doch noch das Fenster öffnet und nach draußen
blickt?

✖

Im Treppenhaus sah man Spuren eines Kampfes. An den
Wänden klebten Blutspritzer, das Geländer war an einer Stelle
durchbrochen, an einer anderen stark beschädigt. Die Kel-
lertür hing aus den Angeln. Auch die Haustür war nur angelehnt, offenbar hatte jemand das Schnappschloss abmontiert.
Auf den Stufen der Kellertreppe lagen zwei Gestalten unter
einer Decke, große Hunde oder kleine Menschen. Die Straße
brodelte. Es war unmöglich, einzelne Gerüche zu unterscheiden, alles hatte sich zu einem einzigen bestialischen Gebräu
vermischt, das sich, kaum dass man die Straße betrat, wie ein
schmutziger Lappen auf die Bronchien legte. Die wenigen
Menschen, die unterwegs waren, trugen Staub- oder Schutzmasken, manche auch Latex-Handschuhe und zusammenge-
bundene Plastiktüten an den Schuhen oder nackten Füßen.

Über der Stadt schwebte ein hoher, anhaltender Pfeifton,
der sich in unregelmäßigen Abständen ausdehnte und wieder
zusammenzog, in manchen Straßen lauter, in anderen leiser,
doch niemals ganz verebbte. Das Pfeifen war auch im oberen
Teil der Rue Mouffetard noch zu hören, unmöglich zu sagen,

aus welcher Richtung es kam. Es musste irgendwo eine Sirene geben, vielleicht auch mehrere, deren Lautsprecher zu wenig Strom bekamen oder von der Hitze beschädigt waren. Das Sirren schmerzte in den Ohren, es ließ sich, auch nach ersten Minuten der Gewöhnung, nicht mehr ausblenden. Wie gut, dass sich die Fenster in der Passages des Postes schon lange nicht mehr öffnen ließen, sonst wäre der Ton bis hoch in die Wohnung gedrungen.

Die Stadt hatte sich verfärbt, ihr Kolorit erinnerte an eine Farbfotografie aus den Siebziger Jahren, Kodak-Ektachrome, mit einem Stich ins Gelbliche. Psychodelische Bilder sehen so aus. Grobkörnige Spektralverschiebungen an den Dächern und Hauswänden, gelbe Bäume, rote und grüne Mauern, blaue Menschen. Viele waren in Unterwäsche auf der Straße, manche nackt. Ihre Haut schimmerte blau-türkis wie die Emailleglasur orientalischer Kacheln, je nach Alter zwischen Glanz und Craquelé. Der Gang der blauen Körper war apathisch, auf Ekel erregende Weise gedrosselt und gedrückt, deformiert von der Last der Hitze, die die Arme zu verlängern, die Beine hingegen zu verkürzen schien. Wie in Zeitlupe schlichen die Deformierten an den Hauswänden entlang. Sie schauten zu Boden, manche stöhnten oder seufzten, andere strichen sich mit den Händen über ihre verbrannten Arme.

In den engeren Gassen durchbrachen schwarze Schlieren das grellbunte Licht der Stadt: Mauerrisse und dunkle Spalten, Schatten gegenüberliegender Gebäude, die die gleißende Pigmentierung der Häuser mit ihrem Kontrast unterstrichen. Etwas musste mit der Sonne passiert sein. Etwas Gewaltiges und Rätselhaftes, etwas, womit niemand gerechnet hatte. Ein unbekannter Mechanismus, der die Leuchtkraft des Tages verfälschte. Als hätten Außerirdische einen Filter davor geschoben: dunkles, ockerbraunes Licht, an den Rändern metallisch glühend, im Zentrum schmutziggelb wie das Auge eines alten Tiers.

Aber durfte und wollte man überhaupt glauben, was man sah und hörte? War das, was hier draußen zu sehen, zu spüren und zu riechen war, tatsächlich und in Wirklichkeit vorhanden oder wenigstens wahrscheinlich? Und wenn nicht, wenn es in Wahrheit unwahrscheinlich war, wie hatten dieser fiebrige Glanz und sein metallischer Ton sich gleichwohl vor das Pariser Weichbild schieben können, ohne von den zuständigen Behörden, Meteorologen und Astronomen, von der Stadtverwaltung und dem französischen Innenministerium bemerkt zu werden? Dimiter hätte eine Erklärung dafür gewusst, Philippe gewiss eine andere, und Silberwolf eine dritte. Und Adrian hätte allen widersprochen. Doch wahrscheinlich hatten diese Phänomene weder etwas mit Klimapolitik, noch mit Zeitquanten und tellurischen Strömungen und schon gar nichts mit Poesie zu tun. Vielleicht reichten ein Augenpaar, fünf Sinne, ein Hirn und ein einziger Körper nicht aus, um die Welt adäquat wahrzunehmen, alles in allem und überhaupt.

Eine Schar blaugrüner Vögel kreiste durch den Abglanz der Stadt, warf rötliche Schatten an Tore und Wände. Sie umkreisten die Giebel, die geschlossenen Fenster der Dachstuben und die engstehenden Schornsteine, deren Finger, als wären sie blind, den orangefarbenen Himmel befühlten. In den Straßen blieb alles still, selbst das Gemurmel der blauen Körper war inzwischen verstummt. Abgemagerte Hunde schlüpften aus Kellern und Schutthaufen und legten sich neben die Bettler in die Hofeinfahrten, andere verloren sich stumm in der Dämmerung. Sie hatten aufgehört zu knurren und zu bellen, wehrten sich nicht mehr gegen die Ratten und das Ungeziefer, das sich in ihrem Fell eingenistet hatte. Auch der Bettler mit dem schwarzen Bart war wieder da. Er saß vor einem Kellerfenster und schlief. Seine zerbrochene Brille lag auf dem Boden. – Es wurde nun wieder früher dunkel. Am 10. September war zum letzten Mal Vollmond gewesen.

Seine trübe Scheibe hatte deutlich am Himmel gestanden. Doch heute blieb alles stockfinster. Neumond vielleicht oder einfach nur Blackout.

Gegen 23 Uhr bog ein Auto um die Ecke. Das war ungewöhnlich, Autos fuhren hier im Viertel nur noch selten, nachts so gut wie nie. Der Mann am Steuer bremste, sein Gesicht war nicht zu erkennen. Man hätte jetzt das Geräusch des wieder anfahrenden Fahrzeugs vermutet. Doch es blieb still. Dann war das Schlagen einer Autotür zu hören, und ein Ruf, es klang wie »A-juta!« oder »A-rusja«. Keine Ahnung, was das bedeuten sollte. Nur nicht umkehren, nicht anhalten.

Auf den schmalen Gehsteigen knisterten vertrocknete Blätter unter den Sohlen – ansonsten lautlose Spannung, nur das an- und abschwellende Pfeifen der beschädigten Sirene. Hinter der nächsten Durchfahrt lag eine kleine Seitenstraße, deren leergeräumte Schaufenster an die Obst- und Gemüseläden erinnerten, die es hier noch vor Kurzem gegeben hatte. Hinter den zerbrochenen Scheiben sah man Reste von Kartons und kleine handgeschriebene Zettel: »tomates en grappes«, »oranges bio, Espagne, 5 Euros (= 32,50 Fr.) par kilo«.

Im ersten Stockwerk einer leergeräumten Lagerhalle stand eine Frau hinter dem Fenster. Es sah jedenfalls so aus, als wäre es eine Frau. Sie schien die Straße oder eine der Wohnungen vis-à-vis zu beobachten. Ihre bewegungslose Silhouette schimmerte metallen blaugrün. Nichts rührte sich in der Finsternis des Hintergrunds, der ihren leicht nach vorn gebeugten Oberkörper wie ein gigantisches Passepartout umrahmte. Erst als ihr Blick nach unten fiel und sie bemerkte, dass sie nun selbst beobachtet wurde, verzog sich ihr Gesicht, als sähe sie einen unappetitlichen Fleck auf der Straße. Augenblicklich drehte sie sich um und verschwand im hohen Schatten der Räume. Hinter der Scheibe, dort, wo sie gestanden hatte, glänzte ein gigantisches Spinnennetz.

Sie musste den Zeitpunkt gekannt oder wenigstens geahnt haben, sonst hätte sie unmöglich dort gestanden und gewartet. Sie wusste, dass sich das Ereignis nicht vorhersagen ließ, dass man es lange beobachten und sehr genau studieren, es herbeisehnen, reizen und locken musste, um es schließlich in einem Moment der Unachtsamkeit hervortreten zu lassen und sich einzuverleiben. Sie wusste, dass es dafür verschiedene Wege und Methoden gab. Man musste Geduld haben, jede einzelne Variante so berechnen, dass der Lebensquotient gleich blieb, auch wenn die verschiedenen Möglichkeiten den Erwartungshorizont durchstießen oder sich in den unscharfen Konturen des Wunschbildes auflösten. »Alles hat einen verborgenen Sinn«, hatte auf der Krafttier-Seite gestanden. Gewiss kein Zufall.

✖

Es existieren mehrere Fassungen des letzten Tages. Jede hat ihre eigene Plausibilität. Man könnte die stochastischen Berechnungen über die nun eintreffenden Ereignisse auf einer Skala von Null bis Eins anordnen, wobei die Wahrscheinlichkeitsverteilung nicht zwangsläufig mit der jeweiligen Postleitzahl der handelnden Personen korreliert oder aus dem Produkt von Blutdruck und Körpertemperatur abzuleiten wäre. Was passiert, wenn alle Varianten gleichzeitig eintreffen, ist eine Frage der rechtzeitigen Prognose. Man muss die einzelnen Spiel- und Lesarten, Optionen und Okkasionen auf verschiedene Warteschleifen verteilen und hoffen, dass es zu einigermaßen äquivalenten Überschneidungen kommt. Schon in seinen Seminaren hat Philippe immer wieder auf den Unterschied zwischen einer Boltzmann-Verteilung und einer Zufallsvariablen hingewiesen. Doch wer erinnert sich an solche Details, wenn es unterm Strich um das große Ganze geht? [Boltzmann, aha. An den aber erinnern Sie sich noch, ja?

Ludwig Boltzmann ist nämlich, ich sagte es bereits, der Mann mit der philosophischen Migräne. gez. trkl-ga]

0,4159 / Was an diesem letzten Tag zuerst passierte, ist nicht sehr wahrscheinlich. Denn der Mann, der mitten in der Nacht auf sie wartete, als sie nach Hause kam und die Treppe hochstieg, der auf der obersten Stufe saß, halb an ihre Wohnungstür angelehnt und lachend »Marusja« rief. »Marusja, da bist du ja endlich! Hast du mich vorhin in der Straße nicht gehört?« Dieser Mann war der verletzte Silberwolf. Es musste Silberwolf sein, denn seine langen Haare lagen fast so weiß und so schlaff um seinen verschorften Kopf wie der Verband, der halb aufgelöst auf seine Schultern hing. In der einen Hand hielt er einen großen Metallkoffer, in der anderen eine Plastiktüte, aus der eine Flasche Whisky herausragte. Und was dann passierte, als sie ihn in die Wohnung ließ, einen gierigen, viel zu nassen Kuss zuließ, die Schlafzimmertür offen ließ, das Badewasser einließ, weil er danach verlangte, ihm die Flasche und ein Glas aus der Küche überließ, Kerzen anzündete und zusah, wie er sich betrank, sich gehen ließ, wie sie das noch nie bei einem Mann erlebt hatte, als sie zu ihm in die Wanne stieg, weil er es lachend verlangte – komm ins Wasser, du Schlampe! –, als sie seinen Wolfsblick sah, seine entzündeten, blutunterlaufenen Augen, die wie rote Stopplichter aus der Finsternis auf sie zufuhren, die sie aber nicht mehr anhalten konnte und schließlich alles laufen ließ – das war noch viel unwahrscheinlicher gewesen. Auch dass sie sich umdrehen musste, damit er sie gegen die Kacheln pressen, mit beiden Händen würgen und von hinten nehmen konnte, dass er dabei knurrte und rülpste, auch das war ziemlich unwahrscheinlich. Dass sie sich mit den Händen an der Wand abgestützt, zufällig ins Regal gegriffen und plötzlich das Päckchen mit den Rasierklingen in der Hand gehalten hatte – »je vais orner ton corps«, hatte die Großmutter aus Mali zu ihrer Enkeltochter gesagt, jenen unvergesslichen

Satz aus dem Radio: Ich werde deinen Körper schmücken, dich zeichnen mit Blut und Verstümmelung – auch das war unwahrscheinlich, doch immerhin möglich.

0,5333 / Wahrscheinlicher aber war, dass der, den ihr die Kacheln zurückspiegelten, in Wirklichkeit ein anderer war. Nicht der Silberwolf. Oder richtiger: Dass der Silberwolf, mit dem sie den ganzen Sommer über korrespondiert hatte, gar nicht jener liebestolle Zahnarzt, Sadist und dominanter Frauenheld aus Köln war, den sie mit ihren Fakes wochenlang durch halb Europa geschickt und schließlich nach Paris gelockt hatte. Derjenige, der jetzt, hier in Philippes Dachwohnung im fünften Stock der Passages des Postes, hinter ihr stand und seine roten Augen in den Kacheln des Badezimmers aufleuchten ließ, bewegte seinen großen, schwitzenden Körper nämlich in einem streng gebauten Rhythmus, der ihr, so stellte sie plötzlich fest, ja noch aus der Wiener Mondscheingasse vertraut war! Sie erkannte ihn am Herzschlag: da damtata, damta, damta, dada – dadamta, damta, dadam dadam. Das altbekannte Pochen vergangener Zeiten. Die Verse dazu waren leicht zu finden: Viens mechant loup boire le poison garou / Des peines mortelles ne sont pas tabous – dadamta, dadamta, dadam dadam. Und zum Abschluss sein Gekeuche und Geschrammel mit viel Dschingbum, Trommelwirbel und dumpfem Gebläse: tarata tarata taratatatata.

Doch wenn der Mann mit den roten Augen gar nicht der Silberwolf, sondern ein anderer, zum Beispiel Adrian war, der nicht nur Verse, sondern nun auch Sätze sagen würde wie: »Wir haben es verbockt. Wir hatten diese eine einzige Chance. Bitte verzeih mir und komm zurück«, wenn es also der passende Rhythmus, auch die richtige Botschaft, aber die falsche Sprache war, in der hier die Herzen schlugen, dann musste es noch eine dritte Möglichkeit geben, noch einen, mit dem sie es »verbockt« hatte. Aber Philippe, der als dritter Mann natürlich zuerst in Frage gekommen wäre, hätte sich über betrunkene oder vergiftete Werwölfe, tödliche Strafen und pathetische Schmähtandler genauso totgelacht wie über poetisches Herzflimmern und Happy Endings aller Art, außerdem schrieb er ja Prosa, wissenschaftliche obendrein, keine Gedichte und gereimten Walzer-Schnulzen, auch war sein Rhythmus damals ein ganz anderer gewesen, oder vielmehr: Philippe hatte nie einen Rhythmus besessen, genauso wenig wie eine Temperatur. Rhythmus und Temperatur waren Kategorien für seine Kaffeemaschine oder seinen Laptop, den man, wie er ihr mehrmals eingeschärft hatte, nicht mit ins Bett nehmen durfte, weil er dort, wegen des defekten Akkus, Feuer fangen konnte. Bisher aber war das kein Problem gewesen. Mit Rhythmen und Temperaturen kannte sie sich eben besser aus als Philippe.

Das Keuchen ließ nach, die Augen erloschen, jetzt warfen die Kacheln nur noch den Schein der Kerze zurück sowie das spiegelverkehrte Bild eines schweren Körpers, der in die Wanne sackte. Wie viele Möglichkeiten würde es heute noch geben? Man müsste genauer hinschauen und nachzählen. Werwölfe, Dichter und Philosophen, sieben Zwerge und ein Prinz. Doch der war gänzlich unwahrscheinlich.

Silberwolf stieg aus der Wanne und ging in die Küche. Er hatte sein Glas aus Versehen ins Badewasser gekippt und suchte ein neues. Noch war die Whiskyflasche halb voll. Seinen Koffer hatte er vor den Kamin gestellt. Sie hörte, wie er ihn öffnete und darin herumkramte. Als er zurückkam, blieb er lächelnd im Türrahmen des Badezimmers stehen. Er verbarg etwas hinter seinem Rücken. Sie betrachtete ihn. Er sah anders aus als auf den Fotos, die er ihr geschickt hatte. Unwillkürlich schob sich eine zweite Gestalt über das Bild. Im Türrahmen stand nun eine Art Doppelbelichtung. Der andere war kleiner und trug einen dunklen Bart. Sie kannte solche Erscheinungen von alten Geisterfotografien des späten 19. Jahrhunderts. Adrian hatte für solche Dinge geschwärmt,

Bilder von Verstorbenen, Fotos von Gedanken und Ektoplasmen gesammelt. Viele dieser milchigen Doppelwesen besaßen das spukhafte Lächeln, das Silberwolf ihr jetzt entgegenhielt. Die Erscheinungen kamen aus dem Jenseits, so jedenfalls wollte es die Theorie. Sie kamen aus den Wolken, dem Dunst der Straße oder dem Nebel der Wälder. Manchmal zeigten sie sich bei Nacht an einer Straßenecke, in einer schwach beleuchteten Hofeinfahrt, hinter einer Säule, irgendwo bei Dämmerlicht auf einer Bank. Sie schliefen vor dunklen Kellerfenstern und in schmutzigen Hauseingängen. Sie waren unsichtbar, wenn man über sie hinwegstieg, doch sie waren überall. Man hätte sie in jeder Stadt angetroffen, hier in Paris genauso wie in Wien oder Genf. Nie kam ihr Auftritt gänzlich unvorbereitet. Meistens hatte man doch irgendwie damit gerechnet, unbewusst und ungenau, und wenn dann die zweite Gestalt die erste überblendete, war man, noch bevor man sich fertig gewundert hatte – das ist ja Amir! –, schon bereit für die dritte.

Der Herr im Türrahmen lächelte, oder, um genauer zu sein: Sie beide lächelten, oder noch genauer: Die mehreren Herren im Türrahmen lächelten. Dann verschwamm alles vor den Augen. Es war nicht auszumachen, wie viele Herren in der Türöffnung letztlich Platz hatten. »Verzeihung«, sagte der mit den kurz geschorenen Haaren und dem österreichischen Akzent, »ich wollte Ihnen nicht auf die Füße treten.« »Gern geschehen«, entgegnete der andere und lächelte. Es schien der mit dem schwarzen Vollbart zu sein, vielleicht aber auch der mit den langen, weißen Haaren, der unter dem Bärtigen hindurchschimmerte. Es war unmöglich, die Herren auseinanderzuhalten, wenn sie sich so im Türrahmen des Badezimmers drängelten und übereinanderschoben. Vielleicht hätte man ihren jeweiligen Erscheinungsrhythmus berechnen können, um mit den Apparitionen, wie Adrian die milchigen Doppelgänger genannt hatte, eine genaue Choreographie einzustudieren. Sie lachten und lärmten und klopften einander auf die Schulter. Schließlich zückte einer der Herren eine Reitgerte aus einer schwarzen, regenschirmartigen Hülle und lehnte sie an die Wand neben dem Waschbecken. Ein anderer öffnete ein Kästchen mit altertümlichem Chirurgenbesteck, holte ein rostiges Schröpfmesser und eine Eisen-Ahle heraus, die er auf dem Rand der Badewanne deponierte.

Jetzt löst sich eine weitere Gestalt aus dem Türrahmen, betritt lächelnd – schon wieder! – das Badezimmer: »Wir haben es verbockt.« »Gern geschehen«, sagt einer hinter ihm. Das war der mit der Glatze. Der Verbockte steigt nun wieder zurück in die Wanne. Er hebt sein Whiskyglas und prostet der, die er noch immer »Marusja« nennt, obwohl sie ihm ihren wahren Namen längst verraten hat, zweimal freundlich zu. »Es sind die Ruinen der Zukunft, in denen wir baden«, sagt er. Sein Glas ist schon wieder leer. »Bruchstücke, deren Potenzial nie ausgeschöpft sein wird. Kraftorte der Vergänglichkeit. Wenn ich gehe, nehme ich mich nicht mit.« Der badende Türsteher, der so redet, kann nur Silberwolf sein. Die anderen wären dagegen, gegen Kraftorte und gegen Vergänglichkeit. Die anderen halten den Tod für einen Skandal.

Höchstwahrscheinlich-Silberwolf schenkt sich ein weiteres Glas ein, im Krankenhaus habe man ihm den Alkohol weggenommen, kein Wunder, dass seine Kopfwunde noch immer nicht richtig auskuriert sei. Er trinkt, schaut sie an, nimmt die kleine Ahle vom Wannenrand und hält sie ins Licht, schwitzt, trinkt wieder, lächelt. Er redet über seine Reise, erzählt, warum es fast unmöglich gewesen sei, nach Paris zu gelangen, sagt, sie solle ihm vertrauen, sich ihm überlassen, er wisse genau, was er tue. Plötzlich sinkt, mitten im Satz, sein Kopf nach vorn. Das Glas fällt ihm aus der Hand. Sie hört ein Klirren, gefolgt von leisem Schnarchen. Silberwolf oder, obwohl das eigentlich jetzt keine Rolle mehr spielt, Wolfram, der nun endlich aus Köln zu ihr in die Passage des Postes gefunden hat, liegt in ihrer Badewanne und schläft. Er hat nicht gesagt, was genau er hier sucht und wie lange er vorhat zu bleiben. Sein rechter Arm hängt schlaff über den Wannenrand, der linke gekrümmt in seinem Schoß. Die afrikanischen Mädchen werden nicht betäubt, wenn man sie beschneidet und ihren Körper mit blutigen Schnitten verziert. Silberwolf dagegen hatte eine ganze Flasche Whisky getrunken, er würde den Schmerz kaum spüren. Die Rasierklingen liegen in Reichweite, Philippe hat das Päckchen in all den Jahren nicht geöffnet, sie sind wie neu, hygienisch verpackt, blitzblank und messerscharf. Als sich das Wasser zu färben beginnt, verlässt sie das Badezimmer und schließt die Tür. Die Herren Türsteher sind natürlich verschwunden, auch eine Geisterfotografie ist im Grunde ja bloß ein Bild.

0,1046 / Was sodann passierte und infolgedessen den Anspruch auf eine zumindest potenzielle Ereignishaftigkeit erhob, war allerdings noch viel unwahrscheinlicher. Und doch hatte sie, ohne es zu wissen, den ganzen Sommer darauf gewartet. Hätte sie gewusst, wie unwahrscheinlich die weiteren Ereignisse waren, hätte sie auf die Warterei verzichtet und schon viel früher resigniert. Doch ist es manchmal besser, gar nicht zu wissen, wie unmöglich etwas ist, weil das die Wartezeit nur unnötig verkürzt. Weil es spannender und dynamischer ist, immer wieder von vorn zu beginnen. Denn als sie diesmal die Treppe hochstieg, nachdem sie den schweren Koffer nach unten geschafft, durch die Einfahrt geschleift und auf den improvisierten Müllplatz im Hinterhof des Nachbarhauses gebracht hatte, der wegen der seit Wochen geplanten, doch niemals durchgeführten Dreharbeiten dort eingerichtet, aber noch immer nicht wieder zurückverlegt worden war, als sie den Hof überquert und sich bei der Rückkehr darüber gewundert hatte, dass es hier nun nicht mehr nur nach verrottetem Kohl und Fisch, nach Schweiß und ranzigem Fett roch, sondern neuerdings auch nach altem Blut, süßlich duftendem Lösungsmittel und frisch gemähtem Gras, saß schon wieder einer vor ihrer Tür, einer, den sie garantiert noch nie gesehen hatte. Stumm hockte er da. Wie ein hässlicher, missmutiger Blobfisch mit hängendem Maul und verkniffenen Augen. Er starrte sie an. »Anna! Erkennst du mich denn nicht?«, fragte er. Sie legte den Kopf zur Seite und überlegte. Es hätte Dimiter sein können, aber den hatte sie schon im Fernsehen gesehen, sie wusste genau, wie er aussah. Außerdem kannte Dimiter ihren wahren Namen. Auch Ravo konnte sich in der kurzen Zeit kaum so dramatisch verändert haben.

Der Fremde, der fortfuhr, sie mit »Anna« anzureden, ließ sich nicht abwimmeln. Er bestand darauf, sie in die Wohnung zu begleiten, sie werde schon verstehen, warum. Nachdem er zwei Gläser mit lauwarmem Leitungswasser hinuntergestürzt hatte, die am Abend abgezapft worden waren und fürs Frühstück bereitstanden, und sich mit seinen dicken, aufgesprungenen Lippen wie ein Verdurstender minutenlang an den nur noch schwach tropfenden Wasserhahn gehängt hatte, stöhnte er auf und ließ sich auf einen der beiden Küchenstühle fallen. Er sei, das müsse ihr doch klar sein, natürlich Iblis, der kürzlich aus der Justizvollzugsanstalt Kassel entlassene Mörder, mit bürgerlichem Namen Immo, Immo Engelke. Es sei kein Wunder, wenn sie ihn nicht sofort erkenne, das Foto, das er ihr gemailt hatte, sei ja leider schon etwas älter gewesen, außerdem habe er in der Haft, wie sie sich gewiss denken könne, so einiges durchgemacht. Es sei ihm klar, dass er nicht dauerhaft bei ihr einziehen könne, doch vielleicht gäbe es in ihrer Wohnung ja irgendwelche dringenden Jobs zu erledigen, Reparaturen und dergleichen, er kenne sich auch mit Stromaggregaten und Wasserhähnen aus. Er sei tatsächlich ein Fachmann für vieles, nicht nur für Mord, wenn sie ihm diesen makabren, kleinen Scherz durchgehen lasse. Als

Gegenleistung könne sie ihn vielleicht doch für ein paar Tage beherbergen.

Sie zögerte, gewiss hätte der tote Silberwolf oder wer auch immer da jetzt in ihrer Badewanne lag, eine fachgerechte Entsorgung verdient, doch wie hätte sie Herrn Engelke dafür danken, geschweige denn entlohnen können, noch dazu als katholische Theologin, denn als solche hatte Iblis »Anna Thema« im Internet ja kennengelernt? Vielleicht hätte sie jetzt den Rat der Herren aus dem Türrahmen gebraucht. Doch da zu befürchten war, dass die Angesprochenen alle gleichzeitig geantwortet hätten, denn nur das wäre logisch und folgerrichtig gewesen, hielt sie die Tür zum Badezimmer geschlossen und reichte dem Blobfisch noch ein weiteres Glas Wasser aus der Notreserve des Kühlschranks.

Sie musste selbst eine Lösung finden. Aus gewissen zweitrangigen Komödien kennt man das Paradox des betrogenen Betrügers, gelegentlich hört man auch – doch das waren wohl nur unzuverlässige Assoziationen aus entlegenen Gedächtniszonen – von abgebrannten Brandstiftern, bestohlenen Dieben oder Selbstmordattentätern, von Gegengewalt, gefakten Fakten, repressiver Toleranz und Konterrevolution. Doch wer hatte je von ermordeten Mördern gehört? Vielleicht würde Iblis ganz einfach verdursten, wenn sie die Geduld aufbrachte, ein paar Stunden zu warten. Doch wie hätte sie ihn unter diesen Umständen, bei seiner Gier nach Wasser und Liebe ausgerechnet aus Schlaf- und Badezimmer fernhalten können? – Er drehte ihr den Rücken zu, musterte den improvisierten Sonnenschutz im Dachfenster, betrachtete den weinenden Ritter und die tote Nonne und auch das riesige Spinnennetz, das sich von der unteren Kante des Bildes über die gesamte Leinwand bis über den Fenstergriff erstreckte. Vermutlich stellte er bereits Berechnungen darüber an, wie man das Gemälde besser im Fensterrahmen verankern konnte. Silberwolfs leere Whiskyflasche stand noch auf dem Küchentisch. Sie war schwer und lag gut in der Hand. Ein einziger Schlag genügte. Alles blieb still, als ihr ungebetener Gast langsam und völlig geräuschlos zu Boden fiel. Iblis war leichter als Silberwolf, es würde kein Problem sein, beide noch vor Sonnenaufgang nach unten zu schaffen.

0,001 / »Der thermodynamische Zeitpfeil zeigt in Richtung Entropie«, hatte Philippe vor ein paar Wochen noch behauptet, die Zukunft tendiere ganz prinzipiell zur Auflösung, die Dinge verlangsamten sich. Rein kosmologisch gesehen werde alles irgendwann vollkommen gleich, bis hin zum endgültigen Stillstand. Das Prinzip der Entropie führe letztlich zur absoluten Erkaltung. – Doch wenn das stimmte, dann musste sich in diesem Sommer, so unwahrscheinlich es klang, aber es war, wenn man genauer überlegte, gar nicht anders denkbar, der Zeitpfeil gedreht haben, so ähnlich wie sich von Zeit zu Zeit auch das Magnetfeld der Erde umpolte. Denn von absoluter Erkaltung konnte natürlich gar keine Rede sein, wir hatten seit Wochen weit über 40 Grad, auch in sonnengeschützten Räumen.

Bei umgedrehtem Zeitpfeil würde man also, wenn man noch wochenlang hier oben herumlief – vielleicht ließe sich die Sache durch besonders energisches Gehen und Verrücken von Gegenständen sogar noch beschleunigen? –, zwangsläufig an jenen Tag Anfang Juli zurückkehren, als der junge Filmvorführer zu Besuch gekommen war und gleich nebenan im Bett gelegen hatte. Ravo war sein Name gewesen, ja genau: Ravo – so wie das Glück. Das hatte er mehrfach betont. Auch daran, dass an seiner Unterlippe ein Fieberbläschen geglänzt hatte, konnte sie sich erinnern. Vielleicht war das Fieberbläschen inzwischen zurückgekehrt, genau wie er selbst vielleicht noch heute zurückkehren würde, wenn sie hier noch eine Weile herumliefe. Er hatte sich damals in einen Drachen verwandelt, und er hatte, hier in ihrem Bett, gebrannt, sehr mächtig gebrannt sogar, schließlich hatte er die Augen geöffnet und war gegangen. Jetzt erst wusste sie, dass sie ihn vermisst hatte, den ganzen Sommer lang vermisst. Ihn und all die anderen, wie sie immer alle vermisst hatte. Nicht nur die, die sich jetzt in der Tür stapelten und gegenseitig überblendeten. Es gab noch mehr von ihnen, viel mehr. Es gab so viele Vermisste. Es genügte, sich den ganzen endlosen Zeitpfeil entlangzuhangeln, freilich nicht in Richtung Entropie, sondern in die entgegengesetzte Richtung, in die, in der es immer heißer, immer dichter wurde. Dabei würde sie wieder an den alten Kreuzungen vorbeikommen, all den Abzweigungen und Irrwegen, Missverständnissen und Fehlschlüssen, die sie schließlich in diesem Sommer nach Paris gebracht hatten. Die ständige Angst, aus Versehen ins falsche Leben geraten zu sein, war nun zu Ende. Sie würde zurückkehren. Warum also sollte sie sich vor der Hitze fürchten? Es hatte doch schon einmal in ihrem Bett gebrannt. Und das war schön gewesen, dieser Brand hatte sie glücklich gemacht.

Philippes Hausratsversicherung hatte das Feuerrisiko im fünften Arrondissement gewiss sehr genau berechnet und vertraglich abgesichert. Sie hatte keine Ahnung, welche Prämien man dafür bezahlte. Doch hoch konnten sie nicht sein, sonst hätte Philippe seinen defekten Laptop sicher längst abgeholt. Er war ja nie wieder in die Passage des Postes gekommen, hatte auf keinen ihrer Anrufe reagiert, genauso wenig wie später Dimiter. Beide waren von einem Tag auf den anderen verschwunden geblieben, weder telefonisch noch sonstwie zu erreichen. »Melde dich, wenn's bei dir brennt«, hatte Philippe zum Abschied scherzhaft angefügt, »du weißt ja, wo du mich finden kannst.« Wie lange hatte sie jetzt schon auf ihn gewartet? Vielleicht gab es in seiner Wohnung noch irgendwo eine Tür, die sie nicht bemerkt hatte? »Warten ist wie ein Irrweg ohne Irrtum«, hätte er vielleicht gesagt und so getan, als handele es sich um ein Zitat.

Doch gewaltiger als so ein Drachenfeuer konnte sowieso in ihrem Bett nichts brennen, das war ja offenkundig! Auch wenn es jetzt schon minutenlang brannte und abzusehen war, wann das Feuer über den Bettrand springen und auf Teppich und Gardinen übergreifen würde. Ihre listige kleine Brandbeschleunigung hatte also funktioniert: energisches, ungebremstes Gehen, von der Küche ins Badezimmer, ins Schlafzimmer, von dort bis zum Kamin, und wieder zurück in die Küche, zurück ins Badezimmer, zurück ins Schlafzimmer, immer weiter zurück. Aus Sekunden wurden Stunden, aus Minuten Tage und Wochen. Sie würde zurückkehren, ganz weit zurück. Bis an den Ursprung oder wenigstens einen der Ursprünge. An welchen war unklar, doch es würde gar nicht nötig sein, sich zu entscheiden: Die Ursprünge würden alle übereinanderhängen, genau wie die Herren im Türrahmen. Man musste nur tapfer immer weitergehen, immer schnellere Runden drehen, von Tür zu Tür, von Tag zu Tag.

Der Laptop lag auf dem Kissen und qualmte, das Netzkabel war bereits verschmort. Es gab erste Flammen auf dem Bettuch und ein schwarzes Loch in der Schaumstoffmatratze. Unter der Zimmerdecke hing Rauch. Wenn sie Silberwolf und Iblis – nein, sie meinte natürlich: Wolfram und Immo, denn Leichen tragen keine Fakenamen – zusammen ins Bett legte, würde der Drache sie mit seinem Feuer verschlingen. Es war ganz einfach. Ihr Bett war zwar brandtechnisch gesehen kein perfekt ausgerüstetes Krematorium, doch für eine sachgemäße, das hieß rückstandslose Einäscherung der Herren wären die Temperaturen hier oben wohl ausreichend. Nichts würde von ihren virtuellen Bekanntschaften bleiben, nichts Substanzielles jedenfalls, nur Schall und Rauch, und nach dem großen Knall nicht einmal mehr das. Als hätte es sie nie gegeben, als hätte es keine Mails, keine Verabredungen, keine Angebote und Versprechen, weder Fahr- noch Zukunftspläne gegeben, als wäre dieser ganze Pariser Sommer, hier am falschen Ende des Zeitpfeils, einfach gelöscht. Alles rückgängig machen, annullieren, aufheben, vernichten, abschaffen.

Das war auch eines der Lieblingswörter von Adrian gewesen: »Abschaffen«. Menschen, die ihn gekränkt hatten, wurden nicht verabschiedet, sondern abgeschafft. Menschenabschaffen, bis nichts mehr von ihnen blieb, kein Wort, kein Bild, keine Erinnerung. In dieser Sozialtechnik war er ein Meister gewesen, auch ganz ohne Delete-Taste.

0,033/ Mit näherrückendem Ende erhöht sich die Wahrscheinlichkeit seines Eintreffens, ein Naturgesetz, das in jenem Sommer viel zu lange von den zuständigen Stellen ignoriert wurde. Doch das Besondere an Naturgesetzen ist ja, dass sie gelten und wirken, auch wenn alle Betroffenen sie ignorieren. Die Wahrscheinlichkeiten waren auch für diesen Tag nur ungenau berechnet, gleichwohl taten viele instinktiv das Richtige. Zu Lebzeiten hätten Wolfram und Immo sich wohl kaum in den Armen gelegen, auch nicht, wenn sie sich – wie hier jetzt in Paris – zufällig in einem Bett begegnet wären. Sadisten halten gemeinhin nicht viel von Mördern, und Mörder noch weniger von Sadisten. Es gibt da auf beiden Seiten gewisse professionelle Vorbehalte, vor allem hinsichtlich der konsequenten Umsetzung des Endziels, an dem doch beide, ungeachtet ihrer jeweiligen Sensibilität, normalerweise mit großer Verbissenheit festhalten, selbstverständlich auch Berührungsängste, über die man sich im Todesfall aber getrost hinwegsetzen darf, insbesondere wenn diese Ermächtigung aus der Opferperspektive heraus geschieht. Denn dass es sich bei der unumgänglichen Entsorgung der beiden Herren um Prävention, also um eine reine Vorsorge-, vielleicht auch Nachsorgemaßnahme handelte, lag auf der Hand, glasklar und messerscharf. Zudem war eine gewisse Eile geboten, die Flammen züngelten und zappelten im Zeitraffer. Sie kannte das aus alten Slapstickfilmen, wenn irgendwo ein Bein aus einer Badewanne hing, ein Fuß oder eine Hand aus einem Schrank herausschaute, und alle Körper so komisch zuckten und vibrierten, weil – das war jedenfalls im Kino der Grund für solche Erscheinungen gewesen – der Projektor die Bilder mit beschleunigter Geschwindigkeit über die Leinwand jagte. Sie brachte Ordnung in die Reihen, legte Bein zu Bein, Arm zu Arm, den Oberkörper leicht gedreht, bevor die Haare Feuer fingen. Nichts durfte bleiben, auch sie selbst musste gehen. Asche zu Asche. Schreck zu Dreck. Beim Verlassen der Wohnung fiel die Türe mit einem entsetzlichen Knall ins Schloss.

0,998 / Es hätte ja wirklich sein können, dass ihr jetzt noch Dimiter und Philippe begegnet wären, da draußen auf der Treppe oder unten in der Hofeinfahrt oder später an der Bushaltestelle am unteren Ende der Straße. Das alles hätte gut noch geschehen können, hier, im allerletzten Moment, die beiden hatten ihr bei der Endabrechnung gerade noch gefehlt. Vielleicht hätten sie dort unten sogar zusammengestanden, miteinander gesprochen, weil sie sich schon lange kannten oder gerade kennenlernten.

Sie würden aufblicken, wenn sie vorbeikäme. Mit tiefen, ganz besonderen Blicken. »Es hätte Liebe sein können«, würde einer der beiden zu ihr sagen. Und der andere würde sagen: »Ich habe dich mein ganzes Leben lang geliebt. Warum sind wir uns nie begegnet?« Und wieder der Erste: »Es muss ein Versehen gewesen sein, wir waren zur falschen Zeit am richtigen Ort oder zur richtigen Zeit am falschen Ort. Es ist nicht deine Schuld.« Und beide würden sehr traurig und sehr ratlos aussehen, sich schließlich von ihr abwenden und darüber diskutieren, warum die kleine Geschichte so oft das Rendezvous mit der großen verpasst. Und sie würden darüber streiten, ob »Glück« eine historische Kategorie sei. »Am 14. Juli 1945 lag die Stadt im Freudentaumel, jeder liebte jeden. An diesem Tag war Paris glücklich«, würde Dimiter sagen, und Philippe würde dazu bloß nicken, seine Armbanduhr anschauen und fragen, ob die ausgehängten Fahrpläne noch gültig seien.

Doch dieses Gespräch an der Bushaltestelle im unteren Teil der Rue Mouffetard war ziemlich unwahrscheinlich. Wahrscheinlicher war etwas ganz anderes, etwas, das jetzt plötzlich sehr deutlich zu spüren war. Es war die Welle ihrer Kindheit, die jetzt anrollte, das mächtige Gefühl absoluter Verlorenheit, endlos ozeanisch wie damals, nun aber trocken und heiß. Die große Welle war weder Flut noch Gewitter, weder Donner noch Blitz. Nur ungeheure, unwiderlegbare Stille.

Und das Verglühen der Stadt würde fortschreiten, immer heißer und immer schneller, auch die blauen Körper waren wieder unterwegs, bewegten sich aber nervöser als sonst, wie kleine implodierende Reaktoren, mit hüpfenden Schritten und leicht verdrehten, flügelartig rotierenden Armen. Es schien, als bemühten sie sich, beim Gehen den Boden, den heißen Schlamm und die von siedendem Asphalt verklebten Straßen nicht zu berühren. Das derbe Schuhwerk, das, so hatte Iblis es ihr erklärt, zur gewöhnlichen Sträflingsbekleidung in deutschen Gefängnissen gehörte und das er gleich bei seiner Ankunft am Eingang abgestellt hatte, erleichterte das Gehen. Damit ließ sich zügiger vorankommen, schneller und sicherer durch die Stadt laufen, erst vom fünften ins dreizehnte, von dort ins vierzehnte und fünfzehnte Arrondissement, schneller als die anderen Fußgänger, schneller auch als jene Gestalten, die in Hofeinfahrten und überdachten Eingängen lauerten und sich anschickten, die Passanten mit Fragen und Bitten zu belästigen. Mit Iblis' Schuhen konnte sie allen Hindernissen aus dem Weg gehen, rechtzeitig die Straßenseite wechseln, bevor sie mit einem der hüpfenden blauen Körper zusammenstieß, rasch an einer Einfahrt vorbeigehen, bevor einer der dort Wartenden seine weinerlichen Zischlaute ausstoßen konnte. Die Rue de Vaugirard, von der Dimiter und Philippe erzählt hatten, konnte nicht mehr weit sein. Sie würde den Eingang schon finden.

Philippe und Dimiter hatten ihr oft genug den Weg beschrieben. Jetzt, da beide tot waren – ja, denn es gab tatsächlich wohl nur diese Erklärung, nur diese eine Möglichkeit, auch wenn sie immer wieder darüber nachdachte, was sie falsch gemacht haben könnte, womit sie Dimiter und Philippe womöglich verschreckt, ja verjagt hatte, oder im Gegenteil, warum sich keiner der beiden getraute, zu ihr in die Dachwohnung zu kommen. Dimiter war, und das lag noch völlig im Normalbereich der Wahrscheinlichkeit, womöglich impotent, oder einfach nur fixiert auf einen anderen Frauentypus, so etwas soll bei disziplinierten und prinzipientreuen Männern ja vorkommen. Solange hatte sogar behauptet, diese Form des erotischen Fanatismus sei noch erstaunlich verbreitet. Genauso gut möglich aber war, dass er einfach nur verheiratet, schwul oder gestresst war, vielleicht auch alles zugleich, das Leben konnte erschreckend banal sein, sogar hier in Paris, während Philippe womöglich von der Familie seiner vietnamesischen Krankenschwester nach Hanoi entführt und dort festgehalten wurde oder von intriganten Kollegen auf eine Vortragsreise nach Sibirien geschickt worden war. Es gab viele Gründe, warum ein Mann nicht zu einer Frau in eine Dachwohnung kam. Doch keine der möglichen Geschichten, die die beiden ihr als Erklärung aufgetischt hätten, wenn sie sich da zufällig zu dritt an der Bushaltestelle begegnet wären, wäre so unwahrscheinlich gewesen wie die Wahrheit, die ihr jetzt schlagartig wieder einfiel: Dass Philippe und Dimiter nämlich in der Aufzugstür eines Nachbarhauses steckengeblieben waren und dort gewissermaßen eine Sonderfraktion der türgerahmten Herrenriege bildeten, die sich jetzt, gerade in diesem Augenblick, hoch unter dem Dach, zwischen Badezimmer und Korridor, in intimster körperlicher Nähe zum gemeinsamen Totenbett der beiden Internetfakes und unter dem Geprassel eines nur entfernt nach Beifall klingenden Wohnungsbrands zu einem feuerbrünstigen Klumpen aus reiner, klebriger Materie verbündete.

Man hätte diese Vorkommnisse freilich sorgfältiger ausrechnen müssen, doch dazu war es inzwischen zu heiß und zu spät. Philippe und Dimiter mussten tot sein. Das jedenfalls war die plausibelste aller Hypothesen. Man konnte paarweise auf sie warten, man konnte sie aber auch paarweise vergessen. Im Doppel- oder Multipack waren Männer einfach besser zu handhaben, diese Auffassung hatte auch Solange vertreten. [Falls Sie das irgendwann noch einmal lesen, Charlotte: Ihr plötzliches Verschwinden zwingt mich dazu, unser Projekt zu revidieren.»Manteuffels Pariser Matheme« wird das Buch heißen, dass ich aus Ihren Fragmenten zusammenstellen werde, auch wenn das unsere Zielgruppe vielleicht ein bisschen verschreckt und mit der vertraglich vereinbarten »Kulturgeschichte des Wartens« nicht mehr viel zu tun hat. Denn offenbar gehören auch Sie zu den erwähnten self-voiding-authors: Selbstentwertung durch Prokrastination, Verstummen und schließlich feiges Untertauchen. Doch ich lasse mir diesen Eskapismus nicht länger bieten, meine Geduld ist zu Ende. Sollen die Autoren sich doch lächerlich machen mit ihren unfertigen Manuskripten. gez. trkl-ga]

Natürlich hätte sie jetzt noch ins Nachbarhaus zurückgehen und nachschauen können, ob sich bei Stromausfall dort vielleicht automatisch die Aufzugstüren öffneten. Dann hätte sie zu den beiden in die Kabine schlüpfen können, die Stockwerke auf der Knopfleiste abzählen und jeden Knopf einem Toten zuordnen können. Dimiter hätte sie im siebten Stock abgeliefert, Philippe im sechsten. Oder vielleicht doch schon im dritten? Hatte sie ihn aus Versehen vielleicht doppelt gezählt? – Doch das Nachbarhaus lag hinter ihr. Alles lag hinter ihr. Was vor ihr lag, war der Weg über siedenden Teer und glühende Steine, der Weg hinunter in die Rue de Vaugirard, am alten Bahndamm entlang und durch die Büsche hindurch, über den Zaun und die ausgetrocknete Wiese, in den gemauerten Eisenbahntunnel der »Petite Ceinture« hinein, bis ganz ans Ende, bis zu jener rostigen Eisentür, die Dimiter erwähnt hatte. Gleich dahinter gab es auch die Abzweigung in die Katakomben, von der Philippe gesprochen hatte. – Die Tür würde sich mühelos bewegen lassen und den Eingang frei geben. Dann würde sie hindurchschlüpfen und da sein.

✖ ✖ ✖ Bonusmaterial & Extras

Anmerkung
(1) Ein einzelner Prinz würde den »Nahweltbedarf« (so hatte Niklas Luhmann die Liebe genannt – Frau Trinkl-Gahleitner hat mir aber vertraglich verboten, solche Begriffe im Haupttext zu verwenden …) wohl kaum stillen können. In stark differenzierten Gesellschaften ist die monogame Passion die Maske hoher »Kontaktmobilität«. Das bedeutet: Anna Thema oder Philotima oder Marusja glauben nur, wie Schneewittchen und Dornröschen auf den einen einzigen, für sie vorbestimmten Prinzen warten zu müssen, in Wirklichkeit können sie sich bloß für keinen entscheiden. Dabei könnten sie sich locker erst den einen und dann den anderen oder Siebene auf einen Streich erwählen, und alle ganz ohne Drossel- oder Blaubart.

Gestrichene Fußnoten:
(1) Unerträglicher aber noch als die Warterei bei der Liebe schien für Roland Barthes die Latenzzeit bei der Vorbereitung (s)eines Romans zu sein. Diese sei eine fürchterliche, weil unendliche Geduldsprüfung, das Werk müsse man der Welt und ihrer knapp bemessenen Zeit regelrecht abtrotzen, mit egoistischer Sturheit gegen den Krebs des Alltäglichen vorgehen. Nicht warten, bis »es« kommt und plötzlich Form annimmt. Stattdessen: Praxis, Ausdauer, Arbeit. Das unterscheidet Barthes von den Aposteln der Genieästhetik. Im Grunde sind seine Warteräume des Romans eine Art Atelier für Kreatives Schreiben: Handwerk, Methode, Plan.

(2) Adrian glaubt, es genüge, ambivalent zu sein, um alles zu sagen, alles zu fassen und zu besitzen. Totalität als Stillstand auf der Schwelle. So, wie früher manche Philosophen glaubten, es genüge, alles »Konkrete«, »Affirmative« oder »Bestimmte« zu verneinen, um das Absolute wenigstens als Negativ, als Schatten einzufangen. Trick Siebzehn mit Siebenhundertsiebenundsiebzig Fußnoten. – In der versteckten Mappe finde ich sein neuestes Sonett:

Ohne Titel [Schatten]

Einst strahlte maßlos die Gestirnenschar,
Durch Epidermis, subkutan auf Röntgenplatten.
Mit ihrem Drängen brachen Licht und Schatten
sich einen Streifen durch dein dunkles Haar.

Der Himmel scheint umsonst. Wir sind Gehirn.
Mein Auge schläft verwüstet und verlassen.
Nur abends kann ich ohne Tränen hassen,
wenn du in stiller Lust entzündest mein Gestirn.

Doch meinen langen Weg durch Stirnenschluchten,
Vermögen Licht und Schatten zu befruchten.
Nur Tiere oder Engel können warten.

Das Mehl der Steine schimmert an den Sohlen.
Kein Gott hat diese Wanderung befohlen.
In Mauerritzen keimt ein dunkler Garten.

(3) »Der Gegensatz von Natur und Kultur ist doch ein alter Hut«, fuhr Philippe fort, »eine in der neuesten Technikphilosophie längst überholte These. Es gibt keine plausible Definition von Kultur, die rein geistigen Ursprungs wäre. Auch

Kultur ist ursprünglich Materie, also Natur. Nur sehen wir oft den Zusammenhang nicht mehr. Und umgekehrt gilt: Zeit macht aus Kultur eine zweite Natur. Je mehr Zeit verstreicht, desto selbstverständlicher und natürlicher erscheinen uns die Dinge, die wir selbst erfunden haben. Denkt doch nur an die Linguisten, die die Regeln der menschlichen Sprache erforschen wie Naturforscher die Segmentierung von Gesteinsschichten. Wir müssen nur lange genug warten, dann werden auch Maschinen zu Teilen der Natur.« – »Die Grammatik ist kein gutes Beispiel für die Naturalisierung der Technik«, entgegnete ich und nahm das gefüllte Glas, das Adrian mir reichte. »Denn haben nicht gerade Sprachphilosophen immer behauptet, die Sprache sei eine ursprüngliche Kraft der Natur, also das genaue Gegenteil von ›Information‹: Sinnlich, körperlich, musikalisch?«

Die Autorin

Sabine Haupt (geb. 1959 in Giessen) lebt und arbeitet seit 1980 in der französischen Schweiz, sie hat zwei Töchter und unterrichtet als Professorin für Literaturwissenschaft an der Universität Fribourg. Neben wissenschaftlichen Arbeiten publiziert sie auch für Presse, Rundfunk und Fernsehen. Sie hat zwei Erzählbände veröffentlicht sowie diverse Prosatexte in Literaturmagazinen. »Der blaue Faden. Pariser Dunkelziffern« ist ihr erster Roman.

www.sabinehaupt.ch

www.diebrotsuppe.ch